何常在 著

正道

上 见龙在田

北京联合出版公司
Beijing United Publishing Co.,Ltd.

图书在版编目（CIP）数据

正道 . 见龙在田 : 全二册 / 何常在著 . –– 北京 :
北京联合出版公司 , 2022.4

ISBN 978-7-5596-5922-4

Ⅰ . ①正… Ⅱ . ①何… Ⅲ . ①长篇小说—中国—当代
Ⅳ . ① I247.5

中国版本图书馆 CIP 数据核字 (2022) 第 029305 号

正道 . 见龙在田：全二册

作　　者：何常在
出 品 人：赵红仕
责任编辑：孙志文
封面设计：王　鑫

北京联合出版公司出版
（北京市西城区德外大街83号楼9层 100088）
北京新华先锋出版科技有限公司发行
大厂回族自治县德诚印务有限公司印刷　新华书店经销
字数597千字　787毫米×1092毫米　1/16　40印张
2022年4月第1版　2022年4月第1次印刷
ISBN 978-7-5596-5922-4
定价：69.00元（全二册）

正道

目录 上

/第一章/　风起于青蘋之末

乙未年，庚辰月，丁丑日，周五，日出时间五点二十二分十秒。

五点二十二分零九秒，郑道睁开了眼睛。十秒，他从床上一跃而起，准时醒来。十年来，他保持了一个习惯从未中断——每天都会在日出时分醒来，分秒不差。

这是爸爸郑见用了五年的时间培养才让他养成的习惯。

每天的日出时间都不一样，天天在日出时醒来，全球最优秀最敬业的公鸡都无法做到！一年中最早的日出和最晚的日出相差近三个小时，相当于人的生物钟要和地球的自转同步。

爸爸教导郑道说，每个人的开窍时间点不一样，但笨鸟先飞，只要每天都在日出之时起床，持之以恒，十年之后，必有大成。

郑道不想睡得比狗还晚，起得比鸡还早，反驳爸爸——《黄帝内经》云：春三月，万物以荣，夜卧早起；夏三月，万物华实，夜卧早起；秋三月，地气以明，早卧早起；冬三月，勿扰乎阳，早卧晚起……春夏秋还勉强可以早睡早起，他可不想在滴水成冰的大冬天也早早离开温暖的被窝，冬天晚起才合养生之道。

爸爸没有和郑道讲道理，每天准时站在他的床前，先打一套太极拳，如果他还没起，爸爸就会将他的老年机开到最大音量播放广场舞音乐。

直到今天，郑道每天醒来，脑中闪过的第一个念头就是强烈而刺激的音乐声，不是《小苹果》《最炫民族风》，就是《站在草原望北京》。

十岁的郑道足足用了五年的时间，才在爸爸的无赖加渲染式的监督下，养成了日出即起的习惯，从十五岁时开始，一连坚持了十年！

今天是他二十五岁的生日。

二楼的露台位于东南角，大约有二十平方米，正对初升的太阳。一套太极拳打完，郑道的呼吸均匀而悠长，非但没有出汗，反倒多了几分神清气爽。

打完太极拳，他又练了一遍五禽戏，眼见阳光洒落在露台的每一个角落。

沿墙角向上生长的是丝瓜，支了架子长势喜人的是黄瓜，沿栏杆放置的窄长的塑料培养器里种植的是绿叶菜，再加上一个凉棚、一套桌椅，还有旮旯儿里摆放的几盆盆景和鲜花，小小的露台满满当当，充盈着生活的气息。

一楼的院子里有两棵至少三十年树龄的大树，一棵是梧桐树，另一棵是皂角树。皂角树正对二楼露台，正是开花季节，淡黄色的如葡萄串一样的花簇挂满枝头，如同一挂挂的风铃。风吹花动，时有花瓣飘落，如烟如梦。

梧桐树也是枝叶繁茂，尽情舒展开来的叶子预示着夏天已经开始，树冠遮天蔽日，和皂角树的树冠交错在一起，将门前的院子遮盖，形成了一大片绿荫之地。最好的是夏天，不管是清晨还是傍晚，在院子里纳凉或是吃饭，不闻汽车喧闹，不见行人匆匆，颇有"躲进小楼成一统，管他冬夏与春秋"的幽静。

郑道朝楼下的院子张望几眼，奇怪，没有和平常一样出现拎着油条、豆腐脑儿回来的老爸的身影。他有几分疑惑，一向准时从来不会晚起也不会落下一顿早饭的老爸，今天是怎么了？早饭对于注重养生的老爸来说，重要性甚至超过了他儿子。

一阵风刮来，卷起露台上角落里散落的叶子和花瓣，形成了一个小小的风旋……风起于青蘋之末，病发于微澜之时——不知何故，郑道脑中突然冒出了这句老爸挂在嘴边的口头禅。

"郑道，郑道，我下楼了，你起来了吧？"三楼传来了何小羽清脆的声音，也不等郑道回答，她的身影一闪，就出现在了露台上。

五月的天气，乍热还凉，不似六月盛夏般的炎热。何小羽只穿了短衣短裤，随便扎了一个丸子头，修长的大腿健美而匀称。巴掌脸、淡眉、身高一米六七的她，就如一株郁郁葱葱的乔木，亭亭玉立又充满勃勃生机。

北部平原的省会城市石门，虽然已经初步步入夏天，毕竟没有到真正炎热的时节，早晚还有几分凉意，如何小羽一般早上穿得如此清凉的女孩儿并不多。她嘴里叼着牙刷，手里端着水杯，一只脚穿着拖鞋，另一只脚光着，神色慌张、含混不清地说道："不好了，出事了，出大事了！郑道，你爸不见了！"

郑道不以为然地揉了揉肚子，说："他又不是小孩子，怎么会不见了？不管他。有吃的没有？我饿了。"

何小羽飞快地跑到二楼卫生间，漱了漱口，又顺手用郑道的毛巾擦了擦嘴，见郑道一脸诧异的表情，她不满地嘟了嘟嘴，说道："我不嫌弃你，你还想怎么着？赶紧的，看看郑叔去了哪里。"

真不见了？郑道愈加疑惑，一个五十多岁的单身老男人，能跑到哪里去？虽这么想，脚下却不停，郑道回到房间找到手机，给老爸打了一个电话。

关机。

郑道依然没有往心里去，回身见何小羽的另一只鞋也被她踢掉，光着两只粉嫩的脚丫踩在地板上，不由得气笑了，摸了摸她的头发，说道："小丫头，说过多少次了，形寒饮冷伤肺，而人之身，肺为华盖，居于至高。你平常爱吃冷饮冷食也就算了，还总是开着空调盖被子睡觉，这样不好。伤了肺，会得一辈子的慢性病。"

"喀喀喀——"何小羽故意用力咳嗽几声，推开了郑道的手，"别揉我头。说过一万遍了，我不是小丫头，我都二十一岁了！记住了，郑道，我叫何须臾，小名小羽。以后再叫我小丫头，我和你绝交！还有，我才不听你老掉牙的中医理论，什么不能喝凉水、不能开空调、不能光脚踩地，我偏不！我就是活力四射小小何！"

何小羽听到楼上传来咳嗽声，立刻压低了声音："哎呀，我爸醒了。他要是知道郑叔不见了，铁定冲你催房租，你可要做好挨骂的心理准备。不过也别怕，有我罩着你，老何头儿不敢太放肆，但难听话少不了。"

一阵风刮来，郑道房间里的风铃叮咚作响。那是何小羽的杰作，有一次她不知道为什么，心血来潮亲手做了一个风铃，非要挂在郑道的房中。书桌上，一张 A4 纸被风吹动，飘了起来。

郑道上前一步，眼见A4纸即将飞出窗外时，陡然伸出右手，一把抓住，只看了一眼就屏住了呼吸。

　　　　郑道，见字如面！

苍劲有余而圆润不足的字体正是老爸的字迹。

信，是用毛笔写成的。

　　　　只言片语平生事，一言难尽世苍茫！请原谅老爸的不辞而别，也不要枉费心思寻找老爸。我既然不辞而别，就不会让你找到！

好好的，为什么要玩失踪？郑道摇了摇头，这一届老人……真难带！

　　　　"不为良相，便为良医"是我辈的座右铭。老爸见多了世态炎凉，也经历了太多沧桑，所以老爸有一句话你务必谨记于心——无论在任何人面前，无论发生什么人命关天的大事，千万不要暴露你的真实身份！切记，切记！一定不要让任何人知道你身上的秘密！

　　　　老爸半生飘零，一事无成，切莫让老爸的悲剧在你身上重演。郑道，从此以后，天地宽广，就是你一个人的世界了。保重！最后送你一句话——人间正道是中道！

/第二章/　病发于微澜之时

　　　　"你身上能有什么秘密？家里有矿还是有厂子？要不就是有块地？"何小羽冷不防拍了下郑道的肩膀，笑得前仰后合，"乐死了，我感觉我认识你们爷儿俩快一辈子了，也没发现你们有什么秘密。郑叔真逗，他是不是昨晚喝多了，一大早起来跟你开玩笑？"

郑道和他老爸住在三层小楼的二楼，何小羽和她爸何不悟住在三楼，一楼是他老爸开的天下正心理诊所，也是他和老爸唯一的经济来源。

三层小楼的产权归属何不悟，郑道和他老爸只是租客，虽然一租就是十五年，但毕竟是寄人篱下。表面上看，老爸和何不悟的关系还不错，一喝酒就称兄道弟，说起往事滔滔不绝，但每到交房租时，何不悟就会鼻子不是鼻子、眼不是眼，一天不拿到房租，就一天脸拉得像马脸。

郑道觉得很奇怪，以老爸和何不悟两个单身老男人几十年的交情，就算不是亲如兄弟，至少也算老朋友、老伙计了，宽限几天房租有什么大不了的？何况何不悟又不缺钱！

何不悟平常也没有什么朋友亲戚往来，自从十几年前被妻子甩了之后，他就一个人拉扯何小羽长大。怪不得人们常说福祸相依，刚和前妻离婚，他所住的城中村就被拆迁，每家按照原有房子的面积分配新房或是折合现金，许多人选择现金，他却要了一栋三层小楼外加一套楼房。

几年后，何不悟拿出以前的积蓄和出租房产的收入，又买了两套房子租出去。当时是庚辰年左右，房价才两千多元一平方米，到了乙酉年时，房价上涨到五千多元一平方米，而他的手中，已经有了七八套房子！

现在的何不悟，虽然其貌不扬又吝啬如铁公鸡，却是一个不折不扣的千万富翁。不久前又买了两套房子，他现在名下除了一栋小楼之外，还有九套住宅、两套公寓，市值少说也在两千万以上。而当年领了现金的拆迁户，有些人早就花光了钱，现在只能租房子住。

人生际遇，有时因一念之差就有天壤之别。

"老郑头儿……"楼上传来何不悟沙哑的嗓音，紧接着是一阵破锣般的咳嗽声，咳嗽中还伴随着吐痰声，这正是喜欢熬夜、经常抽烟的人早起之时的常见症状，喉咙刺痒、痰多、气喘。"老郑头儿，都几点了，早饭怎么还没有送上来？你想饿死我，这样就不用交房租了是不是？"

每天老爸买回来的早饭都是四人份的，会送上楼。在二楼客厅或露台，郑道和老爸、何小羽和何不悟，四人坐在一起，像一家人一样共进早餐。

何小羽拉起郑道，边跑边说："快走，别让老何头儿发现郑叔不见了，要不他非得一呀二呀说个没完，会让你觉得，晚交一天房租就上对不起天、下对不起地、中间对不起空气，烦都烦死了……"

"等我一下。"何小羽做了一个鬼脸，转身上楼，片刻之后下来，换了一身长裙的她，如一只在阳光下穿梭的蝴蝶，轻灵如风，飘逸如烟，尤其是健美的小腿和紧致的身材，让她如一片轻灵的羽毛几乎飘然飞起——人如其名。

"走，我们出去吃早饭。今天是你的生日，我不想在一大早就开一个不好的头。"

"说什么呢？说什么呢？何小羽，你背后说老爸的坏话，难道就没有觉得不仁不义不忠不孝，上对不起天、下对不起地、中间对不起空气……"何不悟沙哑如破锣一般的嗓音突然响起，刚说第一句话时，人还在楼上，最后一句话还没有说完，人已经来到了二楼，挡住了郑道和何小羽的去路。

又矮又胖的何不悟其貌不扬，不，应该说比其貌不扬还要差上许多，几乎是奇丑无比了。除了大红的酒糟鼻格外醒目之外，还秃头，一双大大的招风耳又十分引人注目，总体来说，何不悟的长相几乎综合了丑人的所有特点，堪称集大成的丑老头儿。

其实面相长得丑倒也无妨，随着年纪的增长，人老了之后，心善就会面善，哪怕年轻时丑得惊天动地，如果一直心存善念，到晚年也会慈眉善目，变得必有后福了。当然，如果一个人很老了，还是一副穷凶极恶之相，可见此人是从小坏到老的。

何不悟倒不是长得穷凶极恶，而是丑得滑稽、丑得好玩。虽丑，却不让人厌恶。只不过他的气色不太好，不但嘴唇发紫，脸上也弥漫一层黑气，这正是心脏不好、经常熬夜并且饮酒过度的症状。

只看了何不悟一眼，郑道的心就猛然跳了几下。双眼浮肿、脚步虚浮的何不悟，眉宇之间又多了一丝不堪之气，"视其外应，以知其内脏，则知所病矣"，不好，何不悟病情加重了。

何不悟平生有三大爱好：一是酒，嗜酒如命；二是烟，烟不离手，一天三盒以上；三是抠门儿，极度抠门儿，是一个恨不得一分钱掰成两半，一半当成一块钱用的超级"严监生"。

出于好心，郑道不止一次告诉何不悟，酒伤的不是肝，是神经细胞。神经细胞是人体之中唯一不可再生的细胞，喝多了酒，神经细胞受损严重，小心得阿尔茨海默病。

烟就更不用说了，每天三包烟，引发肺癌的概率极高。而过于吝啬也会导致心胸狭窄，容易引发气血不足。

何不悟听了只是一脸冷笑，并不理会郑道的良言相劝，反倒指责郑道多管闲事、不安好心。

"叔——"郑道想要说几句什么，刚一开口，就被何不悟打断了。

"叔你个头，有钱就是叔，没钱就是猪！该交房租了，拿来！"何不悟伸出胖胖的右手，右手手心呈现红润之色，且大小鱼际红色加深，比起前段时间又多了几重。

手掌红色，多有热症，而大小鱼际红色加深，是高血压或肝硬化的征象，若短期内红色加重，则是脑出血的危险信号。再结合他刚才对何不悟的望色，郑道脑中蓦然闪过一个强烈的念头……

"不交房租，立马搬家，没的商量。"何不悟见郑道不说话，翻了翻白眼，"别以为你认识我十几年了，就跟我有什么交情。告诉你，没有！我只认钱不认人，交情算什么东西？能当饭吃，能当钱花？交情就是交钱了才有人情，明白不？"

郑道本想让何不悟多注意身体，病往往从小微起，遂成大患，却被他催房租催得急了，怒道："不是五号才交？还有几天。五号前，钱肯定到位。我向小羽保证！"

"别提小羽，更不要打小羽的主意，听到没有？小羽和你不是朋友，她是你的房东。"何不悟一伸手就抓住了郑道的衣领，"小羽只能嫁给有钱人！"

郑道轻轻后退一步，何不悟抓住郑道衣领的右手就落空了。

郑道本来站在何不悟的南向，是下风，转身间就换了方位，站在了何不悟的北面，呈居高临下之势。本来何不悟还自恃身为房东比郑道高上一等，所以气势很足，不料方位一变，忽然间就觉得仿佛气场被打破了一个口子，气势立时为之一泄。

脸色平静、有着与年纪不符的笃定的郑道，沉着冷静之余，浑身上下还弥漫着一股中正平和的内敛气息，他脚尖在地上一点，就移动到了何不悟两米之外。他认真地对何不悟说："叔，别生气，气大伤身，万一气病了不还得花钱吃药？老爸一走，就该我接手诊所了。你放心，凭我的本事，诊所的收入会上涨十几倍！"

原以为何不悟还会和往常一样不依不饶，不料他神色一滞，忽然就重重地叹息一声，说道："老郑头儿走得太匆忙了，也不和我打个招呼，好歹几十年的老伙计了，太绝情了！算了，看在他的面子上，再给你宽限几天也没问题。"

何不悟一脸落寞，低声说："他还以为躲在善良庄就不会被人发现，没想到……"意识到自己说多了，他猛然住口，不耐烦地挥了挥手，语气强硬地说，"走就走吧，走了清静，省得我总是和他吵架。"

"你们记得给我带两根油条、一碗豆腐脑儿回来。"

"咸的！加糖骂人！"

何不悟转身上楼，他的身影不知为何多了几分落寞，看起来郁郁寡欢。

/第三章/　君子藏器于身，待时而动

出了院子向左一拐，就是善良庄的主干道经一路，何不悟的三层小楼位于经一路一号，算是很好的位置。

严格来说，何不悟的小楼并非真正意义上的别墅，它始建于庚午年，是城中村改造的回拆楼。地上三层，地下一层，格局和设计都和现在的别墅有很大的不同，远不如别墅的布局合理。

受益于石门的飞速发展，在城中村改造的过程中，何家庄作为特例，在原地推倒了原有的平房，兴建了几百栋三层小楼，连成一片，蔚为壮观。改造之后的何家庄就改名为善良庄了。

善良庄的内部道路根据小楼的排列划分，南北为经一路到经十路，东西为纬一路到纬十路，纵横交错，连片成田。善良庄虽然位于二环之内，但是在紧邻二环的位置，并且是在东二环和北二环的交界处，比较偏僻，所以房价不高，出租价格也低，早年两层楼的租金才两千多元，当然，现在也涨到了一万多。

石门的格局是朝东南和西北方向发展，东北和西南地广人稀。近年来随着经济发展，善良庄被周围次第拔地而起的高楼包围在其中，倒是一处极好的闹中取静的世外桃源。

沿经一路前行三百米，就出了善良庄，来到善良路。善良路两侧摆满了摊位，烧饼、油条、豆腐脑儿、蔬菜、水果、日用品，应有尽有。

何小羽摇头晃脑地跟在郑道身边，飘动的长发不时拂过他的肩膀。她的胳膊也不老实，晃动之时总是会和郑道的胳膊有接触，就会传来一丝丝的凉意。

女性一般是阴寒体质，初夏虽热，却是内凉外热，并不适合过于单薄的着装，否则凉气入体，反倒容易生病。郑道善意地提醒过何小羽几次，她却不听。好在他也知道小羽经常跑步健身，体质比一般女孩儿要好许多，比寻常女孩儿气血通畅并且精气神充足，也就没再坚持。

不过他还是时不时要提醒何小羽一下，年轻时气血旺盛，可以抵御寒气的侵袭，但不好的生活习惯会让寒气在身体内驻留过久，就算被驱出体外，也会有少许残留，久而久之，必会发作。

病发于微澜之时。都说"病来如山倒，病去如抽丝"，其实不然，病来也是在日常生活中的点滴汇聚而成，最终滴水穿石之时，为时已晚。

微风拂面，五月的早晨空气清新而怡人，耳边的叫卖声和鼻中的各种食物气息融为一体，郑道颇为享受此时此刻。

人间烟火气，最抚凡人心。

正是早晨不到七点的光景，城市在慢慢醒来，人流在逐渐增多。

二人在常去的海大娘摊点要了油条和豆腐脑儿，坐下来吃饭。才吃几口，一辆迈巴赫行云流水地驶来，悄无声息地停在了郑道的身后。

何小羽瞪大了眼睛，既羡慕又嫉妒，她用脚碰了碰郑道的脚，问道："这是什么车？真好看，我以后也要买一辆。"

郑道虽然穷，但男人天生喜欢车，他对车一向有研究，回答她："迈巴赫S600，6.0T的发动机，售价两百八十万以上。"他用力咬了一口油条，语气有几分羡慕，"车好看，价格更好看。"

"这么贵呀！吓死我了。"何小羽心有余悸地拍了拍胸口，见车上下来一个三十岁左右的男人，还领着一对粉雕玉琢的双胞胎，"郑道，你快看，他长得好矮呀，我不穿高跟鞋也比他高。"

郑道回头一看，男子约一米六八，不比何小羽矮，不过同样的身高，女人会显得比男人挺拔。郑道喝了一口豆腐脑儿，见男人带着两个孩子朝他们走来，小声说道："别笑别人矮，毕竟人家没笑我们穷。"

"太不卫生了，不能吃，听话。"男人才走几步，停了下来，皱着眉，捏了捏鼻子，"孩子，听叔叔的话，我们去知味斋吃早饭。"

知味斋位于善良路和富裕街交叉口，步行过去也就是三五分钟的时间。路程不长，但作为石门最高端的饭店之一，早餐价格要比郑道所吃的路边摊贵十倍以上。

平常善良路上很少有汽车进来，一是因为善良路不是主干道，也不是主要的支线；二是这条路只有五百米长，还是丁字路，开车并不方便，除非来人要去善良庄。

男孩儿、女孩儿三四岁的年纪，二人穿着简单大方，但周身都是价格不菲的名牌。男孩儿牵着女孩儿的手，回身上车，说道："不吃了，不吃了，无衣不饿。胡叔叔，我们多久可以见到爸爸？"

胡叔叔抬腕看了看手表，面无表情地答道："来早了，估计得九点才开门，我先带你们在附近转转。"

"爸爸长什么样子？"

"不知道。"胡叔叔微有几分不耐烦，"我也没见过。"

"妈妈为什么不要我们了？我和妹妹从小和妈妈生活在一起，习惯了，突然要和爸爸一起生活，不习惯怎么办呀？"小男孩儿继续问。他仰着脸，一双黑黑的大眼睛转来转去。

小女孩儿始终不说话，紧抿着嘴唇，抱着一只玩具熊，长长的睫毛闪动着，眼睛晶莹剔透如一对宝石，直直地打量着郑道和何小羽。

"不知道，别问了。"胡叔叔更加烦躁了几分，"说不定你们不用和他生活在一起，只要他不符合要求，就不能成为你们的监护人。好了，不要再问问题了，听话！"

郑道的目光在"胡叔叔"的身上停留了片刻，从这个男人说话时的严谨到抬腕看时间的娴熟动作，再到他微带焦虑的表情，以及皱眉时细微的厌烦情绪的流露，郑道敏锐地捕捉到一些有用的信息。

"怎么又一个丢了老爸的？"郑道笑着嘟囔了一句，心思回到了老爸的身上。他其实并不担心老爸失踪的事，好吧，姑且称为失踪，实际上称为离家出走更合适。

不过话又说回来，和老爸相依为命这么多年，他还从来没玩过失踪。

十五年前，老爸开了一家天下正中医诊所，只坐诊不出诊，病患云集。虽然收费不高，但养活一家子绰绰有余，日子过得很富足。直到有一天老妈突发急病而死，老爸痛心之余，从此金盆洗手，不再治病救人。

/第四章/　　天下有道则见，无道则隐

外人以为老爸不再以中医的身份坐诊是因为老妈的死，郑道却总觉得背后应该还有更深层次的原因，到底是什么，他问了多次，老爸总是语焉不详。甚至他怀疑老妈并非病死，而是去了一个遥远的地方，对此老爸也是从不正面回答，他慢慢就熄了心思，不再追问。

老爸的身上到底藏了多少秘密？郑道回想起何不悟的话："还以为躲在善良庄就不会被人发现，没想到……"心里更多了一些疑问，他一口喝完碗中的豆腐脑儿，两三口吃完油条，站了起来。

"小羽，你有没有觉得，你爸和我爸不像是才认识了十五年那么简单？他们好像认识二十五年都不止！而且，他们身上藏了许多我们不知道的共同的秘密。"郑道愈加觉得，说不定老爸走前还和何不悟打过招呼。

"没觉得。"何小羽回答得干脆利落，她心思浅，才不会想那么多。

她付了款，又要了半斤油条和一份豆腐脑儿，装好，跟在郑道身后说道："我才不管他们有多少秘密，我只关心你以后的生活。郑叔跑了，你得接手心理诊所了吧？好歹你也是医科大学应用心理学专业毕业的，能应付得了吧？"

　　郑道点点头。老爸从中医诊所的中医，摇身一变成为心理诊所的心理医生后，收入大幅度减少。以他专业的眼光判断，老郑头儿压根儿就不懂心理学，非要坚持，还偏偏不让他这个科班生披挂上阵，只让他当副手。他理解不了老爸的脑回路。

　　心理诊所的生意极其惨淡，和国人大多不重视心理问题、认为心理的事情不是病有关。穷人有了心理疾病，多半不会求医问药。而富人，则不会来位于偏僻的善良庄的一个名不见经传的小小诊所。郑道一直不能理解，老爸到底出于什么考虑非要开什么心理诊所，就算是开一家药店或是一家小卖部，也比现在好上许多。

　　好在病人虽少，也不是没有；再加上房租低廉，办公和吃住一体，倒也可以勉强维持。但也仅仅是勉强保证生存而已，常常一到月底就会身无分文，交完房租连吃饭都要算计。郑道二十五岁的年纪，没房没车也就算了，还没新手机、新衣服、新鞋，感觉自己和老爸一样，已经提前退出了时代的舞台。

　　现在老爸突然失踪，郑道忽然想到，老爸开心理诊所是不是就为了不为人所知？

　　还好他的青梅竹马——何小羽一直以来对他照顾有加，否则他不用怀疑，已经可以肯定，自己一辈子也不会被女孩儿喜欢，向老爸、何不悟看齐，光荣而坚定地踏入光棍儿候选人行列。

　　只是可能和何小羽太熟了，他现在对她的感觉更像是哥哥对妹妹的爱护。刚认识她时，她才六岁，现在她二十一岁。她的长相清纯甜美，像是十六七岁的高中女生，再加上她的马尾辫摇来摇去，谁第一眼都会被她的外表迷惑，以为她是一个刚上高中的小女孩儿。

　　十五年的时间，足够让一个黄毛丫头成长为一个亭亭玉立的大姑娘，可是何小羽个子长高了，身体发育成熟了，对他的依赖、信任却还停留在刚认识时的阶段，丝毫不觉得她和他过于亲密的接触，已经超过了男女友情的正常界限。

老爸倒是有意让他和何小羽成为一对，何不悟却防他如防贼。在何不悟眼中，何小羽是他最后的优质资产，只能也必须嫁给有钱的成功人士，才能不负他对何小羽付出的心血和金钱。

何不悟不止一次告诫郑道："想娶小羽？有门儿！什么时候你身家过亿，我保证同意。瞧见没有，我名下所有的房子都是小羽的嫁妆。"

说实话，郑道并不觉得何不悟的要求有多过分，他名下的房子价值超过两千万，早晚都是何小羽的，他希望小羽嫁一个资产上亿的男人，也符合中国向来高门嫁女、低门娶妻的传统。

不过何小羽从来没有富二代的觉悟，她只当自己是一个爱好运动、活泼好动、阳光明朗的普通姑娘，最大的志向是当一名警察。今年即将从警校毕业的她，在郑道发小儿李别的推荐下，如愿成为一名光荣的刑警。

回到一号楼——郑道将何不悟的小楼命名为一号楼，何不悟不认可，他也不管——看到熟悉的院子和两棵参天大树，心情莫名轻松了许多。老爸一走，他就要成为心理诊所的主人，也不知道谁会幸运地成为他的第一个病人，他在心理学方面的知识可比老爸丰富多了。

虽然有几分担心老爸，郑道也没有太当一回事儿，他相信老爸的生存能力，实在活不下去了，还可以回来不是？他现在只以接手心理诊所之后，怎么样打出名气、提高效益活下来为第一要务。

楼前院子有五十平方米大小，西边靠近梧桐树的地方有一株葡萄和一个取暖用的锅炉，葡萄藤上结满了米粒大小的葡萄，东边皂角树下面是停车位，停车位上没有汽车，只有一辆几乎快要散架的大二八自行车和一堆杂物。大二八自行车是何不悟的专用交通工具。

何小羽上三楼给何不悟送早饭，郑道上到二楼。

父亲的房间前所未有地凌乱，被子没叠，窗帘没拉，甚至连拖鞋也是东一只、西一只。向来严谨认真的老爸从来都会把房间收拾得一尘不染，如今房间乱成这样，说明他走得特别匆忙。

到底出了什么不得了的事情，他才像仓皇出逃一样连夜失踪？老爸常说，君子藏器于身，待时而动，难道说，现在时机到了，他是替他打天下去了？他只管坐等有一天老爸突然回来，送他万里江山？

这种好事想想也就算了，老爸也说过，天下有道则见，无道则隐，难道是因为无道，他才隐世不出了？躲在善良庄不也是隐居吗？

郑道自嘲而无奈地摇头笑了笑，忽然听到外面传来了汽车喇叭的声音，探头朝外面一看，顿时愣住了——刚才的迈巴赫缓缓驶入了院中，停在了皂角树下。

/第五章/　见微知著

"什么破地方，真是难找！"

胡非下车，抬头仰望高大的皂角树和遮天蔽日的梧桐树，不由得惊呆了。

石门虽是省会城市，但存在感极低，是一个连"键盘政治家、科学家、经济学家、生物学家、万事通"等网络黑子想喷都找不到切入点的地方，低调得像是不存在一样。

作为最年轻的省会城市之一，石门的街道倒是修得横平竖直，却没有什么绿化，就连最老的城区，也没有几棵像模像样的大树。不像其他历史悠久的城市，不用什么名胜古迹，光是市中心保留的几棵有几百年树龄的大树就足以让人自豪了。

没想到，隐藏在城市角落的善良庄中，竟然可以见到两棵保存完好、长势良好的老树，胡非郁闷的心情多少舒展了几分。

不过，当他的目光落在"天下正心理诊所"几个大字上面后，表情又为之陡然一变，不无讥诮地冷哼一声："天下正？屁大点儿的地方，口气狂得没边儿了。"

穿西装、系领带的胡非站在清凉的树荫下，不知为何感觉有几分燥热。不行，他必须冷静下来，接下来和郑道的正面一战，至关重要，事关他的身家性命！

可是，为什么他偏偏要接手这样一个吃力不讨好的工作？胡非有几分懊恼，回身看了一眼车里睡得正香的杜无衣和杜同裳，目光又犀利了一些，心中泛酸，杜葳蕤真的为他生了两个孩子？他凭什么？一个无名小辈，一个穷光蛋！

阳光照射在门口的木牌上，白底红字，漆掉了不少，呈现斑驳的样子，像是一个历尽沧桑、满脸悲伤的老人。

胡非整理了一下衣服，努力挺了挺胸膛，推开了诊所有些年代感的木门。吱的一声，年久失修的声音让映入眼帘的内部装修也有了几分古老的意味。

这里给人第一眼的感觉不像是心理诊所，更像是中医诊所，风格很古典，太师椅、八仙桌、屏风以及墙上的对联和国画，无一不在彰显主人崇尚国风的品位。胡非虽然腹诽"天下正"的名字有托大之嫌，也不得不暗自赞叹一声诊所的布局至少还有几分匠心。

不过当他的目光落在屏风的另一侧时，欣赏之意瞬间消失，不禁瞪大了眼睛——以屏风为界，一边是古色古香的古典风格，另一边却是简洁实用的后现代风格，简洁中透露出一丝性冷淡的北欧实用风。

是有意设置的套路还是性格分裂的原因？据说开心理诊所的人接触了过多有心理疾病的人，自身成为病人的情绪垃圾桶，久而久之会出现精神问题，要么精神分裂，要么精神崩溃。

如果能确定郑道有精神上的问题，他就可以带回两个孩子，不让郑道捡一个天大的便宜了。胡非清了清嗓子，冲楼上喊了一声："有人吗？我要咨询心理问题。"

被屏风一分为二的心理诊所约有一百平方米，胡非站在了古典风格的一侧，靠近楼梯的墙上有一副对联，模仿的是宋徽宗的瘦金体，居然惟妙惟肖。

上联：若不撇开终是苦

下联：各自捺住即成名

横批：撇捺人生

附庸风雅罢了。胡非咧嘴一笑，听到楼梯上传来下楼的脚步声，随即一个微带苍老的声音响起："来了！您请坐，喝茶还是咖啡？"

"茶……"胡非微微迟疑地望了屏风对面的后现代风格空间一眼，忽然改变了主意，"咖啡。"

"咖啡要不要加糖？"苍老的声音中带有一丝平和之气，随即又语调一变，"要深度烘焙还是中度烘焙？"

胡非愣了愣，行啊，有几下子，还没见面就开始对他进行心理学的基础测试了，他呵呵一阵冷笑："随便，你觉得我喜欢哪种就是哪种。"

人影一闪，一人出现在他的面前，一身休闲打扮，一头白发飘逸如瀑，一缕长须飘然若雪，当前一站，慈眉善目，仙风道骨，俨然是一个世外高人形象。

胡非惊得后退一步，张大了嘴巴，惊讶地问："郑……郑道？你是郑道？"

老者淡然一笑，既不否认也没承认："我是郑大夫……坐哪边，你选。"

才进来两分钟，就有好几个选择题了，诊所虽小，竟然颇有几分专业的意味。胡非虽然对郑道有天然的敌意，并且不敢确定眼前之人是不是郑道本人，但强大的理智让他保持了足够的清醒，下意识对眼前之人多了几分提防。

很专业，很严谨，并且逻辑性很强，每一个选择题都是心理试探，他可不能露怯。胡非几乎没有迟疑，说道："就坐这边好了……"

"你真的是郑道本人吗？"胡非又强调了一句。不应该，郑道的年龄应该和杜葳蕤相仿才对，怎么会是一个白胡子老头儿？可是来前杜若无比肯定地说，诊所的大夫就郑道一人。

郑道毕业于医科大学应用心理系，开心理诊所，也和所学专业契合。只是眼前的老头子怎么也不符合他对郑道的想象，年纪都可以当杜葳蕤的爸爸了。

古典装修的这边，连座椅都是传统的太师椅，桌子更是粗犷而简单，呈现原木色，并且桌面上伤痕累累，也不知道有过什么不堪回首的经历。

"我就是郑大夫。"老者又答非所问地答了一句，一脸和蔼可亲的笑容，"怎么称呼？"

"胡非。"

"胡先生是问姻缘还是求事业……"老者话说到一半，猛然停下来，讪讪一笑，低声自嘲，"丢人，拿错剧本、念错台词了。"

胡非却恍然不觉，似乎没有听见，左右打量了房间几眼，确定没有监控，才说："事先声明，不许录像，不许录音，否则告你侵犯隐私。"

"不会的，放心，本人当心理医生几十年，尊重病人隐私是基本原则。"老者轻抚胡须，一副老神在在的模样。

"既然你是心理医生，我先考一考你，你如果能猜中我的职业是什么，我们就继续谈下去。如果猜错了，对不起，你的基础知识都不过关，没有办法帮我解决心理问题。"胡非打定了主意，想耍他玩？好，那就试试。

见老者不动声色，胡非又左右扫了几眼，问道："没见到收费表，一小时多少钱？"

"真当我是算命先生了？好，姑且试上一试。"老者哈哈一笑，"价钱等下再谈。"

"咖啡来了。"何小羽从楼上下来，茶盘中有一杯咖啡、一杯绿茶。

老者借端茶之际，不动声色地轻轻敲了敲茶杯，说道："你先上楼，没有我的吩咐，不许下来。"

胡非的目光在何小羽身上停留片刻，眼中闪过光亮，既惊艳又羡慕。不过他迅速调整了情绪，收回了目光。毕竟正事重要，眼下的事情，关系重大，不能有丝毫闪失。

其实在胡非进来之前，他的一举一动就被老者在二楼看得清清楚楚，包括他下车的动作以及在门前的停留。

此时老者和胡非面对面，近在咫尺，胡非的浓眉、大耳以及黑紫色的嘴唇，尽收眼底。从气色来说，胡非除了嘴唇黑紫，多半心肺有问题之外，其他方面并无大碍。不过话又说回来，胡非是不是有隐疾，只凭望色无法做到，他的功夫还没有达到望色而知未病的程度。

胡非要解决的是心理问题，他现在的身份也只是心理医生，就不要多管闲事关心心理建设之外的事情了。老者心中再次冒出老爸的叮嘱：

"千万不要暴露你的真实身份！"

胡非下车时，先是观察了一下车内的情况，又留意了周边环境，并且在门口稍作停留，展现出了细心、谨慎和专业的素养。而和他见面后，在选择古典还是现代风格时，选择了古典，饮品却挑选了咖啡，说明他是一个能随机应变、并非不知变通之人。

但在咖啡的选择上，又故意不明确深度还是中度，并且不说加不加糖，可见胡非有一定的心理学知识，并且是很不愿意被别人掌控主动权的性格。虽然以上细节并不能让老者确定他的具体职业，但至少可以缩小范围——胡非从事的是严谨、细致并且可以具体量化的工作。

细分的话，教师、财务官、律师、房产中介等都在范围之内。

仅仅有以上细节，不足以让老者精确判断胡非的职业，但从他的衣着打扮以及所开的迈巴赫来看，可以排除大部分职业。毕竟没有哪一份工作，可以让人买得起一辆价值近三百万的豪车。

一个关键的细节，让老者对胡非的职业判断有了明确的方向——胡非问收费标准时是以小时为计量单位，实际上，作为并不正规的心理诊所，一直以来都没有统一的收费标准，都是根据聊天的热烈程度以及病人的心情好坏给钱，多少不限。

也正是因此，天下正心理诊所才收入微薄。

老者朝窗外望了一眼，目光在迈巴赫车上驻留了片刻，回头冲胡非温和地一笑："胡律师是哪家律所的合伙人？收费标准一小时是一千块还是两千块？"

第六章 入则朴实无华，出则锋芒毕露

胡非有些走神儿，他是被老者身后的一把汉剑吸引了。

汉剑摆放在一个造型古朴的剑架之上，长约七十厘米，剑身被包裹

在精美的剑鞘之内，只露出了简单大方的剑柄。

"什么？"胡非眉毛微微一挑，"你刚才说什么？"

"律师是心理素质非常强大的职业，胡律师找我，应该不是有什么心理问题，而是另有所图吧？"老者回身拿过汉剑，横在胸前，陡然拉出了剑身。

剑身正对窗外的阳光，寒光一闪，让胡非眼前一亮，短暂地失明。等他恢复过来，汉剑已经被放回了原位。

"胡律师知道我为什么喜欢汉剑吗？汉剑入鞘则朴实无华，出鞘则锋芒毕露，正合儒家的温良恭俭让和外圆内方的为人准则。一藏一显，尽得'君子藏器于身，待时而动'之精髓。"老者呵呵一笑，胡须微微颤抖，"咖啡再不喝，就要凉了。"

胡非蓦然一惊，下意识地站了起来，说道："不可能，你怎么会猜到我是律师？难道你知道我找你的目的？"一想又不对，对方是不是郑道还两说，就算这个糟老头子真是郑道，他也不会知道自己为何而来。胡非失望并沮丧于自己的失态，说好要掌控主动权、占据上风，怎么不知不觉中就被对方带了节奏？

他阅人无数、见多识广，才一个回合，就败在了一个名不见经传的小诊所的江湖郎中手里，丢人，太丢人了，不由得有几分老羞成怒，着急地说："你到底是不是郑道？我不是病人，我找郑道有大事！"

"既然你不是病人……"老者点了点头，起身上楼，"我叫郑道下来。"

老者来到二楼，见何小羽和何不悟都在自己房间，一个支着耳朵，一个一脸贱笑，不由得气笑了，说道："你们走，都走！"

何不悟嘿嘿一笑，凑过来说："郑道，你刚才的几把刀比你爸还有范儿，要是他早早让你出马，说不定早就赚了大钱。我刚才帮你算了算，你有财运，而且是偏财运。你看你接手的第一个客人就是一个有钱的主儿，乖乖，一辆车就三百万，个人资产少说也得三个亿……"

何小羽推开何不悟，边帮郑道卸妆边说："没看出来你还有点儿真本事，演技朴实无华，不浮夸、不做作、不生硬，入戏又快又深，如果不是我帮你化的妆，我都会以为你真是一个六十多岁的老头子……"

"喀喀，什么老头子，老神仙，老神仙！"头上的假发被摘掉，粘上的白胡子被取下，郑道露出了真容，"毕竟在人们的传统观念中，医生年纪越大，水平就越高，我也是适应世情嘛。心理医生，疏导为上，只有让病人相信我医术高明，他们才会听我的建议，如此，才能为他们排忧解难。"

"毕竟，身病易治，心病难医。心病从来无药医，只言片语化心迹。"郑道完全恢复了本来面目，抹了一把脸，"不说了，我得赶紧下去了。"

"郑道，你问问他是不是还单身……"何不悟拉住了郑道的胳膊，"看样子也就是三十岁出头，又是律师，要是还没有对象就完美了，就是矮了一点儿……"

"老何头儿！你行不行啊？"何小羽哭笑不得，推开何不悟，"胡非找你到底是什么事情？我总觉得没好事。不过你不用担心，有我在，他要是敢欺负你，我把他打趴下！"

郑道只是点了点头，没有说话，他表面上轻松自若，其实内心隐隐有一种山雨欲来风满楼的感觉。老子说，祸兮福之所倚，福兮祸之所伏。孰知其极？其无正。正复为奇，善复为妖……胡非的突然出现和老爸的意外出走，会不会有某种内在的联系？

世间万事万物，从来不会孤立地存在，如果你觉得孤立，那是你还没有发现背后隐藏的牵一发而动全身的逻辑。所谓"孤阴不生，独阳不长"，表面上风马牛不相及的两件事情，在错综复杂的诸多线索中，肯定可以找到一个共同的关联点。

"我去弄清他的真正目的，你们别下楼。"郑道点点头，用年轻人的步子快速下楼。

胡非接了一个电话，心情又烦躁了几分，他强迫自己冷静下来，不能过于情绪化。他是律师，冷静而专业地处理客户交代的事情是专业素养。刚才的插曲让他觉得滑稽，他怎么会认为一个六十多岁的老头儿会是郑道本人？郑道和杜葳蕤是同学，据杜若说他和杜葳蕤同岁，应该也是二十五岁才对。

那么，刚才的老先生就是郑道的父亲了？胡非对老者的印象不错，虽然他很排斥传统文化，但老者的仙风道骨以及从容的姿态，还是让他很有好感。

"胡律师，您找我？"一个年轻而充满活力的声音在屏风的另一边响起，"这边请，我是郑道。"

胡非回身一看，屏风现代装修风格的一侧，站着一名男子，笑容干净阳光，穿着得体简洁，乍一看，是一个温文尔雅、淡然如松的年轻人。

胡非来不及多想，下意识迈开脚步来到了另一侧，离得近了，更加强烈地感受到郑道周身散发的平和气息，像是……他脑中蓦然闪过一个强烈的念头：对，像是一把朴实无华的汉剑。

朴实无华是剑身入鞘，如果出鞘呢？

"胡律师，请坐。"郑道和胡非握了握手，自顾自坐下，开始煮水泡茶，"夏天快到了，喝绿茶可以清心降火。"

"你就是郑道？"胡非有些怀疑，接过茶水放到一边，心里有几分不信，郑道也太帅了吧，"你真是郑道？"

也就是几秒钟的时间，胡非的脑中闪过无数用来形容男人有魅力的词语——剑眉星眸、清新俊逸、挺鼻薄唇、风流倜傥、潇洒英俊、古雕刻画、淡定优雅，等等。他这辈子头一次这么描述并盛赞一个人的长相，还是个男人！他顿时觉得可耻而羞愧。郑道长得根本不帅！呸，他是小白脸儿，还娘娘腔，是个小男人！

"刚才的老先生是我爸，他喜欢让人做选择题，我不一样，我喜欢直接给答案。"郑道看了看身后的金属书架，"是不是很有后现代风格？"

和对面的古典风格不同，这边的后现代风格十分冲击眼球，除了生锈的金属书架之外，墙上还挂了一些具有抽象意味的油画。但让人诧异的是，金属书架上摆放的不是外国的经典名著，而是线装古书。

《黄帝内经》《神农本草经》《千金要方》《难经》《伤寒杂病论》《华佗神方》《神仙济世良方》一类的中医书籍摆放在最上面，下面一层是《周易》《山海经》以及《奇门遁甲》一类的奇书。

中国传统医学四大经典著作（《黄帝内经》《难经》《伤寒杂病论》《神农本草经》）和上古三大奇书（《山海经》《周易》《黄帝内经》）被摆放在一起，不知有何用意，也与整体风格不搭，颇有几分不伦不类之感。

更让人无法理解的是，四面的墙壁还是不同的颜色，正对他的一面是黑色，背后是白色，左边是红色，右边是黄色，头顶是……绿色。

这就有点儿尴尬，胡非下意识地挪了挪位置，想让屋顶的绿色不那么垂直在头顶之上，他现在对绿色有点儿敏感加反感。

"胡律师不喝茶吗？"郑道抿了一口茶，"是不是觉得颜色和氛围有些不搭？不搭就对了，要的就是中西结合的风格。"

屏风上有一副对联，上联：宁愿架上药生尘；下联：但愿世上无病人。

胡非不由得讥讽道："这对联怎么这么虚伪，哪里有不想做生意的医生？"

"医生只是职业和生意吗？"郑道眼皮轻轻一抬，"古人的志向，不为良相，便为良医，出发点要么为国为民，要么治病救人。如果连医生也当自己的所作所为只是职业和生意，完全没有医者的仁心，那医德何在？在以前，棺材铺老板也不会对客人说欢迎下次光临。"

"哈哈，医者仁心？开什么玩笑，医生和你非亲非故，为什么要对你怀有仁心？患者对医生来说，只是一个病人、一次生意和经济来源。你生病，我治病；你付款，我赚钱，如此而已。"胡非笑得很放肆，"我从来只当律师是一个职业，一个可以赚大钱的工作。帮客户打赢官司，'拿人钱财，与人消灾'是我的人生理念。"

郑道微叹一声，说道："传统文化里，文人也好，大夫也罢，良相良医都是为了修身齐家治国平天下，而到了今天，都是为了赚钱。出发点决定格局，格局决定成就……胡律师，外面的迈巴赫不是你的车吧？"

"为什么说不是我的车？"胡非故作镇静，神情傲慢，只是傲慢之下，眼神中流露出那么一丝不自信。

"你格局太小，所以事业上的成就有限，你不可能买得起三百万的豪车。"郑道眯着眼睛，露出得意而欠揍的笑，要的就是气一气胡非。只有胡非被他激怒后乱了阵脚，在接下来的较量中，他才能充分掌控主动权。

一番交手下来，郑道很清楚胡非来者不善。不管他因何而来，肯定是没有好事，更不用说刚才的试探过后，他基本上了解了胡非的为人——利益至上，毫无敬畏之心。

"你说什么就是什么……"出乎郑道意料的是，胡非并没有反驳和争论，而是翻了一下手机，打开了录音，"郑道先生，接下来我要问你几个问题，事关你的切身利益，希望你如实回答。如果撒谎，你会承担由此带来的一切后果，明白吗？"

"明白。"郑道毫无惊讶之色。

胡非暗暗吃惊，莫非郑道已经事先得到了消息？不应该啊，杜若说郑道对此一无所知。他愣了愣，仔细回忆了事情的前因后果，确定郑道应该是什么都不知道。

"你叫郑道？"

"是。"

"你毕业于医科大学心理系？"

"是。"

"和杜葳蕤是同学？"

"是。"

"认识杜若吗？"

"算认识，他是杜葳蕤的弟弟，见过几面，不熟。"

"和杜葳蕤几年没有见过面了？"

郑道微微一想："大学毕业后见过一两面，一直到现在……差不多四年了。"

"没见面，也没联系过吗？"

"也就是微信联系过几次，很少。"

"同学会你也没有参加过一次？"

"没有，没富可炫，没女朋友可带，没成就可吹，就没去丢人。"郑道嘻嘻一笑，毫无羞愧之意，"还有问题吗？没有的话，该说出你来找我的真正目的了。"

胡非迟疑了一下，说道："我受杜葳蕤之托，来确定一件事情：你是否愿意担任你和杜葳蕤的两个孩子的法定监护人？"

"你……你说什么？"郑道猛然站了起来，脸上的震惊无以复加，

"孩子，还是两个？我和杜葳蕤生的？你没开玩笑吧？"

郑道不知道该怎么形容自己的心情了，刚丢了爹，又喜当爹了……

/第七章/　祸兮福之所倚，福兮祸之所伏

大学期间，郑道和杜葳蕤同学五年，二人始终是不远不近的关系，虽是同班同学，估计在一千八百多天里说过的话加在一起不超过五十句。

毕业至今，又过去了四年，除了毕业的第一年还零星见过几次之外，后来的几年时间里，他基本上失去了杜葳蕤的消息。在班级的微信群里，他是极少"冒泡"的一个，杜葳蕤更是从未发过一言。

印象中，杜葳蕤沉静而优雅，话不多，淡然如荷，从来不争什么，也很少参加各种集体活动，总是独来独往，还喜欢一个人发呆。时隔多年，郑道依然清晰地记得杜葳蕤抱着课本站在校园的樱花树下，忧伤地沉思的样子。

郑道一直想不明白，如杜葳蕤一般文艺的女孩儿，为什么要学医？她应该学哲学或是艺术才对。

作为班花，杜葳蕤追求者众多，她从来都是拒人于千里之外，没有给任何人机会。或许她人如其名，只求自己静静地开，并不希望有人欣赏或是采摘。

> 兰叶春葳蕤，桂华秋皎洁。
> 欣欣此生意，自尔为佳节。
> 谁知林栖者，闻风坐相悦。
> 草木有本心，何求美人折！

至少在郑道的视线范围之内，杜葳蕤直到大学毕业时都是单身。她

喜欢一个人散步，喜欢伤春悲秋，身体不是很好，饭量很小。基本上每年换季时，她总会病上一段时间。

大学期间没多少交流，大学毕业后只见过一两面，始终保持了绝对安全的友谊距离，四年前见的最后一面，顶多就是目光的互动。难道说，他真的有瞪谁谁怀孕的特异功能？

或者是酒后乱性？郑道用力抓了抓脑袋，除非是他失忆了，否则不会发生上述事情。可为什么杜葳蕤会委托律师送两个孩子给他？不是他的孩子让他负责，这完全是无妄之灾！

郑道本想矢口否认，见胡非一脸期待的表情，心中顿时一跳，不对，哪里不对，背后肯定有某种内在的隐蔽的联系。老爸刚失踪，就有人送子上门，要是两件事情之间完全没有干系，老爸对他十几年的教导以及他的本事就喂狗了。

世间从来没有孤立发生的事情，老爸最喜欢引用老子的一句话："有无相生，难易相成，长短相形，高下相盈，音声相和，前后相随，恒也！"

那么，是不是可以认为，老爸的失踪是送子上门的前因？

以郑道对杜葳蕤的了解，除非遇到了无法解决的天大的难关，否则她不会麻烦别人。直到大学毕业后，许多同学才知道，杜葳蕤是著名的天冬集团创始人杜天冬的长女，是一个不折不扣的"白富美"。她从来没有向任何人展示过自己的身份，也没有显露过财富，和普通人一样低调而朴素。

胡非敏锐地捕捉到郑道的惊讶之中有难以置信的成分，问道："你这么震惊，难道孩子不是你的？"

"当然……"郑道只迟疑了半秒钟，"当然是我的！主要是就一次，一次就命中，而且还是双胞胎，我太佩服自己了，超级神枪手。"

胡非一口气提到了嗓子眼儿，原本期待郑道否认孩子是他的，自己就可以将孩子带回去，光荣完成任务了，不想郑道要多不要脸就有多不要脸，还恬不知耻地炫耀自己的能力，真是一个……畜生！不，根本就是禽兽！杜葳蕤生孩子时，才二十一岁，郑道还是人吗？他努力克制着情绪：切记切记，你现在是律师，不是杜葳蕤的追求者，也不是郑道的情敌。

"你是否愿意担任你和杜葳蕤的两个孩子的法定监护人？"胡非一副公事公办的口气，又强调了一遍，"请回答我的问题。"

"愿意！"郑道注意到了胡非眼中一闪而过的失落，以及提到杜葳蕤名字时不经意流露出来的向往，知道胡非对杜葳蕤有感情。他要弄清事情背后的真相，胡非就是一个不错的突破口。

胡非从公文包中拿出一份协议，递了过去，说道："你看一下相关条款，如果没有问题，就可以签字了。"

"能不能关了背景音乐？听了让人有些烦躁。"胡非刚才的心思全部在郑道身上，没留意有音乐，只听出是古筝，并不知道是什么曲子。他平常也不听中国的传统乐曲，现在只觉得烦躁不安。

怪事，为什么他从进入院子的一刻起就觉得心绪不宁、浑身难受呢？多半是和郑道气场不合的缘故。

"知道这是什么曲子吗？是《江南好》。多好听的曲子，舒展、悠扬、深远，高而不亢、低而不臃、绵绵不断，犹如枯木逢春。你听了却觉得烦躁？"郑道一副了然于胸的神情，微微点头，"你肠胃不好，以后要注意饮食。"

在手机上点了几下，郑道切换了曲子，接着说："来，听听悠扬沉静的《春江花月夜》，感受一下生机蓬勃之气……怎么样，好一些没有？"

乐曲一换，胡非感觉到的压抑和憋闷之意随之消失，不由得长舒了一口气，感叹道："太奇怪了，怎么这么神奇？"

"这算什么。"郑道自信地一笑，他身上神奇的事情还多得很，只是有些话不能明说，说了估计胡非也不懂，更不会相信。

百病生于气，百病起于寒，百病止于音、止于静、止于宁！五音对应五脏，当然，房间中设置的五色也对应五脏。

他简单扫了一眼协议，漫不经心地问道："杜葳蕤为什么不自己抚养孩子，都这么大了才想起让我当监护人？她是不是带着孩子不好再嫁？"

"她……死了！"胡非至此已经完全相信郑道没有说谎，他的每一次回答以及所有表现都符合杜葳蕤委托书上面的要求，现在该进入第二阶段了，"得了不治之症。"

"啊！"郑道震惊得猛然站了起来。今天是他的生日，他接连受到惊吓，老天对他开的玩笑是不是有点儿太多了？

"什么时候的事情？"郑道有几分不信。杜葳蕤虽然有些体弱多病，但据他对她的观察，她除了有些先天肾水不足，后天脾胃也不足之外，并无大碍，顶多就是一些睡眠不好、肠胃不适的慢性病，怎么就突然没了呢？

事情越来越复杂了，郑道嗅到了一丝阴谋的味道。

"一周前，"胡非斜眼暗中窥探郑道的反应，确定郑道的举动是真情流露，而不是演技高超，"杜葳蕤女士委托我来确认你是否符合指定监护人的资格……"

等等，说了半天，现在还没有确认他有没有资格？郑道收起悲伤，又坐了回去："逗我不是？孩子就算是我的，但我并不知情，我也有权拒绝成为孩子的指定监护人。就算你们确认了我符合资格，我也可以放弃资格，对吧？"

"对。"胡非眼中闪过一丝欣喜，他巴不得郑道主动放弃。

"嘻嘻，说条件吧，我才不会放弃，逗你呢。"郑道双手抱肩，咧嘴一笑，很开心地看着胡非眼中的光彩迅速暗淡下去，"毕竟是自己的后代，而且已经长这么大了，正是省事又好玩的时候。"

他从来都是一个喜欢掌控主动权之人，才不能被胡非带到沟里去。

胡非差点儿没被气歪鼻子，郑道比他想象的还坏、还要刁钻，他忍了忍，介绍道："第一，确认你有必要的基础条件保证孩子生活；第二，确认你保证可以治好两个孩子的病；第三，满足以上两个条件，杜葳蕤女士所持有的天冬集团百分之二十的股份，将会在半年内完成法律手续，归你所有。"

"啧啧——"郑道夸张而不遗余力地表现出贪婪之色，"父凭子贵，我拿到了天冬集团百分之二十的股份后，还愁没有足够的基础条件抚养两个孩子吗？养二十个都不成问题。"

"胡律师，我们之前不认识吧？"郑道愈加肯定胡非并非只是杜葳蕤的代理律师那么简单，他总是有意无意地流露出不想让他成为指定监护人的意图，对他也有一种本能的敌意，说明胡非掺杂了太多的个人情感。

"不认识。"

"不认识的话，你为什么对我有情绪？"郑道斜着眼睛坏笑，"难道你喜欢杜葳蕤，一直求而不得？"

胡非险些被郑道的语气和姿态气得暴跳如雷，还好他多年来应付各种刁钻客户的经验及时制止了他的冲动。冷静之后才明白郑道是有意挑动他的情绪，想要牵着他的鼻子走。

休想！他胡大律师是何许人也，纵横律师行业多年，打赢了许多高难度官司，也是响当当的一个人物，岂能被一个无名之辈左右？他冷冷一笑，冷漠地说："概不回答任何与委托无关的问题。"

郑道试探完毕，也不再和胡非计较，心思一动，问道："孩子得了什么病？"

杜葳蕤体弱多病，又是得病而死，莫非她的病遗传给了孩子？有些病会遗传，有些病则不会。郑道想起早饭时见了那两个孩子一面，至少从表面上看，他们都很健康。

当然，以郑道的能力，不足以看一眼就能判断对方的健康度。所谓"望而知之谓之神，闻而知之谓之圣，问而知之谓之工，切而知之谓之巧"，望闻问切，神圣工巧，四个层次，他充其量只是在"巧"的阶段。

老爸到底在哪个层次，他不得而知，据说老爸在金盆洗手之前，就已经到了望而知之的最高阶段。说实话，郑道有几分不信。也许是和老爸在一起久了，所谓身边无风景，眼前无伟人，他总是觉得老爸普通得很。

"你……就是我们的爸爸吗？"

杜无衣和杜同裳站在门口，二人手拉手，犹如一对金童玉女。他们的身后，还跟着一狗一猫。

/第八章/　岂曰无衣，与子同裳

中奖了？这辈子第一次中奖，还是双黄蛋！

真好看！郑道内心发出一声赞叹，随即第二个念头是：可惜了，真

028

不是我的娃！

从表面上看，两个孩子粉嫩白净，和大多数小孩儿一样，呈现精气神充足的健康气色。二人差不多有一米二的身高，二十公斤的体重，在同龄人中属于中等偏上的水准，说明营养跟得上，也说明各方面都发育正常。

"是不是看上去都正常？"胡非起身拉过两个孩子，"如果你判断不出两个孩子有问题，对不起，你无法成为他们的指定监护人，更拿不到天冬集团的股份。"

郑道没理胡非，笑意盈盈地冲二人招了招手，温柔地说："我是不是你们的爸爸，现在还不能确定，但肯定是你们的叔叔。来，叫叔叔！你们叫什么名字？"

"杜无衣，"杜无衣挣脱胡非的手，来到郑道面前，"妹妹叫杜同裳。是妈妈起的名字，好听吗？"

"岂曰无衣？与子同裳。王于兴师，修我甲兵。与子偕行！"郑道又想起了杜葳蕤独行吟诗的身影，不由得心神一荡，"好听，特别好听。"

"不过……"杜无衣歪着头打量了郑道一会儿，"你长得不太像我，会不会不是我爸爸？"

杜同裳紧紧抓住胡非的手，连连摇头说："我不喜欢他，我不让他当我爸爸，我想回家。"

"同裳，要听妈妈的话，妈妈让我们以后和爸爸一起生活，你不听妈妈的话，妈妈会不开心的。"杜无衣小大人一样托着下巴想了想，"胡叔叔，前面的测试，他通过了吗？"

"通过了。"胡非心中窃喜，如果两个孩子不喜欢郑道，他就可以光明正大地带回他们，也不违背杜葳蕤的遗愿，"不过他最终是不是可以成为你们的监护人，还得看他能不能通过你们的测试。"

"我现在就想知道，他到底是不是我们的爸爸？"杜无衣口齿伶俐，思路清晰，"胡叔叔，你告诉我。"

"嗯——"胡非有几分为难，微微迟疑，"在没有做亲子鉴定前，他只能算是情理上的爸爸，不是生理上的。"

"哥哥，我们回家好不好？"杜同裳拉了拉杜无衣的手，"我不喜欢他，不喜欢这里。我想回家，我想和姥爷、舅舅在一起。"

"不行！"杜无衣坚定地摇头，"一定要听妈妈的话，不听妈妈话的孩子不是好孩子。妈妈说，小狗、小猫不喜欢坏人，如果远志和槐米喜欢他，就说明他是好人，那我们就留下来，好不好？"

好吧，郑道无奈地咬了咬嘴唇，自己长这么大第一次被人嫌弃和挑剔。没办法，忍了吧，谁让他好胜心、好奇心都重，非要迎难而上主动应战。好奇害死猫的道理他懂，但就是越懂就越好奇。

最气人的是，测试他的工具是一狗一猫，简直太污辱他的情商了……不过随即杜无衣又说了一句话，立马抚平了他的内心。

"胡叔叔，如果我和妹妹留下来，除了股份外，我们两千万的生活费是不是也要打给爸爸？"

两千万的生活费？郑道在脑中迅速算了一笔账，省吃俭用一些的话，他和两个孩子几十年的生活都没有问题。如果天冬集团的股价稳步升值，那他妥妥地从一穷二白的小子迈向人生巅峰，就算带着两个娃，也有足够的资格迎娶白富美了。

光是想想就让人心潮澎湃呢……郑道几乎要笑出声了。还好，在老爸的熏陶下，他始终相信世上没有免费的午餐，更不用说是天上掉股份加现金的好事了。

郑道还没有被突如其来摆在面前的一大笔财富冲昏头脑，比起百分之二十的天冬集团的股份——先不算到底值多少个亿了——和两千万的现金，两个认他当老爸的孩子和背后真正的原因，才是问题的关键所在。

"是的，是这样的。"胡非出于基本的职业操守，只能实话实说。

"槐米、远志，你们喜欢他吗？"杜无衣回身招呼懒洋洋地卧在一边的一猫一狗，"过来，你们都过来。"

狗是黄色的拉布拉多，猫是灰色的英短。可以看出，远志是杜无衣的玩伴，而槐米则和杜同裳更亲近。

郑道以前养过狗和猫，虽然是国产品种——中华田园犬和三花猫，但都很温驯听话，并且和他关系很密切。有一点他和老爸不同，他喜欢小动物，老爸喜欢花花草草。

远志"汪"了一声，迈着悠闲的步伐慢悠悠地来到杜无衣的身边，在他身上蹭了蹭，然后警惕地看向郑道。

　　郑道回应远志一个温和的眼神，他蹲了下来，轻轻抱住杜无衣，右手轻轻捏住了他的手腕，感受到他脉搏的跳动。春脉弦夏脉钩，春夏相交之际，如弦似钩，是正常的脉象。体温也正常，肌肉和骨骼也发育良好，为什么会说他有病呢？郑道一时怀疑胡非是不是有意虚晃一枪，为他设置障碍。

　　他用左手轻轻抚摩远志的头，有多年养狗经验的他，感受到远志温驯的眼神和摇头摆尾的姿态，知道远志并不讨厌他。他的手下探，轻轻揉了几下远志的脖子，又抓了抓它的左腿。远志轻叫一声，卧了下来，依偎在郑道和杜无衣中间，眯起眼睛，颇为享受郑道的抚摩。

　　槐米却不如远志温驯，它傲然地看了郑道一眼，漫不经心地走到远志身边，伏在了远志的身上。郑道从槐米的眼神中读出了冷漠和疏远，不过不要紧，猫一向如此，他太了解猫的习性了。

　　郑道抱着杜无衣，牵起远志，朝旁边走去。果然如他所想，被扔下的杜同裳不干了，急忙过来牵住了杜无衣的衣服。而被冷落的槐米也站了起来，不满地"喵"了一声，跟了过来。

　　就像有些人一样，你越是"跪舔"，对方越是不可一世；一旦你不理不睬了，对方就又会觉得备感失落，会主动过来。

　　根据郑道的观察和分析，杜同裳虽然不是很喜欢他，但她比较听杜无衣的话，而槐米又是她的跟班。纲举目张，只要赢得了杜无衣的好感，就会获得杜同裳、远志的认可，唯一剩下的槐米，就算不想接受，也得接受他了。

　　"这小子……有点儿本事。"胡非在心中喟叹一声。尽管不愿意承认郑道比他想象的更优秀、更英俊，但也不得不面对郑道已经通过了所有测试的局面。

　　不对，还有一关……胡非正要在协议上签字时，眼前一亮，说道："郑道，你还没有明确是不是可以治好两个孩子的病……首先你得告诉我，根据你的判断，他们得的是什么病，多久可以治愈他们？"

　　郑道在杜无衣和杜同裳身上打量几眼，目光一闪，又在胡非的脸上停留几秒，心中就有了主意，回答道："他们是两个健康的宝宝，除了妈妈的离去为他们带来了心理上的创伤之外，没其他问题。和爸爸在一起，会很快地安抚他们的心灵。"

胡非怔在原地。原本以为，最后一道难题可以让郑道功亏一篑。他提前看过了答案，杜无衣和杜同裳非常健康，各项指标良好。之所以特意设置一个有意误导的难题，是杜若的主意。在杜葳蕤的遗嘱中，并没有这一条。

没想到，郑道还是通过了测试，这家伙真是走了狗屎运——坐享其成白捡了两个孩子不说，还轻松地喜当爹，几年来什么都没有付出，除了四年前的一夜之外——孩子带着价值十几亿的股份和两千万的现金，完全改变了他失败者和穷光蛋的命运！

不公平，老天太不公平！为什么不是自己？胡非在心中发出了不屈的呐喊。他不比郑道长得差，还比郑道本事大，比他努力，除了长得比他矮一点点之外，他简直就是完美男人的典范。为什么杜葳蕤不喜欢他？为什么孩子不是他的？

退一万步讲，就算孩子不是他的，只要杜葳蕤肯嫁给他，他也可以成为天冬集团的股东，成功实现完美的人生逆袭！尽管他身为高级律师也收入不菲，但和庞大的天冬集团相比，不过是高山脚下的一株小草。

"协议上并没有注明股份转让期限和现金打款日期。胡律师，解释一下？"协议很简单，条款很清晰，没有什么陷阱和约束，但只明确了股份和现金的数额，执行日期却没有注明，这显然不是疏忽，而是有意为之。对方故意含糊其词，郑道却不想被当成傻瓜蒙蔽。

"后续事宜，会有人进一步和你交接。我的工作到此为止！"

饱含悲怆和凄凉以及愤怒和不甘，胡非给郑道办理好了所有手续，带着协议离开了天下正心理诊所。

在胡非上车的一瞬间，郑道站在门口送客，突然问了一句："胡律师，你的名字是不是胡作非为的简称？"

胡非用力关上车门，又抬脚轰了几声油门，以表示对郑道无礼的抗议。

望着胡非的汽车驶离了院子，郑道脸上的笑容逐渐变得凝重。他刚才说谎了，杜无衣和杜同裳表面上发育正常、身体健康，实际上确实有某种未知的隐疾。到底是什么病，他不清楚，他只是知道他们的身体有些先天的问题，也许是遗传。

一般来说，母亲在怀孕时，由于新生儿的干细胞有很强的再生功能，进入母亲体内后，会帮母亲修复一些损伤的器官。所以经常会有一些母亲在生育后身体机能提升许多的现象，民间也有生了孩子会身体好的说法。

但凡事都有两面性，母亲自带的一些疾病也有可能会遗传到孩子身上，有些病的遗传概率还很高。如果杜葳蕤确实是因病而死，那么很有可能她的病遗传到了杜无衣和杜同裳身上。或许老爸可以在短时间内摸清两个孩子的病情和原因，但他不行，他的功力还差了不少火候。

毕竟年轻呀，要是老爸在就好了……郑道回身看了看两个孩子，忽然就愁上心头。他一个未婚单身的五好青年，好好的，怎么就当爹了？还是两个孩子和一狗一猫的爹，以后的日子可怎么过呀……

/第九章/　咎莫大于欲得，祸莫大于不知足

天冬集团总部天冬大厦位于东开发区长江大道一号，主体建筑是一栋十八层的高楼，始建于庚辰年庚辰月，曾经一度是石门第一楼。

十五年后的今天，天冬大厦不但不再是石门第一楼，在东开发区的众多高楼中，也不再起眼儿。尽管如此，其标志性的犹如一支毛笔的设计，依然会引起路经此地的人的关注，一些知道天冬集团昔日辉煌历史的石门人，总会不由自主地说上一句："东西南北中，石门有天冬。"

天冬大厦十八层是最高层，可以直通天台，天台上建造了一个空中花园。正是草长莺飞、鲜花争相斗艳的季节，不到两百平方米的花园，既有阳光房，又有凉亭，还有在阳光下的各种鲜花。

凉亭下，茶香四溢，一位老者和一个年轻人相对而坐。老者不到六旬的年纪，精神不错，脸色红润而有光泽，一身休闲装，头发花白，笑容平和而慈祥。风吹衣襟，微有出尘之意。

对面的年轻人，周身名牌，头发一丝不乱，左耳挂了一枚耳坠，右手的虎口处文了一朵蝴蝶兰。左眼大，右眼小，双眼都是下三白[1]。

"爸，姐姐真的去世了？"杜若不停地转动身子，坐不安稳。实木的椅子没有软包也就算了，连靠垫都没有，真想不通爸爸为什么非要坐硬板凳。

"这事儿能开玩笑吗？"杜天冬不满的目光在杜若身上停留片刻，轻轻咳嗽一声，"坐正了，别摇来晃去，没形象！"

"硬板椅子太难坐了，不如沙发舒服。"

"你们年轻人熬夜、喝酒，不日出而作，久之伤身。"杜天冬冷哼一声，语气严厉了几分，"坐不了硬座，说明你正气不足。你才多大？照这样下去，你早晚气血两亏，未老先衰。"

"又来了。爸，都什么年代了，收起您那一套老掉牙的理论。"杜若起身，从旁边的冷饮柜里拿出一瓶可乐，打开后咕咚咕咚地喝了一气，"这事儿怎么想怎么觉得蹊跷，没听姐姐说过当年她和郑道有一腿……喀喀，谈过恋爱，怎么孩子就是郑道的了？"

"少喝冷饮，容易肠胃感冒。躁胜寒，静胜热，清静为天下正。"杜天冬有些愠怒和不满，"心静自然凉。"

"你姐姐的事情，别说你不知道，连我也知道得不多。她临死前说孩子是郑道的，难道还会有假？你又不是不知道，她从小到大都是一个倔强的好孩子，从不听话，也从不说谎……"杜天冬眼圈红了，擦了擦眼睛，"白发人送黑发人，人间悲剧！"

"可是郑道没能力养育无衣和同裳，他是一个'穷八怪'！"杜若焦躁地走来走去，"又穷又丑又作怪！我不明白，为什么偏偏是他？"

"我们必须尊重你姐姐的遗愿！"杜天冬微有不满之意，眼神中也流露出一丝恨铁不成钢的无奈，"你委托的胡非律师……可靠吗？"

---

[1] 下三白：指瞳仁很靠上的眼睛。

"可靠，百分之百地可靠。他也是姐姐的追求者之一，喜欢姐姐好几年了。委托他去办理交接手续，也是姐姐的意思。"

"爸，如果郑道不能通过测试，是不是可以把无衣和同裳带回来？我会把他们当作自己的孩子，抚养他们长大。"杜若挤出几滴眼泪，"姐姐太可怜了，这么年轻就没了……如果真是郑道的孩子，我非得好好收拾他一顿不可！太渣了，这么多年从来没有见过孩子一面！"

杜天冬却没有丝毫的埋怨，长叹一声，眯着眼睛望向天空，说道："郑道又不知道他有两个孩子！每个人都有不得已的苦衷，你不知道他都经历了些什么，他也不知道他将会面对什么样的命运！"

"易者，易也，具阴阳动静之妙；医者，意也，合阴阳消长之机……但愿郑道懂得变易的道理。"杜天冬意味深长地看了杜若一眼，"杜若，既然尊重你姐姐的遗愿，就要坚持到底，你不要再在背后使什么绊子。"

"不会不会，爸，您说什么呢，我是什么人，您还不清楚？"杜若嘿嘿一笑，"何况姐姐让郑道作为指定监护人也有条件，郑道满足不了她的三个条件，他也当不了监护人，拿不到股份！"

"也不知道郑道有没有过关……"杜天冬见过郑道一次，时间太久，以至于他都忘记了郑道的模样，"他还是太年轻了，不好说得了几分郑见的真传。无衣和同裳的病，也只有郑见才有几分把握。这个郑见，越老越没正行，找了他几十年，刚找到他，他就跑掉了，比兔子还快。"

"过关了，郑道这小子居然过关了！"杜若的手机响了一声，他看了一眼信息，顿时变了脸色，站了起来，"爸，胡律师回来了，我去和他碰个面。"

"去吧，"杜天冬挥了挥手，"我再静坐一会儿。"

微有几分惆怅与清冷，杜天冬一个人安静地坐在天台上，目光淡漠地俯视四周，鳞次栉比的高楼在阳光下静默，像是历史的见证者，又像是一座座难以逾越的高峰，一种巨大的空旷和孤独感将他包围。

杜若没有多想，急匆匆下楼，回到十八层自己的总经理办公室时，胡非已经等候多时了。

"情况怎么样？"杜若也没客气，直截了当地问道，"想喝什么自己拿，冰箱里面什么都有。"

"车钥匙还你。"胡非将迈巴赫的钥匙放在杜若的办公桌上，"很顺利……不对，是郑道很顺利，他通过了所有测试，孩子留下了。"

胡非将他和郑道交手的过程复述了一遍，他显然不愿意长郑道的威风，灭自己的士气，该掩盖的地方掩盖，该省略的省略，该自夸的地方不遗余力地自夸，最后总结道："总之，在我的百般阻挠下，郑道勉强险之又险地通过了测试，同裳不是很喜欢他，无衣被他迷惑了。但我相信随着时间的推移，等无衣不再喜欢郑道后……"

"别说了，烦。"杜若打断胡非，扔过去一瓶冰可乐，"只能执行第二步计划了，你觉得我亲自出面要回孩子的可能性有多大？"又觉得刚才的话过于没有底气，杜若自嘲一笑，接着说，"郑道到底是不是真的厉害，还是你被他故弄玄虚忽悠了？相信我这个舅舅一出马，手到擒来。"

"是，是，杜总出手，江山我有。"胡非不失时机地轻拍一记马屁。没办法，杜若一向自负，虽然他并不认为杜若比自己更有本事，但杜若确实更有钱，所以他说什么就是什么。

你有钱你说什么都对，是胡非从事律师职业以来一直坚持的原则。

"不过现在时机不对，最好再多等几天。"胡非咽了咽嘴，"说不定两个孩子住不惯，哭着喊着非要回来，郑道也没办法不是？"

"等几天也行，让无衣和同裳对郑道彻底死心也好。"杜若喝完冰可乐，扬手扔了空瓶，摸了摸发财树的叶子，"姐姐的事情，我总觉得蹊跷。她以前体弱多病，经常感冒，每年都要生病几次。都说经常得病的人不会得急症，她怎么就突然不在了呢？"

急症一般不会发生在常年患有慢性病的人身上，往往暴病而亡之人都是健壮者，胡非对杜若的猜测深以为然："这么说，葳蕤从得病到死亡，你都没有见她一面？连她的后事，也没让你参与？"

"没有！"杜若愤愤不平，"姐姐出国时还好好的，刚出国三天就得了急病，然后爸爸飞到欧洲，再后来就传来了姐姐的死讯。"

最让杜若不能理解的是，姐姐死在了医疗条件一流的德国也就算了，她还立下了遗嘱，要将两个孩子和名下的全部股份，一并转交到孩子的爸爸郑道手中。他当时就疯了。姐姐四年前未婚生下一对双胞胎，就是不肯说出孩子的亲生父亲是谁，他就觉得不对劲，肯定有什么隐情。没想到……那个人居然是郑道！

郑道作为姐姐的同学，杜若也见过他几次，虽然不得不承认郑道很帅、很有男人味，但以他的地位和成就，不足以匹配姐姐的身份。他算什么东西？凭一张好看的脸蛋儿就可以吃上杜家的软饭？狗屁！想吃杜家软饭的人多了去了，排几百公里的长队都轮不到他。

好吧，姐姐想要安葬在欧洲他也就忍了，为什么要将孩子和股份都送给郑道？郑道从来没有付出过什么，他就是一个彻头彻尾不负责任的渣男。

杜若除了痛恨郑道之外，尽管他不愿意怀疑爸爸从中做了什么手脚，但也认为姐姐死得突然，遗嘱也立得莫名其妙。背后到底发生了什么事情，他丝毫不知。

事情确实很古怪。胡非自认阅历丰富，见多了人间恩怨，不管是豪门家族还是普通人家，在财产继承上都在默契地遵循"重男轻女"的惯例，除非是独生女。杜天冬则不同，他不但事事器重杜葳蕤，还将名下的大部分股份转让给了杜葳蕤。

诚然，外界也认为杜葳蕤比杜若更适合接手天冬集团。胡非作为杜葳蕤的追求者之一，也不看好杜若的能力。他身为天冬集团的法律顾问，很清楚天冬集团的现状——杜葳蕤虽比杜若有能力，也更稳重，但她身体不好，又无心于事业。杜若虽有想法，但空有勃勃野心，能力却相当有限。

杜天冬后继无人啊……胡非明白归明白，该帮杜若的还得帮，他有职业操守。当然，也因为杜若出手大方。

"这样，胡律师，我们继续第二步计划……"杜若想通了什么，"先不要办理股份交接手续，也不要给郑道打款，让他先和孩子待一段时间。这段时间里，我们主要做好两件事情。第一，想法子拿到郑道的DNA，和孩子做亲子鉴定，如果确定他不是孩子生理学上的父亲，我们再采取法律措施；第二，查明姐姐病死的真相，我总感觉姐姐没死，是她和爸爸设了一个局，在玩我！"

/第十章/　曲则全，枉则直

胡非离开天下正心理诊所后，郑道刚回房间，何小羽和何不悟就从二楼争先恐后地跑了下来。

何小羽一脸怒气，质疑道："郑道，他们真是你的孩子？你个大骗子，天下第一渣男！骗我这么久，你赔我青春！"

何不悟却是满脸欢喜，将何小羽拉到一边，安抚道："说啥呢？说啥呢！郑道骗你什么了？别给自己加戏。来，我看看孩子……哎呀呀，这么漂亮的孩子，郑道，你真是太会生了。"

杜无衣和杜同裳同时吓得后退一步，躲到了郑道的身后。槐米也惊叫一声，跳到了一边。只有远志奋不顾身地冲到了前面，冲何不悟怒吼，努力保护小主人。何不悟才不怕远志，抓起扫帚恐吓远志："狗东西，再敢叫就赶走你！在谁家呢，也不睁开你的狗眼看看？"

远志毫无惧意，就要扑过去时，被郑道拉住了。

"叔，别闹。"郑道将缰绳扔给了何小羽，回身抱住了两个孩子，"别怕，叫爷爷，叫姐姐。他们和爸爸住在一起。"

杜同裳挣扎着不让郑道抱，她哭着，非要回家。何小羽母性发作，暂时压下对郑道的怒火和怀疑，抱过杜同裳。从来没有带孩子经验的她，被杜同裳无助的哭泣惹得同情心泛滥，手忙脚乱却尽心尽力地哄她。

杜无衣还好，很快就平静了下来，拉着郑道要到处看看，何不悟当即主动表现，在前头带路充当了解说员。郑道看出来，何不悟对孩子是真心喜爱。看着何不悟忙前忙后累得满头大汗，拖着肥胖且并不灵活的身体，还非要爬上爬下，他心中浮起一丝温暖的同时，又想起了老爸。

如果老爸在，他会不会也喜欢无衣和同裳？哪怕他知道他们并不是他的孩子！

不会。如果老爸还在，无衣和同裳或许就不会被当成他的儿子送来。

半个小时后，杜无衣的好奇和兴奋渐渐退却，困了，也累了。何不悟二话不说就收拾出来郑见原先的房间，并且答应杜无衣，三天之内保证重新布置一间他喜欢的儿童房，还会为他购置全部的新家具，态度之好，就像爷爷对待亲生孙子一样，毫无保留，甚至真诚中还带着一丝讨好的意味。何不悟开心得双眼都放光了，一度让郑道忘记了他见钱眼开的本性。

经过将近一个小时的猫叫狗跳，在杜无衣睡下后，杜同裳终于也在何小羽怀里睡着了。何小羽憋了一肚子的话和气，轻轻放下杜同裳后，拉着郑道来到了二楼的露台上。

何不悟也跟了过来，他身后多了一个尾巴——远志。

凭空多了两个孩子以及一狗一猫，一号楼比平常多了不少生活气息和活力。槐米也伏在无衣和同裳的身边睡了，远志却很快和郑道几人打成一片，一副自来熟的样子，跟在何不悟身后来到郑道身边，欢天喜地地坐了下来。

何不悟拎着一壶茶，殷勤地倒了三杯，破天荒地亲自递给郑道一杯，谄媚地说：“郑道，来，坐，请上座；喝茶，喝好茶。”

“爸！”何小羽站在郑道和何不悟对面，双手抱肩，居高临下地俯视二人，语气微怒，“老何头儿，请注意你的立场，不要因为郑道有钱了，就和他穿一条裤子！我告诉你们，我不允许杜无衣和杜同裳留下来！”

“为什么？”郑道明知故问，装傻充愣，“他们是我的孩子，又不是你的。留不留，我说了算。”

何小羽脸都涨红了，吼道：“郑道，你闭嘴！你老实交代，孩子到底是怎么一回事儿？真是你和杜葳蕤的孩子？你们什么时候……”她说不下去了，眼眶中充满了泪水，却紧抿嘴唇、紧咬牙关，就是不肯让眼泪流下来。

何不悟不耐烦地挥了挥手：“小羽，你别扯没用的，现在要和郑道好好聊聊正经的大事。他都二十五岁了，别说有两个孩子，就是有四个孩子也正常吧？郑道，你知道天冬集团现在的市值是多少吗？他们答应的两千万现金什么时候可以打到你的账户上？"

老房子，隔音效果一般，郑道和胡非在一楼的对话，被二楼的何不悟和何小羽听得清清楚楚。

郑道哈哈一笑，何不悟和何小羽的关注点果然不一样，何不悟想的是钱，何小羽关心的是杜无衣和杜同裳到底是不是他的孩子。他轻轻抚摩远志的头，说道："别急，慢慢来，事情既然已经发生了，急也没用。"

"郑道，你别装傻，别打马虎眼。说！他们到底是不是你和杜葳蕤的孩子？"何小羽的眼泪终于忍不住掉了下来，大颗大颗的眼泪滴落在了何不悟泡的茶水中，"你怎么能这样？你对不起我！"

"哎呀，小羽你到一边儿哭去，茶都没法儿喝了。"何不悟推开何小羽，把茶倒掉，又换了一杯，"挫折和磨难经历得太少，才会觉得鸡毛蒜皮都是烦恼……你别质问郑道，他也没有对不起你，你们就是房东和租客的关系，可别给自己加戏。"

"不过嘛……"何不悟的眼珠转了几转，"如果郑道真的拿到了天冬集团百分之二十的股份，再加上两千万现金的话，他就算有两个孩子，也是可以考虑当我何家的女婿的。"

"我不同意！"何小羽猛然一跺脚，"我才不要当别人的后妈，也不会捡别人剩下的男人。哼！我又不是没人追，李别、滕哲都喜欢我！"

"什么什么？李别和滕哲什么时候喜欢上你了，我怎么不知道？他们也都没有告诉我。"郑道有意逗逗何小羽，"不过也好，我有杜葳蕤和两个孩子，你有李别和滕哲可以选择，也算各得其所了。我建议你选李别，他和我从小一起长大，知根知底，人可靠，和你是同学……对，马上又要成同事了，在一起了，生活和工作都方便。"

"行，你说的，我现在就去找他！"何小羽真生气了，端起郑道的茶杯一口喝完，气呼呼地下楼了。

"哎呀，你怎么能用郑道的杯子，不像话，太不像话了。"何不悟气得不行，不过却没有追下去，等何小羽的身影消失在楼梯处时，他顿时脸色一变，"郑道，你惹麻烦了，天大的麻烦！"

/第十一章/　不自见，故明

认识何不悟多年，郑道一直以为他就只是一个纵酒无度、贪财小气的"严监生"，也不明白为什么老爸会和他成为朋友，他和老爸应该完全不在一个层面才对。不想何不悟居然看出了什么，不简单。莫非他也隐藏了什么技能？

郑道却不表露出来什么，朝楼下看了几眼，故作漫不经心地问道："我能惹什么天大的麻烦，我一个小人物，都没有惹麻烦的本事！小羽呢，不会真的去找李别了吧？"

"别管她，你又不是不了解她，她的脾气来得快也去得快。"何不悟见郑道揣着明白装糊涂，气笑了，"郑道，你别打岔，你不会以为你叔就是一个只会收房租、喝酒、事事斤斤计较的拆一代吧？"

"不然呢？"郑道似笑非笑。

"装，你再装！"何不悟作势欲打，手刚举起，卧在一旁的远志就低吼了一声。

"你看看，你看看，狗仗人势！它也不瞧瞧是在谁家，还敢冲我凶？"何不悟冲远志瞪了瞪眼，扭头再看郑道时，又换了一副笑模样，"郑道，叔看着你长大，知道你是什么品种，别跟叔打太极。跟叔说实话，你明知道他们不是你的孩子，为什么还要收留他们？"

郑道心中一跳，姜还是老的辣，狐狸到底是老的狡猾，何不悟有两把刷子，居然识破了。他说："谁说不是我的孩子？叔，你不会以为除了小羽喜欢我，就没有别的美女对我一往情深了吧？你错了，我的魅力值满格。"

"去去去，别扯淡，现在是说正事的时间。"何不悟眯着眼睛狡黠地一笑，"第一，你有原则和偏好的审美，杜葳蕤不是你喜欢的类型，以你的臭脾气，如果不喜欢杜葳蕤，肯定不会和她发生什么事儿；第二，如果真的发生了，你不会这四年来不和她联系，也不会不知道她生了一对双胞胎；第三，你和胡非对话时，已经很明显地流露出你的惊讶，胡非看不出来，叔可是看得清清楚楚，听得明明白白。"

"行，行，叔你年纪大，说得都对。我知道不是我的娃，收留他们，是图财。都是跟叔学的，叔头儿带得好，榜样的力量。"郑道嘴上插科打诨，心里却震惊于何不悟清醒的时候对事情的分析条理清楚、观察细致入微，居然是一个高手。

既然是高手，高手之间的过招就简单多了，一点就透。

"想赚钱，法子多的是，犯不着拿命来赌吧？"何不悟斜着眼睛，嘿嘿一笑，"郑道，你从十岁时就住在叔家，十五年过去了，你是什么种类，又是什么个性，叔门儿清。你收下两个娃，不是为了钱，你是想弄清谁在算计你，目的又是什么，对吧？"

郑道几乎要对何不悟刮目相看了，才知道老爸之所以可以和何不悟成为好友，并非因为老爸屈居于何不悟的房子，而是何不悟确实有点儿本事，他们之间应该有共同语言。

也是，凡事都有两面性，"是以圣人方而不割，廉而不刿，直而不肆，光而不耀"。当然，郑道虽然相信何不悟有些隐藏技能，但并不表明他就认定何不悟是藏而不露的圣人。

不对，何不悟是剩人，剩下的、多余的人。

"被叔猜中了吧？"何不悟见郑道沉思不语，以为郑道被他吓住了，"可惜呀可惜，年轻，还是年轻。你应该以退为进，先虚晃一枪，再接手两个孩子，而不是上来就应下，如此，你就被动了。人生一被动，心情就沉重。"

"然后呢？"郑道偏不上当，知道何不悟必有后话。

"别担心，有叔在，不管他们有多吓人、坑人、害人的阴谋诡计，叔都会帮你，不会让他们得逞。"何不悟拍得胸膛山响。

"条件呢？"郑道转动茶杯，目光紧盯何不悟。

何不悟毫不退让，眼神犀利，回应郑道："郑道你自己说，叔这些年待你怎么样？"

郑道才不会被何不悟的感情牌带偏，淡淡地说："挺好的，该要房租的时候，一天也不能等。叔，都这么熟了，开价吧，别磨叽。"

何不悟毫无愧色地哈哈一笑，说道："叔还是喜欢和你打交道，简单、明快，不像你爸那个糟老头子，坏得很，又窝囊又胆小，活该他一辈子没钱。行，叔也不贪心，见面分一半。"

"成交！"出乎何不悟意料的是，郑道毫不讨价还价，一口就答应下来，"这样，叔，我们先签一个攻守同盟的协议。如果我能拿到股份和两千万现金，分你一半。如果拿不到，房租终身免费。就算一号楼拆迁，叔名下其他的房子，我也可以免费住。公平吧？合理吧？可以吧？"

何不悟翻了翻白眼，差点儿没背过气去。郑道比郑见难打交道多了，狡猾、精明、算计，有便宜就占，没便宜创造便宜也要占，深得他的精髓。

以前他还是和郑见接触得多，有事直接和郑见一聊，就定下了。现在正面面对郑道，何不悟忽然有一种错觉——郑道怎么完全没有郑见的憨厚、老实巴交，难道他是自己失散多年的亲生儿子？

何不悟的内心戏加载完毕，故作深沉地端起茶杯沉吟片刻，忽然放下茶杯哈哈一笑，伸出了右手，干脆地说："你大方，叔就不能小气。成交！"

"和明白人聊天就是爽快。"郑道一拍大腿站了起来，"合同我来拟，就不让叔费心了。我先下楼看看小羽，得和她解释清楚，省得她自己转不过弯儿来，生闷气。"

"不用管她，她是会生闷气的人吗？小性子一会儿就好了。"何不悟也站了起来，笑嘻嘻地搓了搓手，"以后你忙不过来，我就帮忙照看孩子。现在我要先和孩子培养感情，要给他们立个规矩：以后叫我爷爷，不许叫姥爷。"

郑道笑笑，没有说话，起身下楼。何不悟的小心思他清楚，叫爷爷是从他这儿论辈，叫姥爷就牵涉小羽了，会影响小羽以后嫁人。

郑道走到楼梯口，忽然站住，说道："叔，你有病……"

何不悟用力而夸张地咳嗽几声，边咳边说："喀喀，郑道，在叔面前别班门弄斧。挫折和磨难经历得少，才会觉得鸡毛蒜皮都是烦恼。叔身体好得很，心理也健康。"

郑道一脸痛心的表情，担忧地说："讳疾忌医。"

何不悟伸出一根手指在空中摇了摇，埋怨道："不喝酒，不抽烟，晚上十点前上床睡觉。睡觉前，用热水加花椒泡脚半个小时。早起喝一杯红糖姜水，晚上喝薏米粥，再多吃蔬菜和水果，坚持半年以上……呸，这么麻烦，我活着还有什么意思？坚持不到半年我就憋死了。"

"你的本事比你爸还差得远，还真当自己是扁鹊，可以望色知病？哼，医之好治不病以为功！"何不悟一转身，看到床上的杜无衣和杜同裳，立马换了一副和蔼可亲的面孔，"不过你的话也有几分道理，为了两个孩子，叔也得更健康。明天起，叔要和你一起早起锻炼。"

郑道送了何不悟一个"信你个糟老头子才怪"的眼神，下楼了。

一楼没有何小羽的身影。郑道了解她的性格，她就算再气也不会超过半个小时，是个心思浅、藏不住事情的姑娘。她去哪里了呢？他来到院子里，四下一看，依然没有她的身影。难道真的去找李别了？

郑道缓步来到皂角树下，用力拍了拍树干。他很喜欢这棵树，从来到一号楼时就喜欢。

人和房子有气场，和树也有。十五年前的郑道才十岁，跟随老爸迈进一号楼的一瞬间，感觉到一股清凉之气传来，让他周身舒畅。他抬头仰望高大的皂角树和遮天蔽日的梧桐树，第一个念头就是：如果以后生活在这里，肯定会身心健康。

郑道慢慢绕着皂角树转到树后，此时正是中午时分，树后的影子清晰可见。他微微一笑，猛然向前一探。一只脚突然飞来，直指郑道的胸前。来势汹汹，速度极快，只一瞬间，右脚就距离郑道的胸口不足一尺之遥了。

"臭郑道，吃我一拳！"

何小羽先出脚，后出声警告，显然是不想让郑道躲过她的偷袭。而且明明是飞起一脚，却说吃她一拳，是声东击西。

郑道微微一笑，也不见他怎么动作，身子只稍微错后半步，就躲开了何小羽的袭击，然后右手一伸一探，就将她的右脚踝抓在手中。

何小羽左脚站立，右脚呈九十度被郑道抓着悬在空中，金鸡独立的姿势将她的身材和一双完美的腿完全展现。

"放开我！"何小羽偷袭不成反被捉，只好耍赖，"讨厌，每次都被你躲过，还被你得手。你也不知道让我一次，真是的。快告诉我，为什么我每次打你都能被你躲过去……"

最后一句拉长了声调，像是哀求又像是撒娇。

郑道早就习惯了她惯用的伎俩，懒得理她，手一推一送，就将何小羽推到一边。

何小羽还是不甘心，伸出右臂勒住了郑道的脖子，嘻嘻一笑，问道："郑道，你服不服？"

"干什么呢？哎，说你们呢！别动手动脚的，放开！"一声断喝传来，一人出现在郑道和何小羽面前，他一身警服，手中持枪，对准了郑道，"再不住手，我就开枪了！"

/第十二章/ 居安思危，思则有备，有备而无患

今天是郑道的生日，李别一大早起来，约上滕哲，二人特意到市里最好的蛋糕店买了一个最贵的蛋糕，又各扫了一辆单车，一起前往一号楼。

李别算是郑道的半个发小儿，严格来说，他其实是何小羽的发小儿。认识何小羽时，他才五岁。八岁时，他通过何小羽，认识了在何家租房的郑道。时年郑道十岁。

转眼十五年过去了，李别和郑道一同长大，成了最好的哥们儿。郑道学医，李别和何小羽一起上了警察学院，今年他和何小羽一同毕业，同时进入市刑警一大队，成为一名光荣的警察。

本来郑道、李别和何小羽，三人小组玩得挺好，后来滕哲又加入了进来，成为四人组合。四人一直是好朋友，十年来，友情越来越深。

李别要在中午前赶到一号楼，不料越急越出乱子，快到的时候，为了躲避一辆突然从善良路杀出来的迈巴赫，滕哲拐弯过急，和李别撞在了一起。人和车子倒没什么事儿，蛋糕却摔得稀巴烂。

二人气急，想让迈巴赫赔偿，对方却停也未停一下，一脚油门踩下，轰的一声，只留给李别和滕哲一鼻子灰。李别气得要骂人，被滕哲拉住了。滕哲让李别先去一号楼，他回去补买一个蛋糕。李别没办法，滕哲脾气好，向来是息事宁人的性格。他不是，他有仇必报，而且仇不过夜。李别记下了车牌号码：A9E868，反手就将号码发给了他的副局长老爸，让他查查是谁名下的车，有没有违章或是其他问题。

李别骑着单车，晃晃悠悠来到一号楼，却撞见郑道和何小羽缠斗的一幕。李别当即扔了单车，拔出枪模对准了郑道……

是的，是枪模。他虽然是刑警，但在非执行任务期间，也不可能配枪。从小喜欢枪械的他总是随身带一把枪模，要的就是随时可以拔枪的快感。用他的话说，保持警惕性和灵活性，随时练习射击。

"你想干啥？"虽然枪口对准的是郑道，并且枪口是实心的，一看就知道是假枪，何小羽还是不干了，冲李别嚷了起来，"收起你的破枪。我警告你，李别，以后再敢用枪对着郑道——不管真假——我都要打得你生活不能自理、人生没有乐趣，听到没有？"

李别还想争辩几句，不想何小羽松开郑道，上前一步，一脚踢飞了他手中的枪模。

"小羽，过分了啊！"李别捡起枪模，宝贝一样擦了擦，收了起来，"你明明知道我喜欢你，虽然你喜欢道哥，但多少应该给我留几分面子吧？不管怎样，多个备胎多一份安全感不是？"

"滚一边儿去。"何小羽对李别不假颜色，她正一肚子气没地方发，"正好你来了，你替我好好审审郑道，他到底背着我干了多少坏事……气死我了！"

"他怎么了？"李别一副不怕事大的欠揍样子，笑得很贱，"是外面有人了，还是有孩子了？"

"有孩子了，还是双胞胎！"

"不能吧？"李别夸张地捂住了嘴巴，"就凭道哥的本事，他能骗得了谁家姑娘？他是有点儿帅，可是没钱呀！没钱谁会为他养两个孩子？小羽，你肯定弄错了，孩子绝对不是他的，我敢保证。"

正好滕哲买好蛋糕也到了，郑道就让李别在树下支起桌椅，让小羽叫外卖，他要和他们几人一起吃饭并且开一个小会，说明一下情况。

不管是何小羽还是李别、滕哲，都不是外人，他确实有必要说清楚，因为他接下来的计划，需要所有人同心协力才能过关。

就连何不悟都知道他惹下了天大的麻烦，身为当事人，他自己会不清楚吗？郑道从来不打无准备之仗。

刚在院子里支好桌椅，杜无衣和杜同裳就醒了。杜无衣饿了，想吃东西，杜同裳哭喊着要回家。何不悟拿出了当爷爷的派头，先是哄好了杜同裳，又挽起袖子亲自下厨，为二人做饭。

何小羽气归气，却还是天生喜欢小孩儿，上楼一手牵了一个，领到了院子里，李别和滕哲震惊得差点儿当场跪下唱《征服》。

天气晴好，阳光明朗，五月的天气不冷不热，即使是最炎热的中午，因为有两棵大树，院子中绿意充盈，一片清凉。

李别和滕哲面面相觑，左看看郑道，右看看何小羽，二人一齐点头，一脸凝重。

"嗯，像，真像。"

何小羽本来好不容易平复了心情，不再去想糟心的事情，李别和滕哲说完，她心情又不好了，不过还能忍住，没有放开紧拉住杜同裳的手。孩子是无辜的。何小羽仔细打量了孩子一番，又看了看郑道，心情忽然舒展了几分，说道："不像，哪里像了？郑道是高鼻梁、大眼睛、长睫毛，孩子鼻梁像他，眼睛和耳朵都不像……郑道，你要是不说实话，我和你绝交一辈子。"

"不是像郑道，是像你，哈哈哈。"李别大笑三声，他摸了摸自己刚理的板寸，"有那么一须臾，我以为是道哥和你的孩子。又一想，不对呀，都三岁多了，不可能藏三年不被发现。三年前，小羽你才十八岁，道哥也不可能那么禽兽。综合分析之下，不是你们的孩子。"

"当然不是我们的孩子，是郑道的孩子，你个笨猪。"何小羽气笑了。

"不是道哥的……"李别眯起眼睛，右手托起下巴，他作为未来的刑警，观察力和分析力高人一筹，"小羽，你好歹马上也是一名光荣的刑警了，怎么会笨到不会观察和分析的地步？真愁人，你这样以后怎么当我的搭档和副手？"

"滚你的，少跟我装……你说什么，你说不是郑道的孩子，你保证？"何小羽先怒后喜。

外卖来了，郑道不理他们，自顾自打开外卖，拿出一块骨头先扔给了远志。远志摇头摆尾地吃饭去了。

滕哲帮郑道拆外卖，小眼眯成一条缝儿，他不说话，只是笑，一副坐山观虎斗的态度。

杜无衣伸手拿过一只鸡腿要吃，被何小羽夺了过来，她将鸡腿塞到郑道嘴里："你会不会带孩子？他这么小，怎么能让他吃外卖？老何头儿，饭做好没有？快带孩子去吃饭。"

郑道嘴里塞了鸡腿，眼睛鼓得像铜铃，含混不清地说道："你……你不也没带过孩子，怎么知道怎样带孩子？说不定天纵英才，会凭空变孩子给我，也会让我无师自通带孩子。"

何不悟下楼，带走了杜无衣和杜同裳，槐米也跟着二人一起离开，远志留了下来。两个孩子一走，几人才放心地大吃起来。

"接着说。孩子不在了，你可以丢人现眼了。"何小羽将咬了一半的鸡腿扔给李别，"姐有赏。"

李别假装没接住，右手一挡，半个鸡腿就掉了下来，说时迟那时快，远志一嘴叼住，狼吞虎咽地吃了起来。

李别得意扬扬地昂了昂头，说道："要当警察了，以后要学会控制情绪，并且多观察多分析。首先呢，道哥坦然得好像从来没有做过什么坏事一样，实际上他也确实没有做过。从心理学的角度分析，如果真是他的孩子，他不会这么平静，知道不？"

"意思是他没有做贼心虚？"何小羽踢了踢郑道的脚，"你没什么可解释的？"

郑道正吃得起劲，含混不清地说："等李别说完我再说，我听听他的高见，看他是不是一个合格的警察。"

"其次，孩子和道哥不太像。当然，从长相上判断，不太科学，最科学的方法还是做亲子鉴定。"李别笑得很暧昧，很欠揍，"他一不心虚，二胸有成竹，不管是说话方式还是举止，和平常没什么两样，也不着急解释，所有表现都符合'我什么都没做，你们千万别冤枉我'的潜台词。综上所述，他不是嫌疑人。"

"还有，小羽你不是已经拿到了道哥的头发和孩子的头发，赶明儿做一个亲子鉴定，就会证明我的伟大和正确。"李别切开蛋糕，一把盖在了郑道的脸上，"道哥，生日快乐！祝你年年有今日，岁岁有今朝。"

郑道早有提防，知道李别年年偷袭他，却故意不躲。他抹了一把脸上的蛋糕，还舔了舔，说道："不用做什么亲子鉴定了，白花钱。孩子不是我的，可以肯定是杜葳蕤的，但她和谁生的，我也不知道。"

"谁说我拿了他和孩子的头发？"何小羽听郑道亲口说明不是他的孩子，才开心了，悄悄塞给李别一个塑料袋，里面装了两根头发，她挤了挤眼睛示意李别不要声张，"不是你的孩子，你为什么要收留他们？别和我说你贪财，我信你才怪。你是穷，但穷得帅。"

郑道自嘲地一笑，问道："不是我的孩子，却送到我的门上，还是在老爸刚刚失踪不久，这真的是巧合吗？"

他自问自答："不，明显是人为的精心安排。别人都出招了，我不能后退不是？更不用说我还有你们。我不是孤军奋战，我们是团伙作案。"

"这话我爱听……"李别的手机响了一声，他拿起一看，笑了，"滕哲，别我们的迈巴赫查到车主了，是卢非同。"

"A9E868 的迈巴赫？"郑道立刻猜到了什么，心中闪过了一丝震惊和疑惑，"车主是卢非同？身份证号码是 1301021989……的卢非同？"

李别对了一下号码："是他！神了道哥，你认识他？"

"卢非同是我的大学同学，也是杜葳蕤的追求者之一。大学期间他苦追了杜葳蕤四年，始终没有打动她……"郑道愈加觉得思路有了方向，"他是卢寻常的儿子。"

"真的假的？首富卢寻常？"李别倒吸了一口凉气，咬牙切齿地说道，"我爸差点儿死在卢寻常手里。"

/第十三章/　有药能医龙虎病，无方可治众生痴

郑道早就知道胡非不是迈巴赫的车主。不是他看不起胡非，认为一个律师买不起三百万的豪车，而是几个细节出卖了胡非。

胡非下车时忘了关车窗，回身关车窗，至少关了三次都没有关好；锁车时，低头看了好几眼车钥匙才锁上；又用手拉车门，车门开了，他又锁了一次。这些都说明胡非对这辆迈巴赫很陌生。

如果是新买的车还在适应期，也说得过去，但从这辆车的轮胎磨损程度以及漆面光泽度来看，明显有四五年的车龄了。

细节加上身份的对应，郑道断定胡非所开的迈巴赫应该是他的委托人所有，不是杜若就是杜天冬，没想到，竟然是卢非同！事情，比他想象的复杂得多。

"李叔怎么就差点儿死在卢寻常手里了？"何小羽心中的巨石放下，开心了起来，"我怎么不相信你的话呢？李别，你从小到大说瞎话从来不眨眼，张口就来。"

李别是有说大话的毛病，郑道却相信他刚才的话不是假话。

"都是陈谷子烂芝麻的往事了，不提也罢。"李别摆了摆手，故作轻松，"先让道哥说说孩子这件事情的来龙去脉，让我好好替他分析分析，到底该怎么过关。世界上没有能难倒我的事情，我比谁都懂男女恩恩爱爱的事儿，我比谁都懂阴谋阳谋。你们等着瞧，一个超级神探正在你们面前冉冉升起……"

"闭嘴！你真烦人，话太多。"何小羽踢了李别一脚，"听郑道说，不爱听你说话。"

郑道将事情的经过简单一说，省略了应该省略的部分，也隐藏了他

和何不悟达成的共识。

李别和滕哲听得目瞪口呆。何小羽还好，没太多震惊的表示，毕竟她在二楼已经听得清清楚楚。

"我觉得小羽说得对，道哥既然清楚他们不是自己的孩子，还要接手，肯定不是为了财，是为了真相和正义。不过呢，在揭露了真相、伸张了正义之后，还有一些意外的收获，比如百分之二十的天冬集团的股份和两千万现金，也算是辛苦付出之后应得的小小回报，对吧？"李别伸手做了一个点钱的动作，"到时兄弟们一起乐和乐和，下馆子去酒吧，都得是道哥请客了。"

滕哲却忧心忡忡，担忧地说："李别，你想得太简单了，这事儿……怕是有大麻烦。"

"撑死胆大的，饿死胆小的。有我们兄弟几个挺道哥，他能有什么麻烦？"李别撇了撇嘴，一脸不屑，"送上门的孩子，不要白不要！天上掉下来的股份和钱更是不要白不要！不偷不抢不犯法，是正当所得。"

何小羽见郑道只顾吃东西，着急地说："郑道，你到底是怎么想的？快说呀！急死人了。"

"总得吃饱了，才有力气说话不是？"郑道慢条斯理地又吃了一口，放下筷子，"天冬集团肯定病了，而且病得不轻。人体得病，轻症可以自愈；中症需要吃药，借助外力；重症则需要辅助仪器，比如呼吸机、输血、手术等，需要强大的外部力量，才能恢复人体机能。天冬集团的内部机能出现了重大失衡，严重到必须借助强大的外力才能解决的程度。所以，他们送来两个孩子，是想寻找突破口。"郑道微有凝重之色，"我要么是他们的药引子，要么是君药。如果不是老爸突然失踪，我宁愿相信他们找我是病急乱投医。但现在看来，他们是精准定位。"

"什么是君药？"滕哲圆脸小眼，一笑眼睛就眯成了一条缝，很有喜感。

"《神农本草经》说，上药一百二十种为君，主养命；中药一百二十种为臣，主养性；下药一百二十种为佐使，主治病。用药须合君臣佐使……君药就是主药，是救命之药。"郑道揉了揉额头，"突然成为大名鼎鼎的天冬集团的救命药，我是该庆幸呢，还是该瑟瑟发抖？"

"别装了道哥，谁不知道你有一个外号叫郑无畏？"李别用两根手指捏住下巴，若有所思的样子，"明白了，两个孩子送过来，是投石问路，是筹码。道哥既然接招了，肯定想好了接下来怎么还手，对吧？要不要先听听我的意见？"

"道哥还有一个外号叫郑谨慎。"滕哲笑着补充。

"听，正需要你抛砖引玉。"何小羽敲了李别的脑袋一下，"正经说话，别装，腿别抖。"

李别不理何小羽的要求，继续抖腿，提出他的意见："股份还没有变更，款也没打，杜家肯定还有后手。这事儿，多半是杜天冬默许的，杜若肯定不乐意，原本该给自己的百分之二十股份却给了外人，搁谁谁也会心疼！他接下来肯定有动作，估计会上门找你的麻烦，威逼利诱劝你放弃。根据我老人家算无遗策的判断，不用多久，杜天冬也会亲自出面和你聊聊，毕竟，你们因为两个孩子而成为一家人。"

滕哲腼腆地笑了笑，说道："我的看法是这事儿太大了，我们恐怕扛不住。赶紧去做一个亲子鉴定，然后拿着鉴定书告诉他们弄错了，孩子不是道哥的，事儿就结了。要不万一出了什么岔子，道哥能当药引子、君药，我们都得成为药渣。"

"小羽怎么想？"郑道双手抱在胸前，依然是一副悠然自得的表情。

"你怎么决定，我就怎么支持你。我懒得想那么多，反正你不管怎么做，都有你的道理。"何小羽扬了扬拳头，"李别、滕哲，你们谁不听话，就得吃我的拳头。"

"如果不是病入膏肓，天冬集团也不会这么大胆出新地用药……"郑道心里清楚，对方舍得送两个孩子过来，必然是深思熟虑的结果，而且两个孩子也确实有病在身，需要医治。就算他不接招，对手肯定还有后手。

与其被动，不如主动，他一向不喜欢被别人掌控节奏。更不用说，他严重怀疑此事和老爸的失踪有关联。

虽然郑道在许多事情上深受老爸的影响，在医术上也受益于老爸的真传，但他并不认可老爸的处世态度，太消极，也太逃避。有些事情不是逃避了就不会发生，世界上只有两件事情可以不劳而获——衰老和死亡。

郑道喜欢主动出击，喜欢掌控节奏。只是以前在老爸的父权压制下，他没有机会施展自己的才能。

还有一点，当郑道察觉孩子有隐疾后，就决定要治好他们。他们这么小，人生才刚刚开始，不能让疾病剥夺了他们的快乐，甚至是生命。

天冬集团内部到底出现了什么问题，郑道不得而知。近年来，天冬集团每况愈下，市值已经从顶峰缩水了一半以上。作为一家拥有数家私人医院、酒店、制药厂，以及数家中药种植基地、数个中药品牌的大型集团公司，天冬集团曾经无比辉煌，杜天冬也有过数年高居首富之位的高光时刻。

只是后来不知从何时起，天冬集团排位逐年下滑，渐渐让出了首位的宝座，如今已经滑到了第三阶梯，处在山腰的高度。尽管距离山脚还有很长的一段距离，但仰望曾经的顶峰，也是可望而不可即了。

集团公司再大，本质上和人没有区别，会有生老病死的阶段。现在的天冬集团，应该是在重病阶段。

实际上以天冬集团成立的时间推算，它还是一家年轻的企业，对应人的年龄，正是壮年。但人类英年早逝的也有不少，老死只是死亡的选项之一。

郑道并不认为他有足够的本事，可以让重病的天冬集团起死回生，对方送子上门，多半还是冲老爸而来。他只是胆大和勇敢，但不是狂妄和无知。

郑道起身去洗了一把脸，回来后清爽了许多，说道："《伤寒论》说，此为表，此为里，此为津液虚……是说人体排病的渠道主要有两个，要么从表，也就是从周身的毛孔排，皮肤是人体最大的排毒器官；要么从里，也就是从消化道排。如果两者排毒都无效，只能动大手术才行。对天冬集团来说，我就是他们的手术刀，但不是执刀人。"

何小羽立即明白了什么，分析道："他们的目标其实是郑叔？怪不得你要接招，如果郑叔的失踪真和他们有关，你接招就对了。不过你为什么不早和我说清楚？吓死我了。"

"你被当刀使了？道哥，你明知道……还上当，等于是非要跳坑，服了你了。"滕哲竖起了大拇指，"富贵险中求，跟着道哥吃肉。"

郑道摸了摸脸，自恋地说："没办法，人帅魅力挡不住……"他不等何小羽做出因嫌弃而打人的动作，就自动收敛了笑容，"每个人都有病，你有，我有，全都有，或重或轻而已。得承认，杜天冬出手也很犀利，他对症下药，开出的两剂药方可以根治我的病，所以他猜我大概率会接手。"

"你除了太帅之外没别的毛病呀？"李别挤眉弄眼地笑了笑，明是马屁实是嘲讽。

郑道没理他，何小羽毫不迟疑地踢了李别一脚。

郑道坐直了身子，解释道："药方分两种，一为时方，一为经方。时方和经方的区别就不给你们解释了，说了你们也不懂。你们可以这么理解：我有两样病，一是单身病，一是穷病。孩子是时方，治我单身病；股份和现金是经方，治我穷病。"

"这两种病我也有，怎么没人送我药方？"滕哲摇了摇头，"同人不同命。"

"说明你连当刀的资格都没有，明白？"李别正色的样子还真有几分警察的威严，"认清形势，放弃幻想，放低身段，甘愿做枪。"

"懂！做道哥的枪没问题，你的枪就算了。"滕哲忽然紧张了几分，"道哥继续。"

"有药能医龙虎病，无方可治众生痴。世间之人，都有痴病，或是情痴，或是武痴，或是艺痴，或是事痴，都是心理上的问题。"郑道看了看几人，"李别算是武痴，执着于武力制伏坏人；滕哲是艺痴，执着的是将事情做到极致；小羽是情痴……我是事痴，执着于事情的结果，所以杜天冬的两个药方，双管齐下，正好对症我的痴病。"

"这么说，你是被杜天冬算计了？"李别一拍桌子，站了起来，"不行，我去找杜天冬好好聊聊！敢算计道哥，不能让他好过。"

"不能这么说，事情和病情一样，得辩证地看待。"郑道双手放在脑后，抬头望了望天空，"杜天冬或许是有算计我的因素，但我现在是他的手术刀，对他来说，也是拿住了他的命门。现在我和他，是互为表里、互为制约。"

"杜天冬的病……不，天冬集团的病，还能治吗？"何小羽关心的是孩子，"孩子到底有什么病？你有把握治好吗？"

"《黄帝内经》上说：'是故圣人不治已病治未病，不治已乱治未乱，此之谓也。夫病已成而后药之，乱已成而后治之，譬犹渴而穿井，斗而铸锥，不亦晚乎！'"郑道摇了摇头，神情有几分沮丧，"天冬集团的病，不知道病源在哪里、病根是什么，而且可能太晚了，不好治，以我的能力，就算把准了脉也未必治得了。"

"不过两个孩子的病，应该是亡羊补牢，犹未迟也。"郑道神情一凛，十分认真地说道，"你们三个人，帮我做三件事情。"

何小羽三人立刻打起了精神。

一直以来，四人组都是以郑道为中心，他早就是团队的精神领袖和支柱。

"李别，你帮我查清杜葳蕤死亡的真相，我怀疑她没死。小羽，你去做亲子鉴定……我知道你早就准备好了，别让李别帮你，你去就行，我支持你。李别，把头发还给小羽。"

何小羽不好意思地吐了吐舌头，笑着说："我不是怀疑你什么，是想替你洗清嫌疑。"她伸手接过李别递过来的装在塑料袋中的头发，回应郑道，"遵命！马上照办！"

"还有你，滕哲——"郑道拍了拍滕哲的肩膀，"你的任务最艰巨！你负责打听消息，了解了解卢非同和杜若到底是什么关系，他们在背后是不是有什么合作。"

滕哲紧绷的表情慢慢舒缓开来，变成了一副既有喜感又有几分嘚瑟的贱笑："打听消息、窥探隐私，这事儿……我最拿手！"

/第十四章/　君子不器，文理一身

伴随着一阵"狗汪猫喵"，以及杜无衣的责怪和杜同裳的哭泣，何不悟总算为两个孩子做好了儿童餐，并且耐心地哄两个孩子吃饭。等郑道几人上楼时，无衣和同裳已经吃饱喝足、喜笑颜开了。

郑道暗暗自责，自己没有尽到"爸爸"的责任。本来是他的事情，却成了何不悟的职责。不过何不悟"爷爷"当得很用心，还入戏很深。看得出来，他是真心喜欢两个孩子。

人老了，是不是都会喜欢小孩子？

郑道承认他也很喜欢两个孩子，但毕竟没有真的当过爸爸，喜欢还上升不到喜爱的地步。本着医者仁心的出发点，郑道决定查清孩子隐疾的病因和病源，找到解决之道。

李别和滕哲手脚勤快地在二楼的露台上支起了桌椅，还烧了水。趁何不悟不注意，何小羽偷出了他藏宝一样珍藏了多年的普洱，让滕哲泡上。

滕哲是一个泡茶好手，从小跟爸妈学习茶艺，茶艺接近炉火纯青的地步。他经常开玩笑说，如果失业了，他会到茶城应聘，当一名茶艺先生。只可惜，茶艺师只要女性。

滕哲大学学的是电子信息专业，毕业后开了一家网店，有时也到爸妈的"月见饺子馆"帮忙。饺子馆虽然不大，却是近二十年的老店，深受周围居民喜爱。他总是撺掇爸妈开连锁店，爸妈不肯，怕连锁店品质不行，连累了好不容易积累的名声。

滕哲说服不了爸妈，就背着他们自己偷偷开了一家，生意居然还不错。由于月见饺子馆远近闻名，来往的大多是本地的老居民，就经常可以听到一些坊间传闻。传闻的背后总会有真相的影子，所以郑道才让滕哲负责打探消息。

还有一点，别看滕哲在郑道几人面前不太爱说话，这是因为太熟。在外人面前，尤其是和陌生人打交道，他的亲和力无人可及，往往只需要和初次见面的人聊上一个回合，他就可以赢得对方的好感。这是因为，一来和滕哲说话和声细语、没有攻击力有关；二来是他圆脸小眼颇有喜感的长相为他加分不少，让他看上去亲善温和，人畜无害。

滕哲泡好茶，依次为众人倒了一杯。李别品了一口，咂了咂嘴，不满地说："妈呀，和我爸爱喝的十几块钱一斤的茉莉花茶没什么区别，不，还没他的便宜茶好喝，茉莉花茶至少有香气。不喝了，又苦又涩。"

何小羽作势欲打，李别跳到了郑道身后，向他告状："道哥，你管管你家小羽，现在仗着自己身份特殊，动不动就欺负人。"

何小羽脸一红，想争辩几句，话到嘴边又气馁了，小声地说："不想和你说话。"

"道哥，你现在成了心理诊所的一把手，你到底行不行呀？"李别嘻嘻一笑，拿出了手机，"要不要让我爸动用一下小小的权力，查查郑叔现在在哪里？只要是需要身份证的地方，都会留下痕迹。"

"不用了。"郑道心里明白，如果老爸不想让人找到，就不会留下痕迹，他可是在一号楼躲藏了十几年都没有被人发现的老手，"他想出现时，就会出现；不想出现，也别逼他。毕竟人老了，不好管了，得给老人自由发挥的空间。"

"你行不行呀？"李别知道郑道故意不回复他第一个问题，就再次强调了一遍，"我怎么就是不相信你呢？从小和你一起长大，就没见过你会什么，除了上了一个医科大学，学了什么应用心理学之外……"

"我爸最近身体不太舒服，去医院看了几次，拿了一些药，不管用。道哥，你什么时候帮他瞅瞅？"李别露出打趣的表情。

"我不会治病，只会看心理问题。"郑道知道李别是在笑他，才懒得解释，"行啦，你们不用操心没用的事情，赶紧该干吗干吗去。我要去哄孩子睡觉了，争取当一个好爸爸！"

"郑道，郑道！"何不悟的声音充满了怒气，他拉着两个孩子出现在露台上，"孩子还你！两个小白眼儿狼，刚吃完我的饭就嚷着要找你，一点儿也不记我的好。跟你一个坏样儿！"

还好……郑道暗舒了一口气，何不悟还和以前一样刁钻刻薄，他还以为何不悟因为两个孩子变好了。他还是适应苛刻的何不悟。

杜无衣来找郑道，杜同裳非让何小羽抱，二人拉一个抱一个，身后还跟着一狗一猫，李别和滕哲看了，都一齐羡慕地摇头，嫉妒地笑着说道："一家人整整齐齐的，就没我们什么事儿了，走了，单身狗就不碍人家眼了。"

送走李别和滕哲，郑道和何小羽带着杜无衣和杜同裳来到一楼，打开了音乐，又测试了二人喜欢和讨厌的颜色。最后初步得出结论，杜无衣脾胃不是很好，而杜同裳心脏功能不足，不过并不严重。当然，更准确地判断还需要全面的体检，郑道虽然师承老爸，是中医传人，但从不排斥西医，也认可西医的技术在针对一些特殊疾病时有不可或缺的救治作用。

以杜家的实力，必然为孩子做过全面的体检，也肯定请过老中医，依然没有效果，可见孩子的问题非常棘手。

哄两个孩子睡下，郑道又和何小羽、何不悟说了一会儿话，他也有了几分困意，小睡了一会儿。

接下来的一周，郑道经历了记事以来最狼狈、最手忙脚乱、最鸡飞狗跳的七天。

先不说第一个晚上，杜无衣和杜同裳半夜起床尿尿的起床气和醒来就哭——幸好何小羽自告奋勇和他们一起睡，才救了郑道一命。不过小孩子的哭声在深夜格外响亮，他一晚上被吵醒数次。

第一天，他照常日出时分起床，刚打完太极拳，还没有来得及再打一遍五禽戏，杜无衣就醒了。不是说小孩子都喜欢睡懒觉吗？为什么杜无衣要这么早起床？郑道有些抓狂，醒来后的杜无衣不像远志一样静悄悄地卧在一边陪他，而是要他抱、要他哄、要他讲故事，他一个从未当过一天爹的糙汉子哪里会讲什么故事，只好硬着头皮背起了《黄帝内经》《道德经》……背了半天，总算哄睡着了杜无衣，杜同裳又醒了。她醒来后先哭着要妈妈，又哭着要回家，何小羽费了好一番力气才让她睡下。

八九点钟光景，二人再次醒来，吃过早饭，杜无衣拿出课本要学习，还让郑道教他。郑道头大如斗，才想起忘了问胡非无衣和同裳上的是哪家幼儿园。

正好胡非打电话过来，问二人的情况。胡非的意思是，在还没有完全办理好所有的交接手续之前，两个孩子可以暂时不用上幼儿园，时刻和郑道在一起，也好尽快建立起感情联系。

他的话是有几分道理的。但当郑道问及什么时候可以办理股份交接和打款时，胡非却说还要等两个孩子真正认可郑道，才算走完最后一步。

郑道听出了胡非的推诿之意，也不点破，主动提出有机会要和杜天冬、杜若见个面，毕竟是一家人。胡非除了表示可以代为转达之外，并没有透露任何有关杜天冬和杜若的态度的信息，仿佛在送来孩子的事情上，他们完全遵循杜葳蕤的遗愿，彻底置身事外一样。

郑道信他们才怪。

郑道也就是说说而已，才不会主动去找他们。他不动，主动权就在他手中。

何不悟的生活节奏也被打乱，他一改以前的懒散和无所事事，一早起来就叫来工人测量房间，要打造儿童房，还亲自动手在院子里建造了一个狗窝！

郑道才知道何不悟居然会木匠活儿，而且手艺高超，至少六级起步，相当于中级知识分子。他用几块木板，只花了半天时间就制作完成了远志的木屋，结构巧妙，布局合理，甚至颇有几分温馨的感觉，让人大为敬佩。

远志有了自己的窝，对何不悟的态度立马好了许多，在他面前也多了几分讨好的意味。真是一只现实的狗，郑道算是看透了远志。

何不悟陪两个孩子读书、玩耍了一上午，午饭又是他亲自下厨。住在何家十五年，郑道才发现何不悟居然隐藏了许多生活技能——他的厨艺也堪比一级厨师，不但色香味俱佳，而且各种菜系都拿手。就连杜无衣和杜同裳也连说"好吃"，比他们家里阿姨的手艺还好。

得两个孩子一夸，何不悟也开心得像个孩子，差一点儿就手舞足蹈了。

中午两个孩子午睡时，郑道和何不悟、何小羽规划了一下儿童房的事情。何不悟难得大方一次，声称所有费用都由他负责，前提是孩子以后得他来带。

何小羽正处在实习期，正好事情也不多，而且杜同裳现在就跟她亲，她索性不再去公安局实习，直接和李别打了一个招呼，留下来多陪陪孩子。

下午，何小羽去了一趟医院，带着郑道和两个孩子的头发去做亲子鉴定。

第十五章　天下难事，必作于易

整整一下午，郑道被无衣和同裳缠得无法脱身，一个求抱，一个让他陪玩，两个人一起让他讲故事。还好有何不悟帮忙，否则他真得崩溃不可。

人体是一个平衡系统，一旦平衡达成，就会健康有序地运转。平衡如果被打破，会出现不可预知的结果。同样，一个家庭、一个团体也会形成平衡系统，一号楼两家四人，虽不是一家人，但相处久了，也是运转有序的机体。

老爸的离去，率先打破了原有的平衡。而杜无衣、杜同裳以及远志和槐米的到来，又加剧了失衡。不过郑道相信，最多一周，一周内必然会建立新的平衡。

晚上何小羽回来，有些闷闷不乐。不是因为亲子鉴定要一周才出结果，而是她去医院正好遇到了闺密苏木。苏木的父母同时身患重病住院，她一人照顾两位老人，焦头烂额。

晚饭时，何小羽拉了拉郑道的袖子，和他商量："你能不能帮苏木的爸妈看看？他们住院，一天好几千块钱，她只是一个初中老师，每个月才几千块的收入，再这样下去，她要吃土的。"

"郑道就是一个半吊子心理医生，她父母得的是身体上的病，他怎么帮？"何不悟抱着杜无衣，喂他吃饭，"你别给郑道添乱，他现在是两个孩子的爸爸，自己的事情还忙不过来。"

"爸！"何小羽不满地嚷了一声，"老何头儿，你还有没有同情心？苏木是我的好朋友，她爸妈你也都认识！"

"我认识的人多了，他们病了、穷了都要让我帮，我帮得过来吗？"

何不悟摇头，语重心长地说，"小羽啊，你清醒一些，别天天圣母心泛滥。可怜之人必有可恨之处，我当年被你妈抛弃，谁为我鸣不平了？"

"都哪儿跟哪儿啊，不跟你说了，真气人。"

何小羽穿了短衣短裤，露出光洁的胳膊和大腿，还坐在风口，虽是五月，傍晚时分还是有些凉，她却浑然不觉，向郑道抱怨："郑道，你说这一届老人是不是都难带？郑叔跟个小孩子一样，说跑就跑了。老何头儿是'严监生'不算完，还冷漠得像块石头。"

一阵风吹来，何小羽的长发飘逸纷飞。

"小羽，来，我们换个位置。"郑道起身，拉起何小羽，不由分说和她换了位置，回头看了看直通露台的走廊，"叔，回头在露台入口挂个帘子，挡挡风。"

"不挂！马上就热了，有穿堂风才凉快。"何小羽当即反对，还想拉着杜无衣和杜同裳当同盟，"无衣、同裳，是不是姐姐说得对？"

"爸爸说得对。"杜无衣寸步不离郑道左右，他噘着小嘴，扳着手指，"姥爷说过，君子避风如避矢石，不过姐姐你不是君子，估计也不怕风。"

杜同裳反驳杜无衣："不对不对，姥爷说的是'避风如避箭'，你记错了。"

"我没错，肯定是你错了。"杜无衣推了杜同裳一把，"你说的应该是妈妈说的。"

"不是，是姥爷。"

"是妈妈。"

"哇——"杜同裳放声大哭，"爸爸，哥哥欺负我，你打他。"

便宜爸爸不好当啊！郑道伸出手掌，手心手背都是肉，怎么打？从来没有当爹经验的他只好安抚："无衣，你是哥哥，得让着妹妹。要想好，大让小。同裳，你是妹妹，得尊重哥哥，兄友弟恭，内平外成。"

"小孩子家家的，哪里懂你说的这些？真是笨得可以，还得我老人家出马。"何不悟一脸不屑，抱过杜无衣和杜同裳，立马变脸，换成了慈爱的模样，"孩子，风是天地之气，能生成万物，也能损坏万物，当然也包括人。所以，人不能过度吹风，吹久了，容易中风。"

"姥爷说，妈妈就是因为中风才去了遥远的地方……"杜无衣的眼泪掉了下来，"我想妈妈了。"

"看看你们，又惹孩子哭！"何不悟气呼呼地抱走了杜无衣和杜同裳。

"苏木的事情，要不……你用你的心理学知识帮她开导开导？"何小羽沉默了一会儿，说，"她太难了，都快抑郁了。"

郑道沉默地点了点头。

从毕业到现在，郑道没有去过一次医院。大学期间，他经常去医院，见多了人间的疾苦——哭天喊地的悲痛、失去亲人的剧痛、得了重病的绝望、重病转为绝症的悲怆，等等，那里无时无刻不在上演人间最悲切的生离死别。

很多时候，有些病原本没有严重到非要花费巨资的地步，但由于病人被误诊、被误导，需要额外支出，往往多花钱还要多遭罪。有几次，郑道遇到的是只需要几服药就可以解决问题的得小病的病人，医院非要留下他们做全面检查，并且还要求必须住院。明明只需要几十块钱和一天时间就可以缓解的轻症，被不良医生忽悠成了需要花费数千甚至上万元，并且需要住院很多天的大病。

在病人眼中，医生就是无所不能的神，他们的话就是圣旨。如果有幸遇到良医还好，快速解决问题，花最少的钱和最少的时间，重回人生正常的轨道。如果不幸遇到只知道经济效益的庸医，被坑得倾家荡产还算轻的，万一过度治疗导致落下什么残疾或是埋下病根，麻烦就大了。

郑道曾经遇到过一个病例，是一个四十多岁的男性患者，左眼得了眼底中浆。他在一家喜之私人医院检查，被医生诊断为眼底黄斑变性，需要激光手术治疗，费用五千多元。患者正打算交钱做手术时，被郑道无意中撞见。

眼底中浆是一种自限性疾病，是由于压力过大、经常熬夜、身体过度疲劳引发的眼底炎症，表现为看东西扭曲变形，通常男性患者较多，并且从二十多岁到六十多岁都有。而眼底黄斑变性是一种老年病，多发生在六十岁以上的老人身上，两者虽然都是眼底病，表现也有相似之处，但机制完全不同，治疗方法也迥然有异。

郑道见患者的中浆位于视网膜正中，不适宜激光治疗，稍有不慎，激光偏差半分就会打在视网膜上，导致彻底失明。出于善意，他提醒患者最好到正规的大医院再检查一下，听听更专业的医生的治疗意见。

患者听从郑道的建议，去了省医院。省医院的大夫不建议激光治疗，说那样导致失明的概率极高，并指责私立医院为了效益，故意夸大病情，所图的就是患者的五千多元的治疗费用。而且中浆作为自限性疾病，日常服药即可痊愈。患者惊吓出了一身冷汗，花钱事小，眼瞎事大。他对郑道的提醒无比感激。

郑道没有机会再见到这个患者，也就听不到他的感谢。他却上了喜之私人医院的黑名单，如果不是他见势不妙跑得够快，会被保安当场打到怀疑人生。

老爸经常教导郑道，之所以不让他再治病救人，是因为身为医生，要么治人，要么害人，没有中间道路可走。"是药三分毒"，开出的药方如果无效，就是有害。有很多次，郑道想要出手救助他遇到的绝望的病人，不是被老爸制止，就是因为老爸一再强调的规矩而停下前进的脚步。老爸甚至以断绝父子关系相威胁，如果郑道真的出手救人，他一辈子不会原谅他。

老爸到底经历了什么？他曾经是一个满怀激情并且具有崇高使命感，愿意救治天下苍生的大医，但在老妈去世后，一个毕生以"不为良相，便为良医"为理念的人，变成了"道不行，乘桴浮于海；人之患，束带立于朝"的消极避世者。郑道不认为这只是老妈去世带来的打击，背后必定有老爸不愿意说出来的关键原因。

如果可以，郑道当然希望他可以帮助苏木。他认识苏木也有几年了，她是一个阳光开朗的姑娘。只从心理疏导上帮她化解抑郁，不算违背老爸的规矩吧？虽然不能从根本上帮她解决问题，至少可以让她充满希望，鼓起勇气面对一切。

"怒伤肝，喜伤心，悲伤肺，忧思伤脾，惊恐伤肾，百病皆生于气"，从心理学的角度来说，心理健康，则气顺；气顺，则不会生病。苏木父母双双住院，他能帮她在精神上坚强起来，也算安心了几分。

太心软了也不好，郑道摸了摸脸暗暗自嘲。也许就像何不悟常说的一样，"挫折和磨难经历得太少，才会觉得鸡毛蒜皮都是烦恼"。不过，他还是愿意自己保持善良，当然，面对坏人时，他的善良也会带有锋芒。

他有时善良，有时带有锋芒，人帅，又有本事，还真是一个不可多得的百变男神呢……郑道带着对自己过分渲染的夸奖，不去想明天又将会面临什么样的悲惨带娃场面，酣然入睡。

第二天，杜无衣和杜同裳多少适应了一号楼的生活，尤其是杜无衣，和郑道的感情越来越深，也越来越黏郑道。或许小男孩儿的潜意识里，更愿意和爸爸在一起。

杜同裳和何小羽的关系也有了不小的进展，当然，还有远志和槐米。远志自不用说，既现实又会讨好人，和郑道早就打成了一片，它脾气好，胃口好，适应力强，和谁都对路。槐米由以前不怎么理郑道，也慢慢地接纳了他。

杜无衣和杜同裳的儿童房开始改造。

第三天，杜同裳也慢慢接受了郑道，不过还是和何小羽关系最好，醒来后第一个要找的人也是她。何小羽一个未婚的单身姑娘，虽然被叫"姐姐"，承担的却是妈妈的职责。还好她性格好，也是真心喜欢孩子，才没有抱怨和嫌弃。但她的心始终悬着，只有等亲子鉴定的结果出来后，她才能放心。不是不相信郑道，而是总觉得事情太可疑了。

第四天，杜无衣和杜同裳基本习惯了在一号楼的生活，不再动不动就嚷着回家。不过杜无衣喜欢上了上树，非要郑道举着他上皂角树、梧桐树。

何不悟买了一部新手机，为的是方便在线学习菜谱。他施展浑身解数，每天变着花样为两个孩子做饭，厨艺也得到了再次提升。郑道感觉何不悟去开饭店都不成问题了。

何小羽瘦了几斤，白天陪孩子还算好的，晚上带他们睡觉实在太累人了。郑道想替她分担，她不肯，觉得郑道肯定带不好他们。郑道决定等二楼的儿童房布置好后，让何小羽和两个孩子也在二楼住，他就可以近距离地适当承担一些"爸爸"应该承担的责任。但何不悟不同意何小羽住二楼，不想让何小羽住得离郑道太近了，怕有危险。

下午，李别调查杜葳蕤的死因有了一些初步的消息。据他各方印证之后得到的结果是，因为杜葳蕤是德国永久居民，不再是中国国籍，所以查不到她在国内的医疗记录，当然，也可能是她根本就没有在国内治疗过。又因为杜葳蕤死在国外，所以更没有确切的消息证明她的死亡。

不过李别已经让他在德国的同学，委托当地的警察机关，进一步查证杜葳蕤的死亡真相。

第五天，儿童房初见雏形，杜无衣和杜同裳很喜欢，二人希望把房间装饰成他们喜欢的颜色，被郑道拒绝。在郑道的一再坚持下，应用了蓝、粉、绿三种颜色。

颜色对人的身体有潜移默化的作用，不可轻视。从中医的角度来说，五色五音对应五脏，是天人合一的理论。从心理学的角度出发，安宁的色彩和安神的音乐有利于缓解焦虑、舒缓精神，有助于睡眠。

第六天，儿童房布置完毕，杜无衣和杜同裳都特别喜欢，就连槐米也不再睡在何小羽的床上，而是有事没事就跑到郑道卧室对面的儿童房休息，俨然已经提前入住，当成了自己的家。

杜无衣和杜同裳基本上已经安定下来，除了偶尔说上几句想念姥爷、舅舅和妈妈之外，开心地和郑道、何小羽、何不悟成了伙伴。

郑道总算长舒了一口气，感觉这一周像是过了一个世纪一样漫长。现在两个孩子吃饭、睡觉都基本正常了，连槐米也不时跳到他的床上求抚摩、求安慰，他觉得付出的一切都值了。毕竟融合需要时间，也需要阵痛。

第七天，两个孩子接纳了郑道几人，郑道他们也适应了多了两个孩子和一狗一猫的生活，同时适应的还有郑见的离去——随着老爸的房间被布置成儿童房，他在一号楼生活过的痕迹被逐渐抹去。

一早，何小羽就去医院拿亲子鉴定的结果。在何小羽拿回鉴定结果之前，郑道也终于等来了一个期待已久的不速之客。

/第十六章/　反复其道，七日来复

一般得了感冒或是小病，七天时间可以自愈。生理学上，人体细胞七天会轮换一遍；至多七年，除了部分大脑神经元之外，全身细胞都会更新换代。

人的气血在六经中运行，一天运行一经，六天而周遍六经，第七天，再次从头开始。人体如此，人事也是一样。人和人的相处，顶多七天，就可以知道是不是合适。而许多事情，也是七天左右就会出结果。

郑道用了七天时间适应老爸的离去和杜无衣、杜同裳的到来，同时，也等了杜若七天的时间。

杜若有耐心，他更有。

几年没见，杜若的气色差了许多。杜若下车后，站在露台上的郑道一眼就看出杜若萎靡不振，还看到他无比明显的黑眼圈。

杜若停好车，抬头看到了二楼露台上的郑道，他招了招手，说道："郑道，好久不见。"

"是很久了。"郑道波澜不惊地回应，走下楼。下楼的途中，滕哲打来了电话："道哥，打听到了一些消息，不知道是不是真的，反正有道听途说的，有空穴来风的，有捕风捉影的，有三人成虎的……"

"说正题，别卖弄你的成语，整天舞文弄墨的。"郑道乐了。

"第一个传闻：卢非同非常喜欢杜葳蕤，追求了她四五年，没得手。后来在杜若的帮助下，卢非同想要强行得到杜葳蕤，没成功，杜葳蕤一气之下才去了欧洲……"

畜生啊！弟弟坑害亲姐姐，这个杜若真不是个东西！郑道心中来气，问道："还有呢？"

"卢非同和杜若的关系非同一般。他们经常一起参加各种局不说，还有传言说，杜若在帮卢非同收购天冬集团。"滕哲顿了一顿，"也许是别人瞎说的，也许是我听错了，哪里有人希望别人收购自家集团的？杜若是不是脑子有病，才想要卖自己家公司？"

杜若这个人脑子不一定有病，心理一定是变态的，至少在他帮助卢非同强行得到杜葳蕤的事情上。郑道来到了一楼，看见杜若的身影出现在门口，嘱咐道："好的，我知道了。滕哲，你再多深挖一些事情，比如卢非同喜欢哪个明星或是女主播，喜欢出入哪些娱乐场所。"

"你怎么对别人的私生活充满兴趣？你的心态不正常啊，要注意心理健康。"滕哲调侃了一句，怕郑道骂他，赶忙又说道，"别骂我，哥，我知道你肯定有长远的计划，我照办！我照办！"

郑道顾不上骂滕哲，挂断电话，杜若已经来到了他面前。

"天下正心理诊所？躁胜寒，静胜热，清静为天下正……哈哈，老子要是还在，会冲你们要版权费的。"杜若伸出右手，"郑道，真的好久没见了，至少有五六年了吧？"

郑道和杜若轻轻一握，随即松开，感觉到杜若手心微凉，又注意到他手臂上微露的青筋，他心中微微一跳，面色如常地说："挺好。"

"什么挺好？"杜若一愣。

"才五六年吗？看你现在的样子，还以为过去了十五六年。"郑道站在屏风中间，左右看看，"坐哪边？"

"上楼，先去看看孩子。你的心理测试的选择题，对我来说没什么用，别忘了，我姐和你是同学，她以前经常拿我练手。"杜若泰然自若地笑了笑，反客为主，带头上楼，"孩子还好吧？在二楼还是三楼？"

"还好，好得很。孩子出去玩了，不在家。"郑道随杜若上楼，"不知道你这个舅舅要来……他们过一会儿就回来。"

"房子挺旧，虽然是独栋小楼，算是回迁房中的高端货，但质量还是不行，品质、布局，还有实用性，比别墅差了十万八千里。"杜若一口气上到三楼，东看看西望望，评头论足，"说是别墅吧，徒有其表；说是楼房吧，又是独门独院。怎么形容好呢……"杜若敲了敲额头，笑得有几分蔑视和不屑，总结道，"不伦不类的土楼、穿西服打领带的泥腿子……你觉得贴切不？"

"贴切。"郑道一本正经地点了点头，"还有呢？"

"就像你一楼的装修风格，不中不洋、不三不四。明明是一家现代的心理诊所，非叫'天下正'，感觉就像是穿了长袍马褂的老外，滑稽加别扭，哈哈。"杜若继续放肆地点评并大笑。

郑道依然一脸平静地说："挺好。"

杜若本想上来先在气势上压郑道一头，好在接下来的谈判中掌控节奏。不料他一拳打出，郑道没有接招，他就如同打在空气上，并且由于用力过猛而导致有些拉伤。杜若讪讪一笑，转身来到露台，继续点评："儿童房的装修风格不行，得重装。二楼露台有安全隐患，得换护栏。卫生条件不达标，得请阿姨每天打扫三遍……"

"都行，都可以。"郑道依然没有任何反对意见，连连点头。

露台上，树荫下，摆放着桌椅和茶壶，阳光斑驳，片片树叶随风晃动，清凉且宁静。杜若当仁不让地坐在了主位上，打开茶壶泡茶，摆出主人的姿态，对郑道说："坐，别站着。"

"这么说，大学毕业后，这几年来你一直躲在善良庄？"杜若烧开水，冲泡了一壶白茶，"你的白茶看上去还不错，虽然我不爱喝茶，但我家老爷子天天讲茶，不懂也听懂了。"

郑道老老实实地坐在杜若对面，喝了一口茶，说道："火候掌握得还不错，有点儿功力。是啊，一直住在善良庄，安静了这么多年，刚刚适应，就又被一些人打破了。"

露台的角落里摆放了一个冰箱，杜若起身过去，拿了一罐可乐喝了起来："上次见面是五六年前了吧？感觉你一点儿也没变，还是又黑又瘦又丑，一副穷酸样儿，说话也是一如既往的刻薄刁钻……"

"眼瞎了得赶紧治，病情恶化的话会导致心理变态，"郑道摸了摸脸，"我还以为你只是眼瞎，没想到心也瞎了。你的病现在只在皮肤，不治的话，恐怕会加重。"

"哈哈哈！"杜若狂放地大笑，"就算我成为蔡桓公，你也混不到扁鹊的层次。'医之好治不病以为功'，别跟我讲'上医医未病之病，中医医欲病之病，下医医已病之病'的大道理，在理论层面，我懂得不比你少，老爷子还有我姐，天天唠叨个没完……"

说到杜葳蕤，杜若忽然沉默了，眼圈微微一红，片刻才说："郑道，你和我姐……什么时候开始的？"

哪里有什么开始……郑道才不会被杜若带了节奏，之前的礼让只是他的表演罢了，现在的他，还在剑鞘之中，要继续保持朴实无华的品格。

"太遥远了，记不太清了，也许是开学的第一天。我记得是一个炎热的下午，我从宿舍出来，迎面走来一个抱着脸盆、走路慌张、东张西望的女孩儿，她明媚而忧伤，如一株亭亭玉立的向日葵，一瞬间点亮了我从来没有过爱情色彩的人生。就在那一瞬间，我决定爱上她……"郑道一秒钟入戏，迅速在脑海中虚拟了他和杜葳蕤初次相遇时的画面。

其实也不能算是无中生有，这是从他和何小羽第一次见面时的情形平移而来。只不过当时十岁的他初见六岁的何小羽，那个黄毛丫头完全没有明媚而忧伤的面容，更像是一棵随风摇摆的狗尾巴草，拖着鼻涕玩着泥巴，傻呵呵地站在他面前，伸出脏兮兮的小手，给他的见面礼是在他的脸上抹了一块泥巴。

不行，不能再想了，否则他没法儿再演绎他和杜葳蕤的"爱情故事"了。不清楚何小羽如果知道她在他心目中一直是当年的形象，会不会气得跺脚？

"都这么熟了，别扯淡成不？"杜若被气笑了，捏扁了可乐罐扔到一边，"就我们俩人，说句实话行不行？郑道，在我印象中，我从来没听我姐在家里提过你，毕业后你们也没有什么来往，怎么孩子就是你的了？"

"葳蕤不想公开我们的关系，我也没办法不是？"郑道偏要继续扯淡，"她的性格你又不是不知道，看似柔弱其实刚强，决定的事情从来不会改变，做过的事情也不会后悔。"

"说来说去，你其实就是怀疑我不是孩子的亲生父亲吧？"郑道的目光在杜若深陷的眼窝以及发灰的脸上停留片刻，"如果不是我，会是谁呢？"

杜若顿时愣住。来之前，他设想了无数种可能，想要套出郑道的真话，想让郑道亲口承认他不是孩子的亲生父亲，没想到，郑道会抛出一个他完全没有准备的问题。是啊，他和胡非一直在郑道到底是不是孩子的亲生父亲上面打转，却没有打开思路多想一步——不是郑道，又会是谁？

郑道仿佛利剑慢慢出鞘，开始闪现剑光。他说："你姐在大学期间，拒绝了无数人，连卢非同都没有追到她。毕业后不久，就生下了一对双胞胎，你们都不知道孩子的亲生父亲是谁，说明你们有多不在意葳蕤，连她喜欢谁、爱谁都一无所知。你们还是她最亲的亲人吗？"

"喀喀——"杜若被呛了一口，咳嗽几声，"你不怕亲子鉴定的结果出来，证明你不是无衣和同裳的爸爸，被剥夺指定监护人的权利吗？"

"葳蕤宁可将指定监护权，交给从来没有抚养过一天孩子的我，也不愿意留交给孩子的姥爷和舅舅，你们得多让她失望！"郑道此刻宛如剑身出鞘，寒光一闪，"就算亲子鉴定的结果证明我不是孩子的亲生父亲，我也不会放弃孩子的抚养权。葳蕤的遗嘱中并没有必须做亲子鉴定的条款，对吧？"

/第十七章/　天下大事，必作于细

杜若故作淡定地在桌子上滑动手指，只是眼神中的跳跃出卖了他的心虚和不安。

郑道真是够可以的，居然发现了遗嘱中隐藏的漏洞。当初他和胡非还心存幻想，以为郑道会忽略这个细节，等亲子鉴定的结果证明郑道和孩子没有血缘关系，再顺理成章地要回孩子。

杜葳蕤的遗嘱中，并没有必须做亲子鉴定来确定郑道是孩子的亲生父亲的条款！

实际上，在第三天，胡非就已经买通了装修儿童房的工人，拿到了郑道的头发，委托医生朋友进行亲子鉴定。已经催促加急检验，今天就能出结果。

杜若认定郑道绝对不是孩子的亲生父亲。他原本想等结果出来后再上门兴师问罪，但他实在等不及了，怕夜长梦多。主要也是因为对方答应他，今天中午之前一定可以出结果，他就想先和郑道过过招，等火候差不多时再甩出撒手锏，打郑道一个措手不及。

杜若直视郑道的双眼，想从中发现郑道内心真实想法的流露。他也懂一些心理学的基础知识，知道可以从一个人的言谈举止分析他的内心波动。可惜，让他失望的是，郑道就像是一潭深不可测的湖水，碧蓝、纯净、水波不兴，让人完全无法从他的表情和举止中，看出他内心世界的一丝真实。

其实从见到杜若第一眼起，郑道就对如何对付杜若有了十足的把握。

如果说胡非是刁钻古怪的类型，那么杜若就是色厉内荏的代表。二人不同的是，胡非倚仗的是专业的法律知识和对付各色人等的经验，而杜若的底气和高高在上的姿态来自家族的影响力和天冬集团的实力。更通俗点儿讲，杜若自身的傲慢和不可一世全部来自金钱。

只不过在郑道眼中，一个人是不是有底气、傲骨，以及有没有价值，不在于他有钱没钱，而在于他是不是身心健康。财富、地位和名声，只是"1"后面的"0"，而身心才是最重要的起决定性作用的"1"。身心不健康的人，有再多的"0"也是无本之木、无源之水，有随时倒塌的危险。

"君子不立于危墙之下"，是说为人当爱惜身体，不要无缘由冒险，拿身家性命开玩笑。

大多数人可以做到远离危险之地，但真正的危险往往在无形之中，如无形的风，如点滴的水，日夜侵蚀，蚀骨入髓。待到有所症状时，大错已铸，大病已成，悔之晚矣。

"善养生者，必奉于藏"，藏者，收敛也。杜若平常必定是声色犬马，放纵无度，随意挥霍身体。走路时，脚步虚浮；坐下后，坐立不安。

手微凉，是供血不足；眼窝深陷以及眼圈青黑，是肝气不足。正是春末夏初之际，春天是肝气生发的季节，他如此年轻却肝气大亏，可见已经气血两虚到何等严重的地步！

气血两虚之人，正气不足。正气不足，外在表现为坐不正、立不稳，内在表现则是凡事都提不起精神，毫无斗志和士气，一副衰败模样。

一个人，再有钱有势，如果气血两虚、正气不足，基本上事业和前途就到头了。谁愿意和身心颓废之人合作？纯属浪费时间。

杜若如果不是有杜天冬之子的衬托，现在早已败尽一切。从他虚张声势的做派，可以看出他的心虚和不安。郑道断定他的破坏力和战斗力只比胡非强那么一点点，持久力还不如胡非。

杜若被郑道问住，愣神儿片刻，才开口道："这么说，你是执意要收留两个孩子了？"

"为什么不呢？"郑道仰起脸，一束阳光打在他脸上，他嘴角上翘，眼睛微眯，"我得好好弥补对孩子们的亏欠，用心当一个好爸爸，给他们父爱和未来。"

妈的，真会演戏……杜若几乎要骂出口了！不过这小子确实挺帅的，简直是三百六十度无死角，堪称完美，姐姐喜欢上他也正常。男女都喜欢好看的异性，更不用说郑道的谈吐和举止，既得体又有男人魅力。

郑道认真而坚定地点了点头，郑重地说："你过来如果是为了看望孩子，欢迎；如果是想劝我放弃，就算了。"

"你真觉得天冬集团百分之二十的股份和两千万的现金就这么好拿？"杜若坐不住了，站了起来，恨不得拎起茶壶泼郑道一身开水，但见郑道泰然处之，又失去了勇气，"说吧，什么条件才能让你放弃？"

"还有什么条件能好过捡了一对龙凤胎加股份和现金大丰收？"郑道双手抱肩，意态自得，"你告诉我……"

"你不怕有钱没命花？"杜若目露凶光，咬牙切齿，"天底下真当有捡孩子又捡钱的好事？"

"以前觉得没有，但现在真实地发生在我身上，我总不能说是做梦吧？"郑道双手放到头后，朝后一仰，双腿搭在桌子上，意态悠闲，"行了，别兜圈子了，也别好勇斗狠地过嘴瘾了。说吧，开出你的条件，我合计合计哪个划算。"

杜若有几分恍惚，含蓄内敛的郑道和锋芒毕露的郑道，到底哪个才是真实的他？又或者是现在精明刁钻的他才是真实的？他来之前做足了功课，回忆了对郑道的所有印象，再加上胡非对郑道的描述，综合之后，他眼中的郑道就是一个喜欢故弄玄虚、贪财好色、没有见过世面的人渣。

没想到，郑道比他想象中还要复杂。开始时内敛，他说什么他应承什么；后来锋芒毕露，寸步不让；现在又变成了一副市侩模样……郑道到底是心底坦荡，还是戏精附身？

杜若迟疑了一会儿，见郑道依然一副气定神闲加嘚瑟的嘴脸，他忽然觉得后背传来一阵凉意。他可能低估了郑道，这小子如此自信且淡定，多半是早就打定了主意，或者是知道了背后的真相？

"郑道，你到底知道多少？"杜若忽然就气馁了几分，语气也轻了一些。

"人生的三种境界：不知道自己不知道，知道自己不知道，知道自己知道……我是第二种，知道自己不知道。"郑道敏锐地捕捉到了杜若气势的下降，和他预想的一样，杜若气血两虚，凡事不可持久，"我只知道，如果不想让我要孩子、拿股份，得体现足够的诚意才行。"

杜若气笑了，笑过之后还是认真地说道："其实股份什么的，是纸上富贵，拿到手也没有什么实际价值。现在天冬集团不分红，你的股份享有的投票权又少，不如直接折算成现金来得合适。"

"原有的两千万现金还会给你，你放弃孩子的抚养权以及股份，我再补偿你两千万，不，三千万。"杜若啧啧数声，"一夜暴富，五千万到手，你下半辈子都不用工作了。"

"可是我是天生劳累命，不想过早退休怎么办？"郑道笑得很谦虚、很真诚，"更不用说我只是没有见过世面，但并不代表我是傻子。三千万就想换走天冬集团百分之二十的股份，杜若，在你心中，天冬集团就值这么点儿钱？"

"嫌少？"杜若脸色一沉，"你说个数。"

"我有一个问题，一直没有想明白。杜若——"郑道又收敛了锋芒。他还是太善良了，不忍心直接剑光一闪就将杜若斩落马上。主要也是因为杜若虽然不堪，但他怎么着也是无衣和同裳的舅舅啊……亲舅舅！他又下意识地摸了摸脸。其实早该和杜若直接摊牌，他完全没有一战之力，犯不着和他浪费时间。

郑道隐隐有几分心痛，也许是为杜葳蕤有这样一个弟弟而感到不值，也许是为杜老爷子痛惜后继无人。

"你来找我谈条件，杜老爷子知道吗？"

"他——"杜若顿了一顿，本想说知道，却不知为何，被郑道温和又意味深长的目光一瞥，不由得心虚，"他不知道，是我自己的主意。"

"你不想让杜老爷子知道，是怕他反对吧？"郑道心满意足地笑了。虽然不是在一楼的工作室，没有特别设置的环境对杜若施加心理影响的加成，但由于杜若气血两虚、心气太弱，心理防线很快就溃不成军。

这也和杜若所坐的位置有关，他非要自以为是地坐在主位，却不知道主位正处于上风口，心气太弱的他哪里禁受得了背后强风不断地侵袭。

正常人倒也没什么，现在又是夏天。杜若则不同，他身体损耗过度，四肢无力，冬天怕冷、夏天怕热，是内寒外热之症，对于强风的侵入基本没有抵抗之力。"东风生于春，南风生于夏，西风生于秋，北风生于冬"，正是春末夏初之际，主位又处于东南角，承接东南风，杜若此时应该已经感觉到后背有丝丝凉意了吧？

"寒为万病之源，风为百病之长"，许多人不觉得风有什么威力，其实不然。中风自不用说，有些体弱之人，在同样的环境里，别人或许毫无感觉，他就能感受得到无处不在的凉风丝丝入骨。正因为风无孔不入，表里内外均可遍及而致病，所以必须多加提防。

杜若刚坐下，又站了起来，回身看了看，疑惑地说："怎么总感觉有风吹得我后背发凉？"他坐到了侧面的位置，斜斜地靠在椅背上，威胁道，"杜家的家事和你无关，你也别想打什么歪主意，否则，我有一百种方法让你后悔。"

"你今年应该是二十四岁吧？我记得你比我小一岁。"郑道笑笑，对杜若的威胁直接无视，"二十四岁的身体，三十四岁的心脏，四十四岁的气血。杜若，你这些年到底都跟卢非同学了些什么？"

杜若猛然站了起来，双眼圆睁，惊讶地问道："你怎么知道卢非同和我……你还知道什么？"

/第十八章/　气虚乏力倦懒言，血虚目涩多梦浅

既然猜对了，郑道肯定不会过多解释，要的就是保持神秘。当然，其实也是因为他知道的并不多，总不能当面承认不是？

郑道继续按自己的节奏交谈："……杜若，杜老爷子也是一代名医，怎么就养了你这么一个不肖之子，不但没有学到他半点儿精髓，还过度挥霍自己的身体。就算天冬集团的所有股份都转移到你的名下，又有何用？你觉得你还有多长时间？"

"郑道，别觉得你懂得多，我也是中医世家出身，知道自己的问题在哪里！不过是最近太忙、太累了一些，显得挥霍无度。气虚、血虚又不是什么大毛病，休养休养，再吃上几服药就好了。"杜若的反应过于激动，有些气短，不由得猛烈地咳嗽几声。

郑道静静地等他咳嗽完，才说："我有一个原则：我从来不和没有未来的人合作，纯属浪费时间。如果是杜老爷子或是卢非同，或许还有商量的余地，你……就请回吧。"

杜若被激怒了，上前一步，伸手要揪郑道的衣领。郑道脚步一错，轻轻让到一边，说道："君子动口不动手……"话说到一半，他伸手在杜若后背轻轻一拍，杜若身子前倾，一头撞在门框上，发出听上去就很疼的咚的一声。

"我是未来的君子，现在可以动手。"郑道补充了一句，一转身，轻巧地坐在了主位上，他依然把跷着的腿搭在桌子上，"谈条件，免谈。动手，奉陪！要走，不送。你自己选！"

这小子也太嚣张了，杜若气得险些背过气去，本想再嘲讽郑道几句，

电话响了，他坐下接听了电话。

郑道不动声色地暗中打量杜若——杜若的眼神比之前又暗淡了几分，嘴角微微翘了起来，右手放在桌子上，在轻轻地打响指……应该不是好消息，他紧张不安的心理波动体现在一些小动作、小细节上，这说明他的心乱了。

电话只持续了不到三分钟，杜若哼哼哈哈地应付，并没有说话，目光还不时飘过来，在郑道身上扫了一两次。他坐立不安，不停地调整坐姿，中间还站起来，又坐下，揉眼不下五六次，打哈欠两三次。

气虚乏力倦懒言，血虚目涩多梦浅……气血两虚最明显的表现就是浑身无力，坐立不安，喜欢瘫坐，说话都觉得气短；同时眼睛发涩，睡眠质量不高，梦多易醒。而睡眠浅、梦多，导致身体得不到充足的休息，气血无法充盈，从而恶性循环。

郑道忽然有几分相信杜葳蕤说不定真的去世了，起码从杜若身上可以看出杜天冬经商成功，教育子女却非常失败！

记得老爸以前经常教导他说，辨别一个老中医是不是真的医者仁心，有一个特别简单的法子，就是看他的后代是不是身体健康、事业有成。如果是，说明老中医是真正的医术高超、宅心仁厚。如果不是，要么庸医，要么骗子。

以郑道对杜天冬的了解，杜天冬既非庸医，更不是骗子，为什么会如此不幸，有这样的一双儿女？莫非是在背后做了什么伤天害理之事？郑道眯了眯眼睛，自嘲地笑了：也不对，老爸一辈子谨小慎微，向来与人为善，从来没有做过丁点儿坏事，为什么他到现在还没有混出个样子，害得他当不了富二代？

别提股份和两千万现金的好事，郑道清醒得很，他现在是刀是枪还是支点，得先弄清到底是谁在背后策划并推动了一切再说，任何凭运气赚来的财富，都得靠本事加倍还回去。杜若"有钱没命花"的威胁，可不是说说而已。

他可是有本事的人，他靠本事也完全可以赚钱，不想让人以为他是靠颜值吃软饭的小白脸儿，他要拼才华。毕竟一身才华无处施展，也是一种悲哀不是？

要不是被老爸一直压制，郑道感觉他的才华早就四溢了，怎么还会像现在一样隐居在善良庄？他那无处安放的青春和才华啊，**蠢蠢欲动**好多年了。

听到外面自行车铃一响，何小羽回来了。何小羽每次回家，都会在下车地点停放一辆共享单车，清脆的铃声总是轻易地影响郑道的心情。

"孩子怎么还不回来？"杜若的气势再次减弱几分，他打完电话，神情有几分疲惫，"最后再问你一次，郑道，到底要什么条件你才肯放弃股份？"

"谁给我股份，他要我放弃我才会放弃。葳蕤说给我股份，你说不给我我就不要的话，我既对不起葳蕤，又没面子。"郑道猜到了什么，揉了揉脸，"有什么好消息？分享一下。"

"亲子鉴定的结果出来了……"杜若垂头丧气地挥了挥手，"结果显示，你是孩子的亲生父亲！"

不可能啊！他怎么会真是孩子的亲生父亲？除非他失忆了，或是被外星人绑架和杜葳蕤发生了什么。他可是连内裤都要自己洗的人，任何可乘之机都被扼杀在萌芽状态，难道杜葳蕤有隔空取物的本领？

想多了。郑道责怪自己的想象力太丰富，又认真地想了想，问道："你让胡非取走了我的生物特征？"

"买通了装修工人。"杜若没有隐瞒，郑道居然真是孩子的亲生父亲，他感觉天地一片灰暗，心情瞬间跌落谷底。最后的一丝希望破灭了，这样的结果完全打乱了他的节奏。

尽管他不愿意承认，其实从来到一号楼的那刻起，他的节奏就没有掌握在自己手里。

"不会弄错吧？"郑道现在越来越好奇加心惊了，如果他的记忆没有出错的话，那么毫无疑问，背后设局之人设想到了每一个环节，布下了一张大网。

想想还挺刺激、挺有趣呢，郑道心惊之外，更多了期待和兴奋。现在他越来越想知道，对方花费这么大的力气、下了如此血本，并且布置得环环相扣，拉他入局，到底想要从他身上得到什么回报？他的一身才华和帅气容貌，真值得这么大费周章吗？

看来，他还是小瞧自己了！

"这是 DNA 比对结果，是科学鉴定，怎么会弄错？又不是什么滴血认亲！"杜若反倒被气笑了，"郑道，就算你是孩子的亲生父亲，如果我爸和我一起出面，并且再提高报酬，你愿意转让股份吗？"

"我不会拒绝任何谈判的机会，前提是必须有诚意并且拿出足够的筹码。"郑道现在是很开放的态度，既然别人都布局了一切，他就见招拆招好了。

"郑道！"

伴随着何小羽的一声断喝，从楼梯传来噔噔噔的脚步声，干脆而有力，快速而决绝，片刻之间，何小羽的身影就出现在了郑道和杜若面前。

"郑道，你最好想好了瞎话再说，否则，你的人设就完全崩塌了！"何小羽气呼呼地将一份资料甩在桌子上，"你自己看！"

郑道瞥了一眼，不用看就知道是亲子鉴定书，事情已经发展到了现在的地步，他眨了眨眼，以认真、严肃而沉痛的语气说道："是该说实话了……对不起，小羽，我之前骗你说孩子不是我的，是为了让你先接受孩子。现在你已经喜欢上了他们，你也不舍得赶他们走了，是吧？对，他们确实是我和杜葳蕤的孩子。"

"你——"何小羽被郑道的无赖气疯了，用力推了一把杜若，"让开！不长眼，好猫不叫春，好狗不挡道！"

关我什么事？杜若身子一晃，退后两三步，差点儿摔个跟头，心中一惊：这妞好大的力气。

"事情反正已经发生了，除了接受，就是拒绝，没有别的选择。小羽，你要纠结我过去的月光不放，还是愿意和我共同面对明天的太阳？"杜若在场，郑道只能继续他深情公子的人设，"人非圣贤，孰能无过？过而改之，善莫大焉！当年我和葳蕤在一起时，你还没有成年，我只当你是妹妹一样看待。更不用说你爸总是强调我们只能是租客和房东的关系……"

"过往不恋，未来不迎，当下不负……才是人生该有的态度，毕竟，这一生，没有一个人可以陪伴我们从初生到终老，即使是恩如父母，也只能是伴我们从小到大；即使是亲如夫妻，也只能是伴我们从大到老。"
郑道深情款款，声音温和而充满磁性，"小羽，就算你不原谅我，我也
不会后悔以前的事情。也正是因为我和葳蕤有过一段过去，她才留下来
两个孩子，否则她孤单地离去，该有多可怜、多悲惨。"

何小羽的怒气片刻之间就化成了一脸柔情，温柔地说："郑道，
你……别说了，我理解你的苦衷，我不该追究你的过去。从现在起，
当下不负。"

这小子还真是一个泡妞高手呀，就仗着长得帅，狗屁本事没有，凭
一张花言巧语的破嘴，骗了姐姐骗妹妹，人间败类，超级渣男……杜若
心中来气，原本他还不相信姐姐会喜欢郑道，现在亲子鉴定的结果出来，
又亲眼看见郑道对何小羽的当面欺骗，他终于信了。

他最烦郑道这类人了，没钱、没实力，就靠脸蛋儿和会做思想工作
打天下！女人怎么都这么傻，不知道"男人的嘴，骗人的鬼"？

杜若打量了何小羽几眼，穿着牛仔裤、圆领 T 恤，扎着羊角辫的她，
身材健美而不健壮，手臂圆润，小腿纤细而结实，浑身呈现喷薄欲出的
青春气息。

小姐真不错。杜若眼睛一亮，不过随即明白了什么，她是郑道的新
女友？房东的女儿？

在他所知的关于郑道的信息中，只知道郑道和父亲郑见相依为命，
租住在善良庄一号楼，却没有房东及其家人的信息。

"你好，我是天冬集团的执行董事兼副总杜若。"杜若后退一步，
微微弯腰，彬彬有礼地伸出了右手，"很高兴认识您……"

"没兴趣。"何小羽不耐烦地摆了摆手，"郑道，他谁呀？有什么病，
抑郁、焦虑还是创伤后应激障碍？"

"我不是病人，我是杜葳蕤的弟弟……"

"舅舅！"杜无衣和杜同裳出现在露台上，他们同时惊呼一声，扑
入了杜若的怀里。

杜若和孩子一起待了半个小时，在得到两个孩子都愿意留下的答复
后，他一脸挫败、满腹失落地离开了一号楼，临走时他还不忘咬牙切齿
地提醒郑道一句：

"让你放弃股份的方法有很多，和平谈判只是选项之一，我做事喜欢先礼……后兵！"

吃完午饭后，郑道、何不悟和何小羽来到露台上。何不悟先泡了一壶茶，看了几眼亲子鉴定书，表情是前所未有的凝重，认真地说："郑道，想不想听叔一句劝？"

郑道点头。见何小羽一脸开心，已经忘记了刚才的不快，他不由得一笑。有时没心没肺也是好事，至少不用操心太多事情，也不会为还没有发生的事情担忧。好在她有自己，还有何不悟，他们就像院子里的两棵大树，为何小羽遮风挡雨，让她免受生活的磨难和摧残。

郑道现在越发感觉何不悟似乎隐瞒了什么，至少在老爸失踪的事情上，何不悟知道的比他想象的还多。而且……何不悟也不像他表面上那么肤浅，他除了贪财吝啬之外，还胆大包天。

"送回孩子，放弃股份和现金，安心地过你招摇撞骗的日子，当一个会忽悠、有演技、拥有专业心理学知识的神棍，日子也能过得去。叔再给你介绍一个安分人家的姑娘，也是拆迁户……就是何大毛家的姑娘何丫丫，比小羽大两岁，长得也挺漂亮……"

"老何头儿，你闭嘴！"何小羽听不下去了。

何不悟尴尬地笑了笑，说道："郑道，叔是说，这个局现在成了死局，说明有人铁了心要拉你入局，也说明他们的病无药可医了，你何必非要去当背锅的替死鬼？背锅很累人的好不好？"

/第十九章/ 正气存内，邪不可干

何小羽瞪着一双无辜的眼睛，看看郑道，又看看何不悟，不知道他们二人在说些什么。

郑道拿起亲子鉴定书翻看，视线落在了医院的名称上，问道："大方中医院是天冬集团的产业吧？"

何不悟抿了一口茶，点头。

"杜若做亲子鉴定的医院，应该也是自家的医院？"郑道的心情并没有因为何不悟的郑重其事而沉重，依然很轻松。

"肯定的。"

"说明背后的主谋已经想好了每一个环节，不管是谁在他名下的医院做亲子鉴定，肯定会得出一样的结果。"郑道敲了敲额头，"简直就是表里兼治、主治少阳阳明、功效无双的大柴胡汤。可惜，并不完全对应我的病症。"

"你给自己开好药方了？"何不悟不信，"眼下的局面，无方可解啊！"

"正气存内，邪不可干！"

"唯心了不是？"何不悟轻轻拍了拍桌子，"别忘了还有下一句——邪之所凑，其气必虚！你正气再足，也架不住邪气汹涌。"

至此，何小羽总算听明白了几分，问道："老何头儿，不，爸，你的意思是亲子鉴定的结果是人为操纵的？"

"傻孩子，脑子怎么这么慢呢？你就是被郑道卖一百次，也会相信他一百零一次！孩子不是他的，亲子鉴定被人做了手脚，有人在故意针对他。"何不悟痛心疾首地摇了摇头，一脸无奈，"老郑头儿也真是不地道，这爹当得太不称职。这么大一个雷让你自己扛，他自己不知道又像兔子一样藏在了哪里。他也不怕你引爆了雷，炸得尸骨无存？"

"老何头儿，别乱说话，听到没有？"何小羽并没有如何不悟想象的如释重负的欣喜，反倒唉声叹气地摇了摇头，"现在孩子到底是不是郑道的，我也不在乎了，这么可爱的孩子，不管是谁的我们都要。我现在只想着怎么做才能帮帮郑道，这么大的事儿不能让他一个人扛。"

"叔不帮我吗？"郑道故意将了何不悟一军，"一家人，就要整整齐齐一起努力，是不是？"

"你就不怕风太大、寒气太重？感染了风寒还是小事，万一得了没有药方可治的重病，就是必死之症了。"何不悟一副"吃盐比你吃饭多"的表情，"叔老了，也没什么可输的。你可要想清楚了，赢了，好处对半分；输了，你得了重病甚至丢了小命，叔可没本事救你。"

原本何不悟还一心要和郑道一起博一把，今天的事情让他意识到问题的严重性和复杂程度远超想象，他有点儿退缩了。

"春养肝，夏养心，秋养肺，冬养肾，四季养脾胃。我一口气养了二十五年，也足够膘肥体壮了，再不出山就老了。善养生者，必奉于藏；奉于藏者，必善于赢。"郑道哈哈一笑，"后面一句是我编的，但宝剑不能藏鞘太久，出鞘才能知道有多锋利。"

"懂了，明白了。"何不悟点了点头，揉了揉鼻子，"你比老郑头儿有理想、有追求，也是因为年轻，没碰过壁，碰碰也好。碰得头破血流后，才知道天高地厚。你也别在我身上下太大的注，我能帮你的有限，顶多就是替你出出主意、看看孩子、打打下手、做做饭……"孩子醒了，哭声传来，何不悟急忙离开，他见郑道心意已决，也就不再多说什么，"这些都得计算到报酬里面，到时候和房租一起结算，知道不？"

"何监生！何朗台！"何小羽冲何不悟的背影挥舞了一下拳头，转头面向郑道，又嘻嘻一笑，"是谁在亲子鉴定上面做了手脚呢？"

郑道伸了伸懒腰，一朵花飘落，他伸手抓住，低头一嗅，反问道："除了杜天冬，还能有谁？"

"你的意思是杜天冬知道你不是孩子的亲生父亲？"何小羽无比惊讶，"他干吗这么傻，非要送孩子和股份给你，还帮你造假，是不是老糊涂了？"

杜天冬会老糊涂？别逗了，就连何不悟也是一个深藏不露的角色，何况是叱咤风云多年的杜首富。估计老爸也不像他平常表现的一样窝囊。这帮老家伙，一个比一个人老成精，和他们相比，自己还是太嫩了一点儿。

好在年轻就有年轻的优势，人一老，必然气血双亏，身体僵硬不说，思维也会变慢。他血气方刚，身体、精神状态饱满，有一战再战之力。

下午，郑道和何小羽一起带着杜无衣、杜同裳在善良庄内转了转。领着何小羽外加两个小孩儿和一狗一猫的他，忽然觉得自己威风八面，俨然是一个指挥千军万马的将军。

庄里的人基本上都认识郑道和何小羽，都震惊得张大了嘴巴，以为郑道和何小羽的孩子都这么大了，不知道是该祝贺还是该阴阳怪气地讥笑几句。有些人索性心领神会地哈哈一笑。

郑道懒得解释，何小羽压根儿就没想这么多。两个孩子倒是玩得开心，说比他们以前的小区好，这里的人热情好客，还有许多大树。不像他们的小区，人和人都不认识，小区的绿化虽好，但都是小树。

新建的小区就算移植了大树，也需要足够的时间才能成长为真正的参天大树。钱能买来的东西很多，但买不来时间、亲情和温暖。

两个孩子和一狗一猫，现在和郑道、何小羽的关系越来越密切，俨然已经把他们当作最亲的亲人。虽然两个孩子不时还会说出想念妈妈和姥爷、舅舅的话，但次数越来越少了。或许在孩子的心中，爸爸和妈妈永远是排在第一位的亲人。尽管郑道和何小羽并不是他们真正的爸爸妈妈。

晚饭时，何不悟又做了一桌子丰盛的菜。一家人吃完饭，两个孩子又嚷着要出去玩，何小羽主动请缨，带着杜无衣、杜同裳以及远志就出去了。槐米留了下来，懒洋洋地卧在郑道的腿上，在郑道的抚摩下，轻轻打着呼噜，享受着猫生的舒适时光。

抬头仰望高大的皂角树，郑道坐在小板凳上，背靠大树好乘凉，他说："叔，有话就直说，别磨叽，磨叽不符合你精心营造的人设。"

"别跟我打马虎眼。"何不悟搓了搓手，觉得有必要再和郑道交流交流，"老郑头儿一点儿消息也没有？"

"这话应该我问叔才对，叔，老头子有消息吗？"郑道给老爸打过几次电话，也发过不少微信，不是打不通，就是不回复。

"没有！气人！"何不悟坐下，又站起来，"我以为他躲上几天就会露面，谁知道还真没影儿了。我都留言告诉他你被杜天冬算计的事情，他还是没有搭理我。老郑头儿真是的，心真大，以前是不管你前途，现在是不管你死活，他这种大义灭亲的勇气我是佩服的。"

其实郑道对老爸会不会现身并不在意，他问道："叔，你就这么确定背后的操盘者是杜天冬？"

"除了他还能有谁？你不也是一直在等杜天冬露面？说，你为什么不主动去找他问个明白？"

郑道眯着眼睛撸着猫，笑着说："别人设这个局，要的就是先抛出诱饵，然后等鱼上钩。既然我上钩了，他拉不了我上岸，早晚会下水和我谈。对鱼来说，水里才是主场。"

"你觉得杜天冬到底图什么？"何不悟总感觉郑道应该知道了什么，想要探探他的口风。

/第二十章/ 知人者智，自知者明

郑道放下槐米，槐米不满地冲他"喵"了一声，还想被他抱，他没让，推起自行车准备出门，回头对何不悟说："豪门恩怨？太俗了。爱女心切？太假了。看中我的颜值和才华？勉强说得过去，但太过了。既然想来想去想不明白，不如不想，四个字——守株待兔！叔，我去趟滕哲的饺子馆，一会儿就回来。"

何不悟抱起在他腿上蹭来蹭去求安慰的槐米，愣了愣，低声说："你和你爸，一个心大得没边儿，一个心小得像针眼，真不像父子。"

何不悟的嘟囔郑道没有听到，他迎着夜晚的习习凉风，车骑得飞快，十几分钟后就到了位于工农路的月见饺子馆。

月见饺子馆原名滕家饺子，后来滕哲的父亲滕星光，非让经常过来吃饭的郑见为饺子馆题名。郑道实在想不明白滕星光从哪里看出来老爸会写字，他长这么大从未见过老爸有书法方面的天赋。

也不知是盛情难却，还是因为喝了几两白酒，老爸突然来了兴致，居然没有推辞，提笔在手，一挥而就写下了"月见饺子馆"五个大字。

许多人不解其意，"月见"是什么意思？为什么不是"日见"？郑道却是清楚，月见是一种祛风湿、强筋骨的中草药。至于老爸为什么将一家饺子馆命名为月见，他没问，老爸也没解释。

郑道和老爸的关系就和普通的父子关系没多大区别，父子之间总是行动大于语言，很少有深入的谈心式的交流，向来有事说事，没事就各自忙。

已是晚上七八点光景，月见饺子馆的客流渐少。上下两层近两百平方米的临街店铺，位于东西方向贯穿大半个石门的工农路的正中。作为一条老路，工农路的两侧有无数几十年树龄的槐树和杨树。每到夏、秋季节，枝繁叶茂时，工农路就会成为石门为数不多的树荫遍布、生活气息浓厚的街道之一。

工农路从建市后就没有扩建，虽然修正过几次，但只是小规模地找补。正是因此，才得以保留了原有的大树。

郑道很喜欢工农路，每次行走在绿树之下，感受到空气中的清新和温和，心情就会舒畅许多。

停好车，郑道冲滕星光和沈兰打了个招呼，径直上了二楼。

滕星光和沈兰看着郑道长大，在他们眼中，郑道就和自己的儿子没什么区别。

"小道这孩子真不容易，刚丢了爹，就捡了两个娃，他还是单身，以后怎么娶媳妇呀？"沈兰动作麻利地捏了一个饺子，扔到一边，又拿起一张饺子皮，手法娴熟，速度飞快，转眼间三五个饺子成型。

"说的是呢，还是一男一女的龙凤胎。谁愿意上来就当人后妈？"滕星光负责搅馅儿，他满是青筋的双手上满布生活的沧桑，是经常用手搅拌冰凉的肉馅儿留下的侵蚀痕迹。

"你远房侄女滕月不是还没对象，虽然个子矮了点儿……好像才一米五五是吧？又有点儿胖，多少斤来着，一百五十五是吧？但要是不嫌弃郑道带了俩孩子，倒也可以撮合撮合他们。"沈兰包好了一盘饺子，从窗口递到了厨房里面，"一份芥菜猪肉，一份羊肉胡萝卜。"

"不行啊，月月别看自身条件一般，要求还挺高，对方必须一米八五以上，小道才一米八。还要有房、有车，有七位数以上的存款，房子还得加上她的名字。小道租房住、骑自行车，存款估计三位数。她比小道还大五岁，今年三十了，还说不急，一定能找到称心如意的。"滕星光说话也不影响干活儿，又帮一名顾客盛了一盘花生米、豆腐丝和黄瓜混合的冷盘。

"等吧，挑吧，再有十九年就绝经了。"沈兰接过一盘递过来的煮好的饺子，端到了二号桌上。

"你这话说得……太难听了。"滕星光讪讪一笑，揉了揉过劳的手腕，"记得等一下吃月见草油胶丸。被你一气，感觉我的血脂又高了，动脉又硬化了。"

"药在我这里，爸，接着。"滕哲在楼梯口探出头来，扬手扔下一盒药，"我听到你们编派道哥了。等着，回头我得好好和你们说道说道，你们这一届老人，太难带了，不听话，事儿多，还自以为是。"

饺子馆虽然吵，但二楼的办公室正对楼下滕星光和沈兰的位置，隔音不好，郑道听得清清楚楚。他倒没什么，滕哲却尴尬得不得了。

说是办公室，实际上也是老两口儿的卧室。通常情况下他们会住在店里，一为方便，二为看店，三为腾出房子给滕哲，以备将来结婚之用。

"道哥，你别往心里去，在他们眼里，到了年龄不结婚就像过期的商品必须打折才能出售，思想太僵化，想法太落后。"滕哲嘻嘻一笑，目光不离电脑屏幕，他要随时照看网店的生意。

"怎么不在你自己的店，要来这里？"郑道约滕哲见面时，以为他会在他开的位于新石中路的饺子馆，没想到，他在工农路店。

一般情况下，滕哲会守在自己的店里，很少过来帮忙。在自己的一方天地里，没人唠叨，既看店又在网上赚钱，一举数得，何乐而不为？

"最近一周，我都在工农路店，因为……出现了新情况。"滕哲挤眉弄眼地笑了笑，看了看时间，"九点钟……还有十分钟，有好戏上场，别走开，马上来。——对了，道哥，你找我有什么事情？"

"还不是小羽的事情……"郑道有些忧伤，"本来想叫上李别一起，这货去练习射击了，就先和你聊聊。"

"小羽？她什么事儿？"滕哲回身翻出一瓶啤酒，倒了两杯，"边喝边聊，才有那味儿。"

"不会是你嫌弃我和李别都喜欢小羽吧？别啊，我们顶多算是备胎，你才是主胎。只要你不爆胎，我们都只是她的哥哥，负责保护她、爱护她。"

郑道站了起来，整理了一下穿了至少三年的蓝色 T 恤，调侃道："我比你帅、比李别幽默，这还用你说？我的特色我晓得。看你长得一副'急中生智'的样子，李别也是'炮火连天'的尊容，你们怎么能与长得'必有后福'的我相提并论？"他又故作深沉地叹息一声："也就能和你们说说心里话了……以前我总是当小羽是妹妹，毕竟比我小了几岁。现在她长大了，越来越离不开我，可是你也知道，叔一心希望小羽嫁给一个有钱人。"

"哎呀！道哥，你呀，啥都不是。都听牌自摸了，你还不和，是想让别人点火，你再放炮？"滕哲一拍大腿站了起来，恨铁不成钢地咬紧牙齿，"我和李别都背后骂你好几次了，这事儿得单刀直入、一往无前。小羽现在越长越好看，你要是再不抓紧，她真跟别人跑了，你哭都没地方哭去。"

郑道气笑了，说道："胡说八道什么，我现在没房、没车、没存款、没正式工作，还带了两个孩子，她要是跟了我……"

"狗来财，猫来福，孩子来了是幸福。两个孩子算什么，人家又不是没有自带抚养费，足够你和小羽一辈子吃喝不愁了。别犹豫，赶紧下手。你现在跟我哭穷，不地道啊，道哥。"滕哲看了看表，有几分焦虑，"到点儿了，怎么还不来？"

"知人者智，自知者明……人贵有自知之明，懂？"郑道干笑。滕哲并非不知道他的处境有多危险，也明白他不想连累何小羽的心思，只是滕哲毕竟不是当局者，他内心的担忧没有办法感同身受。

"懂，都懂。懂是一回事，能不能放下和做到，是另外一回事！你如果不喜欢小羽，当我没说。如果喜欢，你舍得？"正说着，滕哲眼睛忽然直了，他所在的位置正好可以从楼梯口看到一楼的门口，"来了，来了，她来了。道哥，快帮我看看，她是不是我的真命天女？"

我又不是媒婆……郑道极其无语地翻了翻白眼，探头朝下一看，见门口缓缓进来一个长腿、瘦弱、双目无神、表情呆滞的女孩儿，他只看了一眼就屏住了呼吸……

这女孩儿，怕是快要不行了！

/第二十一章/　见微以知萌，见端以知末

天有三宝，日、月、星。

地有三宝，水、火、风。

人有三宝，神、气、精。

如果天地日月清明、星光灿烂，就会风调雨顺、国泰民安。同样，一个人若是神足、气盈、精满，就会神采奕奕、生机盎然，外在表现则是精力充沛、光彩照人，说话中气充足，走路平稳有力，会有感染力、亲和力。

以上，是从中医的角度来说，同理，在心理学上也是一样的。身体健康、充满活力的人，会更加有动力、有自信，更能吸引别人的目光。

一个人的身体健康和内心状态，会毫无保留地呈现在外表，气色是最一目了然的展露。不管内心多强大、演技多高超，身体有病、心理缺失，都会或多或少在言谈举止中流露一二，无形中表现在精神状态上。

真正高明的医者，可以通过望色观察一个人的病情轻重，其实并不是什么神奇或是玄学之术，而是实打实的经验学。现在的应用心理学，也是在总结和归纳了许多经验的前提下，创作出来的一门学科。

君子不器、文理一身的郑道，对滕哲心心系念的女孩儿初步得出的判断，就是她恐怕病入膏肓，将不久于人世。

女孩儿眉清目秀，身材高挑，瘦弱而腿长，紧抿着嘴唇，表情刚毅而绝望，一头长发随风飘动，漆黑如瀑布。应该说，女孩儿长得挺好看，是甜美可人的类型。只是她气色极差，表情呆滞，走路犹如飘动一样，差不多是游离的状态了。

"她怎么样？不错吧？羡慕吧？别流口水，她是我的，你不许和我

抢。你已经有小羽了！"滕哲碰了碰郑道的胳膊，笑得很开心，又有几分猥琐。

郑道不说话，目光紧盯女孩儿的一举一动——此时一楼的客人只有零星的几桌，她先来到一个还没有来得及收拾的桌子旁坐下，左右看了看，拿起盘中剩下的饺子吃了起来。

"哎呀，一连好几天了，天天九点以后来，就捡别人的剩饺子吃。反正饺子都是单个儿吃，剩下的也不脏。"滕哲牙疼一样吸了口气，"也不知道她家里出了什么事情，这么好看的一个姑娘，怎么就沦落到捡东西吃的地步？道哥，你快帮我看看，如果我过去帮她，有没有戏？"

周围的人要么对女孩儿的行为表示惊愕或鄙夷，要么视而不见。滕星光和沈兰对视一眼，二人怜惜地摇了摇头，沈兰从锅中捞出几个饺子放在盘子里，端到了女孩儿面前。

滕星光和沈兰为人善良，见不得吃不起饭的穷人和叫花子，每年都会将不少饺子免费赠给孤寡老人，也会施舍给乞丐一碗饭吃。

女孩儿和往常一样拒绝了二人的好意，见另外一桌的客人起身去结账，她赶紧过去，又捡了几个饺子塞进嘴里。

郑道一阵心酸和无奈，他压下冲动，不动声色地仔细观察了片刻，心中的巨石才慢慢落下。女孩儿吃了几个饺子又喝了饺子汤后，气色明显恢复了几分，脸色也有了少许红润，眼睛里多了一些明亮和光彩，恢复了她这个年纪应有的青春气息。

灯光太暗、天太黑，看错了，虚惊一场。郑道暗擦一把冷汗。她不是快要不行了，而是饿得不行了。郑道经验不足，犯了年轻人容易犯的错误。

郑道抱住了滕哲的肩膀，问道："真的喜欢？"

滕哲用力点头，认真地回答："喜欢，就像风走了八千里，不问归期！"

"少抽风。"郑道呵斥滕哲一句，瞬间入戏，双眼迷离，神色凛然，"你信不信我可以准确地说出她的职业、性格和年龄，以及遭遇了什么？"

"不信！"滕哲当即坚定地摇头，"我又不是刚认识你，你是什么葱什么蒜，我会不知道？你顶多算是一个大忽悠，但不够神棍的级别，离大师更是差了一个猪肘子……"

"她今年二十五岁左右，不会超过二十七岁。看她的坐姿，尽管饿得不行了，又是吃别人剩下的饺子，但依然保持着端正的姿势，尽量不失态，说明她出身于一个家教良好的家庭。她的蓝色裙子有几处都洗得泛白了，还有一两处有漏洞，但用巧妙的绣花手法补上了，说明她心灵手巧，又争强好胜，虽然穷，但不失得体的生活态度。"

　　郑道推开滕哲，又仔细打量了女孩儿几眼，虽离得远，但她现在所坐的桌子灯光明亮，他看得更清楚了几分。女孩儿吃了几个饺子后，盛了一碗饺子汤，小口喝了几口，又抽出一张纸巾，擦了擦嘴巴。她始终是不慌不忙、从容端庄的姿态，丝毫没有因为自己在吃别人的剩饭而自我轻贱，也不在意周围众人异样的目光。

　　不过当她放下碗后，双手交错在一起时，微微颤抖的动作还是出卖了她内心的不安。她轻轻一拢头发，露出了微红的耳朵，还有意整理了一下衣摆。

　　"从情绪影响健康的角度来说，悲伤会导致肺经不通，压力过大容易导致肾经不通，压抑会导致心包经不通，焦虑会导致胆经不通，哀愁会导致小肠经不通……"郑道推了推滕哲，指向女孩儿，"她吃东西快，而且又是捡别人剩下的东西，心理素质再强大，也会有压力。再加上她流露出来的悲伤、压抑、焦虑和哀愁等情绪，不难推断出，她有轻微的抑郁症以及自闭倾向，肠胃不太好，心脏供血功能不足。"

　　"看她的右手，总是轻微地抖动，说明她右手经常写字。现在经常用手写字的工作不多了，不是律师就是老师，她太沉静且淡然了，所以不会是律师，那么应该是老师。"郑道一口气说完，敲了敲目瞪口呆的滕哲的脑袋，"要不要我帮你，把你介绍给她？"

　　"要，那必须的。"滕哲如梦初醒，摸了摸脑袋，腼腆一笑，"道哥，你最近是不是吃了什么药丸，感觉一步跨越了神棍阶段，直接升级为大师了。我都快不认识你了。"

　　滕哲嘴上这么说，内心的震惊却是无与伦比的。他和郑道算是发小儿，认识少说也有七八年了，印象中郑道向来是老实巴交的样子，不多说话，也不乱说话，更没有表现出什么与众不同的本事。怎么郑叔一失踪，他就像变了一个人似的？

又或者是从天而降的两个孩子打开了郑道的心窍，让他变得聪明伶俐了？滕哲在震惊和胡思乱想过后，见女孩儿起身要走，着急地摇动郑道的胳膊，催促道："道哥，快，她要走了，快帮我要到她的联系方式。"

"这么胆小怎么脱单？看好了，学着点儿。"郑道飞身下楼，三步并作两步，在门口拦住了女孩儿的去路。

因为离得远，滕哲听不清他们在说些什么，只见女孩儿先是一愣，随即露出了微微惊喜的表情，紧接着让滕哲目瞪口呆的一幕发生了——她跟在郑道身后，上楼来了！

这……哎呀，道哥什么时候修炼成技能如此高超的泡妞高手了？滕哲揉了揉眼，确信二人正一前一后地上楼，他才醒悟过来，手忙脚乱地赶紧收拾了一下房间。

之前这个女孩儿过来吃东西，爸妈专门为她煮了一锅饺子，但她从来不碰。送她钱，她更是不要。问她什么，她也不说，只是默默地来，悄悄地吃，吃完之后鞠躬，然后一言不发地走人。别说上楼了，连一句话都不曾说过。

道哥是不是会什么法术，才迷惑了她？滕哲思绪乱成一团时，郑道和女孩儿已经来到了他的面前。

"介绍一下，滕哲，我发小儿，好哥们儿。滕哲，她是苏木，初中语文老师，美女中最有才的，才女中最漂亮的……"郑道为二人简短介绍后，又为苏木倒了一杯热水，"苏木，你真的该多喝热水，你寒气入体过多，不但影响了肠胃，还让你心情郁闷。时间长了，积郁成疾，变成大病就晚了。"

"谢谢道哥。"苏木展颜一笑，笑容如雪后初晴，她冲滕哲鞠躬致谢，"麻烦了你这么久，是该当面说声谢谢。承蒙不弃，让我得以在最困难时苟活！"

滕哲忙退后一步，手足无措地说："不用客气，客气就是不当我是兄弟，不是，不当我是哥们儿，也不是，是不当我是……"

"这孩子没救了。"郑道用力拍了拍滕哲的胳膊，"别这样，显得你没见过好看的女孩子似的。行啦，不瞒你了，其实我认识她，她是小羽的闺密。你们互留个联系方式，我先撤了。苏木，记得明天来一号楼，我帮你疏导一下心理。"

"知道啦。"苏木低头应了一声，拿出一款三年前的手机，等了一会儿才打开微信，"手机运行有点儿慢，不好意思。"

"我——"滕哲后面的"送你一部新手机"的话还没有说出口，就被郑道微不可察地摇头制止了，他意识到自己太唐突了。交浅言深，君子所戒，他羞愧而腼腆地点了点头。

告别二人，郑道骑车回家。路上行人渐少，由于不是主路，汽车也比来时少了许多。微风阵阵，他心情不错，轻松地吹起了口哨。过了红旗大街，工农路有一段大树密集且灯光昏暗的路。郑道忽然停止吹口哨，感觉后背发麻，汗毛竖起。危险的气息如浓重的夜色一样，从四面八方将他包围。

/第二十二章/ 智者虑远

每个人都有第六感，或强或弱。

第六感也可以称为直觉，国外有专家认为，人的意念或精神感应是除了视觉、听觉、嗅觉、味觉和触觉之外的第六感，心理学家也将其称为"机体觉""机体模糊知觉"。不管叫法有什么不同，用郑见的话来说，人类的第六感一点儿也不神秘，更不迷信，认为这是迷信的人，是不了解"天人感应"的科学原理。

"天人感应"其实就是天地的变化对人体的直接影响，只不过由于大多数人过于依赖前五感而压制了第六感，所以没有办法像一些动物一样，可以细微地感应到天地变化，比如可以预知地震、气象灾害的发生。

有些人的第六感是天生就有的，是天赋；有些人则是后天锻炼而来，是努力的结果。郑道是两者兼而有之。不过他所理解的第六感和老爸的说法又有些不同，虽然没有上升到量子纠缠的理论高度，但他认为所谓

"天人感应"，是天地和人体内的磁场的相互呼应。就像有病毒或细菌入侵人体，人体的免疫系统会有应答性行为一样。天地间微小的变化可以酝酿一场风暴，不能只说"蝴蝶效应"是科学，而"天人感应"就是无稽之谈，那样显然太"国际著名双标"了。

郑道放慢了车速，前面是一座长约三百米的桥，桥下是百姓河。百姓河是一条人工河。当年耗费了无数人力、物力、财力，在石门市中间挖掘了一条河，出发点是为了改善环境，提升城市绿化，结果后来变成了臭水沟，并且还淹死了不少人。

桥上的路灯坏了，周围环境更黑暗了几分。由于刚放水，河水充满了河道，在黑夜中波动，倒映着远处的灯光，呈现幽暗深邃的颜色，像是张开巨口的野兽。

危险的气息没有丝毫减弱的迹象，反而越来越强烈，仿佛在夜色中隐藏着一头不知名的远古神兽，伺机一口吞下郑道……肯定是《山海经》看多了，在充斥着智能手机、互联网、宇宙飞船、量子力学的今天，怎么还会有神兽这种违反科学理论的东西的存在？郑道甚至还笑了笑，再次放慢了车速，此时他已经骑行到了桥的中间。

天地似乎突然安静了下来，汽车声、人声、风声、水声，统统消失不见，像是突然退去的潮水。郑道很清楚其实一切都还存在，这只是他的错觉而已。他全神贯注地关注着来自身后的逐渐逼近的危险，而暂时关闭了其他感觉器官。

当一个人过于专注一件事情时，甚至会忽略时间的流逝。所有人都有过相似的经历。

工农路是老路，并没有专用的自行车道和人行道，自行车和行人总是会默契地尽量靠右。郑道下意识地朝栏杆靠近，而他的车速已经慢到勉强维持自己不倒下的程度。

身后的危险越来越近，郑道猛然刹车，纵身一跃，在半空中一个翻身，落到了数米之外的后方！

一团黑乎乎的东西从左侧毫无征兆地冒了出来，犹如一头钢铁怪兽。伴随着一阵刺耳的刹车声，一道火花闪过，一声巨响过后，水泥栏杆被撞开了一个长约三米的缺口。而钢铁巨兽丝毫没有停留的意思，后轮急速狂转，一股刺鼻的烟雾升起，瞬间逃离原地，转眼的工夫就冲到十几米开外，迅速消失在了车流之中。

原来是一辆电动汽车，怪不得毫无声响地靠近了他。很明显，对方是一个玩车高手，用一个漂亮的甩尾动作来撞他，是担心用车头来撞，万一控制不好，会一头栽进百姓河中。而且对方也没有打开车灯，在黑夜里行驶，没有光亮、没有声音的电动汽车，不就是一头令人防不胜防的怪兽吗？比起发动机的声音，电机滋滋的电流声还是小多了。

更主要的是，对方的车没有车牌！

自行车车头悬空，车梁卡在栏杆的断裂处，前轮还在空转——还好郑道反应够快，第一时间放慢了车速，并且在汽车撞过来的一瞬间飞身躲开。他多年坚持锻炼练就的反应能力，此时派上了用场。否则以之前的车速前行，他会连人带车被撞到百姓河里。

百姓河是水泥河底，年深日久，河底有大量的淤泥。河道呈四十五度斜坡，人掉到河里很难游到岸上，要么深陷淤泥之中，要么因为太滑而无法上岸。

对方的意图是想把他撞到河里，此处水既深又急，不被当场撞死，也会落水淹死。虽然郑道游泳水平一流，但如果身受重伤之后再落水，就不好说了。

"大难不死，必有后福……"惊愕加后怕之余，郑道不忘自我安慰一番，他扶正自行车，车子居然没坏，还能骑，就更开心了几分，"省了一笔修车费。虽然是共享单车，但要是坏在我手里，我这种人帅心美的人，肯定是要负责的。"

"这么黑，刚才车里的司机怎么就认出我是他要撞的人？"郑道遗憾地看了看被撞坏的栏杆，骑车走了。反正不是他撞的，他也赔不起，想管也管不了。

也许是他太帅的缘故，不管是多么漆黑的夜晚，他的光芒总是像星光一样灿烂，无论他如何掩盖都会流光溢彩……差不多了，再自夸下去他自己都不好意思了。郑道若无其事、晃晃悠悠地骑车回到了一号楼。

两个孩子已经睡下了，何小羽和何不悟还在院子里的大树下说话。郑道一进门，何不悟就大吃一惊，惊讶地说："气色不对！说，你做了什么对不起良心的事情？"

何小羽却什么都没有看出来，她推了何不悟一把，说道："郑道最近事情太多，累了，你别烦他，让他早点儿休息，明天他还得坐诊。"

"就他？"何不悟不以为然地摇了摇头，"老郑头儿在我眼里也就是一个江湖郎中、赤脚医生，他连老郑头儿一半的本事都没有，半吊子大夫都算不上。这不，接手诊所一周了，一个患者都没有，这是要饿死的节奏呀。"

何小羽白了何不悟一眼，拉着郑道上楼，叮嘱他："我听苏木说了刚才在月见饺子馆的事情。她明天上午过来，你一定要好好开导开导她。"

郑道点头，他还沉浸在电动车事件里，并没有将苏木的事情和自己遇险联系在一起。他首先怀疑的人是杜若，也只有杜若才有动机置他于死地，至少到目前为止，他明面上最大对手也只有杜若一人。毕竟杜若既嫉妒他的幸运和才华，又嫉妒他的英俊和本领。

郑道含混地答应着，苏木的事情在他看来是再小不过的事，他并没有放在心上。直到回到了房间，他换上拖鞋，脱下上衣准备洗澡时，才注意到何小羽还赖在他房间里没走。郑道亮了亮肱二头肌，又炫耀了一下胸肌，调侃道："还没看够？下面没有了。"

何小羽脸一红，啐了一口："呸，流氓！谁在看你，我在想一件悲伤的事情……"

何小羽从来都不是一个悲伤的人，她神经大条、没心没肺、喜怒随心，不会伤春悲秋。郑道上前推她出门，催促道："赶紧走，我要洗澡，准备睡觉了。"

"郑道，你放开我。"何小羽推开郑道，怔怔地看了他一会儿，"我最近总是心神不宁，总爱胡思乱想。如果孩子真是你和杜葳蕤的，如果杜葳蕤没死，她回国后，你们会不会在一起？

"如果你们在一起了，我就不能嫁给你了。我不敢想象如果不能和你在一起，我还会爱上谁？我和你在一起的时间太长了，长到都快一辈子了。如果没有你，我不知道该怎么生活！

"就算杜葳蕤真的不在人世了，你又爱上了别人怎么办？或者会有比我更受孩子喜欢的人出现，孩子更愿意让她当妈妈，你肯定也会在意孩子们的想法，是不是？"

这都是什么跟什么啊！郑道揉了揉何小羽的脑袋，温柔地说："小羽真是长成大姑娘了，学会胡思乱想了。赶紧睡，明天是个好日子。"

何小羽忧伤的情绪立刻被转移了，好奇地问："什么好日子？"

"到了明天你就知道了。"郑道将何小羽推了出去，关上门，"今晚你受累照顾孩子，我要一觉睡到天亮。"

多年来郑道从不失眠，今晚却被打破了。睡了两个小时后，子夜一点，他无梦醒来，感觉精气恢复了不少，上了趟厕所后，却再也无法入睡，索性来到了露台上。

深夜的善良庄，一片祥和安静。它偏安于城市的一隅，多少年来，似乎成了被人遗忘的角落。老爸选择此处，必然经过深思熟虑，自有他的道理。如果将石门比喻成人体，善良庄所在的位置就是肝脏。

肝脏是人体最大的实质性器官，也是最任劳任怨的解毒器官。肝脏没有痛感神经，发生病变也不会有疼痛感，所以肝病一经发现就多是晚期。

不用想就知道，老爸在藏身于善良庄时，就十分清楚善良庄独特的位置优势，既有利于生活，又不易被人发现。当然，凡事都有两面性，中医向来喜欢辩证地看待问题，如果老爸躲藏在城市的心脏或是脾胃位置，虽然很容易暴露，却有利于事业。

显然，老爸是彻底放弃了在事业上的发展，一心只求平安度日。只不过万事万物终究都不会孤立生存，当年种下的因，现在都开始结果了，想要强行切断以前的联系，怕是不行。老爸作为中医圣手，怎么会不懂得凡事宜疏不宜堵的道理？就像一个人生病了，觉得逃避就可以自愈，太想当然了。有些病不是自限性疾病，必须借助药力才能治愈。

春天来了，肝气生发，老爸被人发现，也算是符合天地之理了。那么从老爸失踪，到胡非送子上门，再到杜若的现身，以及今晚的遇险，一系列的事件背后，内在的联系是杜天冬，而要置他于死地的只能是杜若一人？

不对，应该不是杜若。郑道被夜风一吹，蓦然发现一个疑点，不管从哪个角度来说都不应该是杜若。杜若只想让他生病，而不是要害他送命，他还需要自己的签名才能拿回股份。此事多半和苏木有关，苏木的出现才是打破他刚刚建立的平衡的关键因素……

/第二十三章/　知者不言，言者不知

何小羽醒来的时候，已经八点钟光景了。

其实天蒙蒙亮的时候，她就醒过一次，是被要上厕所的杜同裳惊醒的。杜同裳回去睡下后，她实在困得不行，就倒头又睡了。再次醒来，天光已然大亮，床上，杜无衣和杜同裳正玩得开心，远志和槐米也在。何小羽惊叫一声，赶走了远志。槐米上床她还能接受，但实在无法忍受体形较大的远志也在床上跳来跳去。远志太大、太壮了，足有五十多斤，像一头小牛。

郑道去了哪里？房间里没有，露台上也没有，院子里也看不见。恍惚记得她五点多钟起来的时候，偷偷朝郑道房间里瞄了一眼，见郑道还在睡觉，她就想嘲笑郑道打破了每天都在日出时间起床的习惯。

虽然她也知道自己偷看郑道不太好，但楼上楼下住了这么多年，估计郑道早就偷看过她无数次了，她看他不过是正当的礼尚往来。

"爸，老何头儿！郑道去哪里了？"何小羽冲楼上喊了一声。

"不知道，没看见。"何不悟没好气地应道，"打明儿起，你回三楼住，听到没有？"

"懒得理你。"何小羽冲楼上挥舞了一下拳头，回到房间，揉了揉肚子，"我饿了，你们饿了没有？"

远志立刻摇头摆尾地凑了过来，兴高采烈地咬住何小羽的衣服，就要拖她下楼。

真是一只现实的狗。何小羽被气笑了，轻轻踢了远志一脚，上前拉起杜无衣和杜同裳，对他们说："走，姐姐带你们出去吃早饭。"

楼下传来了郑道洪亮又清爽的声音："早饭买回来了，都下来吃饭了！"

郑道虽然半夜醒来过一次，依然是在日出时分起床。多年养成的生物钟顽固而坚定，他也是坚持了很多年之后才发现其中的妙处。现在就算让他放弃，他的身体也不会同意。打完太极拳、练完五禽戏后，见何小羽和孩子睡得正香，他就出去买早饭了。

是该恢复到以前的生活秩序了，"正气存内，邪不可干"的前提是要保持良好的心态和健康的体魄，而且郑道也喜欢人间的烟火气息。千百年来，中华民族在这块土地上生生不息，凭借的就是顽强的生存能力和落地生根的随遇而安，以及乐观上向的精神。

迎着朝阳穿行在早市中，听各种叫卖声，闻各种香气，和无数熟悉的街坊邻居打招呼，郑道很享受融入生活的当下。老爸经常教导他要接地气，要和广大劳动人民打成一片，真正的智者、良相、大医，都来自民间，都植根于百姓。

古往今来的圣手，扁鹊、华佗、张仲景和孙思邈，哪个不是深入群众救死扶伤？不过郑道喜欢人间烟火气的出发点没那么伟大，他爱吃还挑食，自己买早餐，才会挑到称心如意的食物。他很喜欢挑选食物的过程，比如买小笼包、油条、烧饼、豆腐脑儿等。享受过程比得到结果更有乐趣。

还有一点，他穿梭在人群之中，身心放松，感受祥和、简单的生活，可以更好地思索一些问题。

其实还有一层更隐蔽的心思，郑道是想在老爸经常光顾的摊点观察一番，看看是否会有老爸留下的痕迹。人老了，习惯一旦养成，很难更改。或许老爸会回到喜欢的早餐摊吃饭，刚好被他撞见。只可惜，老爸消失得很彻底，没有留下蛛丝马迹，摊主也说最近没有见过老爸，还问郑道他去了哪里。

院里，大树下，何不悟已经支好了桌椅。两个孩子见郑道回来，欢呼雀跃，远志更是直接出来迎接，扑到了郑道的怀里。

他得感谢杜天冬策划的这一切。送来的两个孩子彻底改变了他的生活，让他多了满足和幸福。当然，也多了牵挂和顾虑。郑道一左一右抱起杜无衣和杜同裳，来到何小羽和何不悟面前。

"叔，我问了以前老爸经常去的所有摊点的摊主，都说没有见过他。"

"才问？"何不悟接过郑道手中的早饭，撇嘴一笑，"我一周前就问过了，你比我的反应慢了七天。年轻人，姜还是老的辣。"

行吧。郑道放下孩子，笑问："老爸经常买菜的摊点，还有遛弯儿的公园，也问了吗？"

"没有。不用问，肯定没有消息，他早就不在善良庄一带了……"何不悟张口就来，突然捂住了嘴巴，见郑道的笑容逐渐得意，才知道上了他的当，被他套路了，"你小子，比你家老头儿狡猾多了，我差点儿掉坑里。别想套我的话，我和老郑头儿没联系。"

"没有就没有，心虚什么？"何小羽麻利地摆好了早饭，"吃饭了孩子们！说好了，自己吃，不许让姐姐喂。自己吃饭才是好孩子！"

杜无衣坐在何小羽腿上，冲她撒娇："姐姐，你喂我吃好不好？你是好姐姐。"

何小羽只坚持了不到一秒钟，立马投降，咬了咬嘴唇："好，真拿你没办法，姐姐喂。"

于是杜同裳毫不犹豫地坐在了郑道的腿上。郑道想劝杜同裳自己吃饭，杜同裳才不干。他只好狠狠地瞪了何小羽一眼，怪她溺爱孩子。何小羽假装没看见，耐心地喂杜无衣。

"无衣、同裳，告诉爸爸，以前在家里吃饭，你们也要妈妈喂吗？"是时候和孩子聊聊杜家的家常了，凡事都要讲究最佳时机，现在就是。

"妈妈不喂，姥爷喂。舅舅不喂，姥姥喂。"杜无衣喝了一口米粥，一粒米掉在了郑道的袖子上。远志反应很快，舌头一卷就把米粒舔走了。

"以前妈妈有没有和你们说过爸爸的事情？"郑道和颜悦色，慈祥的目光和慈爱的表情衬托得他挺像一个认真负责的好爸爸。

"嗯——"杜无衣歪头想了一会儿，摇了摇头，"不记得了。"

"说过说过，哥哥真笨。"杜同裳挣脱郑道的怀抱，跳到地上，"我小时候经常问妈妈爸爸在哪里？妈妈说，爸爸在和我们捉迷藏，躲起来了，他随时会出现。"

还小时候，你现在才多大？郑道笑了。

"你说错了，是姥爷说的，不是妈妈说的。"杜无衣反驳，试图证明自己是正确的，"每次我们一提爸爸，妈妈就不开心，我们就不敢再提了。"

"你们有多久没见妈妈了？"郑道心中暗叹一声，杜葳蕤对孩子的亲生父亲讳莫如深，恐怕是有迫不得已的苦衷，说不定就连杜天冬也不知道到底是谁。只是可怜了两个孩子。

"记不清了，过年的时候就没有见到妈妈。"杜无衣有几分忧伤。

对不起了，孩子们，我不是有意让你们回忆痛苦的事。郑道有些自责。

"七个月了。"杜同裳掰着手指，"姥爷说，再有五个月，我们就可以见到妈妈了……"

郑道为之一惊，迅速和何不悟交换了眼神。

"可是舅舅说，妈妈不会回来了，去了天上，他还说姥爷骗人……"杜无衣摸了摸远志的头，"我想妈妈了，远志，你想不想妈妈？"

远志居然像是听懂了一样，叫了两声。

郑道有点儿失望。如果狗会说话就好了，远志肯定知道真相。他无意识地揪了揪远志的尾巴，远志回头不解地白了他一眼。

"姐姐，你以后会是我们的新妈妈吗？"杜无衣拉住了何小羽的手，"我可以叫你妈妈吗？"

"咯咯，不可以，姐姐是姐姐，妈妈是妈妈，不能乱。"何不悟见何小羽就要点头，忙按下了暂停键，"姐姐比爸爸小，她只能当你们的姐姐。"

"姐姐也是爸爸的孩子吗？"杜同裳的语气充满天真和好奇。

"噗——"何小羽笑喷了，米粥全喷到了何不悟身上，"别瞎说，我可不是郑道的孩子，我是他的小姐姐。"

"小姐姐？"杜同裳完全迷糊了，"可是你分明是大姐姐！"

"何小羽！"何不悟气坏了，拿起纸巾擦拭身上的米粥，"注意你的形象，你是大姑娘了，再这样下去就真嫁不出去了。"

杜无衣懵懂地问："姐姐不是爸爸的媳妇吗？她为什么还要嫁人？"

全乱套了！何不悟气得说不出话来，何小羽却开心得哈哈大笑。

九点钟刚过，一号楼就迎来了第一个客人——不是苏木，而是滕哲。

滕哲兴高采烈，像是一个考了高分的孩子，一进门就缠着郑道说个不停。

昨晚郑道走后，他加了苏木微信，又和苏木聊了一会儿，尽管苏木对他意兴阑珊，他依然尽情地表现自己。短短几分钟时间，他恨不得将连上幼儿园打哭女同桌的事情都告诉对方。

苏木走后，他关切地发了几条微信消息，对方都没有回复，让他颇为失落，一个晚上都没有睡好。幸好知道苏木今天要来一号楼，否则他都要觉得自己失恋了。

"还没恋爱失什么恋？别自恋了，你顶多是单相思。"郑道不是打击滕哲，而是担心滕哲过早地投入太多感情，到最后容易伤了自己。直觉告诉他，苏木可能是一个不安定的因素，她身上隐藏着一些不为人知的秘密。

"不行，不行，道哥你一定得帮我，这一次我是真的心动了。"滕哲听到外面传来车铃声，惊喜地冲了出去，"来了，她来了。"

门口站着的却是李别。

滕哲一脸失望，抱怨道："你来干什么？真不是时候！讨厌你。"

李别一脸焦急，愕然地说："吃错药了？还是精神病又犯了？有病赶紧让道哥给看看，赶紧治。治不好，治死了也行。"

他呛完滕哲，又冲里面喊了一嗓子："小羽，快跟我去现场，有命案！一辆电动车冲进了城角路的百姓河里，司机当场死亡。虽然是单方面的事故，但还是有许多疑点，快来！"

/第二十四章/　善者不辩，辩者不善

如果不是李别这一嗓子，何小羽几乎快要忘记她还是一个"预备役"的刑警了。可能是"妈妈"的角色太投入了，最近她的心思都扑在了孩子身上，竟然连自己最喜欢的刑侦事业都抛到了脑后。

按照规定，她现在就应该进入实习状态了。

"来啦来啦。"何小羽飞一般从二楼冲了下来，兴奋充斥了她的大脑，她像一头矫健的豹子，身姿优美，动作利落，只一个箭步就来到了李别眼前，"实习刑警何小羽报到！"

不料，不等她站稳，眼前人影一闪，一人后发先至，挡在了她的面前。此人正是郑道。

郑道动作更快，他一把抓住了李别的肩膀，焦急地问："是从城角路桥上落水？是特斯拉电动车？"

李别惊得后退两步，张大嘴巴，吃惊地说："道哥，你升级的速度也太快了，上次见面才是大忽悠，现在就飞升成神棍了？"

猜对了？郑道惊喜之余，心中的阴晦却更深了一层。他不说话，蹲在地下，然后拉着李别和何小羽也蹲下，拿起一根树枝在地上写写画画。

"百姓河横穿石门，在流经工农路和城角路时都有桥。城角路在工农路南边，直线距离约为一公里。从工农路桥绕到城角路桥，由东向西行驶的话，最快的路径就是西行到红旗大街左转，再到城角路左转。那么落水的特斯拉应该是从西向东行驶……"

昨晚他遇袭时，大概是晚上九点四十分。绕行到城角路桥，顶多十分钟，应该是九点五十分左右。

"落水时间是九点五十分左右……"

当时虽然天黑，对方又没开车灯，但郑道还是认出了对方的车是特斯拉牌。以石门的消费能力，全市应该没有几辆。对方也真舍得下血本，居然买一辆新车用来撞人，不得不让人佩服。

送他多好，郑道暗想。好好的车就这么浪费了，还葬送了一条性命，造孽啊。

"还有，这事儿估计不是单方面事故，详细调查一下车主的信息、购车款项来源，再调看一下工农路桥以东路段的监控，也许可以发现一些什么。"郑道拍了拍目瞪口呆的李别的肩膀，"你落伍了，我直接跳过了神棍的阶段，现在已经是中级大师的水平，折算下来，相当于一级厨师、七级木匠、高级知识分子。"

"服了吧？"滕哲揶揄一笑，"就凭道哥能凭空捡孩子的本事，我们就得尊称他一声老大。赶紧的，别愣着了，查案去，别荒废了你已经过期的青春。"

"滚吧你。你不跟我一起？"李别从震惊中清醒过来，碰了碰滕哲的肩膀，贱贱地一笑，"见识一下哥英明神武、断案如神的英姿？"

"不去，没空，没心情。"滕哲用力推开李别，"今天是我人生的重要转折点，我必须跟在道哥身边，才能迎接新生。"

"完了完了，被道哥忽悠成神棍了。"李别痛心地摇头，"走，小羽，我们去破案。"

走了两步，李别又想起什么，回身说道："对了道哥，德国的朋友传来消息说，在一家医院查到了杜葳蕤的住院记录，但没有死亡记录，只知道她确实得了重病，后来转院了。在国外，有不少人死在家里，所以医院查不到也正常。我会继续追查下去的。交给我的事情你放心，肯定有始有终。走了。"

何小羽开心地跟在李别身后，嘱咐郑道照顾好孩子，她办完事情就回来。

二人刚走，滕哲期待已久的苏木终于出现了。

换了一身灰色职业装的苏木，气色比昨晚好了一些。这得益于昨晚她从月见饺子馆离开时，滕哲非要让她带走一盘饺子。她推辞不过，只好恭敬不如从命。

滕哲抬出他是郑道和何小羽的发小儿的身份，她觉得自己再坚持拒绝，就是矫情了。

见到苏木，滕哲有几分手足无措，紧张得都有些结巴了："你……你昨晚睡……睡得好吗？"

郑道很正式地和苏木握了握手，感受到她手心的潮湿和温凉。他说："男人在喜欢的女孩儿面前，总是会不够自信。心理上的不自信带来的外在表现，就是紧张、不安、患得患失。"

"我没有，我不是……哥，在苏木面前，咱们能正经点儿不？"滕哲脸都红了，紧张得搓手，"等下你和苏木谈话，我能在场吗？"

"不好意思，我拒绝。"苏木不留余地地摇了摇头，"而且说实话，我对郑道也缺乏足够的信任。不过别误会，不是朋友间的信任，而是专业上的。"

"明白。"郑道的回答干脆利落，知道苏木意有所指，他推了滕哲一把，"别傻愣着了，上楼帮忙带孩子去。"

他又回身冲苏木淡淡一笑，说道："你在一楼等我，我马上回来。"

楼上，化装间，由于何小羽不在，滕哲的技术又不专业，郑道费了不少力气才让自己变成上次见胡非时的模样——仙风道骨的白胡子老头儿。

"道哥，你这扮相是不错，但怕是忽悠不住苏木。她太有性格了，我觉得我可能拿不下她，可是我就是喜欢她，怎么办呀？"滕哲几次朝楼下探头张望，"都怪你，为什么以前不介绍我们认识？早早认识说不定现在就已经培养出来感情了……她居然是小羽的闺密！如果我真的打一辈子光棍儿，就都是你的错。"

"没出息，还没开始就退缩。真喜欢一个人，就用真心打动她，而不是说什么拿下。"郑道照了照镜子，很满意自己化的装，"你认识我这么久了，什么时候见我忽悠过人？我从来都是凭本事服人，懂？"

"不懂，不觉得。"滕哲表面上点头，心里却腹诽郑道，明明是神棍，非要说自己是大师。虽说是为了生活，可以理解，但戏演太过了，也会让人出戏不是？

道哥到底是心老了，还是身体老了？看他老态龙钟的样子还挺像那么一回事，不像假装。唉，可怜的道哥，年纪轻轻已经被生活摧残得过早衰败了。滕哲习惯性编派郑道一番，搬了个板凳坐在楼梯口，方便听下面的对话。

何不悟和孩子在三楼玩耍，声音不时从上面传来，听上去还算和谐。

郑道迈着方步来到一楼，见苏木坐在了古典装修的一侧，心中就有了计较。他拿出手机，打开蓝牙，播放了一曲《十面埋伏》。苏木脸色平静，毫无情绪上的波动。郑道站在屏风的后面，静静观察。他又换了一曲《渔舟唱晚》，苏木依然如故，连眉头都没有皱一下。

随后，郑道又依次轮换了几首古筝曲，将宫、商、角、徵、羽五种类型对应的古曲都播放了一遍，当然，只是放了开头而不是全曲，否则时间太长了。

苏木除了微微调整了坐姿之外，并未流露出对任何一首曲子的喜爱或厌恶。

一个人再会掩饰，听到不喜欢的声音时也会有轻微的表示，眼神、肢体语言或是表情，或多或少都会出卖内心。当然，除非是久经世事、看破红尘的高人，可以做到心如止水。显然，苏木还太年轻。

奇怪，昨晚明明观察到苏木流露在外的忧郁、悲伤和愤恨的情绪，显示出她的心、肝、脾、肺、肾几经都不是很畅通。"故音乐者，所以动荡血脉，通流精神而和正心也"，对乐曲毫无反应之人虽然不能说绝无仅有，但也少之又少。毕竟音乐是天地之音，和身体有相同的振荡频率。

如果不是她心理素质足够强大，就是她太会掩饰。不过郑道相信，一个人心理素质再强大、再会掩饰，身体也很诚实，病情不会因为一个人不相信自己有病，就会自动消失。

郑道轻轻咳嗽一声，现身在苏木面前，迎着她愕然的目光，原地轻轻一转，问道："换了副形象，是不是观感上好了一些？信任度提升了几分？"

苏木愣过之后又笑了，回答他："扮相是不错，有明显的迷惑性，对一般人来说，也许有效用，对我来说就没有意义了。你现在的样子，包括你环境的设置，还有你刚才的音乐测试，都是心理学实际应用的一部分，相信可以迷惑至少百分之八十的人。不好意思，不包括我。我在大学期间，选修过心理学，而且我是老师，天天和学生打交道，对于心理学在生活中的实际运用，应该比你还熟悉。所以……"苏木微微一笑，笑容中透出无比的自信，"第一局，你让我失望了。"

郑道没说话，安静地坐在苏木的对面。他暗想：真以为我只是心理医生？心理医生为表，中医传人为里，我仙风道骨的扮相固然是心理学实际应用的一部分，但不仅仅是为了迷惑别人，还有其他更深层次的用处。

失望不要紧，毕竟才是第一回合。

"心理医生的首要专业素养就是聆听……所以你说，我听。"郑道的目光在苏木的脸上停留片刻，又扫过她的双肩、衣服，最后落在了她斜背的包上。

"说句实话，你别生气。毕竟你太年轻了，没什么经验，也没什么名气，我不大相信你能开导我什么。而且我为人一向固执，很难听进去别人讲的道理。"苏木注意到了郑道的目光，将包朝身后挪了挪，"要不是小羽好心，总说让我和你聊聊，我才不会看什么心理医生。"

年轻是优势，但在需要经验的领域就是不足了，所以他才要打扮成白胡子老头儿。郑道一声叹息，连他这么诚实善良的年轻人，都能被逼得弄虚作假，可见先入为主的第一印象有多重要，甚至可以影响一个人的判断。

"不生气，我脾气好得连狗都可以欺负。"郑道捋了捋胡子，感觉动作有些浮夸和僵硬，原谅了自己的年轻，"我也说一句实话，你别生气。你最大的问题不是心理，也不是身体，而是个性。苏木，最近你是不是得罪了什么厉害的人物，对方恨不得杀了你？"

/第二十五章/　天清地明平肝木

苏木那双漂亮的眼睛一眨不眨地盯着郑道，虽然他化装成白胡子老头儿，依然掩藏不住英俊的脸庞。

尽管强大的心理素质让她继续保持镇静，并且她相信，从表情到动作甚至是眼神，都不会透露她内心的剧烈波动。不过也不得不承认，她还是被郑道说出的话震惊了！

"我可没有欺负你，别想拐弯抹角骂我是狗！"苏木强压下内心的不安和不解，目光稍微左右扫了几眼，郑道的茶水就递到了跟前。

"喝茶，绿茶。"郑道的笑容很憨厚，也很温柔，声音更是低沉的男中音，"春深夏浅，心火旺，肝火也旺，喝点儿绿茶可以平复肝火。年轻人，心气高是好事，但心气再高也要落地，也要结合实际，否则就成了心比天高、命比纸薄了。"

见苏木避而不答关键问题，郑道就不再追问，也慢条斯理地喝起茶来。

苏木双手捧起茶杯，轻轻抿了一口，说道："小羽应该和你说过不少我的事情，你是心理医生，肯定知道世界上有两种病几乎无药可救：一是心病；二是穷病。不幸的是，我同时身患两病。"

"好，下面进入我的陈述时间，既然来了，总要谈谈心才算有个交代。我随口一说，你随心一听，不求疏导，只求诉说。"苏木收起了震惊和不安，又恢复了几分自信。她不是完全不相信郑道的专业水平，而是不认为郑道有能力帮她解决问题。

当然，她对郑道的专业水平也打了一个大大的问号，毕竟真正有水平的心理医生，怎么会如此落魄地藏身在城市的角落里？而且郑道也太年轻了，在医生行业，四十岁才算入门。

哪怕是被郑道一语道破她目前遇到的最大难题，她也坚信郑道只是在运用心理学中的试探法，想要套出她的真话。

苏木的轻视和不信任，郑道并未放在心上。没办法，有底气、有实力的人，就是这么淡定。他坐直了身子，摆出了洗耳恭听的姿态，温柔地说："清明已过，立夏刚到，天清地明，平肝木、祛脾湿，正适合心平气和地听故事。"

"不是故事，是人生。"苏木浅浅一笑，神情忽然充满了忧伤，"幸福的人生各有各的幸福，同样，不幸的人生也各有各的不幸……千人千般苦，苦苦不相同！"

比惨比赛？郑道摸了摸胡子，发现有些松动，就又摁了摁。论帅，他不甘人后；论惨，他也不输于人。苏木作为何小羽的闺密，会不知道他的悲惨人生？算了，不必什么事情都要争一个高下。郑道扶正了胡子，端正态度。

苏木的父母婚姻不幸，二人经常吵架甚至打骂，在她儿时的记忆中，全是父母急赤白脸互相指责对方的场景。长大后，她考上了师范大学，在一次几家大学联合举办的院校联谊活动中，她认识了何小羽。二人一见如故，成为闺密。

大学毕业后，她应聘到石门的一家中学，担任语文老师。性格坚定、做事认真的她，深受学生喜欢，却不为同事和领导所喜。业余时间，她酷爱中国的传统文化，将自己的所思所想整理成文字，发表在自己的公众号上。

苏木的公众号叫"合抱之木"。内容主要是对古诗词的解读，对一些古代名人生平事迹的整理与研究。苏木的切入点新颖，理论扎实，故事生动有趣，很快就成为有影响力的自媒体，粉丝超过了一百万。

后来苏木又增加了新的观点，分析每个文人的性格所对应的文风，最后又从诗词的内容推断出文人的身体状况和婚姻观。她古文功底深厚，文笔优美且妙趣横生，虽然文章不多，但她的公众号还是被评为最有价值的国风公众号之一。

苏木乐观地认为，这样一直发展下去，她的公众号突破一千万粉丝，成为最有影响力的公众号之一，并不是难事。如果再承接一些广告，她就可以回报多病多灾的父母，让他们可以买到进口的好药，少受一些罪，少吃一些苦。

但事情的变化之快，让苏木措手不及。变化是从她的公众号开始推广中医时开始的。她并不懂中医，只是在研究古代名人的生平时，接触到了一些中医治病的案例。尤其是当她了解到古人读书的出发点是"不为良相，便为良医"后，她就被古人"修身、齐家、治国、平天下"的情怀所打动。

再之后她更深刻地认识到，中医对中国人来说不仅仅是治病救人的医术，更是传统文化，是传承、是养生学、是习俗，体现在生活中的方方面面。坚守中医理论，就是坚守民族特色和民族文化。

苏木被中医的理论所折服，开始在文中有意无意地推崇中医的一些理念和养生技巧，再结合诗词，深入浅出，也更引人入胜。粉丝数量在持续增长，同时，不和谐的声音突然多了起来。

以前也有人留言指责她的说法不对，指出她的失误和不足，是讨论的语气，她也虚心接受。但自从她加入中医内容后，多了谩骂和攻击，甚至还有人身威胁。并且不是一两个人，而是同一时间涌现许多新粉丝，不约而同地赤膊上阵，像是事先约好一样，来势汹汹。

等苏木清醒地认识到对方是有组织、有规模的水军时，她还十分愕然和不解——对方为什么要攻击她的公众号？她既没有承接广告抢走别人的利益，又没有挑起情绪的对立、贩卖焦虑，更没有侵犯别人的隐私、对别人进行人身攻击，怎么她就成了众矢之的，评论区就沦陷了呢？

事情越闹越大，先是评论区恶毒的攻击与谩骂越来越多，后来有人主动要加她微信，加了之后上来就是威胁，要求她以后不许再写类似的文章，否则后果自负。

苏木冷静下来之后和对方沟通，对方并不说明来历和身份，只是警告她以后不得以任何方式宣传和推广中医理念。她试图和对方解释，对方也不听，她明白了是她的一些观点触犯了对方的利益。

观点怎么会和实际的利益有冲突？苏木无法理解，也没有将对方的威胁放在心上。她从来不是一个怕威胁的人，做事情很坚定、很认真，并且她认为她的所作所为既不违法，又没有直接侵犯任何人的利益，她才不怕一些宵小之徒的无理取闹。苏木继续更新她的文章，并且对中医的推广又上升到了文化传承的层面。

但是，接下来发生的事情，颠覆了苏木的认知，让她知道，人为了利益可以多么无耻，能做出什么让常人无法想象的、嚣张且没有底线的事情！

先是微信轰炸，然后是短信轰炸，接着又是电话轰炸。一个接一个的威胁电话打来，从要求苏木停止更新，再到要求她删除以前的文章，在遭到她的严词拒绝后，对方发出了死亡威胁！

苏木依然没有当真。在法治社会的今天，真的会有人胆大包天到因为几篇文章就对她痛下杀手？她怎么也不信。

威逼不成，对方突然变硬为软，提出合作的意向，愿意在她的公众号上投放广告，只要她诋毁中医、全盘否定传统文化就行，并且开出了一个不菲的价格。说实话，苏木确实一时为之心动，但她很快想通了一切，拒绝了对方的要求。

她不想做违心的事情！而且她连对方是谁都不清楚，也不知道对方真正的目的是什么，她不会为了赚钱而出卖自己的人格和立场，更不会诋毁几千年来的中国文化传承。她不想当，也不会当数典忘祖之人！

更不用说，对方现在收买她的良心，谁知道下一步会不会收买她的一切？人贵有自知之明，对方开出的投放广告的价格，远高于市场价十几倍，表面上可以大赚一笔，但最后真正付出的东西，恐怕会是她无法承受的生命之重。

被她再次拒绝之后，对方再没有动作，似乎突然消失了。她以为对方知难而退，不再兴风作浪。很快，她发现她错了，大错特错。有些人作起恶来，既无廉耻，又无法无天！

先是她毫无征兆地被学校辞退了！学校给出的理由很奇怪——教学质量不高，不被学生认同，课余时间从事商业活动……苏木想和校长理论，却不得其门。

然后是她刚失业，父母就相继受到惊吓，双双住院。

父母一向感情不和，经常吵架，吵架时声嘶力竭，恨不得撕了对方。实际上他们在生活中是没有见过世面的市井小民，胆子很小。二人散步时遇到一群人，被围住了，对方恐吓他们，如果苏木不停止更新公众号，他们轻则断胳膊断腿，重则下半辈子要在医院里度过。二人当即吓得血压升高、心脏病发作，被送到医院后，一个进了重症监护室，一个住院。

失业的苏木只好拿出全部积蓄为父母治病并且去陪护，只短短半个月时间，积蓄就全部花光，又用上了父母的养老金，还欠下了巨额的治疗费用。无奈之下，苏木只好卖了房子，才勉强付清了医疗费。如今，他们在家休养。

父母重病，自己失业，如今又倾家荡产，但她没有屈服，反倒更加激发了斗志——悲愤之余，她继续更新公众号。在生活重担的压力之下，她的文章却更加出彩、更有张力，粉丝数量飞涨，影响力剧增。

"就在昨晚，见过你们之后，我在回家的路上，受到了对方的第二次死亡威胁。"苏木轻轻一拢头发，眉宇间藏着忧愁，依然努力展颜一笑，笑容中透露出与年纪不符的沧桑，"对方也太神通广大了，一出门就跟上了我，一直跟到城角路桥上……"

/第二十六章/ 落雨纷纷祛脾湿

一声惊雷炸响，天空中乌云翻滚，眼见下起了雨。百姓河城角路桥上，站满了人。距桥十多米的河中，有一辆汽车被吊车吊出了水面。

"车里没人！"

"不是说司机也淹死了吗？"

围观的"吃瓜群众"有的手里拎着醋，有的拿着酱油，有的提着菜花，还有拿着羊角脆或是西瓜的。尽管被隔离带阻挡在外，只能远远观望，依然阻挡不了人们对真相的向往和对八卦的好奇。

"听说车里是一男一女，一震动就掉到了河里。"

"去你的，瞎扯淡！谁震动有这么大的动力，把栏杆撞出三米长的缺口，还能冲进河里？懂不懂力学原理？"

众人哈哈大笑。

人群中，有一个头发花白、穿着普通的老者，耳大有轮，眼大有神，左眼眉毛从中断开。虽然一身衣服已经旧得不行，少说也有七八年之久，但穿在他的身上，不仅整洁合体，还有一丝陈旧却不失从容的气度。

老者双手负于身后，双眼微眯，望着正在河边忙碌的几名警察。他眉头微锁，在人群外围转了一圈，目测被撞坏的栏杆的宽度以及车辆入水的距离。

老者虽气度非凡，他却掩饰得很好，所站的位置和角度，既不会被众人注意，也不会引起警察的关注。

一下雨，原来还热情高涨的围观群众，一哄而散。老者跟随在人流之中，目光在远处的何小羽、李别身上停留片刻，微不可察地点了点头，加快了脚步，很快就消失在了人流之中。

"不是说司机也在车里吗？"何小羽没有穿警服，拿个本子在记着什么。处于工作状态的她和在郑道面前的她判若两人，专注中透露出少许可爱和坚毅。

她忽然心生警觉，朝桥上望了一眼。聚集的人群已经散去，没有什么异常情况，也没有熟悉的身影。她收回目光，接过李别递来的雨伞，说道："可以确认是单方面事故，车辆失控，撞坏栏杆后掉入河里，司机破窗逃生……"

李别朝吊在空中的汽车的车窗看了一眼，不满地说："什么眼神，还破窗逃生，压根儿就没有摇起车窗。这说明什么？说明司机在车掉进河里之前，就已经做好逃生的准备了。"

"什么意思？"何小羽和李别虽同为实习刑警，但在办案经验上，她还是比不了李别。不说李别天生对侦探类的事件感兴趣，就说他从小生长在警察世家，有一个有多年破案经验的老爸，他的基础知识就比她多了不少。

"好气呀，你好笨。"李别话说到一半就跳到了一边，防止何小羽打他，"说明司机是故意撞破栏杆掉进河里，提前打开车窗，好逃命。"

"他是不是傻呀？还是得了失心疯？"何小羽顾不上修理李别，心思全在案件上，"这么贵的新车，为什么要开到河里，是失恋了还是吃错药了？"

这孩子真没救了，头脑这么简单怎么当警察？李别用关爱的眼神怜惜地看向何小羽："小羽，你要了解人性的复杂和扭曲……你忘了出发前道哥跟我们说过什么？他都知道落水时间、汽车品牌以及不是单方面事故，说明了什么？"

"什么？"何小羽双眼圆睁，无辜而天真，"什么呀？"

李别捂住了眼睛。完了完了，以后有她当自己的搭档，他得多吃多少苦、多受多少罪、多走多少弯路！

"发现尸体了！"

随着一声惊呼，李别得以从何小羽不经大脑问的问题中脱身，何小羽也忘了刚才的问题，和他一起围了过去。

是一具男尸。年约五十岁，衣服破旧，头发花白，脚上的球鞋只剩下了一只。

"不是司机，穿着和身份不符。"李别摇了摇头，和何小羽站在一边，看着几个前辈忙着检查和拍照。他俩还在实习阶段，还不具备上手的资格。

"死亡时间和汽车落水时间一致，大概是昨晚九点五十分。"

"死者男性，五十三岁，本地人，无业，是附近的村民。"

"是遭受外力撞击而死，不是因为溺水。"

"未发现司机，司机在落水后弃车，逃离现场。"

"初步结论，司机开车行驶至城角路桥时，车辆失控，撞上一名行人，撞坏栏杆。车辆和被撞行人落水，行人当场死亡。"

"初步查明，车辆登记在一个名叫历之用的人的名下……"

一系列的消息汇总起来，案情逐渐清晰了许多。历之用是京城人，名下有几家医疗公司，做医疗器械生意。

随后，警方调取了监控。何小羽凑到电脑前，看到汽车在路过工农路桥时有一个失控的甩尾动作，车尾撞在了栏杆上，然后这辆车迅速驶离了现场。由于当时太黑，甩尾的画面一团漆黑，看不到郑道被撞的场景。

"我明白了。"李别托着下巴，若有所思，"道哥在回家的途中，看到了特斯拉第一次失控，所以猜到了它的第二次失控。"

"什么第二次失控，你动动脑子好不好？"何小羽提出不同的看法，"早不失控晚不失控，为什么偏偏两次都在桥上失控？分明是故意为之。"

"咦，道哥家的小羽有时傻，有时又很有想法，顶多算是傻得可爱，不算傻得愚蠢。"李别赞许地点了点头，"我早就发现了，司机两次失控，明显是想撞人。可惜的是，第一次落空，第二次撞错，真够笨的。"

"他到底想撞谁呢？有什么血海深仇，犯得着买一辆近百万的新车，费这么大力气去杀人？不得不说，不怕坏人坏，就怕坏人蠢。"李别想不明白。

"我给郑道打个电话……"何小羽拿出手机。

"别说与案件有关的事情，别违反纪律。"

"我关心孩子！"何小羽温柔地笑了笑，充满母性光辉，"人一当妈，看谁都像孩子。"

李别打了一个冷战，赶忙躲到了一边。

手机响了，郑道见是何小羽来电，起身到旁边接听了电话。他简单问了一下情况，又心虚地告诉何小羽孩子一切安好——应该很好，虽然他没有亲眼见到，不过有何不悟这个称职的"爷爷"在，他完全不用担心——郑道就又坐到了苏木的对面。

"你从月见饺子馆出来，没有走工农路？"郑道心中的轮廓越来越清晰，果不其然，他昨晚是代苏木受过，只是不知道对方是认错了人，还是想顺带连他也一起收拾了。

"没有，我骑的电动车，速度比较快，从师范街走到工农路时，右拐的机动车太多，我就直行了。然后看到那辆一直跟着我的汽车右拐到了工农路上，我以为甩掉了它。谁知道骑到城角路时，电动车没电了，我就放到了路边一家熟悉的维修店里充电，骑了一辆共享单车回家。等我骑到离城角路桥还有一百多米时，看到那辆汽车像喝醉了一样撞上了一个行人，又飞到了河里。"

"你没打报警电话？"

"没有。等我路过那座桥时，已经有人打了。"苏木细长的眼睛在郑道的脸上看来看去，语气充满好奇，"你怎么知道我受到了生命威胁，猜的、蒙的，还是惯用的诈和伎俩？"

郑道又摸了摸粘上的胡子，故作深沉。不行，摸胡子的动作要是养成了习惯，就会形成心理依赖，一旦没有了胡子，会缺少相应的底气和果断。但他想了想，又笑了，像他这种百变男神，不管什么风格都能驾驭，还差那一撮假胡子？他轻轻咳嗽一声，掩饰自己的胡思乱想，回答道："猜对一百次就是大师，蒙对一百次就是高人。"

"心理学的基础就是一定要学会自圆其说，否则没有办法说服别人。"苏木依然顽强地抵抗，不肯在郑道面前流露出一丝软弱和退让，"我们先不讨论是谁想害我的问题，那是警察的事情，只聊聊你要怎么开导我吧。心病和穷病，你能帮我治好哪一种？"

"都能治好，但都需要时间。"郑道给的不是一个模棱两可的回答，而是从实际出发。拜托，他的穷病还没有找到相应的药方，如果穷病这么好治，他直接研制出来一种一夜暴富丸，不就瞬间变成世界首富了？心病也不好治，更不用说现在的苏木像是一只刺猬，不但不打开心理防线，还竖起了一根根刺。

"其实在月见饺子馆看到你的第一眼起，我就知道你最近麻烦缠身。情绪影响心情，心情影响健康，健康状态会呈现在身上和脸上……从你的穿着和气色可以看出，你的身体处于亚健康状态，心、肝、脾、肺、肾都有不同程度的疲劳。"

"废话，哪个事业顺利、人生幸福的人会一脸灰白？会落魄到去饭店捡别人的剩饭吃？我还可以一眼就看出街上的乞丐麻烦缠身、事业不顺呢。"苏木嗤笑他，又微露惊喜地点了点头，"不过你提到了中医的理论，我可就不困了，看看你能不能用中医学的知识说服我。"

"好吧，总算能让你认同一点点了，"郑道微微点头，"别急，要的不只是说服你，还有指导你，最主要的是治好你的病，让你重新焕发生机。"

郑道从来不是理论派，而是实战派，要将所有有用的东西都应用到生活中。

"以你现在的状态，按理说昨晚的事故你是逃不过去的。因为你情绪低落、士气低迷、身体虚弱，从形而上的角度来说，你会运气很差。从中医学的观点出发，你会神思恍惚，对于周围环境的反应降到最低点。如果再以心理学的知识来分析，你会心理脆弱且敏感、抑郁、心神不宁。你却一再地逃过对方的布局，知道这是为什么吗？"

/第二十七章/ 中正之官，决断出焉

"不知道耶。"苏木的眼睛亮了，"郑道，至此，你成功地掌控了我的节奏，必须得承认，你有两下子。"

何止两下子，太小瞧他了，他至少有九下子，现在才哪儿到哪儿，他的本事大着呢……习惯性自夸完毕，郑道谦虚地点了点头，说道："接下来，我会尽可能用通俗易懂的语言为你分析问题。"

"我尽量做到简单直白啊……"郑道见苏木拿出纸和笔，摇头一笑，"不用记，我讲课深入浅出、妙趣横生，你一听就懂，一懂就会。"

苏木算是领教了郑道的迷之自信，他是天生如此，还是被谁惯出来的？

"《吕氏春秋》写道：'凡人三百六十节、九窍、五脏六腑。'五脏六腑究竟是哪些人体器官呢？五脏是指脾、肺、肾、肝、心，六腑是指胃、大肠、小肠、三焦、膀胱、胆。

"五脏六腑又叫五藏六府，是说五脏的功能以藏为主，主藏精气而不泻，而六府主传化物而不藏。所以五脏是藏而不泻，六府是泻而不藏。五脏六腑各司其职，循环往复，人体才得以正常运转。

"人体不管哪一个器官出现问题，其他器官都会相应地产生病变，或多或少。如果心脏供血不足，会导致肝脏藏血不足，精气虚亏，也会影响到肾脏，致使肾精不足。人体是一个统一的整体，这么说你能理解吧？"

"牵一发而动全身，理解。"苏木双眼微有光亮闪动，如果说心理学在生活中的实际运用对她来说毫无新意，并且无法调动她的情绪的话，那么中医的相关理论完全可以激发她思考，让她沉浸其中，"比如说班里有一个坏学生，天天调皮捣蛋，如果不加以管制的话，久而久之就会引发全班的混乱，一颗老鼠屎坏了一锅粥……我比喻得是不是很形象？"

确实很形象，是个会举一反三的好学生。郑道笑着点点头，继续讲解："《黄帝内经》上说：'百病生于气也。怒则气上，喜则气缓，悲则气结，惊则气乱，劳则气耗……'用心理学的原理来说就是百病源于心理的失衡，情绪差会生病，甚至会生重病。你就是精神压力过大导致头痛、头昏、乏力、疲劳，加上营养不良，进一步连累了体内的器官，先是脾，后是肝和肾。虽然不严重，但也足以让你萎靡不振，时间一长的话，就会百病丛生。

"人一生病，不仅身体难受，心理也会出现问题，情绪低落、失落甚至抑郁，不用想，一个身心都不健康的人，事业肯定没有什么前景。气虚乏力倦懒言，一个连说话都吃力的人，你会和他合作，相信他的事业有前景吗？心病和身病都会影响运气，以你目前运气低落的程度，昨晚的事情，你应该必死无疑，你却安然无恙，这得益于你的胆气！"

"从小到大，我是挺大胆的。小时候敢爬到房顶上再跳下来，还爬高上树、下河捉鱼。长大后，只要见到不平事就会挺身而出，不管对方是不是牛高马大、凶神恶煞的。现在也一样，认定的事情决不后悔。他们威胁我，不让我写有关中医理论的东西，我偏写。有本事撞死我，撞死我他们也得偿命！撞不死，我就继续。"苏木说到激愤处，脸上隐有傲气闪动，气血充盈。

"五脏六腑中有一个器官非常特殊，既藏而不泻，又泻而不藏，一腑兼两性，不偏不倚，居乎其中正，是五脏六腑中独一无二的器官，它就是胆！胆被《黄帝内经》封为中正之官，决断出焉。一个人是不是有魄力，以及有没有决断，能不能做事中正、果断，全取决于胆。胆好之人，可以做成大事。肝胆相照、披肝沥胆、卧薪尝胆等，最根本的支点还是要有胆。"郑道直视苏木的双眼，她的眼睛细长，既好看又明亮，还隐隐有光彩流露，"正是因为你胆好，才有胆魄、有决断，胆好之人，就算其他的脏腑暂时出现问题，只要调养得当，恢复起来也快。"

眼睛对应五脏中的肝、六腑中的胆，眼睛明亮之人，一般肝胆很好。

"你的意思是我昨晚逃过一劫，是因为我傻大胆儿？"苏木听得如痴如醉，对郑道的态度由之前的轻视和不以为然上升到了信任，甚至还有几分崇拜。谁会不喜欢夸自己有胆魄的人呢？每个人都会对喜欢自己的人产生好感。

不要说得这么直接嘛，多少委婉一些……郑道捕捉到苏木的笑容，她对自己的质疑已经消失，而信任度在上升。他心中笃定了几分，笑着说："是胆大心细，是有勇有谋，是胆气过人。"

苏木开心地笑了，是的，她是真的开心。已经记不清有多久没有这么心情舒畅了。她不是不经夸之人，当老师时总有家长变着花样夸赞她，但都是空洞且没有实质内容的马屁，比起郑道对她的欣赏，完全不能相提并论。

作为一个女孩儿……漂亮女孩儿，她从来不忌讳别人说她胆大，她才不需要在男人面前装弱小、求安慰，她就要做一个有胆识的姑娘。

这就对了，要笑起来，要心情开朗，要扫光负面情绪，要热情向上。郑道心中大慰，中医一向注重心理建设，一再强调人体容易被七情所伤，心理学也同样重视情绪对身体健康的影响。只要苏木笑起来，开心起来，自信起来，她身体的小问题很快就会迎刃而解。

快乐心情和饱满的情绪是阳光，积累的小病是雪花，阳光一出，积雪消融。

还有一点，郑道确实看好苏木，只要解决了她目前的心病，胆魄之力上来后，她的身体就会很快恢复；身体健康了，才会有机会治好穷病。

郑道的目光再次落在了苏木的包上，他漫不经心地喝了一口水，提出建议："要适当改变一下自己，可以多穿颜色鲜艳的衣服，有条件的话，房间的颜色也可以调整为绿色。要多听舒缓轻快的音乐，适当吃甜食，等等。你以前当老师，说话多，所谓'日出千言，不病自伤'，中医养生注重养气，话多伤气，要多吃一些补中益气的食物。药食同源，吃得得当就是调养身体。"

"都记下了。"苏木连连点头，"还有什么要交代的没有？比如以后要怎么做才更有魄力，怎么做才能更安全？"

"先换个包吧……"郑道没忍住，还是说了出来，主要是他太正直、太善良了，诚实的品格才对得起他的颜值，"这个包的气质不适合你，红包或是绿色的包，更配你。"

"包包也有什么讲究吗？"苏木再次将包朝身后推了推，心虚地一笑，"你也懂色彩和服饰的搭配？"

这个……真不懂，他一个大男人怎么会懂女人的包，他又不是喜欢送包的暖男。当然，也是因为他送不起。郑道会心地笑了笑，说道："品牌虽然重要，但气质更重要。假包有损你的形象，还会损坏'中正之官，决断出焉'的胆气。"

苏木脸一红，吐了吐舌头。哎呀，还是被发现了！她一向要强，衣服和化妆品从不追求名牌，周身唯一的奢侈品就是一个名牌包——还是假包。她还是语文老师的时候，有一次见几个女同事团购了一些新款名牌包，她实在心动，但确实没钱，正好有个朋友做微商，有精仿包的渠道，她就花了原品牌十分之一的价格买了一款仿制品。背上后，得到了不少女同事的夸奖，都没有认出是假包，她的虚荣心也得到了小小的满足。虽说她特别厌恶以假充真的行为，但身为一个女孩子，天生喜欢包包，她就安慰自己，只买这一只假包，下不为例。

郑道其实早就看出苏木所背的名牌包是假货，不是他有多识货，而是恰好何小羽有一只正品同款包，是她过生日时何不悟送的。何小羽却从来不背，她不像其他女孩儿那样爱包如命，只把包当成一种用具。

作为一个有很强的细节观察能力的人，郑道一眼就看出了苏木的假包和正品的区别。原本他不想点破，后来却实在没能忍住。不是他吹毛求疵，因为对一般人来说，背一个假包无伤大雅，上升不到人品的高度，但对苏木不同。她性格刚烈，凡事固执而认真，眼里揉不得沙子，再加上她胆识过人，就应该继续保持中正果断的形象，不能让一只假包破坏了她的气场，影响了心理。

每个人都有自己所倚仗的优点，与人交往时，优点经过自信的加成，会成为优势。但如果不够自信，心理上有漏洞，会导致与人交往时心虚，进一步扩大成为缺点和不足。

苏木与大多数人打交道都没有问题，但只要遇到和她一样有敏锐观察力和洞悉力的对手，对方可不像她那样宽厚和委婉，会单刀直入，从她的假包入手，发起攻击。

假包就是苏木的弱点，是她心理防线上最薄弱的部分。二人交手时，谁心理防线的弱点更早被发现，谁就会是失败者。

相信对方在经过第一次特斯拉撞人失手后，还会有第二次、第三次的威胁，甚至幕后人物还会亲自出面和苏木较量。防患于未然，要从细节上杜绝苏木被人发现心理防线上的漏洞。

就像他也不是无懈可击的，郑道很大方地承认自己的不足，比如太自恋，总觉得自己很帅；比如太中正，推崇"隐恶而扬善，执其两端，用其中于民"的理念，而不是追求社会达尔文主义。如果有人一见面就夸他帅出了天际，夸他才貌双全，有本事、有高度，思想有深度，他会不飘飘然吗？不上天才怪！

还有一点，他有时也太听老爸的话，老爸不让他治病救人，他就不救。是不是太像一个听话的好宝宝了？

"爸爸、爸爸——"

杜无衣和杜同裳的欢呼声打断了郑道的自我粉饰，他们如两只欢快的小鸟，从楼上跑了下来。

"雨停了，爷爷要带我们出去玩……"杜无衣的目光停留在苏木脸上，过了一会儿，忽然惊叫一声，"苏木姐姐，妈妈最喜欢你写的文章了……"

杜葳蕤认识苏木？新的突破点？郑道顿时满怀期待地望向苏木。

/第二十八章/　有心于避祸，不如无心于任运

苏木怔了怔，认真地想了半天才说："你妈妈是谁？她认识我？"

"她不认识你，总想认识你，她说想要投资你的公众号，可惜后来她病了……"杜无衣的声音低了下去。

何不悟见状，忙抱走了他，说道："你们继续聊，我们出去玩了。雨过天晴，空气清新，运气好的话，能看到彩虹。"

应该是杜葳蕤关注了苏木的公众号，欣赏她的文章和才气，也认可她的理念，想要投资她。这至少说明一点——杜葳蕤认可中医的理念，和杜若不一样。如果杜葳蕤还在，投资苏木确实是一件两全其美的事

情……郑道冲杜无衣和杜同裳挥了挥手，目送他们出门。

"应该是他们和妈妈一起看过我公众号上的照片，所以认得我。"苏木并未将此事放在心上，她微有羞愧之色地将包拿了下来，恋恋不舍的眼神只在包上停留了片刻，然后倒出里面的东西，扬手扔了包，"听你的，不要了，不给自己的虚荣留可乘之机。"

够坚决、够果断，想到做到，是个厉害角色。郑道刚想开口称赞苏木几句，只见她起身绕到他的身后，抽出摆设的汉剑，一剑刺穿了地上的包。

"索性毁了它，断了念想。"苏木放回剑，如释重负地一笑，"谢谢你，郑道，你让我放下了心里的包袱，也放下了执念，现在我觉得浑身轻松。"

郑道心疼地看了看回归剑鞘的汉剑，他完全可以想象汉剑拔出之后的样子——剑身上的保护油被蹭掉一大块，他还得重新上油保养，否则就会生锈！

这把汉剑摆起来是很好看，伺候起来所费的工夫和精力，也好看得很。

"接下来我该怎么做？郑道，你具体说说。"至此，苏木对郑道的信任已经上升到了前所未有的高度，"我爸妈的病，还有我的事业，你都帮我出出主意。"

"你爸妈的病，需要长时间地调养，多吃一些温补的食物。人之所以得病，不外乎两大原因：一个是气血不足，一个就是气血堵了，不足与堵塞都会造成瘀血，所以人一辈子要活血化瘀。"郑道下意识地又捋起了胡子，他忽然觉得自己很适应这个捻须的动作，仿佛他就是一个实战经验丰富、阅人无数的老中医，"最主要的是，让他们心情舒畅，不要再受情志所累。他们的病，一小半是体质原因，一大半是情绪所伤。天天吵架，再健康的人也会吵出一百种毛病来。"

"我就知道……"苏木苦涩一笑，"我劝不了他们，他们的敌对情绪已经根深蒂固，差不多是他们生活的一部分，一天不吵架就浑身不舒服。吵了一辈子也不分开，退休后更闲了，吵得更多了，我理解不了他们的生活方式。"

"所以说，要对症下药。"郑道对自己的表现还算满意，始终掌控着节奏，现在该指导苏木了，"房子卖了，你们现在住在哪里？"

"租了一间小房子，一室一厅，一家三口挤在一起。"苏木的神色黯淡了几分，"幸亏他们还有退休金，可以勉强维持生活。我还不知道明天该怎么办……还有一大笔外债要还。"

"他们会包饺子吧？"郑道知道滕哲在上面肯定听得无比认真，一个字都不会错过。

果然，他刚说完，楼上就传来滕哲压抑不住的惊喜的咳嗽声。

"会，包得还不错。"苏木一脸讶然，"你是想和我讲讲饺子的由来吗？我知道饺子的传说，相传是一千八百多年前由医圣张仲景发明的。说是张仲景从长沙告老还乡后，见很多穷苦百姓忍饥受寒，耳朵都冻烂了。他心里非常难受，决心救治他们，就研制了祛寒娇耳汤……"

"做法是用羊肉、辣椒和一些祛寒药材在锅里煮熬，煮好后再把它们捞出来切碎，用面皮包成耳朵状，下锅煮熟后分给乞药的病人。人们吃下祛寒汤后浑身发热，血液通畅，两耳变暖。吃了一段时间，病人的烂耳朵就好了。"苏木微有几分得意之色，"我对中医的热爱和对传统文化的推崇是真心的，细致地做过研究。"

郑道静静地等苏木说完，才笑着指了指楼上，说道："昨晚你认识的滕哲，他家有一家老牌的饺子店，现在刚开第一家连锁店，你可以让你爸妈开第二家。选址、装修还有前期费用，都可以由滕哲负责。开店后，吃住都在店里，又可以省下房租的费用。"

"让他们有一些事情忙，既赚钱又没有时间吵架，身体就会慢慢好起来。"郑道轻轻咳嗽一声，示意滕哲该登场了，他的任务基本完成，"你以后也不要再去捡别人的剩饭了，保证足够的营养，身体才能尽快恢复。因为你要加盟滕哲的连锁店，从现在起，就得由滕哲负责你的培训、住宿，最近一段时间，你得听他的安排，毕竟，他是你的老板……"

"不，不，不！"滕哲风风火火地从二楼冲了下来，手舞足蹈地来到苏木面前，"不是老板，是合作伙伴。苏木，希望你能帮我一个忙，

我是真心想要拓展月见饺子馆的品牌影响力。如果你能加盟，我负责前期的所有费用。"

苏木看了看郑道，又看了看滕哲，恍然大悟，问道："郑道负责做思想工作，滕哲负责落实，对吧？"

话不能说得这么直白啊，这姑娘怎么一点儿都不懂迂回委婉呢？郑道问心无愧地笑了笑，回答她："治病救人的方法很多，只要能解决问题，又不伤天害理，就是好事，对吧？"

"还有，前提是不能影响你公众号的更新，要继续保持你文章的犀利和锐气。我回头翻翻书，现学现卖给你们调配一种养生饺子馅儿，免费送给你们。"郑道拍了拍滕哲的肩膀，"要不你现在就带苏木去选地方？"

"行。"苏木只迟疑了片刻就咬着嘴唇答应了，"大恩不言谢，等以后我做出成绩了，有能力了，需要我的地方尽管吩咐。不过我有言在先，滕哲，连锁店是纯商业行为，不捆绑销售其他的附加条件，比如感情……"

滕哲嘿嘿一笑，搓了搓手，说道："知道，肯定的，必须的，我也是有原则的人。"只要以后经常在一起，感情可以慢慢培养嘛，道哥和小羽不就是现实的例子？

还行，滕哲这小子关键时刻懂得了以退为进，没有急于求成，孺子可教。郑道很欣慰地点了点头。

送走二人，一号楼难得清静下来，只剩下郑道一人。这可是从未有过的现象，一号楼向来人来人往，要么是老爸的病人求医，要么是何不悟和老爸吵架，要么是他和何小羽聊天，要么是孩子和一狗一猫在闹腾。

如果说胡非是他接诊的第一个客人，苏木算是第二个。可惜的是，都没有诊金。还好两次坐诊都有所收获，从长远看，收益会远大于顶多一百块的诊金。

也只能这么安慰自己了。郑道强作忧愁地来到二楼的露台上，坐下后，自顾自泡了一壶茶，慢慢地细品起来。

时近中午，阳光较强，树荫清凉，微风不兴，一杯茶下肚，遍体生爽。

郑道抬头仰望从二楼一直长到三楼的丝瓜，一些藤蔓还蔓延到了皂角树的树枝上，并且还有努力向上攀爬的意思。

转眼间，老爸消失已经快十天了，也不知道他一个人过得好不好？

不管是出于什么原因，老爸不让他以中医传人的身份治病救人，他就不能违背老爸的意愿。但现在他不是郑道，是一个虚构的白胡子老头儿，算是他的马甲或小号，如果小号为人治病，老爸知道了也不会责怪他对不对？

对，肯定对！郑道自己替老爸做了回答。他笑了笑，举杯朝空中示意，说道："老爸，就当您点头了，敬您。"

两个孩子先不用说，他肯定要出手，尽管他也知道以他目前的境界和水平，也许无能为力，但总要努力过才不后悔。还有苏木的父母，以及其他更多的病人。有些病，也许疏导了心理就可以缓解，但有些病已经形成，只有用药物来解决。如果遇到了，郑道知道，以他的善良和同情心，不可能见死不救。

尽管他的善良带着锋芒，同情夹杂智慧，但他毕竟不是铁石心肠的人，尤其是自小老爸就教导他要以济世为怀。一个人如果又帅又善良，有本事还有智慧，不去帮助处于危难之中的人，岂不是白白浪费了优秀的基因？

不行，又自恋了。郑道忙又喝了一口茶压压惊。

对苏木出手的人，应该不是杜若，以他对杜若的直观印象和分析，对方的所作所为不符合杜若的风格。杜若虽坏，但不高明，并且也不是穷凶极恶的类型。不管是谁，对方肯定还会再次出手。好在有李别和小羽，落水事件的调查进展顺利的话，对方早晚会露出狐狸尾巴。

杜天冬倒是沉得住气，布局了一切，到现在别说露面了，连个消息都没有传递。看来他和老爸一样，总是一副胸有成竹的样子，有一切尽在掌控之中的自信，这也是老人家的通病吧？

行吧，就和杜天冬比比耐心和布局，他现在是棋子不假，但谁敢说他没有当上棋手的一天？说不定还会很快。郑道又喝了一口茶，没办法，就是这么自信，毕竟他既有底气，手里又有牌。

快中午了，怎么人都还不回来？

"有人吗？有医生吗？有大夫吗？"院中突然响起清亮动听的女声，婉转而轻灵，像风穿过竹林，像雨落在湖面。

又来客人了？应该可以真正开张一次了。郑道开心地搓了搓手，朝下面张望，不由得惊得屏住了呼吸……

这么漂亮的姑娘，真是可惜了！

/第二十九章/　相由心生，境随心转

院中，树下，阳光透过树叶的缝隙，在地上投射了一段长约三十厘米的光柱。

卢西洲站在光柱中，眯着眼，手搭凉棚，朝二楼的露台上张望。郑道的身影掩映在皂角树中，隐隐约约的，看不分明。不过依稀可见一个白胡子老头儿。老头儿？不是说郑道是一个年轻的帅哥吗？她怀疑来错了地方。

郑道没有卸妆，他不是在等新的客人，而是忘了。他居高临下，又是顺光，可以看得清楚。女孩儿一袭红色长裙，穿着白色的运动鞋，背着绿色的背包。阳光明艳，照得女孩儿粉嫩的脸庞近乎透明。

郑道不是没有见过美女——好吧，就算何小羽小时候是个鼻涕虫，长大后的她也出落得亮丽脱俗——就是苏木，也宛如一株修长的乔木，灵动秀气。而院子里的女孩儿拥有近乎完美的身材。让郑道可惜的不是她身体状况不佳，相反，她气色很好，双眼明亮而有光彩，神色饱满而有韵味，不夸张地说，她的健康度至少有八分。

八分已经是了不起的高分了，郑道还没有见过健康度到十分的人。十分是满分，说明身体没有任何疾病，不管是显病还是隐疾，包括心理问题。

每个人或多或少都有一些不会影响身心健康的小病，不完美的我们

毕生追求完美，才是人生的意义所在。

只不过和女孩儿气质不般配的是她的妆容——夸张的眼影、爆炸式的头发、粗笨的耳环，后现代的妆容和她非常古典的装束结合在一起，显得不伦不类，很难让人理解。

确实可惜了，用力过猛，为了表现自己的与众不同。郑道惋惜地咧了咧嘴，迈动老人家沉稳如山的步伐，缓步下楼。

"来了，大夫在此。"对于严格意义上的第一位真正的客人，郑道十分重视，虽然对她异乎寻常的打扮存了一丝疑惑，但还是拿出专业的态度，下到一楼，迎出门口，"请进，我是郑大夫。"

其实也可以理解，来看心理医生的人，谁心里没点儿超出正常人认知的诉求？每个人的心里都住着一个小小的恶魔，就看你能不能控制它，并且不让它出来。

"郑大夫……怎么是个老头儿？"卢西洲用疑惑的目光上下打量郑道，又看了看手机，"地址没错呀，这里是天下正心理诊所吗？"

郑道正站在牌匾下面，他手指向上，开口说道："躁胜寒，静胜热，清静为天下正……正是郑老头儿的天下正诊所。"

"行吧，管你是少年还是老年，能看病就好。我叫西洲，你可以叫我西西。"卢西洲不等郑道礼让，自己就进了门，左右看了一眼，"随便坐是吧？你的诊所布局很特别，是不是做测试的选择题？"

卢西洲径直来到了现代装修的一侧，大马金刀地坐下，抱怨道："人生为什么一定要做选择，每一步只有一个选择或是没有选择多好？"

又一个"选择太多也是苦恼"的富家小姐？郑道坐在了卢西洲对面，她的穿着虽然普通，都不是什么名牌，但既合体又大方，和她的内涵很吻合。不过如果换成一般人，说不定会从打扮上认为她是问题女孩儿。

郑道才不会上当，对方的长相、举止与打扮不符，气质与外在截然不同。尽管她故意装出大大咧咧的样子，但坐下时微微皱眉以及轻轻用衣袖扫了扫桌角灰尘的动作，出卖了她内心的细腻和日常的讲究。

对方应该是慕名而来，但慕的是他的名。现在知道天下正诊所坐诊的是小郑大夫，而不是老郑医生的人不多。作为心理医生的老爸，显然专业水平不太过关，回头客几乎没有，口碑带动之下特意前来的客人，也少之又少。老爸消失后郑道接手诊所的几天里，竟然没有一名真正的病人上门求医，太失败了。

问题是，他作为心理医生的名气还没有打出去，对方从何得知？最近事情接二连三，郑道不由得多想了几分。不多想不行，识人如看病，人性复杂，病因也有多种因素，要辩证地看待问题。

"咖啡还是茶？"郑道一如既往地重复着程序。

"收费标准一样的话，喝茶好了，相信以您老人家的见识和偏好，不会有什么好咖啡，倒是会有好茶。"卢西洲看了看朴实而斑驳的桌子，又在老旧的咖啡壶上停留片刻，摇头一笑，"你这些工具早该淘汰了啊。"

"我念旧。"郑道才不会承认是因为没钱，他将咖啡壶放到一边，烧水泡茶，"作为即将冉冉升起的知名心理医生，我的收费标准是每小时一……"

"一千块？不贵，我先预付三个小时的。"卢西洲不由分说，拿出手机扫码支付。

清脆悦耳的声音响起："微信收款三千元。"

郑道咂咂嘴，他原本想说每小时一百块……运气不错，第一个真正的客人这么大方，说明他在知名心理医生之路上，迈出了赚钱养活自己的第一步。希望他可以做得比老爸好，老爸坚持了许多年，始终勉强糊口而已。

为什么老爸非要从事自己不擅长的领域？如果让他以中医传人的身份为人治病……算了，郑道中止了胡思乱想，如果老爸以中医身份坐诊，怕是早就成为一代名医了，他也早就成为富二代，还会像现在一样安贫乐道？

安贫乐道太自夸了，准确地说应该是穷困潦倒。

郑道口袋里的现金只有几百块了，三千块是及时雨，至少可以让他维持一个月的生计，他顿时来了精神。至于什么百分之二十的股份和两千万的现金，他从来没想过可以很快落实。他一向是一个脚踏实地的人，不喜欢画饼充饥。

"西西——"郑道有点儿难为情，交浅言深，叫得太亲切了，他用茶夹夹了几根茶叶放到茶壶里面，"你想聊些什么？有哪些苦恼？"

他差点儿脱口而出"是问姻缘还是看事业"，不能因为自己仙风道骨的打扮就拿错剧本。郑道微微自责，茶泡得更用心了。

"你真是郑道郑大夫？"卢西洲双腿收拢，坐得端正了几分，"我怎么听说他是个年轻人，而你分明是个老家……老人家。我都怀疑你懂不懂心理学。"

我可是正经八百的医科大学应用心理学毕业的高才生。郑道烧好水，泡好茶，为卢西洲倒了一杯，温柔地说："你的心很乱，思绪很飘，来，先喝口茶静静心，再慢慢说。西洲？姓西？很罕见的姓。"

"南风知我意，吹梦到西洲……是的，姓西。"卢西洲喝了一口茶，"先自我介绍一下，西洲，女，二十四岁，单身，海归，自由职业。没有经济压力，没有催婚烦恼，也没有其他烦心的事情，不知道为什么最近突然就心神不宁，失眠、健忘、多梦、浑身无力，每天睡眠时间挺长，却好像没有睡着一样，醒来后总是精神不好……我是不是快要不行了？"

你还精神不好？你精气神很充足，故意画的夸张的眼影，并不是疲惫和精神不振导致的黑眼圈，也掩饰不了眼里的光彩。如果他只是一个心理医生，还真有可能被她所骗，好在他还有隐藏技能。郑道也不点破，手摸胡子，微微一笑。

习惯成自然，以后没胡子了可怎么办？郑道只好放手，不能养成可能会带来失落的习惯。

"昨晚也没睡好？"郑道问她。她知道他的名字，故意化妆成这个鬼样子，还不说实话，又很大方。郑道的心理活动异常活跃，他现在很清楚地认识到对方不是一个普通的客人。

"昨晚一夜没睡，困死我了。"卢西洲拼命挤出一个哈欠，用力过猛，差点儿打成喷嚏，"郑大夫，三个小时内，你能开导好我吗？"

三个小时……一般人做不到，郑道却没问题。他本想说两个小时足够了，不过想想已经落袋为安的预收款以及他按小时收费的报酬，又看了看时间，现在是十一点多，说道："先声明两点：一是预收款不退；

二是超时要加钱，超时费每小时一千五百元。另外，如果还要吃午饭，午饭费用另算。"

"我下午两点后再来。"卢西洲动作迅速，说走就走，"等我哟，郑大夫。"

望着卢西洲的身影消失在院里，郑道愣了一会儿，意味深长地笑了。这么有个性并且坚决果断的姑娘，不多见。她的坚决和苏木的果断不一样，苏木是有胆识，她是率性而为。

不多时，何不悟和孩子们回来了。何不悟忙着做午饭，郑道就替他看孩子。他和两个孩子、一狗一猫玩了半个小时，何不羽和李别也赶着饭点儿回来了。

"道哥，三个好消息和一个坏消息，你想先听哪一个？"李别一进门就不按常规出牌，一路嚷着上楼，"你真该请客，我可是帮了你大忙。"

/第三十章/　算无遗策，画无失理

郑道没生气，何不悟气坏了，骂了何小羽和李别几句，又去多炒了两个菜。何小羽没提前打招呼说要回来吃，何不悟没做他们的饭。

"有时候看似不经意的一个决定，改变的可能是你个人以及许多人的命运。就像今天发生的事情，谁知道多年以后回想起来，你会不会后悔当时所提的无理要求？"

郑道开了一个很宏大的头，正当何小羽和李别以为他要讲什么大道理时，他话锋一转，落到了小处："请客不过是一件小事，能和改变命运的大事相提并论？庸俗！快说，发生了什么事情？"

李别服气地摇了摇大拇指，感叹道："为了不请客，扯这么远，说得这么清新脱俗，服！我说，不请客也说。"

郑道欣慰地点了点头，他已经恢复了原本的容颜。没办法呀李别，你得原谅一个奶爸为了给儿女买奶粉的精心算计，自己也不想这么抠门儿，这不马上到夏天了，两个孩子还需要几身夏天的衣服不是？

何小羽体谅郑道，踢了李别一脚，替郑道说话："他有两个孩子要养，你有吗？"

李别差点儿没噎住，忙举手投降："我说，我说还不行吗？你们两口子简直了……"

看到两个孩子在远处玩耍，李别先说了坏消息。

坏消息是德国的朋友又传来消息，查到了杜葳蕤出院之后的去向，她住在一处乡间别墅。那位朋友特意开车去杜葳蕤所住别墅实地走访，据周围邻居说，确实有一个中国姑娘住过一段时间，后来好像去世了，房子就空了下来。

"房子的照片……"李别打开手机，递了过去，"我做事有始有终，件件有回音，事事有交代……快表扬我。"

照片上是一栋有些年头的老房子，白色的房子斑驳且老旧，却更能彰显岁月的痕迹，安静而沧桑。院子不大，开满鲜花，有一棵高大的七叶树，还有一辆自动车和一个不大的谷仓。

杜葳蕤真的……死了？郑道对杜葳蕤说不上有什么感情，但听到她确实死亡的消息后，心中还是隐隐作痛。毕竟他和她之间有两个孩子作为桥梁，他是痛心两个孩子这么小就失去了母亲。

虽然说有何小羽这个替代品，但她真不是当妈的料……好吧，他这个便宜爸爸也好不到哪里去。不过他俩都是头一次当爸妈，得有一个适应过程不是？

也不知道杜葳蕤一个人在异国他乡安静而孤单地离去，会是什么样的心境。

"接着说好消息。"郑道的心情有点儿沉重，摸了摸远志的后背，"远志，你想妈妈吗？"

远志仿佛听懂了一样，呜咽一声，伏在地上，鼻子埋在了两爪之间。

"狗东西，还挺会演戏。"李别笑了，他也喜欢狗，养了一只金毛，"第一个好消息是司机落网了。不过不是我和小羽的功劳，是队里的前辈们厉害。”

司机叫刘宝家，当地人，是一家 4S 店的员工，负责销售奥迪。他白天正常上班，晚上兼职代驾。昨晚接到代驾订单，到了地点一看，司机醉得不省人事，被朋友拉走了，他只要开着空车到指定地点即可。

刘宝家还是第一次开特斯拉，兴奋了半天，上车后却发现了问题——汽车总是不听话，会自己拐弯、刹车和提速，吓得他不轻。作为奥迪销售员，他有专业的判断力，知道高端车有自动驾驶功能，可以遥控操作。

郑道听明白了什么，分析道："所以刘宝家的意思是，后面的失控都是别人遥控操作的结果，不是他的过错？"

"对。"李别一脸笃定，认真地点头，"经测试，车辆确实有遥控操作装置。"

如果这也算是好消息的话……郑道有点儿怀疑李别区别好坏的标准过于简单了。他追问道："还有呢？"

"第二个好消息是，车主找到了，名叫历之用，京城人，做医疗生意。车是他前几天刚买的，还没来得及上牌，就开车从京城来石门办事。事情办完后，他有急事需要返京，车没电了，需要充电，就坐高铁回去了，车留在了石门。"

"然后车被偷了？"郑道想笑却笑不出来，这都是什么事儿啊，一环接一环，环环相扣，设计得也太精密了，"被谁偷了他不知道，车里被人装了遥控装置，他更是不知情，既不在场，又是受害者身份，完美。"

"第三个好消息呢？"郑道已经不抱什么希望了，对方的行事手法之缜密，做事之巧妙，比他想象中高明多了，而且还是一个非常强大的团队。

郑道看了看何小羽，又看了看李别，自己的队伍还是太弱小了，不管是经济实力还是调动资源的能力。可是对方犯不着设计这么一个精妙的局来对付苏木，苏木只是一个小公众号的号主而已。那么，对方的意图到底是什么？

"第三个好消息是定位了遥控装置所在的地点，并且从现场搜到了遥控装置。地点是一处闲置的居民楼，正位于工农路和城角路的中间，小区叫远景小区……"

"让我猜猜。"郑道至此已经可以确定，对方行事手法几乎算无遗策，处处不留痕迹，"房子被人破门而入，现场只有装置，没有可疑人员。房主对此也毫不知情，他和车主、司机一样，也是受害者。"

"神了，道哥。"李别兴奋地跳了起来，"你可以当警察，去破案了。"

郑道懒得跟李别斗嘴，也没空谦虚，评价道："三个好消息都是没有下文的消息，李别，你的足点有点儿太低了。"

"足点太低了？什么意思？"李别低头看了看脚底，"我是正常的脚底，不是平足，为什么说我足点低？"

"满足点低，笨死了。"何小羽及时充当了郑道的翻译，"他的意思是说，司机刘宝家无辜、车主历之用无罪、幕后操纵遥控装置的人失踪，三个线索都断了，只能算是消息，不能算是好消息。"

"我一向知足常乐，有突破，哪怕是没有下一步进展的突破，也叫好消息。就像我喜欢叫每个女性'美女'一样，不是因为她们好看，而是便于沟通。是吧，小羽美女？"李别嬉皮笑脸地问何小羽。

"滚得远远的。"何小羽听出李别在嘲讽她，抬脚欲踢时，李别一溜烟跑了，去帮何不悟端菜。

吃饭时，两个孩子说个不停，叽叽喳喳的，像是两只欢快的小鸟，和树上的鸟声汇集成一片，充满了欢乐和希望的气息。

"上午你是不是接诊了一个姑娘？"何不悟冷不防冒出一句，"长得挺'众望所归'的，妆化得有点儿'急中生智'了。"

老何头儿眼神真好，什么都能看出来，郑道点头。

"我发现了一个问题，老郑头儿在的时候，岁月静好，日子安静得像是现在的树叶。他一走……"何不悟说道，正好一阵风吹来，树叶哗哗作响，"就像起风的树叶，摇摆个不停。你说，是因为他人品好，还是你人品太差？"

其实郑道也早有类似的想法，老爸就像是镇宅神兽，他一走，家宅开始不安定，各路神仙都粉墨登场，各显神通，各有目的。

不管来人各自怀着什么目的，总归不是他的人品有问题。郑道夹了一口菜放进嘴里，答非所问地含糊说道："起风了，树叶摆动起来，才有生机。叔，我爸离家出走的时候，身上也没带多少钱，你有没有给他转过账？"

郑道用微信转过几次，都是过期后自动退回，还往老爸的银行卡里打过钱。虽然他也穷得不行，没几个钱，但还是拿出了大部分钱打给老爸，以防老爸一个人流浪在外，衣食没有着落。只不过老爸唯一的一张银行卡也被他注销了，郑道打过去的几百块钱被退了回来。

"没转，我和他没有联系，哼！"何不悟没有上当，"小兔崽子，总想算计叔，真以为叔又笨又傻？你也不想想，如果叔又笨又傻还能有这么多套房子，你一套房子都没有，得多无能、多窝囊。"

何不悟今天就是气不顺，戗了郑道几句后，扔下碗筷，说道："叔累了，先去睡一会儿，郑道，你等下刷碗、看孩子。还有，别忘了交房租！"

何小羽怔怔地望着何不悟的背影，嘟囔着："阿尔茨海默病？不像。帕金森后遗症？不像。斯德哥尔摩综合征？也不像。不是吃多了，就是更年期综合征。"

李别夹了一筷子菜放到嘴里，用低低的声音说道："吃着叔做的饭，背后说叔的坏话，不好吧？小羽，你错了，叔的暴躁和凶残可能和他所提的姑娘有关。道哥，说，是什么样的姑娘让叔变得狂躁不安了？"

难道是何不悟认识西洲？郑道也想不通何不悟为什么突然发火，不过想起自己认识何不悟十几年来，他莫名发火的次数像是天上的星星一样数不胜数，也就释然了。

"别瞎想了，赶紧吃饭。饭后李别刷碗，小羽哄孩子睡觉。"

"你呢？"何小羽和李别异口同声，不满地瞪大了眼睛。

"我翻翻书，现学一些心理学的基础知识，下午还要问诊。作为医生，要认真负责，要端正态度，毕竟收了人家三千块的预付款。"郑道假模假样地站了起来，习惯性地用手摸胡子，才发现现在是真容状态，只好尴尬地顺手摸了摸脸。

"无耻！"李别发出了不甘的呐喊。

"不要脸！"何小羽给出了中肯的评价。

"对了，道哥，上次说的让你给我爸看病的事情，我看就算了吧……"李别愈加觉得郑道这种现学现卖的精神值得表扬，但不值得相信。他佩服郑道的为人，但说什么也不相信他的专业水平，不管是心理学还是中医。

郑道懒得搭理李别，也没时间去翻书了——当然，这只是一个玩笑——楼下，西洲去而复返，她不但换了一身装束，也卸了妆，露出了如花似玉的一张俏脸。爆炸头也恢复了黑长直，梳成了马尾，用一条黄发带绑住，发带荡来荡去，让她看起来犹如画中人。

/第三十一章/ 　一阖一辟谓之变，往来不穷谓之通

李别只看了西洲一眼就口水直流，双眼呆滞，脚步沉重，心态失衡。太好看了吧，还是人吗？仙女下凡都不足以形容她的绝世容颜。

"没出息的熊样，没见过美女吗？"何小羽踢了李别一脚。

李别一抹嘴巴，一本正经地说："对不起小羽，从此刻起，我的女神就是她了，你可以光荣退位了……哎呀，别打人，要认清现实，放弃幻想，要允许别人在你不优秀时放弃你……"

郑道下楼，回身瞪了二人一眼，喊道："刷碗！看孩子！"

现在的年轻人，怎么都这样见异思迁，这么玻璃心？自从当了便宜爸爸后，郑道看谁都像孩子，父爱太泛滥了也不好。

当然，何不悟除外。

郑道其实一直当何不悟是他的偶像。别看他爱喝酒、贪财、小气，有时又爱唠叨，但他每一步都赶上了时代的机遇，积累了好几套房子。他对别人小气，对自己也抠，从不搞双标，也不装模作样，真实而可爱。

除了婚姻不幸之外，何不悟怎么着也算是一个成功人士。

到了一楼，郑道正好迎面遇到刚刚进来的西洲，二人同时一怔，随即又都心领神会地笑了。他俩都卸了伪装以真面目示人，忽然觉得轻松了许多。

"既然必须和人打交道，谁都希望对手是一个高颜值的异性。"卢西洲俏皮一笑，伸出了右手，"郑大夫好，正式认识一下，我叫卢西洲，姓卢，不姓西。性别女，爱好帅哥。"

"郑道。"郑道握住了卢西洲温暖的小手，轻轻一握便松开了，"比预定时间提前了一个小时，你是担心三个小时的时间不够吗？"

"不是，我故意提前过来的，不给你留出太多翻书的时间。"卢西洲摸了摸屏风，"我坐另一边好了，体验一下不同的感觉。"

你是怎么知道我要现学现卖的？郑道险些没跳起来，这也太巧了。他哈哈一笑，说道："我现在不是白胡子老头儿的形象，观感好了，是不是信任度就下降了？"

"开玩笑的，认真你就输了。"卢西洲坐在古典装修风格的一侧，"你错了，我对别人的信任度的高低，和对方的颜值成正比。"

"对我的信任度有多少？"郑道又开启了自恋模式。自信也是心理医生必备的心理素质之一，不自信的人怎么能说服别人？

"鼻子八十五分，耳朵八十分，眼睛八十九分，额头八十八分，眉毛九十分，下巴……"

"停，打住！"还分门别类地打分，郑道受不了了，赶紧叫停，"回归正题，现在正式进行疏导，从一点零五分开始计时。"

"我的问题很简单，就是失眠梦浅，无缘无故情绪低落，找不到生活的乐趣，不想活，又懒得死。想赚钱吧，钱多得花不完；想做事吧，不管什么事情，只要一想，就有人替我办好了。郑大夫，我该怎么样才能快乐起来？"卢西洲的脸色瞬间由晴空万里变成了愁云惨淡。

演技高超呀姑娘，你这不叫有病，叫矫情好不好？钱多得花不完还不快乐，气人是吧？郑道故作深沉，思索片刻后说道："你这种状态在心理学上叫变态……不过，我很羡慕你。"

卢西洲一脸惆怅，哀愁地说："我也知道我有点儿变态，可我没有办法。变态也不好当，心里苦得很。"

以前老爸坐诊的时候，遇到的变态也不少，但没有一人大方地承认自己是变态。卢西洲不一样，她很坦率。郑道越发觉得卢西洲不好对付，恐怕还真得拿出一些看家本领才行。

"你的业余爱好是什么？"得从精神层面入手了。郑道摆出循循善诱的姿态，虽然恢复了年轻的容颜，语气却是行医多年的沧桑和世故。

"画画、旅游、看书、看电影，有时什么也不想，就坐着发呆……"卢西洲不施粉黛的面孔素净而光洁，她双手托腮，眼神有几分涣散和迷离，"反正就是不喜欢做事，不喜欢工作，不喜欢这个世界。"

"大学学的是什么专业？"郑道在心中构建的卢西洲的轮廓逐渐清晰起来，"哲学？艺术？文学？"

"主修哲学，辅修艺术。"

卢西洲是富家小姐无疑了。通常不用考虑就业问题和工作方向的家庭，才会让孩子去学一些形而上的学科。但哲学和艺术往往需要天赋，需要真正的热爱，否则也只能学点儿皮毛。

卢西洲很有感染力，坦然而得体，上午的装扮透露出她内心的小恶魔和叛逆的一面，是对现实的不满和发泄。现在的她，文艺而清新，是真实的她。从心理学角度来说，每个人都是矛盾的综合体；中医认为，人体是阴阳对立统一的机体。矛盾平衡时，心理健康，身体无恙；阴阳失衡时，情绪紊乱，身体有病。卢西洲是心理出现了一些问题，情绪波动大，自我调节弱，但还没有严重到影响身体健康的地步。

"世界还是很美好的，你不要嫌弃它，它没有做错什么，错的是我们自己。"郑道冲了一包自制的中药速溶咖啡，递了过去，"喝惯了手磨咖啡，偶尔喝点儿速溶的，也别有一番风味。"

"能告诉我你具体做什么工作吗？"郑道又为自己冲了一杯咖啡，不行了，他得提提神。苏木有明确的困扰根源，苦恼很现实，困境很实际。卢西洲完全是有钱人的苦恼，她的情绪感冒来得虚无缥缈。他是穷人，从来不知道有钱人还会有一些莫名其妙的苦恼。

咖啡真苦啊，忘了加糖。郑道咧了咧嘴。

"也没有什么具体工作，就是每天上班，到公司露个面，就没什么事情了。要么去练瑜伽，要么画画，要么在影音室看一部艺术片。实在无聊，就去商场购物，可是又没什么可买的，家里的东西太多了。要不就回家睡觉，可是又睡不着……"卢西洲的忧愁就像是浓得化不开的巧克力，黏稠且芳香四溢。

郑道又用力喝了一口苦咖啡，苦涩的味道在嘴里盘旋，他努力咽了下去，说道："世界上有两种病最难：一是穷病，二是心病。"

"说的就是我呀，我穷得只剩下钱了，现在心理也不健康了，这日子，没法儿过了啊。"卢西洲皱着眉头喝了一口郑道泡的速溶咖啡，"这是什么味道？怪怪的，怎么像是中药？"

一般穷得只剩下钱的病，是绝症，"小病从医，大病从死"，除了散尽家财无药可救，郑道忍住冷笑。

卢西洲好像猜到了郑道的心理似的，无奈地说："不过我想散尽家财后从头再来也不行，那不是我的钱，是我爸的钱，我只能花，不能扔。"

"喀喀——"郑道不小心呛了一口，见过气人的，没见过这么气人的，他觉得自己的三观都受到了冲击，还好他调配的中药速溶咖啡有提神醒脑、清肝明目的功效，他又喝了一大口，"你的病得从根源上找解决方法，钱都解决不了的问题，一般都是大问题，上升到了形而上的高度。"

"要加钱？"卢西洲二话不说，拿出手机扫码，还没等郑道反应过来，悦耳的收款提示音再次响起："微信收款五千元。"

"只要能让我开心起来，再多付你十倍也没问题。"

有钱真好，郑道由衷地赞叹一句，同时也为自己暗中叫好，没有化装成仙风道骨的样子，也赚了八千块，他的专业知识得到了认可，说明他可以靠心理医生的招牌养活自己了。

不过说实话，卢西洲付钱很爽快，她的问题却不好解决。她虽然说得严重，仿佛已经神经衰弱，得了抑郁症，但据郑道观察，她的气色不错，健康度良好，完全不像是有心病之人。

心病也是病，会由里及表，表露在外。别说他这个专业人士了，普通人都可以看出卢西洲无比健康。

没病装病之人，要么是拿他消遣，要么是在试探他。

"你也不用担心，你没病，就是换季时不适应而已。"郑道才不管卢西洲的真正目的是什么，拿人钱财，与人消灾，"空虚、彷徨、没有人生目标、觉得全世界都没有意义，是富二代们在某个阶段的共性，你的情况不是个例。多交朋友、多做公益、多充实自己，你就会发现，负面情绪会很快过去。"

"郑大夫，你太敷衍了。"卢西洲脸色一寒，"我也读过一些心理学的书，知道你刚才的手法叫共性解释法。"

"我是不是需要吃药？"卢西洲严肃地问。

所谓共性解释，是对一些茫然无措的人来说，当有一个人告诉他，他这个问题其他人也有的时候，他就不再觉得自己是孤立的，也不再觉得自己生病了，然后他的心理负担就会放下，很快就会恢复。

以前老爸在的时候，总会有一些中老年妇女兴冲冲地来问："郑大夫，我最近睡不好、头晕健忘、心烦意乱、容易紧张激动、潮热盗汗、月经失调，这是不是更年期呀？"老爸会说是。中老年妇女会追问，为什么会这样？老爸会说，这是正常的生理现象，人人都这样。然后中老年妇女就全放心了，烦躁和不安立马舒缓。

只要是人人都有的问题，不是只有自己才有，所有人就认为不是病。

郑道脸色不变，坚信自己的判断，说道："因为人生本来就是起起落落的，有悲欢离合和喜怒哀乐，要学会变通，'一阖一辟谓之变，往来不穷谓之通'。如果你非要吃药，觉得这样才能解决问题，等于是多此一举。是药三分毒，药物都有副作用。"

卢西洲嘻嘻一笑，眼波流转，打量了郑道几眼，甜甜地说："药可以是西药，也可以是中药，还可以是人。听说恋爱可以治疗抑郁，郑大夫，我喜欢你，我们谈一场恋爱好不好？"

卢西洲的病怎么就突变了？从抑郁发展成了花痴。郑道摸了摸脸，三分得意七分疑虑：难道帅真的能当饭吃？

|第三十二章|　见有而为无，见难而为易

　　肝失疏泄、脾失健运、心失所养，就会表现为心神失养、心血不足、心阴亏虚，具体症状就是抑郁。抑郁久了，会阳气不振、精神衰退，更严重的会对任何事情都提不起兴趣，甚至想要自杀。

　　抑郁的人都轻生了，还会有兴趣谈恋爱？有谈恋爱的心思，就不会抑郁。

　　不说卢西洲的言谈举止，就是她的气色和状态，郑道就可以认定她丝毫没有抑郁的倾向。而且她知道他的名字和年纪，又慕名而来，显然不是一个普通的患者。

　　不，她根本就不是患者！

　　至于是慕他的帅名还是才名，并不重要，重要的是，卢西洲的目的是什么？莫不是杜天冬派她来的？不过她应该不是杜天冬的女儿，杜天冬就一儿一女，也不可能是杜天冬的私生女，那么她到底是何许人也？

　　"难道我长得就这么'众望所归'？"郑道用双手揉了揉脸，假装要保持清醒，"没开美颜就能一见钟情？"

　　"自恋也是一种品德呢。"卢西洲像个乖巧的学生一样伏在桌子上，歪头看向郑道，"郑大夫单身吧？"

　　怎么说呢？郑道有些为难，他是有何小羽，但未来的岳父不同意，关键是他还是杜葳蕤的"恋人"和两个孩子的"爸爸"。也是怪了，本来挺清白的一个人，怎么一理下来，他就成渣男了呢？

　　"不重要，你要是单身，我就光明正大追你；你要是有女朋友，我就横刀夺爱追你；你如果已婚，我就当小三先破坏你的家庭，再不顾一切追你。"卢西洲眼里迸发的光彩不像是假装的，"人这一生，总要为

一件事情拼命。想要治好我的病，郑大夫，你是唯一的药方。"

郑道感觉脸有些发烫，心跳有点儿快。得承认，还从未有人如此大胆，直接对他说出这样一番惊心动魄的情话。如果是何小羽所说，他会当她喝多了；如果是杜葳蕤所说，他会以为她内心戏太多，自我感动。

一个初次见面的陌生人对他倾诉衷肠，但他还没有自恋到真的以为卢西洲对他一见钟情、再见痴情，并且到了非他不嫁的地步。他是优秀，但不是人见人爱的神兽。

"不好意思，卢小姐，我是心理医生，不是精神病医生。"郑道也没客气，卢西洲进攻的速度过快，他得反抗一下，不能让她以为他面对美人计很容易投降，"不说我已经是两个孩子的单身爸爸，就算我们之间没有任何障碍，咱俩也不可能。"

"单身爸爸？两个孩子？实在是太完美了！"卢西洲惊呼一声，"岂不是说和你在一起，就可以省了怀孕的过程和生产的痛苦，直接当上妈妈，不要太幸福哟。"

"先不要说我们有没有可能，先说你是不是心理医生？"卢西洲问。

"是。"郑道只好老实地点头，他越来越猜不透卢西洲目的何在了。

"如果我聘请你担任我的专职心理医生，月薪三万元，随时随地负责疏导我的心理问题，你愿意吗？"

以郑道目前的状况，三万元的月薪是一笔不小的数目，足够养活两个孩子、交清房租，还绰绰有余。

郑道回应道："我从小就牙硬胃好，只爱吃硬菜，不爱吃软饭。"

"医生的天性和职责是治病救人，渴望爱情也是一种感情饥渴的心理疾病，你不能见死不救呀郑大夫。"卢西洲见郑道被她逗得有几分慌张和尴尬，不由得更得意、更开心，"和你在一起，我不但不会抑郁，还会吃得好、睡得香。我开心了，我部门的员工都会被我感染，他们工作就会更出色，文章就会写得更好，也就会影响更多的人保持积极向上的健康习惯。"

"你看，郑大夫，你只不过是和我谈了一场正常的恋爱，却可以为无数人带来健康和快乐，是不是很有成就感？"卢西洲继续"调戏"郑道，她倒要看看郑道能够把持多久。

如果她继续单纯地保持感情攻势，以犀利和一往无前的冲锋来进攻，郑道还真有可能招架不住。幸好楼上还有何小羽几人坐镇，否则他非得沦陷不可。毕竟作为一名和何小羽青梅竹马并且拥有两个孩子的单身爸爸，他的感情经历苍白而简单，经历的爱情少，对"爱情病毒"还没有产生抗体，很容易中招。但卢西洲的话透露的一个细节，被郑道捕捉之后，如一股清凉剂，立刻让他清醒。

　　"卢小姐是什么部门的领导？听上去好像是负责公司的对外宣传？"郑道缓缓问道。

　　"不不不，我说错了，我在家族公司的一个部门担任负责人，同时，自己也创立了一家小公司，叫声东击西文化传媒，主要是经营几个公众号。对，就是新兴的、现在最有前景的自媒体行业。"卢西洲浑然没有察觉，她所透露的信息已经引起郑道高度警觉，并且被他联想到了什么。

　　郑道一直坚信一个观点，世间万事万物之间都有某种隐蔽的联系，比如说一天之内发生了三件风马牛不相及的事情，三件事情看似毫不相干——东边刮风，西边有一匹马奔跑，南边有一头牛产奶，三者外在完全没有关联，内在肯定有不为人知的共性。

　　就像人体得病也是一样的，中医向来辩证地看待问题，眼睛有病，有可能是情绪问题、心脑血管问题，也有可能是肝的问题。不管是哪里的问题，追根溯源还是气血的问题。而气血再上推，则是情志的原因。

　　情志就是心理，百病由气生。

　　至于为什么风马牛不相及的事也有内在联系，郑道也想不明白，只知道这在心理学上叫情绪共振，用老子的话就是"有无相生，难易相成，长短相形，高下相盈，音声相和，前后相随，恒也"。当然，用科学的术语解释就涉及量子纠缠了。

　　所有表面上有联系或是内在有联系的事情，都可以归类为量子纠缠。

　　郑道决定纠缠一下苏木和卢西洲的内在联系，说道："如果我的女友苏木没有意见，我也不介意再多一个女友。"

　　不好意思了苏木，借用你的名字来掷个骰子。

　　卢西洲却没有郑道期待中的惊讶，她毫无表演痕迹地笑了，平静地说："行啊，等你介绍我们认识一下，相信我可以说服她。"

难道她真的不认识苏木？郑道不信，继续加大纠缠，夸赞道："她很有才华，写的文章极有灵气。她的公众号叫合抱之木，你的呢？"

卢西洲的表情依然波澜不惊，眼神甚至都没有闪烁，回答道："我们公司的公众号叫声东击西……苏木她漂亮吗？有我高吗？有我白吗？"

咦，他和她的关注点好像真的不在一个维度，难道卢西洲和对付苏木的团队真的没有关系？郑道有点儿迷惑了，到底是真没关系，还是卢西洲演技太好了？

问题是以他超常的观察力，卢西洲只要说谎，就会露出马脚。如果她撒谎而不被他发现，那她可以问鼎影后了。

"漂亮、白、高。"郑道心不在焉地答了一句，看了看时间，"还有两个小时，卢小姐，我现在可以肯定地告诉你，你没有任何心理和身体上的问题。"

"内心没有力量的人，驾驭不了红色衣服；内心没有自信的人，穿不了黄色；内心小气的人，撑不起绿色；内心欲望过多的人，搭配不了白色。你所抗拒的颜色，就是你内心缺失的部分。"郑道将卢西洲从头到脚看了一遍，"红裙、绿包、白鞋、黄发带，几种颜色在你的身上和谐共存，组合得非常自然，并且赏心悦目。说明你的内心充满了力量，你自信、大方且纯净，你不但没病，还很阳光灿烂。"

"郑大夫，你的敷衍太草率，也毫无诚意，既漫不经心又药不对症。如果有一天我因为你的误诊而走向绝路，你就是罪魁祸首，哼！"卢西洲似乎真的生气了，脸色说变就变。

郑道依然淡定，缓缓地说："只要你以后不急躁，少发火，遇事不急，保持稳定的情绪，就会一切顺利。"

"废话，如果我能自己保持情绪稳定，我还要医生做什么？"卢西洲站了起来，摆出一副要吵架的姿态。这时，她的电话响了。接听了电话后，她气呼呼地走了，扔下一句："你还欠我两个小时……"

说得好像也有道理啊，病人如果都能自己保持情绪稳定，医生不就没用了？可说到底情绪是个人的事情，只能自己控制，别人和药物也帮不了多少忙。

不对，怎么还欠她两个小时？不是说好了，只要解决了问题就一次了清吗？

郑道回到二楼，何不悟午睡还没有醒来，何小羽带着两个孩子也在休息，只有李别一人在露台的茶桌上打盹儿。

"妞儿呢？"李别迷迷糊糊地醒来，抹了一把嘴角的口水，"介绍给我认识一下吧，哥，她老好看了。"

"走了。"郑道没好气地敲打了一下李别的脑袋，"别天天不想正事，她不是你能驾驭得了的女孩儿，懂？"

"意思是你能呗？"李别斜着眼，歪着嘴嘿嘿一笑，"你有小羽了，哥，别太贪心，让给我好不好？不让的话，我就冲小羽告你的状。"

让就让，反正他对卢西洲也没有所有权，郑道顺水推舟，送过去一个人情："她叫卢西洲，来历不明，身份不明，经营了一家名叫声东击西的文化公司。现在她归你了，调查清楚她的来历和身份，你就可以出手了。"

"遵命。"李别乐得跳了起来，人还没落地，手机响了。

李别接听了手机后，一脸愁容，说道："哥，我爸身体不舒服，我回家看看他去。他最近也不知道是怎么了，总是犯病，有气无力的。这不正赶在要晋升的节骨眼儿上，竞争对手以他身体不行为由，希望他能主动退出竞争……"

第三十三章　胜人者有力，自胜者强

"需要我过去，就说一声。"郑道笑眯眯地送别了李别。

李别连连摇头，抱怨道："哥，这事儿就别提了成不？你和姑娘聊天，我在上面都听睡着了，你要再说你是心理医生，咱哥儿俩以后就没法儿处了。"

去你的！郑道气笑了，在李别眼里他就这么没用？不过又一想，也说明他技能隐藏得好，就连李别也没有察觉。

说到底，还是老爸教导得好。只不过他隐藏的技能也不知道得到了老爸几分真传，老爸虽然不让他显露身份，但还是对他倾囊相授。只不过他学到了多少，在实战中又有几分胜算，就是未知了。也正是因此，郑道才对两个孩子的病情深感无能为力。

李别走后，郑道趁楼上的人都没醒来的间隙，回到房间，拿起医书认真地学习起来。他所说的翻书现学现卖，可不是骗人的，一个真正的医者，必须时刻不忘学习。

两个孩子的病情，郑道到现在还没有一点儿眉目，完全不知道是什么病，更不知道该从哪里入手。表面上他在忙其他事情，实际上一刻也没有放松对孩子病情的研究。

就算没有所谓的股份和现金，他也要尽自己所能为孩子治病，只是要做到不暴露自己，就有些困难了。当然，据他猜测，杜天冬也并非把希望寄托在他的身上，而是想借机逼老爸出手。

古往今来的医案很多，实践出真知，说不定就可以从哪个名医的医案中找到解决之道。不过医案浩如烟海，多看多读，积累知识和经验确实有用，但想要很快找到治好两个孩子的方法，并非易事，需要时间和机缘。

才看了不到半个小时，何不悟先醒来，然后是何小羽和两个孩子。

"好看的小姐姐有什么病？"何小羽睡足了，精神饱满，她做了一个拉伸动作，还压了压腿，从露台朝下面张望，"不是说丑人才多作怪，好看的人说什么都对吗？她那么美丽，不会也有问题吧？"

"她没有心理疾病。"郑道指了指脑袋，"不过精神有些问题。"

"肯定是你没能说服人家，才会在背后说她的坏话。"何小羽穿上外套，"下午还得去局里一趟，我尽量早点儿回来看孩子。"

何不悟不说话，沉默着泡茶，脸色有几分凝重。

"叔，你认识卢西洲？"郑道抱起杜无衣，牵着远志，瞬间化身为居家好男人，"讲讲。"

"不认识。"何不悟的脸色黑了几分，比他刚泡的茶还黑，"郑道，你爸不在了，叔算是你半个长辈，有些道理得跟你捋捋。你现在是缺钱，但再缺钱也不能靠坑蒙拐骗赚钱不是？"

这是在说他吗？郑道左顾右盼，身边没人，他放下杜无衣，让孩子自己去玩。他对何不悟说："叔，几个菜喝成这样？但凡有盘花生米，你也不会醉糊涂了。"

"喝个屁，自从有了孩子后，叔就戒酒了。"何不悟敲了敲桌子，"刚才睡着前，叔听到你和姑娘的对话，越听越心寒，你算是哪门子心理医生？你这是在毁你老爸的一世英名，还有叔的光辉形象。"

何不悟接着说："听上去，你像是什么恋爱专家、感情大师、中老年妇女之友、素质教育的漏网之鱼、神棍界的杰出代表……"

这话郑道就不爱听了。他忍住笑，老爸隐姓埋名十几年，要的不就是默默无闻、不为人知，哪里有什么一世英名？何不悟就更不用说了，还光辉形象，七级美颜加十级修图都拯救不了他天生的脸残……不对不对，不能这么腹诽长辈，他忙喝了一口茶，强忍着笑意说："叔，别闹，这么说自己多不好。您好歹也上过几年的小学，只接受过义务教育，没有上过素质教育的课，算不上漏网之鱼。"

何不悟忽然站了起来，脸黑脖子红，僵了片刻又坐回去了，语气微怒："随你好了，随便你自己折腾，爱当医生当医生，爱忽悠人就忽悠人，只要赚钱就行。我操哪门子闲心？"

"来，咱爷儿俩开一个总结小会。"何不悟过了一会儿又说。

何不悟看了在一旁玩耍的杜无衣和杜同裳一眼，目光中瞬间充满了慈爱。他说："叔是真心喜欢这两个孩子，要是能一直留他们在身边，那就再好不过了，可惜的是……不说了，不说以后的事情，先说眼下。"

郑道摆出了洗耳恭听的谦虚姿态，有时必要的表演可以增近人和人之间的感情。通过和卢西洲的交锋，他明白了一个道理：时刻保持演技在线并且不断提升自己的实力，才能持续增加赚大钱的可能。

"叔，喝茶。"郑道殷勤地为何不悟倒了一杯热茶，"叔是又有什么新的心得，要给我上上课？"

"你是我看着长大的，我得继续加强对你的引导和教导，不能让你长歪了。"何不悟眯着眼睛品了一口茶，"叔的意思很明显，你的路数和你爸完全不一样，骗……喀喀，赚钱的速度明显比他快，忽悠人的本事也明显比他高。但是，咱毕竟是医生，要有治病救人的底线，不能凡事都只为了钱，了解？叔虽然爱钱，但从来不坑蒙拐骗。"

我也没有坑蒙拐骗好不好？郑道想反驳几句，告诉何不悟他和卢西洲的对话是高手过招，真正的交手在语言的背后，不是表面上那么肤浅……又一想，算了，老人们一向固执己见，何叔说他的，自己听从内心就好。

他有说话的权利，自己有选择听或不听的权利，郑道一向认为"胜人者有力，自胜者强"。

"鉴于你是初犯，叔就不多说什么了，但是……"何不悟再次加重了语气，还故意停顿了三秒钟，"作为惩罚，你坐诊的第一次收入就充公了，叔就不还你了，算是这一段时间孩子的生活费、叔的辛苦费，还有你的房租和饭钱。"

等等，哪里不对？说了半天，何不悟是贪图他刚赚来的八千块钱。可问题是，钱在他手里，他不给老何头儿，老何头儿能奈他何？郑道见何不悟原本黑乎乎的脸，慢慢浮现出得意的窃笑，想起了什么，拿出手机，打开微信查看钱包，顿时脸都绿了——依然只有之前的二百块钱！

卢西洲支付的八千块钱呢？郑道猛然抬头，看向何不悟。何不悟晃了晃手机，笑得很开心，得意地说："惊不惊喜？意不意外？收款的二维码被我换成了我自己的，钱打到了我的微信账户上。"

"什么时候的事情？"郑道彻底服了何不悟，这个何监生无孔不入。

"你爸失踪的当天。"

"叔，商量个事儿，您年纪这么大了，不太会用微信支付，您先把钱转给我，我取出现金再给您。"

"滚你的，我不会自己提到银行卡里，再取现金？谁说我不会用微信支付？只要是和钱有关的技术，叔分分钟学会，都不用人教。"何不悟捂紧了手机，生怕被抢走一样，"你吃住都在叔家，不用花钱，要钱也没用。叔替你保管，再分一部分给你爸……"

前面铺垫那么多，就是为了黑下他的八千块钱，真够可以的。郑道本想再理论一番，大不了拿小羽当筹码来交换，至少要回一部分。不过听到最后一句，他又改变了想法，说道："行吧，也没多少钱，叔就拿去随便用，就当我孝敬您的，毕竟都是一家人了。"

郑道更加坚信一点，老何头儿和老爸肯定有联系的渠道，他们应该一直保持着密切的沟通。

"什么一家人，你可别瞎说，在你没有拿到天冬集团的股份和现金之前，你和小羽没可能。"何不悟虎着脸，生气的样子看着还挺吓人，"别扯没用的了，说说杜家的事情。叔跟孩子相处了一段时间，也从他们嘴里套出了不少东西。"

他就知道何不悟不光是一个酒鬼、吝啬鬼，还是一个机灵鬼，不会放过任何一个机会。郑道笑容灿烂，开心地说："叔，请开始你的表演。"

/第三十四章/　事缓则圆，人缓则安

何不悟仰头望向上方的皂角树，右手摸了摸头顶为数不多的头发，沉思了足有三分钟之久，才忽然长叹一声，忧伤地说："两个孩子太小了，听到的、看到的都有限，而且他们也记不住多少事情。从他们的嘴里，并没有问出什么有用的东西。"

我……郑道险些呛上一口。他已经做好了心理准备，以为会听到一些与杜家内幕、杜葳蕤死因相关的秘密，哪怕只有一点点也好。结果何不悟还真是纯表演，没干货，他气得一拍桌子站了起来，生气地说："叔，别怪我翻脸不认人，还钱！"

"还你个鬼钱！"何不悟皱着鼻子，眯着眼睛哈哈一笑，起身就跑，"逗你玩你还当真了？骗了你的钱还耍了你一道，今天真是开心的一天。"

望着何不悟慌乱逃窜上楼的背影，郑道并没有追上去，相反，他缓缓地坐回了座位，出了一会儿神，又含蓄地笑了。他不相信何不悟真的从孩子嘴里什么也没有问出来，他肯定是有什么事情本想告诉自己，事

到临头又收了回去，应该是想再缓一缓，或是想再确定一下。

事缓则圆，人缓则安，语迟则贵。不急，不急。

下午没什么事情，没有客人上门。倒是李别特别上心卢西洲的事情，四点多钟打来电话告诉郑道，经过查证，整座城市一共有十八个卢西洲，其中男人十个、女人八个。排除男人后，八个女人中，十岁以下的四个，四十岁以上的两个，六十岁以上的两个。也就是说，城市里并没有符合郑道所见的卢西洲身份特征的女人。

"肯定是假名，哥，你不是有她的联系方式？问问她真名叫什么。另外，声东击西文化传媒的法人代表和股东，都没有卢西洲的名字，不，连姓卢的都没有！"李别有几分气馁和不满，"哥，咱能不能提高提高情商，被人骗得团团转，真的会单身一辈子。"

郑道有些心疼李别，小伙子长得不错，工作也可以，家庭条件也挺好，就是恋爱之路有些坎坷。被伤害了好几次，还不改初衷，依然相信一见钟情，坚持认为一见钟情不是见色起意，就是相信第一眼的感觉。

"她是我的病人，不告诉我真名也可以理解，毕竟我只是心理医生。"郑道才懒得去撮合卢西洲和李别，他们压根儿就不是一路人，主要是他不想让李别再次受伤，"叔的病情严重不？要不我打扮一下帮叔看看？"

李别每次失恋都会大哭一场，然后拉着他和滕哲一连喝上三天酒、唱上三天歌，热度才会慢慢消退。一次两次也就算了，次数多了，郑道和滕哲就有应激性反应了，不想再陪李别闹腾。主要也是因为他和滕哲热度上来得慢，过了三天，刚被李别的情绪带动，有了一点点悲伤的感觉时，李别的热度退了，像没事儿人一样又去欣赏别的姑娘，就让他和滕哲感到很窝火。

"哥，能不能别提这事儿了？呵呵！"李别加重了"呵呵"的语气，"不提还是好哥们儿，提了就绝交。"

至于吗？郑道翻了一个大大的白眼，不过也没多说什么，治病救人也要讲究机缘，不能别人不信你，你还非要自称神医，那样铁定被当成神棍打出来。

五点半，何小羽回来了，和她一起进院子的还有滕哲。滕哲一脸兴奋，脸上渗出了细密的汗珠，他也顾不上擦，拉过郑道，站在皂角树下说："哥，有戏，八字开始铺纸了。"

郑道知道滕哲说的是苏木的事情，说道："纸铺上了，得有笔，还得有墨水，才能开始写第一撇。还早呢，万里长征才开始编草鞋。"

"至少看到了希望不是？"滕哲用双手握住了郑道的手，"谢谢哥，我下半辈子的幸福，全包在你身上了……"

什么鬼？郑道眨眨眼睛："别扯上我，能不能成，最后还得看你的个人魅力，又不是我谈恋爱。说，又想让我帮你做什么？"

见滕哲有几分忸怩和难为情，郑道立刻心生警惕，当即严正声明："先说好了，借钱没有，一分都不行。"

"哥，还能不能行啊？"滕哲搓了搓手，"我……我是想让你教我一些中医啊、养生啊的知识，好和苏木有共同话题。你也知道，有共同话题是三观相合的前提，三观是不是相合，决定着两个人能不能白头到老。"

郑道心里酸溜溜的，才认识多久就想着要过一辈子了，是不是觉得人家漂亮，第一眼想恋爱、第二眼想结婚、第三眼想好了孩子的名字、第四眼连最后埋在哪里都定了？这年头，男人都有这么多内心戏吗？

"我房间里面的书你随便看，最近哥忙，没空收徒弟。"郑道直接拒绝了滕哲，尽管他理解滕哲为了爱情勤奋好学，"你可以自学成才，一边自学，一边请教苏木，这样一来，不就慢慢培养出来感情了？"

滕哲的眼睛亮了一下，像是有小星星闪动，爱情的力量果然伟大。

"还有……"郑道表面上说不管滕哲，实际上他怎么可能不帮忙，更何况他还有事情要让滕哲负责，"你现在先不要盲目地学习中医和养生的知识，而是要把苏木公众号所有的文章精读一遍，做不到滚瓜烂熟，也要做到信手拈来。文如其人，读完了她以前的文章，你就能基本上了解她到底是一个什么样的人。"

滕哲连连点头，大为赞同，夸赞道："哥说得太对了，怪不得李别说你是撩妹高手……"

这又是唱哪一出？郑道想黑脸，没黑下来，只好摸了摸脸，自恋地说："我比你们都帅的事实，从认识你们的第一天起大家就都知道了，不用你们一再地提醒。毕竟，这是一个看脸的世界。"

"哥，咱继续说正事成不？"滕哲露出嫌弃的表情，"不当师徒还是兄弟，说吧，读完了苏木所有的文章之后呢？"

"苏木是一个事业心很强的女孩儿，你要帮她在事业上进步，就要学习别的自媒体的成功经验，比如说有一家叫声东击西的公众号就很成功，不是说文章写得比苏木好，而是商业化运作比合抱之木成功。"郑道拿出手机，搜索了声东击西公众号，然后点了关注，"你也关注它，里面所有的文章也从头到尾读一遍，再和苏木的合抱之木做对比，详细分析一下各自的优点和不足。"

"了解，明白。"滕哲一脸认真，作深思状，"要在感情上培养共同语言，在事业上打造共同目标。哥，放心，我不会让你失望的。"

"赶紧回去吧，帮苏木的父母开连锁店，帮她经营公众号，有你忙的了。"郑道摆了摆手，"不送了啊，我还有点儿事儿。"

"正好饭点儿，哥你就不留我一下？"滕哲有点儿伤心。郑道抠得过分了，何不悟吝啬归吝啬，至少不会不留人吃饭。他哪里知道，郑道刚到手的八千块钱直接被何不悟截和了，现在的郑道肉疼加心疼，正在四处找补，想要尽可能挽回损失。别说留他吃饭了，喝一口茶都觉得是在割肉。

何不悟从二楼露台上探出头来，他系着围裙，拿着锅铲，冲下面喊道："滕哲，留下一起吃饭吧！"

滕哲习惯性地正想张口答应，见郑道的眼神有杀气，感觉后背一凉，缩着脖子说："不了叔，我得赶紧回去复习功课了。"

"这才对嘛。"郑道笑眯眯地拍了拍滕哲的肩膀，一把将他推到了院子外面，"给你一周时间，懂？"

"懂！"滕哲飞也似的跑了，他发誓以后再也不提留在一号楼吃饭的事情了，太丢人了。就一口饭，至于吗？

"小羽，带上孩子，我们出去走走。"郑道招呼何小羽，牵过远志，两个人、两个孩子和一只狗，出了一号楼，漫步在善良庄的内部道路。

"滕哲怎么不吃饭就走了？"何小羽在楼上带孩子，没听到郑道和滕哲的对话。

“他想吃饺子，就回家吃去了。”郑道随口编了一个借口，现在他总觉得吃的、用的、喝的，花的都是他的钱，所以他必须得精打细算过日子了。

“谁不知道卖什么的不吃什么，滕哲家就是开饺子馆的，他想吃饺子？你是不是觉得我已经傻到连你编瞎话都听不出来了？”何小羽没好气地踢飞脚边的一粒石子儿，“郑道，你是不是有什么事情瞒着我？”

杜无衣耍赖，不想走路，非让郑道抱，郑道哄不过，只好抱着。他抱起杜无衣，杜同裳立马就让何小羽抱。远志挣脱了狗绳，欢快地跑到了前面，冲每个人摇头摆尾，真是一只又贱又萌的现实的狗。

“没有，哪里有，你天天不想案件，怎么总琢磨我？”郑道不想让何小羽知道他的行动。很显然，何不悟也没有和何小羽说太多。

“没有就好，别以为我帮不了你什么忙，我的本事大着呢。”何小羽弯腰捡起一粒石子儿，扬手扔出去，“看，我扔得比你还远。”

石子儿在暮色里飞向了远处，片刻后传来哗啦一声，听上去像是玻璃破碎的声音。

“谁他妈砸我家玻璃？”远处传来男人的怒吼声，伴随着一阵鸡飞狗跳的嘈杂声，“有本事你别跑，老子不打破你的头，老子就不姓何！”

何小羽一吐舌头，做了个鬼脸，说道：“快跑！是傻子何二狗！”

何小羽抱着杜同裳，拉着郑道就要往右跑，郑道却站在原地不动，笑眯眯的样子像极了面善心黑的何不悟，慢悠悠地说：“跑什么跑，又不是我们砸的，他哪只眼睛看到是你干的？”

“你的意思是……”何小羽也不慌了，看了撒欢儿的远志一眼，“就说是远志干的？”

陷害一只狗？亏你想得出来！郑道见牛高马大的何二狗已经冲了出来，来不及解释了，他一把拉住何小羽的胳膊，叮嘱她：“等下不管何二狗怎么说，你死活不承认，就说砸玻璃的人肯定是外来的……”

“然后呢？”何小羽露出“办了坏事不怕事大”的窃笑，跃跃欲试的样子像是要再砸更多的玻璃。

“然后——”郑道环顾陆续围过来的人，笑意在眼里荡漾，表情也越加神秘，“然后你就会看到一出出人意料的大戏。”

/第三十五章/ 物必自腐而后虫生，人必自侮而后人侮之

何小羽从小就是天不怕地不怕的性格，院中的两棵大树，她在十五岁之前爬上爬下，不下上百次。其中有十几次从树上摔下，有惊无险。不管是摔得鼻青脸肿还是遍体鳞伤，只要一养好，她就会好了伤疤忘了疼，再次上树。何不悟气得每次都要拿棍子追着何小羽打，骂她怎么不上天。何小羽边跑边回答："要是有上天的梯子，我早上去当仙女了。"

十五岁后，突然变得爱美的何小羽再也不上树了，还故作文静地看书、听歌。不上树是好事，但她胆大直接的性格一直没变。

"什么大戏？"何小羽刚才想跑只是下意识的，她才不怕何二狗，哪怕何二狗是善良庄有名的恶人。现在她的好奇心完全被郑道激发了。

善良庄原名何家庄，庄里居民都姓何，改造后更名为善良庄，还一度遭到居民们的一致反对。后来反对无效，善良庄的名字就渐渐固定下来，以至于许多后来者都不知道善良庄的曾用名。

郑道住得久，自然清楚，并且善良庄的原始居民，他大都认识。后来善良庄大约有一半的房屋被租了出去，原始居民都搬进了楼房。再后来，住久了高楼才发现，最舒适的住宅还是接地气的"别墅"，慢慢地，原始居民又陆续搬回了善良庄。在市区中心有一套类别墅的两三层小楼，是无数人梦寐以求的事。而石门的管理者也意识到市区中心不宜再发展高层住宅，也就开始限制二环以内新小区的容积率，尤其规定一环内新建的住宅不得超过十七层。

善良庄的位置虽然不算市区中心，但也不算偏远，他们住的虽然不是别墅，却是别墅的待遇，而且物业费和各项杂费都比较低。原居民找回了信心，纷纷以拥有善良庄的一栋小楼为荣。

但也有部分居民不愿意回来。有的人出国或是长期不在石门，还是会把房子租出去。不过总体数量不多，善良庄的出租房现在只占十分之一。

郑道在善良庄住了十几年，基本上认识每一个原始居民，何二狗是善良庄有名的恶霸，一向横行霸道，逮谁欺负谁，庄里的居民都对他敢怒而不敢言。

善良庄的停车场以及垃圾运送、卫生清理都归何二狗经营。何二狗原名何亚哥，因性格暴躁易怒，动不动就打人，并且养了两只恶犬，而被人称为何二狗。

"谁干的？你，还是你？"

何二狗光头，头上有一道疤。他拎着棍子，牵着两只狼狗，气势汹汹地来到郑道和何小羽面前，目露凶光，恶狠狠地说："郑道、何小羽，你们是不是活腻歪了？干吗砸我家玻璃？"

远志原本还想冲过去表现一下，一见对方的两只狼狗凶神恶煞，当即害怕了，立马躲到了郑道身后，瑟瑟发抖。

真是一只遵从内心的好狗。郑道轻轻踢了远志一脚，示意它离远点儿。他放下孩子，让何小羽带着杜无衣和杜同裳站在他的身后。

"狗哥，我牵着狗，带着孩子，怎么会砸你家玻璃？要砸也得选只有自己的时候砸，这样才跑得快，是不是？"郑道脸上挂着笑，身形微微一错，朝前迈了一小步。

只这一小步，何二狗原本居高临下、和两只狼狗一起对郑道形成的围攻之势就被化解了，变成了郑道站在何二狗身边，和他亲密交谈的姿势。

两只狼狗不知何故，被郑道的轻微一动吓了一跳，齐齐后退一步，嘴里发出了低沉的吼叫。

何二狗也感受到郑道身上与众不同的气势，他一向看不起郑道，也看不上何不悟，虽然心里微有压迫之感，却不想表露出来。他哼了一声，故作镇静地说："不是你们还能是谁？这里又没有别人。两个方案：一是赔我两千块钱；二是被我打一顿。你选吧！"

一块玻璃两千块钱，你怎么不去抢？郑道气笑了，看着周围越聚越多的人，这么好的广告机会，不能错过。他伸出了右手，调皮地说："来，握个手，握手就告诉你是谁砸了你家玻璃。"

"哈哈。"周围的人笑了。

正是做饭的时候，善良庄上班的、摆摊的、天天无事可做等着收租的，都在家里。发现有热闹可看，大家纷纷走出了家门。不多时，郑道身边就围了几十个人。

差不多达到了郑道想要的效果。

善良庄的原始居民基本都认识郑道，郑道虽然不姓何，但住得久了，也算是半个善良庄的人。不过认识归认识，大部分人对郑道颇有几分轻视，他虽然是正经八百的大学生，但并没有什么正当职业，守着老爸的一个心理诊所艰难度日，挺没出息的。没有人看好郑道的前途。

主要也是没有人认可郑见的医术。

当然，更主要的原因是对善良庄的居民来说，心理疾病能叫病吗？不就是心里有事或是不开心吗？谁不开心时还要花钱找人聊天？他们相信聊天能聊得开心，但花钱肯定就会不开心。

陪人聊天就想收费，不是大忽悠就是神棍。在善良庄居民朴素的想法中，郑见就是一个什么本事都没有，就会吹牛和忽悠的骗子。对，就是骗子，连神棍都算不上。

郑见的诊所几乎没有什么生意，门可罗雀，说明他的骗术并不高明。既然郑见是大骗子，郑道自然就是小骗子了。所以大多数善良庄的居民都是抱着看笑话的心态，想看看郑道怎么应付何二狗。好多人都受过何二狗的欺负，他们不是想看郑道怎么过关，而是想从郑道同样吃亏挨打的遭遇中获得心理平衡。

不患寡而患不均，历来是人类的通病。同样，斯德哥尔摩综合征也是共性。

郑道自然知道老爸为他在善良庄积累了怎样的口碑，现在他接手了诊所，就得做出让人耳目一新的举动，才能让人改变对他的印象。

"嘿！"郑道拿他当狗耍？何二狗气得差点儿原地爆炸，扬起棍子就要打郑道的头，不料才一抬头，赫然发现手腕被郑道抓住了。

是他眼花了，还是痴呆了？没看到郑道动手，手腕就被他抓住了。

何二狗有点儿抓狂又有点儿心虚，经常和人打架的他心里清楚，自己已经失了先机。

虽说被人抓住手腕并不像武侠小说里面所写的那样，被扣住脉门就动弹不得，但连对方怎么出手都没有看清，就有点儿丢人了。还好郑道只是抓了一下，就松手了。

"你他妈逗我玩是不是？"在围观群众的笑声中，何二狗的怒火越烧越旺，伸手要抓郑道的衣领。他打架的套路是抓衣领，然后提膝盖撞击对方的面门，一般一个回合就可以让对手满脸开花，失去战斗力。

以前他经常在善良庄里遇到郑道，当时跟在郑见身后的郑道，腼腆而低调，像一个没有见过世面的学生。

何二狗想要用屡试不爽的手法打得郑道措手不及，不料他的手刚落在郑道的衣领之上，还没有来得及收紧下拉，更不用说配合膝盖上提了——郑道身子一转，他感觉眼一花，郑道突然从眼前消失了。

人呢？何二狗以为自己看错了，愣神儿的工夫，身后有人拍他的肩膀。

"这儿呢，狗哥。"郑道闪到何二狗身后，笑眯眯的，眼神慈祥而温和，像看孩子一样看着何二狗，"你最近是不是总是感觉胸闷气短，走几步路就气喘，干什么事情都没有力气，吃饭吃几口就饱，还反胃？"

何二狗被激怒了，郑道简直是在逗他玩，还消遣他。他手一松，两只狼狗脱缰而出，直扑郑道。

放狗咬人，比自己动手省事多了。

这家伙不按常理出牌呀，说放狗就放狗，而且还是两只，不愧叫二狗。郑道有几分为难，动手的话，干掉两只狗不成问题，问题是他怎么能和狗一般见识？不动手，也不能眼睁睁地等着被狗咬不是？

他目光一扫，见围观的人群中，笑得最欢的是何朝阳、何暖太、何流星，他们可是善良庄被何二狗欺负得最惨的几个，现在反倒看他笑话了。

人啊，怎么能看到别人比自己更惨就忘了自己的痛苦呢？郑道身形一晃，只左三步，右两步，绕过何朝阳，推开何暖太，躲到了何流星的身后。

两只狼狗速度虽快，却不够灵活，一只扑在了何朝阳身上，一只撞在了何暖太怀里，吓得二人哇哇直叫，连喊救命。

郑道一拉一送，何流星被他带动，身子在原地转了两圈，挡在了他面前。他平稳且安全地躲在何流星身后，转动间，就来到了何二狗的身后。

放开何流星，郑道右手一伸，搭在了何二狗的颈动脉上，微一用力，问道："除了上述症状，狗哥是不是还头晕目眩，想要昏睡？"

何二狗以前总觉得郑道和他老爸就是一对窝囊废，一门俩光棍儿，父子双废物。在善良庄一待十几年，还是勉强温饱，笨透了，蠢到家了。只不过郑见父子向来与人为善，见谁都是笑脸相迎，他虽然看不起他们，却也找不到机会欺负他们，主要是郑见父子的心理诊所和他也没有什么交集。

今天既然郑道送上门了，一向以欺负别人为乐的何二狗怎会放过如此良机？只是让他意想不到的是，郑道远不如他看上去那么好欺负！而且……而且郑道打架似乎还非常厉害，他何二狗加两只狗都不是对手。不过这不是关键，关键是，刚才郑道所说的症状他都有！

头晕、难受、恶心……何二狗感觉眼皮越来越沉，身子有下坠的失重感，他脚一软、眼一黑就瘫软下来，强打精神挤出一句："我是不是快要不行了……郑大夫，快救救我！"

第三十六章　虚则寒，寒则湿

何小羽在一旁安静地抱着杜同裳、拉着杜无衣，眼睛一眨不眨地看着眼前发生的一切，连上前助郑道一臂之力的想法都没有，因为她对郑道太有信心了。当然，她也清楚她的第一任务是保护好两个孩子和……远志。

对了，远志这只现实的狗呢？何小羽回身一看，气笑了，远志已经远远地跑开，躲到了几十米开外的安全距离，头朝向他们，但身子诚实地做好了随时跑路的姿态。

要这样"卖主求生"的胆小狗何用？何小羽当即就想卖了远志，养它太浪费粮食了，哪怕只是狗粮。

"坏蛋为什么昏倒了？"杜无衣不但没怕，反倒看得津津有味，"爸爸好厉害，像是超级英雄，他是不是特能打？"

"也不是特能打，一般般吧，打别人行，打我就差了点儿意思。"何小羽见何二狗被郑道制伏，心里更踏实了，"颈动脉是人体的主要大动脉之一，被用力按住的话，就会血流不畅，导致大脑缺氧，别说二狗了，就是一头牛也会晕倒。"

不对，跟孩子说这些干什么，孩子这么小能听懂才怪。何小羽忙捂住了杜无衣的眼睛，温柔地说："听话，不看了，暴力的东西不适合小孩子。你们以后别跟爸爸学，打人不好。"

"爸爸是英雄，英雄就应该打坏人。"杜无衣有自己的想法，"还有，姐姐不许说爸爸的坏话，爸爸是我的偶像。"

郑道如果听到杜无衣对他的认同，应该会笑出声来。不过现在的他架起何二狗，用余光扫了何小羽和两个孩子一眼，心里想的却是现在真不适合打架了，拖家带口的，确实不好大打出手，得给孩子树立光辉高大的榜样。

他松开搭在何二狗脖子上的手，动脉一畅通，何二狗立刻就恢复了清醒，他已经是半蹲的状态，想要站起来，不料郑道及时松手了。扑通一声，何二狗摔了一个屁股蹲儿，顿时引得围观群众大笑。

"谁他妈敢笑我？嗞——"何二狗疼得倒吸了一口凉气，气喘吁吁地说道，"郑道，不，郑大夫，我到底怎么了，是不是病了？"

这就对了，有病得听医生的话，没病被忽悠病了，也得听。郑道蹲了下来，扶起何二狗，耐心地问："晚饭是不是吃得挺多？还吃了不少干果？"

何二狗打一个嗝儿，用像是见到鬼一样的眼神直勾勾盯着郑道："你……你……你怎么知道的？"

在第一次借抓手腕为何二狗切脉前，郑道就已经通过望色观察了何二狗的气色，面色发黑、走路气喘、脚步虚浮，他明显肾虚。切脉之后郑道更加肯定，何二狗的肾虚不仅是阳虚，还有阴虚，也就是现代人常见的肾阴阳两虚。

肾虚可不仅仅是因为纵欲过度，还有许多习惯会伤肾，比如久坐不站、饮食多盐、受寒、喝水过多、憋尿、受到惊吓、熬夜等等。肾虚又分为阴虚和阳虚两种，典型的肾阳虚很好分辨，就像何二狗一样。面色发黑，是肾水不足的表现；手冷，是火力不足的原因。而阴虚正好相反，如果说阳虚是因为火力不足，心肾不交；阴虚则是火大而水少，导致干烧。干烧最明显的症状就是上火。

腰酸腿软、双手双脚以及心口窝五心烦热，再加上消瘦的身材，多是肾阴虚的外在表现。刚才何二狗大喊时，露出了发红、干瘦的舌头，就更印证了郑道的推测。

现代人由于生活习惯和饮食没有节制，肾阴阳两虚者常见，胡非和杜若都有不同的症状。相比之下，胡非最轻，杜若稍重，而何二狗最严重。

肾阴阳两虚的常见表现就是既容易上火，又手脚冰凉，还面色发黑，容易有气无力。何二狗看似凶狠，才跑几步就气喘吁吁，并且后继乏力，可见已经到了很严重的地步。

郑道可不是吓唬何二狗，尽管他确实想要先收拾了何二狗，然后再让他为自己办一件事情，但他毕竟是有崇高理想的心理医生，下不了狠心当一个纯粹的大忽悠。

郑道碰了碰何二狗的肩膀，没有回答他的疑问，反而又问："是不是尿尿的时候经常尿不净，滴沥还分叉，经常弄得到处都是？"

"没事了，没事了，大家都散了吧，赶紧走！"涉及隐私，何二狗可不想让别人听到他是个"问题男人"，当即露出无赖本色，毫不犹豫地清场了，"谁不走我放狗咬谁！"

围观群众面面相觑，什么人啊这是，卸磨杀驴、过河拆桥，翻脸也翻得太快了吧？刚刚大家可都是向着你的，你这么对大家，以后会没有朋友的！

腹诽归腹诽，众人还是畏惧何二狗的淫威，只好很不情愿地一哄而散。不过也有几个比较胆大的居民，远远地站着张望，想亲眼看看接下来会发生什么。

何二狗也看过几个医生，还从未有人如郑道一样一眼就看出了他的毛病，那些医生也开过不少药，但他吃完毫无效果。他左思右想，不管怎么回忆，也想不起来曾经和郑道一起上过公共厕所。不，何止没有一起上过厕所、去过澡堂，连交道也没有打过。虽然同住在善良庄，他俩也不过是点头之交，和陌生人没什么区别。

郑道是从何得知他某方面……不行的秘密？整个善良庄没人知道他身体有病，他偷偷去看过的医生，也是远离善良庄、远离闹市，位于偏僻郊外的"乡野神医"，对方问了他半天，并且鼓捣了几个小时，才开了几服药。结果他吃了大半年不但不见好，反而更严重了，有时上厕所不但甩得到处都是，还弄到了手上、腿上、脚上，十分痛苦不说，又特别尴尬。更不用说平常稍微激烈运动就会胸闷气短，跑几步就满头大汗，何二狗感觉自己可能快要完蛋了。

最近这大半年，他遍寻"神医"，西医、中医都看过无数，吃了几万块钱的药，丝毫不见好。虽然不是要命的急病，但身体越来越虚弱，每天都感觉自己被掏空的日子实在是不好过。

何二狗听说，城市的某一个角落里，总会隐藏着一两个药到病除的神医，前提是你得遇上。遇不到，是福分不够；遇到了，是因为你积德行善。以前他还信，见过的所谓的神医多了，就不信了。在他眼中大多数神医和他一样，都是大忽悠，只不过他是靠恐吓和武力，神医是凭瞎蒙和吓唬——蒙对了病情，再吓唬病人一番，然后卖一些高价药了事。

难道郑道就是传说中真正的神医？何二狗回想起他遇到的"神医"，感觉自己像是在暗夜里忽然发现了一丝光明，他几乎要热泪盈眶了。他紧紧握住郑道的双手，态度端正得不得了，恭敬地说："郑道，不，郑大夫，你是怎么看出我身体有这些毛病的……"他压低了声音，左右看看，见何小羽离得也足够远，终于放下心来，谨慎地说，"小声点儿，别让别人听见。你先答应我，要替我保密，成不？"

郑道和何二狗并肩蹲在地上，像一对关系密切要商量什么大事的好友。他看了看去而复返已经和两只狼狗玩成一片的远志，心里暗骂了一句"贱狗"，然后笑着回答何二狗："医生的职责是救死扶伤，替病人保密，是基本的职业道德之一。"

"好人啊，好人一生平安！"何二狗又警惕地左右看看，"郑大夫，我的病严不严重？还能治好不？你要是能帮我治好，以后你可以在善良庄横着走，谁也不敢欺负你，我罩着你！"

他的目标可不是成为屈居何二狗之下的善良庄老二。郑道见何二狗的"亚洲蹲"很标准，和自己并肩蹲了几分钟还能坚持，嗯，他身体的底子还在，病情虽严重但不致命。

"你是肾阴阳两虚，并且还有肾精不足、肾气不固的问题，所以单纯地治肾阴虚或肾阳虚，并不能从根本上解决问题。虚则寒，寒则湿，湿则凝，凝则瘀，瘀则堵，堵则瘤……你的病如果不及时加以治疗，发展下去就是肾衰弱，再严重的话，要么换肾，要么一辈子透析。"不好意思了二狗，不说得严重一些，你不会重视；你不重视，治好你的病就不会显得我厉害，我就不会被人称作"神医"。

郑道暗中自责一番，不过他随即安慰自己，他也是为了何二狗好，医生的职责除了治病救人之外，如果还能引导一个坏人变好，也是大善。

"真能治好？"何二狗已经被郑道一语道破自身问题以及几句专业的术语，唬得完全失了方寸，希望恢复生龙活虎的迫切心情让他不再豪横，至于砸玻璃这种小事，更是不值一提，"郑大夫，要是真能治好我的病，不管花多少钱，我都愿意。"

有些病，可能不需要多少钱就能治好；有些病，不管花多少钱都治不好。郑道的观点一向是病重在预防而不在治疗，好在何二狗的病表面上严重，但他身体的底子厚。

"我开两个药方，你去药店买药，总共不过几百块钱就能治好。"郑道补充道，"前提是，你得帮我一个忙，一个对你来说微不足道的小忙。"

"没问题，只要是善良庄的事情，多大的事儿都不叫事儿。"何二狗一听自己的病好治，顿时开心了，浑然没有发现他始终被郑道带着节奏，"说，到底什么事儿？"

听话就是好孩子。郑道现在终于体会到了"医者父母心"的感觉，真是看哪个病人都像孩子。他伸手摸胡子，落空了，没胡子慈祥不起来，只好嘿嘿一笑，说道："狗哥，你帮我查查最近一个多月以来，善良庄新来的租户有多少，都是些什么人……"

/第三十七章/ 医病医身，医恶医心

善良庄的房子现在对外出租的并不多，顶多十分之一。大多数居民只出租一层或是几个单间，很少有整栋出租的。主要是因为善良庄的居民住了一段时间楼房后，还是觉得类别墅更舒适。

租户大多数是刚出校门的年轻人，也有极少数是公司租下一栋楼用来办公的。不过由于善良庄位置一般，附近又没有相关的产业园，入驻的公司极少。

近年来，由于公寓的兴起以及石门发展方向的转移，善良庄的外来租户越来越少。又因为这里都是小产权房，无法过户交易，二手房市场上也基本见不到善良庄的出售和出租信息。

或许这正是老爸躲在善良庄的原因之一，藏身于一个被人遗忘的角落才好安然度日。

只不过自从老爸失踪后，郑道有一种特殊的感应，觉得善良庄突然多了一些外来者，而且还散落在各处，化身租户。

小区和人体一样，时间一久就形成了平衡，平衡被打破，就会有细微的感觉。就像生病之前都会有一些轻微的症状，只不过大多数人没有察觉罢了。

一开始，郑道并没有太在意多了几个外来者，善良庄每年来来去去的租户也不少，应该是正常的"新陈代谢"现象。后来他发现了异常，如果是正常的租户搬进了善良庄，基本会在七天左右融入群体。他感觉新来的租户心思似乎并不在善良庄，只是短暂地停留。

人体会产生排异反应，异物进入人体之后，不能真正融合的话，会被人体排斥，从而引发病症甚至是更严重的反应。一个组织或者说一个小区也是一样，只要出现并非真心想要融入的外来者，就会引发组织或是小区出现异常。就像班上新转来一个学生，他不遵守班级的规矩，非要表现自己的特立独行，就会引发班级的动荡以及所有人的不满。

七天之后，郑道适应了杜无衣和杜同裳的出现，甚至连远志和槐米也在一号楼安心地住下来，一些新来的租户依然和善良庄的氛围格格不入，他就猜到了什么——新租户出现的时间几乎和老爸失踪、两个孩子被送来的时间相同，可见他们并不是真正的租户，而是别有目的的监视者。想想也是，杜天冬将杜无衣和杜同裳交到他的手中，怎么可能真的撒手不管？

郑道以前喜欢早起在庄里散步，后来改成了和何小羽在晚饭前带着孩子散步。带着孩子，一为吸引监视者的目光，二来容易分辨到底谁是监视者，谁是真正的租户。真正的租户晚饭时段会在家做饭，和正常人作息一样。

这段时间，他大概了解了一些新来的租户的习惯，列出了几个怀疑对象。但他还不确定，因为他没有每个租户的具体资料。

如果说善良庄里有谁可以轻而易举地拿到每个租户的资料，非何二狗莫属。别看何二狗在善良庄无官无职，既不是村主任也不是村支书，但他凭借多年来在善良庄横行霸道的作风，以及动辄动手打人的恶行，成功在善良庄树立了"霸主"形象，村主任和村支书都对他礼让三分。否则停车场、垃圾运送和卫生清洁等虽然脏但赚钱的业务，也轮不到何二狗一人承包。村主任之所以让何二狗负责一些难以管理的事情，也是看重了他霸道的做派。从村民转为市民的善良庄居民，还没有养成交卫生费、停车费以及物业费的习惯。讲道理讲不通的时候，何二狗出面就很容易解决了。

其实今天按照郑道的打算，应该再仔细观察观察，确定他所怀疑的每一个新租户的具体位置，再做进一步的调查。不料何小羽无意的举动惹到了何二狗，既然无心插柳，他就顺水推舟了。

何二狗愣住了，咂巴几下嘴，一拍大腿站了起来，豪气地说："我还以为是多大的事情，这屁大的小事，小菜一碟……明天，不，最多三天，就能告诉你结果。"

郑道也站了起来，顺手扶住了何二狗，故作关心地说："谢了狗哥，狗哥好样的。不过你这身体可得多注意，尤其是最近一段时间，要多休息……刚才是不是感觉有些头晕，有点儿站不稳？"

何二狗的身子晃了晃，幸好被郑道扶住了，他脸色有点儿苍白，紧张地说："郑，郑大夫，我到底是怎么了？快告诉我吃什么药能好？如果能治好我的病，我保证以后不再为难你，还会帮你打广告。"

谁蹲时间长了起来都会头晕，这是因为血流不畅，脑部供血不足。郑道拍了拍何二狗的后背，心想：我可不是忽悠你，二狗，以后要多读书，多了解一些常识才不会被人骗。

"你主要还是肾的问题，阴阳两虚，肾气不足、肾精不固，如果只吃一种药，很难治好。"郑道和颜悦色，假装自己现在就是仙风道骨的老中医，连语气都和蔼起来，"你以前肯定也吃过药，为什么不好呢？主要是只补了一个方面，要双管齐下才能达到效果。

"上午服用龟龄集或者金匮肾气丸补肾阳，下午服用六味地黄丸，滋补肾阴，晚上吃金锁固精丸，巩固肾精。（注：情节需要，请勿效仿。如需用药，谨遵医嘱！）坚持一段时间，肯定可以重新生龙活虎。但有一点，服药期间，不要再熬夜，也不要坐的时间过长……记住没有？"

"记住了，记住了！"何二狗连连点头，"没有别的注意事项了？郑大夫，如果能治好我的病，我一定替你好好宣传，以后善良庄只能有你一个神医，其他人都不允许摆摊……不，坐诊。"

告别何二狗，郑道和何小羽没有直接回家，而是继续沿着善良庄的道路散步。

刚才他和何二狗的冲突，惊动了善良庄北区大约五十户人家，东区、南区和西区二百五十多户由于离得远，根本看不见刚才的闹剧。不过他也没有在意，新来的租户多半集中在离一号楼不远的东区，南区和西区不在他注意的范围之内。

郑道仔细观察了一下，围观人群里并没有特别陌生的面孔，也没有他留意的几个新租户。这也符合他的推测，对方的关注点不在善良庄，善良庄内部鸡毛蒜皮的争吵，他们才没有兴趣浪费时间。

何小羽抱着杜同裳，牵着远志，欢快地走在郑道身边。夜色渐渐笼罩了善良庄，一栋栋小楼依次亮起了灯，路灯也准时点亮。万家星火，最能让人感受到温暖和安宁。

"干吗和何二狗那种人啰唆？他可不是什么正经人。不过好笑的是，听说他还喜欢写日记，你说他的日记会不会叫二狗子日记？哈哈，太好笑了。"

何小羽对于郑道干脆利落地解决了何二狗的麻烦感到非常满意，不过他俩嘀咕了半天还达成了什么交易，让她微有不满。她严肃地对郑道说："别以为你帮他治病就能让他为你所用，你这是与虎谋皮。"

不是正经人就不能写日记？何小羽的三观有问题，是对正经人赤裸裸的人身攻击。不过郑道没空计较这些，他笑了笑，心想：不错嘛，小羽越来越会分析现象、思索问题了，不过她肯定没有注意到善良庄多了一些"不速之客"。他也没过多解释，只从专业的角度来解答："帮老虎治身体上的病，他可能不会听话。但如果能够控制住他心理上的疾病，肯定可以让他变成素食动物。"

"嘚瑟，信你才怪。"何小羽见郑道的眼睛在灯光下得意得发亮，不由得笑了，"我刚上班就遇到了这么棘手的案子，也不知道什么时候才能破案。前辈们都说，这案子没个一年半载肯定破不了。"

"用不了那么久。"郑道知道她说的是特斯拉坠河案，也清楚案子并不是由何小羽或李别负责，他们只是打个下手，"相信我，顶多三个月。三个月内，必有眉目。"

何小羽还想再说什么，被杜无衣牵住了手，她的心思就转移到了孩子身上。

从西区绕到南区，拐角处有一个小卖部，店主何三金正坐在门口摇扇子。门口有一个烤红薯炉子，炉子里，红薯被烤得焦黄，香气四溢，无比诱人。

"我要吃烤红薯。"杜同裳可怜巴巴地望着何小羽，"姐姐，你给我买一块好不好？就一块。"

远志呜呜地叫了几声，咬住了郑道的衣服，眼巴巴地望着烤红薯炉子。

"你和无衣一人一块，远志没有。"何小羽还在生远志的气，她轻轻地踢了远志一脚，"你滚吧，关键的时候不顶用，现实又势利，还胆小，要你有什么用！贱狗、笨狗、蠢狗！"

远志仿佛受到了莫大的屈辱，呜咽一声跑到一边，躲进了黑暗之中，呼呼地直喘粗气，不理何小羽。

郑道大笑，买了三块烤红薯，无衣和同裳一块，小羽一块，他和远志一块。

绕到东区，十四号楼的二楼，有一户人家没拉窗帘，灯光下，小两口儿正在厨房做饭。男人炒菜，女人在一旁打下手，场面温馨而浪漫。

十五号楼的二楼，女人在做饭，男人在客厅监督孩子写作业。

二十号楼，一个戴眼镜的年轻人正在客厅看电视，却不停地换台，而且目光不时瞟向窗外，正好和郑道的目光相撞，他慌乱地收回目光，假装看电视。

三十号楼，两个女孩儿正在吃饭，外卖盒子摆了一桌，她们边吃饭边刷手机，目光却不时朝窗外眺望。看到郑道和何小羽几人时，她们装作没有看到，低声说些什么，还不时笑上几声。

三十三号楼，一对夫妻正在客厅忙碌，男人在打电话，女人在收拾家，一台摄像机正对准窗户，拍摄外面的场景。郑道笑着冲摄像机挥了挥手，男人脸色一黑，转过身去。女人则露出温和的笑容，冲郑道点了点头，像亲切的街坊一样回应郑道的善意。

快到一号楼时，吃完烤红薯恢复了自信的远志，忽然警惕地朝前方吼叫几声，迅速来到郑道和何小羽面前，威风凛凛的样子像是要保护他们几人。

有危险？郑道也立刻提高了戒备。

第三十八章 同人不同命，同命不同运

一个人影突然从黑暗中闪了出来，他穿着一身运动衣，戴着耳机，二十多岁，正脚步轻快地跑步。原来只是一个夜跑的人，郑道放松下来，瞪了远志一眼，责怪它不该为了表现自己而过于紧张。郑道认识这个年轻人，他叫曾自欢，是一个在善良庄住了两年之久的真正的租客。

曾自欢是广东人，郑道和他算认识，但并不熟识。

"郑哥——"曾自欢停下脚步，疑惑地看了远志一眼，又打量了杜无衣和杜同裳一番，惊讶地问，"啊，你和小羽的孩子都这么大了？你们什么时候办的婚礼？怎么没邀请我？"

杜无衣抢答："他是爸爸，她是姐姐不是妈妈。"

曾自欢的思绪凌乱了，好吧，他理解不了看上去无比和美的一家四口复杂的关系。他想起了什么，将郑道拉到一边，低声说道："郑哥，我最近事业不顺，情场也失意，心里很郁闷，回头去找你聊聊。都是好哥们儿，你能不能不收费？"

"不能。"涉及钱的问题，郑道一向不客气，做人怎么能虚伪得不谈钱呢，他是一个真实的人，"不过，可以优惠，给你打七折。"

"郑哥，你不是这样的人啊……"曾自欢脸一黑，"聊聊天也收费，还是不是好朋友了？"

"陪聊是一项很辛苦的工作，理解万岁。"郑道用力握了握曾自欢的手，"郑大夫随时欢迎你光临。"

"郑道，你变了。"曾自欢满脸怨恨地离开之后，何小羽像不认识郑道一样看着他，"变得比以前更现实、更爱钱，也更朴素了……不过，我太喜欢了！"

难道我不是一向如此吗？莫非以前隐藏得那么好？不对，以前是老爸当家，自己不当家不知道柴米贵，现在不同了，除了要赚钱养活自己之外，还有两个孩子和一狗一猫要照顾。

郑道恍惚间有一种错觉，他明明才二十五岁，人生才刚刚开始，还是单身，怎么突然就成了两个孩子的爸爸？而且他和何小羽带着孩子和远志遛弯儿，像是一对结婚多年的中年夫妻，日子过得安稳且踏实。

事业可以跳跃式发展，人生不行，还是得一步一步来，他可不想直接越过恋爱、婚姻和生育的阶段。他要奋斗！郑道抱紧了杜无衣，孩子早晚得离开他，得珍惜当下的每一刻。

前面一拐弯，就到了一号楼。一号楼和二楼号相邻，隔着经一路和三十五号、三十六号楼相望。不知是谁做的好事，特意在四栋楼之间的路上加了路灯，每到夜晚那里都被照得很亮堂。

此时大多数人正在家里吃饭，约一个篮球场大小的空地上，有两个女孩儿正在打羽毛球。二人长得一模一样，长腿细腰，都扎了一个马尾辫，青春靓丽且健美的她们像一对并蒂莲，是善良庄人人都知道的双胞胎姐妹。

姐姐叫何若菡，妹妹叫何似蕊。姐妹二人形影不离，特别爱打羽毛球，几乎每天都要打上半个小时。整个善良庄的居民都羡慕何晓良生了两个如花似玉的女儿，相当于开了两家招商银行。

许多人都是看着何若菡和何似蕊一点点长大的，但都分不清她们谁是姐姐、谁是妹妹，主要是因为她们不但长得一模一样，说话的声音和举止也完全相同，再加上二人都刻意模仿对方，就连她们的父母也经常认错。

整个善良庄只有一人例外，可以一眼认出她们谁大谁小，那个人就是郑道。

何若菡和何似蕊都是大二的学生，上的是师范大学。

"道哥、道哥——"一见郑道，二人停止打球，欢快地围了过来，"猜猜谁是姐姐，谁是妹妹？"

她们的伎俩每次都被郑道识破，二人不服，只要见到郑道，第一件事情就是让他猜。她们总想难住郑道一次。远志摇头摆尾地凑了过来，围着二人转个不停，一副讨好的样子。何小羽踢了远志一脚，无奈地说："笨狗、贱狗加色狗，也不知道随谁……"

"随舅舅。"杜无衣及时补刀，一双乌黑的眼睛在何若菡、何似蕊二人身上转个不停，"两个小姐姐长得一模一样，就像我和同裳一样是双胞胎吗？"

远志随杜若的性格，和杜若一个德行，这话郑道信。他只看了二人一眼，指着左边的那个说："你是姐姐何若菡……"又指向右边那个，接着说，"你是妹妹何似蕊。"

何若菡嘟起了嘴巴，不高兴地说："讨厌，又被你猜中了！"她伸手摸了摸杜无衣的脸蛋儿，把他抱了过来，语气变得温柔："呀，你长得真好看，你是谁家的孩子？"

何似蕊也是一样的表情，焦急地问："道哥道哥，快告诉我们，你怎么每次都能猜中呢？"她看到杜同裳，也伸手把她抱过来，吃惊地说，"他们也是双胞胎，还是龙凤胎！小朋友，你长得真好看，你爸爸一定很帅吧？"

别人分辨何氏姐妹花是从长相和举止来判断，自然会被她们一模一样的长相以及刻意模仿对方的举止所迷惑。郑道不同，他有两个秘诀：离得远了看气色，离得近了闻香气。

两个长得一样的人，气色也会不同。何若菡是姐姐，她先天气足，体质比何似蕊好一些。不过何若菡先天虽足，后天却不是很好。先天指肾，后天则是指肠胃，她消化功能稍弱，脸上不时会流露出消化不良的微微暗淡之色。

何似蕊正好相反，先天不足后天可补，肾气没有姐姐充足，但肠胃功能很好，后天的进补让她在气色上微胜何若菡一筹。最明显的表现是她在走路或是说话时，会比何若菡更有精气。

所谓五谷为养，五果为助，五畜为益，五菜为充，气味合而服之，以补精益气……先天气足者，如果后天不足，也是不行的。后天无法进补，会巩固不了先天之气，更有肠胃虚弱者，会有虚不受补之症。肠胃消化食物所耗费的精气，远大于肠胃吸收的营养，久而久之身体得不到充足的滋养，能健康才怪。

如果何若菡注重饮食，合理调配的话，温养好了肠胃，她自然会比何似蕊的健康值要高，毕竟她先天的条件好。当然，何似蕊调养好了肾，不做损害肾脏的事情，也能保持良好的体魄。

　　就算她们二人都能做到"食饮有节，起居有常，不妄作劳"，让身体时刻保持最佳状态，气色上还是会有微小差异，他还是可以一眼分辨出来谁大谁小。

　　每个人生下来都会有或大或小的隐疾，或是肝肾不好，或是肠胃不好，或是心脏欠缺，再加上每个人的脾气都不相同，后天又会造成对各个器官的损害。人无完人，正是因此，才需要孜孜以求并且努力进取。

　　远，可以观气色。近，可以闻香气……倒不是说郑道可以闻香识女人，他认为自己还没有如此高深的功力，毕竟他是一个正经人，也没有什么恋爱经验，是个纯真少年。

　　所谓香，其实是体味。人人都有体味，或轻或重，并且每个人的体味也有细微的差别。别人或许闻不出来，郑道的鼻子却比狗鼻子还灵。也是因为他从小跟着老爸学习辨别药材，练就了灵敏的鼻子。而且郑道研究后发现，消化功能不好的人，体味要稍重一些。同样，吃了过多辛辣肉食之后，尤其是添加了洋葱等强刺激性的食物，体味会格外重，离得很远就能闻到。

　　男人觉得女人有体香，其实是荷尔蒙分泌时导致的嗅觉偏差产生的吸引力情绪。好吧，作为正经人的郑道才不去管体香的科学原理是什么，也不去深入研究荷尔蒙和爱情的关系，他可以清楚地分辨何若菡和何似蕊的体味就足够了。

　　如果说何若菡是柠檬味儿的，那么何似蕊就是樱桃味儿的，两者的区别有多明显，不用郑道解释，一般人都能辨别出来。

　　正是因为有这两种秘密"技能"在手，郑道才每次都能认出她们谁是姐姐、谁是妹妹。没办法，有牌可打的人就是这么欢乐。

　　杜无衣对何若菡有好感，他指向郑道，天真地说："他是我爸爸……你是谁？你可以当我妈妈吗？"

　　这孩子真是太丢人了，见谁都想认妈妈。郑道脸上发烫，心里发虚，不知道的人还以为是他背后怂恿孩子占人家便宜。

何小羽抢回杜无衣，教导他："无衣，不许乱说话。以后谁当你的新妈妈，得爸爸说了算。"

"不行，得我们同意才行。"杜同裳抓住了何似蕊的手，不肯放开，"我想让她当我妈妈。"

何若菡和何似蕊对视一眼，二人笑得前仰后合。

"如果她们两个人里只能选一个当妈妈，你们选谁？"郑道也被逗乐了，幻想着以后带着杜无衣和杜同裳出去，说不定还可以增加认识美女的概率。远志就算了，太贱、太没节操，会坏事。

杜无衣指向何若菡，杜同裳指向何似蕊。

何小羽也被两个孩子"不管有奶没奶，只要看对眼就是娘"的执着感染了，她站在何若菡和何似蕊中间，指挥二人原地转了几圈，换了几次位置。再让杜无衣和杜同裳选时，两个孩子都指错了人。

"该回家吃饭了。要是她们当你们的妈，你们连换人了都不知道。"何小羽一左一右抱起杜无衣和杜同裳，"到时候你爸天天帮你们指认妈妈，得多悲催。"

悲催？难道不是痛苦并幸福着吗？不行，不能再深入想下去了，思想会变坏的。郑道忙摇头驱散了脑子里的杂念，挥手和何若菡、何似蕊告别。

"道哥你知道不？何听雨家的房子整体租出去了，一家公司要用来办公，好像叫什么声东击西文化传媒……"何若菡指了指一号楼对面的三十五号楼，"本来想租我们家的楼，我爸不同意，我和我妹也不同意。我们要是搬走了，就没法儿和你当邻居了。"

/第三十九章/　顺势而为，乘势而上

卢西洲？是巧合还是有意为之，不用想就能得出结论。三十五号楼和一号楼隔路相望，相距不过十几米，这么说，他要有新的邻居了？

郑道和何小羽回到一号楼，二楼的露台上，何不悟已经摆好了饭菜。

"无衣，姐姐和刚才的姐姐，谁更好看？"何小羽有心和何若菡、何似蕊比一比。她和她们从小一起长大，是流着鼻涕玩泥巴的小伙伴，小时候比谁更皮、更闹腾，现在长大了，就比谁更漂亮了。

"嗯——"杜无衣歪头想了想，"都好看。"

小滑头！何小羽不甘心，笑着说："不行，得比个高低。谁最好看？"

杜无衣说何小羽更好看，杜同裳则认为何若菡更漂亮，虽然她也分不清何若菡和何似蕊。

何小羽还是不甘心，又让郑道回答。郑道摸了摸杜无衣的脑袋，心想：这小子可以啊，送命题都能答对，而且他还这么小，以后肯定前途无量。他故作深沉地看了何小羽一眼，认真地说："瞧你问的都是什么幼稚、肤浅、毫无意义并且想都不用想就知道答案的问题。何小羽，你能不能成熟点儿？你是大姑娘了，要把心思放到正事上，比如说帮我打出名气，多招徕客人，这样就会多一些收入。再比如，多看看育儿方面的知识，学习怎样才能带好孩子。还有，多花些心思在工作上，你以后会是一名光荣的刑警，就算做不到破案如神，至少也要时刻保持为民请命的使命感，要让自己尽快成为犯罪分子的克星，练就一身本事，保一方平安。"

何小羽的眼睛渐渐亮了，等郑道说到最后，她兴奋得几乎要跳起来了，冲他敬了一个礼，大声喊道："收到！明白！"然后她又怯怯地一笑，小声说，"你就别批评我了，要允许我会犯错、会在你面前有时像小孩子一样争强好胜……"

杜无衣和杜同裳对视一眼，杜无衣摇了摇头，感叹道："爸爸比姐姐坏。"

杜同裳把手指放到嘴唇上，对哥哥说："嘘，别让爸爸听见，小心他打你屁股。"

杜无衣拉了拉何小羽的衣角，好奇地问："姐姐，要是你惹爸爸生气了，他会打你屁股吗？"

何小羽脸一红，看向郑道，眼里全是问号，质问他："你教的？"

天地良心！郑道没解释，抱起杜无衣快步上楼，叮嘱道："无衣，以后不许乱说话，懂？"

"多乱才叫乱说话？"

郑道哑口无言，居然回答不上来孩子纯洁的问题。

晚饭挺丰盛，何不悟施展了浑身解数，荤素、凉热搭配得特别均衡。郑道看在眼里，痛在心里，这些花的都是他的八千块钱呀。

饭吃到一半，何不悟朝对面的三十五号楼努了努嘴，问道："终于知道对面的事情了？"

果然什么事情都逃不过老何头儿的眼睛，何老头儿到底有多少隐藏技能？郑道放下筷子，不满地说："叔，你是不是早就知道了？为什么不告诉我？"

"呵呵！呵呵——"何不悟很夸张地呵呵几声，像是在嘲讽郑道。最终他还是慢条斯理地放下筷子，喝了一口茶，缓慢地说："自己的事情自己干，靠天靠地靠祖宗，不算好汉。"

"老何头儿，你严肃起来！"何小羽不干了，语气很认真，"刚才我和郑道转了一圈才发现，原来我们已经被包围了。你说你，该说的不说，不该说的瞎说；该做的不做，不该做的……"

"我是你爹！注意你的立场和态度！"何不悟冷哼一声，打断了何小羽，"善良庄多了陌生面孔，一周前我就发现了。对面来了新租客，我也是刚刚才知道。没有告诉郑道，是想考验他，看他有没有能力应付接下来的局面，男人就要经得住考验……你一个女孩子家家的，懂什么？"

"我懂个屁行了吧？"何小羽心里藏不住事情，不代表她发现不了事情。最近一段时间她就察觉郑道的生活习惯改变了不少，喜欢黄昏时在庄里散步，有时还会四处溜达一圈。她以为郑道是为了排遣苦闷，化解心中对郑见的思念。直到刚才她才明白，郑道是在观察善良庄新来的租户！

形势这么严峻了吗？何小羽有些担心郑道的安全。她得知何不悟原来早就发现了异常，就更生气了。敢情她是最后一个知道真相的人，这一老一小太气人了，一个老狐狸，一个小狐狸。

不过她大部分的气都送给了何不悟，郑道是为了救人，是助人为乐，

172

何不悟是为了钱。他都和郑道谈好了合作条件，郑道也同意分好处给他，他为什么不真心实意地帮助郑道？他还有没有人情味儿？

何不悟看出何小羽是真生气了，要是以前他肯定哄她，现在他才没有心思和耐心，他还有两个孩子要照顾。何不悟又自顾自地倒了一杯茶——他喜欢边吃饭边喝茶——摸了摸肚子，对郑道说："人家把两个宝贝外孙交到你这个陌生人手里，不找一些人时刻看管才怪。他有张良计，你有没有过墙梯？说不定这些人安插在周围，也是对你的考验。能过关，你才能真正拿到股份和现金。"

"不过对面的事情我就弄不明白了，好像和杜家没什么关系，也可能是隐藏得太深，表面上查不出来有什么联系。"何不悟老神在在的样子像极了在路边摆摊的算命大师，他兀自不觉，"既然你在我敲打之前就发现了端倪，我给你打个六分，不能再高了。接下来的事情，相信你完全可以自己应付，不管是查出来周围的新邻居具体是哪一家、哪一户，还是对面新租户的真实身份……"

"呵呵。"郑道以同样的笑声回应了他，倒了一杯何不悟泡的茶，"叔，你最近气色好了许多，让人欣慰呀。"

何不悟不知道郑道为何顾左右而言他，只好顺势说道："自打有了这两个小家伙后，叔感觉自己年轻了好几岁，浑身是力气。有时一忙起来，抽烟、喝酒都抛到了脑后，失眠也治好了，被他们折腾一天，晚上一挨枕头就能睡着。所以说，老人带孩子其实是锻炼身体加上发挥余热，是一举两得的好事。"

"就是，就是。"郑道露出附和的笑容，他像变戏法一样从身后拿出一沓 A4 纸，递给了何不悟，"叔，带孩子的时候，闲着也是闲着，顺手帮我贴贴广告、打打名气。反正上门的客人多了，收入也都打到你的账户不是？你等于是为自己赚钱。"

"就知道你一夸我肯定没好事。"何不悟板着脸接过广告，见上面的广告词还算正规，比常见的牛皮癣广告多少强上几分，想了想也就接受了，"行吧，叔就受受累，再多帮帮你们。真让人不省心，你们都多大年纪了，生活还不能自理。不过你这贴小广告的法子见效也太慢了，别弄到最后把自己弄成了骗子，你爹的一世英名就被你毁了。"

"叔，你像这样继续坚持下去，就会身体健康、心情舒畅，还会逆生长，越来越年轻。"郑道懒得再和何不悟啰唆，朝何小羽使了一个眼色，二人起身就跑，"叔，我和小羽还有事情要忙，就辛苦你刷盘子、洗腕、看孩子喽。"

"你们回来！"何不悟才知道郑道又想白使唤他，气得跺脚，"信不信我把你们关在门外，不让你们进门？"

"我们都带着身份证呢！"郑道喊了一声，他和何小羽已经到了一楼，"叔，你肯定不会让我们花钱住酒店吧？"

"早点儿回来，叔不睡，给你们留门。"何不悟立刻屎了。

迎着习习晚风，郑道骑着何不悟的专车——十多年车龄的大二八自行车——带着何小羽一路飞奔，不多时就来到了月见饺子馆总店。

今晚是郑道、何小羽、李别和滕哲的聚会之夜。

五六年前，何小羽心血来潮，突然提议大家以后每周都聚会一次，称为聚会之夜。后来经过商议，定为每月固定时间聚会一次。

时间固定，地点不固定，有时在李别家，有时在滕哲家，有时在一号楼，一般都是根据具体情况而定。今晚暂定的地点是月见饺子馆。

到了月见饺子馆，让郑道失望的是滕哲和李别都没在。滕星光揉着手腕，不好意思地说："哎呀郑道，我忘了给你打电话，滕哲半个小时前出门了，说是去李别家里等你们，他匆匆忙忙的，连电话都顾不上给你打，说让我打给你，结果我一忙就给忘了……年纪大了，总忘事！"

怎么又改去李别家了？郑道翻出手机，没有滕哲的信息。滕哲以前可不这样，他是最细心的，现在连发个信息都顾不上，肯定是因为苏木。

自从认识苏木后，滕哲就像丢了魂一样，真是个重色轻友的家伙。郑道骑上车子就走，何小羽坐上了后座，建议道："要不我们打车过去？李别家有点儿远。"

他也想打车，可是摸了摸口袋，想了想微信钱包里的零钱，难道他要忽悠一个出租车司机，给人家看手相抵车费？郑道正纠结该怎样把有限的金钱投入到无限的事业中去，一辆宽敞的宝马 SUV 缓缓地停在了身边。车窗打开，卢西洲露出灿烂的笑容，热情地打招呼："这么巧啊郑大夫，要搭顺风车吗？"

/第四十章/　大巧若拙，大辩若讷

渴了有水，困了有床，走不动了有车，这是一般人享受不到的待遇。郑道不是怀疑卢西洲跟踪他，他再帅，也没有帅到值得让一个大美女时刻跟在身后的地步，他只是觉得确实太巧了。凡事都不是偶然发生的，而是必然的产物。人体生病是长年累月的积累，药到病除也是对症下药的结果。所以说，卢西洲的出现，就算表面上是巧合，背后肯定也有某种联系。

"我能先问问你，为什么会正好在这里吗？"郑道一副天真的模样。他支好了大二八自行车，反正放在滕哲家饺子馆门口也放心。

"来不及解释了，快上车！"卢西洲冲郑道和何小羽招手，"如果我说我正好路过，你们肯定不会相信。但如果我说我是一路跟踪你们过来的，你们肯定也不会相信，对吧？"

上了车，何小羽没认出来卢西洲，捅了捅郑道的腰，问道："她……谁呀？"

"以前的病人，现在的司机，以及未来的邻居……卢西洲，卢总。"郑道不知何故，总觉得事情有些滑稽。对，是滑稽而不是怪异，他相信卢西洲真没跟踪他。

"她……谁呀？"卢西洲一边认真地开车，一边从后视镜偷偷看了何小羽好几眼，"你妹妹？还是同学？"

"以前的妹妹，现在的孩子姐姐，有可能，不，一定是未来的孩子妈妈……明白吗？"何小羽用挑衅的眼神回应卢西洲，"卢西洲，你好心送我们去景安小区，是真顺路还是另有所图？"

"我住敦王府，你说是不是真顺路？还另有所图，是图你还是图他？"卢西洲转动方向盘，"你们的关系挺复杂呀，不但变来变去的，连辈分都能跨越，服了。"

也不知是有意还是无意，车子拐弯过猛，甩得何小羽身子朝外倾斜，差点儿撞在车门上。还好她身手敏捷，反应快，一把抓住了郑道的手，才稳住了身形。

李别所住的景安小区位于西二环外时光路北段，是市局的家属院。而敦王府则位于时光路南段，是一处布满高端别墅和洋房的小区。近年来石门新建的小区起名一向浮夸，不是叫什么王府就是叫什么国际，或者是什么传世大宅，充分体现了"缺什么就叫什么"的朴实无华的传统，就像狗叫旺财、猫叫来福一样朴素。

景安小区和敦王府虽然在同一条路的南北两端，但无论是规模还是档次，都相去甚远。

"我这不是马上就要搬到善良庄办公了嘛，白天看过几次环境，但还是不太放心，就特意晚上过来转一转，确定那里很安静，很适合办公，就算临时住上几晚也没有问题……"卢西洲像是解释，又像是自说自话，假装刚才拐弯过快的事没有发生一样，又恢复了平稳的正常行驶。她的驾驶技术和她说话一样，平缓有力，既滴水不漏又文静。

"以后我们就是邻居了，郑大夫，这样我找你看病就方便多了，你欢不欢迎我随时串门？"卢西洲话挺多的，也挺能说，不管郑道和何小羽爱不爱听，她只管自顾自地说个没完，还不时回头冲郑道笑笑。

何小羽才不生气，她抱住了郑道肩膀，语气温柔："欢迎来找我家郑大夫看病，郑大夫医术高超，童叟无欺，收费合理。卢总过来都不用预约，别忘记带上礼物就行。"

"好的，收到。"卢西洲俏皮地应了一声，"小羽，你难道还不知道，在郑大夫的心目中，最好的礼物就是我啊！是不是啊郑大夫？"

是个屁呀，不，是个鬼啊！郑道心虚地咳嗽一声，认真地说："西洲不要乱开玩笑，会出人命的。小羽比较简单，会当真。"顿了一下，他接着说，"礼物什么的就不用了，付足咨询费用就可以。我是一个有原则的人，从来不乱收费，更不收礼。"

何小羽简单？她在你面前的真实表现被你当成简单，郑道，你被骗了！真实不代表简单，何小羽聪明得很……卢西洲在心里嘀咕了一番，眼见到了目的地，她靠边停车，说道："前面路口右拐，直行一百米就到了。我就不送你们过去了，要不还得掉头回来。"

郑道和何小羽下车，正要表示感谢，卢西洲摆了摆手，潇洒地说："不许跟我客气。记住，专职心理医生的职务虚位以待，随时欢迎你加盟。"

夜色里，灯光下，卢西洲的面孔朦胧而迷离，似真如幻，呈现出不真实的光晕。郑道强忍内心的疑惑，反正来日方长，有的是机会弄清她到底是谁，又有什么目的。

"你是不是想知道我是谁？"卢西洲似乎猜到了郑道的所思所想，抿嘴一笑，"有人查过卢西洲的个人信息，就算不是你，也应该是你的朋友。资料是不是和我本人对应不上？别急，用不了多久，你就会知道我的真实身份，说不定还会和我有深入地了解和频繁地互动呢。"

"她不是真的喜欢你，郑道，她是在玩你！"望着卢西洲的车远去，何小羽的头发在风中凌乱，表情却无比冷静，"你千万别上她的当，她是在消遣你。她就是想随意摆布你，好让你神魂颠倒，被她牵着鼻子走。"

嗯……郑道连连点头，表示赞同。小羽果然不简单，可以理性地分析问题了。他正要夸奖何小羽几句时，又被她接下来的一句话打击得体无完肤。

"你虽然有点儿魅力，但也就在我这里管用，蒙事儿还行，换了别人，不好使！就连何若菡和何似蕊也不过是想逗逗你，她们也不喜欢你。你千万别自恋，要不丢我的人！"

郑道的心在风中颤抖，他究竟做错什么了？

景安小区位于时光路，虽是市局家属院，也是建成时间不超过五年的新小区，智能监控、对讲机一应俱全，很先进，外人需要登记才能进去。郑道和保安都很熟，今天是冬营值班，他笑着打了个招呼就进去了。他走了两步，忽然站住，回身仔细看了冬营几眼，关切地问："老叔，你最近有没有感觉哪里不舒服？"

又来了，才当了几天心理医生就得了职业病？何小羽用力拉了一下郑道的胳膊，示意他别多管闲事。

郑道推开何小羽，暗中摆了摆手，又追问了一句："是不是最近总是偏头痛？"

冬营愕然，摸了摸额头，惊讶地问："奇了小郑，你怎么知道的？"

郑道和冬营很熟，每次来都要和他说笑几句，久而久之关系就非同一般了。郑道最大的优点是能快速地和基层人员打成一片，能在短时间内赢得他们的好感。

冬营五十多岁，本地人，在景安小区当门卫多年，深得小区居民的认可。他平常话不多，沉默且本分，工作很仔细、很认真，李别的爸爸李史者对他也赞誉有加。

郑道回身，走了几步，来到冬营跟前。他皱了皱鼻子，呵呵一笑，说道："我不但知道你有偏头痛的毛病，还知道你最近在吃中药。有菊花、连翘、桔梗，还有百部、杏仁……都是一些清热解毒以及祛痰止咳的消炎的药材。老叔，你有肺病？"

"别瞎扯，老叔我壮得像一头牛，哪里有病？除了穷病，百病不侵。"冬营脸色微微一变，眼神躲闪，随即恢复正常。他哈哈一笑，催促郑道："赶紧走，李别等你半天了。"

郑道愣了一下，又打量冬营片刻，伸手抓住了他的手腕，严肃地说："不对，老叔你确实没病，很强壮，那你为什么要吃中药？药可不能乱吃，中药副作用小，但不是没有。"

"说了没吃药，你怎么这么啰唆？走你！"冬营用力推了一下郑道，"再胡说，下次不让你进门。"

反应有些过激呀，以前冬营不是开不起玩笑的人。带着疑问和不解，郑道又暗中观察了冬营，从气色到眼神，再到举止和打扮，确定没有遗漏任何一个细节，才和何小羽上楼。

"说真的郑道，你从哪里看出来冬营有偏头痛的问题？"何小羽自然知道郑道师从郑见，会一些中医医术，但一眼就可以看出对方的病症，应该是"神圣工巧"四个层次中"圣"的阶段，他才多大，不可能有这么高的成就。

178

第四十一章　防微杜渐，而禁于未然

郑道揉了揉何小羽的脑袋，解释道："你没看见门卫室里面有一台电扇吗？电扇摆放的位置正好冲着冬营的左边脑袋。你天天用电扇吹一边脑袋，你也会偏头痛。"

"噗——"何小羽服气地冲郑道竖起了大拇指，"还以为你有盖世神功，原来还是忽悠大法。真不让人省心，你什么时候才能长大？"

郑道摸了摸鼻子，暗笑，自从开始带无衣和同裳后，小羽看谁都像孩子。难道他不是这样？彼此彼此。

李别家在三楼，按照以前的标准，三楼、四楼住的都是有职有权的阶层。但时代在变迁，自从出现了低层洋房、安装了电梯之后，楼层就不再体现阶层的特殊。

从外面看，李别家所在的楼房一共十二层，外面装修并不豪华，其实内里别有乾坤，都是跃层，每家至少有二百平方米。

301室的门开了，露出滕哲那张喜形于色的大脸。不等郑道打他，滕哲飞快地躲开了。

"误会，失误，我不是有意的，道哥别打我。我是因为着急送苏木回家，来不及发信息给你，才让我爸转达。主要也是我想先到一步，和李别摆好龙门阵，等你和小羽大驾光临。"滕哲一边躲开郑道的拳打脚踢，一边朝何小羽连连使眼色，希望何小羽制止郑道施暴。

何小羽假装没有看见，她先是冲李史者和曹夏兰甜甜一笑，礼貌地打招呼："叔叔、阿姨好。"然后才瞪了滕哲一眼，语重心长地说："重色轻友就不能原谅，更不用说我觉得你和苏木并不合适。"

"合适，最合适不过了。"滕哲慌了，他最怕别人不看好他和苏木，尤其何小羽还是苏木的闺密。他正要强行解释一番，却被郑道抓住了脖子。

"先上楼去。"郑道没再闹，推了滕哲一把，"你和小羽到楼上等我，我和叔叔阿姨说会儿话。"

滕哲如蒙大赦，忙不迭地和何小羽上楼。何小羽走到一半，突然站住，歪头想了想，叮嘱道："郑道，在叔叔阿姨面前，别乱说话，听到没有？"

她肯定是怕自己施展忽悠大法，他是随便忽悠别人的人吗？郑道冲何小羽摆了摆手，催促她："赶紧走吧你，我有分寸。"

何小羽表情古怪，欲言又止，见郑道态度坚决，就没说什么。滕哲才不管郑道想做什么，早就一溜烟跑到了楼上，似乎唯恐出现什么意外，祸及自身。

何小羽和滕哲都清楚一个事实，李史者和曹夏兰都不太喜欢郑道。也不知道为什么，打一开始李史者和曹夏兰对郑道就有一些成见，只是碍于李别和郑道的关系特别好，他们也不好明显流露出嫌弃郑道的意思。但他们对郑道的不满，却显而易见。

郑道不傻，早就察觉李史者和曹夏兰不喜欢他，他本来就是一个心细之人。他也听李别说过好几次，他们轻视他是因为他老爸的职业——李史者和曹夏兰不认可并且反对中医！

尽管郑见早在多年前就不再以中医的身份治病救人，但他以前是中医的事，李别知道，李史者和曹夏兰也知道。一个中医不再从事中医事业，却开起了心理诊所，在李史者看来既是不务正业又是胡闹。说白了，就是觉得郑见是骗子和神棍。

要不是李史者从事公安工作，知道心理医生是科学的职业，并且公安系统也有心理医生负责心理疏导，他说什么也不会让李别和郑道成为好友。

可以说，郑道毕业于医科大学的身份，多少挽救了一点儿他在李史者心中的形象，增加了好感分。尽管加分不多，却可以勉强维持他和李别友谊的小船一帆风顺。

李史者为什么反对中医，李别不知道，郑道也就不得而知。以前来李别家，总是匆匆地和李史者打个招呼就躲去了楼上，今天，他进门后看到李史者紧锁的眉头以及微显暗淡的气色，突然产生了要和李史者聊聊的强烈欲望。

"叔，吃过饭了？"郑道搬了个马扎，坐在李史者和曹夏兰对面，他隔着茶几暗中观察二人的气色和神情。

"嗯。"李史者漫不经心地应了一句，看都没有多看郑道一眼，继续翻手里的报纸。

曹夏兰在嗑瓜子，悄然看郑道一眼，眼神里有嫌弃、厌烦和不以为然。

郑道并未在意，医者父母心，身为一名医生，谁会和调皮、不懂事的孩子一般见识？他接着又问："吃的什么？"

"嗯？"李史者重重地放下报纸，"郑道，你有什么事情就直说，别绕来绕去。"

李史者当过兵，做事喜欢直来直去，他的不耐烦直接表露了出来，说道："有事说事，没事上楼和李别玩去。"

曹夏兰轻轻咳嗽一声，平静地说："老李你注意一下态度，郑道是个好孩子，他又没得罪你，你干吗戗他？郑道，听说你爸没了……不是，你爸不见了？"

李叔是直接戗，曹阿姨您可是拐弯抹角戳我心窝子。郑道忍了，谁让他们是李别的爸妈？况且他也知道李叔和曹阿姨人不坏，除了有些固执之外，并没有常见的势利眼和仗势欺人的恶习。

人和人之间没有什么事情是不可以沟通的，如果有，就是你不会忽悠……不，是你不会聊天。他们反对中医肯定有原因，找到原因不就行了？郑道点点头，回答曹夏兰的问题："是失踪了，人年纪大了，容易钻牛角尖，这一届老人，不太好带。"

"你还不如直接说不是老人变坏了，而是坏人变老了！"李史者也不知道自己为什么就是看郑道不顺眼，虽然他也明白郑见是中医，而郑道不是，甚至郑道学的还是西医。但他就是放不下心中的执念，认定郑道肯定深受郑见的影响。

中医都是骗子，哪里有什么真本事？有的是靠忽悠，有的是靠玄学，有的只凭一服药"包治百病"，总之，都是残存的封建糟粕。可惜了郑道，这么年轻帅气的小伙子，却有一个顽固的老爸，今年都二十五岁了，还一事无成，守着一个破心理诊所，能不能养活自己都两说，更不用说有什么发展前途了。

最近诸事不顺，李史者更没有心情和郑道闲扯，他摆了摆手，催促道："你上楼去，我还有事，就不陪你闲聊了。"

郑道坐着不动。李史者不是别人，是他关系最好的发小儿的老爸，他不能坐视不理，看着李史者病情恶化——李史者脸色极差，眼袋浮肿，耳朵呈现微黑的衰败之色，是气血大亏、肾脏大虚之相，若不及时加以医治，恐怕会有肾衰竭的可能。

引发肾病的原因有很多，除了常说的纵欲过度，还有其他的因素。多水、少水，经常受到惊吓以及长久站立，都会伤肾。肾是先天之本，是人体在母体时最先形成的器官，所以肾一旦出现问题，就会很麻烦，相当于失去了先天之机。

李史者得肾病的原因郑道不好判断，但可以推断出他肾病加重的原因，多半是由情志所伤。如果肾不好，但脾胃好，也可以通过后天的进补来修复。

"怒伤肝，喜伤心，忧伤肺，思伤脾，恐伤肾"，李史者意志坚定，做事果断，不会有"恐伤肾"的事情，但是，他忧思过多，导致伤肺伤脾。而脾是后天之本，伤了脾，消化功能减弱，五脏就难以得到全面的进补，营养不足就会精气不盈，会进一步波及其他器官，尤其是已经有所损伤的器官。

从中医的角度得出李史者肾和肺都不太好的结论，又从心理学出发察觉他忧虑过多、神思不属，正在为一些事情忧愁不已。郑道心念一动，莫非还是升职的事情？不对，已经身为副局长的李史者面临的升职就是进党组，级别不变，但权力相对大一些。以他的年龄来说，是前进了一小步，但并不影响大局；就算不进，他依然是副局长，大权在握。那么，会有什么事情让一个副局长愁眉不展呢？——案件，只能是突发的或者重大的案件。

我简直不要太聪明了……郑道自夸了一句，也是想为自己打气，毕竟李史者久居上位多年，国字脸不怒自威，语气一沉、威风一摆，还是颇有几分威压。

"最近是不是有什么突发案件？"郑道一向关注新闻，新闻上没有什么重大的治理和整顿行动，那么应该就是突发案件了。

李史者眉头一皱，语气微怒："怎么李别什么都和你们说？太没纪律了。是有突发案件，不过和你没有关系，你也不用多问。上楼去！"

这是第二次被驱逐了，郑道心里有点儿委屈。事不过三，叔，你再撵我，我也会翻脸的。但他表面上依然恭敬，谦卑一笑，平和地说："叔说不说，就不说……您晚上吃得不多吧？叔的气色不太好，要多吃饭，多吃有营养的食物，晚饭不能只喝粥。您生气，是不是被李别气的？"

对不起了李别，只能暂时出卖你了，哥们儿就是用来背黑锅的，对吧？郑道咬了咬牙，为了让李史者改变对他的印象，为了帮助李史者，他只能继续表演。

李史者眉毛一挑，想说什么，正好电话响了，他起身去接电话，郑道顺势向曹夏兰发动进攻。

"阿姨，叔最近是不是身体不太好？不要太操劳了，身体第一，叔压力大得脸色都不太好了。他老人家是不是最近睡不好吃不好？"郑道摆出一副晚辈关心长辈的姿态，"李别心大，可能不太注意叔的身体，阿姨您可得多照顾他，他担子重、责任大，是人民的卫士，也是家里的顶梁柱。"

这一番话，顿时让曹夏兰对郑道刮目相看。

以前的郑道，话不多，虽然挺有礼貌，但一向不喜欢表现。今天这是怎么了，他突然说了一番暖人心窝子的话？

曹夏兰回头看看微显苍老的李史者的背影，叹息一声，忽然就有了倾诉的欲望。也是因为李别很少和他们坐在一起说说话，儿子大了，和谁都不亲近。

"可不，有一起突发案件，正赶在老局长退休的节骨眼儿上，老局长要求在限定的时间内破案，但案件说是简单，线索却太多，完全不知道从哪里下手，可把老李愁的……"曹夏兰叹息一声，忽然眼前一亮，"对了，被杀的人是个中医，说不定你也认识，叫贾能飞……"

/第四十二章/　不偏不倚，无过不及

郑道还真不认识叫贾能飞的中医，说实话，他压根儿就不认识多少中医，实际上他认识的西医比中医多。

曹夏兰有意停顿一下，仔细打量郑道的表情，确认郑道并没有太多情绪流露，才又说道："郑道，阿姨知道你不算是中医，可你爸是中医出身，你对'中医骗子多'是什么看法？"

对方直接就下了"中医骗子多"的结论，这是导向型命题作文，是考他的知识还是立场？郑道微微一怔，隐约听到了李史者的通话内容。

"从现场来看，不像是激情犯罪，像是蓄谋犯罪。虽然现场有不少中药材失窃，但其他贵重物品还有现金没有遗失，有可能是凶手故意制造谋财害命的假象。我办案这么多年，从来没有见过因为抢劫中药材而杀人的先例……

"贾能飞行医多年，毁誉参半，有人说他是神医，有人说他是庸医，还有人说他是骗子。如果他真是骗子，被他所骗的患者所杀，那我们要调查的范围就太大了，需要走访、核实，少说也得三个月以上，一个月内破案，不可能的……

"我坚持认为是由于医患纠纷引发的蓄谋犯罪，不是抢劫引起的激情犯罪，所以破案期限定为三个月比较合理。现场没有留下任何指纹和其他证据，说明凶手非常细心谨慎，是蓄谋而不是临时起意……

"是被钝器击打脑后，一击毙命，凶器没有找到，案发现场附近的监控缺失……"

"郑道——"见郑道凝神不语，曹夏兰微有不满地咳嗽一声，失望地说，"你上楼去吧，李别他们在等你。"

"阿姨,您觉得西药副作用大,还是中药副作用大?"郑道回过神来,决定先从中药材为突破口和曹夏兰聊一聊。

"当然是西药,中药副作用小大家都知道,副作用小是因为药效小,没啥治疗作用,自然也就没有副作用了。"曹夏兰双手抱肩,朝沙发上一靠,居高临下地看着郑道。

果然,她对中医和中药的误解根深蒂固。说来这都是近年来媒体不遗余力宣传的结果,当然,也包括一些不良的或是有利益诉求的自媒体的推广。郑道揉了揉发痒的鼻子,看了客厅里摆放的花草盆景一眼,里面确实有让他过敏的花叶万年青。

同样的一盆花,有人过敏,有人就没事。共同生活的一家人,吃同样的饭菜、喝同样的水,有人就营养不良,缺少某种维生素;有人就营养过剩,过于肥胖。人的身体千差万别,即使是同样的体质,处在同样的环境,具有相同的生活习惯,也会生不同的病。

对于症状相同的病人,真正高明的中医,不会开同样的药方,而是会根据不同的体质和生活环境进行微调。清末名医郑钦安曾说:"医学一途,不难于用药,而难于识症。亦不难于识症,而难于识阴阳。"老爸曾多次告诫郑道,现在世人对中医的错误认知有三点:一是中医没有科学依据,二是中医骗子多,三是中药副作用小。

中药的副作用并不比西药小,甚至更大……郑道沉吟片刻,组织了一下语言:"是这样的,阿姨,中药有没有药效,先不讨论,只说副作用。在我看来,中药的副作用其实比西药大多了。"

"啊?"曹夏兰以为郑道会竭尽全力维护中医,不料郑道的观点比她还犀利,她顿时来了兴趣,"快说说你的看法。"

他可不是为了讨好曹夏兰而贬低中医,相反,他也对一些现状颇为不满。郑道认真地点头,娓娓道来:"西药的副作用很容易识别,比如青霉素容易导致过敏,所以要先做皮试。利福平容易损害肝肾功能,要定期做肝肾检查。而很多中药的副作用都没有明确,有些医生即使知道也不会告诉患者。当然,有些医生根本就不知道,导致治病反而成了加重损害身体……

"中医一向讲究辩证地看待病情,同样是感冒,有的是热症,有的是寒症，有的是内寒外热，各不相同。中医治病是以偏救弊，用寒去治热，用热去治寒。前提是你真的得了热症，才能热者寒之。如果不热也用寒治，就会寒上加寒。古人说，庸医杀人不用刀，就是这个道理。"

见曹夏兰微有意动，郑道趁热打铁，接着说："不管是中药还是西药，阿姨，是药三分毒，都有几分偏性。没病的话，千万不要吃药，什么药都不要吃，好好吃饭就行。古人推崇药食同源，吃好饭、喝好水，就是最好的养生。"

"哎呀，小郑你说得太好了，我就说不要乱吃药，什么补品、保健品，都没啥用，好好吃饭，保证饮水量，心情舒畅，就百病不生，对不对？"曹夏兰对郑道的印象立刻有了一百八十度的翻转。郑道的话不偏不倚，中正平和，既没过分推崇中医，也丝毫没有贬低西医。她忽然觉得郑道比以前都眉清目秀了几分。

要不是郑道长得还可以，她估计连说话都懒得应付他，长得好看的人果然还是有优待，怪不得何小羽会看上他……曹夏兰又想起了李别，这个傻小子，喜欢何小羽好多年，除了模样不如郑道外，家世、工作，哪样不比郑道强？

但现在的姑娘真的这么专一，只喜欢帅的吗？以前的她们，可是很在意小伙子的理想、情操和境界的，也不知道从什么时候起就变成了看脸的世界。

"他才多大，懂什么？不过是人云亦云罢了。"李史者打完了电话，坐到沙发上，气犹未平，"非要求一个月内破案，能不能考虑下实际情况？"

其实……郑道在心里笑笑，每个人自以为自己的见识或是三观，都是自己积累和学习的结果，实际上不过是吸收了前人的知识和观点之后形成的总结，完全脱离前人知识范畴的部分不多，只不过大多数人不知道或是不愿意承认罢了。

久旱的土地本身十分干硬，非常缺水，但如果大水漫灌的话，却很难吸收进去，水会从地皮流走。水过大而土过干怎么办？有两种办法：一是松土，土软后再浇；二是精准滴灌，以滴水之功浇灌，同时松土，一举两得。

李史者和曹夏兰对中医的认知，就像是已经板结的干旱土地，不宜采取大水漫灌的方式，而要细水长流，精准滴灌。现在曹夏兰的板结情况有所松动，"经络"已经疏通，接下来就好办了。但想要"疏通"李史者，恐怕难度很高，需要拿出真本事。

郑道想起李别说过的李史者的症状，又观察到李史者双眼血丝弥漫，脸颊微红，不时咳嗽几声，他心中就更有了计较，说道："叔最近要少吃油炸食品，一吃就会上火，就会嗓子痛。还有，也要少吃各种营养品、保健品。叔不是营养不足，而是营养过剩，是体内的火太多了。"

"别跟我扯这些，我不信。"李史者用力一挥右手，"你怎么还不上楼？李别，下来请郑道上去。"

"好嘞！"李别几人在上面偷听了半天都没有下来，是李别的主意，他就想看郑道的笑话。

作为郑道最铁的哥们儿，李别深受其父的影响，对中医一向嗤之以鼻，也不信郑道有什么技能。在他眼中，郑道就是和他一起长大的好兄弟、铁哥们儿，有时正经，有时幽默，有时又很能装蒜，他根本就不是什么心理医生，更不是中医传人。

让他在老爸面前吃吃瘪也好，省得郑道总是一副嘚瑟加欠揍的嘴脸，真以为自己有本事可以帮别人治病。就凭他？唬唬何小羽和他们还成，唬别人，还差得远。

还是先治好郑道的自恋病再说吧！

其实李别也是担心郑道太膨胀了，以后一出去就想给人看病。不小心惹了事儿，被人打一顿还是轻的，万一被人告了，岂不是连累了前程？李别是真的关心郑道，他甚至和滕哲都商量好了，他要帮郑道找一份工作，公安局也需要心理医生不是？再让滕哲为郑道开一家连锁饺子店，两份收入加在一起，也够郑道和小羽生活的了。

李别小跑着下楼，表面上对老爸很服从，实际上他才不怕老爸。他嘿嘿一笑，上前拉起郑道的胳膊，说道："走了，跟我上楼。现眼时间结束，现在是小伙伴们的吹牛时间。"

郑道看到李别得意的表情，想给他两脚，一想现在是在李别家，就只能算了。他推开李别的手，问道："医生是不是说叔有些营养不良？"

李别下意识地点头，反问郑道："你是看到旁边的保健品了吧？"

客厅的角落里，摆放着形形色色的保健品，有十几种。

脾胃者，仓廪之官，五味出焉。五味分为外五味和内五味，外五味是指食物，内五味是指个人消化食物之后的营养成分。

"叔和你还有阿姨吃同样的饭，喝同样的水，为什么你们没有营养不良？说明不是食物结构的问题，是叔的消化功能弱。"郑道没有再细说李史者气血和经络不通的原因。不通的原因是有心火，产生心火是因为案件。如果不去除心火，李史者的病一时半会儿好不了，还会加重，而且他的身体原本还有其他的问题。

纲举目张，既然弄清了病症所在，就先从源头突破。郑道脑中迅速闪过一系列的细节，缓缓地说："叔其实不是消化不良，是情绪病。情绪是由案件没有线索引起的……"

他微微一顿，目光从李史者、曹夏兰脸上扫过，语气坚定："叔，如果我说凶手就是冬营，您是不是觉得完全没有可能？"

/ 第四十三章 /　上交不谄，下交不渎

"胡闹！胡说！"李史者当即反驳了郑道，怒极反笑，"你懂个屁？不懂就别乱说，不说别人还不知道你不懂。"

李别用力拉了一下郑道，尴尬地说："案件上的事情，我都插不上嘴，更不用说你了。快走，再不走我可就翻脸了。"

大好时机岂能错过？郑道前面铺垫了那么久，现在放弃就太可惜了，他才不会走。

郑道顺势坐了下来，也拉李别坐下，对他说："李别，我就问三个问题，我问你答，完事儿后我就跟你上楼。第一，冬营最近是不是生病了，有没有吃中药？"

冬营虽然是门卫，但他守护景安小区多年，小区又不大，几乎人人都认识他，并且了解他的家庭。

"没有，他壮得像头牦牛，怎么会生病？就算病了，也会去打针，吃哪门子中药。"李别虽不情愿，但见郑道态度坚决，并且朝他连连使眼色，他也很无奈，只好配合郑道。

就连曹夏兰也有几分不忍，数落李史者："老李，你这急脾气什么时候能改改？让孩子把话说完能耽误你多大事儿？"

谢谢阿姨，有李别这么好的儿子，都是阿姨的功劳……郑道连忙在心里赞美曹夏兰一番。他又问了第二个问题："冬营的家人是不是生病了？在吃中药？"

"没有，没有，你想啥呢？哥！"李别在爸妈面前总有些束手束脚，不像他们几个小伙子在外面胡闹时那样奔放。他有几分迷乱，心想：几个菜啊，让郑道喝成这样？不行，等会儿得送他一袋子花生，但凡有盘花生米，他也不至于癫狂。

"冬营的老伴儿早就死了，只有一个女儿在深圳，几年都不回来一趟，他就是一个单身老汉！"

其实冬营的这些基本情况郑道也知道，他之所以要和李别一问一答，就是想让李史者加深印象。他认识冬营好几年了，每次过来都要聊上几句，从家庭到喜好，就差聊到冬营又看上哪个老太太了。

"最后一个问题……"郑道长舒了一口气，见李史者虽然依然是一脸厌烦，但好在没有走开，在认真听他和李别的对话，心里有几分庆幸和期待，"冬营有没有关系特别好的朋友病了，在吃中药？"

"没有没有！你问的都是什么乱七八糟的问题，他是什么性格，你会不知道？这么多年了，冬营从来都是独来独往，没有家人和朋友……"李别都被郑道气得哭笑不得了，他抓住郑道的胳膊，"你忘了五年前你刚认识他的时候，你还给他起过外号，叫孤独的守望者。我说这名字太他妈诗意了，他就是一个被亲情和友情遗忘的独行客。"

"我的问题问完了。"郑道转头看向李史者，目光纯净，"叔，一个没有机会也不需要接触中医的人，身上全是中药材的味道，也许是巧合。但巧合之外，总会有一个可以让人信服的理由。"

他转身一拉李别，快步上楼，边走边说："我不认识贾能飞，也不知道他是主治什么病的医生，反正冬营身上的味道所对应的中药材，主要用来治疗咳嗽、肺病……"

　　李史者开始时漫不经心，后来表情逐渐变得凝重，等郑道说完最后一句话，他的眼睛蓦然亮了一下，犹如阴沉的天空忽然露出了一缕阳光。

　　"枪呢？"李史者深深地看了一眼上楼的郑道，当机立断，"我下楼一趟。老曹，如果有异常，你马上呼叫黄汉，让他带人过来支援。"

　　"真的是冬营？怎么可能？"曹夏兰想说什么，见李史者已经冲了出去，她又有几分不放心，"李别，你跟你爸一起下去，万一……"

　　"李别、小羽，快跟上。机会难得！"郑道加重了语气提醒了一声。保护李史者的安全是一方面，另一方面，立功的机会不能错过。

　　话未说完，李别已经穿戴整齐从二楼下来，风一般冲到了门外，转身朝郑道喊道："道哥说得对，立功的机会，不能错过！"

　　"还有我，别扔下我好不好？"何小羽随后也下来了，她穿着短衣和短裤，打扮得像是中学生，怎么看也不像警察。

　　二楼，郑道慢条斯理地品了一口茶，故作深沉地叹息一声，感叹道："知我者谓我心忧，不知者谓我何求。人生啊，真是寂寞如雪崩。"

　　"哥，咱能不能当个人，说点儿人话？"滕哲趴在窗台上，朝下面张望，"你满嘴放炮，叨叨了半天，万一冬营不是凶手，你以后就别想再来李别家聚会了……我现在对你越来越不放心了，你是不是受什么刺激，吃错什么药了？感觉你在走两条极端的道路——不是成仙，就成疯子。"

　　"你不关心你点的火到底有没有烧起来？也不过来看看事态的发展。"滕哲理解不了郑道的脑回路。他所在的位置正好可以俯视小区门口，将一切尽收眼底。

　　见郑道还是无动于衷，滕哲只好当起了现场解说员，边看边说："李叔正面接近了门卫室，李别和小羽一左一右包围——你家小羽太不像警察了，回头你好好管管她，越长越回去了，像个中学生……哎呀，真被你小子蒙对了！冬营跳窗而逃。"

郑道抓起一把瓜子，有滋有味地嗑了起来，吃了几口觉得不过瘾，又在手上放了几粒干炒花生，花生和瓜子掺杂在一起，大概是四五粒瓜子配一颗花生的比例，吃得不亦乐乎，像极了在茶馆听书的客人。

　　"冬营朝李别的方向逃去，不好，他发现了李别！他转身，又朝另一个方向跑，小羽迎面走了过来。哎呀，他当小羽是路人，上前想要劫持小羽。好一个小羽，弯腰、吸气、出腿，飞起一脚……踢得好！正中冬营的肚子。

　　"冬营被踢倒了，他居然被小羽一脚放倒了！以后万万不能惹小羽了，好家伙，身手太利索了。不好！冬营就地打滚儿，又站起来了，想要逃。还好还好，李叔和李别及时赶到，二人制伏了冬营。"滕哲回身，看到郑道边吃瓜子边喝茶水，一副悠然自得的样子，忍不住乐了，"郑爷，小的刚才说的书，您还满意不？"

　　"满意，爷有赏。"郑道扬手扔过去一粒花生米，"过来坐下，别那么没见识。哥的本事大着呢，这才哪儿到哪儿。"

　　本来滕哲还想好好地拍拍郑道的马屁，夸赞他一番，但郑道的自吹自擂立刻让他的崇拜变成了嘲笑。他对郑道说："哥，说正经话，做正经人，成不？你现在是大忽悠加神棍，还兼职神探。来，再发挥一下你情感大师的技能，帮我分析分析，我下一步该怎么做才能尽快俘获苏木的芳心……"

　　"郑道，道哥，亲哥！你小子神了，真是冬营！"李别的嗓音因为兴奋而失真，像破风箱一样在一楼回响，"赶紧下来，老爷子有话要问你。"

　　郑道不慌不忙地扔下手中没有吃完的瓜子和花生，又恋恋不舍地拿起一粒花生放到了嘴里，顺势在滕哲身上擦了擦手，又喝了一口茶才站起来。他对滕哲说："走，滕哲，跟我下楼，听我讲故事，你就会明白怎么做能让苏木喜欢上你。"

　　"要是不能，我得擦回来。"滕哲咧着嘴，弹了弹被郑道擦过手的T恤，"新买的，名牌好不好？五十五块钱呢。"

　　李史者一进门就扔下枪，冲到卫生间洗了把脸，出来后，气色好了许多，像是雨后的森林，有着一望无际的辽阔和博大的气势。

"坐，小郑。"李史者对郑道的态度好了不少，"老曹，茶呢？拿我的大红袍，快！"

李别站在李史者身后，冲郑道竖起两根手指，做了一个胜利的手势，笑得很贱。他指了指何小羽，又指了指自己，嘴巴无声地张合了几下。郑道猜测，他想说的是："我和小羽都立功了，还没有转正就立功，局里史无前例！"

曹夏兰麻利地泡了一壶茶，喜笑颜开，高兴地说："小郑啊，我们可得好好谢谢你，老李像是一下子卸掉了千斤重担。"她只是开心丈夫心情大好，还没有深想儿子在此事上立功，会对他的前途有多大帮助。

可不是，李史者就像是服用了一棵千年人参，瞬间提升了阳气。郑道暗暗点头，古人确实厉害，研究人的情志对身体机能的影响，不比现代的心理学差多少。

李史者像不认识郑道一样，仔细打量他。怪事儿，以前怎么没有发现郑道长得这么顺眼？小伙子要身材有身材，要长相有长相，要礼貌有礼貌，难得！确实是一个难得的优秀的年轻人。

李史者原本只是出于职业的警惕性，抱着"试试无大错"的想法下去的，他开口问了一句："老冬，你最近去哪家中药铺了，怎么一身的中药味儿？"

话刚说完，冬营脸色大变，起身就跑。

作为多年的公安人员，破案无数的李史者深谙人性，冬营的神色和举止表明他有问题，正常人不会一被警察问话就想逃跑，做贼心虚的道理适用于大多数犯罪分子。

围堵、抓捕，在李别和何小羽的配合下，武力值不高、准备不充分的冬营当场被抓获，然后被移交给及时赶来的同事。李史者压下想要回局里一同审讯冬营的念头，赶紧回家，想要当面向郑道问个清楚。

这案件破得太意外，也太匪夷所思了，他做梦都不会想到杀人凶手竟然会是小区的门卫！天天在他和无数同事的眼皮底下，对方还能若无其事地正常上班，这得有多强大的心理素质？

李史者态度和善，温和地说："小郑啊，说说，你怎么就看出来冬营是杀人凶手？"

/第四十四章/　曲突徙薪无恩泽，焦头烂额为上客

　　郑道从不受李史者、曹夏兰待见一下子成为中心人物。在所有人的注视之下，他微有几分羞涩和不安，搓了搓手说："叔，如果我说我就是瞎蒙的，你会不会相信？"

　　"哥，正经点儿，别这样……"李别痛苦地闭上了眼睛，"再这样我可就翻脸了。"

　　怎么就不正经了？郑道又搓了搓手，语气严肃了几分："其实……其实我问李别的三个问题，就已经说出了我怀疑冬营的理由。说实话，在门口和冬营聊天时，闻到他身上中药材的味道，而他的气色明显没有得病，我也没有多想，以为他就是替朋友拿药……

　　"一般人拿中药，身上的味道不会那么大，除非是把药装在了身上。而且，我还在他身上发现了中药的原料。现代人吃中药一般有两种方式：要么熬制，要么打碎成颗粒冲泡。由于大多数人嫌熬药太麻烦，一般都是在药店打成颗粒，回去冲泡。

　　"其实只凭以上细节还不足以说明什么，但冬营的气色虽然健康，神色却有些异常，不像以前那么坦然，肯定是有什么不愿意让人知道的事情。一个人一旦心里藏了大事，掩饰得再好，神色也会不知不觉流露出躲闪、畏惧的情绪。

　　"当然，如果没有李叔的一个电话，我也不知道发生了杀医案，也不会联想到冬营就是杀人凶手。不好意思，叔，刚才我无意中听到了您打电话的内容，现场部分中药材被偷走的细节引起了我的猜测。我一向相信世界上没有绝对的巧合，所有的巧合都有内在的必然的因素……好了，我的话说完了。对了，如果我没有猜错的话，贾能飞是主治咳嗽和

肺病的所谓的中医吧？"

李史者的表情由凝重到轻松，再由轻松到惊讶。他点了点头，回答郑道："是的，他对外宣称自己是可以根治咳嗽和肺病的神医。"

不知道古代的江湖郎中是不是和现在自称神医的骗子一样，都是主治气喘、性病？郑道想起老爸以前行医多年，一再告诫他"内不治喘，外不治癣"，咳喘病和皮肤病最为复杂和棘手，因为引发这两种疾病的因素众多，而且很难治好，是为顽疾。

反倒是身体某局部器官的病并不难治，但患此病之人担心败露，而不敢去大医院，以为民间小医院可以根治，殊不知反倒会越治越坏，钱花了不少，最终却耽误了病情。

"这一次得谢谢你，小郑。"李史者对郑道的态度大有改观，但想要一下子完全扭转印象，也不可能。该说的客套话得说，主要也是因为破了案子不但对他是大功一件，连带李别和何小羽也有功劳。

下楼时，他顾不上想那么多，等李别和何小羽尾随他包围冬营后，他才知道是郑道特意让他们下来助他一臂之力。他暗自惭愧，关键时刻居然忘了拉自己儿子一把，还是考虑不周啊，居然还没有郑道细心。

"我就是随口一说，叔信我，是我的荣幸。抓住了冬营，叔辛苦了。"郑道不居功，他说的也是心里话。如果李史者不信他，不当机立断，也不会验证他的猜测。

信任是成功的基础。

李史者喝了一口茶，目光从李别、何小羽、滕哲几人身上扫过，对他们说："坐，都坐下，今天正好你们都在，来，聊聊郑道的工作。"

李别心中大喜，他向老爸提过几次希望安排郑道到市局工作，他觉得郑道完全可以胜任心理医生的职位，只不过每次老爸都含糊其词，不说同意，也不明确拒绝，搞得他心里没底。

现在老爸主动提及，应该是有戏了。李别屁颠儿屁颠儿地跑到郑道旁边，搬了个马扎和他坐在一块，碰了碰他的胳膊，说道："哥，做正经人，办正经事儿。听我爸的安排，好好上班，当个正经八百的心理医生，别再当大忽悠了啊！乖。"

要不是在李别家里，郑道非得揍他不可。郑道强忍着冲动，不等李史者开口，先下手为强："叔，我今天来得突然，也没有准备什么礼物。要不，我给叔和阿姨讲两个故事吧？"

何小羽瞪大眼睛，心想：什么情况，郑道是要继续现眼吗？他没喝酒怎么就醉了？

滕哲直接无语了，在心里说道：哥，能不能行了？在李叔面前表演什么才艺啊，他一向刻板，不苟言笑的好不好？你又不是不知道！别以为你在他面前小露了一手，就可以顺杆子向上爬了，小心摔下来！

李别更是急得不行，拉住郑道，手上用力外加使眼色。

郑道对三个人的表情视而不见，他有自己的主意，今天的机会难得，错过了就不知道还有没有下次。现在李史者解决了目前最大的麻烦，心情好，听得进去话。

果然被郑道猜中了，李史者愣了一下，呵呵一笑，说道："行啊，讲故事就讲故事，反正就是随便聊天。很久没有和你们年轻人好好说说话了。老曹，拿点儿干果、水果什么的，今天我要和他们开一个座谈会。"

气氛不错，希望接下来效果也不错。郑道反手推开了李别，开讲了："李别，我问你一个问题啊……"

李别的脸顿时拉了下来，又拿他当骰子，当他是幸运星吗？

"你感冒了，找了一个中医看病，中医让你喝姜汤和热水，并且告诉你许多注意事项，你喝过后就好了，把注意事项抛到了脑后。后来，你得了更重的病——喀喀，比喻，只是比喻，不是咒你，别瞪我成不——需要动手术，你去了医院，外科大夫治好了你的病……"郑道抱住了李别的肩膀，"你觉得谁的医术更厉害？你会更感激谁？"

"当然是外科医生了。你当我傻呀？考我这么没脑子的问题。哥，我怀疑你在黑我，虽然我没有证据。"

"如果我告诉你，你后来得的需要动手术的重病，其实完全可以避免，只要你听了中医的话，多注意一些事项就可以，你会怎么想？"郑道只是抛出问题，才不管李别到底怎么想，他要的是说服李史者，"下面正式进入讲故事阶段，说的是扁鹊的传说……

"魏文王问名医扁鹊：'你们兄弟三人，都精于医术，到底哪一位医术最高明？'扁鹊答：'长兄最好，中兄次之，我最差。'文王不解，追问道：'那为何你最出名呢？'扁鹊回答：'长兄治病，是治病于病情发作之前。一般人不知道长兄可以事先祛除病因，病情没有加重就被治愈，所以长兄的名气无法传扬。中兄治病，是治病于病情初起之时。初发之病都是小病，寻常人以为他只能治疗轻症，所以他的名气只能遍及十里八乡。而我只能治病于病情严重之时。世人都看到我会做在经脉上穿针管来放血、在皮肤上敷药等大手术，所以以为我的医术高明，名气因此响遍全国。'

"这个故事告诉我们：真正的高手能防微杜渐。"郑道笑了笑，谦虚且认真，"预防总是比治病简单，成本也更低。能让人不生病，才是真正的医家圣手！而能在病初之时及时发现并根治的，也是了不起的高手……不过故事就是故事，这也许是扁鹊的谦虚之说，当不得真。"

何小羽坐在曹夏兰身边，和郑道面对面，她双手托腮，听得津津有味，忽然站了起来，未说话先笑："哈哈，如果我是医生，肯定要当扁鹊，才不要当他大哥或者二哥，多不划算。在病人未病时不治，轻症时也不治，就等他病发后再治，既显得医术高超，又大赚一笔，还被当成恩人，何乐而不为？"

行啊，小羽什么时候变得这么聪明伶俐了？郑道认识何小羽多年，补刀的事情她干得不少，从未见过如今天一样补得一刀致命，而且完全符合他的心意。难道立功也有提升智商和情商的功效？或许何小羽是在极度兴奋的刺激之下，超常发挥了。

郑道没有等李史者等人消化他的故事，也不在乎他们的反应，紧接着就讲了第二个故事："话说在汉代时，有一户人家的烟囱很直，一人劝主人把烟囱改成弯曲的，再搬开烟囱旁边的柴火，因为直烟囱会冒火星，落在旁边的柴火上，很容易失火。主人不听，不久果然发生了火灾。在左邻右舍的帮助下，好不容易扑灭了火。主人大摆宴席感谢因帮忙灭火而焦头烂额的乡亲，却忘了宴请提醒他修改烟囱、搬开柴火的忠告者……"

"曲突徙薪无恩泽，焦头烂额为上客！"郑道不管他的故事是不是让在场的几人怀疑人生，反正他讲完了，该停止表演了。

郑道笑了一下，说道："就像今天的事情，如果有一个人早早提醒叔，说冬营以后会杀人，叔肯定会骂他神经病，让他滚蛋。我只是幸运地碰上了杀人之后的冬营，并且告诉了叔我的怀疑，然后叔及时抓捕了冬营。叔会不会觉得我很厉害，而以前提醒你的人是在忽悠你？"

李史者沉默着，端起茶杯，用力喝了一口，又轻轻地放了回来，整个过程缓慢而凝重，像是在做什么重大决定一样。

"小郑啊，你是想当扁鹊的大哥和提醒我改烟囱的人，对吧？"李史者站了起来，双手负后，神色平静，"不是我不信中医，也不是不信你，而是我已经病入膏肓，无可救药了！"

/第四十五章/　周而不比，成人达己

对郑道来说，李史者不仅是他目前所能企及的最大靠山，也是他最好的发小儿的父亲。他希望李史者一切安好，不因生病而影响了前途，既有医者父母心的出发点，也有私心。

怎么就病入膏肓了呢？郑道不信。虽说李史者气色不好，只从脸上就可以看出许多明显的病症，但并不是将死之相，怎么就成身患绝症了呢？

曹夏兰脸色大变，抓住了李史者的胳膊，紧张地说："老李，你可别吓唬我们娘儿俩，我还要退休后和你周游世界呢。还有，你儿子还没有结婚生子，你还没孙子，怎么敢撒手不管呢？"

李别也是脸色惨白，"嗷"的一声跳了起来，喊道："爸！亲爸！你这是要干吗？我还不想这么早就继承你的花呗，你可千万不要死啊。你不能做对不起我和妈妈的事情……"

本来挺悲壮的一件事情，被李别一打岔，差点儿变成闹剧。

"我说的是心理，不是身体，你们高兴得太早了。"李史者说完，自以为幽默地笑了，"呵呵，小郑说的道理我是听进去了几分，但心里说服不了自己。行啦，不说这个了，都坐，别站着了，开追悼会呢？"

吓死我了……李别眼泪都出来了，用手一抹又消灭了"证据"，抱怨道："爸，以后不兴这样的，再敢这样骗人，和你绝交。"

李史者几日来的阴晦一朝扫尽，心情大为舒畅，说道："行，行，以后不乱开玩笑。不过我不信中医，但对小郑还是信几分的。来，小郑，帮我把把脉，说说我的症状，看看你有几斤几两。"

这么说，叔刚才只是理论上信了他三分之一，还得等实践成功了再信他三分之一？也行，哪怕最后的三分之一始终没有实现，能信他三分之二也足够了。郑道起身，到卫生间洗了洗手，态度恭敬，神色凛然地向前一步，对李史者说："叔，左手。"

何小羽、李别和滕哲认识郑道这么多年，从未见过他为人把脉，只见过他忽悠别人的嘴上功夫，真刀实枪地上阵，今天还是头一次。几人面面相觑，都屏住了呼吸，瞪大了眼睛，无比期待郑道接下来的表现。

刚才郑道讲的两个故事，三个人听在耳中，各有各的感受。

何小羽想的是，身为警察，如果能在坏人有犯罪意图时就将其抓获，会减少多少苦痛和悲剧？也会挽救不少罪犯，让他们少犯不可饶恕的重罪。可惜的是，在法律上无法对一个有犯罪意图的人定罪，只能等造成了犯罪事实之后，才可以实施抓捕。

也许有一天科技发达到一定程度，可以发明能够测试和改造坏人的基因设备，可以提前预知坏人的犯罪行为并且加以制止。人性不能靠道德和自觉维持，而是要靠秩序和约束。

滕哲想的是，道哥是不是在暗示他，现在追求苏木正是最好的时机？苏木现在正处在人生低谷，他对她的任何帮助都是雪中送炭，他就是替苏木救火的人！只要他表现得足够积极并且焦头烂额，他就可以成为苏木的座上宾。

李别想的却是有时候人的命运真的难以捉摸，比如同样一个案件，有人从开始就跟进，也许一年半载都没有什么进展，但有人才进入专案组，突然发现了线索，然后迅速破案。他虽然是后来者，却是破案最大的功臣，拿最大的功劳……他以后要当扁鹊和焦头烂额者，不当扁鹊长兄和曲突徙薪者，有能力、有功劳就要落到明处，他做好事就要留名。

郑道伸出右手，食指、中指和无名指微弯，落在了李史者左手的脉搏上。

把脉又称切脉，讲究三部九候，三部是指寸关尺的三个部位，九候是指医生手指轻、中、重的力量，不同的脉象代表不同的症状。中医数千年来传承至今，望闻问切依然是主要的诊治手段，切脉是最基础之法。

主要也是因为前三法有诸多失传之秘，望闻问切，神圣工巧，郑道认为自己才到"巧"的入门阶段。

郑道先是把了李史者左手的脉，又切换到了右手。

正是夏初的季节，春脉如弦，端直而长，挺然指下，如按琴弦，故称弦脉。夏脉如洪，大而有力，如波涛汹涌，来盛去衰，来大去长，故称洪脉。对常人来说，春脉弦夏脉洪，是正常现象。

李史者的脉象大而有力，波涛汹涌，是洪脉到了顶峰之象。现在才五月，如果六七月时洪脉到顶，才是常态。现在……有点儿早了，是有热症。因内热盛脉道扩张，脉形宽大，因热盛邪灼，气盛血涌。

除了洪脉之外，李史者的脉象还有结脉之症，即脉来缓慢，有不规律地间歇。因阴寒内结，脉道气机受阻，故脉来缓慢而不时停止。

体内既有热盛又有阴结，热盛是心里积郁所致，而阴结则是身体之病，两相结合之下，李史者就算因为破案而解了心结，阴寒内结之病，也需要调养。

打分的话……郑道认真地想了想，健康度顶多五分多一点点。以李史者的年龄来说，也算是一个中等偏上的分数了。

如果以后注意调养，慢慢提升到六分以上也不是没有可能。可惜，李史者不信他的医术，郑道现在只能继续当"曲突徙薪"的建议者，而不能当"焦头烂额"的救火者。

对李史者来说，火还没有着起来。

正面无法突破，可以从侧面突围。郑道把脉完毕，一声不吭地坐回座位上，喝了口水，说道："叔，李别说过您以前差点儿死在卢寻常手里，是怎么一回事儿呢？"

大家都以为郑道会说出一番令人叹服的高谈阔论，不料张口却是与病情无关的前尘旧事。李别顿时露出了鄙夷的眼神，嘴唇无声的张合明显是在嘲讽郑道："哥，你还能不能行了？"

李史者摆了摆手，淡然一笑，开始讲述："说来话长，都是陈谷子烂芝麻的往事……当年我抓捕一名持枪罪犯时，中了一枪，在卢寻常的医院抢救，他是主刀医生。会诊后其他医生都建议先暂缓手术，卢寻常坚持要立刻手术，他认为暂缓手术容易引发体内大出血。而其他医生的观点是立刻手术会引发大出血。

"因为卢寻常是主治医生，又因为是在他的医院，最终采取了他的方案。结果在手术台上，还是发生了大出血的突发情况。当时医院的血库存血不够，卢寻常的血型正好和我的血型匹配，他就为我输血……"

"最后我被抢救了过来，他也累晕在手术台上，昏迷了三天三夜才醒。"李史者眯起了眼睛，神色有几分感慨，"十几年过去了，我身上一直流淌着卢寻常的血，但和他早就没有了来往。他差点儿害了我，但也舍命救了我，我和他算是两清了。"

"该你了。"李史者说完，冲郑道不经意地一笑，"大胆说，别紧张，说错了不打紧，毕竟你还年轻，有犯错的机会。冬营的事情，算是运气好，看病……得凭真本事了。"

这话说得就太小瞧他了，郑道不服。冬营的事情确实有碰运气的成分，但所有的运气不都是他以前的善良和人品的累积吗？又不是平白得到的。要不为什么有人总有好运，而有些人总是背运呢？好运肯定是有原因的，背运也是。

有一件事情郑道其实没有当面说出来，他之所以能看出冬营的问题，是他发现了冬营和平常的不同之处——有些神不守舍。"邪之所凑，其气必虚"，一个人莫名其妙神气弱了，精神恍惚，没着没落，必然是有大事发生，要么生病，要么不顺，要么心虚。

郑道没再为自己辩解，反正他知道自己真帅、真有本事就行了。他露出了天真的笑容，说道："叔没事，就是有些气盛火大，结案了会好很多。还有就是以前的手术可能会留下一些后遗症，会影响到睡眠、消化和肝肾功能，叔以后少喝牛奶、多吃蔬菜，少吃肉、多吃豆类……还有就是少生气。"

李史者的眉头慢慢舒展开来，他还真怕郑道说出一番什么高深的理论，然后给他开药方。还好，郑道只是说了一些常识，并没有过分和出格的地方，说的状况和他的症状差不多。他很开心，觉得郑道是一个懂事的孩子，笑着说："只要你们不气我，我就没有可以生气的地方，哈哈。"

李史者哈哈一笑，屋子里的气氛都活跃起来了。谁都知道李史者对中医的抵触心理由来已久，郑道要是不长眼，非要把病情说得多严重，之前好不容易建立的信任肯定会消失无踪。

"小郑小郑，给阿姨也看看。"曹夏兰见郑道算是得到了李史者的认可，忙迫切地伸出了手。

郑道把脉，片刻之后笑道："阿姨的身体很健康，就是血压有点儿高，以后炒菜要少放些盐，也不要吃得过于油腻了。阿姨可以适当喝些牛奶，多吃些肉。"

"血压高都能把出来？小郑你太神奇了。"曹夏兰对郑道的好感度再次提升，"可是为什么我能喝奶、吃肉，老李就不能？"

"老妈，男女有别懂不懂？"李别拉起了郑道，"你们还能不能结束了？都几点了，你们还霸占郑道，该让他回家了。"

"你这孩子，真不懂事。"曹夏兰推开李别，"我还有话没说完呢！小郑啊，老局长为李别介绍了对象，他下周去相亲，到时候你陪他去。"

"妈！"李别感觉自己快要不行了，"我相亲，让郑道陪着，这叫什么事儿呀？万一人家相中了他，不但我丢人，小羽还得揍我，我里外不是人。"

"滚你的。"曹夏兰笑骂，"小郑这么厉害，看人准，让他陪着你，是替你相相对方身体是不是健康……"

/第四十六章/　择可言而后言，择可行而后行

这也行？郑道突然很佩服曹夏兰的长远考虑，以及对他技能的发散式运用。

何小羽和滕哲都笑得前仰后合。

"不许笑，再笑绝交！"李别的脸黑得像铁锅，"你们行不行啊，是不是好朋友？好朋友不笑话好朋友！"

李史者在一群年轻人的笑声中，感觉自己也年轻了几分。

告别时，李史者突然问了一句："小郑，如果你想找一份安稳的工作，市局心理医生的岗位还有名额……你为什么要坚持打理心理诊所的生意？"

郑道认真地想了想，回答道："第一，当然是为了赚钱，希望可以为更多的人解决心理问题；第二，诊所是老爸留下来的一束光，我希望把它种在我的心里，有朝一日可以成长为一片光。"

不管身处什么样的时代，也不管遭遇多少厄难，心中总要保留一束光芒，为自己照亮前路，也为他人带来温暖。

夜已经很深了。回程时，郑道打了一辆出租，不过他以同路为由邀请滕哲和他一起，并让滕哲坐在了前座。

"哥，你都穷成这样了，打车我还能让你掏钱吗？"滕哲明白郑道的意思，"可我不明白的是，你为什么非要拒绝李叔的好意？"

郑道没有回答滕哲的问题，却说："你以后找个机会告诉李别，让他转告李叔，要多注意心脑血管方面的问题。"

"只要你能帮我追到苏木，你说什么我都照做。就算让我配合你表演，我也心甘情愿。"滕哲心心念念的就是苏木，"哥，向你汇报一下进展，我已经初步锁定了连锁饺子店的店址，就在善良庄旁边，位置特别好，两层楼，可以住宿。苏木也很满意，差不多两个月后就可以开张……"

行啊，进度挺快，滕哲虽然表面上不靠谱儿，实际上做事还是很地道的。郑道点了点头，没再说话，回想老爸失踪后发生的一系列事情。

应该是在老爸失踪前，善良庄就出现了陌生的面孔，而老爸突然失踪，肯定是他从中嗅到了什么异常的气息。两个孩子出现后，许多事情接踵而至。现在他想不明白的是，杜若到底和苏木被袭有没有关系？究竟是谁想要置苏木于死地？卢西洲又是什么来历，她为什么非要搬到一号楼对面办公？

许多事情的背后，肯定有一条不为他所知的线索，把它们串联在一起。郑道一时想不明白，就打开窗户，让夜风吹了进来。

善良庄已经远远在望了。和周围的小区相比，善良庄的灯光稍微暗淡一些，这也是因为庄民都喜欢早睡。也是，都晚上十点多了，孩子们和何不悟应该都睡了吧？

夜色里的善良庄，除了路灯之外，各家各户亮灯的不多。除了不时的风声和几声狗吠猫叫之外，四下一片安静。一方水土养一方人，善良庄的居民多少年来都保持了十点后就休息的传统，何不悟也不例外。

早早哄了两个孩子睡下，何不悟收拾了一会儿花草，也躺下了。十点钟，他忽然醒来，见手机屏幕亮起，有一个电话打过来。

"你还真是准时呀，老伙计。"何不悟接听了电话，尽管知道郑道和何小羽都不在家，他还是刻意压低了声音，"郑道总算发现庄里出现了陌生人，这小子还不算太差，没让我们失望，还带来了惊喜……"

"什么惊喜？"对方波澜不惊，声音没什么起伏。

"他降服了何二狗，让他出面帮忙查清庄里新来的租户都是什么来历，而且他还借机宣传了诊所。这一点他比你强，有赚钱的需求和动力，不像你，半死不活的老古董，对钱都没兴趣，还活个什么劲儿？"何不悟不会放过任何一个嘲讽对方的机会。

"这孩子，还是太着急了，凡事不能操之过急，要慢慢来。"对方叹息一声，语气低落了几分，"也许我真的老了，年轻人，该有年轻人的朝气和舞台。"

"反正你既然不负责任地逃了，他想做什么就由他自己决定，我管不了，也不想管，只要他能交够房租就好……"何不悟忽然停顿，倾耳片刻，声音更低了几分，"你是真的打算让他一个人面对势力庞大的集团了？"

"他不是一个人在战斗，他还有你……"对方难得轻笑了一声，"你不是说，他正在有意识地组建自己的团队？"

"他的团队？除了小羽之外，李别和滕哲都是什么虾兵蟹将！他好像又想拉拢小羽的闺密苏木加入。那个苏木，我看也是一个犟丫头，不

203

惹事就烧高香了，指望她帮忙？呵呵，帮倒忙还差不多。"何不悟神色微微一变，听了听外面的声音，"老伙计，你以前认识了那么多的老朋友，他们还买不买你的面子？"

"我几十年来放出去的人情，都是人命关天的大恩，只要开口，谁会拒绝？哼！"一声闷哼，虽然声音不大，但隐约透露出一丝自豪和舍我其谁的底气，"只不过有些人情，只能在关键时刻用上一次，轻易不要用。择可言而后言，择可行而后行。郑道在明处，我在暗处，一明一暗，也好让对方有所忌惮，不敢太过放肆。"

"能把逃跑和被吓得屁滚尿流说得这么冠冕堂皇，老伙计，你是我年过半百的人生中认识的最会自我安慰、最无耻、脸皮最厚的人。"何不悟冷笑了好几声，"这么多年，你没能说服我，我也没能说服你，我们伙计归伙计，人生归人生。我知道你的心思，你是想拿郑道当试验品，如果他成功了，就证明你超过了我，对不？"

"不过你有没有想过，万一失败了呢？现在想动郑道的，可不止杜天冬一个人。别玩脱了，弄丢了郑道的小命，可就没得后悔了。"何不悟的眉头皱了起来。

"我是被迫出逃的好不好？老东西，和我斗了一辈子嘴，还没够是吧？不扯了，你的八千块钱我已经收到了，坚持大半年不成问题。"对方的笑声中带有几分嘲弄，也有一丝叹息，然后语气一转，变得凌厉了几分，"杜天冬？他不敢！他的家族病，这世上，只有我一个人能治！"

对方的语气虽平和，但又带着一股自信和霸气。他接着说："如果是别人，就算没病，想要得病，也不过是一服药的事情。"

"你又何苦呢？随便替哪个有钱人看看病，钱都多得花不完，非要当勤俭节约的模范？又没人给你颁奖状，更没有奖金。"何不悟干笑了几声，"知道你有一身本事，就是不用，不是傻，就是蠢。"

"我答应过她，不能食言而肥……"对方的声音低落了几分。

"你已经很瘦了，多食言几次，也胖不了。"

"这话我没法儿接，建议你重新组织一下语言……"对方开了个玩笑，声音微微一滞，沉默了片刻，"感觉你那边的氛围不对，安静被打破了，应该是家里来客人了。"

"这辈子我最服气的就是你这老家伙有一身本事。你隔着电话都能听出来？这个真得服，我是做不到。"何不悟悄悄探头朝外面张望了一眼，"也不知道你这一身本事，郑道到底学会了多少？不说了，我得去招呼客人了，不能让人白来一趟，对不对？"

"郑道学到了多少，我不知道。理论知识学得再多，也要经过实战才能检验成果。去吧，好好招待客人，不过可别打草惊蛇，要不就不好玩了。"对方半是嘲笑地补充了一句，"听你的声音，中气充实了不少，改掉了以前的坏习惯？健康度上升了不少，老家伙，你这是有了目标和动力啊。"

何不悟哼了一声，说道："别说我，你几十年没动窝，现在不也跑到了外面活动筋骨？人老了，都是为了孩子啊。不过我还是比你强，我真实、坦荡……"

何不悟挂断电话，朝手机无声地啐了一口，表示愤怒和鄙夷。然后他将手机关机，悄悄来到了露台上，摆弄了一番。

一个黑影站在一号楼的院外，仰望二楼的露台，迟疑了片刻，后退几步，纵身一跃就扒住了墙头。

原本一号楼的围墙是铁栏杆，郑见和郑道住进来后，和何不悟讲了一番大道理，比如围墙可以聚气，可以保持院子的整洁，等等。但何不悟不为所动，只要是花钱的事情他一概不做。后来还是郑道摸透了何不悟的脾气，只说了一句话就让何不悟瞬间改变了主意，立马请人拆了铁栏杆，盖起了围墙。

"叔，围墙聚财，又能防止小羽被人偷窥！"

一号楼的围墙两米高，墙上既没有架电网，又没有装尖锐的铁器。这主要也是因为善良庄内所有围墙都没有安装防盗装置。都是十几年的老街坊，扒墙头等红杏或是翻墙偷东西的事情，很少发生。

黑影身轻如燕，一个飞身就跃上了墙头，腰一弓，人就站立在了墙头之上，沿墙头走了几步，就来到了皂角树下。黑影抓住皂角树的一根树枝，轻轻一荡，轻巧如狸猫一般身子一飘，顺势落在了二楼的露台上。

第四十七章 疑人有善，忘己作恶

　　自始至终，他没有发出一丝声响。落地之后，他朝院中远志的狗窝看了一眼，见远志正喜滋滋地啃着他提前扔进来的骨头，压根儿顾不上理他，不由得暗笑：狗如其主，远志是一只好吃懒做、志大才疏的好狗。

　　黑影转身，伏身听了一会儿，除了何不悟的鼾声之外，四下无比寂静。他放心地迈开脚步，正要穿过露台走向通道，忽然愣住了——露台的桌子上，一壶茶正冒着氤氲的热气，一把青铜镇尺下面压了一张纸条，迎风而动。他凑近，看到纸条上有一行小字，龙飞凤舞，极为洒脱飘逸。

　　"来都来了，爬上爬下挺辛苦，喝口茶解解渴……别走开，背面还有。"

　　他疑惑地翻过纸条，背面果然还有一行小字："真听话啊，让你翻就翻。那你走的时候记得留下茶钱，十块钱一杯，价格公道。"

　　他惊出一身冷汗，感觉汗毛都竖立了起来，似乎有一个人隐藏在黑暗之中，注视着他的一举一动。他猛然回身，身后没人，又迅速地左右扫了几眼，周围黑暗如故，没有一丝异常。

　　何不悟的呼噜声此时恰到好处地传来，起伏有力，明显是已经进入了深度睡眠状态。那么，到底是谁呢？不是说郑道和何小羽都不在家吗？

　　黑影只迟疑了片刻，当即转身就走，才走两步又停了下来，从身上翻出一张十块的钞票，压在了桌子上，又喝了一口茶，才原路返回。等他翻越了墙头，落到外面之后，啃完了骨头的远志才有气无力地吼叫了几声，不像是提醒主人家中来了不速之客，反倒像是向黑影示威，威胁他如果不再扔过来第二块骨头，它就不配合了。

　　黑影没理远志，匆匆地离开一号楼，迅速出了善良庄，在路边找了一辆共享单车，卖力地蹬了起来，一路朝西进发。十几分钟后，他来到一座金碧辉煌的KTV，抬头看了看上面那块在夜幕之下流光溢彩的"十维空间"的招牌。莫非老板是一个故作高深的理工男？一个唱歌的地方叫什么十维空间，他懂不懂维度和空间的关系？

他停好单车，在保安鄙夷嘲讽的目光中，穿过一辆又一辆豪车。哼，有什么了不起的，你们奋斗了这么多年，买了价值百万的豪车之后才敢来十维空间，我骑共享单车不也和你们平起平坐？莫欺少年穷，等有一天我有钱了，直接买下一家KTV，天天包房，夜夜歌唱，再让嘲笑他的保安跪下帮他擦鞋。

他径直来到四号包房，推门进去，第一眼就看到了拿着话筒、声嘶力竭用力摇摆的杜若。

我曾经跨过山和大海，也穿过人山人海。
我曾经拥有着一切，转眼都飘散如烟。
我曾经失落失望失掉所有方向，
直到看见平凡才是唯一的答案……

画风有点儿不对，杜若这样的纨绔子弟、浪荡渣男，怎么喜欢唱有些文艺气质的《平凡之路》？

他扫了一眼，包房内除了杜若之外，还有一个中年人和四个穿着清凉的姑娘。

中年人一身奇装异服，满头灰白的头发——染的奶奶灰，手臂和脖子上还有文身，最奇怪的是，他手腕上戴着念珠，脖子上挂着念珠，不伦不类的打扮倒是很符合杜若的审美。

中年人跷着二郎腿，眯着眼睛，嘴里念念有词仿佛入定的姿态，却左拥右抱着两个浓妆艳抹的小妹。如此大的反差让他先是一怔，随即咧嘴笑了……

杜若的身边，总是不缺一些"能人异士"，以及深入红尘、热衷世俗之事的"大师"。

杜若唱得很投入，只看了来人一眼，示意他先坐下，就继续破音高歌了。他刚坐下，就有两个姑娘凑了过来，一左一右挽住了他的胳膊，忸怩作态想要灌他喝酒，被他严词拒绝了。

"刚吃了头孢，一喝酒就死！"

"讨厌！"

"没意思！"

两个"妖精"扫兴地坐到了一边，玩起了手机。

一曲终了，杜若意犹未尽，他喝了一杯酒，摆摆手说："你们的提成都到手了，任务也完成了，可以走了。"

"讨厌，人家是那么爱钱的人吗？"一个身材小巧、长相甜美的姑娘抓住了杜若的手，"杜总，杜老板，你是不是对倩倩有意见？一晚上都没有动她几下。"

杜若不耐烦地挥了挥手，又猥琐地笑了一下，说道："男人总有那么几天不太舒服。行啦，知道你还在想着小费，不是今天没带现金嘛。来，你们都亮出收款码……"

"来啦，客官。"几个姑娘欢快地飞奔了过来，那架势像是要吃了杜若。

杜若给每个人转了一千块钱的小费，才打发了她们。几人一走，他关了音响，调暗了灯光，坐在中间。

"看样子是失败了。曾自欢，你没有你自己吹嘘的那么厉害呀。"杜若朝后一靠，眼神里有轻视和不满，"我得重新考虑你的定位了，你不堪大用啊。"

"明明郑道和何小羽都不在，而且老何头儿也确实睡着了，可谁知道好像早就有人知道我要来一样，还留了纸条嘲笑我……"曾自欢摸了摸下巴上的胡楂，回想起刚才的一幕，依然心有余悸并且百思不得其解，"难道是一号楼还有别人？不应该呀！不过我保证下次一定可以偷走孩子，孩子一丢，你就可以上门兴师问罪，找郑道麻烦了。"

"杜哥，不，杜老板，我还有用，我可以证明我绝对有用。"曾自欢打开一瓶啤酒，一饮而尽，"看，我能喝酒，而且身手不错，能替你挡酒、挡子弹……"

"你不是吃了头孢？"杜若冷笑，摸了摸曾自欢的额头，"挺好的一个人，可惜是个傻子。脑袋被大力金刚掌拍过吧？"

"哎呀，怎么忘了这茬了！不行，我得赶紧去医院。"曾自欢慌忙站了起来，动作幅度过大，碰倒了桌子上的一堆酒瓶，"杜老板，我真的还有用，你一定要相信我。"

"快滚吧。"杜若气得踢了曾自欢一脚，"要是你明天没死，剩下的钱我会打到你的账户。要是死了，我烧给你一百个亿。"

曾自欢急忙跑到门口，正要出去时，又猛然站住，转头对杜若说："要是没死，我会到声东击西上班。杜老板，我已经成功打入声东击西的内部了，对你来说是不是还有利用的价值？"

杜若抿着嘴唇笑了，说道："快滚去医院，千万别死。"

"明白！"曾自欢既开心又忧愁地离开了。

打扮得不伦不类的中年人停止把玩手中的念珠："这孩子傻得有点儿吓人，杜若，你到底看上了他哪一点？"

"大师，曾自欢第一眼看上去的确像个傻狍子，不过傻得可爱、傻得有劲头。他在善良庄住了两年，算是善良庄的老人儿，两年来没有工作，还天天跑步、健身、学习各种知识，比如女性的美体艺术、跆拳道、擒拿术，等等。可谓是文武双全。"

"他这么厉害为什么还没有工作？"霍达士摆了摆手，放下了念珠，"说过一百遍了，不要叫我大师，叫我霍石就行。作为一名几十年来一直稳定发挥的天才，我更喜欢别人称我为科学家。"

"好的，霍石……"杜若微微拘谨，随即又放松了几分，"曾自欢喜欢善良庄，不想去太远的地方上班，所以只要工作地点超过善良庄五公里，他就不会考虑。偏偏善良庄位置偏僻，周围没有合适的公司，他就一直失业到了现在。"

"这比傻狍子还缺心眼儿呀。"霍石揉了揉酸痛的手腕，也不知道刚才做什么事情用力过猛了，"既缺心眼儿又一根筋，倒是一个很好利用的货色。不过你真以为他可以帮你对付郑道，还能成为你通往卢西西内心世界的桥梁？"

"大师，帮我算算我和卢西西有没有缘分吧？"杜若醉眼蒙眬，脚步虚浮，激动之下险些摔倒。

"胡闹！我不是封建迷信的算命大师，我是具有现代科学知识和星座学理论体系的科学家。"霍石伸出右手，拇指掐着中指，忽然尴尬一笑，"不好意思，习惯性动作，拿错剧本了。说说你和卢西西都是什么星座……"

"星座和属相、生辰八字不一样，更具有广泛性、共性和不确定性，更适合现代人在爱情和婚姻上的需求。不是封建迷信，是'科学'迷信。"霍石见杜若无动于衷，表情很不屑，知道没有打动他，又自嘲地一笑，"算了，星座也是无稽之谈，几百光年外的一堆星球可以对应和影响地球上人类的性格，这不是扯淡吗？来，我用大数据给你分析分析你和卢西西在一起的可能性到底有多大。"

也不知道想起了什么，杜若忽然意兴阑珊，摆了摆手说："不说卢西西了，霍石，还是说说怎么样才能从郑道手中夺回孩子的抚养权吧？"

"简单，只要我出面，必定手到擒来。"霍石可不想像胡非一样，被杜若先重用，后利用，然后被嫌弃。虽然现在他大师的名号还算好用，但保不齐一两件事情没有让杜若满意，就会落一个人财两空的结局。他语气严肃，向杜若保证："给我一周时间，一周内，不破郑道终不还。"

第四十八章　将欲夺之，必固予之

"我信你，大师。"杜若的热情又重新被点燃了，虽然表情还有些木然，大概是喝多了的缘故，"上次我就是信了胡非的话，才耽误了这么久。还好，他将功补过，介绍了大师给我认识。大师，你可一定不要再让我失望啊！再失望一次，我会很伤心、很难过的。我伤心难过的时候，就喜欢砸人，狠狠地砸人！"

"必然不会，敬请放心。"霍石用力拍了拍胸膛，"我出道以来，还从来没有失手过。一周内，如果拿不下郑道，我会自动消失，不取分文。"

"成了，有重谢；不成，也有辛苦费。"杜若对霍石的态度明显比对胡非好几分，也是因为他确实忌惮霍石传闻中的本事。霍石在圈子里颇有盛名，并且许多人都亲眼见过他出神入化的手段，堪称传奇！

哪怕霍石再贪财好色，并且不时流露出没有见过世面的贪婪，杜若也不敢轻易否定霍大师有深不可测的能耐。也许，霍大师比俗人还庸俗的表现正是对他的考验。

"不早了，今天就先这样了……"杜若打了一个大大的哈欠，黑眼圈又加重了几分，眼皮有些沉重，他迈开虚浮却笨重的脚步走到门口，回身见霍石还坐着不动，"大师，KTV不是洗浴中心，不能留宿。"

"刚才……刚才的小米挺不错的，我想再和她深入地畅谈一下人生，不过她说陪聊也要收费……"霍石又揉了揉酸痛的手腕，忽然想起手腕是为什么用力过度了。

杜若愣了一下才反应过来，笑着说："喜欢就带走，记我账上就行了，不用替我省钱。"

出了门，凉风一吹，杜若清醒了几分。他谢绝了保安的搀扶，在停车场找到了自己的车，靠在车边点了一支烟。抽到一半，他拿出手机拨打了一个电话。

"胡律师，有没有查到郑道的违法犯罪记录？哪怕是交通违章、逾期没有还款都行，他的征信就没有一点儿问题吗？"

话筒里传来了胡非打着哈欠的懒洋洋的声音："几点了杜总，不让人睡觉了是不是？没有！郑道就像是一张白纸，没有任何的贷款记录，没有信用卡，没有花呗和支付宝，名下没房、没车、没股份，他就是一个全无人员。他连驾照都没有，哪里来的交通违章？"

杜若能理解胡非的火气，谁在半夜十二点被人吵醒都会发狂。但他并没有打算就此做出解释，而是吐槽郑道："怪胎、怪物点心、活化石……"

他本想再讽刺郑道几句，又觉得现在的对话气氛不太合适，于是小心翼翼地问道："霍大师能摆平郑道吗？你可是一再推荐霍大师，要是他也不行，就只能不走寻常路了。"

"这么说吧，我有两个人生的转折点都是得益于霍大师的指点：第一个是当律师，第二个是认识你。"

"认识我？这事儿你以前怎么没说过？"杜若扔了烟头，上了车，关上了车门。

"鸡蛋从外面打破是食物，从里面打破是生命……当时霍大师对我说了这样的一句话，让我做出了正确的决定。相信我，霍大师是一个非常厉害的人，看人很准，有了不起的本事。"胡非打哈欠的声音再次传来，"不早了，赶紧睡吧，我困得不行了，等见面再说成不？"

"成。"杜若挂了电话，闷着头想了一会儿，突然一拍脑袋，"不对呀，鸡蛋从里面打破是小鸡，但以后会变成烧鸡、椰子鸡、白斩鸡，不还是食物吗？"

"是时候再去会一会郑道了。"杜若发动了汽车，一打方向盘，驶离了停车场。

天亮，起床，郑道和往常一样在日出时分来到露台上。运动完毕后，他发现了露台上的异常。

昨晚他和何小羽回家后，分别睡下，并没有察觉到什么。

所谓的异常，并没有多明显的痕迹，既没有凌乱的脚步，也没有被翻得乱七八糟的现场，就连桌子上的茶壶和纸条——当然包括十元钞票都不翼而飞，但郑道还是发现了异乎寻常的细微之处。

镇尺被移动了位置！

郑道向来细心，每件东西都会摆放在最趁手的位置。露台上的桌椅虽然公用，但何不悟一向不喜欢在露台上喝茶，两个孩子也够不到桌子上的镇尺。

谁动了他的镇尺？

郑道心念一动，绕着桌子走了一圈，发现桌子上面多了一个茶杯的痕迹。应该是倒过热茶之后，茶杯在桌子上由于热力和茶渍的两重作用下留下的痕迹。他坐在椅子上，手放在茶杯留下痕迹的位置，立刻就有了判断。不是何不悟，何不悟比他矮，胳膊比他短，茶杯会放得比痕迹更靠近桌边。

一号楼有外人进入了！

郑道转身，目光在皂角树的树枝间穿梭，迅速计算了一下方位和角度，锁定了当初黑影借力的树枝。目光再一路追随下去，沿围墙延伸，最后落在了大门之上。

不对，不是还有远志吗？郑道目测了远志的狗窝和围墙的距离，在狗窝的角度完全可以看清整个院子，包括二楼的露台。他立刻猜到了什么。正好远志摇头摆尾地凑了过来，露出谄媚的表情，郑道气得踢了远志一脚，骂道："我要你这傻狗有何用！连门都看不好，见肉忘主，你背叛我们的条件也太随意了吧？滚滚滚！"

远志委屈地"汪"了一声，自知理亏，灰溜溜地躲到一边，斜着眼睛偷看郑道。郑道懒得理它，转身下楼，从工具箱里翻出了锯和斧头，三下五除二就锯掉了可以借力的几根树枝。

他还不放心，又量了量围墙到露台的距离，准备弄几个尖锐的铁器放上去。

"大早晨的你要拆家呀？"何不悟被惊醒了，揉着眼睛骂郑道，"别折腾了，不给贼留条缝，怎么瓮中抓王八？你小时候没用筐捕过鸟儿呀？懂不懂'将欲取之，必先予之'的道理？"

郑道停下手中的活计，笑得很开心，问道："这么说，昨晚的茶是你为他准备的？"

何不悟又被噎住了，他原本想隐瞒昨晚的事情，不想郑道一大早就叮叮当当个不停，一时情急才说漏了嘴。这家伙现在越来越会拿捏自己了，和他斗嘴较劲，怎么总是讨不了好呢？

肯定是在他和郑见十几年漫长的斗来斗去的过程中，郑道仔细观察、认真学习并且深刻体会，掌握了他的思维方式和说话技巧，所以才每次都能准确地击中他的软肋。不行，不能总是被郑道掌握了主动权，毕竟他才是一家之主，他是老大！

"我没有，我不是，别瞎说。"何不悟用很新潮的网络用语否认了，转身就走，留给郑道一个耍赖的背影，"赶紧出去买早饭，孩子们都饿了。"

吃过早饭，小羽开心地去上班了。单位离家不远，她一再强调中午会尽量回来吃饭。现在的她完全进入了妈妈的角色，放心不下孩子。

饭后，一老一少两个闲人坐在露台上，边喝茶边聊天。

"看清是谁了吗？"郑道慢条斯理地喝了一口茶，认真地品了品，故作老气横秋，"这事儿，越来越诡异了，透着一股子邪行。还没有查出新来的面孔都有谁，就有人摸上门了。叔，多亏有你呀！"

何不悟坐北朝南，如老僧般入定，平静地说："我不明白你在说什么，如果明白，你能加钱不？"

"叔，谈好的条件不能一变再变，你不是出尔反尔的人。"郑道先用高帽子压人，"是善良庄的老人儿还是新人？"

何不悟被气笑了，懒得再跟郑道搜刮好处，他也清楚郑道现在近乎身无分文。他痛快地回答："老人儿，你也认识，姓曾的。"

"曾自欢？"整个善良庄就一个人姓曾，而且郑道昨晚还和他偶遇了，他有点儿迷惑，"曾自欢进来就是想单纯地偷东西，还是有别的打算？叔，你给英明地推测一下。"

"应该就是想偷东西吧……"何不悟的语气没那么肯定，"他一个外地人，在善良庄住了两年，挺高大的一个小伙子，长得也不错，却没有工作，天天瞎晃悠。估计是实在过不下去了，想翻墙进来寻摸点儿值钱的东西，我就给他准备了一壶茶，他临走时，还喝了一杯。"

讹了曾自欢十块钱茶水费的事情，何不悟没好意思说。

偷东西？曾自欢也不大像会偷东西的人。他虽然没有工作，家庭条件应该不错，失业两年还有心情天天跑步、健身，据说还练跆拳道。郑道正寻思着，被一阵汽车的轰鸣声打断了思绪。

两辆搬家公司的卡车停在了一号楼和三十五号楼之间，卡车后面还停了一辆宝马SUV，正是昨晚郑道和何小羽搭乘的便车——卢西洲的座驾。

郑道看到卢西洲下车，换了一身休闲的打扮、英姿飒爽的卢西洲也抬头看到了郑道，她笑盈盈地冲郑道打招呼："郑大夫好，现在是不是正好有空？要不过来搭把手？"

真不拿自己当外人。郑道当即拒绝了卢西洲的邀请："我眼拙手笨，怕弄坏了你的东西。"

就这样，郑道和何不悟一边看孩子，一边坐在露台上居高临下地欣赏对面搬家，直到他们看到在搬家的人群中有一个熟人的身影忙来忙去，二人都惊呆了。

曾自欢居然找到工作了，而且还是在卢西洲的公司？

/第四十九章/　天之道，损有余而补不足

中午何小羽没能赶回来吃饭，发来消息说她参与突击审讯冬营。冬营交代了作案动机和经过，她要和李别一起写一份书面材料。

何小羽还兴奋地告诉郑道，她和李别将会成为十几年来，市局仅有的两个在没有转正之前就立功的刑警。她也没有忘记感谢郑道，并且希望郑道帮她再破了特斯拉案，她再立一功，说不定一转正就马上可以升职了。

郑道回复了何小羽一个敲脑袋的表情。

特斯拉案不同于冬营案，冬营多半是临时起意杀人，他能发现冬营，除了能力之外，也有运气的成分。

中午郑道没有休息，对面搬家暂时告一段落，但在门口安装公司标牌，以及在室内装电线、组装家具的声音尖锐地传来，让人无法入睡。何不悟和孩子上了三楼，紧闭门窗，还开了空调，才算躲过了噪声。

郑道留在二楼的露台上，喝茶、看书、逗猫，同时观察对面的一举一动，就是不理远志。

远志低落了一上午，几次向郑道示好，都被郑道无视。它又跑到何不悟面前表现自己，也被何不悟赶走了。见到槐米不时跳到何不悟身上或是郑道怀里，享受着猫生的温暖和关爱，远志就更意识到自己犯了非常严重的错误，垂头丧气地回到狗窝，躲在里面，不再出来自讨没趣。

它是懒了一些，馋了一点儿，但它从来没有自诩为圣狗，为什么对它有超出它能力范围的要求？远志想不通，就独自躲在窝里生闷气——宁当懒狗、笨狗，不当舔狗！

郑道就是故意晾晾远志，让它承受犯错的代价，要不然以后还自甘堕落只当一只宠物狗，不符合它拉布拉多大型犬的身份。

对面收拾停当，不再嘈杂时，已经是下午四五点的光景了。郑道伸了伸懒腰，放下了书本，一抬头，见卢西洲头发散乱、脸上脏得如开了一朵花般冲他招手。

干完活了，可以去邻居家做客了，卢西洲那里肯定会有茶水和点心。郑道打算过去打个招呼时，李别的电话打了过来。

"哥，审讯结果出来了，作为破案的主要功臣，你有知情权，我有必要向你通报一下案情……"

"说正经的人话。"

"得嘞。"李别立刻改变了说话的风格，"冬营的作案动机，既可以说是蓄谋已久，也可以说是临时起意。早在几年前冬营就认识了贾神医，对，就是贾能飞，经常和他一起喝酒、聊天，两个人都是光棍儿，算是一对老伙计了。

"贾能飞其实不是医生，没有家传的医术，也没上过学，就是跟着一个江湖郎中当过几年学徒，又自学了一些医学知识，就自称老中医，开起了诊所给人看病，专治各种不孕不育……不是，是专治各种疑难杂症。

"说起来冬营其实和贾能飞以前算是半个邻居，后来冬营当了景安小区的门卫，就搬离了原来的地方。他搬家前，贾能飞还是靠四处打零工为生；他搬家后不久，贾能飞就摇身一变成了贾神医，这让冬营心里很不是滋味。他说他不是嫉妒贾能飞赚钱，而是对贾能飞明明什么都不懂，却还声称能包治百病的骗人伎俩深恶痛绝……

"冬营说他不止一次劝说贾能飞不要招摇撞骗，治病是人命关天的大事，马虎不得，稍有不慎就会出人命。贾能飞不听，还说他只治咳嗽、皮肤癣等不致命的病，而且他的药就算不管用，也吃不死人。冬营受不了贾能飞的胡作非为，又说服不了他，就和他断绝了往来。"

郑道不说话，静静地倾听李别的叙述。如贾能飞一样的民间中医大有人在，有些确实是医术高超、专治某一类疾病的医生，而有些则是并无真才实学，只会坑蒙拐骗的庸医。不，说是庸医还高抬了他们，他们其实就是披着中医的外衣，打着包治百病的旗号的骗子。

"冬营有一个老乡，和他一起从老家来省城打工，几十年来关系一直处得不错。后来老乡的媳妇得了皮肤病，不知怎么就被贾能飞的广告忽悠了，去找贾能飞看病。前前后后看了十几次，花光了积蓄，还卖了房子，最终不但没有治好，反倒加重了。等去大医院看病时，已经到了晚期……老乡的媳妇死后，老乡也受了不小的刺激，回了老家。

"冬营有一次回老家遇到了老乡，才知道了背后的真相。回到省城后，他找到贾能飞，让贾能飞要么退钱给老乡，要么关门，不要再骗人害人。贾能飞不肯，二人大吵了一架。争吵的过程中，就动手了。冬营情急之下，抄起一把锤子打了贾能飞一下……

"冲动杀人之后，冬营伪造了现场，偷走了一些中药材……事情的经过就是这样。哥，有没有一种悲凉、哀伤、无奈和懊悔的感觉？"李别故意戗郑道，"在审问的过程中，我总是会把冬营和贾能飞代入成我和你。你说会不会有一天你神功大成，成了超级大忽悠加顶级神棍，然后治死了人，我劝你从良，你跟我翻脸，然后我激动之下一枪崩了你？"

"唉——"郑道重重地叹了一口气，"李别，你的心理疾病越来越严重了，如果不早点儿治疗，早晚会发展成神经性精神病。"

"扑哧！"李别笑出声，"别唬我，我不傻，神经病和精神病是两种完全不同的疾病。精神病也叫精神失常，是大脑功能不正常的结果，说白了就是傻子或者疯子。而神经病是神经系统疾病的简称，比如震颤、行走不稳定、下肢瘫痪、大小便不能自己控制、肌肉萎缩以及无力等症状都是神经疾病的表现。"

"谁规定精神病患者不能同时得神经病？毕竟你不是一般人。"郑道故意混淆概念，"你可是一千年才出一个的超级英雄。"

"也对，我从小就不一般，三岁就神经衰弱，五岁疯疯癫癫、精神失常，长大后虽然恢复了正常，但大脑还是会偶尔短路。"李别被郑道带偏了节奏，沉浸在自己的臆想之中，"不过这又有什么关系呢？超级英雄从来都不是正常人，我为什么要和常人一样？"

"就是，就是。"郑道憋着笑，冲对面的卢西洲挥了挥手，示意她自己马上过去，"马上到夏天了，今年还学游泳吗？"

"不学了，去年差点儿淹死，怕怕。"谁也不会想到，一身本领、天天做着超级英雄梦的李别，居然不会游泳。他连续学了三年游泳都没有学会，一到水里就晕，一晕就狂喝水。

"狗都会游泳，你却不会，你连狗都不如。"郑道终于找到了李别的弱点，迅速而及时地插了一刀。

"可是——"李别微微一顿，哈哈大笑，"你会游泳，狗也会游泳，鸭子也会，大部分禽兽都会，你和禽兽又有什么区别？"

居然被李别反插了一刀，郑道望着中断通话的手机，气呼呼地想骂回去，但没有机会了。

郑道到了一楼，正要出门，大门猛然被人推开，一个人风风火火地闯了进来。

"郑大夫、郑大夫——"来人风风火火地冲到郑道面前，手里拿着一张皱皱巴巴的白纸，"你要的东西搞到了，怎么样，我厉害吧？"

来人刚站稳，远志怒吼一声冲了过来，冲他龇牙咧嘴、耀武扬威，用低沉的吼声对他未经允许闯入它的地盘表达了强烈的不满，并且宣示主权。不过，当远志看到来人身后跟着两只比它高出整整一头的大狗时，吼声立刻降低了两个音阶，一扭屁股就躲到了郑道的身后。

真是一只时刻遵从内心指示的好狗呀。郑道虽然想笑，但对远志刚才刻意的表现还算满意，摸了摸它的头，对它说："自己人，别乱叫。"

远志立刻就变得温柔了，摇头摆尾地冲同类示好。

"狗哥真了不起，这么快就查到了？"见来人是何二狗，郑道心情大好，知道自己在善良庄的第一步棋算是走对了，"来，屋里坐，好好聊聊。"

"不了不了，下次，下次。"何二狗将东西塞到郑道手里，"垃圾转运站出了点儿小事故，我等下得赶紧过去处理。东西先给你，你先看着，有什么不明白的地方，随时电话联系。"

何二狗走了两步又站住，回身看着郑道，脸色有些古怪，谨慎地问：

"郑大夫，我刚开始吃药，还没有什么感觉，不过昨晚睡得倒是挺好，起床的次数少了，是不是药见效了？"

见效个屁，少说也要一周时间才行，气血六天行经完毕，第七天才周而复始。不过失眠或是梦浅有时是心理作用，心里踏实了，睡眠质量也会提高。保证充足的睡眠是治愈一切疾病的必要前提。

"初步见效了。狗哥，不出一个月，你就可以重振所有雄风了。"郑道加重了说"所有"的语气。

何二狗立刻露出了心领神会的笑容，压低了声音，神秘兮兮地说："告诉你一个秘密：曾自欢在善良庄住了两年不走，是因为他喜欢何家二闺女。他说了，不把她追到手，绝不会离开善良庄……"

第五十章　人之道，损不足以奉有余

"不过何似蕊说了，她不会喜欢曾自欢。"何二狗心满意足地补充了一句，"注意，是不会，强调了现在和以后。"

善良庄里的人基本都姓何，而且有闺女的人家不在少数，但只要提到何家大闺女和二闺女，不加特定前缀的话，都知道是特指何若菡和何似蕊。

何若菡和何似蕊是众望所归、无可争辩的庄花！

曾自欢喜欢何似蕊这件事不足为奇，放眼全庄，不管是适龄的还是超龄的，只要是男人，几乎没有不喜欢何若菡和何似蕊的。当然，瞎眼的和变态的除外。

只是对于曾自欢是情圣，为了追喜欢的姑娘甘愿在大好年华隐居善良庄两年之久的传闻，郑道还是持怀疑的态度。以他对曾自欢的观察和了解，身体健康、心理阳光、生活习惯积极向上的曾自欢，不像是为了爱情会不顾一切的情种。

贪财好色是人之常情，但贪财的人往往喜欢帮助别人，并且干不了大的坏事。好色的人一向心软，对世界充满了爱意。曾自欢肯定也贪财好色，但他不会沉迷。

彻底沉迷于财色之中的人，会有一种阴郁、不怎么开朗的气质。但曾自欢可一直是明朗阳光的类型。好吧，尽管他也有偷鸡摸狗、翻墙入院的一面，但郑道相信自己的判断。

何似蕊不喜欢曾自欢也在郑道的意料之中，何似蕊先天不足但后天充足，所以她比姐姐何若菡更有主见，做事也更稳重。

"狗哥还真是善良庄的百事通，没有一件事情可以逃过狗哥的钛合金狗……神眼。"

"不懂你说的是什么眼，反正狗哥的眼神绝对好使，说盯谁就盯谁。"何二狗伸出两根手指，指了指自己的眼睛，又兴奋地挥舞了一下拳头，"我先走了郑大夫，等药效起作用了，我再好好摆席谢你。现在得先过去用拳头和他们讲讲道理。"

"最快一周，最慢一个月。"郑道又安慰了他一句，挥手送别何二狗。

从气色上看，何二狗确实比之前好了几分，虽然不明显，但在明察秋毫的郑道的眼里，还是可以发现细微的不同。郑道也替何二狗感到高兴，他目送何二狗离去，忽然愣了一下，自嘲地笑了……

实话实说，刚才他的安慰确实有忽悠的成分，不过话又说回来，医学问题是世界性的难题，是人类目前仍然无法攻克的最高峰。不管是西医还是中医，对待患者的基本理念都是"有时治愈，常常帮助，总是安慰"。安慰，也是抚平心灵，提升信心和动力的手段之一。

郑道展开手中的纸——是一张从日历上撕下来的硬纸——上面写了五六个名字和对应的地址，并且标有年龄、工作、电话等详细信息，都是近一两个月来善良庄的新租户。

何二狗名不虚传，他就像是善良庄的免疫系统，一旦有外来的入侵者，他总是能第一时间做出反应，并且锁定对方。

郑道简单扫了几眼，记在了心里。名单上的人和他近来多次借散步的机会观察到的几个新租户有重叠之处，也有两三个是他没有发现的新人，这是由于对方住在较为偏远的南区和西区。

收起那张纸，郑道刚走出院子，迎面就碰到了卢西洲。

"老朋友作为新邻居搬家，不来帮忙就算了，连口热水都不供应，不符合待客之道啊，郑大夫。"卢西洲上来就是一顿讨伐，"更不用说你以后会是我的专职心理医生、男友备选人员之一、潜在的合作伙伴……现在我可以喝口茶了吗？"

为了一口茶，设定这么多前提，累不累？内心戏不要太多了。郑道露出请君入瓮的笑容，殷切地说："昨天晚上的事情还没有感谢卢总呢，别说一口茶了，一壶茶都没有问题。"

郑道故意没有理会卢西洲身后的曾自欢。曾自欢却毫无尴尬之色，若无其事地跟在卢西洲身后进来，轻松自若地打量了一圈围墙，甚至还亲昵地摸了摸远志。郑道不得不佩服他的演技，不，从他的举止和神情看不出来刻意表演的痕迹，他不是在演，而是真的没有觉得自己有愧。

自己以前还真是小瞧了曾自欢，他的心理素质原来如此强大。郑道在想，曾自欢待在善良庄两年，宁愿不要工作也不肯离去，恐怕真的不是为了追求何似蕊那么简单。

卢西洲洗了一把脸，又将头发扎了起来，素面朝天的她以半躺的姿态坐在郑道面前，形象全无。她的 T 恤上仍有污渍，但她视若无睹，端起一杯茶一饮而尽，对郑道说："渴死我了，累死我了，快快快，再来三杯。"

曾自欢坐在一边，既不殷勤也不拘束，当自己不存在一样，目光不时地在皂角树和围墙上飘来飘去。

郑道又为卢西洲倒了一杯茶，却放到了一边，说道："渴极缓喝水，饿极慢吃饭……慢慢来，别激着了。"他又漫不经心地看了一眼曾自欢，对他说："恭喜你找到工作，以后就不用攀别人家的墙头了。"

曾自欢似乎真的没有听懂郑道的暗示一样，指着刚锯掉的皂角树的树枝，询问郑道："郑哥，你干的吧？这个位置很微妙呀，锯掉树枝后，就没法儿从墙头借力翻上露台了，有一手。"

"你们在说什么黑话，我怎么听不懂？"卢西洲不听劝，抢过茶杯又一口喝完，"困了睡，渴了喝，饿了吃，我才不管什么规定和规矩，自己开心就好。"

"你们院子的墙头有点儿矮，卢总，建议加固一下，或者安装探头，不然招来小偷就晚了。"郑道有意无意地瞄了曾自欢一眼，"善良庄也有不善良的人，你们公司又是庄里最大的公司，很容易被人惦记上。"

曾自欢左右看看，不接郑道的目光，更不接郑道的话。

"妈呀，你的话好深奥，触及了我的知识盲区，触碰到了我的科学边界。"卢西洲撇了撇嘴，顾左右而言他，"郑大夫，你和曾自欢熟，你觉得他能不能胜任营销总监的工作？"

郑道可不知道曾自欢和卢西洲到底是什么关系，又认识了多久，卢西洲是在考他还是在测试曾自欢，他也不得而知，郑道回答她："营销总监？以自欢的身手，当主管安全的副总都绰绰有余。"

"郑哥过奖了，我的身手还有待提高。你看你锯了树枝后，我就不敢保证还能从墙头翻到露台上，说明弹跳力和平衡感还不够。"曾自欢也不知道是真傻还是故意挑衅，"三十五号楼的围墙虽然不高，不用助跑也能翻过去，但墙头上面埋了电线，通电后很危险，48V 的电压虽然电不死人，但也能让人半身不遂。"

卢西洲似乎真的没有听明白郑道和曾自欢之间的明枪暗箭，自顾自地说："自欢来公司应聘，本来第一轮就被淘汰了，他不服，越级找到了我。只谈了五分钟，我就决定聘用他担任营销总监，月薪一万元。"

月薪万元在石门算是高收入人群了，一栋类别墅出租价格每月也不到一万元。郑道有些忧伤且愤愤不平，偷鸡摸狗的业余小偷、以追求真爱为由的闲杂人等、素质教育的漏网之鱼、毫无亮点不知道有何技能的失败者曾自欢同志，等待了两年之久终于迎来了人生的高光时刻，摇身一变跻身为高薪人士，而自己下个月的房租和饭钱还没有着落，这个世界是怎么了？

不是说这是一个看脸的世界吗？曾自欢哪有他帅，哪有他精神？

不过抱怨归抱怨，郑道可丝毫没有嫉妒曾自欢的心思，他笑得很真诚，说道："恭喜二位，一个良禽择木而栖，一个筑巢引凤栖，花开蝶自来……"

"后一句是什么意思，郑大夫是想说我是个招蜂引蝶的人吗？"卢

222

西洲神情不悦，似乎要变脸，却又瞬间嘻嘻一笑，"谢谢夸奖，我从小就立志成为一个有魅力的人。只可惜，我的魅力值还不足以吸引郑大夫加盟声东击西。"

贪财好色是男人的天性，天性不能抹杀，但贪财有度、好色有品，也是有理想、有追求的男人的原则。郑道现在很缺钱，如果有一份月薪万元的工作摆在他的面前，说不动心那是自欺欺人。

他也不是理想和情怀大于生存和现实的浪漫主义者，但让他放弃原则和底线，他做不到。十几年来，老爸的思想和观念，对他的影响十分巨大，无形中有许多种子种在了他心里，暗暗发育，静静生长，只待时机成熟，就会长成参天大树。

"如果是兼职的专职心理医生，倒是可以考虑一下……"郑道之前不想和卢西洲走得过近，是因为他并不清楚卢西洲的来历和为人。现在这些已经不重要了，对方不但走进了他的生活，还在空间上贴近了他的人生，既然逃不过，正面刚也不错。

"只要卢总答应是兼职，并且不影响我正常的工作和生活，也不是不可以……"郑道故意停顿片刻，目光在曾自欢身上扫了一扫，"主要是我也相信自欢的眼光。"

"不不不，我们的眼光和审美不一样。"曾自欢急忙摇头以证清白，"我加盟卢总的公司只是单纯地为了赚钱，并不是欣赏卢总的为人、图她漂亮。我喜欢的姑娘是何似蕊，为了她，我宁愿不要工作，也不能离开善良庄！"

/第五十一章/　合抱之木，生于毫末

曾自欢时刻不忘打造自己情圣的形象，甚至不惜得罪卢西洲也要当"钢铁直男"。问题是何似蕊不在，曾自欢用力过猛的表白传不到她的

耳中，岂不是白白浪费了感情？

不对，郑道注意到卢西洲丝毫没有生气，就算卢西洲并不在意曾自欢是不是臣服在她的魅力之下，但下属当面说出无视她的为人和长相的话，多少有些失礼。她毫无波澜，莫非她和曾自欢并非刚刚认识，而是多年的老友了？

曾自欢在卢西洲面前的表现，也不太像是刚刚加入公司的下属。

二人恐怕有意在他面前一唱一和。郑道不动声色地暗笑，论演技，他是稳定的天才；论忽悠，他是激情选手。他决定反击，向曾自欢发问："自欢，你认识卢总多久了？一般称呼她卢总还是西西？"

"刚认识不久，当然是称呼卢总了，我们可不敢称呼卢总的小名。"曾自欢自以为脸皮够厚、铁头够硬、性格够直，不怕被郑道得了先机，"不过卢总不喜欢我们叫她老总、老板，说是太刻板、太疏远了，就统一让公司上下叫她卢姐。"

"叫卢姐还是生分了，而且显老，其实叫名字的最后一个字加上姐比较亲切，所以自欢，以后叫我道哥，别叫郑哥了，懂？"郑道又为二人各倒了一杯茶，笑眯眯的样子很憨厚，"你现在可以改口了。"

"好的，道哥。"曾自欢接过杯子，喝了一口，嘟囔了一句，"东姐……确实比卢姐好听。"

卢西洲想要阻止已经晚了，她的脸色微微一变，但事已至此，她就笑着双手抱肩，故作坦然地说："行吧，你现在已经知道了我名字的最后一个字是'东'。是的，卢西洲是我的网名，卢西西是我的小名，但我就不告诉你我的真名。"

还想耍赖？郑道拿出手机，划开屏幕，找到了卢西洲的微信，分析道："其实我早就知道你名字的最后一个字是'东'了，只要点转账功能，就会显示出好友真名的最后一个字。你姓卢应该没错，最后一个字也明确了，再联想到你的公司名叫声东击西，以及小名叫'西西'，那么你的真名就呼之欲出了……"

"卢西东卢小姐，你好，我叫郑道，很高兴真正认识你。"郑道起身，郑重其事地伸出了右手。

"被你猜中了，真没劲，这才几天？还以为可以骗你一个月呢。"

卢西洲，不，卢西东咬了咬嘴唇，推开郑道的右手，转身就走，"生气了，一点儿缓冲都没有，直接就暴露了全身，这让我很没面子你知道吗？所以兼职专职心理医生的事情，先放一放，等我消气了再说。"

"全身"用词不当，用"真身"更贴切，郑道很想纠正卢西东。

曾自欢终于知道他被郑道耍了一回，虽有几分尴尬和气愤，但还没有忘记自己捧哏的角色，在一旁问道："万一东姐一直不消气呢？"

"你傻呀，郑道是医生，他有药。"卢西东动作飞快，自己找了一个台阶，说话间就下楼了。

"什么药吃了可以消气？"曾自欢恢复了呆萌的表情，"道哥你帮我开一服。"

"'醒脑开窍丹'适合你，建议多吃。"郑道对曾自欢有了全新认识，这家伙隐藏得极深，偏偏表现得呆萌又耿直，让人误以为他真是个没心没肺的人。

"主治什么？"曾自欢拿出手机，无比认真，"我记下来，买来吃。"

"有安神定志、扶正祛邪、平肝息风、理气化郁、健脑益肾的功用，主治精神分裂症、抑郁症、焦虑症、癔症等。"郑道没好气地回答。

"道哥你……"曾自欢收起手机，露出嫌弃的表情，"你认真的吗？你干吗骂人呀？"

吃完晚饭，何小羽和李别才回来。二人都是一脸疲惫，不过精神状态倒是不错，依然处于破案的兴奋之中。

一天都没有得到郑道原谅的远志，急不可待地凑到何小羽身边，摇头摆尾加撒欢儿，想要赢得何小羽的支持。何小羽显然发现了郑道对远志的冷落，问道："你和远志闹脾气了？你怎么能跟一只狗一般见识？你会说话，它又不会。"

"就是就是。"李别很欠揍地附和何小羽，"狗会游泳，道哥也会，难道就可以说道哥和狗没有区别吗？"

画风不对，怎么都针对他了？郑道生气地说："特斯拉案件……别想让我帮忙了。"

"哥、哥——"李别立马换了一副嘴脸，"知道为什么我和小羽回来得这么晚吗？处理完冬营案之后，特斯拉专案组找我们谈话了，希望我们可以加入。我就提了一个小小的条件——申请了一笔特殊经费，用来奖励和补助对案件侦破有特殊帮助的编外人员，比如道哥。"

郑道还没完全从兼职做卢西东专职心理医生失败的沮丧之中走出来，听到这话眼睛立刻亮了，赶忙问："能给多少钱？"

"爸爸很缺钱吗？我的零花钱可以给你花。"在一旁和杜同裳玩耍的杜无衣走了过来，他手里攥着一张十块钱的钞票，"爸爸，给。"

李别当即感动得热泪盈眶，说道："不行了不行了，我一定赶紧去相亲，然后结婚、生娃！多好的儿子，哥，你太幸福了知道不？对了，我妈说了，下周相亲你一定得陪我一起去。"

"下周的事情下周再说，超过三天的安排都不要跟我讲，懂？我现在只关心明天的饭钱。"郑道将钱塞回杜无衣的口袋，"无衣乖，先收起来，等存多了爸爸再跟你要，好不好？"

"说，特殊经费能有多少？"郑道毫不掩饰他对金钱的渴望。凭本事挣钱，他自豪。

"特斯拉案限期一个月破案，局里奖励十万块钱。可以拿出一万分给对破案有帮助的编外人员。"李别感受到了郑道对金钱的浓浓爱意，"哥，你真的很缺钱吗？你不是一直都是一个纯粹的高尚的人吗？"

"再纯粹、高尚的人，也得吃喝拉撒。别整虚的，事情得能落地才能成功。一口价，三万。"虽然不太了解局里的奖金怎么发放，但本着出多少力拿多少钱的朴素观点，郑道觉得非常有必要坐地起价，毕竟他也是为民请命。为国为民者，不可使其饥寒交迫。

"对呀，一万块钱太少了，十万的奖金是额外的补助，正常该有的办案经费一分也不少。"何小羽不愧是郑道家的，及时补刀，而且胳膊肘绝不向外拐，"少于三万，郑道不出面。又累又危险的工作，如果没有高额奖励和补助，谁愿意干呀。"

"而且——"何小羽提高了语调，"你又不缺钱，干吗和郑道计较？他拿命换来的钱，你也好意思讨价还价？"

"我——"李别本来还想再戏弄郑道，拿捏一番，被何小羽插了一脚，戏再也演不下去了，只好松了口，"三万就三万，不过得声明一下，不是因为我不缺钱，这年头，还有不缺钱的人吗？是因为哥答应了陪我去相亲。"

郑道本想回击，三万是破案的费用，是公事，相亲是私事，得另外加钱。才一张嘴，就被何小羽撑了回去："你也够了，郑道，都是这么多年的兄弟了，陪他相亲还要推三阻四的，像话吗？你要敢提收费，你不如改行当婚姻中介算了。"

"这个主意好。"郑道厚着脸皮笑了，"老板需要什么服务，我都可以现学，包括但不限于陪聊、陪相亲、古墓鉴定、情感专家、恋爱指南以及生辰星座、八字科学等等。"

何不悟带着孩子出去了，郑道三人闲聊了一会儿，李别又说到了特斯拉案件。

"目前依然没有任何进展，除了上次掌握的线索之外，全面陷入了停滞。怪了，什么人能有这么精密的安排，设计了一个无解的连环局。"李别用力挠头，"哥，可不兴开玩笑，你摊上大事儿了。破案了，能赚三万块；破不了案，你一辈子的名声就毁了。"

"别绑架郑道，好好说话。"何小羽踢了李别一脚，"郑道要是真破不了案，他陪你相亲十次总行了吧？"

"闹呢？"郑道瞪了二人一眼，下意识地抚摩了远志的狗头，"这事儿不能急，只要我们沉住气，幕后真凶会主动露出马脚。"

远志以为郑道原谅了它，开心得跳了起来。郑道的手一抖一送，就将远志推到了一边。远志呜咽一声，委屈地躲到了何小羽身后。

夜色降临，周围的小楼次第亮灯，呈现安宁祥和的景色。微风习习，树叶哗哗作响，有燕子和蝙蝠飞过，初显夏天气象。

郑道依然坐在东南方位，他双手放到头后，仰望夜空，说道："这件事情是因苏木而起，表面上是苏木自己的事情，实际上和我们每个人都相关。如果说世界是一个大的整体，一个团队或者说一群人就是一个小的整体，我们……也是一个整体。"

"我们叫什么团伙？得起一个响亮的名字。"何小羽突然兴奋起来。

"别打岔，小羽，团伙什么的，太难听了。"李别一反常态地认真起来，"哥，我们团队除了咱们几个之外，还包括谁？苏木吗？"

"广义上来说，是的。苏木是小羽的闺密，未来还有可能成为滕哲的女友，而且本来针对她的特斯拉阴错阳差误撞了我，她就在无形中成为我们的一分子，和我们建立了密不可分的联系。"郑道并不想从中医和心理学的角度，来深入分析苏木成为他们团队的成员的原理。原理不重要，重要的是过程和结果。

"苏木的事情就是我们的事情，既然有针对苏木的第一次行动，就会有第二次。不出两周，第二次行动就会到来，我们只需要等对方再次出手时，将对方抓获就可以了。"郑道拍了拍目瞪口呆的李别的肩膀，"你等着立功就是了。"

/ 第五十二章 /　诸痛痒疮，皆属于心

"哥！"李别站了起来，无比委屈，"你再这么逗我玩，我就不理你了，咱俩就绝交！"

李别一转身，蹲到了远志的身边，抱着远志的他倔强且不甘，怔怔的目光同时流露出生气和嫌弃两种情绪。

郑道笑了，他还是第一次见到李别这个样子，他劝李别："我不是在忽悠你，你不相信我的道理，我也没有办法，但你至少相信我的人品吧？"

"哥，咱还是说说你的道理吧。"李别迅速站了起来，坐回座位上，"你接着说，不用刻意非要说服我，只管说下去就行。也许……也许我可以努力相信那么一点点，看在你曾经踩到狗屎破了冬营案的分儿上。"

"不行，你还是必须得说服我，否则我说服不了自己，过不了自己的心理关，没有办法向局里申请专项奖励资金。"李别又改变了主意，痛苦地揉了揉脑袋，"哥，说服不了我，你就是打我一顿，我也不能昧着良心帮你。大不了借钱给你，总可以吧？"

这意思是李别更质疑他的人品？郑道顾不上和李别深入讨论他的人品问题，现在他要说服李别，让李别相信他的理论正确，可以破案，可以在为民除害之余……拿到奖励。

"如果把我们的团队比喻成一个群体，再进一步当成人体的话，不管是谁受到了攻击或是损伤，我都会第一时间有感应。因为一个群体会形成一个有序运转的小环境，一旦环境的秩序出现了混乱，平衡被打破，群体就会失衡，人体就会生病。"

"为什么是你第一时间有感应，而不是我？"李别知道郑道又将说法绕回了中医体系上，他不信归不信，却有耐心听郑道说下去，对于不明白、不服气的地方，也第一时间表明了态度，"如果说我们的群体算是人体的话，你的意思是你就是大脑？我得事先声明，不管你怎么编排我，也不管我有多重要，我都不要当十二指肠。"

"扑哧！"何小羽的笑声没憋住。

"我是心，不是大脑。五脏六腑不包括脑子。"郑道指了指心口，"心者，君主之官也，神明出焉。心主神明，心是人体的君主之官，主管五脏六腑，是五脏之主。"

"行行，不管是大脑还是心脏，你都是老大行了吧？"李别乐了，"只要我不是十二指肠，你当什么都没问题。哥，请继续你的表演和忽悠。"

郑道也不过多解释，他相信总有一天可以让李别信服他的理论。他继续说："'诸痛痒疮，皆属于心'，是说凡是痛、痒、疮等问题，都是心的毛病所致。也就是说，只要是和感觉有关系的病痛，都由心来管理。除了以上的感受之外，还包括胀麻和酸楚。你们肯定也知道一个常识，嘴唇发麻或手指发木，有时是脑梗或心梗的征兆。心作为君主之官，主管身体的方方面面，不管是哪个部位出现了问题，心都可以第一时间察觉。

"痛痒、胀麻都是小问题，可能是预示身体某处不适，也有可能是大病的征兆。不管是哪一种，心都可以明察秋毫，可以感应得到。它是在提醒大脑要注意身体，预防更大疾病的发生。"郑道见李别和何小羽大眼瞪小眼，表情很迷茫，就知道他们没有听懂或是不信。不要紧，他也没指望说一次就能让他们信服。"你们大概知道这个道理就行了，不必深究。那么现在既然定下了我是君主之官，就得再确定一下你们各自都是什么器官……"

这句话李别听懂了，他当即表态："我要当肝，和哥连在一起就是心肝。"

"恶心！"何小羽嗤之以鼻，"自作多情，我才是肝好不好？你可以不是十二指肠，不过顶多也就是一个脾。"

"答对了，李别就是脾。别小看脾，脾和胃加在一起，是后天之本。人体后天所有的营养来源，全在脾胃。所以说，李别，你是团队中最重要的一个，要肩负起所有人吃饭的重任。"郑道语重心长地说。

"闹了半天，我得负责给大家找财路是吧？负责投喂每一个人！小羽是什么？滕哲呢？苏木呢？"比不过何小羽，李别得比过滕哲和苏木。

"小羽是肺，滕哲是肾，苏木是肝。"郑道见李别眉毛一挑，又有话要说，忙制止了他，"别多想，只是根据每个人的特长和体质打个比方，并不真的代表什么。现在你明白了吧，作为一个整体，不管哪个部位受到了攻击或是有了病变，作为君主之官的心脏，我会第一时间有所察觉，并且做出相应的调整和处理，不会让病变发展下去，懂了吗？"

"不懂，反正你怎么说我怎么听，从哪只耳朵进就从哪只耳朵出去。"李别毫不掩饰他的真实想法，"我不管方法和过程，只看结果和收获。哥，你接着说，我会咬着牙听完。"

郑道笑着想打李别，被李别躲开了。其实就算没有李别申请的特别奖励，他也会追查此事。特斯拉案件表面上和老爸失踪、杜无衣和杜同裳的到来没有直接联系，但背后肯定有某种隐蔽的联系。

头疼治头没错，却只是治标，也许引发头疼的根本原因是在五脏六腑甚至是脚有问题。人体是一个整体，局部出现任何问题，肯定是其他地方有了偏移，使整个系统堵塞。

作为神明之官——郑道不是自大，他相信自己可以在几人之中占据主导位置——无论是对外界事物的敏感度还是对人的细微观察，他都远胜于他们。

当然，论机巧坚毅，他不如何小羽；比机智多端，他不如李别；说到能言善辩以及亲和力，他比不过滕哲；而刚强执着，韧性十足，他也不如苏木。

对外界感应敏锐，是郑道最引以为傲的优点，只有可以敏感而准确地察觉外界微小的变动，准确地把握每一次先机，才可能抢先一步布局，并且立于不败之地。

毕竟不管是实力还是影响力，对手翻云覆雨的能力远大于他们，他们的胜算就是提前做好万全的准备。

对方第一次出手失利，第二次出手，必然会准备得更加充足。第一次已经是近乎完美的无解之局，第二次必然会更加精密。

郑道相信对方肯定不会放过苏木，近来苏木的公众号依然持续更新，他也留意了下面的留言，攻击性的言论不见了，这不是好事，只是暴风雨来临前的平静。

"别急，等特斯拉的幕后黑手第二次出手的时候，我保证让你抓个正着。"郑道隐约有一个想法，现阶段陆续出现的各色人等之中，说不定就有特斯拉案件的幕后黑手，或者是和幕后黑手有紧密联系的相关者。他不是怀疑卢西东，而是怀疑包括卢西东在内的所有人。

"对面是什么情况？"尽管不信郑道的所谓理论，但多年来养成的习惯还是让李别对郑道有一种盲目的信任。

对面三十五号楼，卢西东正在锁门，李别的目光和心思被转移，挤眉弄眼地笑着对郑道说："哥，她追你都追成邻居了？要不这样，你跟她在一起算了，富婆、美女、痴情，完美！下半辈子可以不用努力了，我和小羽好……"

"滚滚滚！"何小羽用力推李别下楼，"你现在立马滚蛋，去饺子馆见滕哲，关心一下他和苏木的进展，同时再向苏木了解一下情况。听郑道的意思，苏木近期说不定有危险。"

苏木至少在两周内应该没事。依郑道的推测，幕后黑手正在谋划第二次出手，并且在尽力消除第一次失败的负面影响，在没有清除第一次失败的阴影之前，不会仓促发动下一次攻击。更不用说，现在他们的团队正在逐渐形成一个整体，而苏木的身体也在快速恢复中。

苏木越健康，给对手的可乘之机就越少。

李别被何小羽推下楼，本不想走，奈何何小羽劲儿大，磨蹭到了一楼，迎面走来何二狗和两个老年妇女。

"郑大夫，不看广告看疗效，客人上门了，快来接客！"何二狗高声大喊，兴奋得都破音了，"余婶、柳婶，我跟你们说，郑大夫可神了，看你一眼就知道你有什么病，该吃什么药……"

神棍就是这样经过"纯朴善良"的百姓口耳相传之后诞生的。郑道擦了擦脑门儿上的汗，又搓了搓手，接客是什么奇怪用词？在何二狗的嘴里，他跟外面治牛皮癣和不孕不育的祖传十八代老中医有什么不同？

"郑大夫，快救救我，我可能快要不行了。"红光满面、中气充足的余婶大步流星地来到郑道面前，一把抓住了他的手腕，"二狗说你包治百病，能不能治见鬼的病？"

见鬼？什么鬼？郑道迷惑了。

/第五十三章/　九层之台，起于累土

不行！郑道告诫自己必须坚守节操，原则问题不能动摇，正要摇头拒绝——他只是一个正经的心理医生，有隐藏的中医技能，对于鬼神之事一向是敬而远之。

何二狗将郑道拉到了一边，双眼放光，低声说："余婶和柳婶可是支书和主任的婆娘，都有钱，家里有十几套房子，每个月光收租金就有好几万。"

关我屁事？支书和主任就了不起呀？郑道想要以正义的名义拒绝成为神棍，何二狗的一句话瞬间打动了他。

"她们出手大方，每人能上供五百块钱……"

每人五百块钱，两个人就是一千块钱。富贵不能淫，贫贱不能移，威武不能屈……此所谓大丈夫也。但大丈夫生于世，当有所为，有所不为，何况他身为医生，治病救人本是分内之事、职责所在。郑道顿时清醒，

232

拿捏分寸，微微点头，说道："不是上供，是诊金。态度要恭敬，姿态要端正，才能保证疗效。"

何二狗当即朝余婶和柳婶转述："听到没有？郑大夫本来不想帮你们看，你们的问题太严重了，他会损耗功力，至少少活十年，可是他架不住我苦苦哀求。你们等下态度要认真一些，听到没有？"

别说，何二狗狐假虎威的做派还挺到位，他站在郑道身边，微微弯腰，既谦恭又倨傲，分寸把握得恰到好处。

"真是个人才！"李别眼睛都直了，他既是在夸郑道，又捎带了何二狗，"两个人配合得简直无懈可击。"作为未来的神探，他特别欣赏并且高看演技高超的人。好人演技高超，会如鱼得水；坏人演技高超，会屡屡得手。

不走了。李别当即拿定了主意，他要看看郑道怎么忽悠老年妇女，怎么帮她们解决心里的鬼……见鬼一说，他才不信，世界上要是真有鬼，还会有破不了的命案？鬼早就自己报仇雪恨了。

余婶和柳婶见向来在庄里作威作福的何二狗，在郑道面前恭敬得像个孩子，顿时收起了轻视之心。尽管她们心里还在嘀咕郑大夫也太年轻了，而且长得也不像是大夫，像个"小鲜肉"。

郑道还是第一次同时接待两名客人，最让他难以接受的是不但何二狗要在场，何小羽和李别也提出了旁观的要求。开什么玩笑，当他是什么？他不是街头摆摊卖艺的。

"让他们在吧，也好做个见证。"余婶发话了，不动声色地往桌子上拍了六张百元大钞，"我多加一百块，人多好说话，我怕吓着你。你这么年轻，吓着了可怎么办？他们也可以帮你出出主意。"

看在钱……不，看在余婶通情达理的分儿上，郑道立刻改变了主意。这不是钱的问题，主要是他得尊重客人的意见。尽管他也听出来，余婶对他还是不够信任。

走着瞧！郑道很不服气地为自己打气，目光在余婶和柳婶的脸上扫了几眼，又落在了二人的脖子和肩膀上。看来她们广场舞没白跳，气色很好，健康度挺高。余婶的脸色微微蜡黄，应该是胆不太好；柳婶的脸色微微发青，是经脉堵塞气血不通之象。除此之外，两个人其他方面都还不错。

正常人的面色是红黄隐隐、含蓄明润的，当然，只是特指中国人，不包括外国人。一方水土养一方人，气色对应肤色以及饮食等习惯，与地域息息相关。所以就有要吃应季应地食物一说，应季是指当季下来的食物，春吃芽、夏吃瓜、秋吃果、冬吃根；应地是说当地所产的食物人体最为受用。

"两位大婶，说说你们见鬼的事情呗。"李别站在何二狗身旁，有几分迫不及待。作为刑警，他对鬼神等传闻格外感兴趣，主要是想破解所有的见鬼事件，让所有的鬼都回到正常的轨道上来。见鬼之事，不是活人在故弄玄虚，就是幻觉或是心理作用。

郑道坐在了古典装修那边，他故作威严地白了李别一眼，暗示他现在是自己的主场，不要乱说话。李别还想反抗，被何小羽拧住了耳朵，他一缩脖子退到了后面。

"余婶、柳婶，你们谁先说？"郑道有点儿后悔没有乔装打扮一番，没有胡子和白发，总感觉镇不住场。他还是太年轻，在久经风霜的大妈面前，忽然莫名有一丝担忧，不是担忧他的专业领域会被大妈攻击，而是害怕大妈会固执地认为她们真的见了鬼，并且还要说服他相信。

柳婶有几分扭捏地拿出五百元钱放到了桌子上，声音透着几分不信任："五百块也太贵了，聊聊天还要收费。二狗，你们是不是合伙骗我们？"

何二狗急了，跳了起来，语气微怒："柳婶，你觉得我何二狗像是缺你那几百块钱的人吗？懂不懂什么叫垃圾车一响，黄金万两？我二狗什么时候骗过钱！你看不起我可以，但不能看不起郑大夫，他是神医，能救命知道不？你的命还不值五百块钱？"

"呸！"何二狗吐了一口唾沫，"我买那两只狗一只就花了三千块呢，瞧不起谁呢？你要是没钱，我帮你出。要是不信我，你现在就走，当我放屁。"

"狗哥别这样，柳婶不是小气，也不是看不起你，她是不信我。"郑道作为正主必须得出面了。他其实才不在意柳婶是不是看得起他，毕竟他的名气还没有真正远播。他还真就是连五百块钱也要骗，不，也要赚。

"在开始之前，我先帮柳婶舒缓一下心情，免费的……"为了保证效果，郑道先询问，"柳婶，你没有和狗哥说过你最近的身体状况吧？"

柳婶有点儿不好意思。郑道在庄里没什么分量，但何二狗不同，虽然大家确实都看不起何二狗，但也没人敢惹他，都不愿意得罪他。她讪讪一笑，回答郑道："没有，没有，哪里跟二狗说得着这些。你说吧，小郑，我听着呢。"

"柳婶最近有没有跳广场舞？"

"有，天天跳，和我一起。"余婶抢答了。

既然余婶主动送上门，不拿她当个支点也对不起她的热情，郑道向她发问："余婶跳舞后是不是浑身发热，手脚出汗？"

"那肯定要出汗的，蹦蹦跳跳了半天，不出汗不就是个死人了？"余婶有口无心，话一出口，柳婶的脸色顿时一变。

时机正好，郑道顺水推舟："柳婶跳完舞后，是不是手心出汗，但脚还是凉的，就算出一点儿汗，过一会儿也会觉得很凉？"

柳婶张大了嘴巴，惊讶地说："啊！啊！小郑你说对了，就是这么个情况，我是不是得了什么绝症，快要死了？还是因为见鬼，撞了邪？"

"如果我没猜错的话，柳婶，您在见鬼之前就有症状了。"郑道说完，不顾李别和余婶疑惑的目光——自己没点儿真本事就出来混，他还真没那个脸皮和胆量——又接着说，"没大事儿，您别担心，就是经脉不是很通畅，虽然经常锻炼对活络血脉有帮助，但是如果每天再用热水泡脚，用三七粉泡水喝，效果会更好。（注：情节需要，请勿效仿。如有用药，谨遵医嘱！）"

"小郑，不，郑大夫，有没有什么药可以更快见效？"柳婶忽然觉得郑道不但形象高大了几分，连带着模样也比刚才更有魅力了。

"也可以适当服用当归四逆汤。（注：情节需要，请勿效仿。如需用药，谨遵医嘱！）"郑道态度谦顺，注意到柳婶眼神里的怀疑和轻视逐渐消失，心里的人民币慢慢落地，"服上几服药，再坚持泡脚，很快就能血脉畅通，精神饱满。"

"我呢，我呢？小郑大夫！"余婶激动不已，抓住了郑道的手，"我最近总觉得浑身不得劲儿，虽然跳舞后很舒服，但过一会儿就又不自在了……"

"是不是每天早起都会觉得嘴苦？嘴里还有黄水？"郑道索性好人做到底，在谈鬼神之前先把人事聊透了也好。他忽然有一种突如其来的感觉，余婶和柳婶见鬼之事，应该隐藏着什么契机。

人生病时，哪怕只是普通的感冒，有时情急之下也会吃多种药，再加上多喝热水，最终到底是哪种药有效果，甚至是自愈了，还真不好说。许多事情也是同样的道理，你并不知道生活中哪一件意外的小事，会起到至关重要的推动作用。

九层之台，起于累土。而千里之堤，溃于蚁穴。

当然，郑道最根本的出发点还是善良且单纯的，毕竟余婶和柳婶是他的客人，二人又总去跳广场舞，如果能让她们折服，不愁以后没有轰动性的广告效果。

"是，是！小郑大夫你不要太神了呀！我这是什么问题啊？"余婶也激动了，看向郑道的目光充满母性的光辉和关爱，脑中顿时闪过了很多念头，其中最强烈的是小郑大夫还没有对象，要不要介绍她的外甥女和他相处？

"没大事儿，应该是吃得不合适，胆汁分泌过多。您注意睡眠，适当减少饮食，很快就好了。"郑道有点儿受不了余婶过于殷切的目光，总有一种丈母娘看女婿的感觉。

"小郑大夫还没有对象吧？我有一个外甥女，还有一个侄女，还有一个……"果然被郑道猜中了，余婶立刻"图穷匕见"。

"余婶，咱们还是赶紧聊聊见鬼的事情吧。你的大龄剩女亲戚们，郑道都不喜欢，他只喜欢二十一岁以下的……"何小羽忙不迭打断了余婶，"我正好没到二十一岁呢……周岁，生日还没到。"

"对，对，说说见鬼的事儿。"李别赶紧帮腔，他可不想因为何小羽的恼羞成怒而错过一出见鬼的大戏。

"行吧。"余婶见好就收，也没勉强，她下意识地看了柳婶一眼，目光中突然流露出畏惧之意，"说到见鬼，一共见了两次，两次都是我和柳婶同时看到的，而且还是同一只鬼！"

两个人，两次，同一只鬼……郑道怔了怔，这可不是幻觉或心理作用了。

/第五十四章/ 圣人之精气谓之神，贤知之精气谓之鬼

集体幻觉或是集体癔症不是没有，但是极少。通常情况下，如果一个人偶尔见到一次超乎寻常的事件，可以用幻觉或是心理作用搪塞过去。但若是两个人两次都遇到相同的异常事件，就必须有合乎情理的解释了。解释不清，就有必要归类于超常事件。

李别支起了耳朵，激动的样子像是又遇到了大案。

正好何不悟和孩子们都不在，晚上八点多的善良庄渐渐安静下来，外面虽有打闹和嬉笑声，却飘忽不定，忽远忽近。一楼的卫生间有一个水龙头密封不严，不时传来滴水的声音。一阵风吹过，外面的皂角树和梧桐树沙沙作响。

"喵——"槐米突然不合时宜地叫了一声，在寂静的夜里突兀而响亮。

"妈呀！"李别吓得跳了起来，倒退了几步，见几人的目光同时朝他射来，他嘿嘿一笑，不好意思地捏了捏鼻子，"鼻子有点儿过敏。"

"胆小鬼。"郑道笑骂了一句。不行，画风大变，差点儿变成灵异小说，得赶紧收回来。他打开了吊扇，让空气对流。

"咯吱，咯吱——"年久失修的吊扇努力晃动着身子转动起来，宁静而诡异的气氛被打破，就连余婶和柳婶的精神都为之一振。

"人吓人真会吓死个人咧。"余婶拉了柳婶一把，"我先说，有遗漏的地方，你再补充。"

余婶和柳婶是邻居，两家之间的距离不超过一百米。由于她俩一起组织广场舞，二人关系很好，余婶负责带队，柳婶负责音响，二人是善良庄广场舞大队的领军人物兼精神领袖。

　　五月一日，跳完舞后，晚上八点半光景，余婶和柳婶收拾利索，拉着音响回家。二人路上边走边聊，意犹未尽。

　　从跳舞的广场到家，只有三百多米的路程，二人聊完明天新的舞蹈的排练，都不尽兴，就决定放下音响再去练习一番。

　　不能再回之前的广场，那里已经被乘凉、游玩的老人占领；也不能在庄里，太扰民。于是她们就从善良庄南门出去，穿过工农路，来到了远景小区。

　　远景小区是一个老小区，少说也有三十年的历史了，对于石门这个建市六十多年，成为省会只有不到五十年的年轻城市来说，三十多年的小区绝对是老旧小区了。

　　作为在"三年大变样"中重点改造的小区之一，远景小区一度被列为第一批重点改造项目。但不知为何，拥有三十栋住宅楼的远景小区，只拆除了七栋之后就停了下来，一停就是五六年。

　　被拆除的七栋住宅楼位于远景小区的一角，成为荒凉之地，杂草丛生。后来其他居民实在无法忍受荒草中成群的老鼠等野生小动物，请市政府出面，清理干净后将此处修整为一片广场。

　　只是由于广场太小，并且经常有流浪狗和流浪猫聚集，还是没有被多少人当成休闲之地。后来这个广场被余婶和柳婶发现，视为珍宝，她们当即决定把这里当作练习跳舞的根据地。

　　身为广场舞的坚定拥护者和灵魂人物，她们和无数争夺她们跳舞地盘的人斗智斗勇，有胜有负，虽然总体来说胜多负少，但如果不准备几个后备场地，说不定哪一天广场被打篮球的、滑旱冰的、打鞭子的侵占，她们就无处开展她们的晚年活动，没法儿继续跳她们的灵魂之舞了。

　　远景小区的荒芜之地成为备选之后，她们并没有对外透露，唯恐被别有用心的人抢了先机。

　　和往常一样，她们穿过远景小区破旧的铁栏杆，来到荒芜之地。她

238

们没有开音响，也没有照明，怕吵到小区的居民。借着外面路灯的灯光，她们开始练习。她们一口气练了十几遍，确认她们已经配合得十分默契了，才松了一口气。此时已经是晚上十点多了，城市开始打起了哈欠，汽车渐少，灯光渐暗，周围也安静了许多。

"回家，明天再来，一口吃不成胖子。"余婶擦了擦汗，招呼柳婶一起回去。二人刚走到铁栏杆前，还没有来得及弯腰，突然听到不远处传来吱的一声。

铁栏杆由于年深日久，腐蚀之下摇摇欲坠，其中有一根铁柱一推就开，余婶和柳婶身材矮小，正好可以从中穿过。

铁栏杆有两米多高，顶上是尖尖的铁头，一般人不可能从上面翻越过去，也不能凭空从中间穿过去。

因为这里很少有人来，声音就显得格外突兀。余婶和柳婶以为她们被小区的居民发现了，站定，抬头，想要理直气壮地跟对方说清楚，不料只看了一眼，就惊得呆住了。

一个人影影影绰绰地从三楼飘了下来——荒废的几栋楼拆掉了门窗，只剩下空壳——离得远，看不清长什么样子，只是模模糊糊的一团，穿着像是袍子一样的东西，看不清腿和脚。他（余婶和柳婶下意识地认为对方是男性）先是从三楼的窗户里飘了出来，然后飘到了地上，似乎踩到了什么东西，脚下一滑，眼见就要摔倒时，人影变成了平躺的姿势，嗖的一下从铁栏杆中穿了过去。

"铁栏杆你们知道的，空隙也就小孩子胳膊那么宽，一个成年人绝对不可能穿过去的，我和柳婶也需要掰断一根才能从中间挤过去……"余婶忽然激动起来，"那只鬼一眨眼就从中间穿过去，然后就不见了。"

"你确定是从中间穿过去，而不是从上面翻过去？"李别听得头皮发麻，起了一胳膊的鸡皮疙瘩。不是他有多害怕，而是余婶和柳婶的所见所闻，太符合民间关于鬼的传说了——像影子，飘飘忽忽的，没有脚，会飞。

他是不信世上有鬼的，但不信归不信，听到这么真实的鬼故事，又是长这么大间接离鬼最近的一次，多少也会有一些心理暗示之下的害怕和疑惑。

"不可能！"余婶涨红了脸，对李别质疑她的观察力表现出了愤慨，"铁栏杆有两米多高，你从上面翻过去试试？上面还有尖头，不捅透你才怪。"

一方面余婶不希望她见到的东西真的是鬼，另一方面她又不想让别人怀疑她的观察力和洞察力，更怕别人认为她说谎。这是余婶有生以来最纠结的心理活动。

"第二次呢？"郑道没有露出震惊的表情，也没有质疑和不安，平静得像是窗外的夜色，他冲余婶点点头，"说说第二次见鬼的经过。"

经过第一次的惊吓之后，余婶和柳婶好几天不敢再出门，连广场舞都没跳。差不多坚持了一周，二人觉得事情已经过去了，不管上次见到的是什么东西，都不会对她们的生活有什么影响。她们甚至安慰并催眠自己，上次是她们眼花了，看到的只是一个灯光照过来的影子罢了。

区里即将举办新一届广场舞大赛，作为立志成为善良庄广场舞之花，并且要问鼎区广场舞之花的余婶和柳婶来说，练舞的诱惑是那么大，她们决定再次去荒芜之地练习。

这一次二人做好了十足的准备，不但带了强光手电，还带了辣椒水。二人互相打气，雄赳赳、气昂昂地开始练习。二人练完，什么事情都没有发生。她俩对视一眼，在强烈的心理暗示下，二人都相信上一次绝对是自己出现了幻觉，或者是看到了某种东西的影子。

不过二人再怎么安慰自己，也没有勇气去三楼查清真相。练完之后，二人穿过了铁栏杆，来到小区外面的街道上，感觉心情是前所未有地舒畅，空气是从未有过地清新，心中的一块巨石落地。总算安生了，以后不用再提心吊胆了。

才走几步，鬼使神差地，余婶忍不住回头看了一眼……

"我真后悔在人群中多看了一眼……"余婶不愧为广场舞的领军人物，出口成歌，她微微羞涩地一笑，"说错了，应该是真后悔回头多看了一眼。哎呀妈呀，活久见，第二次见鬼喽！"

在余婶讲述的过程中，柳婶基本上不插话，很少补充。此时她拍了拍胸口，尽管事情已经过去，依然心有余悸，她夸张地说："当时吓得我和余婶呀，差一点儿就落地成盒了。"

何二狗左看看李别，右看看何小羽，"八五后"的他认为自己年轻有为并且很新潮，余婶和柳婶两个"六〇后"居然能这么娴熟地运用网络梗，他对此无比惊讶和羡慕。对于她们的见鬼经历，他并没有什么震惊或是怀疑的地方，用他的话说，走夜路久了，不见鬼才有鬼呢。

"还是和上次一样，一个人影从三楼的窗户冒了出来，对，就像冒泡一样冒了出来，飘飘悠悠地落到了地上。没有脚，看不清脸，像一团黑乎乎的影子，那么一飘，就飞过了铁栏杆。上次是穿，这次是飘，你说他能是人吗？"余婶的胸口起伏不定，眼神惊恐而绝望，"我的天啊，他飞过去后，还冲我和柳婶摆了摆手，说了一句话……"

"什么话？"郑道、何小羽、李别和何二狗异口同声地问，几人都为之一惊。原以为是无声的黑白电影，没想到画风一变，进步到彩色同期声了。

"下次见！"

/第五十五章/　人若无畏，诸邪避退

鬼神一说，古今中外流传数千年，虽无从考证，却也成为文化的一部分。真假暂且不论，但要说见鬼，是不可能的。从科学的角度来说，不同次元空间的生物，无法见面。

郑道自然不相信余婶和柳婶所见的"生物"是鬼，就算真的有鬼，气场不同、频率不一样，根本就不可能见到。人眼能识别的光谱范围极其有限，可见光谱之外的世界，对人来说相当于不存在。根据她们的描述，她们自始至终都没有和对方有过实质性接触，甚至都没有看清对方的长相。

当然，大多数人都会和余婶、柳婶一样，两次见到如此诡异的场景，不认为是见鬼才怪。她们所说的事情有太多违反常识的地方，高来高去、穿洞翻墙，常人无法逾越的物理障碍对他来说如若无物，不现场拍案惊奇都对不起不用特技的特效。

"那鬼说完之后，还邪魅一笑，一下子就凭空消失了，吓得我和余婶一屁股坐在了地上，半天都没有起来。还好我们舞跳得好，身体棒，要不非得当场咽气不可。"柳婶脸色惨白，仿佛又回到了现场，"后来还是一个收破烂儿的老哥路过，喊了一声，我们才回神，差点儿就丢魂儿了。"

"邪魅一笑？"郑道敏锐地捕捉到了什么，"这么说，你们看清他长什么样子了？"

"没有，离得远，黑灯瞎火的，我们眼神又不好，哪里看得清他长什么样子？"余婶有几分不满，回了柳婶一个不要多话的眼神，"柳婶是吓糊涂了，看霸道总裁小说看多了。还邪魅一笑，妈呀，鬼笑起来是鬼魅好不好？"

倒是吓了我一跳，以为你们看清他长什么样子了，空欢喜一场。郑道又问："第二次见鬼是什么时候的事情？"

"就昨晚。"余婶摸了摸额头，"你瞧瞧，现在想起来还一脑门儿的冷汗。我俩昨晚一晚上都没怎么睡，今天一天没精神，后来遇到了二狗，他说我们是中邪了，需要什么心理疏导，就拉我们过来找你了……郑大夫，这一千一百块钱的费用除了心理疏导外，应该还包括驱鬼的法事吧？"

郑道想打何二狗的心都有了。狗哥是好心，但为了夸大他的能力，为他增加了稀奇古怪的技能，再让狗哥这么宣传下去，他奇怪的技能会数不胜数，"神棍"都难以形容他了。他按捺住还钱的冲动，暗暗捏了捏那几张人民币，和颜悦色地说："余婶、柳婶，你们不用担心，你们见到的东西根本不是什么鬼怪妖精，而是一个人。"

说话间，郑道朝李别投去了意味深长的眼神。李别几乎没有犹豫，转身就走，说道："困了，回家睡觉。再见，晚安，拜拜了您哪！"

没人理会李别的离去，他一直没有什么存在感。李别一动身，何小羽就立刻意识到了什么，一拉郑道的胳膊，对他说："郑道，我饿了，我要出去吃夜宵。"

何二狗对李别和何小羽的借故离开没什么反应，倒是余婶和柳婶迅速从见鬼的情绪中挣脱出来，立刻点燃了八卦之火。

"小郑大夫，你和小羽到底是什么情况？有没有住在一起？"

"小郑大夫，你家小羽好像跟那个男人跑了，你也不拦一下，不怕头上变绿？"

"喀喀，不说人，说鬼。"郑道忙转移话题。他最佩服女人的发散性思维，前一秒钟还在谈论性命攸关的大事，后一秒钟就兴致勃勃地进入了八卦状态，中间都不需要缓冲。

"对对，说鬼，说鬼。"余婶又回到了见鬼的情绪之中，"小郑大夫，我见的真的不是鬼吗？"

"不是鬼，百分之百是个人，装神弄鬼的人。"郑道的语气无比肯定。刚才他和李别用眼神无声地交流，已经瞬间达成了共识，并且默契地推进了某件事情。

这个世界真鬼不多，但装神弄鬼或是人面鬼心的人不少。越是怕鬼的人，越是心里有鬼。只是有些事情不是你越怕它越不来，相反，怕或不怕，该来的总会来。

人若无畏，诸邪避退。

"既然是人，不是鬼，就不需要做什么法事了。"郑道急于撇清自己，他可不想真的被人传成一个神棍，那不符合他的人设和他所坚持的价值观，"有三点可以断定余婶和柳婶见到的是一个人。"

"快说啊郑大夫，我都等不及了。"何二狗表现得比余婶和柳婶还迫切，他从开始的半信半疑到后来深信不疑，现在又被郑道全盘推翻，他很想知道郑道怎么圆过去，并且善意地提醒，"注意漏洞，注意逻辑，注意对应，注意垃圾分类……"

太像鬼了呀，除了见鬼还能怎么解释？就算以他何二狗不凡的身手，也做不到从和小孩子胳膊一样细的栏杆间隙里穿过去，以及从两米多高的栏杆上飞过去。

把人变成鬼容易，把鬼变成人难呀！郑大夫，你可千万不要让我失望，我可是夸了海口，说你治病、看相、驱鬼、唱歌、跳广场舞、泡妞，无所不能。

郑道回应了何二狗一个"你行你上呀"的眼神，说道："第一，余婶和柳婶气色不错，精神状态饱满，除了心慌和失眠之外，没有别的毛病。民间传说，见鬼的人都是病恹恹的人。人一生病，阳气就弱，阳气一弱，才容易撞邪。余婶和柳婶气血通畅、阳气充足，怎么会见鬼？鬼见到你们立刻就吓跑了，都近不了你们一百零一米之内。"

对信鬼之人，要以鬼神之说来攻克，以其之矛攻其之盾。所以郑道就先虚晃一枪，将计就计。

"当时那只鬼离我们有一百米没有？"余婶问柳婶。对郑道的话，她信了三分之一。

"有，也就是五十米的样子。"柳婶回忆了一下，用力点了点头，"我敢保证在一百零一米之内。小郑大夫是说，鬼没有办法在一百零一米以内靠近我们？"

"完全没有办法。只要它们进入距离你们一百零一米的范围之内，就会被你们的阳气烧伤。"郑道斩钉截铁地咬着牙回答。至于为什么是一百零一米而不是一百米，为什么会烧伤而不是灼伤或是其他物理伤害，就不在纯洁而善良的他考虑的范围之内了。

"还有呢？"何二狗完全不信郑道的话，认为他绝对是在胡扯，但他不好意思当面揭穿，就自觉地当上了捧哏。

"第二，余婶和柳婶看到他从三楼飘下来，又穿过了很细很窄的铁栏杆，认为飘和穿不符合物理定律，其实那是视觉上的错觉。人的眼睛看到的世界，是大脑经过筛选之后的世界，有许多被大脑认为不重要的细节甚至是场景，都被屏蔽掉了。也就是说，我们看到的世界是残缺的世界，是大脑让我们看到的世界。我这么说能听明白吗？"

余婶、柳婶和何二狗一齐摇头。

听不懂就对了，他们听不懂，才能显示出他的高深莫测。郑道偷笑了一下，继续说："这么说吧，当时环境昏暗，你们的眼神又不是很好，再加上灯光条件复杂——对面应该有一家酒吧，门口招牌的灯一直在闪是吧？"

"是，是。"余婶连连点头，现在她已经完全被郑道带着，走进了科学的世界。

"灯光忽明忽暗，投射到了楼上，就形成了视觉错觉，所以他下楼时的画面就在你们的眼里断了帧，一顿一顿的，就像是飘下来一样。"郑道回想起他曾经在远景小区查看的周围地形，心中的轮廓更清晰了，"知道以前的电影是怎么拍出一个人凭空消失的吗？就是先拍他站在原地的镜头，然后他离开，再继续拍，放出来的就是他突然不见了。"

柳婶恍然大悟，忍不住插话："对，对，《西游记》！"

郑道赞许地点了点头，谁说老年女性接受新鲜事物很慢？错，她们才是引领潮流的人。

"至于他突然穿过铁栏杆，也是你们被固有的观念束缚了，总认为铁栏杆就一定牢固。我举个例子你们就明白了。谁知道速效救心丸是西药还是中药？"

"西药！"余婶三人同时发声。

举例成功，郑道得意一笑，说道："好多人都以为速效救心丸是西药，其实他们都错了，它是老中医章臣桂用尽一生心血，研究了一千多个古方才得以研制出来的中药。许多人认为它是西药，在于'速效'两个字，他们是被中药见效慢的固有观念误导了。

"铁栏杆年久失修，你们能发现损坏的地方，他也能。他看似是穿过了铁栏杆，其实应该和你们一样钻了过去。不信的话你们再回去看看他穿过铁栏杆的位置，肯定有坏的铁棍，而且说不定还不止一根。"

"翻过铁栏杆又怎么说？"何二狗还是不大相信郑道的说辞，虽然郑道的说法听上去很科学、很合理，也基本上能自圆其说，但他总觉得欠缺了什么，对郑道的认可就降低了二十多个百分点，"换了我，我也没有办法从两米多高的铁栏杆上翻过去，不被扎死，也得摔个半死。"

"为什么他能从两米多高的栏杆上翻过去……我暂时先不给出答案，顶多半个小时，就会有人带着铁证来解答你们所有的疑惑。"郑道温柔地笑了笑，又转变了角色，"狗哥，现在该是你帮我解答疑问的时候了。你认识卢西东多久了？你知道她是什么人吗？"

何二狗顿时愣住了，惊讶地问："你咋知道我认识卢西东？你长了狗鼻子吗？这么灵。"

第五十六章 少不勤行，壮不竟时

郑道其实并不是十分肯定何二狗认识卢西东，但作为善良庄的免疫系统，任何外来者都无法逃过狗哥的免疫应答。更不用说卢西东租住的三十五号楼是整栋出租，整个过程不可能瞒过何二狗，多半也有何二狗的参与。别看何二狗只是善良庄的垃圾站负责人，无官无职，闲杂人员一名，但善良庄的大事小事、疑难杂事，基本上都要经他的手才能解决。

毫不夸张地说，善良庄但凡有一丁点儿风吹草动，何二狗绝对是最先察觉的人。

和郑道凭借对外界敏锐的感应发现善良庄微小的变动不同，何二狗对善良庄的关切是出于天性和职责，是狩猎者对自己的领地天然的保护和警觉。他才是长了狗鼻子的那一个！

卢西东进驻善良庄对善良庄来说是大事，商用租房数量极少，何二狗怎么可能不知情？但何二狗从未提过此事，甚至有意避而不谈，就说明他极有可能认识卢西东，甚至和她关系非同一般。

郑道只是抱着诈和的心态试探着问上一句，他在等何小羽和李别回来，没话找话。没想到狗哥"人凶脑直"，大脑的复杂程度和外在的凶狠面相成反比，被他一句话就套了出来。

希望自己不要在神棍的道路上越走越远……不对，郑道忙安慰自己，他运用的明明是心理学战术，跟神棍的忽悠大法完全不可同日而语，他必须树立科学发展的坚定信念。

"毕竟，我和卢西东关系密切，我算是她的兼职专职心理医生……"话一出口，郑道有点儿底气不足，唯恐何二狗和余婶、柳婶听出其中的漏洞。

　　还好，三人都没有去想兼职专职心理医生是什么奇怪的称谓，尤其是余婶，明显不关心卢西东是谁，拉着柳婶唠起了家常，东家长、西家短，南家生儿子、北家生女儿，外甥女单身，侄子又被甩，等等。女人之间的话题永远离不开家庭和男女，而且一说起来就没完没了。

　　她们能够转移注意力，不再将心思放在见鬼的事上而是放在人事上，是好事，是他的策略奏效的表现。郑道很满意地轻轻点头，再微微歪头，饶有兴趣地看向了何二狗。

　　"狗哥是不是看上了卢西东？"他调侃道。

　　"有钱、漂亮、有能力、大胆、敢爱敢恨……是个正常的男人都会喜欢她，我正常我骄傲。"何二狗毫不掩饰他对卢西东的好感，"不怕你笑话，郑大夫，我是挺喜欢卢西东，也调戏过她，想过要拿下她，结果被她揍了一顿。"

　　又是一个悲伤的爱情故事，郑道忍住笑，说道："狗哥，说出你的故事，让我们都舒缓一下心理。"

　　"就你皮！"何二狗无奈地笑了，"就是很俗套的癞蛤蟆想吃天鹅肉的剧情，不值一提。咋啦，承认自己是癞蛤蟆很难吗？人贵有自知之明，当一只快乐知足的癞蛤蟆也比装一个白马王子强。"

　　有这心态，二狗的病会好得很快。大多数人的疾病，三分身体原因，七分心理所致，心理的问题，一半是源于无能，另一半是因为攀比。

　　心为君主之官，心好则命好，心情舒畅则身体健康。老爸常说"少不勤行，壮不竟时，长而安贫，老而寡欲，闲心劳形，养生之方也"，郑道只认可闲心劳形，却不想安贫。安贫不是长寿的必要条件，富裕才是。

　　郑道也没强求何二狗说出他的糗事，估计狗哥的糗事一天一夜也不说完，他只想知道一个关键点。他问何二狗："狗哥肯定知道卢西东的来历吧？"

　　"不知道。"何二狗认真地摇头，"英雄不问出处，美女不问来路。我只是以前在一个饭局上认识了卢西东，加了微信，闲聊了几次之后，被她约了出去。本以为有好事，结果挨了一顿揍，住了半个月的医院，她赔了我十万块钱，又帮我促成了两个小区的垃圾转运承包，值了！现在卢西东就是我大姐，我认她。"

卢西东的行事风格还挺有特色，恩威并重，郑道很欣赏。原来在他之前狗哥就已经被收服过一次了，他还以为他是开拓者，没想到还是落后于卢西东一步。

"她租三十五号楼时，你出面了吧？"怪不得卢西东动作这么快，说租就租，说搬就搬。三十五号楼房东何听雨可不是善茬，仗着自己有三个儿子，经常在善良庄耀武扬威，他的房子要价一向高，条条框框又多，每个租户都会和他闹矛盾。

"帮卢大姐做了一些沟通和疏导工作。小事，小事，不值一提。"何二狗仗义地一挺胸膛，"比起大姐帮我的事情，别说租一栋楼了，就是租十栋也能帮她摆平。"

"别叫大姐了，听上去别扭，她没那么老。"郑道有点儿郁闷，卢西东的来历太神秘了，居然没有人知道她到底是谁，这么有个性的姑娘不是富二代肯定说不过去，"你的意思是，她爹是谁，她的人脉和钱从哪里来，你都不知道？"

"奇怪了，我干吗要知道？我又不是好奇宝宝。问她她就会告诉我吗？不会的，所以我问都没问。只要她肯帮我，我管她借用的资源是她爹的还是她男朋友的，反正我没想和她谈恋爱，更娶不了她，我和她只是正常且健康的合作关系。"何二狗猛然顿住，"啊"了一声，"哈哈，郑大夫不会是看上她了吧？你要是不敢表白，我替你和她说。只要你扛揍，就成功了一半。"

"如果我说她搬到对面的三十五号楼办公，就是为了追我，你不会信吧？"反正人设已经崩塌了，郑道索性继续吹下去，在吹牛需要交税之前，他有足够长的时间成长为忽悠大师。

"郑大夫……"何二狗像不认识郑道一样愣愣地看着他，喉咙动了几下，想笑没敢笑，"咱们还是聊见鬼的事吧，比较好聊一些。"

连狗哥都认为他不诚实了？做一个说真话的人怎么就这么难呢？郑道自怨自艾三秒钟，心思就飞到了远景小区的荒芜之地。

荒芜之地，有两个人鬼鬼祟祟地上了三楼。他们在房间里转了一圈，一个人先下来，站在一旁等候，另一个人沿着窗户外面的管道往下滑。

对面酒吧的灯光忽明忽暗地投射过来，映照得正在下滑的人影影绰绰，像是在飘一样。

"像，太像鬼了。李鬼，不是，李别，你注意点儿，别破坏了现场，影响了指纹采集。"何小羽压抑的声音透着兴奋和期待，"快下来，别飘了，赶紧演示一下穿越铁栏杆和翻栏杆。"

李别和何小羽在一号楼，听到余婶和柳婶说到远景小区时，就立刻意识到问题所在——发现放置遥控特斯拉装置的废弃房间，就在远景小区！

李别虽然不相信郑道的本事，但是对郑道的狗屎运佩服得五体投地。当然，郑道一向不承认运气之说，他坚定地认为运气都是他的善良和人品的积累与回报。

李别对此更是极度鄙视加不屑，纵然他有时也承认郑道不是坏孩子，但郑道再好能有他好？他经常被姑娘发好人卡，说明至少他的女人缘比郑道好了不知道多少倍！

自己不如郑道没关系，只要郑道能帮他破案，就是他的好兄弟——在听到一半时，李别就能断定余婶和柳婶所见的"鬼"就是遥控装置的实际操作人，只要能抓住他，案件就破了一大半。

特斯拉案的线索之所以中断，是因为车主无辜、代驾被利用，而遥控装置的操作人又查无此人，完全没有头绪。原本说好配合调查的车主历之用，迟迟没有从京城过来，以自己有事为由一拖再拖。局里也拿历之用没有办法，毕竟他也算是受害者。

遥控装置操作人的线索是重大突破口。

李别按捺住雀跃的心情，耐心地等余婶和柳婶说完她们两次见鬼的经历。他在第一时间得出了和何小羽完全相同的结论——所谓鬼，肯定就是遥控装置的操作人。

她们第一次见鬼是在五月一号，应该是那人在安装和测试装置；第二次见鬼是在昨天，难道那人返回犯罪现场是想消灭什么痕迹？不管动机如何，两次肯定是同一个人。李别开心之余，忍不住要将第三十三个姑娘送他的好人卡转赠给郑道了。

在余婶和柳婶讲述期间，李别几次向郑道示意，暗示自己要离开这里去现场调查，都被郑道暗暗阻止了，郑道坚持让他听完每一个细节再走。刑警和医生有相同之处，必须有足够的耐心听完案情或是病情，再反复斟酌其中的细节，不要着急就做出判断、下结论。

李别性子急，要不是郑道一再用眼神约束他，他早跑过来了。不过也得佩服郑道忽悠——啊，不对——诱导的水平一流，居然让两个大婶都信服了他。

在李别眼中，能摆平广场舞大婶的人都是神人。

李别一路飞奔来到现场，第一时间想要检查铁栏杆，被何小羽叫停了，她想重现当时的情景，好推测对方到底在做什么，又有什么目的。李别只好以"反抗也得照办，不如顺从，皆大欢喜"的心态，勉为其难地配合何小羽。不过他再三强调，他可做不到如犯罪嫌疑人一样穿越和翻越，却被何小羽一句话噎得脸红脖子粗："你的意思是承认他是鬼？或者是你连只鬼都不如？"

李别是坚定的无神论者，他不允许别人置疑他的三观。

从三楼"飘"下来后，李别朝铁栏一头撞去，他坚信铁栏杆有猫儿腻，坏蛋都能穿过去，他怎么就不能？

"我靠——"在距离铁栏不到十厘米时，李别堪堪停下，他发现了铁栏杆的秘密！

/第五十七章/　取之有道，止于欣赏

"太晚了，小郑大夫，我们得回家睡觉了。"余婶看了看墙上的石英钟，现在是晚上九点五十分，"每天必须十点半上床，十一点睡着，得在肝经当令的时候进入深度睡眠，才能养生。"

"说得那么科学，还不是你家老头子没有你在就睡不着？"柳婶挤眉弄眼地笑了笑，手慢慢伸过去，握住了她之前放在桌子上的五百块钱，"小郑大夫，要是你这个心理医生没法儿让我们相信世界上没鬼，这钱我们得收回去。"

"说的是呢。"余婶的手也放在了她的六百块钱上面，"我家老头子习惯了使唤我，我不在，半夜里没人给他端茶倒水，他不踏实。"

有话好好说，别动不动就谈钱。郑道紧盯着二人的手，他都陪聊大半个晚上了，没有功劳也有苦劳，花出去的钱就像泼出去的水，怎么能收回呢？

这些年他花出去的钱，没有一分再回到自己手里！

当然，他是医生，治病救人是职责，不是为了钱。但如果赚不到钱，就没法儿衡量他的医术和被他救治的病人的幸福值。郑道不允许自己失败，他手一抖，茶水洒了一半，正好有一些水滴准确无误地溅到了余婶和柳婶的手上。

"烫！"

"哎哟！"

二人同时收回了手，一千一百块钱才得以重见天日，呈现出让人赏心悦目的色彩。

门口闪过李别和何小羽的身影，郑道长出了一口气。总算回来了，再不回来他就得让李别赔他一千一百块钱了。

李别满头大汗，一进门就嚷着口渴，喊道："哥，快，让我喝口水。"

"渴不死你，先说真相。"郑道拨开李别伸过来拿水的手。

"哥，没想到你是这样的人。"李别的目光从桌子上的一千一百块钱上面扫过，立刻猜到了什么，他掏出了一沓钞票，足有两三千块钱，拍到了桌子上，"今天你帮我解决了大问题，哥有赏，就当是心理辅导的学费了。"

"你们到底谁是哥？"余婶和柳婶迷惑了。

何小羽推开李别，说道："别演了，说正事。郑道，经过现场勘查，基本可以认定这个人就是特斯拉案件的遥控装置的操作者，我们不但在现场找到了他的指纹，还发现了鬼影和铁栏杆的秘密。"

余婶和柳婶此时才明白李别和何小羽去干什么了。余婶看了看郑道，又指了指李别，小声地问："小郑大夫，你们是一个团伙的，几个心理医生联合作案？"

郑道顾不上纠正余婶的用词不当，接过何小羽递来的手机，焦急地问："鬼影是复杂光线环境下的视觉错觉，穿过铁栏杆是什么原因？"

视觉错觉是郑道的推论，他只去过一次现场，还是白天，只关注了周围环境，猜测鬼影多半是受光源交织辉映的影响。但穿过铁栏杆到底是什么原理，他不好乱下结论，虽然他知道对方绝对不是鬼，顶多是耍了鬼把戏。

何小羽放大手机上的照片，指着照片上反光的地方，解释道："并不是铁栏杆，是一块帆布，上面画了铁栏杆，三维立体画。白天还好，晚上真的会以假乱真。帆布中间有裂缝，一推就能钻过去。再往下一拉，也就一米五的高度，稍微练习过的人，就能跳过去。"

真相大白……原来如此，郑道最关心的还是穿越和翻越的原理，至于破案等专业的事情，是何小羽和李别擅长的领域。他将手机推到余婶和柳婶面前。

"事实是一个犯罪嫌疑人从事犯罪活动时，被你们撞见了，他为了掩盖自己的罪恶行径，利用光景和三维立体画，制造了鬼影的效果。余婶、柳婶不用担心了，你们见到的是人，不是鬼。你们身体健康，心理健康……道德也健康，人品更健康！"郑道特意强调了"道德"和"人品"。

"不是鬼就好，谁愿意见鬼？晦气！"看了照片，听了郑道的总结性发言，余婶和柳婶总算安心了。二人没好意思再提收回钱的事情，放下了心理负担，开心地走了。

"二狗你真行，今天的事儿还得谢谢你。有空了上家里吃饭啊！"余婶和柳婶喝水不忘挖井人，连带也谢了何二狗。

她们走到门口，正好遇到带着孩子回来的何不悟，余婶见何不悟拉着一个抱着一个，羡慕得不得了，感叹道："我儿子也老大不小了，就是不结婚生子，愁死我了。何老头儿，你到底要不要把闺女嫁给小郑大夫？早定下来早省心，要不我可要为他介绍对象了。"

"赶紧介绍，一分钟也别耽搁。"何不悟咧着嘴笑得开心，"三无人员，无房、无车、无工作，还有两个孩子外加一狗一猫。愿意嫁给一个有负担没存款的穷光蛋、进门就得当后妈的姑娘，满世界都找不到几个。你要能把郑道推销出去，我谢谢你家八辈祖宗。"

何不悟进屋后见李别还在，就嚷道："都几点了，还不回家睡觉？天天来，要不你干脆交一份房租，给你预留一个房间吧？"

"这就走，这就走。"李别听到了何不悟和余婶的对话，"叔，你觉得我当你女婿怎么样？"

"身高不够，长相差点儿，资产不达标。"何不悟拍了拍李别的后背，认真地安慰他，"李别啊，下辈子投胎时加把油，努把力，到时要是还能见到叔，叔一定会考虑你。"

"绝交！"李别大受打击，立马走人了。

"别忘了特殊经费！"郑道冲李别的背影喊了一嗓子。时刻保持对金钱的兴趣和获得金钱的动力，是人类进步的基础条件之一。

李别和何小羽在现场的收获，以及得到的指纹信息，让他们离破案又近了一大步，郑道仿佛看到三万块的奖金正在朝他飘来。当然，钱不钱的无所谓，主要是他很享受助人为乐的快感。身为医生，职责就是治病救人，所谓"大医医国，中医医人，小医医病"，即使他身为小医，能帮助李别和何小羽抓住坏人，让坏人被改造成好人，不也算是治病救人的一种吗？

至于钱什么的，不过是治病救人之后的副产品罢了。

最主要的是，如果真的能够破了特斯拉案，抓住对付苏木的幕后黑手，除了为民除害之外，也算是为他们这个群体除了病根。

"什么特殊经费？"何不悟顾不上放下快要睡着的杜同裳，蓦然想起了什么，"刚才余大花和柳新妹是来找你看病？不对呀，我的微信没有收款提示，你不会没收费吧？你不能因为她们是权贵阶层，就免费为她们看病。郑道，做人要有节操。"

支书和主任的媳妇也算权贵阶层？何不悟眼皮子太浅，做人太肤浅。郑道来不及深度鄙视何不悟，悄悄将现金藏在了身后，何小羽顺势接住，收了起来。

"难道是你换了收款的二维码？郑道你个没良心的，吃我的、喝我的、住我的，一分钱也不上交……你还我钱！"何不悟拿出手机扫描二维码，发现还是自己的收款码，就更急了，"你收现金了？赶紧给我！"

何不悟搜了一遍毫无发现，依旧不善罢甘休，何二狗忍不住了，替郑道鸣不平："叔，我家还有一层闲着，让郑道搬去我家住，我不收房租、不要饭钱，只要他在我家摆摊算命……啊，不是，坐诊看病就行。郑道马上要出名了你知道不？等他成了善良庄妙手回春的第一村医后，诊所会天天人满为患，我家就成了庄里最红火的地方。"

他是心理医生好不好？和"妙手回春"真没什么关系。还有，第一村医是什么意思？是对他的褒奖还是贬低？郑道心情沉重地拍了拍何二狗的肩膀，真诚地说："谢谢啊狗哥，谢谢你往上推十八代的全家。不过真的不用了。"

何二狗心满意足地走了，今天他算是长了脸，既帮郑道拉了客，又帮余婶和柳婶解决了问题，从此狗哥的名声在庄里应该会更响亮了吧？说实话，他始终捏了一把汗，还好郑道没有玩脱，说明小郑大夫还是有两把刷子的。

郑道这个大忽悠他交定了，争取尽快把郑道培养成善良庄第一神棍，助他早日冲出善良庄，走向全区……不，全市！大家都是出来骗的，他靠拳头，郑道靠嘴巴，正好互补，成为文武双全的组合。

同时狗哥还下定了决心，一定想方设法帮郑道打出名气。虽然郑道并不爱钱，钱不钱的对他来说无所谓，但名气上去了，坐实了神医的大名，不管是谁，多有钱、位置多高，谁还没有点儿心理问题？到时候郑道三言两语、三下五除二就帮他们解决了，他也可以借机在有钱有权的人面前露露脸。万一那些人像卢西东一样，一高兴又赏他一两个项目，他不就发了？

郑道清高，不爱钱，不喜欢美女，他可是一个真实的贪财好色的俗人。

郑道要是知道在狗哥眼里，他是一个如此纯粹的、高尚的、脱离了低级趣味的人，肯定会垂死梦中惊坐起，大骂："狗哥，你扯淡！"

当然，郑道不会承认他也贪财好色，他会更委婉、更含蓄地说他其实是爱财喜色。爱财，取之有道；喜色，止于欣赏。

/第五十八章/ 物来顺应，未来不迎

还好郑道并不知道狗哥的雄心壮志，等安顿好了孩子，他又悄悄地收回何小羽替他保管的一千一百块钱，满怀安全感和幸福感入睡了。

整整一周风平浪静，除了天气越来越炎热之外，郑道的日子仿佛又回到了从前——每天准时在日出时分起床，照顾孩子、学习、坐诊、遛狗、逗猫，一天很快就过去了。院子里的皂角树和梧桐树越发枝叶繁茂，呈现深绿色，投下的影子能将院子完全覆盖。

早晨或傍晚，他会在树荫下带着孩子玩耍，旁边有一猫一狗相伴——郑道已经原谅了远志，毕竟作为一只娇生惯养的富家狗，来到了一号楼后没有嫌弃住宿环境差、伙食一般，也算是一只好狗了。郑道很满足于现状，觉得他过的就是神仙生活，在一千一百块钱现金还没有花完之前，他不用担心生计问题。

省吃俭用一些，这些钱至少够他半个月的开销了，其中包括但不限于孩子的零食和玩具。当然，是普通玩具，高级玩具他可买不起。

原以为为余婶和柳婶治愈见鬼的"心理疾病"后会产生广告效果，没想到几天过去了，毫无长尾效应。还好郑道是一个乐观向上的人，毕竟这年头勇于承认自己心理不健康的人不多，他又不是真的想当神棍。

有耐心也是一种美德，郑道蛰伏了这么多年，怎么会在意再多等几天？杜若不急，杜天冬稳坐钓鱼台不露面，他也得稳住。谁稳不住，谁就是鱼。

何不悟一早就出去了，整整一上午不见人影，快到中午时才回来，一进门二话不说先洗手做饭。饭做好了，又端到了院子里。以前何不悟顶多将饭菜端到二楼露台。虽然二楼和三楼都有厨房，他还是习惯在三楼做饭，从三楼端到一楼的院子对他肥胖的身体来说是一种折磨。但现在为了孩子，他什么都可以接受。

何小羽近来一直忙，每天都要上班，往往到晚上才回来。特斯拉案件进入关键阶段，差不多可以看到破案的曙光了。

何不悟抬头看了看郑道简单处理过的墙头和树杈，只吃了几口就放下筷子，说道："这几天将周围的幼儿园转了个遍，太贵的上不起，太便宜的档次太低，亏待了孩子，中间的又离得太远。好不容易选中了一家，就在二环边儿上，走路也就是十分钟的样子……"

"爷爷，无衣和同裳不想上幼儿园，就想在家里。"杜无衣不开心了，拉住了郑道的衣服，"爸爸，你批评爷爷，他想赶走无衣和同裳。"

郑道知道何不悟想要让孩子上幼儿园的原因，一是安全，上次曾自欢翻墙事件后，他和何不悟并没有正式讨论过曾自欢的目的，却都默契地认为曾自欢多半是想偷走孩子。如果孩子丢失了，别说股份和现金了，郑道还会被杜家索赔。

二是为了孩子更健康快乐地成长。在家里虽然有人陪伴，但杜无衣和杜同裳也不小了，提前进入幼儿园，可以更好地适应集体生活，也有利于以后上小学。

还有一点，现在都不清楚杜家到底有多大的耐心和多深远的谋划，万一什么时候出现了不可控制的局面，影响了孩子的身心健康就是罪过了。

郑道看得出来，"铁公鸡"何不悟对两个孩子的爱是全心全意、毫无保留的，不管是时间还是金钱，他都是不留余地地付出。

郑道点了点头，抱过了杜无衣："无衣，上幼儿园是为了让你和妹妹更好地长大，长大了，学会了一身本领，你们才能赚钱养活自己，才能为社会创造价值，成为对别人、对国家有用的人。"

"我不需要赚钱，我现在就有钱。"杜无衣从身上翻出一张银行卡，"姥爷说了，卡里有一百万，生日是我的密码。爸爸，我养你。"

"我也有钱。"杜同裳也拿出一张银行卡，不过是信用卡，"舅舅说随便花，他会还钱的。爸爸，我也养你，密码是妈妈的生日。"

真是好孩子，没白疼你们，别的不说，至少养儿防老的小目标先达到了。郑道惭愧地说："爸爸有手有脚，可以自己赚钱，你的钱让爷爷花好不好？"

"骂谁呢？我的老胳膊和老腿也灵活得很，我还有房租可以收，比你收入高多了。谁看不起谁还不一定呢！"何不悟接过两张卡，啧啧几声，"一张是私行卡，一张是黑金卡，都是顶级卡，有钱人的世界确实不一样。郑道，你要是名下有两张这样的卡，小羽马上就可以和你结婚。"

"不行，姐姐不能嫁给爸爸，就和妹妹不能嫁给爸爸一样。"杜无衣坚决反对，"我喜欢卢姐姐，爸爸一定要娶卢姐姐当妈妈，好不好？"

"我喜欢何妹妹，就是长得一模一样的两个姐姐中的妹妹……"杜同裳表达了不同的看法，"爸爸，你娶她好不好？"

都知道操心爸爸的爱情了，没白疼你们。郑道从左边抱过杜无衣，从右边抱起杜同裳，目光却盯着何不悟不放。

何不悟恋恋不舍地收起两张银行卡，回敬了郑道一个凶狠的眼神，不满地说："别这样看着我，我是爱钱，但还不至于用孩子的钱。跟我玩心眼儿，你还太嫩了！以后你就会知道，爱比钱重要多了。"

"可是叔不是一直在教我没有钱就没有爱的人生真谛吗？"郑道其实只是在逗何不悟。这段时间，何不悟对孩子的感情是老人对自家孩子掏心掏肺的真情，百分之百的纯度，没有掺杂任何杂质。也真难为他了，毕竟他和杜无衣、杜同裳没有任何血缘关系。

对外人付出一切，这种事发生在何不悟身上，就是了不起的奇迹。

"没钱的时候，钱是一切，爱会靠边。有钱了以后，爱是一切，钱是王八蛋。"何不悟难得深沉起来，眼神里有岁月的光芒闪动，表情也是从未有过的凝重，"等我想明白这个道理时，人都老了，也爱不起来了。"

何不悟是想起了什么伤心往事？认识他十几年了，他很少提及他和前妻的往事，也没说过前妻去了哪里。其实以何不悟的条件，再娶一个也不是难事，他却始终单身，其中固然有不想让何小羽被后妈欺负的原因，恐怕也和他忘不了前妻有关。

不管是忘不了恩情，还是忘不了伤害。

郑道好奇心大起，连连发问："叔，你当年为什么要和婶离婚？她为什么要甩了你？她去了哪里？"

"什么甩，是感情不和，大家好聚好散好不好？不要污辱我的魅力，贬低我的吸引力。"何不悟又和往常一样吹胡子瞪眼一番，不过夸张的表演过后，他惆怅地长叹一声，"当年她还不是嫌弃我没钱？跟一个有钱人跑了，现在不是在京城就是在深圳。喀喀，现在还是比我有钱多了。"

"小羽后来就没有再见过她吗？"

"没有，不是不让她见，是她妈从来不想见小羽。女人狠起心来，就没男人什么事情了。"何不悟忽然警觉，"你是不是想从我这里套出你妈的事情？哈哈，没门儿！实际上我也不知道你妈到底是什么情况，老郑头儿比我顽固多了，每次问他都只回答两个字——死了。"

居然被何不悟察觉到了他的心思。一涉及老妈的事情，他总是不够淡定，做不到置身事外、循序渐进，忽悠神功也会大打折扣。郑道只好收回念头，转移话题："叔最近气色好了许多，以前积攒的一些慢性病都缓解了，带孩子比跳广场舞还有利于身心健康。"

"扯！你知道的所有的养生学知识，还有中医理论，叔都门儿清，懒得听你说。我不去做是我不乐意罢了，非不能也，实不想也。"何不悟罕见地一本正经起来，"叔以前活着就是为了小羽，只要小羽能有一个好的归宿，叔就是死了也可以瞑目。现在不同了，现在有了无衣和同裳，叔还想多活几年，看着他们长大成人。"

每个人都有辛酸往事和不为人知的内心世界，何不悟是，老爸也是，只是这些老人往往固执且倔强，总觉得他们这些年轻人还是孩子。实际上他已经是文武双全，即将神功大成的有志青年了好不好？郑道笑了笑，说道："所以说人也是唯心的，心气上来了，才能活得更有活力。叔，你想送孩子们去幼儿园，还有更深层次的考虑吧？"

不管怎样，郑道由衷地为何不悟精神状态的转变感到高兴，也希望老爸脱离了他曾经的生活之后，能够重新调整心态，变得更有动力。

"郑道呀，听叔一句话，太聪明了不好，容易早死。"何不悟嘿嘿一笑，"总这么耗下去也不是个事儿呀，送孩子上幼儿园，等于是告诉一些人我们已经接受了事实，正在按照正常的轨道安排孩子的人生。如果他们再不出现在你的面前，给你送钱、送股份，等孩子完全适应了我们的生活，他们想要借孩子说事的伎俩就完全没用了。"

"叔这是想孩子、股份和现金全都要？"郑道一向佩服何不悟的胃口，而且心还大。

"不然呢？"何不悟不屑地哼了一声，语气中多了几分冷峻，"这些年跟我耍心机、玩手腕的，不是死了就是输了。跟着叔混，你永远是赢家。"

郑道并不想打击何不悟多少年才会昙花一现流露出来的霸气，他只是实事求是地说："叔说得没错，可是婶怎么说？"

"滚！"何不悟一秒钟翻脸。

"好嘞！"郑道说滚就滚，转身上楼，他是想要借机逃避刷碗。才走上楼两步，何小羽回来了。和她一同进门的还有滕哲和苏木，她一进门就喊："郑道，郑道，案子破了，人抓住了！"

/第五十九章/　时来天地皆同力

这一周，何小羽忙得不可开交，对比指纹、排除嫌疑人、确定嫌疑人、蹲点、抓捕……这是她正式接手的第一个案子，她和李别还没转正就成为主力办案人员，她为此投入了全部的精力和热情。

若是按照惯例，特斯拉案是案中案、大案，根本轮不到她和李别参与，更不用说作为主力办案人员了。之所以他俩能参与，一是因为冬营案的侦破，她和李别有重大立功表现；二是上次郑道破解余婶和柳婶的见鬼事件时，他们发现了以前几次侦查现场时都遗漏的指纹。此外，何小羽和李别还根据现场的脚印以及三维立体画，推算出了对方的身高和体重，大大缩小了需要排查的范围。

两次重大立功表现，再加上李史者的推荐，何小羽和李别得以顺利进入专案组，成为其中光荣的组员，并且还是三名主要组员之二。

专案组主要负责人齐全是副支队长，是干了二十多年的老刑警了。他原本在江西，后调到津城，前年才调来石门。他屡破大案，被业内称为"齐神"。

原本冬营案也由李史者分管，齐全主抓，上面对李史者施加压力，李史者就将压力转移到他的身上。他虽然来到石门已经两年多，却始终没能打开局面，以前的破案神话在石门不但没有延续，反倒成了包袱。如果冬营案不能在规定的期限内侦破，石门的工作经历将会成为他职业生涯的滑铁卢。

齐全生性耿直，从江西调到津城，就是因为得罪了领导，而在津城也是因为光芒过盛遭人嫉恨，不得已才来到石门。他不会阿谀奉承，也懒得和人搞好关系，一心扑在案子上，沉迷于案情之中。不料两年来他在石门遇到的全是一些鸡毛蒜皮的小案，一件大案也没有。石门虽然比不上津城是直辖市，但好歹也是省会，有几百万的人口，发案率极低，可能和石门百姓敦厚温和的性格有关。

好不容易有了一个杀医案，齐全正摩拳擦掌准备大展身手时，却发现案件古怪中透着诡异，完全没有头绪。他像是嗅到高级猎物的猎手，办案多年，越是高智商、高水平的犯罪，越能激发他的破案欲。如果不是上级要求限期破案的话，他有绝对的把握抽丝剥茧在三个月内抓住罪犯。

他万万没有想到，一周后，案件破了，破案者居然是两个刚毕业的实习生！

纵然有李局做证并且亲自参与抓捕，齐全还是不相信何小羽和李别破获了冬营案——他称为"507杀人案"，破案的过程离奇且不科学，居然是闻到了冬营身上的草药味而他的气色正常、没有生病，就得出了他是杀人凶手的结论，简直是反智、反科学，并且是对他几十年办案经验的嘲弄。

不信归不信，破案是事实。齐全总觉得背后有猫儿腻，应该是李局收到了线报，安排了一出好戏让何小羽和李别出彩，好让他们立功。就算申功时特意将何小羽排在李别前面，那也是为了避嫌，谁还不知道其中的玄机？不过是掩人耳目罢了。

齐全不服！可不服归不服，案子破了就是好事，得面对现实，齐全就将心思转移到了特斯拉案件上。原本他不负责此案，特意找了负责此案的付锐做了几天工作才接手过来，要的就是借此案翻身。

齐神的名号不是白叫的，想当年，他曾经有过三天三夜不吃、不喝、不睡追捕一个嫌疑人的经历，硬生生将嫌疑人累得吐血，心服口服地跪地不起，成就了他齐神的名声。他还有过审问嫌疑人时，从对方某一个字说出了乡音的细节确定了那人的犯罪事实的破案奇迹。齐神之名，绝非浪得虚名，凭借的是真才实学以及拼命才换来的荣誉。

怎么能让两个初出茅庐的小年轻，只因有人罩和狗屎运就超过他？现在局里已经有好事者和马屁精称呼何小羽和李别为"半神"了。

他们不过是误打误撞破了一个并不复杂的杀人案件，就成半神了？齐全看不惯那些人的嘴脸，太势利、太不尊老爱幼了。等他破了特斯拉案后，要让所有人都对他刮目相看。他要用实力证明他才是市局破案第一人，从来不靠运气和关系，只凭实力。

只是特斯拉案和一般案件不同，毫无抓手，每一个线索到了关键处就会中断，就像是布局者设计了一个天衣无缝的局，将包括他在内的所有人都玩弄于股掌之间。

从事刑警工作多年，齐全很清楚一点：世界上没有完美的犯罪，所有的犯罪都会留下证据和破绽，没发现不代表没有。特斯拉案一定也有漏洞，但在哪个环节，齐全还没有找到。虽然他也承认对方确实高明，是他生平所见的设局高手，但他还是对自己充满信心，认为一定可以在三个月内查清所有的真相。

只是让齐全郁闷得想要吐血的是，何小羽和李别没有给他三个月的时间，甚至连三周都没有，就又有了重大突破！

这就不能用狗屎运来形容了，根本就是天降奇运！

齐全乍一听到何小羽和李别又发现了中断的线索后，第一个念头是：不会吧，他们真的在半神的道路上越走越快，不超越他成为新神誓不罢休？随后他又否定了自己的想法，觉得那是误传，肯定是误传，运气都是一次性产品，不能一再使用。

以何小羽和李别的经验和能力，他们怎么可能一再破案，而且都是在别人还完全没有眉目的时候？太欺负人了，有种让人无能为力的降维打击之感，凭什么呀？

　　只是当齐全得知何小羽和李别夜探现场后的发现时，又不得不佩服二人另辟蹊径的突破点，居然发现了嫌疑人是从三楼沿墙像攀岩一样下楼，并且是从三维立体画的铁栏杆中穿越逃离。

　　原来他们之前的侦破方向出现了偏差，只关注了大门和楼梯，才没有任何发现。

　　何小羽和李别的脑子到底是怎么长的，怎么就能想到超出常人思维的侦查方向？他们是游戏打多了还是上网上多了，又或者是国外的侦探片看多了？

　　齐全即使不愿意承认自己不如何小羽和李别，但也坦然地面对现实，认真对待二人辛苦获得的线索，并且和二人一起再次进行了现场勘查。也就是在这次勘查现场时，齐全半是好奇半是例行公事地问起何小羽和李别，他们是怎么发现冬营的嫌疑以及特斯拉案的最新疑点，何小羽还想用之前和郑道商量好的说辞，说她和李别都是无意中发现的，不料李别意外说漏了嘴。

　　"说了你肯定不信，齐神，我和小羽有一个发小儿，可有本事了！人称善良庄第一神医，不但是庄草，还是庄里最优秀、最有潜力的单身狗……"

　　齐全皱眉，什么乱七八糟的，说正事呢别打岔。他才不管李别是不是局长的公子，严肃地说："再胡扯，信不信我揍你？"

　　"真不是胡扯！齐神，他叫郑道，长得比我帅一点点，不过没我聪明、没我能说会道，更没我有女人缘……别动手，我错了还不行吗？真相是，他灵敏的狗鼻子闻到了冬营身上的中草药味儿，又从冬营的气色看出冬营没病，根本不需要吃药。一个不需要吃药的人身上全是药味，他还是老单身狗，那就肯定有问题了。

　　"至于发现特斯拉案件的突破口，就更神乎其神了，源于一次见鬼的经历……哎呀，疼，疼，齐神你放手！拧耳朵是小孩子的把戏，成年人都直接动手。好，我又错了还不行吗？是真的，没骗你，当时我和小羽在场，郑道是心理医生兼以中医理论为基础的神……神医，他只看了一眼，就知道见鬼的两个大妈并没有真的见鬼，因为她们气色正常……"

齐全的眉头越皱越紧，还有这种操作？听上去很不靠谱儿，完全像是凭借直觉的推论，但在实际生活中，许多案件的侦破方向和切入点，还真是靠直觉判断的，而往往越是厉害的神探，直觉越准。

　　"郑道——"齐全点了点头，蹲在地上用树枝写了郑道的名字，"行，我记住他了，等有机会和他切磋切磋。"

　　"你信中医吗，齐神？"李别嬉皮笑脸。

　　"不怎么信，信一点儿。"

　　"你认为心理可以影响人体健康吗？"李别继续为齐全挖坑。

　　"也信一些。"

　　"得嘞，郑道会很期待和你成为好朋友的。"李别笑得更贱了。他已经可以想象郑道和齐全见面后针锋相对的场面，不管是郑道吃瘪还是齐全倒霉，他都是冷眼旁观、坐山观虎斗的渔翁。

　　何小羽狠狠地踢了李别一脚，她猜到了李别龌龊的心思。

　　齐全在现场又有了新的发现，找到了一根嫌疑人遗落的头发。

　　有了指纹和头发，再经过大数据分析，很快锁定了一个人——张四瑞！

　　张四瑞，性别男，年龄三十岁，职业是卡车司机。他自称接到一个神秘的电话，要求他在远景小区一栋废弃的楼里，找一个房间安装一个装置，并且让他在指定时间操作装置，报酬是十万块钱。

　　他答应了，先收到了对方五万块钱的首款，在指定时间操作了装置后，又收到了第二笔钱。他并不知道操作装置会有什么后果，以为只是连线打游戏。由于特斯拉案件并没有新闻报道，他也不知道发生了什么。后来他又接到指令，让他再去一趟现场，查看有没有什么遗漏的东西，确保万无一失后，对方还会追加五万的报酬。他同意了，五万块钱不是小数目，差不多是他一年的收入。

　　对方是谁，什么来历，为什么要指使他做这些事情，他一概不知。他只想赚钱，拿钱办事是他的原则，就当是承接了客户的一单运输生意。

　　"张三的话漏洞百出，齐神肯定知道他在说谎。"听何小羽说到一半，郑道就敏锐地发现了其中的问题。

/第六十章/ 博学之，审问之

"哥，你听岔了吧？人家叫张四瑞，不叫张三。"滕哲边笑边躲到了苏木的身后，"道哥忽悠多了，把自个儿给忽悠瘸了，傻得三四都分不清了，是不是快得阿尔茨海默病了？"

"你真是郑道的发小儿？"苏木身子一闪，她才不当滕哲的挡箭牌，"怎么完全领悟不到他的点？"

何小羽却是已经笑得不行了，腰都直不起来，说道："郑道，李别说你肯定把张四瑞叫成张三，还真被他说中了，还是他了解你。他和你一样，一听张四瑞的名字就说，不管披什么马甲，打扮得多洋气，张三还是那个张三。"

滕哲才反应过来，挠头嘿嘿一笑，不好意思地说："四瑞……Three，也是，不还是三吗？不是我领悟不到道哥的点，是他和李别从小到大都是猥琐发育，我太正直、太刚强，和他们不是一个路数。"

"你什么路数？"苏木微有嫌弃之色，离滕哲又远了几步。

"所有你喜欢的路数，我都有。没有的，也可以学会。"滕哲深情款款。

"滕哲，你出门左拐，二十米远的树下，远志在等你。"苏木不接招，冷淡且冷静，"你们两个单身狗可以好好交流一下梦想。"

"喀喀，哥，你也看到了，我俩的进展还算不错吧？苏木不喜欢在人前秀恩爱，我都让着她。"滕哲自嘲地尴尬一笑，"你接着表演，张三的话漏洞在哪里？我迫切地需要学习新的技能。"

郑道也没揭穿滕哲小小的虚荣，不过从二人的互动和默契来看，比起以前也算是有了一定的进展，尽管很小。让他欣慰的是，苏木的气色恢复了不少，眼睛里也有了神采。

只要身体能够康复，以苏木的胆识，对方就算再次出手，也不会那么容易得手。更不用说，现在对方看似完美的布局，因张四瑞的落网而打开了一个缺口。

"张四瑞自称是卡车司机，众所周知，卡车司机是技术工种，少见高学历的从业者。遥控特斯拉的装置是高科技仪器，你们觉得一个普通的卡车司机能学会吗？就算张四瑞特别聪明，能够很快地接受新鲜事物，幕后高手会找一个没有相关技能，需要现学现卖的棋子吗？这是其一。"

"其二，哪个卡车司机会有这么灵巧的身手？以及利用三维立体画伪装成铁栏杆的奇思妙想？他的所作所为与身份、职业严重不符，所以张三说的全是假话。"郑道在想，如果他可以亲眼见到张三，凭借他的职业敏感，可以一眼看出张三是不是卡车司机。

卡车司机常年奔波在路上，熬夜、过度劳动以及饮食不规律，脸上会呈现出明显的岁月的沧桑，有些人脸色会有微青和微黄之色，会比同龄人更显衰老。熬夜和饮食不规律，损伤肝和脾胃，表现在外，就是脸色的青黄。再加上久坐伤肾，脸色还会在青黄之中，微微透出黑色。

"给，照片。"何小羽知道郑道想要的是什么，递过手机，里面有偷拍的张四瑞的照片，"只看一眼啊，我可是冒着犯错误的风险拍的。"

其实她还有一句话没有说出口，她想测试一下郑道看人的水平，能不能猜到张四瑞的真实职业。

照片上的张四瑞脸色白净，戴着一副无框眼镜，微瘦，长方脸，三角眼，面相既不像卡车司机，又没有满面风霜，相反，还颇有几分文静之气。不过文静之中，微微透露着一丝狡诈。

"猜猜他到底是干什么的？"何小羽收起手机，"猜对了，我才告诉你从他身上到底得到了多少有价值的线索。"

当我是无所不能的天线宝宝，可以接收宇宙的信息，然后知道每一个人的来历？拜托，我只是一个毕业于医科大学的中医传人，尚未成名也不曾出师，正在为了解决基本的生存问题而努力挣扎，不，奋斗。

"司机，他是一名司机，不过应该是小车司机。"郑道不敢肯定，只是从这个人的神态中琢磨出来谦恭、认真、服从、野心等内容，很符合一个为领导或是有钱人开车的小车司机的心态。

何小羽默默地收起手机，不说话，安静地喝茶，和她以前从来不藏事的风格截然不同。

"猜对了还是猜错了？"滕哲着急了，"小羽，你快说呀，我哥能不能从大忽悠上升到神棍，全在你一句话了。"

"臭郑道！死郑道！害我输了一百块钱。"何小羽突然发脾气，"我和李别打赌，他赌你能猜对张四瑞的真实身份，我赌不能。不行，这一百块钱得你出。"

这是什么脑回路，怎么问题的关注点会偏差得这么远？滕哲严重怀疑何小羽当刑警是不是会拖累警察队伍的整体破案率。

"张三是谁的司机？"郑道的脸色严肃起来，"你告诉李别，这一百块钱我出了，先欠着。"

"得嘞。"何小羽立马开心了，"这一次你肯定猜不到了，还是齐神厉害，两个回合后张三就交代了，他是胡非的司机。"

"胡非胡律师？"郑道不但猜不到，更是想都想不到，这玩笑开得太舒心了。

"对对对……"何小羽对郑道露出愉悦的神情表示不解，"你就这么讨厌胡律师，是不是你很想听到胡非也牵涉进去了？"

"那没有。"郑道大义凛然地摇头，"多行不义必自毙。我是医生，从来不希望别人生病。但有些人睡觉不盖被子、走路不看路，非要白天睡觉，晚上活动，那他生病也是自找的，对吧？"

"心眼儿坏得很。"何小羽抿嘴笑了，上次郑道和胡非过招，胡非咄咄逼人的态度肯定得罪了郑道，"恐怕要让你失望了，张三是胡非的司机不假，但他还真不是受胡非指使，并且没有直接证据表明胡非参与了此事。"

郑道确实有几分失望，不是他真的盼望胡非出什么事情，而是胡非既然有置身事外的直接证据，就说明背后的布局之人深谋远虑，每个环节都考虑得无比周到。

此人倒是一个极为强劲的对手，事无巨细，滴水不漏，堪称奇才。

不用想，肯定不是杜若，杜若是个草包，他没有这么高的智商。就像远志一样，让它上阵吓唬小孩子没问题，吓唬何二狗和他的两只大狗，就是"强狗所难"了。

"胡非不知道他的司机犯事了？"说句实话，胡非没有被司机拖下水，郑道也不太开心，帮杜若做事的律师，能是什么正经律师？

"胡非的态度特别好，积极配合警方的调查，说他知道司机在外面有活儿干，但不知道具体在做什么。他并不反对司机在空闲时间兼职赚钱，一个大男人要养家糊口，光靠开车的收入肯定不够，只要不影响本职工作，司机就算去开网约车，他也理解。当然，必须不能触犯法律。"

何小羽背着双手，装作老成的样子原地转了一圈，假装自己是一个有着多年办案经验的老手。她继续说："司机一再咬定，他所做的事情都瞒着胡非，胡非毫不知情。我们分别审讯和传讯了他和胡非，他们的话也对得上。而且，经过技术手段鉴定，和张三联系的电话以及给他打款的账号，和胡非完全没关系。"

"小羽，你不会真的认为，胡非和特斯拉案的所有事情一点儿关系都没有吧？"郑道越想越觉得蹊跷，胡非择得太干净，事情做得太完美，反倒有设计的嫌疑。

许多自然发生的病，如果非要追根溯源的话，不管中医还是西医，都无法给出合理且让人信服的理由，就算归类于玄学也不为过。

郑道的想法介于玄学和科学两者之间，有时他想，也许我们认为的玄学，不过是未来的科学，只不过人类遗失了以前的文明或是还没有达到相应的文明层次，才认为一些事情不符合现在科学常识，而归类到玄学层面。

所以郑道的观点一向是，世界上没有偶然的事件，都是必然的结果，不管是人类能够认知的，还是无法认知的。最终，不管是玄学还是科学，都会被证明是不同文明阶段可以掌握的力量。

手机响了，"长得丑活得久，长得帅老得快……"的铃声惊醒了郑道，让他从一个思索玄学与科学的哲人回归人间，重新变回了庄草和神医。

陌生的号码，陌生的男中音："郑大夫，百姓河工农路桥，有一家一晚香茶馆，明晚八点，我家有病人请郑大夫出诊，诊金一万块钱。我们不见不散！"

不等郑道答话，对方直接挂了电话，不给郑道拒绝的机会。

/第六十一章/　慎思之，明辨之

郑道愣住了。谁呀这是？口气这么大，让他出诊他就出诊的话，郑神医还要不要派头和面子了？哦，对了，一万块钱的诊金，这年头这么有诚意、不虚伪、不做作的客人不多了，急人所急、济人所难不正是医生的天性和职责吗？

去，得去！

不过这铃声是什么玩意儿？郑道犀利的眼神射向了何小羽，何小羽自知理亏，朝院子里喊了一句："远志，以后再乱动郑道的手机给他换铃声，打断你的狗腿。"

远志热情洋溢、摇头摆尾地进来了。

这狗也太傻了，何小羽翻了翻白眼。估计它真是随了杜若，连好坏话都分不清，智商感人。莫非远志真是一只披着拉布拉多外皮的哈士奇？

苏木察觉了郑道脸色细微的变化，问道："是谁打来的电话？"

郑道摆了摆手，说道："等下再说电话的事情，应该是和张三落网有一定逻辑关系。"

张三在外面从事非法活动，完全瞒过了思维缜密、熟知法律、逻辑思维极强的胡非，就像是远志在外面胡作非为而自己毫不知情一样，根本没有可能——不好意思了张三，我没有司机，只好拿远志类比了，并非有意骂你是狗。

胡非作为一个掌控欲极强的人，绝对不会允许张三失控，更不用说张三失控得如此严重。而他不但蒙在鼓里，还抽身得如此干净，太假了。

"你是觉得胡非知情？"何小羽见郑道没再提手机铃声的事情，把背在身后搅动手指的双手放了回来，"我也觉得他没说实话，李别也不信他。不过不信也没有办法，没有直接证据证明他和张三的犯罪行为有任何形式的牵连。"

"犯罪行为是要讲究证据的，而不是推论……"何小羽拉长了声调，目光不安地在郑道的手机上跳跃几下。

"等下再和你说手机的事情。"郑道搪塞了一句，"这么说，线索到了张三这里又断了？有没有追查打款的账户？"

"查了，账户持有人是一个瞎眼的乞丐。他说有人找到他，要用他的账户打款，会给他一千一百块钱，他就同意了。他只知道听对方的声音是一个中年男人，普通话很标准，别的就不清楚了。"何小羽扬了扬拳头，"齐神说了，对手是他从未见过的强大、周密、事事先人一步的高手，这个游戏很好玩，他要陪对方玩到底！"

买通一个乞丐也要一千一百块，郑道摸了摸口袋里的十一张钞票，忽然觉得索然无味。

确实如齐神所说，对手布局太严密了，严密到了吹毛求疵的地步，甚至连瞎眼乞丐的环节都想到了，明摆着就是用无可辩驳的事实告诉每一个人："来呀，来玩呀，看看谁才是掌控一切的王者！不是我看不起你们，我的意思是，每个入局的玩家，都是垃圾！"

郑道感觉受到了羞辱和嘲笑，一拍桌子站了起来，愤怒地说："这家伙病得不轻，自恋自大到目中无人的地步，我得好好给他治治，上上眼药。"

"对，对。"滕哲连忙附和，"没病也得先给他忽悠出病来，然后再治，收他高价。"

"我也就是说说而已，破案、抓人是齐神他们的事情，是小羽和李别的职责，我的职业是医生，只管治病救人。"郑道及时收回了发散的思维，接下来的事情由齐神坐镇，相信会有新的突破口。

郑道想了想，一指院子，对大家说："去院子里坐吧，今天凉快。"

滕哲和苏木今天过来，肯定有事情要说。

滕哲手脚麻利地在皂角树下支起桌椅，远志兴奋地跑来跑去，想要参与，结果总是碍事，在被所有人嫌弃之后，它又跑到楼上烦何不悟去了。

"我最近感觉状态好多了，精力恢复了不少，说起来还真得谢谢你，郑大夫。"苏木以前并不认可郑道的医术，不管是心理学还是中医，但自从上次和郑道聊过之后，她按照郑道的嘱咐注意营养和起居，身体以不可思议的速度复原，让她对郑道有了新的认知。但要说她现在就完全相信了郑道是一个神医，也不可能，她做不到一下子扭转观念。不过出于对中医的天然热爱，她还是对郑道抱有极大的兴趣，希望多和郑道交流一些相关的知识。

滕哲受她的影响，也在努力恶补中医知识，奈何他天生不信中医理论，很难看得进去、学得明白。但装也要装装样子，为了爱情，他不去计较中医理论的对错，只在乎苏木是不是接受他。

"应该还没有全好，还有一些症状，心脏供血有些弱。"郑道打量苏木几眼。她的脸色微微发红，双眼之间微有横纹，这些都是心脏功用稍显不足的表现，其他方面还好。胆魄之气充足的人，只要下决心做一件事情，都会很快速。

"郑大夫越来越厉害了，一眼就看出了问题所在，我想要拜你为师，跟你学中医。"苏木淡然之中又有一丝认真，紧抿的嘴唇刚毅而坚决，"不过我现在正在创业阶段，没钱交学费，有两个解决办法：一是先欠着，以后还本付息；二是以合抱之木百分之十的股份作为学费和顾问费……"

自己还没有真正出师就开始收徒，会不会操之过急了？但本着传播中医理念、弘扬中医文化的出发点，郑道也不能一直谦虚低调，隐居于善良庄不问世事不是？更不用说现在对付苏木的幕后黑手的攻击范围已经波及他，他不可能做到置身事外，独善其身。

他可不是为了什么股份，现在的合抱之木还没有形成气候，以后有多大的前景还是未知数，可以说合抱之木的股份在目前阶段不名一文。往小里说，他真的是为了帮助苏木；往大里讲，他也希望合抱之木可以被更多的人喜欢，从而让国人可以在日常生活中树立并保持正确、积极向上的生活习惯和养生理念。

"顾问费是指聘请郑大夫为合抱之木的总顾问的费用，以后所有关于中医的文章和养生理论，都要由你审核后再发表。不过……"苏木抱住了何小羽的胳膊，"我和小羽闺密归闺密，商业合作也要在商言商，如果郑大夫能准确地说出我目前的症状，我才会相信郑大夫有足够的本事当我的私人老师和公司的顾问。"

何小羽笑眯眯地看看郑道，又看看苏木，说道："我保持中立，你们继续。"

滕哲苦着脸想说什么，被何小羽瞪了一眼，立刻咽了回去。又一想，不对，他怕苏木也就算了，那是为了爱情，可他为什么要怕何小羽？她现在还不是自己的嫂子！

"治病救人是职责所在，不是为了收益。"郑道故意拔高了一下人设，"就算不是为了小羽而是为了滕哲，替你看病也得尽心。"

"和他没关系，虽然他是我老板，但也仅仅是老板。"苏木并没有注意到滕哲无奈又哀怨的表情，"和小羽也没有关系，现在只是你和我两个人的事情，在商言商，就事论事。"

苏木这么直接，郑道也就没有心理负担，不用客气了。苏木赠送股份的背后，其实暗藏了心思，有坑。她不说，他也能猜到是什么，就直言不讳了："学费加顾问费用是百分之十的股份，替你对付幕后黑手也得百分之十的股份，加在一起是百分之二十……当然，股份里包含对你的心理辅导和看病的费用。"

"成交！"苏木狡黠地咬着嘴唇笑了，"其实郑大夫没有偶像包袱的时候最可爱，我喜欢你讨价还价和狮子大开口的样子。"

"他的偶像包袱总是过于沉重，经常感慨自己帅得不像实力派，能力强大到不像偶像派……"滕哲借机讽刺郑道，还没说完就被苏木打断了："你闭嘴！现在不是你多嘴的时候。"

"明白！"滕哲毫无身为老板的尊严，没有廉耻的样子比远志讨好人时还贱。

"现在可以说正事了吧？"郑道算是服了苏木，心思多且缜密，说话办事很有章程，步步递进，绝不拖泥带水，而且还会将真正的底牌隐藏在背后。她是一个不可多得的商业奇才，和何小羽的简单直接完全不同。

"先说说我的症状，我拿小本记一下。"苏木露出虚心学习的认真的表情，咬着笔头的样子让她显得既可爱又人畜无害。郑道却知道她表面温顺之下，掩藏着一颗争强好胜、永不服输的心和一个胆识过人的胆。

苏木自以为在刚才的较量中，她小胜了一局，所以现在有些放松，也有一丝小小的得意。她将最深的让郑道保护她的想法隐藏在了股份的背后，虽然被郑道识破并且加了码，她依然觉得自己胜了。因为她的底牌就是用百分之二十的股份换取郑道的加盟。

郑道的加盟对合抱之木来说无比重要，甚至事关合抱之木的生死和她的安危。

因为……就在来一号楼的两个小时前，她又接到了一个恐吓电话——死亡威胁！

陌生的号码，陌生的男中音："苏木，百姓河工农路桥，有一家一晚香茶馆，明晚八点，有人特请你过来一见，我们不见不散！假如你不来，还会有第二辆特斯拉出现！"

/第六十二章/ 笃行之

苏木并没有告诉任何人她接到了恐吓电话，包括滕哲和何小羽。

何小羽是警察，苏木不是不相信她，而是清楚在事件发生之前，警察能起到的作用有限。对方像是一股阴冷的寒风，不停地在她身边盘旋，但如果不作用到她身上、让她生病，再高明的医生也没有办法对症下药。

纵然她相信有可以治未病的神医，那也只是可遇不可求。对于虚无缥缈、远水不解近渴的梦想，她从来不奢望。

她没有告诉滕哲是因为她并不认为滕哲可以帮忙。以滕哲的个性，他想不出来更好的应对之策，她也不能让他挺身而出替自己抵御。滕哲也不是冲锋陷阵的人，她可以不爱他，但不能害他。让滕哲为她出面，说不定会使他陷于危险之中。滕哲在面对重大变故或是突然事件时，甚至还不如她镇静，不如她具有逻辑性。那么在她的视线范围之内，能够求助的人就只有郑道了。

求人帮忙对别人来说，或许难以开口，对苏木来说却不是。她会从别的地方寻求突破口，以一定的条件来换取对方的帮助。只要让对方可以从她身上赚到足够的利益，有可以得到收获的期许，对方在帮忙时就会变得积极主动。

对郑道来说，苏木最大的价值不是她自身——郑道有何小羽，他们的感情很稳定，像是相处多年的老夫老妻——而是她的才华和未来。即使是苏木认为，无论长相还是能力，自己都不比何小羽差，并且郑道救过她，身为女性，从心理的安全感和依赖性来说，她对郑道确实有好感。但她还是克制了自己内心情感的萌芽，理智告诉她，她和郑道的关系保持在合作和盟友的状态，才可以走得更为长远，也更牢靠。

和郑道的对话还算顺利，至少她认为取得了预期效果。她见好就收，回到了沉静淡然的状态。在面对弱小无助的姑娘时，男人都容易放松警惕、放下斗志，自然而然地迸发保护欲。

苏木对自己的表现和演技都相当满意，直到她拿起小本假装记录时，郑道的一只手却突然伸了过来，想要抓住她的手。

啊——苏木好不容易沉静下来的心思突然就乱了，郑道这是要干吗？当着这么多人的面要拉她的手，他是真的喜欢她还是要调戏她？又或者只是在试探她？不管是哪一种，他的发小儿滕哲在，青梅竹马的女友何小羽在，他是色胆包天按捺不住，还是她的魅力太高让他难以自拔？

不行，不能这样，太不把滕哲和何小羽放在眼里了，大家这么熟，关系又这么复杂，不能乱套，更不能乱……来！

正当苏木内心上演着一出波澜壮阔的戏码时，郑道已经抓住了她的右手腕，三根手指落在了上面。

"你很幸运，苏木，本神医自出道以来，你是第三个被我亲自切脉的客人。第一次深刻，第二次亲切，第三次温暖，之后，就是无数次体验中的一次，不会有什么特殊感觉了。"郑道的手指只搭了几秒钟就松开了，又落在了她左手腕上。

原来是切脉……苏木既羞愧难当又有几分生气，切脉不好好说，手伸过来时干吗像是要牵手一样？郑道你过分了啊，你这叫钓鱼治疗知道不？你就是故意的！

郑道将苏木的神态尽收眼底，暗暗一笑。如果他说他真的没有调戏兼打击苏木的意思，全世界人民都会相信，对吧？

"你最近是不是爱吃苦的东西？"郑道换了角色，化身为老中医，语气缓慢，态度温和。

"对对，特别爱吃苦的，还爱吃酸的。"苏木努力调整好心态，配合郑道走起了流程。

"你……你怀孕了？"滕哲猛地站了起来，紧张且不安，"谁的？什么时候的事情？"

郑道痛苦地闭上了眼睛！

他和李别、滕哲三人中，要说直男，他当之无愧为第一；要说暖男，滕哲是头号种子选手；至于李别，兼具了直男和暖男的特点，其直男和暖男特性因人而异，相当于一个骰子，不是六面体，是两面体。他可能在某一个姑娘面前是直男，在另一个姑娘面前又变成了暖男，还有可能在同一个姑娘面前时而直男，时而暖男。

李别不可控制地在直男和暖男之间无技巧随机转换的特性，被郑道称为"变男"，是比渣男更让人绝望的新兴男人种类。

即使是他这个"钢铁直男"和李别这个"随机变男"，也做不出来滕哲这个暖男所做的举动。郑道感到绝望——之前传授滕哲的泡妞技巧，被他全部扔到下水道里面了。

苏木双手抱肩，脸上流露出不屑的神情，冷淡地说："刚怀的，是谁的都和你无关。"

"你——"滕哲受到了莫大的羞辱，"太欺负人了，苏木，我现在和你一刀两断！投资连锁店的事情也黄了，以后谁也不认识谁！"

"啧啧，这么有志气？"何小羽一把拉住滕哲，把他拽回了座位上，"你这么焦躁，这么没自信，怎么可能拿下苏木？她可是不凑合、不将就的丫头。"

滕哲也意识到自己失态了，苏木怎么可能怀孕？他坐了回来，尴尬地说："我就是表现一下自己对苏木的在意，演过了，用力过猛。失误，失误。"

郑道用关爱远志的眼神看了滕哲一眼，才又对苏木说："除了爱吃苦味和酸味的东西之外，你是不是最近还比较容易激动，情绪波动大，开心来得快，悲伤也来得快？"

"嗯嗯！"苏木有点儿激动，"第一次见你，前十分钟，觉得你是半吊子心理医生加蹩脚中医；后十分钟，觉得你是合格的心理医生加称职的中医。今天再听郑大夫的一番话，发现你已经是优秀的心理医生加经验丰富的老中医了，进步神速，叹为观止。"

别这样，人家才是刚刚出道的小中医好不好？也只是初级心理医生，年龄小，经验不足，还有很大的成长空间……心理戏强行加载完毕，郑道轻轻咳嗽了一声，还是展现了优秀心理医生加老中医的风范，分析道："你是心功能弱，血液循环差，应该是和睡眠不足、压力过大有关。你是不是还有舌头发麻、起泡，口腔溃疡等症状？"

"都有，都有。"苏木表面上坚强，毕竟是个女孩子，面临生存的压力和死亡的威胁时，她能保持现在的状态已经不错了。

在没有消除生存和死亡的威胁之前，她怎么会有心思谈恋爱？她可不希望自己刚爱上滕哲就没命了，只留给滕哲无尽的痛苦和折磨。

这些道理滕哲不懂，就让他活在自己简单的世界里，快快乐乐的不也挺好？苏木的心柔软了一下，凶狠地瞪了滕哲一眼，说道："你再这么幼稚，以后不带你来和郑道谈正事了。"

"刚才十七岁，现在十八岁了，我长大成人了。"滕哲立马开心起来，"不是要和道哥说说连锁店还有公司融资的事情吗？你的病没事儿，我就放心了。"

"一时半会儿死不了，就算死，也得拉坏人一起。"苏木咬了咬牙，脸上闪过一丝狠绝之色，"我和郑道谈完了，该你了。"

"郑大夫，等下看看协议，没问题的话就可以签字了。"苏木从包里拿出一份合同，推到郑道面前，微有得意之色，"和我们刚才达成的共识一样，应该不用改。"

真是个聪明又狡猾的丫头。郑道将合同随手递给了何小羽，对她说："小羽，你把关就行了。"

何小羽立刻认真地看了起来。

滕哲正经八百地对郑道说起最近的进展。连锁店已经装修完毕，很快就可以营业，苏木的父母已经搬到了店里，住在二楼。两位老人包饺子的手法也练习得差不多了，有滕哲手把手传授技巧，并且毫无保留地将自家的调馅儿技术倾囊相授，对于常年以面食为主，精通面食制造的苏木父母来说，包好饺子并非什么难事。

二老对目前的境况很满意，吃住都比以前好了许多，而且还有可以期待的明天，他们在心里已经认定滕哲就是未来的女婿。

苏木对滕哲的态度依然是不冷不热。有事时，就只是就事论事；没事时，不吃饭、不看电影、不约会。滕哲也不灰心，他有足够的耐心来经营他和苏木之间的感情，毕竟一切才刚刚开始，只要他们的事业联系在了一起，日久生情，感情还能不慢慢融合吗？

郑道不是说过，让一个女生喜欢上你，最好的方法就是完全占据她的时间，让她的快乐属于你，悲伤属于你，吃饭时身边的人是你，散步时身边的人是你，睡觉时身边的人还是你，你就成功了（听到这番话的郑道，露出了疑惑的表情：睡觉那句我可没说过，不是我说的，别陷害人）。

二楼有两个房间，二老住一间，苏木住一间，卧室兼办公。苏木说，这段时间以来，她在准备开店的前期工作之余，还写了几篇文章，在合抱之木发表后，不但引起了强烈的反响，还吸引了一个投资人。对方几次主动热情地联系她，提出想要投资合抱之木，并且开出了相当不错的条件：只入股，不控股，并且不参与公司经营，不改变公众号现在推崇中医的风格。

"和上次威胁你的所谓投资人不是同一人？"果然，在张四瑞落网之后，对方加快了布局，再次出动了。不过，似乎改变了策略，由威胁收购变成了诚意收购。

郑道很好奇，追问道："对方有没有报上自己的名字？既然这么有诚意，就应该摘下面具。"

"不知道是不是同一人。报了，他说他叫历之用，来自京城。"

第六十三章　世有百病，然后才有神医

特斯拉车主、京城某医疗公司老总、特斯拉案最无辜的受害者、始终只闻其声不见其人的关键线索之一——历之用先生？郑道的第一个念头觉得这是巧合，只是和历之用同姓同名之人。随后他又否定了自己的想法，哪里会有如此巧合的事，分明就是有意为之。

此历之用就是彼历之用。

历之用久被传唤而不配合，现在却突然冒了出来，声称要投资苏木，其中的意味很值得琢磨。再联想到他刚刚接到的出诊电话，对方是要双管齐下了。

"还有一件事情，既然我们是同盟了，就很有必要告诉郑大夫。"苏木见何小羽看完了合同，俏皮一笑，"没问题吧小羽？没问题的话就让郑大夫签字。签字了，好谈接下来的大事。"

见何小羽点头，郑道二话不说拿过合同就签上了大名，他既然做了和苏木同乘一条船的决定，就不怕惹祸上身。签字，是给苏木吃一颗定心丸。当然，主要也是因为他已经牵连进去，想脱身已是不可能，直觉告诉他，苏木之事与两个孩子的事情有着千丝万缕的联系。没办法，匹

夫无罪，怀璧其罪，太优秀、太有本事了也不好，除非甘愿和老爸一样当一辈子的隐士，否则只要出头就会被人盯上。

郑道从来不是怕事躲事之人，从留下孩子那一刻起，他就做好了迎接变化的心理准备。别忘了他是心理医生，在心理建设和暗示方面，他是专业选手。

见郑道签了字，苏木才说出了背后的故事："如果郑大夫没有成为合抱之木的合伙人，我不会拉你下水的，你没有责任和义务为我冒险。但你既然加盟了，我就得告诉你我现在遇到的困境，要不要帮我，你自己决定，我不对你有任何道德上的约束。我最近除了接到历之用的投资电话，在来一号楼之前，还接到了一个威胁电话。"

听苏木说完她所接到的电话，郑道没有如苏木所料的一样神色凝重或是愤怒，选择逃避，反而若无其事地笑了。

郑道知道苏木的小心思，她想要他出手相助，但又不好意思明说，所以她先以股份为诱饵，欲擒故纵。她其实并不知道他早已牵涉其中，有没有她的股份，他都得挺身而出。而且他也接到了同样的电话，明晚之行，必须赴约。

不能说苏木是聪明反被聪明误，实在是对手太强大，而她又没有真正可以依赖之人。

对手左右开弓，同时对他和苏木射击，要的就是让他疼，让苏木痛。

许多人以为疼和痛是一样的感觉，反正都是难受，其实不然。中医认为，疼和寒冷有关。

疼，"病"字旁里边是一个"冬"。冬，必然和冬天、寒冷有关，而"病"字旁，代表过寒。《黄帝内经》里说："寒胜其热，则骨疼肉枯。"就是寒超过了热，而导致骨头疼、肉紧枯，最常见的感觉就是"寒风刺骨"。因此，"疼"可以理解为由过寒引起的身体不适的感觉。

此时的"疼"不能用"痛"来代替。

既然"疼"通常由寒冷导致，"热者寒之，寒者热之"，避免受寒并且保温加取暖，可以缓解疼的症状。

而"痛"则不同，是由"病"字旁和"甬"字组成。"甬"者，道路也。道路被堵塞而引发的不适，称为痛。人体内的道路为经络，以及一切的

278

血管、淋巴等管道。引发"痛"的问题更复杂，更不好辨别，解决方法就是打通堵塞的地方。

"痛则不通，通则不痛"，只要气血充足，经络畅通，痛感就会消失，身体就会健康。

人体的几大感觉——麻、木、酸、胀、痒、疲、乏、疼、痛，如果说前几种是身体亚健康的表现，那么到了疼痛阶段时，健康值就到了临界点，离生病只有一步之遥了。

如果郑道不施以援手，苏木在对方的攻击之下疼痛交加，进一步百病缠身，是意料之中的事。只不过他既然遇上了，作为医生，就得出手。

苏木心里没底，见郑道浑然不觉事情的严重性，还能笑得出来，她略微紧张地说："郑大夫……你笑得这么轻松，是不是不打算帮我？"

郑道岔开了话题："你觉得要投资你的人和威胁你的人，是同一个人吗？"

"声音和电话号码都不是，但我估计是同一伙人。"苏木微有不解之色，"胡萝卜加大棒？软硬兼施？郑大夫，你说他们到底是一群什么人，究竟要干什么？"

"去了不就知道了？"郑道站了起来，伸了伸懒腰，"装神弄鬼的人，是心里有鬼。只要你足够强大、足够光明正大，他们就不会得逞。正气存内，邪不可干，你只管好好提高抵抗力就行了。"

"你的态度太过轻敌，不是过于自信，就是毫无胜算的自暴自弃。"苏木忽然对郑道失去了一半以上的信心，"郑大夫，如果你没有把握，早点儿说，我好早做打算，以免下错注、吃错药。"

"你还有选择吗？"郑道一拍胸膛，"世有百病，然后才有神医。百病常有，而神医不常有。如郑大夫一样医术高超、人品还好的神医，更是少之又少。"

"这一点我信。"滕哲能听出来郑道和苏木过招的潜台词，虽然不确定是什么，但应该是好事，他也乐意见到郑道和苏木合作，"道哥正常的时候，正经得吓人；不正常的时候，又让人害怕。苏木，选择了道哥，是你人生中最正确的选择之一……"滕哲又狗尾续貂地补充了一句，

"之二，就是我。"

苏木直接无视了滕哲，她微有忧色地托起了下巴，说道："现在可以说说你刚才接的电话了吧？和张三落网有一定逻辑关系的电话。"

何小羽一拍脑门儿，大声说："我都忘了他刚才接电话的事儿了，还是苏木你细心。郑道，老实交代，你又有什么事情瞒着我们？"

"合同签好了吧？"郑道笑眯眯地翻了翻合同，"都签字了，生效了，好，这是好事啊。我刚才接了一个电话，有人邀请我明晚在一晚香茶馆一聚。你明晚也是去一晚香对吧？好巧，正好一起。"

苏木微张嘴巴，愕然地说："就是说，不签合同你也要去一晚香？等于是我原本想算计你，结果还是被你算计了？"

"不不不，你用错了词。"何小羽忙替郑道圆场，她对郑道的维护从来都不遗余力，"是你想算计他，他早就想不计得失地帮你了，为了让你安心，就收了你的股份，等于是你被他善良地算计了。"

"小羽，你这么夸他，不怕他骄傲吗？"苏木无奈地摇头一笑。

"不会不会，他跟别人不一样，别人越夸越骄傲，他越夸压力越大，越对自己要求高，就越会为了面子保持高风亮节。"

郑道假装捋胡子，骄傲地说："高风亮节不敢当，词也有点儿老，听多了容易崩了心态，还是夸我人帅、心好、庄里一宝比较合适。"

何小羽和滕哲都默契地捂上了眼睛，只有苏木诚实地点了点头，认真地说："人帅、心好、庄里一宝，是挺贴切的。"

"你们聊完了吧？聊没聊完都没关系，替我看着孩子就行。"何不悟突然就从楼上下来，行色匆匆，"我有事要出去一趟，晚饭不用等我。"

"老何头儿……爸，你干啥去呀？"何小羽还从未见过何不悟如此匆忙的神色，忽然调皮一笑，"不会是去相亲吧？"

"没大没小！"何不悟脸一沉，随即又变了脸色，"你老爸还用相亲？如果我愿意，全市广场舞的领军人物非我莫属，我比你们所谓的芳心纵火犯还要厉害一百倍，我是大妈收割机！"

何小羽笑喷了。

郑道却难得没笑，他没有被何不悟过于夸张的演技所欺骗，出声问道："叔，你摊上什么大事儿了？"

何不悟只留给郑道一个背影，头也不回地说："狗屁大事！除了孩子们的事情是大事，我自己就没有大事。"

"孩子们"一语双关，杜无衣和杜同裳是孩子，他和何小羽在何不悟眼里，何尝不也是孩子？

何不悟快步如飞，迈着和他的体形不相称的步伐出了善良庄，来到了富裕街上。正好一辆公交车刚刚起步，他赶紧跑了几步，追上了车尾，接连拍打了数下车身，惊动了司机。

何不悟气喘吁吁地上了公交车，还不忘抱怨司机一句。他坐上车后，拿出手机打开了地图，问身旁的乘客："到这个地方去，是在五里店下车吗？"

他身旁是一个长发、戴着耳机的年轻人，对方轻抬眼皮，漫不经心地看了何不悟一眼，懒洋洋地说："地图上有公交查询，自己查不就得了。"

"我要是会用我还问你？年轻人，对被时代淘汰的老年人客气一些，等你们老了，后浪才会对你们客气。"何不悟生气了，起身坐到了前面，"老郑头儿也真是的，非要选这么一个鬼地方，直接在一晚香见面不好吗？"

快下车时，何不悟没忍住，放了一个臭屁。他还故意恶心后面的年轻人，用足了力气。年轻人皱眉，露出嫌弃的表情，都快要吐了，不满地说："老人家，你文明点儿好不好？故意放这么臭的屁，是吃了什么不消化的东西了？"

何不悟当即回怼："怎么着啊，闻了味儿不过瘾，还想要配方自己回去制造？"

一车人皆扭头而视。何不悟很享受被瞩目的待遇，得意地下车而去。

约定的地点是一个菜市场，人来人往好不热闹，已经是傍晚，菜贩们陆续收摊。

"真会挑地方，这个老郑头儿怎么还不出来，藏哪里去了？"何不悟左右看看，不见熟悉的人影，余光一扫，赫然发现一个熟人。

曾自欢！

/第六十四章/　百病常有，而神医不常有

　　曾自欢不是一个人，他和一个打扮时尚、穿着新潮的女孩儿一起，二人边走边在摊点前挑挑拣拣，很像是刚结婚不久的恩爱夫妻在买菜。何不悟却一眼就看出了猫儿腻——曾自欢和女孩儿并肩而行，看似有说有笑，却保持了安全的距离，不但没有牵手，连身体也刻意避免接触。

　　细节！细节决定成败！何不悟冷笑。曾自欢演技浮夸不说，还完全没有生活阅历，就这两下子还想跟踪他？看不起谁呢，当他真的人老眼花，连个蟊贼都防不住？

　　"别说，你还真是连一个小蟊贼都防不住，跟了你一路，下了车才发现。老何头儿，你真的老了。"一个声音突然在何不悟的身后响起，他想要回头，一只手落在了他的肩膀上，"别回头，继续走。菜市场尽头右转，有一家横扫天涯小卖部，进去，穿过后门，再左转，你会看到一家爱潜水的乌贼海鲜店，进去，一样穿过后门，右转，有一条小巷，直走到头，有一户人家，平房门上有副对联，横批是苍穹之上……不用敲门，推门进去，我会在里面等你。"

　　"老郑头儿，你一口气说这么多，我记不住怎么办？"何不悟嘴上嫌弃，内心还是挺佩服郑见的记忆力。身后无人回答，肩膀上的手拿走了，何不悟也没回头，若无其事地边走边看，晃晃悠悠就走到了尽头，然后迅速右转，进入了横扫天涯小卖部。

　　他并没有急着离开，在小卖部买了一盒烟，从门口的镜子里看到曾自欢和女孩儿也跟了过来，他才从后门出来，左转，进入了爱潜水的乌贼海鲜店，再回身时，曾自欢和女孩儿站在横扫天涯小卖部的后门，茫然四顾，明显是失去了跟踪目标。

跟我斗？你们还是太嫩了，想当年我老人家……算了，好汉不提当年勇。何不悟穿过海鲜店，走到小巷的尽头，在贴着"苍穹之上"横批的木门前停留片刻，推门，走了进去。

"人怎么不见了？"曾自欢挠了挠后脑勺儿，尴尬地一笑，"我太笨了，卢总，我跟丢了。"

打扮得很时尚的女孩儿将假发扎了起来，露出了一张俏脸，虽然化了夸张的浓妆，但依然可以看出她长得很标致。

卢西东拿着一根雪糕，开心地吃了几口，满不在乎地说："丢了就丢了吧，跟到这里才被发现，也算是了不起的进步。走，回去了。"

"这就回去？"曾自欢跟不上卢西东的脑回路，费了半天劲儿，什么收获都没有，应该继续跟下去才对。

原本在三十五号楼，他正向卢西东汇报工作，听得哈欠连天的卢西东忽然来了精神，抓起车钥匙就走，还让他跟上。他不明就里，还以为出了什么惊天动地的大事。结果却是跟踪何不悟。

卢西东的办公室正对路口，可以清楚地从窗户看到外面的情景，尤其是一号楼居民的进出，尽收眼底。

卢西东让曾自欢开车跟在公交车后面，她坐在后座开始化妆。车上的道具应有尽有，曾自欢大开眼界的同时在心里感慨，怪不得古人都说唯女子与小人难养也，女人远之则化妆，近之则 PS，反正不管远近你都看不清她的真面目。

曾自欢也没敢多问为什么要跟踪何不悟，他只管开车。

"见好就收，才能活得久。"卢西东吃完了雪糕，顺手将雪糕棍递给曾自欢，"你刚才有没有注意到有一个人站在何不悟的身后，对他说了几句话？"

"没有啊。何不悟一直扎在人堆里，身边总有人，卢总说的是哪个？"曾自欢真想不起来有人和何不悟说过话。也不怪他，当时何不悟的身后有几个人围在一起买菜，郑见混入其中，不注意观察根本分辨不出来他不是买菜的人。

"说不定是郑见。"卢西东想了想，似乎否定了自己的想法，摇了摇头，"算了，不费脑子了，反正跟踪一两次也不可能找到郑见的下落。不过你得相信我，自欢，除了郑见，何不悟没有这么急不可待想要见的人。"

曾自欢憨厚地笑了，老实地说："我不懂这些，反正卢总让我干什么，我就干什么，保证听话。"

"是——吗？"卢西东拉长了声调，忽然脸色一寒，"你自己回去吧，我还有别的事情。"

"明白，卢总。"曾自欢继续装无辜，"开车慢点儿。"

见曾自欢还是懵懵懂懂，又呆又萌，卢西东被气笑了，说道："你保证听话？我可没有让你干翻墙头摸进别人家的事情！"

曾自欢依然是傻呵呵的表情，虚伪地说："是，是，没错。卢总让我干的事情都是光明正大的好事，跟着卢总干，我整个人精神都升华了。卢总是我生命中的一道光，照亮了我在善良庄两年多的黑暗岁月……"话未说完，卢西东已经走远了，她连听都懒得听完。

曾自欢一个人呆呆地站了一会儿，面无表情地转身来到一个菜摊前，指了指散落一地的烂菜叶子，说道："都要了，多少钱？"

"五块包圆儿。"

"得嘞，都包起来，好好捡捡，够吃三天了。"曾自欢拎着一堆烂菜叶子，开开心心地回家了。

望着曾自欢远去的背影，郑见站立良久，才转身离开。等他赶到约定的地点后，何不悟坐在长椅上已经等候他多时了。

"老郑头儿你也太不靠谱儿了，说等我，结果让我等了你八分零七秒。一分钟十块钱精神损失费……"何不悟前后左右看了一圈，"现在没人跟踪了吧？"

周围有绿树、有湖景、有游人，是一处公园。何不悟认出来这里居然是裕西公园，他以前常来散步，却不知道从菜市场穿过居民区，还有一个小门可以进来。想想前几年多交了好几年的门票钱，真是肉疼。但一想到现在公园都不收费了，何不悟就更心塞了。

"走！"郑见脚步不停，直接从何不悟前面走过，"现在去一晚香。"

一晚香就在裕西公园的西北角，现在他们在东南角，穿过裕西公园就到了。何不悟跟在郑见身后，嘟囔个不停："老郑头儿你过分了啊，喊我过来，折腾得我都瘦了三斤，还要绕来绕去，是不是太把自己当回事儿了？你现在这副打扮，扔大街上我都认不出来，别说别人了。"

郑见穿着普通，不过粘了胡子，眉毛也加粗加重了，非熟人认不出来。乍一看，和郑道化装之后的白胡子老头儿颇有几分相似。

不多时，郑见和何不悟一前一后来到裕西公园的西北角，在一处竹林的掩映之下，有一个小门。郑见在竹林前站定，一指小门，说道："穿过小门就是一晚香。"

"这里是一晚香的后门？"何不悟惊得呆住了，"老郑头儿，你也太神通广大了吧，这都被你查到了？这些天你是不是到处偷鸡摸狗，查清了市里所有犄角旮旯儿的地方？"

"明天郑道要第一次和对手面对面，不替他摸清对手的地盘怎么行？他毕竟还小。"郑见叹息一声，目光流露出慈爱，"虽然他有点儿急躁，又失之鲁莽，但他毕竟是我儿子，我不护着他谁护着？"

"对，对，你得护着。你不用抬举我，我也不怕被你看不起，危险的事情我从来不做——我才不会护着郑道。"何不悟连连摆手，置身事外的样子无比坦然，"说吧，最近都有什么进展？"

郑见却没有回答他的问题，转身说道："一晚香和裕西公园算是一个整体，如果裕西公园是一个人的话，一晚香是什么部位？"

"你一个满级大号问我一个还没有入门的新手，不觉得丢人吗？"何不悟还想继续皮下去，发现郑见眼神不对，忙改了口，"裕西公园门在正北，按照方位推算，一晚香是在肝的位置。"

"老郑头儿，你干吗绕来绕去的？直接从正门进入一晚香不就得了，也没人知道你是谁。"

"肤浅了，老何头儿。"郑见绕过竹林，来到一处更僻静的假山背后，"对方对付郑道，就是想要围魏救赵，逼我现身。今天你一出门就有人跟踪，你不觉得背后有人在一直追查我的下落？"

"都有谁在找你？说来听听，我特好奇。你好歹也隐姓埋名了十几年，知道你有本事的人差不多都死光了，难道你的事迹还口耳相传了下来，还有人相信你能治好他们的绝症？"何不悟语带讥讽，"除了杜天冬之外，还有谁会惦记你当年的丰功伟绩？现在的年轻人听了你以前的事情，肯定会当成神话或者笑话。"

"不重要，他们爱信不信，他们的死活也和我没有关系，我只在意我儿子的安全。"假山背后有一处平台，平台上有椅子，郑见坐下，正好可以俯视一晚香，"也不知道郑道这个笨小子有没有发现对方是慢性病，不是急病，需要文火熬药才能药到病除。"

"昨天，我见到杜天冬了……"郑见停顿了片刻，眼睛在黑夜里闪过一丝亮光。

"啊？你们谈明白没有？"

/第六十五章/ 气息，气数

"只是远远地观望了一会儿，并没有面对面交谈。"郑见看了何不悟一眼，"我离开的原因之一就是为了躲他，躲到了现在，怎么会半途而废主动去见他？老何头儿，你最近是不是当爷爷当得太深，没脑子了？"

"说得好像我从前有脑子一样。"何不悟才不怕郑见的嘲讽，反正二人斗嘴几十年都没有分出胜负，他已经习惯了，"说吧，有什么心得和体会，你偷窥杜天冬，肯定不是因为他长得帅。"

"狗屁个偷窥，不，偷窥个狗屁。"郑见气笑了，扬手要打何不悟，举到一半又放下，"你最近气色倒是好了很多，和杜天冬正好相反，他近来应该心情不好，不但瘦了不少，还有许多身体上的问题。"

"都这把年纪了，能活一天就赚一天，就算华佗再世，也治不了人的老死病。"何不悟一副看开世事的淡然模样，"自从小羽她妈离开我之后，我就大彻大悟了。"

"大彻大悟个屁！"郑见忍不住又骂了一句，"杜天冬想要找到我，是为了他的两个外孙。印长弃找我，是为了他的儿子。苑十八和倪必安找我，是为了他们遇到的疑难杂症，是为了他们的病人……"

"别人我不管，尤其是那几个老家伙！但是两个孩子的病……能治吗？"何不悟一时紧张，抓住了郑见的胳膊。他是在一些事情上大彻大悟了，但在另外一些事情上，还是拿得起放不下。谁能想到，突然多出来的两个非亲非故的孩子，现在却成了他最牵挂的人？

"人生充满遗憾，人们却努力向往光明，追求圆满……"郑见仰天长叹，没有隐瞒，"根据你的描述和我暗中观察，两个孩子的病情特别奇怪，用西医来说像是一种基因缺陷，而中医认为这是先天不足。有些先天不足后天可补，而有些先天不足，是母胎里带来的问题，很难根治……"

"现在好多年轻人说自己是母胎单身，是不是也是绝症？"何不悟一副悲天悯人的表情，"你说现在医学发达了，都发达成产业链了，每个环节都能收费，但为什么不治之症反而越来越多了呢？难道真是药高一尺，病高一丈？"

"那叫母胎 solo，是个网络流行词……你别打岔。"郑见气着了，打了何不悟一下，"我陈述病情的时候，你再插话，我就拉黑你。"

"我……"何不悟举起双手，"在治病救人的事情上，你是老大，你说了算。"

"郑道对两个孩子的病情有什么想法？"郑见知道郑道比他还喜欢钻研，心里既欣慰又担忧，"郑道这孩子是块学习的材料，就是太憨厚、太老实了，缺少与人打交道的技巧，容易吃亏。"

何不悟当即就不干了，眼睛一瞪想要反驳，一想起郑见刚才的话，又咽了回去，支支吾吾地应付了几句，却在心里吐槽：你确定你不是在骂郑道？不是说反话？他憨厚老实？老郑头儿，我今天才知道你眼瞎了这么多年。

"他也没有主意，不对，应该是连头绪都没有。"何不悟的心情莫名沉重了几分，"老郑头儿，要是你也没有把握的话，两个孩子的病是不是就没救了？"

"等眼下的事情过去后，我先去一趟京城，再去宁夏转转，也许能找到一些失传的药材和药方。有些书里记载的宝贵药材都不见了，有些能治疗疑难杂症的药方，也没有流传下来。"郑见虽然没有近距离见过那两个孩子，但从何不悟的描述和郑道的束手无策，也能知道一些什么。孩子们的病极其罕见，罕见到他也从未见过的地步。但孩子们也确实有病，虽然目前来看一切正常。

他和杜天冬、苑十八、倪必安是当年名震一时的四君子，医术不相上下，即使后来他突飞猛进，超过了三人，杜天冬的实力仍在，远超当下许多所谓的名医。他身边又有苑十八、倪必安二人，三人会诊之后确认孩子们有病，并且以现在的医学水平以及他们的医术都无能为力，说明孩子们的病必定极其古怪。

从医多年，郑见很清楚，人类的医术再高明，也远远落后于层出不穷的新病，以及从有人类历史以来就久而不决的疑难杂症。几千年来，人类真正意义上战胜的唯一一种疾病就是天花，其他形形色色的疾病，包括每个人都会得并且伴随一生的感冒，从未克服。

医书里所记载的极其罕见的疑难杂症众多，由于患者太少，少到几乎可以忽略不计的地步，一些疑难杂症就始终没有被命名，更没有根治之法。

"行吧，有你这句话，我就安心了。"何不悟只能安慰自己，他也听了出来，就连郑见也信心不足。"药医不死病"，再高明的医生也治不好真正的绝症。

"明晚你不过来暗中保护郑道？我可有言在先，我这把老骨头还想多活几年，我肯定不会帮忙。"何不悟朝不远处的一晚香张望，后院不时有人走动，灯光明亮，树影婆娑，还隐约有弹奏古筝的声音传来，一切正常。

"刚才说过了，一晚香是在肝的位置，肝者，将军之官，谋虑出焉，是人体最大的器官……"郑见站了起来，双手背在身后，"郑道如果肺好、胃好、肾好，可能明晚之行会有危险，五脏之中，唯有心可以主宰肝。心者，君主之官，神明出焉，恰好郑道心好，所以，他肯定可以制衡对手。"

说郑道是团队的中心人物，何不悟可以接受，但说郑道心好，何不悟总觉得难以消化。不过他也没有当面反驳郑见，就像他觉得小羽是世界上最好的孩子一样，郑见眼里的郑道也是最优秀的。

"你觉得两个孩子还能活多久？"何不悟想起郑见以前的奇事，"当年你可是一言断生死、一眼定祸福的神医。"

当年之事如果不是何不悟亲眼所见，打死他都不会相信——他和郑见、郑道三人外出买菜，在菜市场遇到一个精神状态很好、神采飞扬、活力洋溢的年轻人。何不悟认识他，他从小在善良庄长大，后来出去打工，善良庄拆迁时，又从南方回来继承回迁房。他头脑灵活，能说会道，又有礼貌，在善良庄很受人欢迎。

他叫何大狗，和何二狗不是兄弟，甚至完全没有关系，除了同姓之外，性格也大不相同。

何不悟几人和何大狗打了招呼，他还想和何大狗多聊几句，却被郑见拉到了一边。郑见脸色微变，告诉何不悟，何大狗快不行了。

何不悟不信，何大狗看上去比一般人健康多了，浑身上下散发着活力，让人感受到春天般的生机，他怎么可能快要不行了呢？郑见是嫉妒何大狗长得比郑道帅，还是喝多了说胡话？

郑见坚持他的看法，说从表面上看何大狗非常健康，但仔细观察就可以发现，他的活力之下隐藏了一股微弱的死亡气息。

医术到了一定程度，可以从一个人身上散发的气息来判断他的健康程度，也可以从一个人的气数来判断他的寿命。所谓气息，是身上的味道。而气数，则是一个人的呼吸之数。人的一生呼吸之数是定数，气数一到，寿命便绝。

比如一些只吃死肉的鸟类，能够提前闻到动物死亡的气息，在其周围盘旋。再比如感应灵敏的动物，可以在大地震来临之前就有所察觉。说到底，这其实并不神奇，只是天人感应的一种形式，只不过人类过于追求感官上的刺激，而不追求内心的平静，很难再达到天人合一的境界罢了。

何不悟不信归不信，但随后发生的一系列事情，让他和年幼的郑道目瞪口呆，骇然不已！

活蹦乱跳的何大狗要去对面，过马路的时候，眼见他就要消失在他们的视线范围之外，突然，一辆自行车冲了过来，撞在了他的身上。

何大狗被撞倒在地。自行车并没有多大的冲击力，何大狗拍了拍身上的土，自己站了起来。如果何大狗此时转身走人，也许就不会有后面的事情发生，但他拉住撞他的人不放，非让对方赔他三百块钱。

对方是一个年约六旬的老人，老人衣着破旧，自行车也破烂不堪，看样子别说拿出三百块钱了，三十块钱都不可能。老人低声下气地向何大狗求情，希望他能高抬贵手，何大狗却不依不饶，声称如果老人不赔他三百块钱，他就骑走老人的自行车。老人万般无奈，跪下再三恳求何大狗，何大狗却二话不说，骑上老人的自行车就跑。才骑几米远，由于他过于慌张，一头撞在了路边的电线杆上。不幸的是，自行车没刹车，何大狗撞得够狠，摔倒之后，还滚出了几米远。

更不幸的是，何大狗滚出几米远之后，刚站起来，一辆突然冲出来的汽车直直地冲他撞来。眼见就要撞到他之际，汽车朝旁边一闪，撞在了一旁的椅子上。椅子被撞得飞到了空中！

众人一惊一炸之后，长舒了一口气，真是险之又险，何大狗差点儿因为一辆破自行车丢了性命，那也太不值了。

正当众人以为危险过去之时，意外的事情又发生了，被汽车撞飞的椅子从半空中掉了下来，眼见就要落在何大狗的头上，他却敏捷地朝旁边一闪，再次躲过了致命一击。

/第六十六章/　人事有代谢，往来成古今

所有人都目瞪口呆，这简直太神奇了，何大狗命也太大了，两次死里逃生。都说大难不死，必有后福，这家伙以后肯定会是一个了不起的人物。

何不悟和郑道被紧张刺激的一系列事情震惊得不知所措，等何大狗若无其事地拍了拍身上的土，扶起椅子，坐在了椅子上之后，何不悟嘲

讽道："老郑头儿，他没事了，你的神算失误。"

郑见脸色平静，对何不悟说："你再仔细看看……"

何大狗坐在椅子上，笑容淡然，仿佛是一个经历了大风大浪的老人，他从容的姿态以及轻松自若的神情，让所有替他担心的路人都长舒了一口气，并且暗中佩服他出色的表现。

"看什么呀，他不是好好的？"何不悟不以为然地摇了摇头，忽然愣住了，何大狗脸上的笑容诡异而僵硬，他发现了什么，"啊，脑溢血！"

话音刚落，一个路人来到何大狗身边，拍了拍他的肩膀，想要说什么，还没有张口，何大狗头一歪就倒了下来。人群频频发出惊叫，一哄而散！

事后何不悟问郑见是怎么察觉到何大狗身上的死亡气息的，难道他继承了乌鸦的技能？郑见没有回答，只是拍了拍郑道的脑袋，语重心长地说："儿子，你长大后如果有老爸的本事，千万别乱说，否则说不定会惹祸上身！"

当时年幼的郑道不明白老爸的逻辑，疑惑地说："没本事，说了是忽悠、是吹牛。有本事，说了是实事求是，是摆事实、讲道理，为什么说真话还会有大祸？"

郑见没有回答郑道的问题。

"不知道。"郑见很坚定地摇了摇头，他没有说谎，孩子们所得之病也是他从未见过的怪病，"也许一年，也许十年，也许一辈子也不会发作……"

"等于没说，全是废话。"何不悟不满归不满，也清楚郑见在关于治病救人的事情上，从来不开玩笑。他不免有几分沮丧。

"到底是谁要见郑道？他是什么人？"何不悟的问题又回到了原点。

"历之用，京城人，是老熟人。"郑见只简单地说了一句，并没有过多解释，就转身离开了。挥一挥衣袖，没有带走周围的一片夜色。

这就走了？何不悟呆立在原地，直到郑见的身影消失在公园的夜色之中，他才长舒了一口气，伸了个懒腰，慢慢绕过假山，像一个普通的退休的老头儿饭后散步一样，融入了公园的游客之中。

与此同时，一晚香内，"胜算"雅间里，有三个老者相对而坐。炉香袅袅，琴声悠然，声音拙朴而低沉。

　　杜天冬坐在上首位置，对面二人和他年纪相仿：一人微瘦，一头黑发，另一人微胖，满头白发。二人各挑了一个茶杯。黑发老者挑的是一只建盏，他把玩片刻，缓缓开口："老杜，节哀顺变！我们行医多年，见惯了生死，但事情发生在自己亲人身上，还是难免看不开。葳蕤是我看着长大的孩子，她还这么年轻……真的很让人痛心。"

　　白发老者选中的是一只德化白瓷的茶杯，他自顾自地倒了一杯茶，平静地说："十八，你没看出来老杜已经心平气和了？他度量大，看淡了生死。天有昼夜，人有生死，人事有代谢，往来成古今。"

　　"想当年我们四个人号称四君子，郑见、杜天冬、苑十八、倪必安，曾经联手，以大医精诚之心医治了无数病人……差不多快二十年了，我们四个人各奔前程之后，今天还是我们第一次坐在一起吧？"杜天冬微有悲痛之意，轻轻咳嗽一声，"不提葳蕤了，事情已经过去了。"

　　黑发的苑十八抿了一口茶，伤感地说："是第一次聚在一起，可惜，满室茶香少一人，郑见……还是不肯和我们见面？他应该还在记恨当年的事情，不肯原谅我们！"

　　"没想到郑见躲了十几年，就在我们的眼皮子底下……"白发的倪必安打量着手中的白瓷茶杯，"他倒是聪明，知道灯下黑的道理，害得我们在全国追查他的下落。要早知道是这样，我们就只在石门这儿找，看他还能躲这么久！"

　　"别勉强他了，他不想出山，不想和我们相聚，我们何必逼他？"苑十八微瘦，一头黑发，和同龄的倪必安相比，看上去要小上几岁，就是让他和小几岁的杜天冬相比，也更显精神几分，"现在中医式微，只能收一些西医无法医治或是患慢性病的病人，郑见心灰意冷不想再当大夫，我们也应该理解他。"

　　杜天冬却坚定地摇了摇头，严肃地说："越是危急之时，越是需要我们携手推广中医。传承传统文化的重担，我们不挑起来谁挑？所以我们义不容辞！"

　　苑十八轻笑一声，无奈地说："只凭我们几个老家伙还能折腾起来什么风浪？你忘了当年郑见为什么不再用中医医术救人了吗？他既是对我们有气，也是对现实不满。"

倪必安叹息一声，说道："理儿是这么个理儿，可惜的是，现在许多老中医都固守着老传统、老观念不放，跟不上时代的发展，不会运用新的传播方式宣传自己。会用的，不少是庸医或是伪中医。郑见以前说过一句话，我深以为然——身为医生，开出的药方要么治病，要么害人，基本上没有中间路可走，因为是药三分毒，没有疗效就有副作用。"

"庸医和伪中医，都是在害人。不是中医的错，但账都会算在中医的头上。"倪必安端起茶杯又放下，"传承问题也是一个大问题，我们四个人，老杜就不用说了，儿子和女儿都不学中医。我儿子也是，他和葳蕤、郑道是同学，也学什么应用心理学。十八的儿子，学的是金融。连我们的后代都不跟我们学中医，说明了什么？"

"谁能想到郑道就是郑见的儿子，还跟你的女儿、我的儿子大学同学好几年！"

"说明现在的人都浮躁！"杜天冬重重地一拍桌子。

"浮躁也是社会问题，不能怪个人。"苑十八淡淡地笑了笑，笑容里有几分不屑，"时代在进步，社会在发展，我们也要尊重年轻人的选择，谁愿意当几十年学徒才能出师？何况还需要天赋、毅力、热爱，缺一不可。做点儿什么事情不好，非要当中医？赚钱慢、成功率低……"

"不想听你说丧气话。"杜天冬气呼呼地打断了苑十八，"现在的首要任务是，我们要分头去找郑见，不管怎样，一定要找到他，逼他重新出山！"

"何苦呢？何必呢！"苑十八见杜天冬又要发脾气，忙讪讪一笑，"老杜，你一把年纪了，脾气还是没变，太急、太暴躁，像是老小孩儿。气伤肝，你也不怕得肝病？好，找，找，找，我们帮你一起找。"

"你不是已经找到郑见的儿子郑道了吗？还让郑道当了你外孙的监护人？"倪必安不慌不忙，既不像杜天冬一样急躁，也不如苑十八一样漠然且不以为然，"现在进展怎么样了？"

"一切尽在掌握之中。"杜天冬眉毛微微一挑，露出了自信的笑容，"郑道毕竟年轻，面对突如其来的巨大财富和好处，怎么会不动心？现在他和两个孩子已经建立了感情联系。等再过一段时间，感情深厚到一定程度，不给他一分钱，他也会拼全力为孩子治病。"

"哈哈，老杜，你打的一手好算盘，就不怕到时外孙认定了郑道，不再和你亲，也不再回来？他们可是真有继承权，你不给股份也得给，鸡飞蛋打，你哭都没地儿哭去。"苑十八沉闷了半天，终于找到了可以吐槽的点，哈哈大笑，"我看你是肉包子打狗，一去不回喽！"

"老杜，我们几个人里，你生意做得最大，但说到医术和别的方面，你可不是最厉害的一个。"倪必安为杜天冬倒茶，语气很是小心翼翼，"我怎么觉得你用孩子套狼的计策是昏着儿呢？你真觉得郑道和孩子有了感情，郑见就会出手？"

"好吧，就算郑见没有看出来那是你设的圈套，自愿跳进来，但这么多年过去了，他的医术是进步还是倒退了，你也不清楚，万一他对孩子的病情也无能为力，怎么办？"倪必安仔细观察杜天冬，见他脸色平静，情绪并没有太大起伏，才又继续说道，"说句良心话，老杜，我真的不看好你这一步。你这么做，要么毁了孩子，要么毁了郑道，要么毁了许多人，到最后，没有胜利者。"

"我同意老倪的说法，到最后，满盘皆输！"苑十八重重地放下茶杯，"老杜，咱们是几十年的老伙计了，你也别生气，我们不会顺着你说话，也不会捧着你，只会说出真实的想法。你这冒险的性子，最大的成功就是当年创立了天冬集团。人一辈子好运就那么一两次，别太相信自己的直觉了。"

"你们的意思是，不支持我找回郑见，大手笔推广中医？就这么安享晚年了？"杜天冬脸上的笑容变得轻蔑，"老当益壮，宁移白首之心？穷且益坚，不坠青云之志！想当年，我们四个人学医的初衷是什么？'大医医国，中医医人，小医医病'，我们现在完成了几分？靡不有初，鲜克有终！善始者实繁，克终者盖寡！我很痛心，我们连医人都没有做到，至少郑见做到了！"

"别提郑见了好不好？"苑十八有几分火大，"他都像老鼠一样窝囊地躲了十几年了，就算找到他又有什么用？他早就废了！中医也废了！别再抱着陈旧的观念不放，老杜，人得面对现实，得承认自己已经过时了。"

"郑见没废，中医也没有过时，我也正当年！"杜天冬并没有如倪必安所担心的那样生气，而是老神在在地一笑，"刚才郑见已经见过我们了，我们却没有见到他！"

第六十七章   未经他人苦，莫道事不难

"郑见在哪里？"苑十八忽地起身，朝窗外张望。

"老杜又在骗人玩，哈哈，十八，你上当了。"倪必安纹丝不动，换了新茶，品了一口，"郑见在哪里？你让他现身，我才信你。"

"他已经走了。"杜天冬的目光朝窗外望去，夜色中，公园的假山后面有一处高台，隐约可见树影，却不见人影，他的声音低落了几分，"他还是不想见我们，他应该知道我们就在一晚香喝茶，他就站在高处俯视我们，不知是嘲笑还是冷笑。在他眼里，我们所做的一切都没有意义，并且毫无价值……"

"别抒发你的情怀和感慨了，老杜，说点儿实际的，你确定郑见来过？"苑十八有几分不耐烦，他回身看了一眼远处公园内的假山和高台，"那么远，有人在也看不清，你们是有心灵感应还是怎么着？用意识交流，还是一起去神游了一会儿？"

杜天冬并不反驳苑十八的讽刺，而是叹息一声，说道："时间久了，你们都忘了郑见的外号叫什么了？他叫香帅！"

郑见年轻时确实又香又帅，帅是天生的，香是后天添加的——他自制了一种香，称为道香，可以安神醒脑，并且有驱除蚊虫的功效。道香的香味并不强烈，却弥久不散，并且香气极其独特。

道香的配方郑见一向视如珍宝，非但没有告诉杜天冬几人，连郑道也不得而知。

被盗用名字用作香名的郑道表示很委屈，需要老爸补偿配方，并且香帅的外号得让他继承。

"大概三天前，我在回家的路上，忽然闻到了近二十年没有闻过的熟悉的香气，以为是错觉。四下查看了一番，没有见到郑见的身影。"杜天冬为两次错过郑见而遗憾，"我安慰自己是错觉，但刚才熟悉的香气再次传来，我就知道不是错觉，而是郑见又出现了。"

倪必安起身来到窗前，推开窗户，嗅了嗅外面的空气，脸色微微一变："老杜，我最佩服郑见和你的鼻子，你们两个人都长了狗鼻子……果然是许多年前熟悉的香气。"

苑十八也凑过来闻了闻，点头说道："被你们两个老家伙带偏了，我似乎也闻到了道香的味道，这么说，老郑头儿真的偷窥了我们一会儿就离开了？这老家伙，还是这么有个性。唉，如果当年他稍微妥协一点，也不至于落得如此田地。他要是创业，至少不比你差吧，老杜？"

"他的医术比我高，我承认，但在经商的事情上，未必强得过我，哼。"杜天冬不服气，转头又笑了，"不过话说回来，不管老郑做什么，创业还是继续当医生，他的财富只会比我们加在一起的都多。"

"说这些没用的话有屁用！"苑十八突然生气了，摔了手中的建盏，"人生哪有回头路？老郑头儿不是退隐江湖，他是为了赎罪……"

"够了，十八！"杜天冬制止了苑十八的咆哮，"未经他人苦，莫道事不难，都过去多少年的事情了，何必再计较那么多？"

"不计较，早就不计较了，我是斤斤计较的人吗？老郑头儿让我损失了名声和那么多财产，我不都放下了？"苑十八咧嘴一笑，满是皱纹的脸上多了一丝阴晦之气，随后他又换了轻松自若的表情，"老杜，你打算什么时候把股份转让给郑道？什么时候打款？话说……你是不是为了还当年欠郑见的人情？"

"不转让股份，不打款。"杜天冬笑了，"我当年欠郑见的人情，得还给郑见，人情可不能继承。"

郑道如果听了，肯定会骂杜天冬不地道、不厚道，干啥啥不行，骗人第一名！父情子承，天经地义！

"我知道了，你是在和郑道比耐心。"倪必安小心地观察杜天冬的脸色，大胆地说，"可惜呀老杜，我们都年纪大了，和年轻人比未来，必定会输得很惨。"

"我在下一盘大棋，一盘你们想象不到的大棋，可不仅仅是比耐心这么简单。"杜天冬难得没有生气，也没有反驳，只是自得地一笑，"算了，不和你们过多解释了，说了你们也不懂。"

他又望向了窗外，深深的夜色中，天地万物被黑暗笼罩，失去了本来的面目。他问二人："如果我说我和老郑头儿有心灵感应，他只要出现在我周围一百米之内，我就能有所察觉，你们会不会觉得我的这番话很像出自神棍之口？"

"不不不。"苑十八大笑，"以你的年纪和身份，神棍太低端了，你至少是大师起步。"

"大师？"杜天冬边摆手边摇头，"我长得和封建迷信搭边儿吗？"

"封建迷信嘛……"倪必安意味深长地拉长了声调，"有些传统文化影响了我们几千年，保证我们的民族绵延不绝，而且在整个封建社会，中国都是世界上最强大的国家，拥有最先进的文明。现在有人非要全盘否定我们的传统文化，想断了我们的根，难道他们真的是出于好心？"

"谁爱信谁信，反正我觉得除非是得了失心疯，否则大家都会好好地想想，那些热衷于让我们推翻传统，一切按照他们的方式来建立生活习惯的异族人，到底是为了什么？

"近代史中，西方文化的崛起无非就是五个字——杀、盗、抢和殖民。所有全盘接受西方文化的国家，有几个落了好的？"倪必安嘿嘿一笑，语气有几分悲怆，"我还记得很多年前郑见和我们见最后一面时，说过一句话——这是一个被精心设计的世界。"

"这就是一个被精心设计的世界！"杜天冬郑重其事地强调了一句。

何不悟回到家里时，两个孩子和一狗一猫玩得正开心，郑道在安静地看书，何小羽在笑得前仰后合地看剧。

"是你们在看孩子，还是远志在看孩子？"何不悟怒了，"你们以后真当了父母，指不定得把孩子养成什么样子。"

远志立马摇头摆尾地凑了过来，吐着舌头向何不悟邀功。

"爸，你同意我嫁给郑道了？"正沉浸在剧情中的何小羽蓦然醒悟，抱着抱枕跳了起来，"我们明天就去领证。"

"我……我这么聪明，怎么就生了你这么一个恨不得自带房车还不要彩礼的傻闺女？"何不悟气得都不知道怎么训斥何小羽了，抱起孩子就走，"该睡觉了，无衣、同裳。过两天爷爷送你们去幼儿园，和小朋友们好好相处，跟老师好好学习，别跟着家里那两个人不学好。一个能力低下，一个智商残缺。"

郑道抬起头，揉了揉眼睛，说道："叔，我和小羽还在呢，在背后说坏话才符合你猥琐的长相……你刚才干什么去了，不会是和我爸见面了吧？"

何不悟吓得差点儿跳起来，郑道这个机灵鬼怎么猜得这么准，如果不是郑道漫不经心的表情和迷茫的眼神，他还真以为郑道知道了什么。

"没有，没有！"何不悟吼了一声，声调提高了八度，"都赶紧睡觉！明天小羽做饭，郑道刷碗，我要休息一天。"

"有理不在声高。"郑道小声嘟囔了一句。

"就是，说话这么大声，是不是心虚啊？"何小羽连忙补刀，"老何头儿，我今天有了一个新外号，叫何小刀，好听吗？"

"天啊，让我死了算了。"何不悟仰天长叹。

"爷爷你要是死了，无衣给你养老送终。"杜无衣夹在何不悟和郑道、何小羽中间，左右为难了片刻，想到他正在何不悟的怀里，就先保持了倾向于何不悟的立场。

"孩子，爷爷活着的时候你养爷爷，叫养老；爷爷死了，你埋了爷爷，叫送终。"何不悟话一出口就后悔了，他犯不着跟一个孩子解释这些残酷的事情，赶忙找补，"爷爷很健康，能活到你长大成人的一天。"

"那我就永远不长大成人，这样爷爷就可以永远不死了。"杜无衣摸了摸何不悟的红鼻子，"我不想让爷爷死。"

何不悟想起和郑见的会面，以及郑见对孩子病情的无能为力，终于忍不住老泪纵横，哇的一声哭了出来，哽咽地说："好孩子，爷爷没白疼你。爷爷不死，你也要健健康康地活着，好不好？"

"叔怎么了？"等何不悟带着孩子上了楼，郑道还没有弄清状况，"好端端的哭什么？是不是去跳广场舞被大妈嫌弃了？"

"有可能。"何小羽认真且严肃地点了点头，"其实老何头儿也挺不容易的，这些年一直一个人。我不反对他再找一个老伴儿，但前提是得有房有车。"

"为什么非得有房有车？"郑道很是不解，"都这么大岁数了，财产什么的都不重要了。"

"重要，重要得很。"何小羽离郑道近了几分，她穿着短衣短裤，肌肤在灯光下闪耀着健美的光泽，"她得有房有车，才不会冲老何头儿要房要车，老何头儿的财产才能都由我继承。只有我继承了他的全部财产，嫁给你时才能都带着，才能保证我们以后的日子有吃有喝。"

/第六十八章/　知足者常乐，进取者有为

郑道不知道是该感动何小羽对他的好，还是该可怜何不悟辛辛苦苦打下的江山，最后还得落入他的手中。这么一想，之前自己被何不悟骗走八千块钱也似乎没那么心疼了。

"小羽，你真的想嫁给我？"

"你认真的吗？"何小羽双手支在桌子上，一双大眼睛十分灵动，"感觉好像认识你一辈子了，都这么熟悉了，下手的话知道分寸，熟能生巧嘛。再去冒险到外面找一个陌生人，风险和收益不成比例，还不如就你算了。"

原来他只是何小羽偷懒之下凑合的赠品。郑道无奈地摸了摸脸，说道："万一，我是说万一我们结婚的话，房子和车子写谁的名字？"

"放心，我会在我的名字后面加上你的名字。"何小羽像大姐头一样拍了拍郑道的肩膀，"小郑子，只要你以后好好听话，跟着我，爱

情和面包全都有。”

“得嘞！”郑道立刻眉开眼笑，“从小老爸就教导我，男人要顶天立地，就得身体好、胃口棒，不管是硬饭还是软饭，吃嘛嘛香。”

何小羽笑得直不起腰来，连捶带打地收拾了郑道一顿。

“明天你和苏木两个人去，行吧？”何小羽想起了明天的安排，隐隐有些担心，“要不要我和李别埋伏一下，暗中保护你们？”

“不用，不用。”郑道一口回绝，“你明天和李别继续调查胡非和历之用，包括杜若。我严重怀疑他们和特斯拉案有着千丝万缕的联系，尤其是胡非，应该会是一个很好的突破口。这个案子破了，你和李别就又立功了。”

“你说不用就不用，我信你。反正你心眼儿多、心思坏，一般没人能算计得过你。”何小羽放心了，打了一个大大的哈欠，“你说滕哲到底能不能拿下苏木？”

“会不会说话？什么叫滕哲拿下苏木，反了，应该是苏木吃定了滕哲。”郑道揉了揉何小羽的头，“行了，别想了，你的小脑袋容量太小，想多了事情会死机。赶紧睡吧，明天见。”

“明儿见。”何小羽用力推开郑道的手，咬了咬嘴唇，忽然嘻嘻一笑，“你说实话，郑道，你是不是喜欢卢西东？”

“又说反了。”郑道眯着眼睛笑，“是她喜欢我这个人，而我，喜欢她的钱。”

“嘚瑟！”何小羽白了郑道一眼，迈开一双弹性十足且笔直的长腿转身走了。

郑道的目光在何小羽的大腿上停留片刻。时间果然神奇，想当年初见何小羽时，她又黑又瘦，双腿上面全是蚊虫叮咬的伤痕，还有跌伤，黑一块青一块，像是一根经年累月的木头棍子。她什么时候变得这么有美感了？他是不是错过了什么？都说青梅竹马两小无猜是好事，可是他为什么一发现何小羽的美，就总会想起她以前的丑样子？他是不是太欠儿了？

带着无数的问号，郑道甜蜜地睡着了，还做了一个梦，梦到他和何小羽结婚后，原本属于何不悟的十几套房子全部加上了他的名字。何不悟痛不欲生，而他开心得手舞足蹈，嘲笑何不悟剥削他多年，其实都是在替他攒钱。

吃过早饭，何不悟带着孩子去看幼儿园的环境，何小羽着急去上班，只留下郑道一人无奈地刷碗。男子汉顶天立地，大丈夫能屈能伸，刷碗也是上天"劳其筋骨，饿其体肤，空乏其身，行拂乱其所为，所以动心忍性，曾益其所不能"的一种磨炼，说明他马上就要做大事了。

在强烈的心理暗示下，郑道愉快地刷好了碗，摆起了八卦阵，专等"飞来将"上门。不料等了一上午，一个人影也没见到。

看来做惊天动地的大事之前，还得先从小处着手，也不知道前段时间何不悟发出去的广告、狗哥传出去的口风，以及余婶、柳婶带出去的效应，有没有什么正面的回馈。就算每天来两三位客人，收入几百块也可以糊口啊。

年纪轻轻就靠娶何小羽、继承何不悟的家产勉强度日的话，有点儿对不起庄草和神医的称号。

下午，午睡刚醒来的郑道还没有来得及打两个哈欠，客人就登门了。

郑道早晨在日出时分起床，以及每日坚持午睡，都是在老爸教导之下保持的习惯。古人所说的"雷在地中，复。先王以至日闭关，商旅不行"，至日是指冬至日。冬至之日闭关，是古人的传统。

冬至一阳生，冬至是阳气来复之时，阳气归根、阴阳转换之际，是一个紧要关口。转换顺利，人体就可以更好地适应季节，不会生病。而闭关，是适应转换和来复的最好办法。

夏至一阴生，夏至之时，至阳交阴，也需要闭关。

冬至和夏至在一年中的十一月和五月，在一天中为子时和午时。所以有"子时一阳生，午时一阴生"的说法，子午之时需要小闭关，小闭关则是静坐或小睡。

国人的午休习惯可以上溯到周代，是古人遵循《周易》之道的养生。养生要从年轻人抓起，郑道很惜命，而且午睡还有一个好处，就是可以保持不秃顶。

"你居然还午睡？真羡慕你没心没肺。"

卢西东一进门就大呼小叫，她对郑道午睡醒来后还在打哈欠嫉妒得冒火，愤慨地说："我都快要忙死了，你却如此轻闲，不公平！不行，我要和你交换一下身份。"

"道曰：'中午不睡，下午崩溃！'东曰：'哥说得对。'知足者常乐，进取者有为，所以，必须得午睡。"郑道见卢西东穿了短衣短裤，既简洁又干练，笑了，"卢总这身打扮不像是老总，像是邻家小妹。"

"别扯没用的，说，什么时候和我签合同？"卢西东把一纸协议拍在桌上，"兼职我的全职心理医生，随时随地负责帮我疏导心理问题，月薪八千元，奖金另算，还有年终奖和带薪假期，签字生效。"

郑道是很缺钱，但还没有迫切到对天上掉馅儿饼的好事没有免疫力的地步，他身体健康，心智也很健全，并且每次洗脸都会照镜子，知道素颜的自己和美颜之后到底有多大的差距。

"这事儿不急，可以先零售，等卢总真的了解我了，满意我的服务，再谈批发也来得及。"郑道将合同推到一边，"最近卢总状态不错，精神饱满、气色正常、双眼有神，而且还瘦了一些。"

"真的吗？真的瘦了？"卢西东似乎立刻被郑道带偏了节奏，"我早上刚称过，是轻了二百五十克，不过可能是刚上完厕所的缘故……"

不聊正事非要皮是吧？反正郑道也有时间，懒洋洋地说："卢总，现在就开始计时，没意见吧？"

"现实！庸俗！"卢西东拿出手机，扫描了已被郑道换成自己微信的收款二维码，输入了几个数字，又歪头想了想，"先付款再谈事，你就不好拒绝我了，是吧？"

"微信收款五千元！"悦耳的提示音响起，郑道感觉浑身舒坦，像是喝了一瓶老式的碳酸汽水。钱对身心健康简直有不可估量的作用。

"卢总，有什么需要？"郑道的态度和语气顿时软了几分。

"今晚陪我去吃饭，我要见一个大客户，你帮我观察观察他的气色还有言谈举止，看他是不是可信。"卢西东的态度和语气强势且不容置疑，很有老板的气势。

今晚他可有重要的约会，卢西东突然来这么一出，难道仅仅是巧合？郑道见钱眼开，但还不至于财迷心窍，他拿出手机，作势要把钱转回去，遗憾地说："真不巧，晚上有约了，钱我先还……"

转到一半，到了输密码的环节，郑道又关闭了屏幕，笑嘻嘻地说："我先留着，等下次有空了再陪你去吃饭。转出去的钱，泼出去的水……对吧？"

"我冲你要钱了吗？"卢西东翻了一个难度颇高的白眼，"郑大夫，如果一个人的性格分成三份，一份残暴，一份贪婪，一份神经，你怎么划分自己的比例？"

这又是什么考题？今天卢西东的心理问题不多，变态问题不少，不过郑道心里清楚得很，卢西东绝对不是来消遣的，她时间宝贵，看似东一榔头西一棒槌的聊天风格，背后却有着周密的逻辑和严谨的指向。

卢西东其实比胡非还难对付，胡非是战斗型风格，很容易激发对手的防范和进攻欲。而她却是迷惑型风格，会让对手迷失在她的不着调下，然后被她带了节奏或是影响了判断。

"按照你的逻辑，不管怎么组合，怎么调整比例，男人都没有一个好东西，是吧？"郑道连客气都没有假装一下就收起了手机，以前是落袋为安，现在是入账为安，"卢总最近是在研究爱情吗？"

"聪明，一猜就中。"卢西东咬着舌头笑了，很妩媚，很天真，"我比较了一下，论长相，我不比何小羽差，一百个男人里面，有五十五个会选我；论家世，何小羽更比不了我，我的资产最少也是她的上百倍；论认真，你是心理医生，肯定能看出来我是一个专情的人。郑大夫，我很好奇，你为什么不选择我？"

男人的两大致命诱惑：金钱和美貌，完美地集于卢西东一身。郑道如果不是被生活所迫练就了火眼金睛，早就被她拿下了。还好，他有足够的镇静和理性，主要也是因为他自拍很少用美颜。

郑道含蓄且暧昧地笑了，解释道："心理上，我选择了小羽，是因为十几年的陪伴无可替代；事业上，我选择了卢总，是出于医者父母心以及发展需要。"

卢西东敏锐地发现了郑道话里的漏洞，问道："只有心理和事业，那么你的感情和身体给了谁？"

"是我，是我，还是我……"外面及时地传来了一个粗犷的男音。

第六十九章 法于阴阳，和于术数

人未到，声先至，何二狗出现得真是时候。

"不是吧郑大夫，你和他……"卢西东瞪大的眼睛里充满惊恐和无助，指向了何二狗，"你们，你们？……"

"卢总好！"何二狗一见卢西东，立刻像变了一个人似的，从急速奔跑变成慢步小跑，连脚步声都轻柔了几分，礼貌地笑了笑，"你也有病呀？"

"我们怎么了？"何二狗完全没有意识到他刚才的话问得多有冲击力，"我和小郑大夫是好兄弟、好哥们儿，他帮我治好了多年的毛病。"

何二狗像是忽然想起了什么，惊恐地后退两步，上下打量卢西东，问道："卢总不会是和我有一样的问题吧？"

卢西东淡定地点了点头，摆出了坦然面对的态度，平静地说："你说对了，我们得的是一样的病……你的病郑大夫给你治好了吗？"

"快好了，马上好。真是神了，我才吃了几天药，腰不酸，腿不痛，尿尿也不分叉了……"何二狗兴奋之下，口不择言，浑然忘了卢西东是一个姑娘，还是个漂亮的姑娘。

卢西东不等何二狗说完，当即起身，速度飞快，动作流畅，从开口说话到走出院子，总共用时不到五秒钟："我开会去了，郑大夫再见。"

郑道的目光落在卢西东红润的脸上，笑意荡漾开来。装，有本事继续装呀！姑娘就是姑娘，论起粗鲁和流氓，毕竟不是男人的对手。

当然，郑道自诩为庄草和神医，在姑娘面前顶多就是脸皮厚一些，做不出来粗鲁和流氓的事情。狗哥就不一样了，他的粗鲁和流氓是本性，源自内心而流露在外，伤人于无形之中，而他自己还不知道发生了什么。

"卢总怎么走了？我一来她就走，是嫌我丑吗？"何二狗思索有深度的问题的时间通常不会超过一秒钟，他问过即忘，"药起效了，小郑大夫，我感觉身体好多了，尿尿也通畅了。"

"喀喀——"虽然现在没别人，郑道还是忍不住想笑，有些人是凭直男单身，而有些人，比如二狗，是凭实打实的真本事单身，"有效果就好，虽然快了一些，不过也说明你的身体素质好。"

郑道其实没说实话，他开的药肯定对症，但也不会这么快就见到效果，何二狗的症状减轻多半还是心理作用。

在医疗上，心理作用不可小觑，有时甚至可以起到决定性的作用。不管多好的药，多完善的治疗方案，最终还是要落实在病人的身体上。也就是说，最终结果还是要依靠病人自身的意志力和信念。

许多人觉得心理作用并没有什么用处，只是安慰和暗示，这种观念大错特错！同样的绝症，有人一上化疗就迅速消瘦并且抵抗力降低，很快就会死去；而有人却能挺过来，最终战胜病魔，究其原因还是心态的问题。

心态就是心理作用。有人得了绝症后坦然面对，心态平和。有人惶恐不安，万分担心。有人勇敢面对，意志顽强。最终最有可能活下来的，却是心态平和、坦然面对的病人。

心理最强大的人最后不一定就能够胜利，过于强大和自信，也不可取。首先会轻敌和盲目，其次会耗费情志，时刻让自己处于亢奋和激动之中，不断地强加暗示让自己强大，反而会损耗精气。喜、怒、忧、思、悲、恐、惊七种情志变化过于强烈、持久或突然，会引起脏腑气机紊乱，功能失调而致病。

人的身体最佳的状态是"法于阴阳，和于术数，食饮有节，起居有常，不妄作劳"，只有做到了"恬淡虚无，真气从之，精神内守，病安从来"，才能百病不生。

医生经常嘱咐病人要听医生的话，按时吃药，其实有两方面的含义：一是遵循医学规律，吃药要及时；二是要相信医生的药有用，在心理上认定自己的病会好。身体上接受，心理上不抗拒，才能药到病除。

何二狗显然是做到了对郑道完全信任，而且他对郑道的信任中还有一种"迷信"的成分，神棍和大师的光环无形中为郑道增加了不少信仰之力，二狗如此之快就恢复了活力，也是傻人有傻福的又一次实证。

往往心思多且细腻的人，得病后因为爱胡思乱想、担惊受怕、顾虑重重，总会导致病情加重。反倒是大大咧咧、没心没肺的人，医生说能治好，他就坚定地相信，结果真就好了。

"我就是你的活广告，差不多整个善良庄都知道你治好了我的病，嘿嘿。不过他们不知道我得的是什么病，这可不能说出去。"何二狗压低了声音，神秘兮兮地说，"小郑大夫，余婶和柳婶她们也在替你宣传，你出名了知道不？你出大名了！"

他怎么没什么感觉呀，收入没涨，出门没人问好，也没见到来给他说亲的，这出的是哪门子的名？郑道笑着拉何二狗坐下，语重心长地说："狗哥，谢谢你的宣传和推广，但一定要注意方式，千万别让人误以为我和外面牛皮癣广告上的江湖郎中、骗子中医是一个路数。"

"啊，你不治牛皮癣呀？我已经吹出牛皮了，说你包治百病，只要人还有一口气，你吹上一口气就能续命……"

郑道苦着脸，不容易呀，为了吹嘘他，逼得狗哥连"续命"这么专业的术语都学会了。可是他真不会治牛皮癣，更不可能神乎其神到能起死回生的地步，这卫星放了出去，收不回来可怎么办？

何二狗挤眉弄眼地笑了，耐心地教导他："小郑大夫，不是狗哥批评你，你就是太胆小，不敢往大里说。其实该吹牛的时候就得吹，该忽悠的时候就得忽悠，哥能有今天，三分之一靠拳头，三分之一靠吓唬，三分之一靠忽悠……嘿嘿，你懂的。"

"对了，差点儿忘了正事，可不能耽误你的伟大事业。"何二狗起身关上门，又指了指楼上，"没人了吧？"

"事情是这样的……"在得到郑道肯定的答复后，何二狗欠揍且猥琐地笑了，"余婶怀疑何黄汉在外面有人了，说他有大半年都不碰自己，肯定是把精力用在了别的狐狸精身上了。她没发现证据，想让你帮忙又不好意思直接说，就托我带话，让你替何黄汉把把脉，看他到底有没有出轨。"

作为一名正直的心理医生，一名正派的中医，郑道从来没有想过自己有一天会兼职私家侦探。是谁泄露了他的秘密，说他还有通过把脉就可以判断男人有没有出轨的神奇技能？这能力要是传出去，一夜之间一号楼的门槛就会被挤破，无数女人会视他为婚姻的明灯，而无数男人会视他为眼中钉、肉中刺！他可不想当全庄男人的公敌！

郑道淡淡地笑了笑，假装淡定，可是肩膀的抖动还是出卖了他内心的跳跃。他叹了一口气，说道："狗哥，这事儿玩大发了，古往今来，从来没有一个大夫可以凭把脉就能判断一个人是不是出轨了……"

何二狗一愣，随即跳了起来，激动地说："小郑大夫，意思是你马上就要成为千古第一人了？"

郑道整个人都不好了，狗哥这不光是要把他架到火上烤，还要让他成为千古第一罪人！老爸如果知道了，非得把他打个半死不可。

"这样，狗哥，我替何伯把脉没问题，但他有没有出轨确实把不出来，只能知道他有没有肾亏。"郑道琢磨了半天，尽最大可能让自己的语气委婉、语调轻松，既不显得过于正式，又不能太随便，姿态还真不好拿捏，把他累够呛，"如果何伯其他的器官机能正常，只是肾亏，并且和余婶相处得跟朋友一样，就说明他多半是有问题，那么就该你出马了。"

"我二狗不是那样的人，小郑大夫，你看不起谁呢？"何二狗急眼了，伸手就要揪郑道的领子，"我不是什么好人，但也不能碰自家的婶子，余婶比我大那么多岁，都快能当我妈了……"

郑道才不会让何二狗抓住衣领，错身闪开了，笑着解释："狗哥，你理解错了，我的意思是让你跟踪何伯，看他去了哪里、跟谁约会，然后拍照留念。如果能帮余婶挽救婚姻，你也是治病救人的大医。"

"这样啊！那我也能过过医生的瘾，倒是可以……"何二狗才反应过来，扭捏地笑了，"我还以为你让我去……这事儿别说出去，否则咱俩的关系就破裂了！"

郑道连连点头，努力直起腰，却克制不住肩膀的耸动。他忍住笑意，对何二狗说："这事儿明天再处理，我今晚有事，得赶紧走了。狗哥，你现在就可以先跟踪一下何伯，提前进入状态。"

"得嘞，好嘞。"何二狗开心地答应着，刚走到门口又站住了，"小郑大夫，我有喜欢的人了，她叫加加子，刚二十二岁，和余婶的孩子一样大。"

为什么又要强调余婶和她的孩子？郑道惊讶地说："日本人？狗哥是英雄，为国争光！"

"中国人，姓加，少见多怪了吧？加姓是很少见，但不是日本姓，了解？"何二狗感觉自己胜了郑道一局，得意扬扬地走了，"我明天和余婶一起来找你。如果这事儿能解决，小郑大夫，你会成为广大中老年妇女的人生导师和明灯。"

/第七十章/　红尘多流年，不肯做神仙

这事儿有点儿上头啊！郑道目送何二狗远去，忧愁地上楼化装去了。

既然要见幕后人物，他怎么也得换一副模样才有风范，保持神秘是大师的必备技能之一。

何不悟和孩子们还没有回来，他对孩子是真的好，每一个环节都亲力亲为。现在两个孩子在生活上对何不悟的依赖要大于他和小羽，郑道微有几分愧疚，他这个便宜爸爸当得真轻松，不但生孩子时没帮上忙，养孩子时也只是客串。

不过孩子们在情感上还是对他和小羽更深，或许在小孩子的心目中，还是父母更亲近。

希望忙过这一阵，再忙下一阵的时候，自己可以多抽些时间来陪陪孩子们。主要是得多赚一些钱，不然连给孩子买玩具和衣服的钱都没有，便宜爸爸也当得太失败了。

说心里话，郑道对孩子的愧疚还包含了一丝自卑，毕竟他在某些方面的见识和消费能力还不如孩子，这实在让他有些接受不了。不过让郑道微感欣慰的是，今年是第一次因为孩子而感到愧疚和自卑，往年都是因为没钱。

杜天冬到底在打什么算盘，什么时候会亲自过来和自己面谈，郑道不敢确定。现在他也顾不上杜天冬的心思了，就连杜若也被他放到了一边，虽然他很清楚杜若不会放弃对他出手，事关天冬集团的归属问题，杜若不拼命才怪。但郑道也十分肯定一件事情，杜若应该没有直接参与对付苏木的行动。

眼见天色渐晚，郑道先是在微信上给何不悟留言："叔，我晚上有事，可能要回来晚一些，辛苦叔了。"然后他又给苏木打了一个电话，约好了直接在一晚香门口碰面。

一晚香是一家连锁茶馆，在石门经营多年，总共有十几家店。能在既无历史底蕴又无文化传承的石门开一家茶馆，还能打造成品牌，并且布局十几家连锁店，可见老板非同一般。

据说一晚香的公开老板是一名颇有传奇色彩的女子，名叫碧悠，来自单城，原本在石门毫无根基，却凭一己之力在石门开辟了一方天地，成为轰动一时的事件。

碧悠初来石门之时，因为独身一人，又长得貌美，无数人趋之若鹜，其中不乏自诩有权有势者。有钱的人，有影响力的人，纷纷各显神通想要征服碧悠，结果无一人得手，全部铩羽而归。

后来众人才知道碧悠的幕后老板名叫关得，是一名高人。他到底是何方高人，又高在哪里，外人不得而知。反正只知道关得一出手，碧悠身边的各色人等都如苍蝇一般一哄而散，再也没有一人敢纠缠碧悠。

随后碧悠所遇到的刁难都迎刃而解，她也得以迅速在石门站稳脚跟，打开了局面，并且将一晚香的品牌打响。

位于百姓河工农路桥的一晚香门店是总部，表面上看，进出都由工农路的正门，实际上还有扇后门直通裕西公园，并且后院有相当一部分地方占据了公园的场地，相当于整个公园都是一晚香的后花园。若非有过硬的关系，肯定拿不到这样的位置。

工农路桥的一晚香店作为总部，并不比其他分店气派多少，依然是低调而奢华的装修风格，在不动声色中隐藏华贵之气。如果说富贵只是第一代的积累，那么华贵则是三代以上的沉淀，既有财富，又有文化和品位的综合提升。说白了，就是有钱有势还得有文化，德智体美劳全面发展，不是单一的只会赚钱的猥琐发育。

一晚香总部实行会员制，并不接待非会员的散客。会员门槛有多高，外界不知，只知道凡是能来一晚香喝茶者，非富即贵。一家茶馆能开到如此高度，背后的故事肯定很多。

一晚香的门口很肃静，门前也没有停车位，客人都是下车之后由司机把车开走，至于司机把车停在哪里，他们才不会操心。

左边是百姓河，右边是居民楼，一晚香门口的狮子和灯笼，在夜里既醒目又不过分耀眼。门口也没有迎宾，只有虚掩的木门昭示着正在营业的状态。

百姓河边，距离一晚香几十米开外隔河相望的河岸上，是一处呈三角形的空地，几棵常见的树木、一些灌木、鲜花、几个石桌石椅，让这里成为附近居民的一处休闲之地。

地方虽小，人却不少，都是住在周围的居民，或乘凉，或散步，或闲聊，三五成群。由于这里和一晚香隔了一条河，声音传不到一晚香，也听不到一晚香里面的动静。当然，一晚香里面从来都很安静，没有嘈杂声。

不过在这里却能看清楚一晚香有没有人出入，如果站在树上，还可以看见一晚香高高的围墙掩映在绿树瘦竹之间的情景。只不过岸边高大的柳树很少有人上得去，也没人这么皮。但是现在，柳树上却有一人，正踮着脚、伸直身子，努力做引体向上的动作。

"还差一点儿……再加把劲儿，够着了，够着了，谢谢爷爷。"

树下的小朋友们欢呼起来。

郑道抹了一把汗，站在树上往下看，三个小孩子欢呼雀跃，开心得抱成了一团。

三米多高对郑道来说不算什么，主要是他已经好多年不上树了，有些手生。好在上树之后，风景不错，可以清楚地看到一晚香里面的情景。他将手中的玩具枪扔了下去，一个小孩儿跳起来接住，开心地说："爷爷好厉害，这么老上树比猴子还快。谢谢猴子爷爷！"

郑道嘿嘿一笑，不好意思地纠正了孩子的错误："是哥哥，不是爷爷，更不是猴子。辈分可以错，年龄不行，物种更不行。"

还是小孩子好骗，刚才郑道趁人不备，一脚踢飞了小孩儿扔在地上

310

的玩具枪，玩具枪飞得很高，准确地落在了树上，他就自告奋勇上树替他们摘枪。

谁能想到一个看上去六十多岁的白胡子老头儿，身手矫健，上树比猴子还快，小孩子们顿时轰动了，以为他是老神仙。

老神仙摘枪是助人为乐，观察一晚香里面的情景是助人为乐的副产品。郑道分得清主次。他不可能没有理由上树，不然很容易被人当成猴子耍。而他更愿意当耍猴人。

原来一晚香的后门通往裕西公园，内部的构造九曲十八弯，很复杂，也很讲究，暗合八卦之道，看来老板是个高人啊。郑道本想在树上多吹一会儿风，奈何他现在是白胡子老头儿的打扮，站久了怕被人抓住送进精神病院，就赶紧下来了。

时间还早，还有半个小时，郑道下了树，左右看看，还好没有人注意到神仙落地。他沿着河岸一路南行，来到了裕西公园。他从正门进去，朝反方向回来，很快就发现了一片竹林，竹林深处，掩藏着一个小门。门口无人，郑道悄悄地推门进去。

院内十分安静，若不是通明的灯光和隐约的人声传来，他还以为这是一处无人的宅院。院子不小，有假山、流水、竹子，还有走廊。走廊九曲十八弯，颇有意境。如果不是在隔岸观景的树上看得真切，郑道此时还真不知道该怎么走。登高望远才能打胜仗，他很庆幸刚才上树的举动，虽然那样有损他的白胡子神仙形象。

一晚香的后院构造刻在了郑道的脑中，他轻车熟路，沿着走廊走到尽头，朝左一拐，是一面墙，似乎是绝路。郑道用手沿墙缝划了一个门的形状，使劲一推，墙裂开了一条缝，他身子一侧就钻了进去。

里面又是一个院子，院中院，比刚才的院子小了许多，但麻雀虽小，五脏俱全，格局和外面的院子大不相同。如果说外面的院子是五脏六腑的话，那么现在的院子就是心脏的部位。

这个院子是一晚香的核心所在。

亭台、假山、流水，再加上舒缓悠扬的乐曲，让人疑心穿越到了古代。院中三步一景、五步一画，郑道对园林研究的不多，却也能从中看出主人的匠心和不凡。

他脚步不停，沿一条花间小径一路前行，来到了屋前。屋中隐有人声传来，听上去像是有三五人在喝茶聊天。

郑道听了一会儿，悄身后退，才走两步，忽然心生警觉，一弯腰，迅速侧身躲到了假山后面。

何常在 著

正道

下 见龙在田

北京联合出版公司
Beijing United Publishing Co.,Ltd.

正道

目录 下

1

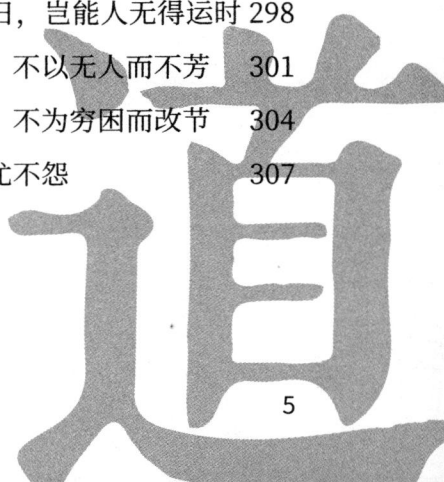

/第一章/　天一生水，地二生火

一阵风吹过，一只猫叫了一声，从黑暗中走出来，打了一个哈欠，懒洋洋地朝前院走去。原来是猫。郑道刚要从假山后面出来，迈出一半的脚蓦然停在半空，又悄悄地收了回去。他绕假山一圈后，藏在了一棵银杏树后。

又过了大概五分钟，从拐角的阴暗中慢慢走出来一个人，他疑惑地四下看了看，小声地说道："难道是我听错了，真的没人？"

好险！郑道暗暗捏了一把汗，对方太狡猾了，如果不是他机警，第一时间察觉到了对方，并且没有被猫所骗，又有足够的耐心，他就已经被对方发现了。

高手，这绝对是一个高手！还是一个深谙心理学应用、熟知人性的高手。

月光下，对方又朝前走了几步，身影渐渐清晰，是一个个子不高、穿对开襟中式服装的中年人，长得浓眉大眼，不难看，厚实的嘴唇让他显得厚道而朴实，只不过手上挂着的数串珠子以及一头染成奶奶灰的头发，让他的形象大打折扣。

这个人不认识，也没见过。郑道在暗处一动不动，直觉告诉他眼前之人虽然打扮夸张，却有几分真本事，不能掉以轻心。

一分钟、两分钟、三分钟……这个人依旧站在原地不动，仿佛睡着了似的。他不动，郑道也不动，连呼吸都放缓放轻。二人离得有五米远，四下安静，稍有动静就能察觉。又过了半分钟，这个人终于失去了耐心，也因为他认为没有了威胁，便转身离开了。他刚走出几步远，郑道的手机振动了——还好是振动，否则前功尽弃。

苏木的微信："我到了，在门口，你在哪里？"

郑道回复："我马上到，五分钟。"

他收起手机，原路返回，只用了两分钟就回到了裕西公园。

郑道刚走不久，这个人又悄无声息地冒了出来。他怀中抱着刚才出现的猫，鼻子动了动，厚实的嘴唇咧开，笑得很开心："第一个回合，第一次交手，郑道，你输了。别以为你化装成了白胡子老头儿，我就认不出你了，你还是太嫩了些。一个人可以通过化装改变外貌，但改变不了独有的体味。

"郑道，你身上的熏香味道太独特了，肯定是独家秘制的配方。我识香这么多年，还是第一次闻到。

"很期待和你的第二次交手，郑道。"

郑道绕回一晚香正门时，时间刚好过去五分钟。

苏木一袭长裙，淡然而立，头发束起，显得干练而飒爽。她背了一个天蓝色背包，朴实无华，不是大牌，却和她的气质、穿着很搭。

气色不错、状态饱满、穿着得体……郑道点了点头，今天的苏木几乎无懈可击，就看她接下来的表现了。

"包不错，很配你。"郑道特意指了指她的背包。

苏木大方一笑："适合自己的才是最好的，而不是大牌、名牌。我是一个讲道理的人，明白了之后，就不会再为难自己。"

"你刚才去哪里了？肯定不是才到。"苏木朝郑道身后张望，"有没有带人保护我们？"

"今天我们要以礼待人、以德服人，和气才能生财不是？又不是打架，带什么人。"郑道摸了摸口袋里的手机和银行卡，对方说会给一万块钱，他得做好相应的准备，不管是微信、支付宝，还是银行卡转账，他都可以。

苏木其实是有几分担心的，毕竟她接到的是威胁电话，而郑道是来出诊，性质不同：对方是有求于郑道，而想要拿她开刀。还有一点，虽说都是在一晚香，但并不知道威胁她的人和请郑道出诊的人，是不是同一个人。如果不是同一个人，等下让他们分开然后各个击破，她该怎么办？

平常很有主见的苏木，第一次感到了惶恐和不安。滕哲本想陪她来，却被她一口拒绝了。一是她不想拖滕哲下水，二是她也清楚滕哲多半也帮不上什么忙。苏木拉了拉郑道的衣袖："等下万一我们分开，要是对方敢动手，我就立马报警，再联系你。"

"对方不会动手的，放心。"郑道看了看时间，马上就要八点了。他笃定地点头，"一晚香不是一般的地方，对方约我们喝一壶无比昂贵的茶，肯定是想谈而不是打。一晚香也不允许有人闹事，我也不允许有人伤害你。有我在，不用怕！还有，威胁你的人和要投资你的人，以及请我出诊的人，几乎可以肯定是同一个人，或者说，是同一伙人。"

会员制的一晚香，绝非闲杂人等可以进去的地方，对方要是想收拾他和苏木，也不会约在此处。

郑道的话很轻柔，并没有什么力度，他本身也不是呼风唤雨的风云人物，但莫名就让苏木冷静下来，仿佛有一股安定的力量注入了心间，或许人和人之间就是有一种契合的气场吧。

门无声地被打开了，一个一身古典装扮的女孩儿轻盈地来到郑道和苏木面前。

"是郑先生和苏小姐吗？"她侧头打量了郑道和苏木一眼，眼睛弯成了月牙，又对郑道说："你比照片上好看，我还是第一次看到比艺术照还好看的小哥哥。"

"二位跟我来。"她扭动着腰，在前头带路。

拜托，我从来不照艺术照好不好，我的照片都是真实还原的现实题材，真是的！郑道下意识地摸了摸胡子，忽然一愣，不对呀，他现在是白胡子神仙，这副尊容可从来没有拍过照片！

"你见过我现在的……照片？"郑道抚摩胡子，故意以苍老的嗓音说道，"小哥哥？你都可以叫我爷爷了，小姑娘。"

"不，我还是喜欢叫你姥爷……我没见过姥爷现在的照片，见过年轻时的——喀喀，没化装时的照片。姥爷的化装水平太次了，Cosplay玩得不合格，有时间我带你玩，肯定比你现在的样子还原度更高，能达到神级。"女孩儿话挺多，带路的同时说个不停。

"你叫什么名字？为什么要叫他姥爷？"苏木比她大不了几岁，却感觉自己和她不是生活在一个次元空间。

"我叫加加子。"加加子掩嘴一笑，"你不觉得他很像我们小时候记忆中的姥爷吗？"

"加加子，日本人？"苏木的第一反应和郑道第一次听到这个名字时一样。

她就是狗哥的女友？不对，准确地讲应该是狗哥喜欢的人。狗哥喜欢的姑娘多了，喜欢的姑娘中可以成为他女友的少之又少。郑道心想。

"不是啦，纯种国产，地道华裔美人。"加加子回身朝郑道嫣然一笑，"姥爷是不是听过我的姓，怎么一点儿也不吃惊？"

刚才在门口灯光昏暗，郑道没看清加加子的长相，现在进入了一晚香，灯光亮了几分，才发现加加子清秀温婉，个子不高，身材很是不错，肩膀瘦削且腰细臀宽。

"你是南方人，广东人？"郑道心想，狗哥的审美水平比以前提高了不少。加加子虽然不是让人惊艳的绝色美人，但温婉怡人，宛如一股清风，沁人心脾。

"姥爷猜对啦，我是客家人。"加加子在一个名为"天地"的雅间门口站住，"到了，请姥爷进去。"

得，平白捡了一个外孙女。郑道也没拒绝，直接接受了，今年他已经捡过一对龙凤胎了，对捡亲戚一事已经免疫无应答了。

"我和他一起吗？"苏木感觉有些莫名的古怪，加加子自始至终都以郑道为主，似乎忘记了她的存在。邀请她的人和约郑道的人，难道真的是同一个人？

"是呀，你当然和姥爷一起，你和姥爷要见的是同一个人！难道还想自己有雅间？别想了，一晚香可不是谁想来就能来的地方。"加加子虽然语气中有一丝自豪和傲慢，但她的温言软语，偏偏不会让人生厌和觉得难堪。

"你先进去。"郑道忽然捂住了肚子，"吃了不消化的东西，内急，加加子，洗手间在哪里？"

"我带姥爷去。"加加子扔下苏木，欢喜地带着郑道离开了。

这……是什么操作？苏木愣在当场，到底是该敲门进去，还是等郑道回来？她眼睛转了几转，见郑道的右手伸到脑后，冲她做了一个"OK"的手势。她便会心地笑了，冷静了下来。

"姥爷，您慢点儿，等等我，内急的人不能跑，一跑就容易……"

加加子后面的话说不出来了，好在郑道穿越了一道拱门之后便停了下来，在洗手间的门口直起了腰，一脸暧昧地看着她。

郑道的笑容太有内涵也太意味深长，让加加子面红耳赤，心跳加速。她微有局促道："姥爷，我……我哪里做得不好吗？"

郑道抬头看了看洗手间门口的标志，上有四个隶书大字：天一生水。他扭头看向了相反的方向，几十米开外，拱门的另一侧，有一簇繁茂的竹林，他的脑海中迅速映现出在柳树上时的所见所思——竹林后面还有一个洗手间，才是对外的。

"加加子，为什么领我来贵宾洗手间？我可不是贵宾，我连一晚香的会员都不是。"

当时在柳树上，郑道看得清楚，一晚香的前院布局也很用心，分为内区和外区。刚才的"天地"雅间是外区，拱门里面是内区。

加加子微微流露出一丝慌乱："姥……姥爷，您不是没来过一晚香吗？怎么这么熟悉？"

快要露底了，郑道继续道："谁说我没有来过？我来的时候，你不值班，又是直接从公园的后门进来的……"

"啊！可卢总说您是第一次来，让我多关照您……"加加子自知失言，忙捂住了嘴巴，她惊恐不安的样子反倒显得更加可爱而真实，"我说错了，不，我什么都没说！"

"郑道，你怎么进来的？"一个人从洗手间出来，甩着手，"这是你能来的地方吗？出去！"

/ 第二章 /　知足不辱，知止不殆

"别以为玩一个新潮的化装，装成白胡子老头儿我就认不出你了，你就是有七十三变，也逃不过我的火眼金睛！"

他洗完手后，用纸巾擦干净，来到郑道面前，淡漠的笑容透露着些许不屑和蔑视。他一身名牌，戴一副金丝眼镜，头发一丝不乱，双眼炯炯有神，耳垂很大，最醒目的是那鹰钩鼻，高耸而宽大，在五官中既突兀又立体，给他增加了几分阴鸷之气。

郑道见过不少城中村的支书和村主任，要么朴实得像泥土，要么阴狠得像歹徒，像何黄汉一样名字质朴且接地气、儒雅长相中又透出枭雄风范的，绝无仅有。何黄汉是他有限的人生中见过的唯一如此的村级干部。

善良庄在何黄汉的管理下，多年来治安良好、民风淳朴。必须得承认何黄汉是个能人加狠人，如果不是他，善良庄也不可能保留着类别墅的建筑，以及多年来自成一体的安静与和谐——早就被来势汹汹的城中村改造大潮淹没，变成了高层商品楼。

郑道虽然在善良庄住了十几年，但与何黄汉打的交道并不多。他是外来户，寄居在何不悟家中，大事小事都由何不悟出面，又因为有老爸在，他和何黄汉的接触仅限于散步时的擦肩而过、聚会时的点头示意，以及在外面偶遇时的问好。今天算是他十几年来第三次在外面偶遇何黄汉。

真是失败呀，今天精心化装了一番，自以为仙风道骨，可以摆脱神棍的形象，化身为一个让人敬仰的老神仙。不料第一眼就被加加子认出，第二眼就被何黄汉识破。郑道不知道是该抱怨自己化装水平有待提高，还是该庆幸他的形象深入人心，他就像一道光芒，不管他如何掩盖都无法隐藏！

他前脚刚接了替余婶给何黄汉把脉判断他是不是出轨的活儿，后脚就和何黄汉在洗手间门口不期而遇。好吧，虽然见面的地点不是很高端大气上档次，但也是难得的正面观察何黄汉的机会不是？

郑道直接忽略了何黄汉对他的轻视和讽刺——年纪大了，脾气还这么大，心气还这么高，不是什么好事。"人老温和性如灰，家务皆宜推。养心性，讲道德，莫说是和非……"才是活明白了、看开了，"故知足不辱，知止不殆，可以长久"。

郑道很善良地原谅了何黄汉的无礼，他以"医者父母心"理解了何黄汉的易怒，毕竟他是病人，大夫怎么能和病人一般见识？他如果没有心理上的毛病，也不会得身体上的病不是？

何黄汉脸色大体上还好，除了脸色微红、鼻尖发红和两颧潮红之外，并无其他明显症状，也没有肾虚的直接表露，只是心血管和肝有些问题。

何黄汉并不胖，身材还算匀称，以他近六十岁的年龄以及常年在北方生活的饮食习惯，能保持现在的体形实属不易。有钱难买老来瘦，不是假话。不过，何黄汉并没有明显的肾虚症状不表明他就不肾虚，有时有些病人的症状表现得并不显著，甚至病入膏肓时脸色依然正常。有常人就有非正常人，郑道还做不到只凭一个人的气色就判定他到底有没有病。

他的精神障碍和一些心理疾病倒是可以一眼看出来，再交流几句骂上一番，差不多就能得出准确的结论，不过身体上的疾病还得靠望闻问切四管齐下。

如果能替何黄汉把把脉就好了，人有病得治，不管是身体上的病还是心理上的病。傲慢和偏见，也是心理疾病之一。郑道很想发明一种药，让人吃了后都能变得平易近人，不傲慢、不虚荣、不事多、不自大，郑道给它取名为心平气和丸。

如果真有这样的药丸的话，他要先喂何黄汉二百五十粒试试效果。

"何伯好。"郑道虽然一副老气横秋的打扮，声音却恢复了年轻和朝气，还有几分讨好的意味，"这么巧，您也来上厕所呀？我也不知道怎么就进来了，一时内急，就是借用个洗手间。"

"他乡遇故知，人生幸事。何伯是来喝茶？"郑道嬉皮笑脸的样子和他的白胡子老头儿形象严重不符，有违和感，他也懒得在意，"才喝了几杯就上厕所，尿频可不太好，要注意养肾。"

郑道早就闻到了何黄汉的一身酒味——他喝的不是茶，是酒。其实在柳树上时，他就发现了一晚香的不和谐之处，像是一个文质彬彬、儒雅端正之人，露出有文身的胳膊，还是文了一只喜羊羊。

一晚香的整体风格偏传统，华贵之中蕴含中正冲和之气，而四溢的茶香，浸润得院子中的绿植都有了一股飘然之意。意外的是，茶香之中，隐隐有酒气传来，并且有一丝烦躁的气息。这股气息在郑道进入一晚香之后，愈加强烈了。

在准备进入"天地"雅间之前，郑道心中的不安之感越来越强烈，就像一杯浓郁的茶水之中掺杂了白酒——哪怕是上好的白酒，也破坏了茶香以及色香味俱佳的美感。他决定一探究竟，而不是先进房间和对方相会。

人体生病，一部分是自身情志导致，一部分是外部因素所感。郑道不希望他在房间中和对方较量的同时，在外面还隐藏着重重危机——腹背受敌的滋味不好受，他喜欢做有把握的事情。但他怎么也没有想到，外部的不安定因素、和谐环境的破坏者、在茶馆喝酒的异类居然是何黄汉！

"别胡说八道，别扯淡，赶紧走，这里不是你待的地方，你不够格！"何黄汉烦躁地推开郑道，不给他任何套近乎的机会，"加加子，是你带他进来的？你不想干了是吧？"

加加子后退一步，躲在了郑道身后，身体微微颤抖，似乎吓得不轻："何先生，不是我，我哪里敢随便带人进来，是卢总的吩咐。卢总说了，姥爷虽然不是一晚香的会员，却是她的贵宾。她在一晚香是什么待遇，姥爷就是什么待遇。"

"卢西东真这么说？"虽然直呼其名，但何黄汉微微皱眉的神态还是透露了他对卢西东的忌惮，"姥爷？你为什么叫他姥爷？"

"卢总说，姥爷化装成白胡子老头儿的样子特别像她死去的姥爷，她叫姥爷，我也就跟着叫了。"加加子无辜的大眼睛快速地转动，"卢总也说了，何先生不用跟着叫姥爷。"

"胡闹！"何黄汉差点儿气疯，偏偏加加子天真可爱的表情让他又发不了火，"他真是卢总的客人？"

"不是不是，"加加子激动地连连摆手，同时猛摇头，"不是客人，是贵宾，是座上宾。卢总再三交代，要是怠慢了姥爷，她就会翻脸，是哄不好的那种，不管是谁！"

何黄汉脸色微微一变，眼皮不由得跳了几下。卢西东哄不好的翻脸他还没有见识过，但普通的翻脸是领教过了，印象深刻至极，只要想起来就会不寒而栗。

郑道这样一个小瘪三、大忽悠、烂神棍，什么时候入了卢西东的眼，还成了她的座上宾？莫不是卢西东看上了他，让他做她的入幕之宾？极有可能，郑道别的本事没有，就是长得顺眼，样子周正而帅气，还有一股男人的气概，符合卢西东的审美。

真是世风日下，人心不古，现在的女孩子怎么都肤浅到了只看脸不在意内涵的地步？而在古代——何黄汉一向自诩为全市，不，全国最有学问的村干部，他特别喜欢读史——他的思路卡了一下，想起了古代的四大美男。在他们所处的时代，只要他们一出门，女子就会闻风而动，争先恐后地前去围观，有直接献花的，有扑上去献吻的，还有求爱的、送礼物的，其疯狂之状，比现在的追星族有过之而无不及。

"看杀卫玠"的典故对于自认为读史无数的何黄汉来说是耳熟能详的。

不对，郑道怎么能和卫玠相提并论，他长得是好看了一点点，但也就是勉强可看而已。何黄汉强压心中怒气，他对郑道原本没什么意见，主要是以前郑道压根儿就没有什么存在感，不过是一个在他的地盘租住的外来户而已。但自从郑见失踪之后，一切都变了，郑道很快在善良庄成了名人不说，还把他的老伴儿迷得五迷三道，一口一个"小郑大夫"，叫得那个亲切。她还说郑道是神医，不但一眼能看出一个人有没有病、哪里有病、严不严重，还能两眼就看出一个人有没有出轨。

当时何黄汉心里咯噔了一下，仿佛一根弦被郑道一下扯断了。两眼能看出一个人有没有出轨，这是什么邪行的技能？是心理大师，是超级神棍，还是什么星座婚恋专家？都不是，就是大忽悠、大骗子。

何黄汉才不信有人两眼就能看出别人有没有出轨，三眼也不可能！郑道若真有这本事，他不得被天下男人集体捶死？不过……万一是真的呢？何黄汉心里有点儿发虚。他也听过一些神医神乎其神的事迹，如一眼断人生死、一言定人祸福，他隐约听过关于郑见是隐世高人的说法，莫非郑道也得了郑见的真传？

这么一想，何黄汉的神情立刻缓和了几分，努力挤出一丝笑容，还微微欠了欠身子："郑道，听说你是心理医生，你觉得我……喀喀，你何伯，有没有什么问题？"

"你问题大了，何先生。"加加子语出惊人，她语速很快，像只百灵鸟，"你脚步虚浮、双眼浮肿、面部潮红、小便赤黄，估计要大病临头了。"

/第三章/ 心静则智生，心乱则愚起

郑道差点儿石化当场，加加子字字到位、句句诛心，每个症状都说得对，却又夸大了数倍，完全符合江湖忽悠的行规。没看出来，这么单纯可爱像是绿茶一样清新的女孩儿，居然深得神棍之精髓，顿时让他肃然起敬。

加加子朝郑道投去了得意而开心的眼神，还嘚瑟地吐了吐舌头，流露出同道中人幸会幸会的表情。

何黄汉穿了一双白色皮鞋，皮鞋上还有残留的水，不，是尿点，赤黄而浑浊。

加加子是一个心细的姑娘。郑道刚才也发现了何黄汉的尿的状况，他还没来得及说，就被加加子抢先了一步。这姑娘是个可造之材。

何黄汉面不改色，淡定地看了加加子一眼，笑得很含蓄、意味深长："加加子，如果你说今天的新茶有多新鲜，味道有多纯正，采茶的小妹有多美，我信你……"

"她说得对，何伯，您太操劳了，应该适当地调养一下。发动机还需要大修呢，何况是人呢？"郑道回了加加子一个心领神会的眼神，虽然他并不认为他和她是同道中人——他可是正经八百的专业心理医生加中医传人好不好？从来不靠忽悠和蒙事。只是有时对付一些人，适当神秘一下并且恰到好处地装一下，也是为了治病救人，是医者父母心的体现。

"如肝热而溺赤，尿频涩痛，时觉凛凛，或发寒热，宜当归龙荟丸；

阴虚火旺而溺赤，咽干口燥，口舌碎痛，心烦失眠，舌红，脉细数，宜黄连阿胶汤；肾气虚寒，小便赤，足胫逆冷，脉涩，宜附子四逆汤。（注：情节需要，请勿效仿。如需用药，谨遵医嘱！）黄疸、泄泻、臌胀、水肿、多汗、热淋等，小便皆可见黄赤……"郑道见何黄汉听得一愣一愣的，就连加加子也是懵然无知的表情——不懂就对了，你们都懂了，我的权威何在？

"听不懂。"加加子摇摇头。

"什么意思？说白话，别转文言文！何伯懂是懂，但不想费脑子去想。"何黄汉其实没有听懂，或者说听得一知半解，这更让他心里没底了。

郑道暗暗一笑，总算慢慢找回了节奏，不容易。他问："何伯，您小便的时候是不是觉得后背发凉、脖子发麻？不但尿得不畅快，有时还发涩发痛？小便颜色发红发黄，起泡多，而且泡沫经久不散……"

"对，对，人老了不是都这样吗？"何黄汉想强作镇定，没保持住，就有点儿慌了，但还能克制，不至于表现得很迫切。

"人老了是都会有一定程度的尿频尿急，但如果喝几杯酒、几杯茶就上一次厕所，再加上有上述情形，多半是有问题了。"郑道没有夸大其词，他是一个正派的医生，至于加加子是不是正派，他就不好猜测，更不方便约束她了。

"嗯，而且是非常严重的问题。"加加子及时补刀，连连点头，表情沉重，"不光是肾的问题，前列腺也坏了。"

加加子既没有脸红，也没有一丝不好意思，很平静很淡定地说出了一个男性专用名词，还煞有介事地用力点头："何先生，您再不大修就要大病临头了。"

加加子不当神棍就太可惜了，忽悠起人来冷静得毫无表演痕迹，并且极尽夸大之能事，一分病说成五分，五分病放大成十分。她如果摆摊，会比现在赚钱多一百倍不止。

饶是何黄汉阅人无数、经历丰富，但在面对自身健康问题时，还是难免紧张。他再也没有了之前的傲慢，微微弯下腰，语气谦卑且态度诚恳："郑道，不，小郑大夫，你余婶说你是神医，我一开始还不大信，毕竟你太年轻了，还喜欢装神弄鬼，啊，不，是装神弄仙。现在我明白了，还是我眼界小了，百闻不如一见，我信你，听你的，你说我是不是真的有病了？"

何黄汉说出了一半的心里话，另一半是他才不信自家婆娘的判断，以她的见识和眼界，能分辨谁是神医谁是忽悠才怪。如果郑道真是神医，为什么他在善良庄这么多年却一直默默无闻？

病落不到自己身上就不会紧张，一旦落到自己身上就会紧张，一紧张就会关心，一关心就会乱。现在何黄汉酒醒了大半，第一次发现眼前的郑道除了真的帅之外，白胡子老头儿的形象还真有几分老神仙的味道。

加加子还想说话，郑道没再让她随意发挥，见好就收才是智慧，过犹不及就容易收到相反的效果。最主要的是，何黄汉的病情并不严重，非要把他吓个半死，也不符合自己的处世原则。

还有一点，郑道敏锐地察觉到，今天何黄汉出现在一晚香，和他巧遇，并非偶然事件。他在一晚香里要见的人，多半也和他有关系，不管是出诊的事情，还是苏木的事情。总之，肯定有某种形式的内在关联。

天地万事万物是一曲宏大的交响乐，置身其中，每个人都是一个音符，彼此之间都有共振和共鸣才能安然无恙。一旦某个音符出现错乱或是跑调，就会失常，人就会生病；情况严重者，就会被踢出交响乐，也就是重病或者死亡；更严重者，无数音符同时错乱，就会造成交响乐混乱，也就是战争或灾难了。

既然同是交响乐中的音符，所有人之间都会有所联系，只不过有远近罢了。离得近的人和相识的人，联系必然多一些。郑道错身一步，挡在了加加子的身前："何伯，等您有时间了，就来我的诊所坐坐，我好好替您看看。问题不大，适当调理一下就会好。您的身体底子好，根基还在……

"人体生病是一个系统工程，不是心理出了问题，就是生活习惯导致的身体受损。不管是哪一方面的原因，心情好是身体健康的前提。而心情好的前提就是家庭幸福、朋友和睦……"郑道顺势将话题一引，回到了余婶身上，"欢迎何伯和余婶一起到我的诊所做客。"

何黄汉听出了郑道的言外之意："好，好，一定。你余婶没事儿就爱瞎琢磨，怀疑我在外面有人了。你说我都多大岁数了，还能有那个精力？"

"精力有，能力有没有就不好说了。"加加子从郑道身后冒出头来，吐着舌头嘻嘻一笑，说完就又躲了回去，生怕何黄汉打她。何黄汉哭笑不得，只好脸色一沉："加加子，我都快能当你爷爷了，不要欺负老人家，要尊老爱幼。"

"对呀，我是小孩子，姥爷一定会爱护我的，对吧？"加加子做了个鬼脸，"何先生，您和您的客人把'胜算'房间弄得全是酒味，乱七八糟，东西扔得到处都是，那可是卢总最喜欢的房间，她又最讨厌别人在一晚香喝酒，尤其是在'胜算'！我肯定少不了一顿骂，扣奖金还不算什么，破坏了一晚香的形象和格调，您赔得起吗？"加加子越说越气，她的语气就带了三分气七分怨，"你们这些喝酒的男人最讨厌了，又臭还发酒疯，不管多高雅、多有格调的地方，有一个酒鬼出现，就降低了品格。"

原来加加子对何黄汉的不满源于他喝酒破坏了这里的格调。郑道立刻调整了策略："加加子，何伯的事情，我会和卢总说，不让卢总把账算在你的头上，就当是我的失误好了。何伯是性情中人，既风雅又好客，一时高兴喝了几杯，应该体谅他。这事儿，我背了。"

何黄汉眉毛一挑，心中对郑道的好感又增加了几分，这小伙子不错嘛，不卑不亢，会说话会来事，而且还能担事儿，又有眼色，懂得适可而止的道理，并且还能帮人平事，以前还真是忽视他了，以后得多走动走动……

"干吗替他说话？他可烦人了，每次来一晚香都要偷带酒喝上几口，把一晚香当什么地方了？"等何黄汉走了，加加子还愤愤不平，"刚才姥爷为什么不让我说他的病，他就是有病，而且病得还不轻，离死不远了。"

郑道忙又安抚加加子一番，刚才加加子替他加了不少分，成功地让何黄汉扭转了对他的看法，并且在何黄汉心中埋下了种子。小姑娘功不可没，他差点儿就动了收徒的心思。有这样一个女"神棍"徒弟当助力，及时助力并补刀，以后他想不成为大师都难。

"何伯经常来一晚香喝酒吗？"郑道开启了八卦模式，这么好的调查机会岂容错过，至于约他前来一晚香的人是不是等急了，他才不关心，"想想几个男人在茶馆喝酒，也是谜之操作。"

让对方等等也是好事，可以消磨一下对方的气焰，省得对方以为他为了一万块就能招之即来挥之即去！他也是想磨炼一下苏木，让苏木单独面对对方一会儿。

"什么男人，他才不会约男人来一晚香喝酒，是女人。"加加子鼓起了腮帮子，"姥爷，你说实话，你们男人是不是都喜新厌旧？"

约女人来茶馆喝酒，何伯这爱好可以呀，有品位有追求。郑道想笑没笑出来，加加子发自灵魂的考问让他一时无言以对，他只好沉默了片刻，以抚平内心的冲击。

"是什么样的女人陪何伯来茶馆喝酒？"喜新厌旧是本能，忠诚和专一是选择，谁的一生不是在和欲望做斗争？郑道也想喜新厌旧，可是金钱和时间都不允许。当然，最主要的是他恪守的原则与底线不允许。

"好多女人，小的、老的，正派的、失足的，好看的、长得丑的、北方的、南方的，东来的、西往的……"

何伯这么厉害，也太强了，老少皆宜、荤冷不忌、来者不拒，他是要干吗？

/第四章/ 相逢狭路间，道隘不容车

第五杯茶喝完，苏木依然不动声色，尽管心里焦急，怎么郑道还不回来，却还是保持了足够的镇静和涵养。而她对面的人，却有了几分不

耐烦。

对方是一个三十多岁的男人，这么热的天，还穿西服打领带，虽然显得特别正式，却给人一种刻板的拘束感。还好房间内的空调温度适宜，不然他非得满头大汗不可。苏木相信以她刚才的应对，必定让对方有不小的心理压力。

首先要在心理上占据优势，这是掌控局面的关键一步，是她从郑道身上学到的技巧。

在推门进去的那一刻，苏木紧张不安的心情一刹那得到了平复。房间里只有一个人，个子不高，年纪不大，长得也不威武，可以说是一个长相很普通、很大众的男人。房间的布局很精致，桌椅、屏风以及装修，都透出一丝平和淡雅之气，让人莫名就放松下来。

"你是……"苏木先开口问道，"我叫苏木，接到一个电话，就过来了。"

"你好，苏木，我叫胡非，是一名律师。"胡非和苏木握手，"就你一个人？郑道没有一起来？"

"他等下就到。"苏木没有明说郑道尿遁了，她能肯定郑道是有事要办，真不是因为懒人屎尿多。

"我受人之托，先和你聊聊，委托人稍后就到。"胡非有几分失落和不满，"就先不等郑道了……苏木，接受我的委托人的条件对你来说是最好的选择，机会就像流星，一闪就没有了，得赶紧抓住。"

"什么条件？是投资合抱之木，还是想用第二辆特斯拉将我撞进百姓河里？"苏木直到现在还没弄明白胡非到底算是谁的委托人，投资她的和恐吓她的是不是同一个人？

"当然是投资了，怎么可能是撞人？我可是律师，我的委托人也是正经的生意人，他从来不做违法的事情。"胡非为苏木泡茶，他的动作熟练、手法娴熟，"不知道苏小姐是不是喝得惯普洱茶？我以前喜欢绿茶，后来是白茶，再后来是红茶，然后是乌龙茶，现在则只喝普洱茶，再喝其他的茶，总感觉索然无味。"

"男人年纪越大，口味就越重，可以理解。"苏木轻轻喝了一口茶，"普洱茶是不错，就是太浓了。口味养刁了、养重了，就回不去清淡了，胡律师现在很少再接标的低于一百万的案子了吧？"

"五百万以下的案子，都由我的助理打理。"胡非嘴角微微一抽，苏木远比他想象的难打交道，看似柔弱，却蕴含勃勃生机，并且斗志昂扬。他今天的主要战斗力是用来对付郑道的，不承想，光是一个苏木就足以让他难以消化了。

今天的局，怕是会出变数。

"胡律师还没有结婚吧？单身？"苏木眉毛轻轻一挑，声音轻柔、语调轻松之下，隐含攻击之势。

"厉害，苏小姐目光犀利，能看透人心，还是我们有相熟的朋友？"胡非又是一惊，莫非郑道已经猜到了来赴约的人是他？不应该，又不是他打的电话，郑道不可能猜到是他，以及事先和苏木交流过他的信息。再说，郑道应该也不知道他是已婚还是单身。

苏木听出了胡非的试探之意，笑了："胡律师真是一个细心的男人，很注意细节。不过我的观点一向是太细心的男人往往磨叽，很难办成大事。你不用猜测什么，我不是打听出来你的婚姻状况的，是观察出来的。单身的男人和已婚的男人，有着明显不同。"

"愿闻其详。"

"首先，虽然你泡茶的动作很熟练，但在夹茶的过程中，掉了一些，你直接用手弹到了地上。如果你是已婚的，刚才的动作肯定会被骂。其次，你倒茶的时候，溢出了茶水，你直接用手抹了抹，而不是用纸或抹布，这也是单身男人不注重生活细节的表现。"苏木暗中观察胡非的反应，她要的就是在最短时间内了解对方，并且占领制高点，"最后一点也是最关键的一点，你看我的目光放肆而奔放，是单身男人特有的直接，已婚男人就会含蓄许多，含蓄中透露着试探。"

"精彩！"胡非鼓掌叫好，"看来我有必要重新认识一下苏小姐了，之前我拿到的资料对苏小姐的认知有严重偏差，让我差点儿犯下严重的错误。"

"不是差点儿，是已经。"苏木毫不畏惧地迎上胡非挑衅、咄咄逼人的眼神，"胡律师，从你接下这个案子时，你就犯下了足以让你后悔莫及的错误，不是一般的严重，是很严重。我有理由怀疑，特斯拉案的幕后主使和想要投资我的历之用先生，就算不是同一个人，也会是同一个团伙。"

胡非怎么也没有想到苏木比传闻中的还要韧性十足，不但寸步不让，还频频进攻，而且进攻的招式胆大直接，招招犀利，竟然逼得他隐隐有招架不住之感。

如果说郑道的手法有时刚柔并济，有时单刀直入，有时绵里藏针……是变化多端的话，那么苏木就是直截了当、勇往直前的大刀阔斧。她和郑道配合的话，倒是一对劲敌。

"我并不了解什么特斯拉案，我只是受委托人之托，和苏小姐商谈投资事宜。"胡非只好虚晃一枪，转移了火力，"苏小姐对于投资的事情，是不是有抵触心理？"

"那倒没有。我虽然一身才华，但一向认为能变现的才华才是有用的才华，不能变现的才华只是自以为是的才华，是孤芳自赏，是纸上谈兵。"苏木拢了拢头发，更加自信了几分，"就算我答应接受投资，也跟你说不着。你是律师，干的是擦屁股的活儿。我和你的委托人还没有谈拢，轮不到你拿着卫生纸出面。"

胡非忍不住上下打量了苏木几眼，没错呀，眉清目秀、清纯亮丽，不是妖艳的类型，但这个看似纯真如初恋的女孩儿怎么会说出这么粗俗的话？苏木的话语倒让努力装了半天文雅的胡非一时瞠目结舌了。

女人一旦粗俗起来，就没有男人什么事儿了。胡非算是信了这句话，他松了松领带，忽然觉得领带像是一个笑话在嘲笑他的拘谨。

"等历先生出面我才会谈，他不出面，我们就喝茶好了。"苏木反客为主，为胡非倒了一杯茶，"胡律师是不是尿急了？你刚才喝了至少四五杯茶，想上厕所就赶紧去，别憋着。男人憋尿不好，不利于生育。你是单身，但身边肯定不缺女人。虽说三十多岁是正当壮年，但也要注意节制，等老了有心无力的时候，后悔就晚了。"

胡非的额头隐隐渗出了汗珠，他本来没什么尿意，被苏木一强调加暗示，忽然就有了憋不住的感觉。也该去隔壁喊历之用了，既然是要和苏木谈判，非要先去陪何黄汉喝几杯酒干什么？这些有钱人的特殊爱好，他想不明白也很鄙夷。

有时候他们真的还不如杜若讲究，杜若是古怪一些，爱好却还算正常，就是好色也是正常的好色。而何黄汉和历之用就不用说了……据说二人的一些嗜好简直令人发指，他虽然不算是什么正人君子，但听了之后还是觉得热血沸腾、兽性汹涌，几乎无法抗拒。

如果有机会他一定要尝试一下！但历之用和何黄汉从来不让外人参加他们的神秘聚会，胡非有几次含蓄地提出想要参观学习一下，当即被历之用严词拒绝，搞得他很生气。好不容易鼓起勇气想要无耻一次，不料别人连不要脸的机会都不给他。

"别和自己的身体对抗，去上卫生间吧，我等你，顺道请来历先生。"苏木继续倒茶，故意高高举起茶壶，弄得水哗哗直响，她还有意无意地吹起了口哨。

"这就去。"胡非尿意加剧，起身就走，即使不愿意承认第一回合他其实已经输了先机，也得面对他确实没有达到预期效果的局面。不是他不够强大，是他脸皮太薄，在女性面前做不到荤腥不忌、冷热皆宜。

他慌里慌张地来到门口，推门，低头朝外迈步，却撞到了一个人的身上——郑道。

除了郑道之外，门口还有一个人。他一身休闲装打扮，手里拿个烟斗，光头，六十岁左右，有几分儒雅之气，一笑就露出了左边第三颗牙齿上的空洞。此人正是历之用。

/第五章/　利可共而不可独，谋可寡而不可众

"胡律师别这样，你对我投怀送抱是落花有意流水无情，我可是正经人。"郑道呵呵一笑，轻轻一推，就将胡非推到了一边。

"历总——"胡非被郑道的坏笑笑得心里发毛，他冲历之用点了点

头，"郑道，我也是正经人，你别瞎想。"

"郑大夫，请。"历之用没多说什么，微微一侧身，请郑道先行，"胡律师，让人换一壶八二年的普洱茶。我要和郑大夫把茶言欢，畅谈人生。"

胡非微微一怔，对拉菲来说，八二年是好酒；对普洱茶来说，八二年的普洱茶并不珍贵。或者说，普洱茶并非越陈越好，戊子年的普洱茶质量才最为上乘。

历之用一旦提及八二年的普洱茶，弦外之音就是要待为上宾。胡非不禁愕然，之前不是已经达成共识，要一唱一和让郑道俯首听命吗？怎么一转眼的工夫就又变了风向？难道他们之间发生什么事情了吗？

其实并没有什么事情发生。郑道和历之用不过是在门口偶遇，在胡非推门而出前，他们不过握手寒暄片刻，各自报了姓名而已。

"历总的茶存在了哪里？带我过去。"胡非顾不上多问什么，冲加加子挥了挥手，"快带路呀，别傻愣着。"

"姥爷！"加加子拉长了声调，依然站在原地不动，那可怜巴巴的样子让她又变回了无比纯真的小女孩儿，"卢总让我照顾你，不能离开你左右，你看……"

"去吧。"郑道溺爱般笑了笑，"姥爷能照顾好自己，你替姥爷办好刚才我们说好的事情就行了。"

"明白！"加加子干脆利落地应了一声，转身就走，"你，胡律师，快点儿跟上。"

历之用看了看加加子的背影，又打量了郑道一眼，露出秒懂的微笑："青年才俊，少女情怀，金风玉露一相逢，便胜却人间无数。理解，理解。"

理解个屁，郑道险些笑喷，他和加加子的关系纯洁得就像云南白药一样白。当然，他和加加子之间的秘密也像云南白药的配方一样是秘密。

进屋之后，历之用以主人的身份先是做了自我介绍。

"不好意思，让二位久等了，有些俗事耽搁了。本来是我邀请你们，你们是贵宾，我应该提前等候才对。不巧正好遇到了一个老朋友，非要拉我过去喝两杯，一贪杯就误了时间，该罚，该罚！"历之用倒了一杯茶，一饮而尽，"自罚一杯，向二位赔罪。"

行啦，别演了，什么巧遇老朋友，不就是和何黄汉在"胜算"雅间喝酒吹牛办坏事，然后坐等他和苏木失去耐心，他再露面。不过是以逸待劳的策略，为了表现出大人物都是姗姗来迟的装腔作势而已。

如果他不是在洗手间偶遇何黄汉，和何黄汉有一番机智的对话，再有加加子替他打探了不少内幕，郑道还真有可能被历之用伪装的真诚蒙骗了。

"鄙人姓历名之用，京城人，主业是医疗行业，兼顾文旅、影视行业。虽是俗人，却喜欢附庸风雅，以结识文化人为荣。"历之用很江湖地冲郑道和苏木抱了抱拳，"经商多年，也积攒了一些身家，朋友都称我历十亿，其实是夸大了。名下财产虽然确实超过了十亿，但可调配的现金没有那么多，能有四五亿就谢天谢地了。

"我喜欢交朋友，无论天南地北，不管男女老少，只要合得来，就可以进入我的好友名单。我也喜欢出差，出差久了，习惯了四海为家的生活，既不认床也不认人，随遇而安，睡得香甜，哈哈。

"今天请二位过来，一来呢是想交个朋友，二来呢也有事情要和二位商量商量……"历之用的目光扫过郑道和苏木，"你们接到的电话，都是我打的。"

"包括恐吓电话？"苏木毫无畏惧地迎上了历之用的目光，纵然他表现得很得体、很自然，气场很强大，但她独自面对胡非时都没有怯场，现在有郑道在，就更有了底气。

"历总的特斯拉和我、苏木都挺有缘的，在我们见面之前，我和苏木已经和你的特斯拉有过一面之缘，不对，应该说是有过亲密接触。"郑道先是观察了一番房间的布局，并没有隐藏的布局，又仔细打量了一番历之用。

历之用的气色还不错，明显有保养过度的迹象，倒不是说整过容，而是割过眼袋、拉过双眼皮。

没错，一个近六十岁的老男人割掉眼袋倒没有什么，却做了双眼皮，怎么看怎么觉得诡异和不可思议，有点儿像宦官粘胡子，给人一种反差感。

"恐吓电话不是我打的，撞人的事情也和我没有关系，我是有一说一，我也是被拖下水的，也是受害者，呵呵。"历之用干笑一声，声音有几分低沉，"不过古人说得好，祸福相依，如果不是因为我的车被盗，我也不会知道合抱之木。不知道合抱之木，就不会知道还有苏小姐这样的有才华、有颜值、有担当又有情怀的美女，也就不会萌生要投资合抱之木的想法……同样，也不会知道在小小的石门，还隐藏着一个如此高明的神医……"历之用又看向了郑道，目光中满是真诚之意，"即使我们的认识充满了戏剧性，开头不是那么友好，也只是一个美丽的错误，现在我正在努力修正它，希望可以变成一个美丽的开始。"

"这碗鸡汤不错，我喝一半，另一半送你了，苏木。"郑道举起茶杯，"来，以茶代汤。"

历之用没能明白郑道的暗讽，也举起了茶杯："我的做人原则是，有钱一起赚，有好事一起上。我也加入你们的鸡汤队伍，欢迎不？"

"欢迎倒是欢迎，就是有许多问题还没有弄明白。"苏木忍住笑，不知道历之用是真可爱还是装得像，"历总真的不知道撞人事件的前因后果？您的不在场证据和置身事外的链条太完美了，但往往越是完美的东西越是假的，就像所有声称可以包治百病的特效药一样，包括中药和西药……"

"在见你们之前，我已经和负责特斯拉案的警官见过了，向他提供了相关证据，他也相信我提供的证据的真实性。我这个人没别的优点，就是实诚，有一说一。我是生意人，从来不做谋财害命的事情。赚钱多好，干吗害人？害人终害己，最终搭进去的还是自己的一切。

"我的处事原则是，谋财，绝不害命；好色，但不强迫。"历之用依然是一副云淡风轻的笑容，他的辩解很有技巧，既推脱了责任，又打造了自己的形象，一举两得，"我的座右铭是'利可共而不可独，谋可寡而不可众'。"

"是哪个警官？"苏木还是不相信历之用和特斯拉案及恐吓电话没关系。

"齐全，业内人称齐神的齐队。和他在一起的，还有两个小警察，叫……李别和何小羽。"历之用见郑道默然不语，只是喝茶，"郑大夫，男人会比女人更理性一些，你可信我的话？"

"第一次见面就信你的话，就像第一次见面就爱上一个姑娘一样，不可靠也太草率了，你怎么说我怎么听就是了。"郑道不置可否地笑了笑。历之用见过齐全的事情，他信，但提供的证据是不是属实，就不好判断了，"历总，请我出诊的电话，既然也是您打的，病人在哪里？诊金先不用说，我一向是以治病救人为第一出发点，钱不钱的不重要，人命关天嘛。"

这话的语气有点儿味道不对……苏木狐疑地看向郑道，听上去像是郑道想先要钱的样子，小郑大夫什么时候变得这么世俗了？

也不对，小郑大夫不是世俗，是看人下菜碟。历之用既然自称历十亿，有钱人不是一向慷慨大方吗？别光当嘴上的有钱人，要做行动上的富豪。更何况他是请郑道看病，有钱人的病一向是怪病，难不难治先不说，就是费钱。

历之用从身后的坐垫上拿过一个LV手包，从里面抽出一沓钱，郑重其事地放到了郑道面前，态度很端正、姿态很到位地说："能请动郑大夫出诊就已经是我的荣幸了，诊金先付为敬。不管郑大夫能不能看好家父的病，诊金都不用退还，是我的心意，也是敬意。"

"不好意思，我一向是先看病后收钱的，规矩不能破。"郑道假意推辞，一脸坚决，"当然了，如果真能帮历总解决家人的困境，除了诊金之外，再多收一些劳务费用也是合情合理的要求，对吧？"

"规矩是规矩，例外是例外。"郑道婉拒，历之用却不会当真，他将钱推到苏木面前，"不如苏小姐先暂时替郑大夫收下，不收下钱，我心里不踏实。虽然我不会质疑郑大夫的人品，但生意人就是俗气，总觉得别人不拿自己的钱就不会真心替自己办事。"

若是以前，苏木会很不好意思收钱，但在经历了一系列的事情之后，她受郑道影响，也觉得和历之用这一类人打交道，太正直、太善良了，就会受到伤害。与其让自己难受，不如遵从内心的指引，接受对金钱的爱的召唤。

毕竟是真爱，真爱来了，势不可当。

/第六章/　药医不死病，佛度有缘人

钱拿在手里，看着整整齐齐的一万块，苏木一瞬间甚至产生了历之用真会投资她的错觉。一万块不是多大的数目，但才见面没几分钟就给了一万块，并且不在意有没有水花和响声就声称不会收回，也是没谁了。也许她见过的有钱人还是少，反正历之用在她眼中的第一印象就是有钱且大方。

有钱人很多，大方的却不多，她听过一个说法，有钱人的钱都是抠出来的。

"苏木，你过分了啊，拿了可以，先别装包里行不？就放在桌面上，万一真遇到棘手的我没有能力解决的病症，也好退回去不是？"郑道阻止了苏木要把钱装进包里的动作。钱得收，吃相也要优雅，还要留一个余地。如果历之用提出让他治愈绝症病人的要求，他可做不到。

药医不死病，必死之病，神仙也没招，他这个假扮的神仙更是没辙。

"比起我求郑大夫要办的事情，一万块不成敬意。苏小姐，听我的，收起来，收起来！"历之用继续保持谦虚谨慎的姿态，语气却很坚定，"说良心话，我原本对郑大夫的医术也持有怀疑态度，毕竟太年轻，中医是一门高深的学问，没有几十年的学习和积累，不可能有成就，这也是中医现在式微的原因之一。"

郑道顿时竖起了耳朵，不再纠结一万块钱的小问题，想要听听历之用对中医的认识。

"不过郑大夫现在的这副打扮，至少从卖相上让人舒坦了许多，在观感上天然就有了信任感，哈哈。人果然是视觉动物，人体对外界信息的获取，眼睛看到的超过了百分之八十的比例。"

别扯我的相貌，我对自己的长相有信心。郑道腹诽，能不能赶紧说正事。他现在是以中医的身份出诊，如果是以心理医生的身份看病，得计时收费，历之用随便高谈阔论多久都可以。

"中医入门难，淘汰率高，成功率低，成为大师的概率更低，需要天赋、毅力和机遇，这几个条件缺一不可。大多数人只适合在一个环节、一个门类从事一项具体而规范的工作，没有开拓性也没有思索的空间。说句得罪人的话，郑大夫，你不觉得现在的西医由于分科过细，从门诊、化验到放射、麻醉，每个环节上的人都和流水线上的工人没有什么区别吗？"

听上去历之用是想引发论战，挑拨西医和中医的争论？中西医之争从民国以来到现在，已经持续了很多年，始终没有一个结论。但中医近年来的衰退是不可争辩的事实，这既和西医的力量无比强大且系统规范，是整体作战有关，也和中医过于分散、力量薄弱及人才凋零有关。

郑道却不会被历之用带偏节奏，他轻抚胡子，老成地一笑："历总，中西医之争不在今天的话题之内。我是来替人看病的，甭管中医、西医，和自己八字相合的就是好医，能治好病让自己不难受的就是好医。比如一个人饿急了，馒头也好米饭也好，他不会先去化验哪种营养更丰富、更适合身体，只要能吃饱保证不死就行了。还有，历总别忘了，我可是正牌医学大学毕业的心理医生。"

"正是因此，我才佩服郑大夫，君子不器，文理一身。如果说西医是形而下的器，中医就是形而上的道。郑大夫这么年轻，就不为器皿所限，学贯中西，日后前途不可限量。"历之用双手举起茶杯，一脸郑重，"我以茶代酒，敬郑大夫一杯。"

郑道既不谦虚也不倨傲，和历之用碰了碰杯，喝了一口茶，说："历总，前面的铺垫有点儿长了，对我的奉承过于拔高了，我没有谦虚的原因是认为真没必要再耍花招了，现在也该上正菜了。"

郑道用眼神制止了跃跃欲试的苏木，告诫她要冷静。有些情商极高的人，很有谈话技巧，上来就先投其所好，抛出让你感兴趣的话题，或是顺着你的喜好说话，实际上，他可能和你的理念完全不同，甚至相反。只是为了赢得你的好感，让你放松警惕，然后乘虚而入。

有些病毒就会伪装成人体细胞，骗过人体免疫细胞的监视，然后开始在人体内繁殖，等免疫系统发现后，为时已晚。由于病毒繁殖的速度过快、数量过大，就算派出大量的白细胞军团前来阻击，也没办法赶尽杀绝。这时，人体就会生病。

郑道要替苏木竖起第一道防线，他已经看出苏木对历之用的话很受用，兴奋的眼神有一种高山流水遇知音的热烈。如果不是他及时制止，她肯定就要加入讨论中，心里对历之用的好感也会直线上升。

好感是放松警惕、卸下伪装的第一步。

郑道才不会只听了历之用的几句话就认为他认可中医，即使认可中医也不必去攻击西医。中医是包容的文化，就像中国的传统文化一样，向来是兼收并蓄的，有接纳和同化的宽容。

中华文化的特点就是不偏不倚，执两用中，是中正之道，而不是零和游戏，不是强盗、海盗文化和丛林法则。而有些文化的基因中就充满了杀掠和毁灭，只要是不服从自己的、不接受自己意识形态的，一概视为敌人，必须除之而后快。

历之用眼中有一抹微不可察的失望之色一闪而过，虽极快，且掩饰得极好，但是没能逃过郑道的眼睛。

"两件事情，一是请郑大夫为家父诊断病情，二是投资苏小姐的合抱之木事宜。事有轻重缓急，就先说说家父的病情，苏小姐没有意见吧？"历之用表现出了十足的好脾气，连笑容都充满了诚意与和蔼。

"当然没有意见。"苏木对历之用印象极好，连带声音也温柔了几分，"投资的事情又不急，病情是急事。不过我想多问历总一句，您是真的认可中医吗？听您刚才的话，对中医和传统文化很有研究。"

郑道差点儿捂脸长叹，苏木到底年轻——真实年龄不比他小，心理年龄和"外观"年龄比他小——怎么会将仅有一面之缘的人的开场白当成真心话？应该是她并没有完全读懂他的暗示，心里太迫切想要遇到知音了。

能聊得来的未必是知音，有可能是情商高出你维度太多的高人，他只是在降维适应你然后引领你而已。

现在不是追求形而上的共识的时候，而是要先达到形而下的信任，郑道忙接过苏木话头："先不说这个，命题太宏大了，容易谈玄说妙落入俗套。在说到令尊病情之前，我想先多一句嘴——"

这时胡非推门进来了，郑道就一指胡非："历总和胡律师早就认识，还是才认识不久？"

苏木不明白郑道为什么要转移话题，而且是很不相干的话题，她眨动着一双疑问的大眼睛，对接下来的事态发展充满了期待。历之用比她想象中更友善也更懂行，今天的会面，远超她的预期，说不定真的可以谈成投资。

"我和胡律师早就认识了，应该比他认识杜若还早，是吧，胡律师？"历之用看似无意地提到了杜若，"他是律师，可以当我的法律顾问，也可以当杜若的法律顾问，就如郑大夫，可以是苏小姐的大夫，也可以是我的大夫。大夫和律师是属于大家的，不是属于某一个人的。"

胡非手中端着一套茶具，檀木茶盘、白瓷杯及老茶。

"郑大夫是不是想知道历总和杜若的关系？想问就明说，别拐弯抹角，累不累？"胡非放下茶盘，冷冷地说，"不管历总和杜若是合作伙伴还是至交好友，你身为大夫，还是要为人治病，不是吗？好好地当一个大夫多好，操心太多的闲事，不但累心，还会累坏了身体。"

"说得也是，还是律师能说会道，比何狗蛋强。"郑道才不在意胡非的眼神，"何狗蛋是善良庄专卖肘子的肉老板，那一张嘴太能说了，秒杀当今很多单口相声名家，所以大家都叫他会说话的肘子。你也配得上这个称号。"

"我谢谢你。"胡非为每人都倒了一杯茶，"我脸上的褶子是多了一些，你骂我长得像肘子，我也认了。是，我是没你长得帅，但又有什么关系呢？我又不是姑娘，我不用喜欢帅哥。还有，差点儿忘了，告诉你一个好消息，我从奇峰律师事务所辞职了。特斯拉事件，我的司机毕竟参与了，我也有失职的过错，离开事务所，是我对律所的一个交代。离开了律所，我每年的损失有一百多万。郑道，满意不？"

"一百多万啊，能买多少个肘子，是可惜了。我满意不满意不重要，肘子律师，主要是你开心就好，当机立断甩掉包袱，及时止损，行动果断，不拖泥带水，是个人物。"说实话，郑道真有几分佩服胡非，一般人做不到如此杀伐果决。

"我挺喜欢吃肘子的，下次一起吃。"胡非坐在了历之用的身边，"不管我是肘子律师还是胡律师，反正是律师，律师就得履行自己的职责。历之用先生作为我的委托人，特委托我和郑先生确定以下事宜……"

说得这么正式……郑道微微抬了抬眼睛，和苏木交流了一下眼神，告诉她，该来的总会来，先别急于对一个陌生人产生好感，真正艰难的谈判还在后面。

/第七章/ 本是爱财正经人，岂因虚名误此身

胡非拿出一纸协议："郑大夫不用多想，也别担心，历总和你的协议很简单，比起杜若和你的合同，完全不是一个概念。就三点：第一，历总的父亲因患癌症，手术后有许多后遗症，特聘请郑道为健康顾问，负责调理。第二，专家结论，历总父亲的生存期还有一年半左右。如果在郑道的调理下，超过了一年半的生存期，奖励三十万元。第三，如果在郑道调理期间，病人的病情突然加剧，生存期小于半年，除了预支的一万块诊金之外，不再有任何报酬……"

"郑大夫，条款还算合理吗？"胡非认真地履行了职责，念完之后，又将协议递给了郑道。

郑道接过，并没有看，而是推给了苏木。苏木扫了几眼，点了点头："很公正，没什么问题，就是从半年到一年半中间的时间有点儿长。有没有可能设置一个一年的期限，如果达到了一年的存活期，郑大夫是不是也可以享受一定的奖励？"

就知道钱了，连里面的漏洞和陷阱都没有看出来，郑道轻轻踢了苏木一下，不让她再继续说下去。苏木有时很刚很直，有时又确实看不出一些隐藏在文字背后的猫儿腻。

不怪她，她不是律师也不是医生，更不是生意人，想法没有那么多也正常。不过换了何小羽肯定可以看出问题的所在，别看她比苏木还直还简单，但她毕竟和他认识太久了，有足够的默契，在耳濡目染之下，知道医疗行业的一些潜规则。

"令尊是病人，有些话作为大夫本不该说，但由于令尊是术后调理，情况特殊，所以，必须得事先声明一些关键问题。"郑道不慌不忙地喝了一口茶，"果然好茶，纯厚绵长，回味悠久，是纯正的质量上乘的老茶，而不是只有岁数没有质量的纯老茶。"

"如果是纯正的质量上乘的老茶，肯定值得珍藏。如果只是普通的只有岁数没有质量的老茶，价值就要大打折扣了。"郑道相信他已经说得很明白了，"对令尊来说，我是查漏补缺的善后，而不是关键的决定性因素，毕竟病人到我手里时，已经是术后状态了。手术的成功度有多少，病人恢复得怎么样，都没有说，你让我怎么缝缝补补？"

"专家所谓的还有一年半存活期的结论，我也未必认同。也不知道是一个乐观的专家，还是保守的专家，每个人的判断都是基于自己的认知，有时会和实际情况相差很多。"郑道的言外之意是他只相信自己的判断，假如是一个过于乐观的专家夸大了存活期，他刚接手老人就病情加剧迅速死亡，他岂不是成了背锅侠？他背了黑锅事小，被人冠上中医是骗子不能治病甚至是治死人的罪名，就事大了。

这些年，中医背的锅还少吗？多少被西医判了死刑的绝症患者抱着死马当活马医的想法来找中医找补和调理。治好了，有可能会说是幸运和巧合；没治好，就觉得中医没用，都是骗人的把戏。

鬼知道历之用的父亲病得有多严重，一年半还是更短的存活期，也只是别的医生的判断，郑道可不认。

胡非和历之用对视一眼，郑道这小子比他们想象得更机警、更精明，也更有经验，难道是白胡子老头儿的扮相为他增加了阅历？这家伙怎么这么难对付，怎么就不上当呢？

"郑大夫不相信大医院的专家教授对历总父亲病情的诊断？"胡非微微一沉吟，语气强硬了几分，"郑大夫才多大年纪，又救治过几个重病、大病之人？年轻人没有出道之前，总觉得事业、名声和财富唾手可得，是不是还幻想着突然继承遗产的好事？人还是活得现实一些好，既能活得安心，又能活得长久。"

"我没幻想突然继承遗产的好事，我是正在实践着，呵呵，胡律师有点儿健忘呀，你还是帮我实现梦想的领路人呢，呵呵！"郑道笑得很嘚瑟，"我很现实，你的条款条件太好了，像梦想，所以有理由让人怀疑不是历总脑子有坑，就是你或者我脑子有坑。主要也是你这肘子律师本身就是一个坑货，一见到你，我就会有条件反射。"

胡非脸色红白交织，最后变成了铁青，也是，他怎么忘了郑道真是闭门家中坐遗产天上来的幸运小子，等于是他送了郑道一发子弹，郑道就毫不犹豫扣动扳机冲他开枪了。

"这样好了，历总，我提三个条款，您要是认为可行，我们就继续，不行的话，诊金退您，只当我免费为老爷子的病情提供几条建议。当然，听不听由您。"郑道把一万块放在了合同上，"第一，我要看老爷子的病历，再决定是不是帮他调理。第二，如果老爷子的身体还有调理的必要，并且在我力所能及的范围之内，我会制订一个计划，并且给出存活预期。第三，如果老爷子没有达到我保证的存活期，是我医术不精，个人能力有限，无关中医的传承。如果超过了我预设的存活期，是中医的功劳，是古人的智慧……"

"没看出来郑大夫还这么'伟光正'，不居功自傲，时刻不忘为中医正名，我都快要感动了……"胡非干笑几声。

"我话还没说完，你感动得太早了。"郑道见历之用在一旁只是默默喝茶，并不插话，心里就更明白了几分，"瞎感动什么呀，动不动就感动自己的人，内心戏过于丰富！你是不是每次见到一个漂亮姑娘第一眼时，都想好了孩子叫什么，死后埋在哪里？怪不得肘子律师三十好几了还单身，这不能怪别人，要怪自己的爱太泛滥。"

胡非被噎得说不出话来。

"名誉归中医，实惠归我……三十八万的奖励，一分不能少。"郑道笑眯眯地看了历之用一眼，"不好意思了历总，之所以涨了八万，实在是因为胡律师太三八了，啰唆个没完。"

"郑道，过分了啊……"胡非朝历之用摇了摇头，"历总，我不建议接受他的条件。如果他预计老爷子只能活半年，结果……"

"病历给他。"历之用摆手制止了胡非，和善的面孔浮现一丝痛心，"我错了，郑大夫，不应该拿老父亲的命和你讨价还价！我信你，我是一个特别相信缘分的人，因为特斯拉案一个阴错阳差的事情认识，说明我们就是命中注定要认识的人。"

苏木碰了碰郑道的胳膊，挤了挤眼，笑得很戏谑，低低地说道："命中注定……听上去像表白。"

郑道做了一个呕吐的动作，接过了病历，只看了一眼就愣住了："结肠癌？肿瘤完全切除，没有残留，状况很好。老爷子今年虽然已经七十六岁了，但如果没有复发的话，再活三五年甚至七八年都不成问题。"郑道又仔细翻了几眼，"不用什么特别调理，适当运动，保持乐观向上的心情就可以了。注意，一定要心情舒畅。还可以多吃一些含有膳食纤维的食物，不要吃太过辛辣的，少油少盐，搭配一些人参，不要饮食过量。（注：情节需要，请勿效仿。如需用药，谨遵医嘱！）"

"就这些？"胡非愕然，他还以为郑道会说出一番多么严重、多么致命的吓人话来，再说一个很短的存活期，比如三个月，再在三个月的基础上每过一个月就加价一次，"你的意思是不用你特别调理，也不用再吃药了？"

"不然呢？由于结肠癌的特殊性，现代医学根本无法彻底清除所有癌细胞，所以为了避免残留癌细胞的繁殖扩散，就得化疗。老爷子已经做过化疗，化疗能杀死癌细胞，但也会对正常细胞有损害。后期多注意营养均衡，保持运动，心态良好，心理健康，就能长命百岁。"

郑道轻轻拍了拍手，像是手脏了要清理似的："放心，不用我调理，老爷子也能活上好几年。苏木，诊金还给历总，下面该说你的投资事情了。"

钱就在郑道眼前，他不还，非让苏木还，就意味深长了。

苏木白了郑道一眼，你到底是想要还是假清高？真想要直接收下不就得了，历之用不是说了不用退吗？不过想归想，她还是一咬牙将钱推了过去。

历之用脸色一沉："郑大夫是看不起我历某人吗？能请动你已经是

我莫大的荣幸，一万块只是敬意，你这不是打我的脸，就是嫌少！"

真的都不是，不打脸也不嫌少，就是假装客气一下，你配合配合不就得了？郑道才不会给钱不要，他一是穷二是不傻三是不虚伪。

他忽然一想，觉得哪里不对。如果老爷子真的恢复得很好，没什么症状的话，历之用也无须大费周章地请他过来，他稍稍一想："老爷子现在是不是有什么症状一直不见好？"

历之用脸色才又缓和了几分，他当然知道郑道不是真不想要钱，而是想要更多的报酬。他和人打交道，最不怕别人贪财好色，有欲望的人才有动力做事。如果一个人真的无欲无求，他反倒不会和对方合作，因为他无法明确对方的缺点是什么、对方需要什么，他就无法掌控对方。

"郑大夫猜对了，老爷子术后半年了，大便还是不正常，每天都要拉肚子七八次。"历之用愁容满面，"也看了不少老中医，开了不少药，吃了大半年，还是不见好！"

敢情历之用不只是让他修补，他还要负责替别人擦屁股，郑道立刻就感觉有点儿不太好了。

/第八章/　见仁见智，日用不知

医术之道，就如作文。既有共性，比如通用的技巧和起承转合；又有个性，比如独特的风格和文笔。医道也是如此，对于某一类病，大的方向上，不同的大夫会有相同的结论，但在具体的诊断上，又会有不同的见解。

如果没有不同的见解，就区别不了名医和普通医生，也成就不了大医，而沦为庸医。

郑道有点儿恼火，作为心理医生，最不愿意接治的是经过许多心理医生治疗过的病人。一个病人经手的医生过多，会形成医生免疫无应答，甚至会对医生有逆反及不信任的心理。

老爷子先是由西医开刀手术，又经老中医开药调理，现在还不见好，肯定是罕见的疑难杂症。他作为一个刚刚出道的心理医生以及一个过于年轻而经验不足的小中医，上来就接手这么大的一个病例，确实很有压力。

有压力不怕，有压力才有进步。问题是，郑道虽然爱钱又喜欢装白胡子神仙，但他内心终究是一名医生 —— 不管是心理医生还是中医，都不重要，重要的是，他有一颗治病救人的仁心。

老爷子遍寻名医而不见好，郑道可不认为只要他一出手就药到病除。老爸行医多年，经常告诫他，世界上的疑难杂症数不胜数，其中大多数无药可医。人类和病魔做斗争的几千年来，始终处于下风。

老爸还说，他经手的疑难杂症，最终得以救治的人，都是意志坚定、求生欲极强之人，或者是坦然面对、云淡风轻之人。同样年龄甚至有同样生活习惯的患者在同样病情之下，经过同样治疗之后，痊愈者大多是心胸宽广、乐观向上的人。

总之，面对病情，医生所起的作用只是一部分，病人自己的信心和毅力，也是至关重要的因素。

以历之用的人脉和财力，老爷子所遇到的医生，必定都是名医，年龄和经验加在一起恐怕是他的几十倍甚至上百倍之多，老爷子还是不见好，怕是麻烦很大。

胡非一边喝茶一边观察郑道，郑道微微皱眉，沉默不语，脸色时而凝重、时而忧虑。他心中暗喜，还以为郑道有多机灵、多有本事，还不是跳进了他的坑里？

你既然来了，就别想全身而退，一万块才是开胃菜，大钱还在后面。大钱的背后，自然也隐藏着更大的陷阱。郑道，我在杜家的事情上是小输了你一招，但在历之用的事情上，你别想好过。不过，杜家的事情你也别得意，杜若不会放过你的，你更大的麻烦还在后面。

胡非为几人续了茶："郑大夫医术高明，医者仁心，不能见死不救呀。如果连你也帮不了老爷子，他说不定就真的挺不过去了。"

面对捧杀，郑道丝毫不为所动，他没有让历之用久等："我得先见老爷子一面。"

"老爷子人在京城……他年纪大了，不方便走动。"历之用微一沉吟，"不知道能否请动郑大夫辛苦去京城一趟？"

郑道几乎不假思索，当即拒绝："抱歉，历总，我只是一个小医生，出门出诊就已经是高抬自己了，出市出省出诊，想都不敢想，主要是不敢当。小地方小医生，医术不精，胆量不大，见笑了。"

别闹，他到现在连历之用到底是什么人、有什么来历、和特斯拉案有没有关联都不清楚，就敢跟他去京城？虽然郑道并不担心对方会因为他的英俊而绑架他，但毕竟他有一个神秘、神奇且神经的老爸，鬼知道历之用和老爸有什么恩怨，他不会拿小命去冒险。

在石门还好说，毕竟是他从小长大的地方，一草一木、一街一道都很熟悉，而且有一帮子狐朋狗友，没有呼风唤雨之能，也有摇旗呐喊之威。以他现在的幼小无助加可怜，一旦离开石门，就要任人宰割了。

"郑大夫肯辛苦一趟的话，十万块的报酬，不管是不是对家父有所帮助。"历之用许之以利。

淹死的都是会水的，摔死的都是骑马的，破产的都是贪财的。郑道使劲摇头："真的不好意思，我不是一个随便的人，不去，坚决不能去。"

"可惜了，郑大夫一来不够自信，二来还是太年轻，没有医者父母心的胸怀。"历之用朝胡非使了个眼色，"这事儿就只能先搁置了，下面聊聊苏小姐的事情。"

胡非没打招呼就起身离开，郑道冲胡非的背影摆了摆手："胡律师，才一会儿工夫你上几次厕所了？有点儿虚了啊，平时要多注意，别太挥霍自己的身体了。"

胡非脚下一滞，嘴角一抽，想回身又忍住了。

"郑大夫挺爱开玩笑嘛，心态不错。"历之用从身后又拿出了一份协议，"我已经详细地了解过合抱之木，不管是整体风格还是运营模式，包括文章的理念、对传统文化的认可和对中医生活方式的推广，我都极为欣赏赞同。我虽然是一个生意人，地道而纯粹的生意人，但也有情怀、有想法，希望能尽微薄之力为国为民做一些事情。"

"不要听一个人说些什么，而要看他究竟做了些什么。"郑道压低了声音提醒了苏木一句，如历之用一般事事喜欢自我吹嘘和夸大的人，最能迷惑初入社会的女孩子。别看苏木也算是有一些阅历，但她也架不住历之用总是有意无意地自我拔高。

苏木确实被历之用的言谈所折服，也是，一个出手大方、处处流露出有钱又愿意和别人共享金钱的人，还谦虚低调有内涵，沉稳大方有涵养，换了谁都会对他心生好感。

郑道的话低沉有力，让苏木稍微清醒了几分，她接过合同，迅速扫了几眼，顿时震惊了："投资三百万，占股百分之三十，等于说历总对合抱之木的估值是一千万？不怕历总笑话，合抱之木现在只有我一个人在打理，没有员工，没有办公地址，更没有盈利……根本就不值一千万！"

苏木确实是个实在的好孩子，和他一样朴实。郑道最欣赏的就是苏木的实诚，但有时在面对深不可测的对手时，要收起好孩子的品质，坚守防线，塑造不能被人任意欺负的人设。

"历总看重的是合抱之木的前景，苏木你太看轻自己了，就凭你的才华，价值何止一千万？"郑道既是为苏木打气，又是让历之用清楚有他在，苏木不会被他耍得团团转，从而丢掉立场和原则。

"郑大夫说得对，我还觉得一千万的估值是低估了合抱之木，对不起苏小姐的才华。"历之用的表情毫无波澜，甚至顺着郑道的话往下说，"如果苏小姐觉得条件不够，可以提出来，一切好商量。"

苏木开心地又翻了一下合同："条件已经很好了，不敢再多提，只是不知道历总是出于商业上的考量还是因为情怀要投资合抱之木？"

还好，还好，郑道暗暗擦了一把冷汗，苏木没有被金钱冲昏头脑，还保持了基本的理智。他还真担心苏木冲动之下，会一口答应历之用。

上赶着不是买卖，历之用主动提出投资，又开出了无比优厚的条件，还一再让苏木提要求，这不是一个正常商人的投资行为。如果说是历之用看上了苏木，郑道也相信，但他更相信，历之用所图，远比得到苏木这个人更宏大。

"两者兼而有之。"历之用换了茶叶，他泡茶的动作比胡非还要娴熟，"我的主业是医疗设备，当然了，都是西医的。做西医生意的出发点是为了赚钱，医疗设备利润丰厚，不用说什么大型医疗设备，就是说普通的、常用的，小到支架和止血钳，利润都高得惊人。和西医的产业规模相比，中医就是高山下的小草……

"赚钱是为了生活，生活得到保障之后，人总得有点儿形而上的追求不是？国内看心理医生的人还不多，说明国人还是不够富裕。越是发达国家，心理医生越吃香，原因就是人在物质上得到满足之后，心理就会空虚，就会生病。"历之用微一停顿，歉意一笑，"在郑大夫这个专业的心理医生面前，班门弄斧，见笑了。"

"不见笑，说的是实情，历总请继续。"郑道饶有兴趣地喝茶，很有耐心地接着听故事。

"我们的世界，是被精心设计过的，每个人身在其中，日用而不知，成了设计者想要我们成为的样子。"历之用一副悲天悯人的神情，微微仰望屋顶，哀伤地叹息一声，"我说的不是科学家幻想的高维智慧生物设计了一个虚拟空间来放养人类，也不是什么高级文明把地球当成监狱来管理人类的说法，而是现实，活生生的现实世界。"

"仁者见之谓之仁，知者见之谓之知。百姓日用而不知，故君子之道鲜矣。"聊得有点儿过于高深了，郑道也不好意思阻止历之用卖弄，毕竟当一个人有了足够的金钱后，能够彰显自己身份的不再是财富，而是渊博的知识与高深的见解。

总不时流露出他有钱他真的有钱他特别有钱的人，也确实是有钱，但肯定不是真的特别有钱。

郑道差不多猜到了历之用想要说什么："历总是指现在一些公众号的营销套路吧？先是贩卖焦虑，然后制造恐慌，最后在你失去判断被忽悠得掉进沟里之后，再定义他要推销的美好……听上去很像刚才历总的套路啊。"

"哦，哈哈，真羡慕郑大夫的童心未泯，想象力丰富，天真而烂漫。"历之用半是讽刺、半是夸奖，门一响，他站了起来，"家父来了，请郑大夫帮忙好好看看。"

"还请郑大夫假装是令尊郑见。"一沓钞票放在了苏木的面前，历之用温和一笑，"收起来，不用还。"

这个历之用套路太多了，一环接一环，郑道扭头望向了被胡非搀进来的历老爷子。

/第九章/　高山流水遇知音，富贵加身需高人

广义上讲，一晚香分为外院和内院。外院是指外面待客的场所，内院则是办公和员工居住的地方，有后门和裕西公园相连。狭义上说，外院的待客之地也分为外院和内院，郑道所在的"天地"雅间就在外院，而"胜算"雅间则位于穿过一道拱门之后的内院。

不管外院还是内院，一晚香都是非会员不可入内。同样是会员，也分为 VIP 和 SVIP，就如同银行的白金卡和黑金卡的区别一样。黑金卡客户进入机场的贵宾厅后，会有专门的独立空间休息，以免被白金卡客户打扰。

"胜算"雅间与"天地"雅间的直线距离不超过一百米，但对大多数人来说，是一生都无法跨越的长度。

此时，"胜算"雅间内，何黄汉和霍石相对而坐。二人的脸色都有几分不善，房间内的气氛也有几分凝重与沉闷。

就在刚才，二人之间有过一场不算激烈的辩论，最终谁也没有说服谁。事情不大，却在二人的心中留下了不愉快的阴影，像一团烟雾，不严重也不致命，却挥之不去。

刚才的情景，加加子在一旁看得清清楚楚，亲身经历了不说，还及时添了一把柴、扇了一把火。不过她可不是煽风点火，她是出于好心，是为郑道的名誉和何黄汉的身心健康着想。

何黄汉和郑道在洗手间门口的过招，霍石并没有亲见，也不知道内

情。霍石只是清楚在他和郑道的较量中，他故意落败，实则胜了一局，并且试探了郑道的底细。

在他看来，郑道到底年轻，无论实力还是耐心都不是他的对手，心理素质应该也有所欠缺。

何黄汉对郑道的态度却因为洗手间门口的一番交谈而有了一百八十度的翻转，等他和郑道聊完，郑道要回"天地"雅间时，他还有几分依依不舍，非要拉着郑道炫耀他和诸多形形色色的异性在一晚香发生的不可描述的事情。

郑道也想抱着批判的态度欣赏，再有选择地加以鞭挞，但时间不允许，他不能扔下苏木一个人太久，就慌忙甩开何黄汉，拒绝了他的热情邀请。

郑道在门口和历之用"偶遇"时，加加子暗中告诉郑道，历之用来了小半天了，一直和何黄汉、霍石在"胜算"雅间里窃窃私语。霍石是何许人也，她不是很清楚，只知道他来一晚香的次数并不多。他还有一个名字叫霍达士，名字正好和"霍大师"谐音，她就和别人一起称呼他为霍大师。

郑道就让加加子帮他暗中盯着何黄汉和霍达士，直觉告诉他霍达士此人并不简单。能够和历之用、何黄汉混在一起，并且让他们信服的"大师"，绝非常人，肯定有几把刷子，不管是刷糨糊用的还是刷墙用的或者刷卫生间用的。

加加子不想离开郑道左右，一是卢西东确实再三吩咐过她要照顾好郑道，二是她认了姥爷就得当好外孙女的角色，更不用说郑道姥爷即便是白胡子老头儿打扮也很好看。只是既然姥爷让她打探消息，她就得听话——她就以第三人称的视角从头到尾经历了何黄汉和霍大师吵架的缘由及过程。

缘由当然是郑道。

霍大师初战告捷，心情颇爽，正在房间喝茶时，何黄汉和加加子进来了。他按捺不住兴奋，夸大而生动地描述了他和郑道一明一暗的交锋过程，一再强调他大获全胜。霍大师说到一半时，何黄汉听不下去了，打断了他的自我陶醉，替郑道辩解——也许是郑道并不愿意暴露太多，才让了霍大师几分，你一个五十岁的男人和一个二十多岁的小伙子比高低，不觉得丢人、没意思吗？

霍大师开始时还挺有耐心和涵养，试图通过分析当时的情景及郑道的行为来证明郑道的判断失误，结果并未能完全说服何黄汉。在何黄汉信了他的话一半时，加加子突然冒出了一句："凭什么是你赢了而不是姥爷赢了？就是你输了！你说什么都不顶用！"

"为什么？"霍大师很是不解，平常不怎么胡乱插话的加加子今天怎么也多嘴，并且向着郑道说话了？

"不为什么，姥爷比你好看，他就是胜利者。颜值即正义！"加加子挥舞了一下右臂。

霍大师气笑了，本不想和加加子一般见识，他一个高层人士怎么可能和一个服务员计较？太有失身份了。不料，何黄汉饶有兴趣地和加加子讨论起来郑道假装输给霍大师的原因，是示弱还是有意为之，又或者只是为了逗霍大师玩。总之，二人已经认定是郑道赢了，而霍大师输了，不管霍大师如何认定他才是胜利者。

二人旁若无人、不拿"达士"当"大师"的态度，激怒了霍达士。他几次打断二人的讨论，再次强调百分百是他胜了郑道一筹。结果何黄汉和加加子都不说话了，明摆着是理都不想理他。霍大师心中郁闷难安，觉得呼吸困难，想要发火。

只是在何黄汉面前，他得忍着，纵然何黄汉只是一个不起眼儿的角色，影响力仅限于善良庄，出了庄，他的话就相当于放屁。但不知道为什么，杜若和历之用都对何黄汉高看一眼，他们对他的客气中还隐隐有一丝恭敬。何黄汉到底有什么隐藏技能？杜若和历之用可都是眼高于顶的人，一般人轻易不会被他们放在眼里，别说恭敬了，能平视就不错了。

霍大师有几分看不上何黄汉，和历之用相比，何黄汉的风雅太低俗拙劣了。倒退十几年，他不过是泥腿子一个，夹个公文包，穿一身皱巴巴的西服，戴一副打着绷带的黑框眼镜，见谁都点头哈腰，递上劣质香烟，还会被人嫌弃地推到一边。如果不是赶上了石门拆迁和改造这个好时候，何黄汉一个庄稼汉，怎么会有机会人五人六地出入一晚香，还和许多异性"促膝谈心"？他不好好感谢时代低调做人，还要装腔作势以文化人自居，他算老几？

不知道内情，不了解何黄汉的背景，霍大师只能和何黄汉虚与委蛇。尽管以他阅人无数的经验判断，再结合他的科学星座论与面相结合术来看，何黄汉不像是大有来历之人，也不像有多么深不可测的人脉。

气氛不够通畅，霍大师用力长出了一口气，努力挤出一丝笑容："长得帅有什么用？能当饭吃吗？"

"不能，当然不能。"加加子咬着手指笑了，直直地看着霍大师，"长得胖才能。"

"我不胖！"霍大师怒气冲冲地站了起来，伸开手臂，"我哪里胖了？我哪里都不胖！"

"我没说你胖，我是说胖的人才当饭吃，你干吗急眼？"加加子一脸无辜地说，"何伯，他是不是喝多了茶，醉茶了？"

"好啦好啦，不闹了。加加子，你出去吧，我和大师聊一些少儿不宜的话题。"何黄汉消了气，不再和霍大师计较郑道的问题，不能因小失大。

加加子一走，何黄汉整个人都轻松了几分，笑得有几分暧昧："也是怪了，加加子不过是一个小姑娘、小服务员，为什么在她面前我总是觉得不太自在，有放不开的感觉？要知道我们可是阅人无数的老司机、老江湖了。"

既然何黄汉有要和好的意向，霍大师也顺水推舟："加加子不是一般的小姑娘，她大有来头。现在的小女孩儿，个顶个地厉害，有见识有阅历，知道的不比我们少。"

"她一个一晚香的服务员，能有什么来历？扯！"何黄汉咧了咧嘴，"别因为一个郑道影响了我们的友谊，以后还要继续合作伟大事业呢。下一批菲佣什么时候到？"

"还得二十多天，刚来了一批，得让市场消化消化再说。石门是省会城市，放在国内也顶多算是三线。如果不是以石门为据点运到京城和津门，以石门的消费能力，这买卖得赔死。"霍大师手中珠子捻个不停，"搁以前，这叫拐卖人口，非得坐牢枪毙不可。但现在，只要拿到了批文，就是合法的劳务输入……批文什么时候下来？"

"历之用不是说已经在办了吗？他带历老来石门，就是赌郑道可以治好历老的病。历老一高兴，批文还不是他一句话的事情？"何黄汉皱起眉头，轻敲桌子，"虽然我承认郑道有点儿本事，但他还是太年轻了，历老的病又比较复杂，他真的能有办法吗？"

"是历老点名要他治的？历老怎么会知道他一个无名小辈的？"霍大师的表情有几分僵硬，他对何黄汉还是心里有疙瘩，"我不太信历之用的话，他比杜若老奸巨猾多了，十句话里面有三句是真的就不错了。"

"他是一个码局的人，东西南北各拿一个风，不管是借的还是唬来的，反正拿到手里就成了他的牌，打出去上百次，总能诈和一两次。"何黄汉很佩服历之用的手腕，和他当年很有相似之处，他就有一种高山流水遇知音的欣慰，"历老是郑道父亲郑见的旧相识，他是慕郑见之名而来。可惜郑见失踪了，只能拿郑道顶上充数了。"

"历老长得和历之用并不像……"霍大师和何黄汉对视一眼，见何黄汉笑得很含蓄，就明白了什么，"干爹？"

"唉！"何黄汉在心里应了一声，笑而不语。

/第十章/ 世事洞明皆学问，人情练达即文章

历老爷子和历之用长得毫无父子相不说，身材和相貌上的差异也实在太大了，一个牛高马大、孔武有力，一个儒雅文气、中等身材。

郑道回味历之用让他扮演老爸的话，他有信心演个七成像，可是如果说历之用不是他爹从大街上捡来的，就肯定是他妈给他爹戴绿帽子了。

历之用的文雅之气是有刻意的成分，有演戏和用力过度的痕迹，但

他长得也确实有几分书生气，纵然说话有时不时龇牙咧嘴的坏习惯，但整体而言，他还是有五六分的儒商气质。

历老爷子就完全不同了，个子高出历之用许多不说，粗眉毛、大眼睛、厚嘴唇，年轻时肯定长得浓眉大眼。现如今一脸的沧桑，依然掩盖不住他的草莽之气和威武气息，尤其是一双浓重而微微立起的眉毛，更显威势。只不过历老爷子术后虚弱，精神萎靡不振，走路也微显吃力。他满头白发，手拄拐杖，在加加子的搀扶下，慢慢来到了郑道面前。

郑道早就起身相迎，快走两步扶住了历老爷子。

"郑老弟，二十多年没见了，你都老成这个样子了？这胡子、这头发……岁月连你都没有放过呀！"历老爷子中气倒是充足，声音沉闷中透出洪亮，"你还记得我吗？历小飞呀。当年我腿痛，痛得不得了，花了几万块看了几十个医生，吃了几十种药都不见好。后来遇到了你，你说骨缝里面的疼多为血瘀，得用三七粉把瘀从最里面托出来……"

说得好像岁月还有感情、有偏有向，会因为谁长得好看就放过谁似的……郑道被历老爷子拉着手，并肩坐在沙发上，感受到历老爷子手上的温暖，再听他的声音，观察他的气色，还行，老爷子状态还可以，并没有油尽灯枯的迹象。只不过眼神不太好，他和老爸是有几分像，但还没有相似到如何若菡和何似蕊的地步。

就算他现在化装成了白胡子老头儿，可这炯炯有神的眼睛，这脸上满满的胶原蛋白，这细腻，不，这饱满有力的双手，怎么看也不是一个老头子应有的状态，更不用说其实他还比老爸帅了几分，个子也高了不少。

"后来我就按照你的药方抓了三七粉，吃了一段时间后，脑袋和肩膀开始疼，后来是膝盖处往外疼，膝盖凉冰冰的。再后来，皮肤上有了灰青色。又坚持了几天，疼痛开始减轻，症状慢慢消失，再后来又坚持服药一段时间，到今天一直没有再犯。以前别的医生、主任和专家，都说我的病是风湿，只有你说是血瘀，要不是你郑大夫，我还活不到今天哪。（注：情节需要，请勿效仿。如需用药，谨遵医嘱！）"

历老爷子上来就说个没完，没人敢插嘴。郑道也表现得像一个乖孩子，安静、虚心、淡定，并且努力回忆起老爸的神态，尽可能演得像一些，不能丢了老爸的人。

"可是你突然就消失了，有人说你不在了，有人说你出国了，还有人说你治死了人，得罪了大人物，没办法就隐姓埋名藏了起来。唉，我说老郑呀，就算是治死了人得罪了什么大人物，你和我说一声不就得了？要是比我还大的人物，我就求他放过你，他若不肯，我就用我的命来抵，看他答不答应。我的命反正也是你救下来的，还给你，也算是还你人情了。多活了这么多年，怎么也值了。"

郑道忽然感觉眼睛湿润了，是房间里的空调太冷，还是他的鼻子被什么塞住了太酸所致？一个医生最大的成就不是有多大的名声、赚了多少钱，而是他让多少病人获得了新生、减轻了痛苦，又为多少家庭带来了希望，点燃了生机。

他以前总觉得老爸窝囊，蜗居在善良庄十几年，一事无成，要钱没钱，要权没权。现在他才真切地感受到，老爸除了给了自己帅气的外表、教了自己一身本事之外，还为自己留下了无比宝贵的财富，不是金钱和社会地位，而是别人的感激和无法衡量的人情！

历老爷子的声音还在房间中回荡。

"你说你怎么跟个小孩子一样任性，说不见就不见了，后来我又病了几次都找不到你，心里没底，慌得很。还有一次，晚上天热，我睡觉的时候没开空调，开了窗户——还是你说的少开空调多通风——只开了一条缝，结果对着窗户缝一侧的左脸一夜之间全肿了。因为是受风，医生给开了疏风、解毒、通络的方子。结果肿没消，反而更严重了，疼得我睡觉都睡不着。"

风邪是"六淫"之首，"风为百病之长"，四季皆有风的产生，它无所不在、无时不在。风流动不居，善行数变，有升发向上等特性。郑道一向注意避风，尤其是睡觉时，要么大开窗户形成穿堂风，要么完全关闭窗户，最忌窗户开一条小缝，并且小缝还正吹在人的身上。

"后来还是想起了你的三七粉功效，就抓了六克三七，弄成粉末，泡水冲服。很快疼痛就消失了，三天就消肿了。"说到后面，历老爷子老泪纵横，"老郑啊，每次见到家里的三七粉我就会想起你，以为这辈子再也见不到你了。上手术台时我还在想，假如手术失败了，还有你在，就算你也不能保我不死，起码可以不让我那么痛苦，让我可以安静地死去，对吧？

"你说你，为什么要躲起来？到底有什么不能说出来的原因？我老头子一大把年纪了，不管多大官也不管多有钱，我都不在乎，反正也活不了多久了，能帮老伙计一把，拼了命也得帮。之用以为我过来见你，是想让你替我看病，他错了。我也活够了，再这么折腾、难受地活下去，也没什么意思不是？人得活明白得看开。我就是想再见见你，和你说说话，就是死，也没什么遗憾的了。"

郑道并不知道老爸当年和历老爷子到底经历了什么，也许不只是老爷子所说的只是为他开了一个药方那么简单。他只知道，老爸能够被人记住几十年不忘，一见面就让人眼泪汪汪，这份情义、这份人品，他得服，也得敬佩。

老爸是个讲究人，地道，有男人气概。在郑道心中，老爸并不高大的身材突然就高大了许多。

被人信任的感觉真好，虽然也有压力。郑道克制住自己的情绪，得继续演好老爸，不能毁了他的形象，他点了点头："老……老伙计，我藏起来可不是为了躲你，是为了清静。你不是常说'躁胜寒，静胜热，清静为天下正'吗？一个人最难享受的清福就是清净，你说对不对？"

好险，他差点儿脱口而出叫一声"老爷子"，"老爷子"的称呼显然不符合老爸的年纪以及他和历老爷子的关系。好吧，虽然历老爷子的大名历小飞挺有喜感，但他老人家现在毕竟德高望重，不能笑。

"我说过吗？我什么时候爱说这句话了？我怎么不记得了？"历老爷子的灵魂三问配合一脸懵懂的表情，"之用，我是不是忘了？我有老年痴呆症，还是根本就没有说过？"

"没有，老爷子，您没老年痴呆，脑子好使得很。"历之用很欣慰，到目前为止，老爷子还没有察觉到眼前的人不是郑见，能蒙混过关最好不过了，至于郑道能不能帮老爷子调理好身体，他并没有抱太大希望。

"除了眼神不好之外，别的零部件都还能再用几十年。"历之用一边说，一边朝郑道使了个眼色，暗示郑道继续演下去，别放松警惕。

眼神不好就对了，而且这历老爷子的眼神还不是一般的不好，否则不可能认错人。郑道捋了捋胡子，点了点头："老伙计，你状态好得很，活到一百多岁都不成问题。"

"老郑啊，你以前说话没这么浮夸，在说到病情时都是慎重和保守的态度，这些年是不是经历了什么？"历老爷子一愣，站了起来。

不好，要露馅儿了，刚才说错了历老爷子常说的话，现在又在说话风格上被识破，郑道差点儿惊出一身冷汗。他是大夫，说好的过来替人看病，没说要演戏。如果早知道又得演戏又得看病，就提高价码了，一万块的出诊费实在太低了。现在哪个演员随便客串一下不给个几十万？他虽然勉强算是十八线小演员，但基于他既有颜值又有才华，出场费也不能太低不是？

苏木及时递过来一杯茶，郑道接过后一口喝下，压了压惊："老伙计，要与时俱进，要学会年轻人的说话方式，要用他们听得懂的语言和他们交流，才能继续治病救人，对不对？"

历老爷子也喝了一口茶，半晌才说："这些年我没怎么出门，跟不上时代了，网络时代淘汰了我们这些老家伙……也许不是你变了，是我太落伍了。

"我现在的病，也照你以前给的方子吃药，吃了几服后，不见效。听之用说能找到你，我就特意从京城赶来，说什么也要见你一面。还有一件陈年旧事，需要向你问个清楚，你当年为什么不跟我去京城发展，非要留在这个小地方？"

/第十一章/　事能知足心常泰，人到无求品自高

也是，以老爸的本事，天下之大皆可去得，为什么非要留在石门这个不起眼儿的地方？这事儿郑道以前也跟老爸探讨过，老爸的答复是

他喜欢安稳，并送了郑道一句话："事能知足心常泰，人到无求品自高。"

三七粉用来治疗血瘀，可不是郑见的方子，是民国的名医张锡纯最为推崇的药方之一。张锡纯是中西医汇通学派的代表人物之一，近现代中国中医学界的泰斗。由于他有高明的医术和特殊的地位，故医名显赫。他认为三七的功能是"直如神龙变化，莫可端倪"。三七"味苦微甘性平，善化瘀血，又善止血妄行"，既可以化瘀，又能止血，化与止同时进行。

对于因瘀血造成的疼痛，三七有奇效，但对于腹泻，三七就无能为力了，药不对症，再神奇也没用。

"先说病，再说别的事情……"历之用向前一步，轻拍历老爷子的后背，"面也见了，是不是该说说病情了？老爷子，就由您自己和郑大夫说个清楚吧。"

郑道从历之用复杂难言的眼神中读懂了他的暗示，是怕谈论起只有老爸才能解答的事情后他被发现是假冒伪劣产品就麻烦了，老爷子信任的是老爸，可不是他。也是，先替老爷子看病要紧。

"老伙计，十几年前我就已经金盆洗手，不再为外人看病。不过呢，你不是外人，为你看病不算破例。"郑道既是说给自己听，也是希望老爸知道，他并没有泄露他是中医传人的身份，为老爷子看病，是基于老爸和他多年的情义。

现在的他不是自己，是老爸，所以就不算违背老爸的意愿，对不对？算了，不管老爸知道后是不是开心，先救人要紧。

郑道为历老爷子把脉。历老爷子的脉象平缓有力，虽稍有涩滞，但也符合老爷子现在的年龄。人上了年纪，气血远不如血气方刚时充盈，气血两亏，气虚和血虚都有。

"腹泻后，都开了些什么药？"郑道把完左手又切到了右手，微微沉吟，"脾胃确实有些虚弱，但以脉象来看，不应该是腹泻久治不好之相。"

"都是健脾燥湿一类的药，还有医生开了固肾收涩的，有参苓白术散、香砂六君子汤、补脾益肠丸……"历老爷子呵呵一笑，自嘲地摇了摇头，"久病成医，我一个大老粗也能记住一些药名，还有一些专业术语，还是实践出真知呀。"

用药也没错，历老爷子做过肿瘤手术，诊治的其他医生没有开出苦寒抗癌一类的药，而是从脾从太阴入药，也算是高手了。但为什么就是不好呢？郑道苦思，如果换作是他，一上来多半也是会用同样的药。

"除了腹泻之外，老伙计还有哪里不舒服？"肯定是哪里出了问题，老爷子的身体和常人有所不同。当然，个体之间都有差异，只不过差异大小不同罢了。

"没有，除了拉肚子之外，浑身的零件都还能用。"历老爷子似乎条件反射一般，忽然站了起来，"不好，又来了，快，带我去卫生间。"

历之用忙起身搀扶老爷子去了房间中的卫生间，郑道想帮忙，被老爷子摆手制止了。出来后，老爷子精神又消沉了几分，他淡淡一笑："活是活够了，也活明白了，就是立马去死，也不怕。可是总这么折腾人就尴尬了，一天拉七八次，头几次还有东西，后面就全是水了。拉水也得去拉，不是骗人吗？本来是小便，你非冒充什么大便。"

苏木用力憋住笑，肩膀不停地耸动。老爷子话是糙了一些，但人挺可爱的，她对老爷子很有亲切感。

"想笑就笑，别委屈自己。姑娘，我这老头子就是个粗人，粗归粗，但不坏。"历老爷子接过历之用递过来的水一口喝完，"老郑，她不是你闺女吧？算算你孩子也差不多有这么大了。"

"侄女。"郑道忙搪塞过去，见老爷子又拿过一杯茶，一饮而尽，心中蓦然闪过一个念头，"老伙计，拉肚子不能喝太多水，越喝越拉。"

"不喝他不是渴吗？渴得难受！我每天都要喝两大暖瓶水，就是那种五磅的暖瓶。"老爷子还双手比画了一下。

郑道和苏木对五磅的暖瓶多大、是什么样子，没印象，依稀记得小时候还用过，后来换成了饮水机，以及各种不锈钢保温壶，暖瓶就逐渐退出了年轻一代的生活。

"自利不渴者，属太阴也"，如果老爷子的病在太阴，应该不渴才对。现在每天两大暖瓶水，怎么可能是病在太阴？怪不得上面入太阴的药不起效用。

老爷子腹泻不止，又喝了那么多水，是既下利又消渴，已经不是六经之因，而是厥阴之病，得服乌梅丸原方，不作一味增减。

"胡律师，辛苦你跑一趟，到药店买乌梅丸来。"郑道眼前豁然开朗，他急于验证自己的推测，助人为乐的跑腿好事，就必须落在胡律师身上，"药不贵，你就先把钱垫上，回头历总肯定会给你报销的。"

又指挥他又让他花钱，郑道真当自己是大爷了？胡非脖子一梗，想要说几句什么，历之用轻轻咳嗽一声。

"胡律师，除了女士之外，这里你最年轻……"

胡非瞪了郑道一眼，想说却又不敢说，只好出去了。

加加子自从进来后，老实安静得像是一滴水。她站在一边，睁大眼睛看着郑道为老爷子把脉，以及他假装别人和老爷子谈笑风生。她一双好奇的大眼睛目不转睛，唯恐遗漏一个细节。

"姥爷真帅！"加加子麻利地泡了一壶新茶，第一杯先给了郑道，"姥爷辛苦了，快喝口水休息一下。"

历老爷子满脸欢喜地看向了加加子："年轻的时候总觉得岁月很长，到老了才知道人生很短。小姑娘，在你还有力气做一些喜欢的事情的时候，赶紧去做，别等老了再后悔，就完全没用了。"

"好的，老爷子，我听您的话，我以后一定想爱就爱、想恨就恨，喜欢什么就去追求，不喜欢什么就扔到一边。"加加子将第二杯茶递给了历老爷子，"照规矩，第一杯茶本该给您，您最德高望重。不过姥爷是大夫，他为您看病，从您的角度来说，您也得敬他三分。先给他茶，是为了显得您对大夫的敬重。"

"这孩子的这张嘴，像百灵鸟。"历老爷子哈哈大笑，才笑一会儿就又捂住肚子，"不行，又来了。"

等历之用扶老爷子从卫生间出来，胡非也买药回来了。郑道亲自喂老爷子服药，服药后，老爷子有几分疲惫，先去另外的房间休息了。

"姥爷，不是说你把脉就能把出有没有出轨吗？要不要帮胡律师把一下？"加加子拉过胡非，"你敢不敢让姥爷测试你有没有出轨？"

郑道摆手："不用把脉，他没有出轨。"

"不把脉只用看就能看出来？姥爷，你的技能又提升了？"加加子松开挣扎的胡律师，"没看出来你居然还没有出轨，虽然我表示怀疑，但姥爷说是就是了。"

"胡律师没有出轨的原因是他从来就没有在轨道上！"郑道冲胡非善良而温和地一笑，"胡律师，别站着了，坐下继续我们的投资事宜。刚才历总已经讲了他的情怀和投资理念，你来补充一些法律上的条款。"

历老爷子出现后就表现得很像孝子贤孙的历之用，此时又恢复了自信的神态，他摆了摆手："法律条款太冰冷了，还是由我继续说一些有温度的话吧。投资合抱之木，在三年到五年之内，我不期望有财务上的回报，所以，我是战略投资，不是财务投资。"

郑道最佩服的人是超人，对，就是美国电影《超人》中的主人公。一个不远几十亿公里、不知道来自多少光年之外的外星人，意外降落到了地球之后，不求名不图利，一心保护美国和地球，这是什么精神？这是无私奉献的星际主义精神！

也只有外星人能够做到完全无私的奉献，因为他的能力超出了人类的认知太多。地球人一般做不到，毕竟身为俗人，要名要利要发展要未来。要是都讲奉献还行，你奉献给我，我奉献给你，问题是往往你奉献了，别人却只想索取而不愿意付出。

如果一个人口口声声说他只想奉献不求回报，达到"人到无求品自高"的程度，就得小心了，小心他是不是伪装成地球人的外星人。

/第十二章/　过则降，虚则升

历之用当然不是外星人，他也没见过年纪这么大、说话这么啰唆的外星人。郑道要是相信历之用只为情怀而不图回报，他就是比杜无衣还幼稚的小屁孩儿。就连杜无衣也只会对对他好的人好，不喜欢他的人和他不喜欢的人，他都不会理睬。当然，这一点连远志也能做到。

郑道轻轻地鼓掌："为历总的高尚情操鼓掌！历总不图钱，是图名？"

"也不图名。合抱之木就算再有影响力，也不过是一个公众号、一个自媒体，想出名，还不如拍影视剧或是请人写自传，哈哈。"历之用拿足了姿态，"我也不是无所图，世界上可没有什么都不求的人，没有有求之心，不是圣人就是废物。我想要的，是潜移默化的影响，是理念，是观点，是要推翻营销号贩卖的焦虑、制造的恐慌，重新定义美好。

"呵呵，不好意思，过于理想化了一些，但人有时就得天真、简单、无邪一些，不是吗？"历之用轻轻一拍桌子，似乎下定了很大的决心，"我投资合抱之木，只派一个财务，如何经营，怎样推广，怎么管理，一概不会干涉。除非你们需要我的时候，我才会出面。心意是不是很坦荡？诚意是不是很厚实？"

说老实话，历之用的话确实很能打动人，既有欺骗性又有诱惑性，郑道几乎就要被他感动了。不幸的是，郑道除了是一个不知名的小中医之外，还是一个无名的心理医生，虽然他文理一身、中西兼学、才貌两全，但他成长也需要时间不是？

就算他还没有成长起来，对付历之用还是有足够的底气。从心理医生的角度来说，历之用显然是心理暗示的高手，并且很懂得自我营销，在他刻意营造的氛围里无形中不断地拔高自己，从而让人对他产生信任、依赖和敬仰。

从中医来看，历之用的五脏虽然每一个器官都不是特别强，却达到一个特别微妙的平衡。平衡是世间最难得的东西，平衡是稳定、成功的必要前提。往往大多数人很难达到五脏平衡，要么心强肝弱，要么肺旺脾虚，要么胃实肾亏。就如一年之中风调雨顺、风和日丽的日子并不多一样。

一个人的五脏和五官暗中对应。有人鼻子好看而眼睛一般，有人眼睛好看而嘴巴不突出。历之用是一个五官都不突出的人，却很和谐、很平衡地组合在了一起，看久了，会很耐看。一个耐看的人，如果再懂得上来就推销自己的技巧，让人先入为主地产生好感，就会让人一见钟情，再见倾心。

综合下来，历之用此人，具有高度的迷惑性和自我推销技巧，一般人不是他的对手。

"不求回报的投资我可不敢要，我自认为还没有那么大的魅力。"所幸让郑道安心的是，苏木没有被历之用完全迷惑，还保持了一定的清醒，"如果历总不明确一个回报目标，我们就不要谈了。"

"不要回报的投资，才是最有压力的投资。"历之用似乎没有料到苏木的态度会如此坚决，居然始终保持了足够的克制，他眼中闪过一丝疑惑，眼神飘忽间瞄了郑道一眼，"我想要的回报目标，不能量化，没办法以常见的回报率或是增长率来计算。这么说吧，我想要的是中医式的心情愉悦的回报，而不是西医式用指标来量化身体健康的回报。有一句话不是这样说吗？中医让你稀里糊涂地活，西医让你明明白白地死。我是想通过合抱之木，将我想要表达的观点，比如生活习惯、文化传承以及人生中真正的美好是什么……传递出去，让更多的人回归传统，坚持中华民族代代相传的生活方式，而不是被全盘西化……"

调子拔得太高了！先不说历之用有没有这么强的实力和这么真心的出发点，只说以目前合抱之木的影响力以及苏木对中医和传统文化的认知，也达不到历之用所说的高度。郑道撇了撇嘴，不是表示不屑，也不是不以为然，而是觉得历之用言过其实的作风并不符合他和苏木脚踏实地的风格。

就算加上他，合抱之木也不足以成为影响国人生活习惯和传承传统文化的自媒体。说实话，合抱之木一开始只是苏木的个人兴趣，他加入后，或许还会有一些推广理念、贩卖私货（肯定不是焦虑和营销）的用意，但上升到以影响更多人为目的，为时尚早。

人得先生存才能发展，发展起来后，再说理念和情怀。比如有些病，虽是急症，但必须得慢治。急症是表面上急，实际发病已经很长时间了。"千里之堤，溃于蚁穴。"溃堤时，再围堵已经晚了，此时需要疏通，并且一点点修补蚁穴。而有些病，虽是慢病，却得急治。因为看似慢，实则已经急火攻心，危在旦夕。

过则降，虚则升！

不懂得辩证地看待问题，凡事都要套上一个框框，首先就在思维上束缚了自己，永远也无法突破和创新。

历之用是想让蹒跚学步的合抱之木当马拉松领跑员，过于揠苗助长了。郑道觉得有必要说清楚："历总，我作为苏木的朋友和合抱之木的股东，有个想法想和您交流一下。第一，理想可以远大，但现实必须接地气。合抱之木现阶段才刚刚起步，不宜戴着一个弘扬传统文化的帽子前进，太高太重，容易压垮合抱之木还没有长大的脊梁。第二，合抱之木眼下还不太需要资金，我还是希望它能够快乐天真地长大，带着梦想和初心，这样才能保持身体健康和积极向上的心态。"

历之用顿时愣住："意思是要拒绝我了？你的意思代表苏木的意思吗？"

苏木也没想到郑道拒绝得这么干脆利落，她一时没反应过来："我再想想，还没想好……不过郑道说的也有道理，我承受不起历总的远大理想。"

"你们太低估自己了。"历之用机敏地察觉到了郑道和苏木之间的小小分歧，哈哈一笑，"郑大夫年纪轻轻就医术高明，苏小姐文笔犀利、观点独到、文章老到，由你们两个天才经营合抱之木，再加上我资金的注入，好吧，我也算半个天才，合抱之木成为国内顶尖的一流自媒体，不会超过一年的时间。"

胡非冷不防插了一句："郑大夫，你以为如果没有历总的资金和保护，合抱之木还有机会长大？不要太天真了！特斯拉事件还没有给你们足够的提醒吗？你们已经触及一些很有势力的人的利益，要么接受历总的投资，由历总保护你们，要么你们被别人再用一辆特斯拉撞进河里，想好了再选择！"

"不能这么说话，胡律师，我相信郑大夫的本事，完全可以保护得了合抱之木，完全能够避免苏木再次受到伤害。"历之用连忙找补，一副唯恐郑道和苏木生气的模样，"你们别在意，胡律师当律师久了，凡事都爱往最坏的方向考虑。"

郑道轻轻拍了拍苏木的胳膊，不让受到刺激正要生气的苏木发作出来，他伸了伸懒腰："历总认识特斯拉案的幕后黑手吧？要不为什么这么多车不借，偏偏就借用了您的车？这可不是巧合，这是某种程度上的联手，一个出钱，一个出力。"

　　"郑道，你不要太过分了，历总没有义务回答你带有诱导性质的问题。他是不是犯罪嫌疑人，警察说了算，而不是你。"胡非迫不及待地替历之用打掩护。

　　"你急什么？真是的，你和我家远志完全是不同类型的看家护院……喀喀，远志是家里来贼了它都不叫，你和它正好相反，护主心切，当然，是雇主。"郑道夹枪带棒地还了回去，又笑了，"这事儿我早晚会查个清楚，是非曲直、是人是鬼，都会有水落石出的一天。没病的人装有病，好装；有病的人装没病，很难。同样，心里有没有鬼，也是一样。有鬼早晚会露出来的。"

　　"好吧，假设历总真的和特斯拉案毫无关系，只是无辜的受害者，那么请问历总，您认识想要扼杀合抱之木的利益集团吗？"郑道不想再和历之用玩游戏了，作为心理医生，他免疫了太多心理暗示的谈话。

　　"不但认识，还是很好的朋友。"历之用自信地笑了笑，"但我不能告诉你们他是谁，只能说你们的所作所为确实触犯了他们的利益，他们会不惜一切代价也要阻止你们发展壮大。如果我投资了你们，至少可以和他们达成平衡与共识，他们不会也不敢再明目张胆地下手，只能从市场和正面来与我们较量。"

　　郑道站了起来，态度很坚定："不管苏木怎么想，我反正不同意。如果苏木愿意接受历总的投资，我选择退出合抱之木。时候不早了，该睡养生觉了，这就走了。"

　　郑道也不等历之用和胡非有所表示，快步如飞来到门口，还没开门，门自动开了。门口站着历老爷子。历老爷子满面春风，笑得很开心："老郑，我拉了一年的肚子，被你一服药下去，现在立马见好了，你还是和以前一样神。

　　"我都听到了，你不要之用的投资可以，但我的投资，你不能不要！"

/第十三章/　百人百态，千人千命

太平得别墅区远离市区，周围黑乎乎一片，不知道的人还以为到了乡下。但在远处，有山有水，有大片的树林，空气清新，环境远比市区更加宜人。

太平得别墅区作为石门第一个高端别墅区，已建成十几年，目前设施已经基本完善，就算不出小区，也能满足生活的方方面面，是真正的一门一户独栋传承的豪宅区。

第十八排十八栋别墅，二楼，朝南的主卧里，杜若正在翻箱倒柜寻找什么。

房间的布置和色彩一眼就可以看出是女性的房间，温馨而素雅。地上和床上散落了无数文件、证书和照片，还有一些书信。在网络联系已经十分方便的今天，还保留书信的人，不是有情怀就是有文艺心。

杜若时而蹲在地上翻看，时而站起来打开柜子，在里面寻找什么。

"完全没有任何与郑道有关的东西，没有他的信，没有他的照片，没有他的名字，在姐姐的世界里，郑道完全没有存在过一样，这不科学，也不合理。"杜若沮丧地坐在了床上，"姐，你和老爸一起玩我是不是？你好歹留下一些蛛丝马迹，好让我相信你和郑道真有一腿，不，是真有感情。

"姐，拜托给我一点提示好不好？哪怕是让我死心也好！"杜若双手捂脸坐在了地上，猛然又跳了起来，支起耳朵听了听外面的声响，顿时如兔子一样飞快收拾起地上散落的东西。

楼下传来了脚步声，随后杜天冬的声音响起："杜若，你在你姐的房间干什么？"

不好，还是被发现了，灯开得太亮了。杜若手忙脚乱地收拾了个七七八八，还没有完全归位时，楼梯间已经传来杜天冬的脚步声。

一本纪念册掉了下来，杜若来不及多想，藏了起来，然后关了灯，在杜天冬上来之前，出了杜葳蕤的房间，关上了门。

"爸，没事，我就是到姐姐的房间坐了一会儿，想起了她小时候带我玩的往事，有点儿难受。"杜若努力装出悲伤的样子，装得却不像，反倒像是一脸痛苦，"我想姐姐了。"

"别跟我演了。"杜天冬气得踢了杜若一脚，推开了杜葳蕤的房门，"你不就想找到一些她和郑道在一起的证据吗？别枉费心机了，她都销毁了。她是一个心思细腻的人，早就提前处理干净了。"

杜若哭丧着脸，耍赖一样坐在了地上："爸，在你眼里你儿子就这么不如女儿，就这么不靠谱儿吗？连我想自己的姐姐都是装的？"

杜天冬抬起的脚又缓缓放下，长叹一声，打开了房间里的灯："儿子，想要让别人认可你，得自己真有本事才行，而不是埋怨。"他一拉杜若，"来来来，我和你一起找，看看你姐姐有没有遗留下可以证明她和郑道有过过去的证据。"

"不用了。"杜若甩开杜天冬的手，一脸冷漠，"我是想找到姐姐还活着的证据，至于她和郑道到底有没有关系，已经不重要了。不管孩子是不是郑道的，反正你肯定都会把股份给他，不是吗？"

"这是你姐姐的遗志——"

"别说了！"杜若怒吼一声，双眼通红，"别以为我不知道你和姐姐瞒着我做了多少事情！郑道的事情，不用想就知道又是你们联手耍我的把戏！真有你们的，为了达到自己不可告人的目的，居然让姐姐去假死，也不怕弄假成真？人如果真死了可就再也回不来了呀，爸！"

"杜若！"杜天冬气得身子晃了几下，没站稳，坐在了床上，"你滚！马上滚！"

"我早就想滚了，你以为我愿意住在太平得？我还是喜欢我自己的云水居！"杜若摔门而去，他相信杜天冬在盛怒之下，并没有注意到他藏在腋下的纪念册。

杜若下了楼，见母亲一脸愕然地站在客厅里，他脚步不停："妈，我回云水居住了，不回来了。"

"你们父子俩以后能不能不吵架了？"罗佳想劝杜若，话到嘴边又咽了回去，"行吧，你回去住也好，和你爸住一起总是吵架，也不是个事儿。你照顾好自己，儿子，早点儿找个媳妇。"

杜若发动车，一踩油门，在轰鸣声中，汽车绝尘而去。杜天冬站在二楼的房间里，在窗边看到杜若离去的车灯，哼了一声："云水居，那破地方也能住人？除了苍蝇、蚊子，就是老鼠！让你别买百姓河沿岸的楼盘，你非和我作对。"

"为什么我生了一个处处不合我意、这么不成器的儿子，为什么？"杜天冬仰天长叹，老泪纵横，"老郑，郑见，你当年不是说杜若会有出息吗？你怎么也会看走眼！还是你早就看出来他是个窝囊废，你故意骗我只是为了安慰我？"

罗佳来到杜天冬面前，睹物思人，又想起了女儿，不由得眼圈一红："老杜，别在葳蕤房间待着了。我心里难受，下楼吧。"

回到客厅，杜天冬的情绪稍微平复了几分："老罗，杜若变成现在这个样子，我到底错在了哪里？以前当中医的时候，我克己复礼，以大医的精诚之心治病救人，从来不敢懈怠半分。后来创业，虽然做的是生意，一心赚钱，但也没有忘了初心失了原则。老郑说判断一个中医医术是不是高明、为人是不是至诚，看他的后代就可以了，可我这一儿一女，女儿夭折，儿子无能，是不是我上亏良心、下损阴德了？"

"老杜，你别这样。"罗佳又被杜天冬的一番肺腑之言感染，眼泪又掉了几滴，"我是不信老郑的话，他人是好人，医术又高明，就是有时说话不着边，神神道道的，你别着了他的魔。"

"我现在越活越觉得他当年说的都对，人就不能太贪心了，什么都想要，处处追求圆满，越执着越会造成遗憾和痛苦。人哪，心再强，命再硬，终究都会输给自己的贪婪。"杜天冬想起了以前郑见对他说过的种种近乎神迹的"预言"，到今天一一实现，他忽然觉得后背发凉，头上冷汗涔涔。

他不喜欢百姓河沿岸的楼盘，是受郑见的影响。他让杜葳蕤上医科大学，也是因早年被郑见说动。他成立天冬集团时，郑见提议以中医为基础，兼顾西医行业，只要能治病救人，中医、西医并无区别，区别的是人心。只要守得初心，就能得始终。

同时郑见还一再强调，中医、西医就如中餐、西餐，都是为救人而形成的体系，理论体系虽然不同，但殊途同归。不必因为喜欢吃西餐就全盘否定中餐，也不用因为推崇中医而诋毁、抵制西医。既然他们是中医出身，又扎根于国内，即使要走中西医结合之路，也要坚持中医的传统和传承。早晚有一天，中医会在国人心中成为根本。

就像国人爱喝茶、爱喝热水一样，中医不仅是一种医术，更是文化的传承和中华民族绵延不绝的内在纽带，是生活的方方面面，也是民族文化的象征，或者说是符号与图腾。

这些年来，杜天冬表面上刚愎自用，在外人看来是一个极为固执己见的老头儿，实际上，他从未脱离郑见影响。虽然他不说，甚至内心深处抵触郑见的一些见解和言论，但在具体应用时，总是不知不觉中就按照郑见所说的方向前进了。似乎郑见有什么"仙力"在暗中指挥他经营天冬集团一样。

只是近年来，有两件事情郑见没有预测准确。一是天冬集团的衰落。当年郑见认定以杜天冬的能力，天冬集团必定会成为石门乃至全省的顶尖集团公司，并且还会在国内集团公司中占有一席之地。但是，天冬集团的业绩从五年前就开始下滑，到今天，下滑之势还在加剧，如果再没有扭转乾坤的法子，集团离破产也就不远了。

二是杜若的不成器。杜葳蕤刚出生不久，郑见就说她先天不足，恐怕不好养活，二十岁为人生一大坎。在杜天冬尽心尽力的照顾下，从小体弱多病的杜葳蕤总算平安健康地度过了二十岁的生日。但惊喜之余也有惊吓，杜葳蕤怀孕了。

杜天冬本来想呵斥杜葳蕤，想要问出孩子的父亲是谁。他转念一想明白了什么，郑见金口直断，以前所说之事，多有灵验，很少落空。他说葳蕤命不长久，肯定不假。但葳蕤活过了二十岁，多半是因为有了身孕。

杜葳蕤命不该绝，是肚子里的孩子福大命大，帮她延续了生命，应该感谢让葳蕤怀孕的男人才对。杜天冬就没再计较什么，杜葳蕤不说孩子的父亲是谁，他也不再追问。只要女儿可以平安无事，她就是生一堆孩子又何妨？

结果杜葳蕤生了一对双胞胎，杜天冬老怀安慰，连带对杜若的不满也减少了几分——将对杜若的关注转移到了外孙身上。虽是外孙，但都姓了杜，他当孙子孙女来养，甚至动了培养杜无衣当继承人的念头。

在杜天冬看来，郑见对他说过的所有话中，最大的失误就是对杜若的判断。尤其是去年女儿病重时，他才对郑见更为叹服，生了一对儿女的葳蕤仍然没能逃脱病魔的追杀，只不过是延续了四年而已……

/第十四章/ 人法地，地法天

但郑见说杜若会成为他的接班人，并且能成就一番事业，带领天冬集团冲击新高。也就是说，郑见对杜若的期望极高，认为杜若以后的成就远在他之上。

儿子超越自己，是所有为人父母者的期盼。当时他信了郑见的"预言"，现在再想想，恐怕郑见并不是判断失误，欺骗他只是为了安慰他而已，郑见不忍告诉他一儿一女会是女儿早逝、儿子不争气的下场。

人生再成功，儿女不成器也是巨大不幸。可是郑见为什么要骗他说杜若会成器呢？杜天冬怎么也想不通，以他对郑见的认识，他不是一个会说谎、喜欢说谎的人。正是因为郑见过于耿直和不知变通，虽然医术高明近乎神奇，却得罪了不少人。

"老杜，当年你非要买太平得，不买云水居，是不是听了郑见的什么话？"罗佳见杜天冬失神不语，知道他又想起了往事，"郑见的话，有时听上去挺科学，有时又很玄学，不能完全信他。你看他这些年不知道躲在了哪里，过得很落魄，可见他也没有什么真本事。干啥啥不行，忽悠第一名。"

罗佳还是喜欢住在市区，觉得云水居更有人气，更宜居，对杜天冬非要住在偏远的郊外微有不满。

"你又胡思乱想了，郑见又不是神仙，为什么他的话每一句我都要听？我都是为了葳蕤。葳蕤本是木命，水多旺木。百姓河的水，是死水，而太平得后面的湖是山上的泉水汇聚而成，是活水。太平得又在上风口，'东方生风，风生木'，既有风又有水，也许可以帮葳蕤身体好起来……"杜天冬勉强笑了笑，无奈、凄凉尽在眼底，"到底人力逆不过天命。"

实际上，杜天冬非要住在太平得，除了为杜葳蕤考虑之外，背后还是有郑见的影子的。郑见说过一句话，直到今天依然让杜天冬记忆犹新，犹在耳边回响。

"百姓河会损伤石门的元气，河边不宜久居。"

百姓河并不是环城水系，而是横穿石门。修建百姓河的目的原本是想改善石门缺水干旱的局部环境，希望百姓河成为石门之肺，为石门带来生机和活力。然而事与愿违，百姓河建成之后，虽然也部分解决了石门无河、缺水、少绿的情况，还在沿岸建造了二十多座公园，城市增加水面面积二百四十九点六六万平方米，新增绿化面积一百四十万平方米。但让人没有想到的是，热度一过，百姓河就成了臭水河。河面上垃圾遍布不说，河底也是淤泥沉积，淹死人无数，有些河段除了臭气熏天之外，还成了蚊子、老鼠的乐园。

人很少会有先见之明，只有少部分人才有远见，郑见就是其中一个。当初百姓河刚落成之际，许多房地产开发商都在沿河两岸推出了河景房，无数人趋之若鹜，他就对杜天冬说不要买河边的房子，早晚后悔。

杜天冬也有同感，他很清楚郑见的这个看法所依据的是什么，只不过他没有郑见看得远、看得深而已。

当时还在上小学的杜葳蕤不明白杜天冬为什么这么不看好河景房，对于石门这个缺水少景的城市，哪怕只是一条人工河，也是难得的景致。

尽管当时郑见已经消失，杜天冬依然深受他的影响而不自知。他告诉杜葳蕤，城市就和一个人一样，是一个整体。人会受制于环境，也会反过来影响环境。所以北方人大多粗犷豪放，南方人多数温柔细腻，这和他们所生活的环境息息相关。北方地势平坦，视野宽阔，人自然而然就心胸宽广，举止奔放了。南方多山多水，空间逼仄，人就心思多思，心灵手巧。

北方、南方各有优点，如果有人能够将两者结合起来，就很容易左右逢源成就大事。所以南人北相和北人南相，都是大成之相。心思细腻的南方人有粗犷豪放的一面，粗犷豪放的北方人有心思细腻的一面，都很容易在与人交往中如鱼得水。

石门的位置稍微偏北，既不像京城及以北之地奔放，又不如中原地带有南北方交会之便利，也不如长江以南之地勤思能干，整体风格偏保守且知足。

作为成为省会最晚的城市，石门的存在感很低，是一个连网络喷子和地域黑想黑都找不到下嘴地方的神奇之地。又因百姓淳朴知足，一度被媒体评为幸福指数最高的城市之一。

幸福指数高不是收入高，也不是自然环境好，而是容易满足，知足常乐是好事。但在互联网时代来临之后，外界的信息如潮水般涌了进来，以前的封闭被打破、井口被扩大，突然就发现外面的世界不但精彩，还更多彩。

攀比心一起，知足感就没有了，幸福指数就会下降。石门一改从前的朴实无华，开始了三年大变样的旧城改造，开始学习一、二线城市的经验，拆旧建新，不断地建造所谓的高端住宅，并且美其名曰打造国际一流都市，要让石门成为国际门。

原有的平衡被打破，却又没有新的秩序来代替，人心浮动，再加上石门原本就是没有文化传承的新城，在还没有形成自己的文化特色之前，摇摆不定。犹如一个人在成长时学东学西，总觉得别人身上的东西都好，也不管是不是适合自己，拿来就用，必然会顾此失彼。

一个纯朴的小伙子，非要跟京城学大气，跟上海学格局，跟广州学工业，跟深圳学金融，不是自取其辱吗？继续保持纯朴憨厚的作风不好吗？人各有所长，非要用自己所短去比别人所长，不满足、不安分的心一动，情绪就会波动和失常，然后身体就会生病。

石门所缺的是环城水系，而不是从城市中间穿过的一条人工河，百姓河会加重石门的病情。而且百姓河作为一条人工河，并不能形成有效的循环，里面流淌的是死水，早晚会因疏于管理而枯竭。

当时杜天冬用了一个形象的比喻形容百姓河："百姓河不是城市的肺，是城市的伤疤，一条永不愈合的伤疤，是城市盲目发展的裂痕。"

还真让杜天冬不幸言中了，没过多久，百姓河有些地方干涸，有些地方变成臭水沟，有些地方变成垃圾场，而沿岸的小区，无一不被蚊虫、苍蝇困扰。推窗望去，哪里还是碧波荡漾的河景，只有极度影响心情的衰败。

而石门也不负众望，在原有的平衡被打破后，虽然城市的面貌焕然一新，但和国内千篇一律的城市一样，沦落成毫无特色的众多新兴城市之一。更让人痛心的是，人均 GDP 用了十五年的时间，从排名第十一名掉到了第二十六名！

土木之工，不可擅动。对城市来说，建造一座百姓河相当于动了一次大手术，原本没病，也会元气大伤。更不用说在修建百姓河时，根本就没有考虑城市的整体性，也不懂城市和人体的构造相同，位置选得也不合适——任谁的肚子被划上一刀，没病也得半死不活了。

城市之肺应该在肺的位置才合理，却在肚子上，不破坏身体的平衡才怪。杜天冬在百姓河开建时就提出过反对意见，尽管他有一定的影响力，但是没有起到作用。

杜家的别墅位于城市的西北部，离二环不远。原本这里有一个村落叫太平得，后来拆迁改造后，建成了一片别墅和洋房区。杜天冬看中了此地，认为太平得位于城市的上风口，在水土流失日益严重的今天，城市早晚会得肺病，住在空气畅通的地方，对身体好。

杜葳蕤当时还在上小学，不太喜欢偏远的西北，她上的学校在市中心，天冬集团在东边，三地构成了三角形。杜若也反对，但他们反对无效，杜天冬还是买下了太平得的别墅。这是一栋独栋别墅，六百多平方米。刚搬进来时，周围还是一片荒芜，晚上安静得吓人。随着时间的推移，周围的高端小区渐渐多了起来，才算有了生气。不过直到今天，太平得依然人气不旺，远远比不上市区的繁华。

杜天冬收回思绪，望向了漆黑的窗外，他喜欢黑夜原有的模样，不喜欢灯火通明的城市夜景。过于明亮的灯光会造成光污染，导致睡眠的质量变差，也会影响人体的生物钟。

"听说历老来石门了，可惜我不知道他老人家的行踪，如果见他老人家一面，请他出面斡旋一下，公司的批文也许还能下来。批文有了着落，目前的困境就能得到缓解。"杜天冬强忍内心的不适，尽量不去想女儿和儿子，回到了事业上。如果郑见在就好了，当年他救过历老，历老欠他一份大大的人情。"

"历老欠郑见的人情，不就等于欠郑道的人情？父情子承嘛！"罗佳若有所思地点了点头，"现在杜家和郑家是亲家，历老看在郑道和两个孩子的面子上，也应该帮助我们不是？"

"问题是，郑道不是郑见，除非他真有郑见一半的本事，能治好历老的病。历老的病我也听说了，吃的药都对，就是不好。别说郑道了，就是我也恐怕没有办法。"历老的病确实透着古怪，以他的见识也想不出来哪里不对，郑道才几斤几两？

他甚至想过历老的腹泻迟迟不好是有人下毒！

/第十五章/　弱之胜强，柔之胜刚

可以致人慢性腹泻的药有很多，但做到不为人察觉地对历老下毒，几乎没有可能。即便郑道并不清楚历老的真实身份和背景，但也能猜到他是大有来历之人。因此，在动过有人下毒的念头之后，郑道很快就否定了自己天马行空的想法，他是好人，怎么会如此恶意地抹黑世界和揣测历之用？不符合他老好人和老神仙的人设嘛。

能摸准历老的病根，一服药下去就见效，不是说郑道真有多厉害，而是他总结了以前为历老看过病、开过药方的中西名医的经验教训，另辟蹊径开方。谦虚点儿说，他是站在了前人的肩膀甚至是踩在了个别人的头顶上才捡了漏。

对于历老的认可，郑道却之不恭，但对于历老的投资，他不敢应下，连忙摆手："老伙计，我一把年纪，也不想再折腾什么事了，就是想带带年轻人，帮他们一把，扶他们一程。你的投资，我不能要！"

"好，好，你说了算。"历老一脸从善如流的笑容，推开历之用想要扶他的手，意思是他还行，身体健壮得很，"不投资你，投资你的儿子和苏木小姑娘总可以了吧？"

"我"儿子不也还是我吗？这事儿有点儿不好掰扯清楚了。郑道见历之用一脸淡然，似乎乐见其成的样子，而胡非则是微有紧张之意。这么看来，还是历之用心理素质强大一些，两个人肯定都不希望他和历老走近，只不过一个假装不在意、一个表现明显罢了。

"历老，您真的好了？"胡非有几分置疑，这么多名医都看不好的病，郑道几句话、把个脉、一服药就能见效？不是他看不起郑道，但怎么想都觉得不科学，像在演戏。

不过要说历老配合郑道演戏，也不可能，就算历老答应，他的肚子也不同意。胡非不瞎，历老的状态确实见好了。

"好了？怎么可能这么快？就是拉肚子的时间间隔拉长了，我的肚子我清楚，有强烈的好转迹象。"历老拉住了郑道的手，"老伙计，我有一个要求，希望你能答应我。我也是一把年纪活不了几年了，你不答应，我可能明年就会完蛋喽。"

郑道心软而善良，最见不得别人要死要活地求他，何况对方还真是一个癌症术后病人。身为大夫，除了帮助病人战胜身体上的病魔之外，还有义务也有必要让病人心情舒畅，心情舒畅了心理才会健康，毕竟，他也是一个心理医生。

于是郑道一脸诚恳地说："老伙计，有话好好说，别一哭二闹三上吊，男人不兴玩这个。"

历之用和胡非脸色顿时骇然！

郑道可能不知道历老的真实身份，历之用和胡非却是心知肚明。虽然历老已经退下多年，并且重病在身，在一般人眼中历老或许已经没有了影响力，并且不在其位不谋其政，但真正了解内情的人都清楚，历老在位之时，受惠于他的人众多，无数人还在系念他的帮助和情义，只要他开口，在外人眼中天大的事情，对他来说不过是笑谈中就能轻而易举解决的事情。

历老看上去平易近人，当然，大多时间他也确实好说话。只不过脾气急躁、火气一点就着的历老一旦生起气来，也是非常吓人的。历之用曾经亲眼见过历老将一个在外面威风八面的人训得跟孙子一样，还把一个坐拥上百亿资产的成功人士骂得头都抬不起来，汗流浃背，只差尿裤子了。

历之用跟在历老身边多年，他从未见过有人敢在历老面前这么放肆地说话，他之前刻意保持的淡定瞬间烟消云散，变成了担惊受怕。历老可是说翻脸就会翻脸的人，别看真的是一把年纪了，还跟小孩儿一样的脾气。

胡非也见识过历老发威时的惊心动魄，仿佛空气都凝固了，他连气都喘不过来。此时，他攥紧了拳头，后背的汗湿透了衣服。

郑道丝毫不紧张，不是他多牛气，而是他压根儿不知道历老的来历和厉害。他就是一只初生的牛犊，并不知道面前的老人曾经是一头老虎，虽没牙了，余威却还在。他只当他是一名普通的老头儿和一个乐观的病人。

"我好好说话，你不是不听嘛，那就不能好好说话了！"历老耍赖一样摇晃了几下郑道的胳膊，"老郑，我不白帮你儿子和小苏姑娘，我是有条件的。我是怕你不答应，才先扔一个甜枣。我都是快要死的人了，钱对我来说没多大用处，还不如和几个老伙计一起喝茶聊天有意思。"

"能用我的钱换你来京城，和我还有几个老伙计一起坐坐，是我占便宜了。"历老朝苏木眨了眨眼睛，狡黠而得意地一笑，"小苏姑娘，你的合抱之木，我也听之用说过。我很感兴趣，也很喜欢你的文章风格，欢不欢迎我这个老头子加入？"

历之用和胡非瞪大了眼睛，表示难以置信，他们从未见过历老还有这么调皮如顽童的一面，到底是郑道和苏木的情绪感染了历老，还是郑道给历老所吃的药是兴奋剂？

不对不对，郑道只是开了药方，具体买药是胡非的事情，如果药有问题，也是胡非的过错。胡非才意识到郑道这小子确实够坏，万一历老的病情没有好转反而加重的话，他可以一口咬定是他买了假药，而不是他的药方不对。胡非不禁咬牙切齿。

郑道不关心胡非的内心戏，他纠结的不是历老的投资，也相信历老的投资肯定会比历之用的投资更好，至少历老不会夹带太多私货，而且历老性格直爽，比历之用好打交道多了。只是他不知道历老的条件是什么，任何收获都要付出代价，就看代价的大小和收获是不是成正比了。

"就和几个老伙计一起坐坐，聊聊天喝喝茶，没别的插曲了？"郑道才不信历老只为喝茶聊天，"要不立个字据吧，除了喝茶聊天之外，别的事情都多余，行不？"

"行，你只要肯来京城，怎么都行。"历老开心而得意地一笑，不怕你不来，来了后就跑不掉。他又转向苏木："小苏姑娘，你的长辈都答应了，你还有什么意见吗？"

长辈？苏木差点儿想当面揭穿郑道的真面目，还好忍住了。算了，先让他占点儿便宜，以后再让他还回来不就行了？现在历老投资合抱之木，可是看在郑见的面子上。儿子扮演老爸，也不算骗人，对吧？她在心里说服了自己。

"没意见，我一个晚辈，一切听从长辈的安排就是了。横竖我相信两个德高望重的老前辈不会坑我一个什么都没有的小女孩儿，对吧？"苏木收起锋芒，露出了柔弱无助的样子，努力眨动几下大眼睛，"郑叔就不用说了，一直很照顾我。老爷子一看就是好人，慈眉善目，关心幼小，帮助弱势群体……您的孙子孙女一定很敬爱您吧？"

怎么越聊越近乎了？不太对呀，怎么反倒把他们晾到一边了？胡非连朝历之用大使眼色，希望历之用出面阻止。历之用微微眯起双眼，眼观鼻，鼻观口，口观心，不发一言。

他不是不想，而是不敢！历之用自认为没有办法左右老爷子的判断，更影响不了他的喜好。他置身事外的态度其实是因为无能为力。

历老和蔼一笑："孙子倒是有，没孙女。老头子这辈子最大的遗憾就是没有孙女，连外孙女都没有。"

"姥爷、姥爷，老爷子这一点就不如你了，你至少还有我这个外孙女。"加加子轻轻推了苏木一把，"苏姐姐，你不会也正好没有姥爷吧？我今天刚认了姥爷当姥爷，你要不要也一起认一下？"

苏木对历老很是敬爱，但也知道高攀不起，哪里敢先开口。

郑道赞许地冲加加子点了点头："苏木肯定是求之不得的，就怕别人不答应，她一个姑娘家脸皮薄，没地方儿哭去。"

历老闻弦歌而知雅意，哈哈一笑："你们几个一天天的净跟我耍心眼儿、斗嘴皮子。好吧，我老头子反正脸皮厚，不怕被人拒绝，小苏姑娘，你愿意当我的干外孙女，叫我一声姥爷吗？"

苏木木木地摇了摇头，态度坚定："我不愿意！"

/第十六章/　不争而善胜，不言而善应

历老一愣，讪讪一笑："说打脸就打脸，不留一点儿情面呀。老伙计，你不帮我找回场子，我可得找你麻烦了，呵呵。"

郑道笑了："她是不愿意当干外孙女，是觉得你嫌弃她。"

"什么意思？"历老先愣后笑，"哈哈，你们就逗我老头子吧，是不是觉得我就是比你们笨、比你们脑子慢？笨就笨吧，人有时笨一点儿不吃亏。好，不是干外孙女，是亲的。"

"姥爷！"苏木顺势而上，甜甜地叫了一声，抱住了历老的左胳膊。

"我也要当外孙女。"加加子抱住了历老的右胳膊，"姥爷！"

历老一左一右两个外孙女，老怀安慰，笑得合不拢嘴："哈哈，赚大发了，病看好了，还白捡了两个外孙女。老伙计，每次见你我都有收获，以后我们得经常见面才行。"

郑道、苏木和加加子，三人一起大笑起来。

历之用一脸浅浅的笑意，胡非则是笑得比哭还难看，偏偏还必须得笑，就很考验他的表演功力了。

胡非送了历老去休息，又强压胸中烦闷，强颜欢笑地送郑道和苏木到门口，他感觉差不多耗尽了一生的演技。反观历之用，依然是一副淡然从容的样子，不管心里是不是在滴血，风度不能丢。

服，是真的服！胡非第一次这么认真、这么真诚地佩服一个人。说到底，其实损失最大的是历之用，而不是他。他是和郑道有私仇，但涉及的利益并不直接，也触及不到根本。历之用就不同了，原本他打算利用郑道治好历老，好以郑道为支点完成他的跳跃。没想到，郑道假装郑见，和历老叙旧，谈笑间就将历之用当成了跳板。

历老不但半路截和，谈好了投资合抱之木事宜，还认了两个外孙女——干的亲的都不重要，重要的是，郑道借苏木和加加子为亲情纽带，再以郑见和历老的友情为桥梁，彻底打通了通往历老的阳光大道。如此，想要借力郑道的历之用反被郑道当成了借力，他从棋手摇身一变成了棋子！

不知道历之用笑容满面的脸会不会觉得火辣辣的疼？反正胡非在一晚香是待不下去了，他匆匆和何黄汉、霍达士打了一个招呼，就要离开。

"你去哪里，胡律师？"霍达士今天也很沮丧，先前自认小胜了郑道一局，却不被何黄汉认可，还争论了一番，虽未伤和气却留下了裂痕。他又听到历之用也出师不利，被郑道摆了一道，心中的小小得意都变成了失落。他也不想再待在一晚香了。本来还有事要和历之用商量，忽然也意兴阑珊。也是，他还以为历之用可以借机说服历老，让历老出面帮他们拿到劳务输入的批文，估计被郑道一搅和，歇菜了吧？

"我去见杜若……你也一起？"胡非扫了一眼历之用和何黄汉，又注意到霍达士故意坐在二人对面的架势，以及何黄汉略微铁青的脸色，立刻明白了几分，"正好我没开车，开你的车过去。"

二人一走，何黄汉铁青的脸色才缓和下来："之用，霍达士这种人，以后还是少来往，名字听上去就不是什么正经人。"

"呵呵，不能以貌取人，也不能以名取人。他原名霍石，后来遇到了一位大师，为他改名霍达士。他经大师点拨改名之后，慢慢就发迹了，混出了名堂。他可是杜若杜公子的座上宾，也深得卢非同的欣赏。"历之用依然保持了从容不迫的姿态，"他有时是喜欢卖弄一些，有时又有些烦人，但总的来说有些本事，也算是一个值得一交的朋友。"

"如果在他和郑道之间只能选择一个的话，你选谁？"何黄汉想起了自家婆娘对郑道的推崇，以及郑道神乎其神的把脉就能判断出轨的技能，心里猛然打了个寒战。

"小孩子才做选择，老人家是全盘照收。"历之用回身看了加加子一眼，"天不早了，你先休息吧，我和何总自己泡茶就行了。"

加加子打了一个哈欠，笑眯眯地鞠躬感谢："谢谢历总、谢谢何总，我先去睡了，千万别出卖我，到卢总面前告状，我可是历老的外孙女。"

历之用笑骂道："你这丫头，我和何总像是会背后告状的人吗？"

"不像，不像，肘子律师才是坏在暗地里，你们坏在表面上。"加加子吐了一下舌头，转身跑了。

"这个小丫头不简单，以前没看出来，她挺有心眼儿的。"加加子前脚关门，何黄汉后脚就压低了声音说，"不知道被她偷听了多少话去，你说她到底是卢西东的人，还是郑道的人？"

"当然是卢西东的人，郑道和她才认识。她向着郑道，处处替郑道打掩护，一半是因为卢西东，另一半是因为郑道长得符合她的审美。"历之用摇了摇头，很无奈地一笑，"要是我年轻时有郑道的长相，再配上我的才华和野心，我会比现在厉害一百倍。"

"相信我，不吹不黑，你的女朋友会比现在多一百倍，其他方面说不定还不如现在，呵呵。"何黄汉起身推开窗户，关了空调，"夜深了，少吹空调，容易得病。我也得回去了，再晚的话，查岗电话就得打来了。"

"你说卢西东为什么这么看重郑道？就是因为他长得好看？"历之用问出了心中盘旋已久的问题。

"这还不够吗？你年轻时喜欢上一个漂亮姑娘，是不是要千方百计地对她好，就是想要得到她？"何黄汉一副过来人的表情，"卢西东人长得漂亮，家世又好，心气当然高。心气越高的姑娘，越难找到合适的对象，看谁都不够优秀！一旦看上一个，就会喜欢得不得了，说什么也要拿下他。我估计，现在卢西东对郑道，就是这么个心思。"

"行，你的女人经验比我丰富，你说得都对。"历之用起身，"我送送你。"

"都是老伙计了，不用送来送去的假客气。对了，请历老帮忙的事情，还有戏吗？"

"有，投资的事情被他老人家截了和，其他方面他总得补偿我不是？要不是我，他也找不到郑道……郑见不是？"

"行，你当干儿子的经验比我丰富，你说得都对。"何黄汉及时还了回去，"之用，你跟我说句实话，特斯拉撞人的事情，到底是不是你干的？"

历之用神秘地笑了笑："我说是我，你肯定要问为什么，我解释了原因，你又不会信。我说不是我，你也会问为什么，我解释了原因，你还是不会信……我还是不说好了。"

"什么乱七八糟的，是就是，不是就不是，绕来绕去绕口令呢？"何黄汉被气笑了，摆了摆手，"懒得管是不是你，横竖不是我，走了。"

送走何黄汉，历之用一个人在房间中静坐了半晌，脸色阴沉得如窗外的夜色，没有人知道他在想些什么。一晚香的客人陆续散去，四下无比寂静。他没有开灯，整个人隐没在黑暗和宁静之中，如同和夜色融为了一体。

同样和夜色融为一体的还有杜若。

杜若在云水居的住宅是一个大平层，一楼，前有花园后有小院，还有下沉式的负一楼，面积三百多平方米。以前他有一半时间住在云水居，另一半时间住在太平得。现在大部分时间他都一个人住在云水居，他想和杜天冬保持距离。

倒退半年前，他还经常带不同的女生回来过夜，保姆阿姨有时开玩笑说他是渣男，他却不承认。杜若的观点是渣男和渣女就像伯乐和千里马一样，是相辅相成的，互相欣赏、互相成就，缺一不可。没有渣女，就不会有渣男。反之亦然。

其实他只是芳心纵火犯，如果姑娘心里没有干柴只有死水，他的火也烧不起来。

自从姐姐病重到去世，相当长的一段时间（其实也没几个月，对杜若来说却已经很难得了），杜若不再带姑娘回家。阿姨一度怀疑他要么是功能出现了问题，要么是悲观厌世怀疑人生了，还劝他坚强，不要因为被一个姑娘所伤就放弃更多的姑娘。

杜若被多事的阿姨气得哭笑不得。

今晚的事情，又加重了杜若对老爸的怀疑。他早就怀疑老爸和姐姐联手演了一出诈死的大戏，要的就是顺利地转移股份，不让他接手天冬集团。用得着这么煞费苦心吗？江山都是你打下来的，你想给谁就给谁好了，不喜欢我喜欢姐姐，就让她当接班人，我安心当一个纨绔子弟和渣男不也挺好？何必演戏装死再转移股份，费不费劲？多不多余？

杜若愤愤不平，几次想要当面质疑杜天冬为什么从小就不喜欢他，到现在，更是嫌弃他、冷落他，难道他不是亲生的？但每次他鼓起勇气，都又畏缩了——从小到大，杜天冬的父权都如一座大山、一团乌云笼罩在他头顶上，让他感觉压抑而窒息。

今晚的发作，也是杜若积压已久的怒火再也无法抑制，喷涌而出。

/ 第十七章 / 同声相应，同气相求

杜若不止一次私下问过妈妈，他究竟是不是他爸爸的亲生儿子，到底是隔壁老王家的还是大街上垃圾桶里捡来的。妈妈含泪告诉了他真相，在生他时，难产，差点儿母子不保。杜天冬因此对杜若心生芥蒂，直到现在也难以释怀。

杜若不信妈妈的说法，越来越觉得在杜家只有他一个人是外人，老爸和妈妈、姐姐才是相亲相爱的一家人。他不应该叫杜若，应该叫杜多余。

在姐姐的事情上，妈妈和老爸的说法保持高度一致，完全在杜若的

意料之中。杜若也就断了想从妈妈嘴里打听出真相的念头。但是他不想就此认输，他才是杜家唯一的血脉。杜家的江山应该都是他的，而不是杜无衣和杜同裳的，更不是八竿子也打不着的郑道的！

郑道算什么东西，他也配？！

纪念册摆放在了旁边的圆桌上。光线昏暗，打开的纪念册上，依稀可见一张合影，是班级合影。郑道站在杜葳蕤的左边，笑得憨厚而显得傻乎乎的；杜葳蕤却是阳光灿烂，身子微微靠向郑道，而和右侧的男同学刻意保持了距离。

不仔细观察不会发现杜葳蕤的小小心思，她明显是喜欢郑道。女孩子只有真正喜欢一个人时，才愿意向他靠近。

当然，只凭纪念册上的一张集体合影也说明不了什么问题，后面的照片中，还有一张姐姐和郑道的单独合影。

姐姐和同学的单独合影并不多，上学期间，她孤独而灿烂，特立独行，基本上没有什么朋友，合影对她来说更是过于亲昵的举动。杜若数了一下，姐姐一共留下四张合影，班级大合影一张，两人合影三张，两人以上同学合影零张。

三张两人合影照，一张是和郑道，另一张是和一个女孩儿，最后一张是和一个男生。

以前怎么就没有发现姐姐和别人的合影？今晚倒是大有收获，杜若不后悔翻姐姐的东西和老爸吵架的事情。为了真相，他拼了。

姐姐和郑道的单独合影是在一棵树下，具体地方不可考，年代也不久远，顶多就是四五年前的事，应该还是在大学期间。二人离得并不近，身子并没有直接接触，目光平视，表情平静，就是一张标准的同学式的合影。

而姐姐和女孩儿的合影，倒让杜若吃惊不小，站在姐姐旁边笑得放肆、笑得毫无顾忌的人正是卢西东。姐姐和卢西东认识并不稀奇，稀奇的是，她们什么时候关系这么好了？什么时候还有过合影，并且合影的地点还是在太平得自家别墅的院子里？

杜若努力回忆，怎么也想不起来什么时候卢西东来过太平得。

好吧，卢西东和姐姐的关系有多密切，她又知道一些什么，先放到一边，最让杜若感兴趣且兴奋的是最后一张照片上的男生。应该同样是四五年前的照片，拍摄地点是姐姐与郑道合影的同一地方，背景都完全相同。杜若猜测应该是一次什么聚会，郑道在，姐姐在，他也在。

如果说姐姐和郑道的合影很平静、很随意，虽然亲近但不亲昵，那么她和他的合影就有微妙之处了。看似他们距离离得远，是姐姐刻意避免和对方的肢体接触；姐姐嘴巴紧抿，眼神慌乱，双手交叉放在身前，像是无处安放的情感。

姐姐喜欢他！

杜若了解杜葳蕤，姐姐是一个内心世界极为丰富又不善于表达自己的女孩儿。她沉静如秋水，安静如秋叶，如静美的秋天天空，明净而高远。似乎不食人间烟火，可一旦喜欢上一个人，就会点燃生命中所有的热情来释放自己。

他是谁？杜若搜索所有有关姐姐的记忆，从未听姐姐提过此人，也从来没有见过他。首先杜若可以肯定他不是姐姐的同学，也不是关系密切的朋友。姐姐的同学和有限的几个朋友，他都认识，就连和姐姐关系不太密切的郑道，他也了解。

但此人，从来不曾在线，也从来没有在姐姐的生活中出现过。他应该只珍藏在姐姐的记忆中，生活在她人生中不为人知的另一面。

他应该就是两个孩子的亲生父亲！

纵然之前的亲子鉴定已经证明郑道是两个孩子的亲生父亲，杜若一度也死了心，面对了现实。后来霍达士出现，告诉他亲子鉴定可以造假，他去的又是自家医院，背后是不是有人布局等他跳进去，就不得而知了。

一句话惊醒梦中人，杜若心中的小火苗瞬间迸发，成为冲天的怒火。

在霍达士的帮助下，杜若又找人做了第二次亲子鉴定，结果还没有出来，但他已经完全认定郑道和两个孩子根本就没有血缘关系，老爸也清清楚楚，他和姐姐把两个孩子送给郑道，必有图谋。

三张单独合影照片，背面都有小字，娟秀之中转折稍显刚硬的笔画，正是姐姐的笔迹：

和郑道的合影："大都好物不坚牢，彩云易散琉璃脆。"

和卢西东的合影："春风自是人间客，主张繁华得几时？"

和无名男生的合影："人有生老三千疾，唯有相思不可医！"

不用想，答案已经呼之欲出，他就是姐姐喜欢的人，他就是杜无衣和杜同裳的亲生父亲。

"杜若——"胡非的声音打断了杜若的思绪。他站了起来，朝院子外面招了招手，"在呢，进来吧。"

霍达士和胡非一前一后进来。

"不开灯是个什么意思？闭关思过？"霍达士轻车熟路地打开了灯，"灯亮了，心才亮。"

"刚才无意中发现自己长了几根白头发，心里难过，就关了灯。黑了，就看不到白发了。"杜若见到胡非和霍达士，心里安定了不少，"我还为每一根白发都起了名字，一个叫丫丫，一个叫香香，一个叫佳佳，一个叫……"

"都是被你抛弃的前女友吧？"胡非笑嘻嘻地坐在了杜若面前，"这一点我最佩服你了，喜新厌旧的速度比翻书还快，而且从来不留恋过去，不管曾经爱得多么轰轰烈烈。"

"飘风不终朝，骤雨不终日……来得快，去得也快，爱情是什么？就是荷尔蒙的一场洪水。洪水一过，除了一片狼藉，还能剩下什么？"杜若示意霍达士也坐，"行啦，不谈论女人了，说江山。得先有江山，才能后有美人。"

"先给你看一样好东西。"霍达士拿出一份证明，放到桌子上，推到了杜若面前，"这下你可以放心了，我只从面相上就可以断定孩子不是郑道的，玄学有时也是科学，哈哈。"

杜若拿起亲子鉴定书，虽然早有心理准备，但看到郑道和孩子并不是生理学上的父子的医学证明后，还是压抑不住内心的激动，手都颤抖了："终于，还我清白了……不对，还郑道清白了。也不对，算了，别管是谁的清白，反正我赢了！"

杜若笑了没几声，又哭了起来，哭得很伤心很难过，像个孩子。

胡非想劝他，被霍达士制止了。

"让他的眼泪飞一会儿吧，被家人欺骗的感觉肯定不好受，他受了太多委屈，被老爸设计，被老姐欺骗，被老妈糊弄，也没谁了。可怜的孩子，姥姥不亲舅舅不爱。乖，你还有我和胡非，我们可以当你姥爷！"

"姥姥！"杜若被逗笑了，"郑道马上就要完蛋了，有了他的铁证，他就失去了抚养孩子的资格，股份就更不用说了。"

霍达士和胡非对视一眼，都想让对方先说，都不想当浇灭杜若希望的罪魁祸首。

杜若察觉到了什么，就收敛了笑容："是不是郑道又胜了一局？没事，我不怕打击，人生，就是很容易起起落落的……"

杜若经过数次打击之后，也变得皮实了，不容易，霍达士赞许地点了点头："算了，坏人还是由我来当吧，为人师者，既要传道授业，又要随时敲黑板。首先，杜若，你得做好心理准备，先深呼吸……你爸和你姐委托郑道担任两个孩子的监护人，并没有限定郑道必须是孩子的亲生父亲……"

"也就是说……"胡非及时从专业的角度补刀了，唯恐杜若伤得不够深，他下刀挺狠，"不管郑道是什么身份，他都是孩子的法定监护人。你爸和你姐是铁了心要让郑道抚养孩子，从法律的角度来说，你没有任何资格和权力剥夺郑道监护人的身份，除非你爸和你姐改变主意。不好意思，杜总，要勇敢面对现实，你是杜家最不受欢迎的人。"

"屁话，我知道自己是捡来的不是亲生的……接着说。"杜若的承受力比二人想象的还要强一些。

"其次，就在刚刚，在一晚香，历之用想利用郑道撬动历老的努力失败了，反倒让郑道成功地和历老成了好朋友。虽然历老眼神不好，错将郑道认成郑见，不过郑道也确实治好了历老的病，并且和历老聊得很投机。"

"啪"，杜若的手机失手落地，屏幕当即摔碎了，他也没捡，脸色阴沉如夜色："郑道这家伙开挂了是吧？能耐大了，膨胀得这么快？就拿他没办法了？"

"也许，这就是人生吧。"胡非垂头丧气地附和。

"你就别逗杜大公子了，能耐了你。"霍达士自信地拍了拍胸膛，"历之用对付郑道的手法太怀柔，也太慢。何黄汉怕老婆，被郑道忽悠住了，认为他真有把脉就能诊断是否出轨的本事，屁！他不敢对付郑道，我就不一样了，我就是郑道的命中克星。在一晚香，我和郑道暗中较量了一次，发现了他的致命缺点！”

/第十八章/ 察言知人，观色知心

“每个人都有致命的缺点，你知道你的致命缺点是什么吗？郑道，你有没有听我说话？坐好了，叔现在在给你上课。”

早晨，树荫下，阳光斑驳，何不悟吃着郑道一早出去买来的早饭，数落着郑道。

“不知道哇，我有缺点吗？如果非要为我强加一个缺点的话，可能就是太善良了——睡前原谅一切，醒来不问过往。说最狠的话，做最夙的事……这就是我，一个重度帅哥的苦恼。”

何小羽在喂杜无衣吃饭，她张大嘴巴，模仿吃饭的动作：“啊……张嘴，乖乖地吃饭，啊！”

杜无衣推开她的勺子，去追打杜同裳。她气得放下碗：“不管你们了，饿着活该！今天就送你们去幼儿园，要是不听话，老师会打屁股的。”

昨晚郑道回家后，何小羽和何不悟都睡下了。早上他在露台打拳时，何不悟就探头探脑地观察了他几次，欲言又止的样子，显然是想问昨晚他去了哪里、发生了什么事情。郑道假装不知道何不悟的心思。

“如果自恋是一种病，你已经无可救药了，知道不，郑道？”何不悟叹了口气，“以前高看你了，以为你知道自己不知道。现在看来，你除了知道自己长得还凑合之外，别的一无所知。你如果不改正你的致命缺点，早晚会被它害死，知道不？”

每个人都有缺点，郑道知道自己也不例外。但一般人都很难发现自己的缺点，所以有句话说，大多数人二十五岁时已经死亡，七十五岁时才会被埋葬。

郑道也清楚自己的缺点是经历少、见识少，社会经验不够丰富，不过自恋也不算缺点，顶多算是毛病，还是小毛病。何不悟应该是看出了什么，他的话不是无的放矢。郑道收起笑容，一本正经地朝何不悟鞠躬："闻过则喜，闻善则拜。叔，有话就直说，说错了我也不会骂您。"

"敢骂我，我就敢赶你走，信不？"何不悟嘚瑟地仰起头，"你得分清主次，明白房东和租客的从属关系。"

"不用赶，只要叔说让我走，我立马就走。"郑道弯腰抱起杜无衣和杜同裳，"除了两个孩子之外，小羽也跟我一起走。"

"就是，现在就走，郑道去哪里我就去哪里。老何头儿，房子都留给你一个人住，你想满地打滚儿都行。"何小羽立马配合郑道，推起了何不悟的专属二八自行车，"我只要一辆自行车，别的都不要，成不？"

"要啥自行车！"何不悟急了，从郑道怀中抢过孩子，"一群白眼儿狼，白养你们了。孩子跟爷爷亲，才不跟你们走，对吧，无衣、同裳？"

"我跟爸爸走！"杜无衣努力挣脱了何不悟的怀抱，回到郑道身前。

"我跟妈妈走！"杜同裳抱住了何小羽的大腿。

何不悟双手掩面："走，你们都走，都是没良心的。"

郑道放下孩子，注意到真有两行泪从何不悟的手间滑落，心中一动。一向油盐不进的滚刀肉何不悟，不会因为几句玩笑就哭鼻子。十几年来，他就从来没有见过何不悟有过伤心、难受、难堪和尴尬的时候！这不是心理素质足够强大，是脸够厚、心够黑、经历够多、见识够广，才练就的铜皮铁骨！

"叔，咋啦这是？"郑道拿过一张纸巾递了过去。

何不悟接过，赌气似的用力擦了几下，扔到了地上："我是想起你们小时候多可爱、多好玩，现在长大了，就知道不听话还气我。现在两个孩子是还在我们身边，可是他们早晚也得离去，不是被杜天冬要走，就是得病走。人间总是聚聚散散，多伤人心啊。"

这想得够远的，郑道既好笑又伤感，他知道何不悟担心的是什么，忙安慰他说："行啦叔，别操心那么多了，孩子的病，我一定尽最大所能治好。我向你保证，他们不会被杜天冬要走，也不会得病走，他们会快快乐乐地长大，会一直陪在叔的身边。"

"别逗我了，我又不是小孩子。就算你和你家老郑头儿加在一起拼了命真能治好孩子的病，前提也得是你和老郑头儿身体健康、平安无事才行。"何不悟擤了一把鼻涕，顺手抹在了鞋上，"说，你昨晚办什么坏事了？气色不对。"

坏事真没有，好事一箩筐。郑道正要条件反射般习惯性自夸一番，话到嘴边猛然愣住，莫非何不悟看出什么地方被他遗漏了？郑道仔细回忆了昨晚发生的一切，并没有什么纰漏，不管是应对历之用还是对付胡非，以及和历老话家常……不对，他还和一个大师打扮的人暗中过招了！难道说，他和他的一番较量，发生了他没有察觉的意外？

何不悟的鼻子一向很灵，不次于远志，但什么时候眼睛也这么毒了？郑道相信何不悟不是一个窝囊废，但并不觉得他和老爸一样可以察言知人、观色知心。

"气色哪里不对了，挺好的呀。"何小羽上下打量郑道几眼，又捏了捏郑道的脸，"没办坏事，相信我，我的直觉和手感告诉我，他昨晚一切正常。"

"你知道个鸡毛蒜皮！"何不悟推开挡在郑道面前的何小羽，又仔细打量郑道几眼，"不对，还是不对，你气色是没多大变化，但气质变了几分，虽然特别少，但还是逃不过我的火眼金睛。说，昨晚你是不是出诊了？收了多少诊金？"

说话间，何不悟出手如电，右手一探，从郑道的口袋里掏出了一沓现金。他一得手，就迅速跳开，"哇"了一声："一万块！怪不得感觉你气足了，原来是有钱了。人一阔脸就变，郑道，我希望你天天变脸。"

上当了，原来何不悟图的还是他的钱！郑道心中懊恼，还以为何不悟真的发现了什么。何不悟到底是真有本事，还是装疯卖傻？

"还我钱，叔！"

"不还！"何不悟得意地跳到一边，哈哈大笑，"孩子的学费有了，哈哈哈，我又可以省一万块的棺材本了。"

郑道没再去抢钱，只是呆呆地站着，望着何不悟手舞足蹈的样子出神。一万块就这么被"巧取豪夺"了，他固然心疼，但他心中翻来覆去的是何不悟说他气色不对、气质变了几分的话，到底是何不悟随口一说，还是有的放矢？莫非昨晚的一系列事情里，哪一个环节真有什么关键性疏忽？

人的气色处在时刻变化之中，同一个人，一天之中的气色也会有所不同。再拉长时间线的话，每天、每周、每月，气色都会有所改变。但如果没有生病，或者没有遇到大的变故，气色变化的范围不大。就如一个人的体重基本固定一样，稳定在一个不变的数值是好事，暴瘦或暴胖，都不是好事。

早起时郑道照了镜子，镜子中的他和昨天一样帅气逼人，虽不至于被自己"帅醒"，但该有的自恋和满意还是得有，一天好心情的开始就靠早起照镜子了。

问题是，郑道觉得自己该有的帅依然在，气色也和从前一样良好。俗话说医不自医，人不度己，再医术高明的医生也很难做到以平常心、理智客观的态度为自己诊病。郑道没有发现自己的气色变化，未必就真的没有。

郑道将昨晚的事情再次过滤了一遍，没觉得哪里有问题，他便又放下心来。他见何不悟还在跳个没完，傻乎乎的样子像极了得了骨头的远志，想笑却没有笑出来，心中蓦然一阵酸楚。

他想起了老爸和老妈，先不说老妈到底是死是活，只说老爸颠沛流离的一生以及一身本领却无法施展的困境，到底是时代的悲哀还是个人的不幸？又或者是有着更深层的不为人知的原因？

何不悟同样如此。何不悟的人生充满了幸与不幸，或许大多数人一生都是挣扎在幸与不幸之中，无法摆脱宿命。努力追求的一切，得到了会觉得无聊，得不到又会痛苦。我们总是在无聊和痛苦之间徘徊，像个钟摆。

如果没有被妻子抛弃的伤痛，何不悟的一生还算幸运，赶上了好时代，借助拆迁改变了命运，实现了阶层跨越，完成了人生逆袭，还有一个乖巧、可爱、漂亮的女儿（可能只是对郑道乖巧、可爱，对何不悟就只有漂亮了），现在每天无所事事，闲得只能靠收房租过日子。可是谁又知道何不悟的内心到底在追求什么？他这么多年始终未娶，一半是为了何小羽，另一半是因为放不下前妻吧？

每个人的心中都深藏着一个别人无法触及的世界，里面积攒了年深日久的往事，以及天高地厚的伤心。我们都是喜欢将开心阳光的一面呈现给别人，而将痛苦阴暗的一面留给自己。何不悟像个孩子一样嬉闹，何尝不是一种释放？

在郑道的印象中，老爸从未有过同样的释放，也不知道他用什么方法排遣心中的苦闷和难以消磨的岁月。郑道就简单了，他可以替人把脉诊断有没有出轨，可以和大妈聊天充当中老年妇女的心灵导师，也可以欣赏美女放松心情，不管是何小羽、卢西东，还是何似蕊、何若菡。"乱花渐欲迷人眼，浅草才能没马蹄。"他是年轻的小哥哥，忧伤总是浅草，乱花才是生活。

"你再不抢，钱就真的归我了！"何不悟躲了半天，见郑道没有追过来，有几分丧气。

"正好给孩子交学费用，我这个当爸爸的也该尽尽心意了。"郑道很严肃、很认真地说道，似乎忽然又长大了几分，"毕竟是当爹的人了，得有当爹的样子和担当。"

"郑大夫、郑大夫——"伴随着一阵鸡飞狗跳和大门轰隆作响的声音，余婶如风一样闯了进来，"快帮帮余婶，我家老何因为杀人被警察抓走了，你可要帮他证明清白啊！"

/ 第十九章 / 　识不逾人者，莫言断也

杀人？何黄汉杀人？郑道惊住了，什么时候的事情？从昨晚他和何黄汉分开到现在还不到十个小时，喝了酒、吃了茶、吹了牛，又被他忽悠得差点儿得病的何伯还有心情和能力去杀人？郑道扶住了过于激动、差点儿摔一跤的余婶："婶儿，别急，慢慢说。何伯怎么会杀人？不会

的，肯定是哪里弄错了。"

"不是何伯，是何叔。"余婶上气不接下气，"小羽，快，给我一杯水。"

何叔是谁？善良庄基本上全姓何，郑道蒙了。

何小羽递过水，拍着余婶后背："婶儿，何伯那么和善的一个人，除了爱骂人、打人、调戏庄里姑娘之外，没别的毛病，他不可能杀人。"

你这是安慰人吗？这不骂人呢吗？郑道瞪了何小羽一眼，恨不得踢她一脚。这丫头再这么说下去，非挨打不可。

何小羽完全没有领会郑道的意思，还在说："婶儿，你要说何伯出轨我信，说他拐卖人口我也信，说他杀人，唉，打死我都不信！哎呀，郑道，你干吗打我呀？"

"带孩子一边玩去。"何不悟都看不下去了，"你这样子怎么嫁富家公子哥儿？傻得没边儿了。"

"我乐意，你管得着嘛！我就聪明给郑道一个人，傻给天下人。"何小羽吐了吐舌头，得意地一笑，是小小心思得逞了的开心。

余婶下巴都快掉地上了，摇了摇头："何老一，你家闺女怎么越大越傻，你可别再拜托我给她介绍对象了。就她这样子，带出去糟蹋我名声，让我以后都没法儿再当庄里第一媒了。"

善良庄的人都姓何，于是大家就约定俗成以各自所居的几号楼来称呼对方，否则都叫老何小何，也不知道在叫谁。住在一号楼的何不悟就自然而然地被称为何老一了，不过仅限于庄里人。

郑道暗笑，何小羽的聪明余婶识不破，何不悟怎么会不明白？何不悟不过是懒得说她罢了。

"何书，你是说何书杀人了？"何不悟听出了问题所在，"你是说何黄汉的弟弟何书？"

何黄汉兄弟二人，老大何黄汉，老二何黄书。后来扫黄打非，何黄书一气之下改名为何皇叔。几年后，得遇高人，高人指点"皇叔"为名不吉利，要么贱命承受不起贵名，要么贵命不需要贵名，于是又改名为何书。因"书"和"叔"谐音，人人都叫他何叔。

何叔和何黄汉虽是兄弟，性格却大相径庭，并且连长相也相差甚大，一度被人怀疑二人并非同父同母。

何黄汉一直住在善良庄，从村民到一把手，从未离开过善良庄。何叔从小学习成绩优异，先是考中了全市最好的初中，然后是全省最好的高中，最后去了京城上大学。大学毕业后，就留在了京城。

"是，是，就是他。"余婶喝过水后，平缓了几分，"他平常在京城，很少回来。前天刚回来，专程为一个大人物做手术，谁知道手术时出了岔子，病人死在了手术台上……因为手术前已经和病人说明了手术存在着极高的风险，失败的可能性极大，家属也签了知情同意书。出事后，何书安抚了家属就回家了。一大早家里就来了几个警察，说他涉嫌故意杀人，带走了他……"余婶大汗不断，她又喝了几口水，喘了口气，"郑大夫，你比他厉害，把脉就可以知道一个人有没有出轨，那你把脉也一定能知道一个人有没有杀人，你快去帮何书把把脉！"

郑道的汗也下来了，再传下去必然会有人指责他是中医玄学的热情推广者、具体实践者和不负责任的传播者，可是他真的冤枉，比什么都没做就当了杜无衣和杜同裳的爹还冤。

"何叔来石门是当飞刀医生呀……"郑道不是外科大夫，却也知道"飞刀医生"。有些大医院的医生专程飞到一些城市主刀，一是因为病人可能不适合长途折腾转院，二是在当地医院做手术，费用会低很多。

"飞刀"比较常见，郑道是持赞成的态度的。对于病人来说，找一名经验丰富的大医院的主治医生主刀，手术的成功率会有保障。对当地医院来说，成功救治一名病人，不仅收入有保障，名气也会有所传播。对"飞刀"的医生来说，既帮病人解除了病痛延长了生命，又证明了自己的价值。

一举数得的事情，几方受益，不必大张旗鼓地推广，至少形成一种约定俗成的默契，也不是什么坏事。

"是是是，他一般不愿意'飞刀'的，怕出事说不清楚责任。可是这一次是熟人求他，他实在推不开才过来的……结果就出事了，呜呜！"余婶一哭，惊天动地，槐米"喵"了一声，顺着皂角树上了二楼露台，速度之快犹如闪电。远志夹着尾巴连滚带爬冲进了狗窝，还自己叼住了门，再也不肯出来。

不是鸡犬不宁，而是猫飞狗跳！

这就涉及了郑道的知识盲区和经验未知地带了，他手足无措，紧张得满头是汗："婶儿，咱不哭了行不？再哭房子都塌了，您的哭功是不是跟孟姜女她老人家学的？"

"你是夸婶呢还是骂婶呢？"何小羽想乐没敢乐，抱住了余婶的肩膀，"婶儿呀，您要是光哭不说事儿，郑道也没法子帮你不是？"

何小羽的话奏效了，余婶当即止住了哭，像是一泻千里的洪水说停就停："不哭就不哭，我坚强得很。你大伯去找人了，他临走时说让我过来找郑道，说郑道铁定能帮上忙……"

"能不能帮上忙先两说，乡里乡亲的，打心眼儿里肯定是想帮忙的。"何不悟及时出面了，他抱着杜同裳拉着杜无衣，"他婶，你也看到了，郑道就是一个屁大点儿诊所的小医生，收入不高，能力有限，还要拖家带口，养活一大家子。我数数啊，一、二……再加上他不见了的爹，对，还有远志和槐米，老老少少，将近十口子！他一天不坐诊，就一天没有收入。一天没有收入，这一大家子就都得喝西北风。现在是夏天，连西北风都很少刮……"

"行啦，行啦，何老一，我知道你什么意思。"余婶打断了何不悟声情并茂的表演，掏出了一沓钱，"一万块，先拿着，人要是能救出来，还有五万块。"

何不悟连连摆手连忙后退："使不得，使不得，抬头不见低头见的，不是一家人胜似一家人，怎么好意思拿他婶的钱……哎，远志，你干什么，别叼钱！那是钱，不是肉，你这只臭财迷狗，怎么跟郑道一个样！"

远志听到何不悟的召唤，屁颠儿屁颠儿从狗窝里蹿了出来，叼过余婶的钱，摇头摆尾地回到狗窝，喜滋滋地将钱藏了起来。

这也行？郑道酸了，远志什么时候跟何不悟学会爱钱如命的技能了？不对，何不悟诬蔑他，这还得了，正要挽起袖子解释清楚时，何小羽轻轻拉了他一把。

"钱是小事，你就说能不能帮上忙吧，跟我说实话。"何小羽的声音很轻很小，又俯在郑道耳边，旁人都听不到。

郑道知道何小羽是在关心他，怕拿了钱没法儿收场，"识不逾人者，莫言断也"的道理他懂。他点了点头："我又不是神仙，连到底发生了什么都不知道，怎么帮？但有一点是可以肯定的，就算是何叔手术失误导致病人死亡，也只能算是医疗事故，而不会是故意杀人。"

"我也是这么想的，哪里有故意杀人的医生？庸医杀人不用刀的。"何小羽放心了，故意拧了郑道一把，"你悠着点儿，少忽悠中老年妇女，小心被她们传成神棍，看谁还要你。"

这又是我的错喽？郑道翻了翻白眼，他一向认为何小羽是一个明事理的大气姑娘，现在看来有时也未必。

估计余婶也说不清楚事情的来龙去脉，郑道见何不悟已经不加掩饰地从狗窝中取出了那一万块钱，和他昨晚的一万块诊金放在了一起……算了，钱都拿了，不帮人解决困难，对不起他的医者父母心。

对于病人来说，他是父母；对杜无衣和杜同裳来说，他同样也是父亲。孩子上幼儿园不也需要学费？这么一想，他更安心了几分。不过他又想到了杜天冬这个无赖，这老头儿，把外孙扔给他，却只画了一个饼，到现在为止，一分钱也没有见到，他这一笔生意算是赔大发了。

当然，直觉告诉郑道，何叔的医疗事故不是一起简单的医患纠纷，只听余婶的只言片语就能猜到是一个设计精妙的局，和特斯拉案有异曲同工之妙，两者之间多半还有关联。

/第二十章/ 势不及人者，休言讳也

昨晚他和历老初识并且相谈甚欢，固然有假扮老爸的原因（郑道才不会完全相信历老真的将他错认成老爸），但也有他确实帮历老解决了病痛的加分。一个医生，如果不能为病人解决难题，就和警察不能替百姓排忧解难一样不称职。

郑道也接受了历老的邀请，等时机成熟时就前去京城和他相聚，与

"老友"们喝茶聊天。具体日期未定，就他本意来说，自然是不想赴京城之约。之所以答应历老，也算是给他一个安慰，有利于他的病情恢复。

历老答应的对合抱之木的投资，后续事宜会由历老的助理刘丰直接和苏木对接。

不过在收获之外，也有一些事情依然悬而未决，比如特斯拉案。

郑道和历之用接触后，虽然赚了历之用一万块钱，却是他合理合法的收入，而且他还觉得收少了。这都不重要，重要的是，他愈加认为特斯拉案的幕后主使就是历之用。只可惜，历之用隐藏太深、演技太好、设局太精妙，一场会面没能让他找到破绽和漏洞。

郑道感觉现在四面楚歌，几张网从四面八方包围过来，有的是直接网他，比如杜无衣和杜同裳；有的是网苏木和滕哲，比如特斯拉案；有的网本身就是身边人，比如卢西东、历之用，再比如何叔的医疗事故。他如孤独行走在天地之间的旅客，抬头之间，前后左右，有无数机会和陷阱。但哪个是机会、哪个是陷阱，没有人会告诉他，也没有人能够告诉他，只能由他自己去尝试。

郑道从来不是一个畏缩不前的人，他向来喜欢在防守中进攻，在进攻中防守，攻防兼备。一味地进攻，容易失守；一味地防护，容易被动。

"等下我跟你一起去。"何小羽发了一个微信给李别，"叫上小李子一起，万一是特斯拉案的关联案，就并案调查。"

郑道立时对何小羽刮目相看，不简单，小羽长大了、成熟了，知道辩证地、全面地分析问题了，正要夸她几句，不料她又迷糊地一笑："别夸我，我没想那么多。你决定跟进的事情，都不是孤立的事情，我跟在你后面准没错。"

白夸她了，这丫头，一会儿机灵，一会儿又犯迷糊，来回切换得完全没有障碍，也不知道哪个才是真实的她。

"郑道，你行不行呀？不行的话别勉强，钱可以退给他婶，你的身体重要。"何不悟从口袋中掏出沾满远志口水的一万块钱，想要退还余婶，"早起就见你气色不对，现在又有点儿神不守舍，我感觉你有点儿透支了，需要休养几天。"

"他每天晚上都是一个人睡，透支什么呀透支。老何头儿，你不懂就别乱说，知道不？"何小羽当即机关枪一般一顿反驳。

"喀喀——"郑道尴尬地回应，"透支包含的含义很多，不只是身体透支，还有精力、心力，等等。"

他真的神不守舍了吗？如果有，那可真不是好事。天地人是一曲交响乐，人在其中，与天地和谐共振，就不会生病。一旦出现神散，就是注意力不集中，容易忘事，说明你已经成了不和谐的音符，是快要生病的第一阶段；然后就会变得敏感，容易动情、动怒、易喜易悲，容易被外界的事物牵引，即进入了第二阶段；再然后就是失眠、怕吵、怕黑、易惊醒，并且还总觉得有鬼，即进入了第三阶段。此时神弱，形神分离，就很容易被外邪入侵身体，抵抗力下降，就会生病。

何不悟的境界已经高到了可以察觉未病的程度？扁鹊自认医术不如长兄，就是因为长兄可以在第一阶段就发现一个人开始神不守舍，病已经在酝酿之中。郑道不认识一样打量了何不悟几眼："叔，你开天眼了？是用牛泪加柳叶擦眼，还是用远志的口水加槐米的便便擦眼？"

"滚！"何不悟大怒，"关心你倒被你嫌弃，你个没良心的。我收钱了，你跟他婶去干活，干不完别回来。"他又对余婶说："他婶，往死里用郑道，累病了记得加钱，累不死就成。"说完，何不悟抱着孩子，气呼呼地上楼了。

郑道实在弄不清何不悟到底是真看出了什么，还是随口一说，他指着自己的脸："婶儿、小羽，你们看我有什么变化没有？"

余婶摇头，不是那么自信："好像变得更好看了一点点……"

何小羽坚决地摇头："没有，和昨天一样顺眼。不对……"她顿了顿，说，"是变了，你洗脸没用洗面奶，还有眼屎没洗净。"

郑道差点儿背过气去，算了，和她们说不明白。他转身上楼："我去洗脸，不，化完装就走。"

"我帮你。"何小羽快步跟上。

化装完毕，郑道再次化身为白胡子神仙，何小羽跟在他身后，换了一身休闲打扮的她乍一看像是老神仙的玉女。

"郑道，你不能去，何书的事情你不能掺和！"几人刚走到门口，一个人从外面推门进来，挡住了郑道的去路，"听我的，这事儿你要是管了，后果比特斯拉案还要严重二百五十倍。别玩火自焚！"

卢西东伸开双臂，大鹏展翅一般，将门口挡得严严实实。

"郑大夫，她是你……"余婶愣神儿片刻，组织了一下语言，"二女朋友？不对，不对，你们年轻人怎么说来着？对，备胎！"

"对对，阿姨说得对，我是备胎我骄傲。问题是，他也是我的备胎，彼此彼此。"卢西东才不生气，她不顾何小羽敌视的眼神，将郑道拉到了一边，"郑道，你是不是想钱想疯了，什么事情都要插一脚，你不怕劈腿过度变成劈叉了吗？你又不会一字马，硬劈叉的话会扯到大腿根……"

"谢谢啊，我不会劈腿的。"郑道翻了下眼皮，"你一大早顶着双熊猫眼过来，就为了提醒我这事儿？你的消息也够灵通的，我才知道不到半个小时，你就过来阻止我了，难不成医疗事故还和你有关系？"

"和我有没有关系，不重要。重要的是，你真的不能插手这件事。"卢西东有几分急躁，急躁之余还不忘拿出化妆镜照了几下，"哎呀，真有熊猫眼，昨晚失眠，到三四点才睡着。都怪你，郑道，你净惹事儿。"

"我惹什么事儿了？"郑道感觉蒙受了天大的冤枉，"我闭门家中坐，祸从天上来，还是接二连三，大事小事、怪事坏事、麻烦事，就没消停过。卢总，你是以什么身份和条件来劝我不要去救人的？"

"你去不是救人，是害人，害人害己。"卢西东边补妆边说，"我知道你缺钱，郑道，我现在就可以和你签兼职专职心理医生协议，年薪十万，奖金另算。如果能让我心情舒畅然后爱上了你，年薪是一栋别墅外加一辆迈巴赫……"

"你先别说话，听我说完。"卢西东补妆完毕，收起了化妆镜，制止了郑道说话，"我和何黄汉认识很久了，和何书还是校友，我上初中时他上高中，他当年还追求过我，这不重要。"

不重要你还非说，郑道腹诽了一句。

"重要的是，何书这个人太轴，不懂人情世故，不知变通。虽然他是有名的'一把刀'，是治疗心脏病的专家，但是，他因为在治疗方案上过于独断专行已经得罪了太多人，不管是家属还是同事，甚至是同行！

"他完了，你知道不？这一次他过不了关了，有人为了设计这一局，精心布置了好几年。好几年才等来这么一个机会，要是被你搅黄了，他非得弄死你不可！"卢西东的拇指和食指交错在郑道的胳膊上摩擦，从牙缝中挤出一句话，"你怎么就这么不长眼，为了一点钱就拿命去上，你可真不把自己当回事儿呀。"

"哎哟。"郑道被拧疼了，揉了揉胳膊上被何小羽、卢西东先后"蹂躏"过的地方，怪了，女人都会拧人他算是领教了，偏偏她们二人下手的是同一个地方，这只是巧合吗？

"我下手是轻的，是提醒你。假如惹恼了别人，别人下手，可就没这么轻了……不疼了吧？"卢西东帮郑道揉，却被他躲开了，她不满地撇嘴，"我都不怕，你怕什么？"

"男孩子在外面一定要保护好自己。"余婶过来了，拉过郑道，挡在了他面前，像老母鸡保护小鸡一样，"你叫卢西东是吧？我想起来了，黄汉提过你，说和你有什么合作。你既然也认识何书，还和他是校友，你怎么就这么没良心，还狼心狗肺地劝郑大夫见死不救，这是人干的事吗？"

"他没那么大能力救何书，他去就是送死，你才是推他掉下悬崖的坏人。"卢西东扒拉开余婶，"你让开，别影响我和郑道谈心。以后我还要和他谈恋爱，谁害他，谁就是和我的下半生的爱情过不去。"

"郑道，你懂不懂'势不及人者，休言讳也'的道理？"

何小羽从斜刺里冲了过来，推开卢西东："谁拦着郑道，谁就是和我的下半生的幸福过不去！"

"你是备胎，让让，主胎说了算！"何小羽威风凛凛，双手叉腰，犹如护着自家公鸡的母鸡。

形势一触即发，大战箭在弦上！

"哟，哥，这么快正主和墙头就碰面了？这事儿闹的，太急躁了。您先忙，我先走了。"李别赶到了，一进门就发现情况不对，他也不救郑道于水深火热之中，转身就想溜。才一弯腰，电话响了。

"这事儿闹的，何书打伤了警察，畏罪潜逃，现在正被全城通缉！"

/第二十一章/ 多情者多艰，寡情者少艰

卢西东开车，何小羽坐副驾驶，郑道坐后排中间，左边余婶，右边李别。郑道像个听话的好孩子，被余婶和李别夹在中间，双手放在腿上，低着头看脚尖，不说话不看人，和做了坏事低头认错时的远志一模一样。还好远志不在，否则它非得乐得尾巴上天不可。

原本李别在得知何书潜逃的消息后，只想和何小羽一起去局里跟进案件，余婶却灵机一动，说她知道何书会藏在哪里。何书从小在石门长大，十八岁时才离开石门。他小时候常去一个秘密据点，就两三个人知道。不出意外，他肯定会先躲在据点里。

郑道当机立断，决定先去据点。李别和何小羽同意了，卢西东不同意，还是坚持不让郑道插手何书事件。郑道可不是好说话的性子，他早就知道卢西东是有意接近他，甚至把公司开在了他们家对面，必然有所图，和杜天冬送孩子一样，背后多半也有重大谋划。她越阻拦，他越要去，最终卢西东无奈之下，提出必须让她一起去。

郑道同意了，上车后，以借卢西东手机打电话为由，没收了她的手机。

汽车一路向西，出了市区，沿山前大道驶入山路。两旁渐渐由高楼大厦变成了低矮的房屋，此时又全是山景了。

卢西东从后视镜中看了郑道一眼，眼神中有埋怨，有得意，还有担忧："郑大夫，你要知道现在只要迈出一步，就没有回头路可走了，你真的想好了？你真的不怕死？"

"想好了，怕死，怕得要命。"郑道伸手扬了扬卢西东的手机，"不过有你陪着，也没人敢对我下手，不是吗？谢啦，卢总，其实你是故意要当我们的人质，对吧？"

"是什么是，别自恋了哥，咱正经点儿成不？"李别实在看不下去了，"她一准俩手机，要不我跟你打个赌？另一部手机正开着定位，正跟谁共享着实时位置信息呢。"

"我知道，卢总是个实诚人，另一部手机也交给我了。"郑道左手一翻，手中又多了一部手机，他晃了晃，嘻嘻一笑，"为了省电，我帮卢总关机了。"

卢西东脸色微微一变，深呼吸几口，又恢复了正常："郑大夫不去做外科手术可惜了，这手法，啧啧，探囊取物，什么时候的事情？我完全没感觉。"

没感觉就对了，郑道才不去解释他的一双手究竟有多么巧，感觉全部掌握在他的手里，他想要有就会有。

要继续保持神秘、低调、谦虚、谨慎的风格才对。

"要我说，就不应该带着她，就算收了她的手机，她回去后肯定还会告密。"余婶理解不了郑道的做法，她坐在卢西东的身后，手指不断地捅着椅背，发泄不满。

"婶儿，您省点儿力气，皮戳破了不值几个钱，一万块就修好了，伤了手指可能就得好几万块了。"卢西东感受到后背上不时传来的突起感，笑了，"您知道为啥小羽和李别都不反对郑大夫带着我一起去吗？他们清楚，有我在，万一遇到了什么危险，我真的可以当人质替你们挡一挡。"

"姐，咱不扯没用的了，郑道最想知道何书事情的来龙去脉，你给他讲讲，不然他会把你卖到山沟里给人当媳妇去。"何小羽用吓唬小孩子的口气，半是恐吓半是哄骗地对卢西东说。

"快到了吗？"在得到余婶还有十几分钟的回答后，卢西东提高了车速，"好，也该告诉郑大夫部分真相了。"

部分？这么诚实吗？郑道都不知道该说什么好了。

"郑大夫，有个人你还有没有印象，他是你的大学同学，还曾经是你的情敌——卢非同。对，你是不是早就猜到了，他是我哥哥？"卢西东决定有条件地"坦白"了，她以为她的身份还可以隐瞒一段时间，好继续和郑道玩玩捉迷藏，但何书事件的突然爆发，让她的计划被打乱，她必须调整策略。

"非同可是当年医科大学的风云人物，人帅、有才、有钱、专一，是全校三分之一女生心目中的完美男神。"猜到个屁，郑道故作淡定，强压内心的震惊。他以前不是没有想过卢西东和卢非同是兄妹的可能性，但印象中卢非同并没有妹妹，他才斩断了想法，也就没有再去联想。却还是没有想到，卢西东真是卢非同的妹妹、意诚集团的公主！

"为什么只有三分之一的女生喜欢哥哥？"卢西东回头俏皮一笑，还故意眨了眨眼睛，"哥哥可是告诉我，当年在学校，有三分之二的女生喜欢他，三分之一的女生喜欢你，你们两个人加在一起，是其他男生的穷途末路。"

"原本确实有三分之二的女生喜欢他，后来他做了一件事情后，就变成了只有三分之一的女生喜欢他，三分之二的女生喜欢我了。"郑道欲擒故纵，话说一半就转移了话题，"怪不得你这么努力接近我，原来从小就见识了我的风华正茂，然后暗恋我至今？"

"啊，到底发生了什么事情让三分之一的女生移情别恋抛弃了哥哥？"卢西东惊呼一声，随即又配合郑道的自恋，再次惊叫，"你怎么知道我暗恋你？太对了，就是在你上大学期间，有一次你们去春游，我跟在哥哥后面，混在你们班里面。那是我第一次见你，那时的你，青涩、害羞，还是一个莽撞少年。

"我记得特别清楚，现在想起来还像是昨天。当时是黄昏，你站在一面山壁下面，仰望长在上面的一棵歪脖树，半天一动不动。夕阳照在你的身上，从侧面看，你的脸庞特别生动和好看，一瞬间我就喜欢上了你。你像一个哲人在思索人生，我站在远处，感觉天地都不见了，整个世界只有你仰望天空面壁沉思的身影。"

郑道想起来了，是有这么一出，他蓦然脸红了，感觉从脖子到脸庞再到额头都在发热。这事儿乌龙得可以，他当时可不是在思索人生宇宙的真谛，也不是在装文艺青年，更不是在面壁，而是在山壁上有一个野蜂巢，正朝下滴着新鲜的蜂蜜。

野蜂蜜营养价值高，还有一定的滋补药用价值。郑道深知学以致用的道理，作为隐藏的小中医，他就当仁不让地趁别人在嬉闹，自己找了一个最合适的地方，仰头、张嘴……接蜜吃。

他万万没想到，一个接蜜的举动会被幼年的卢西东美化至形而上的思索人生真谛的高度，还深深地印在了她幼小的心灵中，直到今天还熠熠生辉。古人说下手要趁早，诚不我欺。得亏当时卢西东年幼，否则她也不会自己强行加戏将他想象得这么美好。

惭愧，郑道暗暗擦了一把汗，如果当时知道有人在偷窥他、美化他，他说什么也得好好摆摆姿势，最不济也要洗一洗三天没有打理的头发。

“哥，有些话听听就得了，可千万别嘚瑟，现在的女孩子，骗人的手法可多了。不是我看不起你，你不是卢西东的对手，假如不是我们几个人在，让你保持了冷静，你现在差不多已经狂躁了。”李别及时地再次发扬铁瓷损友的作风，一吨凉水从天浇下，“相信我，你上大学时三天不洗头，五天不洗澡，十天不洗袜子，在没有女朋友之前，可以做到一个月不叠被子，说你像鸡毛掸子都是奉承你……”

“滚你的李别，别拿你的臭和无可救药的母胎单身来跟我家郑道对比。他从十岁时认识我，就一直干干净净、白白香香到今天！”何小羽回身打了李别一拳，唯恐够不着，她努力从座椅上探过身子。

“干吗打我？分不清远近人，小羽，你变了！”李别一脸委屈地躲到一边。

“别闹，说正事呢。然后呢？”郑道并不太关心自己过去的光辉形象，当下的形象才关键，眼前的事情才重要。

“然后我就出国留学了，今年才回来，一回来就得了心理疾病。在找心理医生的时候，意外发现了你的下落。再然后，我就再次出现在了你的生命里，可惜，你压根儿就不记得我是谁了。也许当年的黄毛丫头，你从来就没有多看一眼。”卢西东咬着嘴唇、噘着嘴巴，大大的眼睛中有水珠在汇聚成形，委屈、不满加求而不得，尽在方寸之间。

是个好演员，天赋型选手，郑道暗中赞叹，顺手拍了拍卢西东的肩膀：“哎，戏过了，好好开车，注意前方，老司机走神儿也容易出事。我们之间的往事和爱恨纠缠就先放到一边儿，毕竟小羽还在呢，她知道我这么优秀、被你单恋这么多年，她会骄傲的。”

“说说你哥，对，卢非同同学。”郑道想起了胡非开过的迈巴赫，以及滕哲打听到的关于卢非同和杜若关系密切的传闻，"你哥当年也是杜葳蕤的追求者之一，不过也是众多的失败者之一，他对杜葳蕤是真心喜欢。当然话又说回来，他对喜欢过的每一个姑娘都曾经是真心喜欢。'多情者多艰，寡情者少艰'，他读书少，知道的道理不多，可以理解。"

"特斯拉案……有你哥的参与？"郑道突然就切到了正题上。

"这个弯拐得有点儿大，不过我是老司机，不会翻车。郑大夫，你很狡猾嘛。我的回答是，不、知、道！"卢西东抿嘴一笑，"实际上哥哥的所作所为，我都不清楚，我和他是井水不犯河水，各走各的道！"

路边的景色越来越荒凉了，前面是一个急转弯，车刚入弯，前面突然闪出一个人，朝车头直直撞来。

"啊！"老司机卢西东惊惶失措，猛打方向盘。

/第二十二章/　心安则身康，他乡即故乡

一声轰响过后，汽车停了下来。

车头狠狠地撞在了山壁上，大灯粉碎，前盖拱起，水汽弥漫。

幸好是撞向了里侧，如果是朝向外侧的话，必然会撞破栏杆冲下悬崖。悬崖虽然落差不过一百多米，但下面巨石突起、怪石嶙峋，汽车一路翻滚下去，不解体才怪。而覆巢之下岂有完卵？汽车解体，郑道几人也会非死即伤。

车内五人，三个人系了安全带。除了坐在前面的卢西东和何小羽外，坐在后排中间的郑道也系上了。而李别和余姍一时偷懒没系，就惨了。二人的脸部和前排座椅来了一次猛烈接触，尽管有缓冲，但还是撞得鼻青脸肿。余姍还好一些，只是鼻子流血了；李别就麻烦大了，鼻子流血，嘴唇青了一块，眼睛肿了，还外带半边脸红通通一片，像是被人重重地打了一个耳光。

等众人清醒过来，李别捂着腮帮子，怔怔地看着被安全带牢牢稳固在座位上、毫发无伤的郑道，他的嘴唇破了，所以说话漏风："锅（哥），里特不地道了（你太不地道了），为妈补提醒鹅系上安全带（为嘛不提醒我系上安全带）？鹅咬喝里绝脚（我要和你绝交）！"

何小羽惊魂未定，还没有醒过神儿来，就被李别的话逗得忍俊不禁，大笑道："李别，你可以去参加选拔歌手的综艺节目，铁定能让全部女嘉宾亮灯。"

"串台了。"余婶清醒过来，又被何小羽逗笑了，"一个是唱歌，一个是相亲，八竿子打不着的事情……啊，何书！"

"你站住，臭叫花子，你差点儿害死我们知道不？还想跑！"卢西东第一个下车，上前拦住突然跳出来的路人，不由分说一脚踢在了他的屁股上。正准备逃跑的路人被踢得一个踉跄，却没有摔倒，扶住山壁站住了。

那人一回身，余婶看清了，穿着破破烂烂像是叫花子一样的人正是潜逃的何书！

卢西东此时也认出了何书，有些尴尬地挠了挠头："这个……那个……没认出你来，下脚有点儿重。不过好在踢的是屁股，屁股上肉多，不疼吧？"

何书穿得虽然有些破烂，长相却很清秀，眉毛浓密而清朗，眼睛清澈而有神，戴一副无框眼镜。若是不看衣着只看气质，他则是一个彬彬有礼、颇有几分儒雅之气的学者形象。

何书此时的样子虽然有些狼狈，却不失冷静，他推了推眼镜，愣了片刻才认出卢西东："卢西东？这么快就找到我了，你是要带我回去吗？"

郑道、何小羽、李别和余婶四人围了过来。

"嫂子——"何书整理了一下衣服，又理了理头发，"嫂子是要和他们一起带我回去的吗？"

余婶的眼泪快下来了："你说的是什么话，嫂子是什么人你还不知道吗？嫂子是来帮你的。"

"帮我？"何书的目光依次从郑道几人的脸上扫过，他凄然一笑，

"行，你们人多势众，真理在拳头多的一方手里。我跟你们走，该认输的时候就得认输，不能和命运硬刚。"

话一说完，何书却身子一侧，迅速转身，就要冲过道路朝悬崖跑去。只要他跳下悬崖，固然可能摔伤，但也有可能抓住树枝借地势逃脱。不料他快，郑道更快，他身子刚动，眼前人影一闪，郑道已经挡在了他的眼前。不等他有所反应，胳膊已经被郑道抓住了。

"说过了，我们不是来抓你的，是来帮你的，犯不着拿命来赌一把。你跳下悬崖逃走，只有百分之三十的逃生机会，却有百分之三十的受伤可能和百分之四十的致命概率。"郑道将何书推回山壁，"听他们何叔何叔的叫你，还以为你有多大，看样子顶多三十岁吧？"

何书并没有挣扎，他冲郑道笑了笑，露出了一口洁白牙齿："你的话我信，你身上有让人沉静的气息……不对，看你这身打扮，你是什么游方大夫、江湖郎中吧？"

"是的，同行，幸会。"郑道露出了憨厚而善良的笑容，伸出了右手。

半小时后，一行数人来到了何书小时候常来的据点——一处隐藏在深山中的山洞。山洞前面有流水，洞口前有树木包围形成的一方空地。

在余婶的解释下，何书才对郑道多少改变了一点点看法，半信半疑地认可了郑道的年轻英俊和心理医生的身份，却对他为什么非要化装成杂耍的样子表示不解。

当然，郑道固执地认定他的形象是老神仙，和杂耍的完全不能相提并论。何书的审美和他的缺心眼儿"一脉相承"。

"事歪套元嘛。"李别沮丧的心情为之一振，嘴虽漏风却控制不住话痨的冲动，"喝树，里停灰丸嘛，子末隐蔽的地方里豆能罚显，妞摸汪牙。"

见何书一脸蒙，何小羽只好为他翻译："李别说：'世外桃源嘛。何书，你挺会玩嘛，这么隐蔽的地方你都能发现，牛魔王呀。'"

卢西东东看看西摸摸，无比兴奋："哇，真是好地方，晚上可以露营了，我要和郑大夫一顶帐篷。"

何书看着她，一脸关爱精神病人的表情："你这从感情上叫花痴，从心理学角度来说叫共情能力过强，从演员的修养来说是过于自我感动，为自己加戏过多。"

"过来坐，别乱说，对你的审讯还没有结束呢。"郑道招手让卢西东过来，将手机还给她，"山里没信号，我拿着怪累的，还你。"

"你这样子不会有女生喜欢的……"卢西东接过手机放进了包里，"不过我喜欢，要的就是独一无二。要是是个女生就会喜欢你，你得多稀松平常，不是吗？"

"她的病不好治，郑大夫，你有得受了。"何书一脸同情地摇了摇头。

余婶从车上带下来几块毛巾，在溪水中洗了，拧干敷在脸上。她还帮李别也擦了擦，李别脸上的肿就迅速消退了一半。

上山前，郑道让卢西东用手机给自家救援队打了电话，救援队说要两个小时才到。原本想让余婶留下守车，卢西东说不用，一辆车而已，而且又是撞坏的车，不会有人偷。主要也是她的备用车，车上也没有什么贵重物品，她才不会当回事儿。有钱人的想法有时真的就是这么简单、朴素。

几人围坐在洞口的石头上。郑道拿出过滤器过滤溪水，何书从山洞中翻出水壶，李别和何小羽捡来木柴，生火烧水。

卢西东的备用车上装备倒是齐全，除了帐篷之外，还有各种野外生存工具，工兵铲、过滤器、酒精灶具，可惜酒精已经蒸发没了。

很快，水烧开了。山中凉风习习，几人人手一杯热水，不知道的人还以为他们是团建的队伍。

"卢总真打算在山里过夜呀？"等了半天，见卢西东还没有要说清事情始末的意思，郑道等不及了，"不是吓唬你，山里有狼，还有野猪，会吃人。"

卢西东不知道从哪里摘了一些野果，她摆放在地上："你以为我是从小娇生惯养的富家女？富家女是真的，天生富贵也不是我的错，对吧？但我从小就喜欢徒步旅行，一个人去过的深山老林比这里危险多了。还真不是我吓唬你，假如来了狼和野猪，我逃生的技巧肯定比你高超，你会是被吃掉的那个。"

"这里没有狼和野猪，几十年前就全部消失了。"何书抬头仰望周围的群山，"人类活动的范围越大，原生态的地方就越小，对自然环境的破坏就越大，人类的病就越多。我小时候经常一个人来这里，就是想安静地待着，体会整个世界空无一人的寂静感，像是神游物外。我曾想，希望有一天我疲了累了，就隐居在这里，我还为这里起了一个名字叫他乡。"

永远抵达不了的地方是他乡，郑道不再说话，静静地听何书讲起前尘往事。他用手中的木棍轻轻敲了敲卢西东的肩膀，示意她安静，不要乱动，并且及时补充关键点。

"谁知城市的发展越来越让人失望，混乱无序、没有章法、屁股决定脑袋等等。我决定离开石门，寻找我心目中的完美城市。但越长大越明白，我过于理想主义了。"

现实主义者悲观而正确，理想主义者乐观但绝望。郑道握紧了拳头，他应该算是游走在现实主义和理想主义之间的中间派。

"考上了京城的大学离开石门后，我就发誓再也不回石门了。就算回，也只回我的他乡……"

"不知道你为什么这么不喜欢石门，是不是因为被我拒绝了而对石门绝望？别这样。"卢西东冷不防插话，"我走过世界上许多地方，就是忘不了石门。人有生老三千疾，唯有相思不可医……可能是石门有我心心系念的郑大夫吧。"

何小羽抓住了郑道的手："谢谢你天天惦记我家郑道，挺辛苦的吧？你这病挺麻烦的，没有解药，只能化疗，是转化的化，不是化学的化。"

"小孩子才做选择，成年人都是眉毛胡子一把抓，吃着碗里看着锅里。"李别的嘴唇消肿了，话也说利索了，"卢美女，小羽的意思是说你的病只有移情别恋才有治。我不是医生，但我是警察，救人是我的天职和使命，为了你，我愿意牺牲自己。"

"行啊，你就先列入我备胎候选人序列了，排名大概在二百五十位，等前面的候选人都放弃了，我通知你呀。"卢西东扔了一根木柴到火里，"何书，请继续你的心路历程。"

何书左看看卢西东、右看看李别，叹息一声："和你们这些看上去就不像什么正经人的货色说我的心路历程，就像对一群牛鬼蛇神弹一曲高山流水。"

何书不受欢迎不是没有原因的，郑道忍住了想上前打塌他鼻子的冲动。

"还是我来说吧。"卢西东站了起来，双手背后，一脸严肃和认真，"何书，你也许不愿意承认也不想面对。你不喜欢石门、不想再回石门的原因，是你得罪了我哥，他不让你回来，你就不敢回来，对吧？"

第二十三章　力不胜人者，勿言强也

石门通往京城的高速公路上，三辆奔驰正在平缓地行驶。中间的奔驰车内，历老坐在副驾驶后面，前面是胡非，左侧是历之用。一路上历老都在闭目养神，历之用和胡非谁也没有说话，直到到了服务区，中途休息过后，再上车，历老才开口说话。

"之用，你想好了要做劳务输入的生意？我和你说过多少遍了，不管做什么事情都要专业，专业才能专一，专一才能做到极致。你从做医疗器械开始，到影视、文旅，现在又想插手劳务输入，东一榔头西一棒槌，不能像苍蝇一样，有味儿就扑上去。有味儿的地方太多了，你飞得过来吗？"

历之用以手擦汗："老爷子，我是有规划的，不是什么赚钱就做什么。未来，我会组建一个打通产业链的集团公司……"

"你还有多少未来？你都一把年纪的人了。"历老闷哼一声，"还说什么打通产业链的屁话！之用，你知道你最大的问题是什么吗？就是不管在谁面前都不改你吹牛撒谎的本色，你连见人说人话、见鬼说鬼话、见神说神话都没有学会，还想成大事？你以为别人都是傻子？你以为成功的人都和你一样笨？就连郑道都能看出你的伪装，你还能唬得了谁？"

"啊！"历之用大吃一惊，就连前排的胡非也同时惊呼一声。

"您……您知道他不是郑见？"历之用小心翼翼地抽出一张纸巾，用力擦汗。

"我老头子眼神是不太好使，可是心不瞎。郑见是多大岁数、什么脾气，我能不清楚？郑道就是再装他爹，他也是细皮嫩肉的，又中气十足，这样我要是还能认错人，你到底觉得我有多糊涂？我还没得老年痴呆！"历老反倒笑了，他朝后仰了仰头，"郑道差不多有他爹三分之一的功力了，按理说以他现在的水平，看不好我的病。能看好，是他运气好。"

"是，是，老爷子才不糊涂，目光如炬，心明眼亮。"历之用连连点头。

"别拍马屁了，你的马屁技巧太差了，又做作又虚伪，还让人恶心。"历老不留情面地打击历之用，"之用，你也老大不小了，该收心定型了，别再搞一些虚无缥缈的东西来哄自己骗别人了，做点儿实事，做点儿正事，做个正常人，成不？"

"成，成，老爷子说什么是什么。"历之用唯唯诺诺。

"唉，就不喜欢你在我面前装得很听话、很谨慎的样子。"历老又闭上了眼睛，似乎不想再多看历之用一眼。

"老爷子，要是人鬼神都在，该说什么话？"胡非试图找补，车内气氛太凝重了，他被压得喘不过气来。

"说胡话。"历老气呼呼地用拐杖敲打胡非的脑袋，"别以为我不知道你是什么，你一个律师，干的却都是胡作非为的事情，你对得起自己的职业道德还有良心吗？"

胡非挨了打，捂着脑袋嘻嘻一笑："老爷子说得都对，我是有不对的地方，做的事情也不是那么光明正大，但至少没有犯法。历总也一样，我们都有底线和原则，不是胡来乱来的人。现在时代不同了，像老爷子这么耿直、有节操、品德高尚的人，已经凤毛麟角了。如果我们按照老爷子的要求来做事，别说赚钱了，怕是早就被人玩死了。"

胡非不着痕迹的奉承起到了作用，历老又慢慢地闭上眼睛，长叹一声："你们都说坏人变老了，要我看，是世间变坏了，才让以前不怎么坏的人都变坏了。"

历之用朝胡非赞许地点了点头。

"老爷子，历总想做劳务输入生意，也是为了国计民生。现在国家富强了，国外的劳力输入进来，是经济发达的象征。而且行业里有些人不太讲规矩，乱来，就败坏了国家形象。历总进入这个行业后，至少可以带来正面的竞争。"胡非开启了进一步的攻势。

历老沉默了半天才说："这事儿，我回去再好好想想。还有，你们以后不要再打郑道的主意，现在他由我管着了。"

历之用喜忧参半，喜的是，事情有所松动，大概率老爷子会点头帮他拿下批文；忧的是，他对郑道的计划只开了一个头，如果现在收手的话，不但前功尽弃，前期的投入也将泡汤。

时间和金钱上的损失不算什么，只是从长远看，从郑道身上获取的收益或许会比眼下的批文大得多。不过老爷子现在余威还在，说话依然有足够的分量，眼下还得听他的。

历之用点了点头，一脸诚恳——也只有在历老爷子面前，他可以做到一丝真实的诚恳了——说道："明白，遵命，老爷子，从此以后，我保证我不再主动和郑道接触，也不再介入他的任何事情。"

他只说不主动和郑道接触，不包括被动，还有，他如果主动和苏木接触，也不算违背老爷子的意愿吧？历之用暗自窃喜。

"这还差不多……"历老微微点了点头，"郑道是个不错的年轻人，大有可为，希望他可以成为一个对国家、对百姓有用的人，不能像你们一样只知道钱钱钱。"

历之用想起郑道对一万块诊金的欲拒还迎，偷偷地笑了。老爷子，您这回可是看走眼了，郑道是个特别诚实的财迷。

"刘丰，回京之后，你就和苏木对接投资的事情，总之，不能让苏木吃亏，还要保证郑道的利益。"历老又微微闭上了眼睛，"就当是我还了一个故人的人情好了。老伙计，我欠你太多人情了，投资合抱之木只算是还了一个，至少还有九十九个没还。"

老爷子，你想通过帮郑道来还郑见人情的做法是好事，但投资合抱之木并不能算是还了郑见一个人情。郑道在合抱之木仅是小股东，您老不懂股权架构，有些事情就想当然了……历之用和胡非对视一眼，二人都心领神会地笑了。

二人才笑了一会儿，历老突然又睁开了眼睛："投资合抱之木获得的股份，都挂到郑道名下。"

历之用和胡非面面相觑，高兴得太早了，才吃第一口就说这块老姜不辣，第二口才发现老姜的辣来得虽然缓慢，但辛辣和凛冽，名不虚传。

"是，历老，我都记下了。"刘丰既是历老的助理，又偶尔兼职司机。他膀阔腰圆，面孔方正，平时沉默寡言，执行力极强。

"历老，"刘丰目光直视前方，说话并不影响他作为一名专业司机的专注力，"刚刚得到消息，印长弃去世了。"

"老印？"历老脸色大变，手微微颤抖，"停车，停车！"

此时正在高速路上，刘丰迅速瞄了左右后视镜一眼，前方有一个临时停车带，他打了转向灯，开了双闪，车缓缓停了下来。

历老下车。历之用和胡非赶紧前去搀扶，被历老推开了。

十一点的光景，阳光正强。历老站在阳光之下，微瘦而苍老的身影像是一棵饱经沧桑的老树。他孤独而沉默地站立了一会儿，又转身上车。

"郑道的药管用了，我刚才到了拉肚子的点儿，却没有拉，这小子，确实有两下子。"历老的脸色恢复了平静，"说，拣重要的说。"

"边走边说。"历老又说。

历之用和胡非一脸苦笑，这老爷子一惊一炸的，以为发生了什么惊天动地的事，不料只是测试是不是还拉肚子。

对于印长弃的事情，历之用和胡非知道一些，背后的内幕和推手，他们也认识。虽然没有直接参与，也算是知情人之一。

刘丰启动了汽车。

"印长弃得了心脏病，原本想去京城做手术，却不知道为什么没有去，而是请了一个飞刀医生过来。在医生为他做手术时，他死在了手术台上。随后印长弃的夫人邱浼报警抓人，声称飞刀医生何书故意杀人。在何书被警察带回公安局的中途，何书逃走了……"

"就这些了？"历老又微微闭上眼睛想了一会儿，"之用，这事儿和郑道有没有关系？"

"没有……吧？"历之用不是十分肯定，语气有几分不确定，"据我所知，这事儿的背后是印长弃和卢寻常几十年的矛盾爆发了，就算倒推几十年和郑见有一定的关联，也算不到郑道的头上不是？当然，只要郑道不主动参与进去没事找事，他就没事儿。"

"这小子不是一个安分的主儿啊，他和他爸的性格差得太多了。"历老溺爱地笑了笑，"随他去好了，万一捅了娄子，老头子我只要还没死，就能替他找补找补。话说印长弃当年还欠了郑见一个人情，还没还就没了，郑道又吃亏了。臭小子是不知道他爹以前为他打下了多大的江山，不用是不用，只要用起来，他就是一个宝藏男孩儿。"

刘丰一向不苟言笑，这次也没忍住："老爷子您也会说网络用语。"

"我是老了，但不傻。"历老大笑，笑过之后又急忙捂嘴，"故人死了，虽无深交，也不该发笑，罪过，罪过。卢寻常这老东西也真可以，都多少年的事情了，还放不下，非要害死印长弃，这不是结了大仇了？"

"不对，不对，你说的飞刀医生是何书？'心脏一把刀'的何书？"在得到刘丰肯定的回答后，历老感慨不已，"何大夫是个好人，我老头子还找他看过病，就是脾气有点儿直，不够圆润。他和卢寻常、卢非同有什么仇什么怨，卢家要对付印长弃，为啥让他当替罪羊？"

"这个就不清楚了。"历之用说的是实话，他是和卢家有合作，和卢非同关系也不错，但仅限于"不错"，并不够深入，"也许是何书他体质特殊，天生适合背黑锅；也许是他什么时候得罪过卢家，卢家就借他的手来除掉印长弃，一箭双雕。"

"胡非，你怎么不说话？"历老很好奇胡非沉默得像个哑巴，"现在人鬼神都在，你可以说胡话了。"

胡非紧抿嘴巴，想了一想："作为一名专业人士，我现在不想发表任何凭空猜测的言论。医疗事故、过失杀人和故意杀人，三者之间的区别太大了。这件事情，内幕太深，我秉持'三不'政策：不表态，不评论，不参与。还有，老爷子，未必就是卢寻常害死了印长弃，凡事要讲证据，不能凭猜测！"

/第二十四章/ 人生而有欲，贵在知止

何书推了推眼镜，瞪了卢西东半天，才猛地喝了一大口水。

"不是我得罪了卢非同，是他得罪了我！他怕我怕得要死，如果我回石门，他会睡不着觉吃不下饭！"

"屁咧。"卢西东轻蔑地笑了，"虽然我也不喜欢卢非同，甚至讨厌他，但我还是得实话实说，你斗不过他。何医生，你差远了，完全不是他的对手。除了拿手术刀这一项技能你比他强之外，别的方面，你望尘莫及。"

李别终于恢复了一个警察应有的思索和细心："卢大姐，你的意思是暗指何书故意杀人案是被人陷害的？陷害他的人是你的哥哥卢非同？"

"我可没说过，你别误会我的意思，也别想诱导我。郑大夫，你可是我的兼职专职心理医生，如果有警察诱供我，你可要替我做证。"卢西东得意地一笑，踮起脚走了几步，"我只知道很多年以前，何书喜欢上了一个女孩儿，正好哥哥也喜欢。哥哥想尽一切办法追到了她，并且带着她羞辱了何书，然后，他们就成了仇人。再后来……"

"停停停！"李别伸手做了一个暂停的姿势，"我对何书、卢非同的乱爱史不感兴趣，我只想知道何书故意杀人案的背后，到底有什么内幕和真相。卢大姐，把你知道的都说出来吧，求你了。"

"就不。"卢西东对被称呼"大姐"也不生气，她手指依次指过几人，"何书，你还不知道我们几个人的真实身份吧？来，好好为你介绍一下。郑道就不用说了，年轻的英俊大夫、帅气的心理医生；李别，实习警察；何小羽，实习警察；余婶，你的嫂子兼郑道的病人；我，郑道的仰慕者、暗恋者、卢非同的妹妹以及别有用心的搅局者。"

"真够乱的。"何书的目光落在了李别和何小羽身上，"你们是以什么身份和我对话？"

李别忙站了起来表明立场："我是郑道的发小儿，现在我的身份不是警察，是卢大姐的追求者、爱慕者。你的案件也不归我管，我不持立场。"

"我现在也不是警察，是郑道的闺密兼青梅竹马的女友。"何小羽再一次宣示了主权，"也是余婶的侄女，是来帮你的。"

"我没杀人，手术的过程也没出错，病人在手术中突然休克死亡，事先没有征兆。按照我对病人病情的判断，手术成功率很高，在百分之八十以上。"何书提起手术，顿时沮丧了，垂头丧气地坐到了地上，"我做过不下几十台手术，比他病情严重的有很多，全部成功了。他的手术失败，对我的打击很大，让我一度怀疑我有没有当医生的天赋……"

郑道能理解何书的心情，一个对自己医术有自信的医生，一次手术的失利对信心的打击和对心理的冲击，都相当强烈。就如一个安全驾驶十万公里零事故的老司机，突然出了一个不该发生的重大交通事故，会瞬间摧毁他几十年驾龄带来的自信和安全感。

自信是一个人安身立命的根本。

"你觉得病人突然死亡的原因是什么？"作为半吊子心理医生和未经验证的小中医，郑道是没上过手术台实操过手术，却也知道一台手术涉及许多人，麻醉师、助理医生等。

"现在不好判断，反正不是我的原因，这一点我十分肯定。"何书语气坚定、态度坚决，又恢复了应有的自信，"他的心脏病并不严重，我采取的是十分成熟的方案，接近零风险。"

过于专业的人容易陷入自己的逻辑误区和知识盲目，越专业越细分的行业，盲区越大。郑道注意到何书说话时眼神平静，双手还微微握紧了拳头，大概可以判断出他在他的专业领域并没有出错，至少他没有犯任何程序上的错误和手法上的失误。

"现在回到非专业的领域，何医生，你为什么要接这个飞刀手术？你很缺钱吗？"郑道之所以一直没问病人是谁，是不想先知道对方的身份，以免影响他的判断——先入为主会导致认知偏差。

"因为卢非同。"何书鄙夷地白了郑道一眼，"我是为了钱做手术的人吗？在京城，排队等我做手术的人有五公里长。如果我肯收红包，一年收几百万都不成问题。

"我是收红包才会为人治病的医生吗？治病救人是我的天职，是我的人生意义，不要用红包这种破事来侮辱我的人格、衡量我的医德！"

郑道真想对排队送红包的人大声疾呼：放开何医生，都冲我来，这种破事儿，我希望早一天习以为常！不过天生的责任感和使命感又让他立刻谴责自己这种见钱眼开的行为：郑道啊郑道，人生而有欲，贵在知止。贪财可以，但一定要有度，要克制，要节制。钱不是问题，治好了病、救下了人，人家还不会对你的付出表示出最有诚意的感谢吗？

其实郑道很清楚，该收的钱他一定会收，他不是慈善家，要生活还要发展。但不该拿的钱，他一分也不会要。这么多年他都没钱，不一样活得好好的。就算有再多的钱还是过不好这一生，那也不是他想要的未来。

"既然涉及哥哥，就由我来补充一下背后发生的事情。死者叫印长弃，是长生集团的创始人兼董事长，今年五十八岁。长生集团的总部虽然在石门，但主要业务还是在南方一带，石门的总部只是管理部门，没有业务。哥哥和印长弃关系很好，一向叫他叔叔。也是因为印叔叔和我爸爸算是多年故交……"卢西东摇头晃脑背书一样地说，"不过我和印叔叔来往不多，基本上对他也没什么印象了，只记得从我认识他以来，他就一直病恹恹的。因为他经常打针，我还笑他是'激光打印''快速打印''双面打印'！"

余婶无精打采地坐在一边，和一群年轻人在一起，她听不懂他们所说的"开车"和开车的区别、"老司机"与老司机的不同，以及女追男、男追女的真假。时代变了，她跟不上潮流，也追不上年轻人的脚步了。

卢西东一个姑娘家，明明知道郑道有何小羽，还敢当面主动说她喜欢郑道，还恬不知耻地说愿意当备胎。李别更是傻瓜，卢西东都说她喜欢郑道了，郑道又是他的发小儿，他还要去追求卢西东，哪怕是当第二百五十号备胎也愿意，怎么爱情到了他们嘴里就变得这么真实、自信和坦诚了呢？她也想！

余婶想起了她当年嫁给何黄汉的情景，就见了一面，觉得何黄汉长得还行，不缺胳膊不少腿，说话利索不结巴，个子也不矮，黑是黑点儿，有力气能干活就成。白了有什么用？下地一晒不一样变成黑球？第二次见面就是洞房了。

余婶打心眼儿里羡慕现在的年轻人敢于追求真爱、勇于表达真心，爱就爱了，谁怕谁呀？不爱就不爱，爱谁谁！如果让她重新选择一次，再回到年轻的时候，她还会选择何黄汉吗？会，肯定会！毕竟在那个年代"嫁汉嫁汉，穿衣吃饭"，何黄汉保证她有房子住、有新衣服穿、有饱饭吃，她不嫁才是傻瓜。不过如果让她现在重新选择一次，她是应该依然选择何黄汉，还是应该选择半年前认识的广场舞舞伴石明运呢？

石明运是做纯净水生意的老头儿，今年五十五岁，长相显年轻，能说会道，嘴甜人勤快。他的柘林山泉水采自江西庐山的水源，清澈甘甜，回味悠长。余婶是先爱上了柘林山泉，然后才对石明运产生了好感。

作为舞伴，二人配合默契，多次成为众人的焦点和羡慕的对象。在一次又一次的共舞中，余婶的心慢慢被如山泉一般甘甜的石明运的情话所融化。

石明运虽然不比何黄汉有钱，但比他有情趣多了，而且会疼人。最主要的是，他是单身，儿女都在南方，不在身边，他一个人在石门，孤单且方便。有几次石明运邀请余婶去他家中做客，余婶犹豫了好久，最终还是拒绝了。都这把年纪了，再来一出轰轰烈烈的黄昏恋……也不是不可以，问题是，就怕何黄汉不答应，还会打断她的腿！

和大男子主义思想严重、从来不做家务、说话直来直去的何黄汉相比，石明运温柔体贴、细致周到，如春风如夏雨，让余婶感受到了从未有过的被呵护、被珍爱的甜蜜。

就在昨天，石明运再次邀请余婶到家中做客，余婶又一次犹豫了很久，最终还是……答应了。晚上跳完舞，她骗何黄汉说，她要继续排练，就和石明运一起回家了。马上到他家时，电话来了，何黄汉让她立刻就回家，因为何书回来了。

何书多年未回石门，突然半夜回来，不管是不是有什么大事，余婶都没有办法拒绝，当即无奈地告别了石明运。通往幸福的大门近在咫尺，却不得其门而入，她的内心充满了遗憾和怨恨。怨恨何书早不来晚不来，偏偏在关键的时刻来，他就是她幸福的拦路虎、是她人生转折点的破音。

"婶儿，这么多年来，你难道就只有何伯一个男人？"正当余婶想得入神不知道以后该怎么面对石明运时，卢西东突然话锋一转，把枪口对准了她，"我是说不管是心理还是身体，你从来没有背叛过何伯一次？"

余婶腾地站了起来，满脸通红："你……你……你认识石明运？"

/第二十五章/　情滥无行，欲多失矩

这事儿闹的，随口一问还问出秘密了，卢西东瞬间得出了判断，余婶和这个石明运八成有事。

郑道忍住笑，示意何小羽和李别别问，问就是事故。

还好何书一脸懵懂，压根儿就没有听懂卢西东和余婶一问一答之间隐含的巨大秘密，他敲了敲石头："卢西东，别打岔，说正事行不行？"

"喀喀，这就是正事。"卢西东才不关心余婶和这个石明运有没有事情，她只是为了验证自己对印长弃的推测，"我相信余婶没有，余婶身体健康、心情舒畅，不是劈腿出轨的症状。印长弃原本身体很好，自从他出轨邱涚之后，就开始生病了。不对，准确地讲，应该是邱涚抛弃前夫小三上位和印长弃结婚后，印长弃的身体就每况愈下，从一个壮汉变成了病秧子。"

"啥原因呀，这么神奇，出轨还能得病，吓得我都不敢结婚了。"李别一缩脖子躲过了郑道的魔掌，"别打我，我有啥说啥。哥，这事儿也给你提了一个醒，以后可得小心点儿吧，小羽下手狠着呢。"

郑道作深思状："和出轨对象结婚后身体状况就开始下降，可以

理解为生活习惯或生活方式的改变带来的不适应，多半会体现在肾、肠、胃等器官上面，而不会是心脏。心脏的问题，多和情志、情绪关系比较大。"

"印长弃的肾、肠胃都没有问题，我检查过了，他就是有心脏病。"何书回答了郑道的疑问，"不过他的肠胃表面上没有问题，但消化功能偏弱，所以才很瘦。他年纪还不大，身高一米八多，体重才六十多公斤。"

是有点儿瘦，以印长弃的生活条件，不应该是营养不良饿瘦的。郑道想了想，忽然问何小羽："如果有一天我突然死了，你怎么办？"

何小羽正在走神儿，蓦然一愣，咧嘴一笑："还能怎么办，自首呗。"

郑道的脸顿时就拉了下来，不过又一想，好歹比喂武大郎吃药的人强，还知道自首，可见还有一点点良心。

余婵长出了一口气：吓死我了，还以为被发现了呢。又一想，不对呀，卢西东的话是什么意思，是暗示她如果出轨的话，不仅会得病，还会死？真的假的？她想起了郑道可以把脉诊断出轨的本事，趁人不注意偷偷将双手背到了身后。

"邱浣呢？她身体没事儿吧？对了，她的前夫是谁？"郑道越听越觉得背后的故事大有隐情。

"她没事，身体特别好，和余婵有得一比。"卢西东故意使坏，下意识又看向了余婵，"邱浣的前夫是谁还真不清楚，给人的感觉她好像是凭空冒出来的一个人，没有过去和亲人，只知道她曾经结过婚，又离了。然后印长弃就疯狂地爱上了她，说什么也要抛弃发妻和她结婚。"

"他们有没有孩子？"郑道知道天冬集团的状况，是因为和杜葳蕤是同学。了解意诚集团的一些事情，是由于和卢非同是同学。但对起家于石门、业务遍布全国的长生集团基本上是一无所知，毕竟各大集团公司的家事离他还很遥远。

"他们有一个儿子，不怎么在国内，叫印远在，曾经和哥哥关系很好，后来不知道什么原因疏远了；是一个文艺男青年，身体游荡在欧洲，心灵放荡在文艺复兴的时代，不工作不接班长生集团。"卢西东故作高深地摇了摇头，"都说文艺女青年这种病生个孩子就好了，你们谁知道文艺男青年的病，该怎么治？"

"文青女开咖啡馆，文青男开民宿，病就都会好了。"李别咧嘴大笑，"真是闲的，有这么大的产业不继承，天天乱浪荡个什么劲儿，就不能干点儿正事？最不济，也要孝敬父母。印远在是吧？败家子、白眼儿狼、人间败类、渣男！"

"戏过了呀，关你屁事。"何小羽立刻踢了李别一脚，"现在关键不是印远在的问题，是印长弃和邱况的爱恨情仇。你想呀，从冬营案到特斯拉案再到何书案，我们破了第一个介入了第二个，并且第二个还获得了突破，如果现在能在何书案上再有重大发现，我们就是市局成立以来首次还没有转正就连立三功的传奇人物。"

"你们别想抓我，我就是死，也不会跟你们回去。"何书站了起来，后退几步，"你们要是逼我，我就跳下去。"

他后面几米开外，就是一处悬崖。

"坐下，在事情没有弄清楚之前，没人抓你。"郑道哄小孩儿一样冲何书招了招手，"重大发现以及破案，是指弄清事情真相。如果你没有杀人，我们就是在帮你恢复清白。说吧，你和印家到底是什么关系，让你不图名、不图利飞来石门为印长弃做手术，背后到底发生了什么？"

"我不认识印长弃，只认识印远在。为印长弃做飞刀手术，也是我职业生涯中的第一次。"何书又懊恼了，双手抓住头发坐了下来，"我太笨、太蠢、太轻信人了，怎么就信了卢非同的话？"

果然源头还是在卢非同身上，怪不得卢西东这么积极主动。郑道站了起来，原地走了几步，这么说，确实如卢西东所说，当年何书和卢非同有"不可描述"的过节儿了？

"能打动你的事情不多，让我猜猜……"郑道化了装，老神仙的模样和从容让他感觉思维的广度拓宽了不少，"卢非同抛出的条件包括你们以前的事情一笔勾销，可能还有印长弃是罕见的病例，如果治好了，可以大大提升你在业内的地位。除此之外，应该没有别的了。"

"卢非同和你说的吧？"何书震惊之下掰断了一根树枝，他激动之下拿树枝指向郑道，"是不是你也参与了这件事？你和卢非同是同学，肯定是你们联手算计我。你还和他妹妹搞在一起，你们……你们组团欺负我、欺骗我，对不对？这个群里，你们都是托儿，就我一个人是苦主。"

好吧，苦主都出来了。郑道摸了摸脸："你看我哪里长得像坏人？我要欺负人从来都是明着欺负，也不会组团，一个人收拾你绰绰有余了。既然我猜对了条件，你具体说说经过。"

何书忽略了郑道所说一个人足够收拾他的部分，他不是装，是真没过脑子，现在他的脑子里全是整个事情的前因后果。

在卢非同请他来石门为印长弃手术时，他是一口拒绝的，不管是金钱还是给印长弃做手术的意义，都没有足够打动他的地方。卢非同也没勉强，随后，印远在打来电话，再三恳求他出面为父亲手术。

何书和印远在曾经在石门有过短暂的交集，尽管交情不深，他对印远在的印象还算可以。不过印远在动之以情、晓之以理的劝说依然没能打动他，让他愿意破例"飞刀"。他只答应印远在，如果印长弃来京城到他所在的医院就医，他一定为他主刀，并且优先安排手术。

石门离京城不远，印长弃的病又不是不能乘车，更不是付不起在京城看病的医疗费，为什么非要请他过去"飞刀"呢？何书不理解。他不破例"飞刀"的原因，一是医院确实有相关规定，二是他不愿意去陌生的地方做手术——从麻醉师到助理再到环境，都不熟悉，配合起来不够默契，环境也影响心情，进一步就可能会影响手术的成功率。

三天后，正当何书以为事情已经过去时，印远在突然出现在了他的面前，和他一起的还有卢非同。

卢非同和印远在亲自来京城登门拜访，印远在除了重申希望何书前去石门为父亲做手术之外，还着重强调了父亲不能来京城的苦衷——有大师为父亲算过，说父亲今年不宜出行，北方不利，所以父亲不敢离开石门。虽是迷信，但他父亲就是信这些，他怎么说都不听，希望何书理解父亲的愚昧，体谅他的孝心。

何书不知道印远在是怎么认识卢非同的，也未多想。石门不大，有些圈子更小，长生集团和意诚集团多有业务往来，二人相识也在情理之中。

卢非同自称欠印远在一个人情，又被印远在的孝心感动，特意陪他前来请何书出手。他言辞诚恳、态度谦卑，先是盛赞了何书的医术，又强调印长弃的病情十分罕见，即使是放在医学史上，也是值得研究的病例。正是因此，他才希望可以由何书主刀，且不希望印长弃来京城——一旦被业内的许多名医、大医知道了印长弃罕见的病情，别说能轮到何书主刀，说不定何书连当助理医生参与手术的资格都没有。

如果这么罕见的病例由何书一人主刀并且治愈，就足以奠定何书在业内的地位。所以印长弃不管出于什么原因不想来京城做手术，对何书来说都是千载难逢的机遇。

何书被说动了，有些特殊病例确实可遇不可求，遇上了就是机缘，甚至可以在医学史上留下浓墨重彩的一笔。对于一个毕生追求医术的医生来说，每次成功做一台高难度手术都是对自己的一次挑战。他现在虽然小有名气，被一些人抬举为"心脏一把刀"，但在名医云集的京城，他不管是资历还是职称，都还有很大的提升空间。

如果说成名成家只是卢非同抛出的第一个打动他的条件，那么当卢非同提出第二个条件——如果他答应"飞刀"，他和他以前的恩怨就可以一笔勾销时，何书纵然努力克制着激动，心里却已翻江倒海。他和卢非同多年的积怨，如果真的可以就此揭过，也算了却他人生中困扰已久的一桩大事！

/第二十六章/　完美不美，至善不善

"你们到底结了什么仇，这么多年还过不去心理关？"李别揉了揉鼻子，闷声闷气地问道，"你看我和道哥，如果我们有了什么矛盾，最快三天，最短三分钟，就化饼干为蛋挞了。"

"你说啥？啥饼干啥蛋挞？"卢西东迷惑了。

"他是说化干戈为玉帛……"郑道捂住了脸，假装不认识李别，"义务教育的漏网之鱼、素质教育的惊弓之鸟、高等教育的残次品李别同志，语文从会写拼音到今天，从来没有考及格过。"

"不对不对，你记错了，哥——"李别一本正经地纠正郑道，"我高考时和警院毕业考试时，都及格了。看你说的，要是次次不及格，我还配当你哥们儿？关键时刻不能掉链子。"

"你说的卢非同很符合我认识的卢非同，相信你没有说谎。"卢西东背着手低着头，来回走了几步，沉思的样子好像一个老太太，"然后你就来了石门，为印长弃主刀，结果出现了医疗事故，当晚家属没说什么，还放你回家了，结果第二天一早邱浼报警说你故意杀人……这中间，还有没有印远在和卢非同什么事儿？"

"没有。我答应他们之后，他们就回石门了。后来约定了手术的具体时间，他们要专程派车过来接我，我没让，自己坐高铁过来的。从下了高铁到出事，我就没有再见到过印远在和卢非同，也没有任何形式的联系。"何书回忆了一下，"你这么一说我倒是想起来了，从手术到出事再到我逃跑，印远在和卢非同都没有出现，完全消失了一样。"

"符合卢非同的做事风格。"卢西东坐回石头上，低着头闷了一会儿，"我好了，没问题了。郑大夫，你好了吗？"

郑道还没好，推演起来，如果何书的话是真的，那么基本上可以肯定他是被卢非同算计了。印远在是卢非同的帮凶还是不知情者，他不好判断——他不认识印远在，不了解他的为人。但对于卢非同，郑道再熟悉不过了，几年的大学同学，早就让他看清了卢非同的手腕和处世风格。

卢非同属于温文尔雅的类型，脸上始终挂着淡然的笑意，无论对谁说话都彬彬有礼。在学校，人人都知道他是意诚集团的大公子以及唯一的接班人，他却从来没有在任何人面前表现过高高在上的姿态，不管是仰慕他的人，还是巴结他的人，他都一视同仁。

大学几年下来，他圆润有余、方正得体的处世风格为他赢得了极好的名声。几乎无人说他坏话。

有好名声不难，交口称赞、众口一词的好名声就很难了。大多数人都是毁誉参半，有人说好，就有人说坏；有人喜欢，就有人讨厌。能够赢得一半以上的支持，就已经是了不起的成就。据说卢非同是医科大学建校以来第一个，也是迄今为止唯一一个近乎百分之百好评的名人。

郑道作为普通人中的一员，和卢非同的关系也"很好"，从来没有发生过任何矛盾。也是，他只不过是个小人物，既然无法企及卢非同的高度，也只能仰望他的光芒。

那时，他和卢非同除了是同学之外，人生几乎没有什么交集。如果不是杜葳蕤，郑道可能在整个大学期间都无法迈入卢非同光芒四射的圈子一步——有一次卢非同举办聚会，意外邀请郑道参加。郑道不明就里，以为和每个人关系都不错的卢非同肯定邀请了很多同学，结果到了之后才发现，被邀请者只有十余人。他是十余名同学里最不起眼儿的一个。

交谈中郑道才得知，卢非同原本没有邀请他，但他一心想要邀请的杜葳蕤指名道姓希望郑道参加，并以郑道是不是参加为她是否接受邀请的条件。无奈之下，卢非同只好邀请了郑道。

聚会是在卢非同的家里举办的，也是郑道第一次见识了有钱人的快乐是多么简单，以及穷人想象中的"有钱就一定快乐吗"的真相——确实快乐！

有钱确实是有效提升快乐的最简单的方法，可如何才能变得有钱，却很不简单。

郑道并不知道自己为什么会成为杜葳蕤的"支点"，他私下问杜葳蕤为什么是他。杜葳蕤的回答让他哭笑不得："你是最好欺负的男同学中长得最好看的，是长得最好看的男同学中最穷的，是最穷的男同学中最不自卑的，所以不好意思拿你当了挡箭牌，你不会觉得我很坏吧？"

坏不坏什么的不重要，重要的是杜葳蕤围绕在他身边，笑得甜美，聊得开心，而卢非同的目光始终在他们身上盘旋，不时流露出阴郁、嫉妒和不甘的眼神，郑道的心情就莫名其妙地感到舒畅。原来当个棋子也挺有意思，哪怕身不由己，至少此时此刻的快乐是真实的。

后来，他和卢非同就仅限于点头之交了。

卢非同这么有城府的人，会因为什么事情和何书有了长达数年的过节儿？并且精心设计这么一出来陷害何书——郑道已经基本认定何书是被冤枉的。只有技术头脑的何书其实就是醉心于专业的理工男逻辑，一心只想在医术上有所突破，只想救治更多的病人，其他方面的事情并不擅长，甚至连想都不会去想。

不过卢非同和何书的过节儿不是郑道关注的重点，他还有更重要的问题要问："先不说手术过程中到底发生了什么，不是看不起你，反正你也说不清，你的关注点肯定只在手术本身上，手术之外的事情，一概被屏蔽了。我只想知道，你被抓后为什么要逃走呢？"

"我怀疑你是被人故意放走的……"郑道用怀疑的目光打量何书。

"看不起我是吧？生死事小，名声事大，在名声面前谁还没有一些隐藏的潜力爆发出来？我必须逃走才能证明自己的清白。"

何书果然与众不同，一般人都是在生死面前才会爆发潜力，何书却是重名声大过生死，是个怪人。不过，郑道还是怀疑何书能逃走的背后应该又是另外一个局。或者说，是一个连环局，目的是坐实何书故意杀人又畏罪潜逃的罪名。如果他在潜逃的过程中意外死亡的话，就是谁也翻不了的铁案了。

这么一想，郑道还没有开口说话，就见李别冲他投来了心领神会兼震惊的目光，就知道李别和他想到一块儿去了。李别站了起来，一拍大腿："何叔，你先别说话，让我神探李还原一下事情经过——你被至少两名警察带着，准备回公安局。刚出门，突然就冲过来一群人，别管什么人了，反正男女老少都有，热闹非凡。你和警察被包裹在了队伍当中，然后两名警察就被人群有意无意地冲散了。你也被人群裹挟着，和两名警察越离越远，又有人在你耳边催促你赶紧逃走，说不定还塞了一把车钥匙给你。你开着车就逃到了山里，半路上扔了车，步行上山……"

"绝对是最真实、最完美的现场回放，神了李别，好样的！"李别夸自己时毫不吝啬，还高举右手扬了扬拳头，为自己加油叫好。

何书已经震惊得张大了嘴巴，他主动上前和李别握手："警察同志，你太了不起了，当时发生的事情和你说得一模一样，你是现场导演吗？不管是不是，以后你得了心脏病，我保证为你主刀，尽全力治好你。"

"我当你是朋友，你当我是病人，滚吧，你才心脏得病。"李别骂归骂，朝何小羽招了招手，又看了郑道一眼，"哥，和特斯拉案的布局简直太像了，环环相扣。何书如果不是先遇到我们，他现在应该已经掉下悬崖摔死了。我敢肯定，他开的车里有定位系统。"

"车扔哪里了？"郑道看了看表，"从你下车到现在，过去多久了？"

"车停在五公里开外的地方，从主路拐下去有一条隐蔽的小路。应该已经过去四个多小时了……"何书也意识到了事情的严重性，"你们的意思是，他们有意安排我逃走，再追捕我，为什么呀？"

/第二十七章/　律人先律己，治病先正心

"真是笨得可爱，我都不知道该夸奖你诚实正直，还是该嘲笑你天真可爱。"何小羽都忍无可忍了，一般有郑道在的时候，她很少发表评论，她就喜欢听郑道高谈阔论，哪怕是吹牛、忽悠也足够帅。

"你一跑，就会被通缉追捕。在追捕你的过程中，你慌不择路被掉下了悬崖，死无对证，你故意杀人罪就被定死了。你这一'死'，不但白死，还落个坏名声。"

"谁这么坏，往死里坑我？我吃他家饭、喝他家水，还是睡他家床了……"何书突然暴怒，大骂起来，骂到一半愣住了，"卢西东，这一切是不是都是卢非同安排的？他表面上要和我和解，恩怨一笔勾销，其实他还是想报仇雪恨，想要我死，对不对？"

"无可奉告！"卢西东双手一摊，一脸淡然，"他是他，我是我，我们是两个独立的个体。他做什么不会告诉我，我做什么也不必向他汇报，所以说，不骗你、不逗你、不唬你，真不知道。"

余婶现在已经接近大脑死机的边缘，她跟不上几人的推测，也理解不了到底发生了什么事情，只是目光呆滞地问："现在怎么办？郑大夫，你得救救何书，你不能见死不救，你是大夫……"

哎，大夫是治病救人的，不是破案救人的，完全是两码事好不好？郑道知道跟余婶解释不清大夫和警察、心理医生和神棍的区别，只好安

慰她说："甭担心，婶儿，有实习警察李别和小羽，还有人漂亮心好的卢总，再加上我这个半吊子医生，我们会帮何书洗脱罪名的。"

李别将头一扭："哥，你说了算，我不做主。"

何小羽点头微笑："你是带头大哥，我是你的小兵。"

卢西东背起双手："毕竟是医疗事故，还得郑大夫冲锋在前。放心，我绝对不会拖后腿，说不定还会为你摇旗呐喊。"

一群不中用的家伙，没有一个人勇于担当、敢挑重担，都往后退。郑道只好硬着头皮先上："这事儿很麻烦，既然有人设计了这么精巧的一个局，肯定每一个环节都考虑到了失误之后怎么补救，当务之急就是先保证何书的人身安全。"

"郑大夫，你帮了何书，我保证介绍一百个广场舞大妈给你认识……"

郑道吓得连连后退。

"都过来找你看病，一个人收费一千块就是十万块。"余婶拍了拍胸膛，"我还可以让你加入我们全市的广场舞组织，让你在几天时间里成为广场舞大妈的专属心理医生。她们都关心老伴儿的身体，都想让你把脉看看他们有没有出轨……"

能不提这事儿吗？郑道感觉快要不行了，捂脸说道："婶儿，别说了，帮，一定帮！"

"我住山洞就行了，这里不会有人发现，除非你们当中有叛徒向人通风报信。"何书回身望了望山洞，"等风声过后，我再回京城。"

这孩子病得不轻，都什么时候了，还有一颗童心。郑道上前拉过何书："住个屁山洞，赶紧走，再不走就有人摸上来了。"

"晚了。"何小羽脸色一变，支起耳朵朝林中望了几眼，"有人来了，至少三个人。"

李别同时也察觉到了，他一猫腰一弯身，看似笨拙的身子却轻灵如猫，隐没在了树丛之中。

卢西东不慌不忙捡起一块石头，扬手扔了出去："打死你，我是哪吒葫芦娃！"

郑道没心思计较哪吒葫芦娃是个什么东西，就听见树丛中"哎哟"

一声惨叫传来。咦，卢西东是真扔得准还是误打误撞？

何小羽脚尖挑起一块石头，一脚飞出，石头疾飞没入树丛，又一声惨叫传来。

小羽肯定是瞄准了，她从小就喜欢踢石子儿打人、打可爱的小动物，贼准。

"一共三个人，都跑了。"李别灰头土脸地从树丛中钻了出来，"一个个跑得比兔子还快，我又不是远志，追不上。我踢翻一个，小羽砸中一个，还有一个是被道哥收拾的吧？"

"不是我，是卢总。"郑道以肃然起敬的目光向卢西东致意，"卢总深藏不露，技能多多，以后应该还可以看到卢总更多的技能。"

卢西东连连摆手，一副受惊的小白兔模样："我就是瞎扔的，真的，也不知道怎么就砸中了，运气好，手气好！别的就不会什么了，郑大夫以后可以教我。"

"他们是什么人？"何书知道怕了，声音颤抖，很清楚如果不是郑道等人在，他基本上已经没命了，"他乡不能住了，我要回京城。"

"不能回，你回京城的路肯定也被堵死了。"郑道紧皱眉头，对方来得好快，说明对方早就算计好了一切，而他作为一个变数突然介入，打乱了对方的部署。对方重新调整策略对付何书，只不过是时间问题，而且还会是很短的时间。

虽然对方的手法和特斯拉案极其相似，但郑道不敢肯定就一定是出自同一个人之手。如果真如何书和卢西东所说，卢非同亲自上阵拉何书入局，必然也已经想好了全身而退的方法。现在所有的疑点都指向卢非同，但没有任何证据可以证明卢非同参与其中。

破案如治病，每个案件就是一种疑难杂症，在找到原因之前，无法开出对症的药方，就只能先服用一些增强免疫力和抵抗力的药，提高身体机能与病菌的作战能力。

还要休息好，保存体力。所以当下最要紧的就是藏好何书，不让他被人抓住。

郑道看向了李别，二人心意相通。李别立时点了点头："哥，我有隐蔽的地方可以金屋藏娇，不，木屋藏书。"

不行，郑道随即又否定了自己的想法。何书藏身在李别的秘密据点也不安全，而且李别是警察，这么做会让他背负隐匿犯罪嫌疑人的过失，他又看向了卢西东。卢西东眼神躲闪片刻，一咬嘴唇："知道你不会饶过我，行，我负责安排藏好何书，不让他被人发现。但你得答应我一个条件……"

/第二十八章/　见龙在田，利见大人

"兼职专职心理医生，年薪十二万的条件？好，我答应了！"郑道咬牙切齿的样子仿佛做出了多大牺牲似的。

"有这么坐地起价的吗？你在求我办事还涨价，郑大夫，你颠覆了我对你的认知，原来你真是一个贪财好色的人。"卢西东也咬牙切齿，似乎很是痛恨，转眼间又笑逐颜开了，"不过，我就喜欢你这种虽不残暴但变态、虽变态但又不神经的作风。"

他有这么复杂吗？郑道摸了摸脑袋，他单纯地喜欢钱而已，有错吗？他可是有孩子和猫狗一大家子的人，他要养家糊口，不赚钱怎么能行？

"差不多得了，我还在眼前，打情骂俏别太过分了。"何小羽推了郑道一把，又压低了声音，"我知道你在演戏，也知道她在逗你，但你得把握一个度，别让我想多了，行不行呀？"

行得行，不行也得行。郑道在何小羽面前保持男子汉大丈夫形象的时候多，但服软、遵从内心的时候也不少，他立马点头："小羽，那你觉得安排卢西东来藏好何书是不是妥当？"

"你说了算，我才懒得操心，我只管破案。"何小羽眉开眼笑间将难题甩给了郑道，她继续她的三不政策——不管，管就是麻烦；不问，问就是大坑；不决定，决定就是责任。

余婶却不同意让何书跟卢西东走，原因是卢西东作为卢非同的妹妹，很有可能会出卖何书。郑道只好耐心地解释一番，卢西东如果想要出卖何书，不管她是不是帮何书藏匿起来都会出卖。如果她同意帮忙把何书藏起来，她就和他们是同一条船上的人，就没法儿再下船了。

"还是郑大夫厉害，对，就得让她上了我们的贼船，她才不会通风报信对吧？"余婶将郑道拉到一边，"郑大夫，你开一服药让她吃下去，只要她不听话、说瞎话背叛我们，就会药性发作七窍流血，她肯定就不敢了。"

成人童话——武侠片观看过多的后遗症，联想到余婶的年纪和见识，郑道理解了余婶对卢西东"善良而充满善意"的关爱，他十分赞同余婶的主意，但还是明确地拒绝了她。

何书对跟卢西东走、被她安排地方住没有意见，他比余婶看问题更深入一些，也清楚如果卢西东想要向卢非同通风报信，他们也阻拦不住。既然郑道相信卢西东，他也只能选择相信她。

反正人生不管相信谁不相信谁，都是一次赌博。

几人绕道下山。手机一有信号，卢西东就收到了救援队的电话。卢西东让救援队拖走坏车，留下一辆七座的好车。依然由卢西东开车。

"没关系，郑大夫，我不记恨你，我大方着呢。知道你没那么信任我，总觉得我隐藏了很多技能。早晚你会知道我是一个什么样的人，都有什么能力。"

卢西东一路上就说了这么一句话，然后就认真地开车。

车没进市，从三环路沿绕城高速公路一路朝北进发，一个多小时后，来到了一处山村。

山村很古老，没有几户人家，都是石头房、石头墙和石头路，连桥都是石头搭建的，是纯正的、原生态的石头村。

卢西东轻车熟路，把车停在了村口的大柳树下，带领几人来到了一户人家。推门进去，院子干净整洁，房间简单朴素，生活设施应有尽有。

"这是以前我资助的一个大学生，家里只有一个奶奶。后来她出国留学，奶奶不在了，房子就留给了我。我平常也不来，就托人照顾打扫。何医生，你安心住下就行了，住多久都没问题。这里除了我知道，就只有你们知道了。"卢西东翻了翻身上，"哎呀，没带现金。郑大夫，你有没有钱给何医生留一些？"

不提钱咱们还是好朋友，郑道还没有来得及假装翻兜以证清白，余婶就大气地掏出了身上所有的钱。

其实也不是我们几个小气，主要现在是移动支付的时代，只有老年人身上才带现金，对吧？郑道如此安慰自己。不过想想手机钱包里面显示的两位数，心脏还是不争气地哀怨了半秒钟。

"最近不要用手机消费，现金……比较安全。"李别特意提醒了一句，他也不知道何书的案子上升到了什么级别，是不是手机已经被监控，反正小心无大错。

"知道，知道。"何书安定了几分，对现在的处境很满意，"谢谢你们的帮助，以后你们有病或是亲朋好友病了，我一定——"

"再见！"众人异口同声，转身就走。

天，慢慢黑了，整整折腾了一天，郑道才想起来还没吃饭。几人回到市里，找了个地方随便吃了一口饭，就回到了善良庄。

一号楼居然没有亮灯，不对呀，老何头儿怎么会不在家，又带孩子出去玩了？郑道和何小羽也没多想，在院子的树下支起桌椅，请卢西东、李别和余婶坐下。郑道烧水，小羽上楼拿茶叶。

"嘭！嘭！嘭嘭嘭！"有人砸门，用力地砸，感觉和门有深仇大恨似的。

余婶开门，门口站着何黄汉。何黄汉脸色铁青，冲余婶点了下头，径直来到郑道面前："快跟我走，何老一快不行了！"

怎么都变得这么敏感而脆弱了，出什么事了，这么一惊一炸的？何不悟可是能活到大结局的角色，他能出什么事情？

"孩子没了，何老一坐在路边就哭，拉不动、哄不好、丢人丢到黄河的那种！"何黄汉沉重地拍了拍郑道的肩膀，"你赶紧过去劝劝他，他寻死觅活也没用。"

什么叫孩子没了？郑道直接过滤了何不悟的哭。

何小羽正好下楼，手中的茶叶失手掉到地上："你说啥，何伯？孩子怎么啦？什么叫没了？"

118

郑道这才感觉到不对，心中如同被人挖了一刀，不，是一刀穿心，他喘不过气直不起腰："何伯，孩……孩子咋啦？"

不知不觉间，孩子已经铭刻在了他的心里，成了他的心头肉，再也无法割舍。一动，就是钻心地疼。

"孩子失踪了，不知道是走丢了还是被人贩子抱走了，只一回头的工夫就不见了……可怜的孩子啊，才那么小。何老一当时就吓傻了，坐在地上起不来了。"何黄汉语气沉重，他是真的替两个孩子惋惜，另外也是因为何不悟失魂落魄的样子太吓人了。

"孩子这么小，谁冲孩子下手谁就是挨千刀的……我掐死他！"卢西东咒骂道。

"咣当——"郑道手中的水壶掉落在地，打了几个滚。远志惊叫一声，蹿了过来，围绕郑道叫个不停。

手机忽然响了。郑道有几分恍惚，但他现在根本没有心思接电话，正要挂断时，念头一动，又觉得这个电话来得不早不晚，必定和现在发生的事情有所关联。

郑道在接听电话时，蓦然想起早上何不悟说他神不守舍的话，更有了几分懊恼，为什么他没有在病情未发之时就能察觉到端倪的本事？

"郑道，我是杜天冬，"电话中，传来一个微显苍老却沉稳有力的声音，"是你爸的老朋友，我比他小一点儿，你可以叫我一声叔叔。明天上午，我过去看望你和孩子。是时候该见一面了，也是时候该谈谈我们之间必须面对的事情了。"

《黄帝内经》云："阴阳者，天地之道也，万物之纲纪，变化之父母，生杀之本始，神明之府也，治病必求于本……"郑道抬头望天，夜空繁星点点，隐约可见银河已经变成了南北方向。

盛夏到了，阳极而阴弱，阴阳平衡被打破，天地变季节，阴阳转换时，人就容易生病。

虽说从老爸离开的那一刻起，平衡就被打破了，但直到此时此刻，被打破的平衡才开始阴阳失调。郑道知道，他人生中的第一场磨难或者说重大转折，就要来临了。

/第二十九章/ 物生谓之化，物极谓之变

善良庄临三条主干道，除了东面的善良路是小路之外，西面、南面和北面都临的是大道，尤其是北面所临的富裕街，更是全市知名的五条主要街道之一。人流、车流十分密集，到了上下班高峰期，堵车是家常便饭。

善良庄的北门正对着车水马龙的富裕街，此时，北门门口被围堵得水泄不通。不知道的人还以为发生了什么大事，走近一看才知道，不过是一个老头儿抱着门口的一棵梧桐树在放声大哭。

老头儿哭得很伤心，顿足捶胸、鼻涕横流，所有语言都不足以形容他的悲痛欲绝。只是说来也怪，围观者虽然都觉得他可怜又可叹，但就是无法共情，无法生起怜悯同情之心。这或许和他过于滑稽的哭相以及微显逗趣的长相有关，酒糟鼻、鸡窝一样的头发、肥胖的圆脸，无一不透露着喜剧明星的气质。更不用说他像猴子一样紧紧抱住一棵胳膊粗的梧桐树，一把鼻涕一把泪，还不时把鼻涕抹在树上的动作有多么不堪入目。

郑道等人赶到时，围观的人群足足有上百人，可算是把人丢大发了。何小羽气得想要上前踢何不悟一脚，被郑道拉住了。郑道有几分沉重的心情差点儿被何不悟的样子逗乐了，只是孩子失踪终究是天大的事情，他强忍着没有笑出来。

李别和卢西东对视一眼，二人默契地配合，开始连哄带吓驱散人群。余婶和何黄汉也加入了进来，四人出手，人群很快散去了大半。其实，主要是卢西东的一句谎话起到了作用："快别看了，他得了传染病，可以通过空气传播，只要在离他三米之内的地方待上十分钟，被传染的可

能性就是百分之百，得病后，会天天抱着树大哭。"

大多数人都信了卢西东的邪，跑了一大半，都觉得这么漂亮、可爱、说话细声细气的姑娘不可能说谎骗人。

人群一散，何不悟的哭声就弱了下来，待看到郑道和何小羽围了过来，他一刹那止住了哭声，一抹眼泪一擤鼻涕："孩子丢了，我也不活了……"

郑道冷静地问："叔，你有三分钟时间交代事情经过。交代清楚了，随便你要死要活。"

何小羽叉腰站在了何不悟的身后，双眼通红："老何头儿，你别死，要死也是我先死！"

"我不敢了，我错了！"何不悟又要哭，被何小羽一巴掌拍在脑袋上，顿时站直了身子，"我说，我全说。"

上午，何不悟带孩子去了一趟天际幼儿园。杜无衣不太喜欢，杜同裳表示可以先试一试，主要是有许多小朋友让她觉得新鲜好奇——和杜无衣喜欢安静不同，她喜欢热闹。

在何不悟的哄骗下，杜无衣也慢慢接受了上幼儿园的事实。下午，何不悟又带着孩子过来适应一下环境，同时观察周围。

之前一连几天，何不悟都以带孩子来玩耍为由在周围转来转去，其实是为了熟悉环境，同时也为了仔细了解一下天际幼儿园附近的设施，以防万一。

下午快五点时，何不悟带着孩子回家，决定明天一早正式送孩子来上幼儿园。虽说现在让孩子上幼儿园不用多久就又要放暑假了，但他就是想马上让孩子入园——舍不得孩子套不住股份和现金啊。据他推测，杜天冬差不多也该露面了。

虽然何不悟很爱孩子，让他拿孩子去交换股份和现金，他不会同意，但如果拿孩子去召唤股份和现金，他还是没有意见的。

主要也是因为何不悟心里赌着一口气：杜天冬装什么大尾巴狼，两个亲外孙扔他这里这么多天，连个面儿都不露也就算了，一个招呼都不打就太托大了，而且……连钱都不打过来一分！

是，您现在是高高在上的天冬集团的董事长，就算您和别人一样富易妻、贵换友，不再和他这个当年还没有发家的穷伙计联系也没什么，假装不认识他也没事，但现在明明是您有求于人，还摆着一张臭脸给谁看？别以为我不知道您当年都做过什么！

既然您借孩子来拉郑道下水，那么我也得帮帮郑道这孩子，他年轻、善良、单纯又拘谨，就由我这个没脸没皮的老家伙和您玩玩心眼儿，看看谁更沉不住气。

何不悟对孩子是真爱，对杜天冬也是真气。

他带着孩子到了善良庄北门时，杜无衣非要吃烤红薯——上次郑道带他吃过一次，一直念念不忘——何不悟最怕孩子哀求，就过去买了一块，一分为二，无衣和同裳一人一半。

何不悟要用现金付款，摊主不乐意，非要让他用移动支付，省心省力还不用找零。何不悟翻出手机打开微信支付的时候，听到身后孩子惊叫了一声，回身一看，孩子就不见了！

"两个孩子同时不见了？就在你眼皮子底下，离你只有十几米远？"何小羽气得都哆嗦了，"老何头儿，你真够可以的，怎么能笨成这个样子？我能长这么大，小时候没有被偷走，我谢谢你的不丢之恩呀。"

现在不是和何不悟计较他多笨多蠢的时候，郑道回身看向了烤红薯摊点。摊点位于善良庄北门的西侧，支在一家名叫宏越小卖部的门口。老板何宏越也是善良庄的居民，五十多岁，一向老实巴交的。

小卖部不大，就卖一些日用品和烤红薯，来往的客人基本上都是善良庄的居民。东边是善良庄的大门，西边是一家洗衣店和一家理发店。它就和小区门口的大多数店铺一样，毫无特色，也毫无出奇之处。

宏越小卖部门前视野广阔，穿过便道后就是梧桐树林。梧桐树林沿富裕街东西分布，长五公里，宽五六米，也算是石门难得的一道绿植带。

能在转眼工夫抢走孩子，必然经过精心谋划。梧桐树林里不可能藏人，树林长是长，但横向太短，树木分布又极疏。洗衣店和理发店也都是善良庄居民的产业，不会也不可能藏人，他们都认识何不悟，也认识无衣和同裳。

难道是从北门进入了善良庄？

一瞬间，无数个念头从郑道脑中闪过，他的目光从宏越小卖部和北门的监控上面一扫而过。

"摆设，摄像头都是坏的，我问过了，早就不能用了。"何不悟坐在地上，又用力抹了一把眼泪，伤心的样子不是装的，不过他眼中闪过的一丝狡黠和得意没能躲过郑道的眼睛……

第三十章 急则治其标

郑道联想到何不悟以前的种种表现，以及他刚才声嘶力竭的痛哭中有过度渲染和夸张的成分，他蓦然想通了什么。他迅速扫了人群一眼，果然，人群中有好几个熟悉的面孔，竟然还有曾自欢！

"叔，掌握好火候，别演砸了。"郑道假装弯腰扶起何不悟，在他耳边小声说道，"孩子被谁抢走了，又藏在哪里，你确定不会失控？玩脱了可就麻烦大了。"

何不悟故作有气无力，挣扎着站起又坐在了地上，声音极低："火候还不到，我再演演，该来的人还没来。"

郑道心里的一块石头落了一半，不再悬于头顶，却还浮在半空："叔，先给我交个底，孩子在哪里？"

"不知道。"何不悟的回答倒是干脆而无赖，"知道孩子在哪里，我还用这么卖力地拿自己当猴耍？当叔的脸不是脸？"

郑道心里既恨得牙根痒，又心酸何不悟的自我作践。他微微沉思片刻，明白了什么："孩子肯定是丢了，偷孩子的人的同伙就在人群中看戏，孩子还没被转移，就在附近。揪住了他的同伙，就等于找到了孩子，对不对？"

"知我者，小道也。有时想想让小羽嫁给你也没什么不好，穷是穷点儿，但最懂我，脑瓜子好使，一点就透。"何不悟微微点头，目光在人群中快速扫了一遍，"坏蛋就在人群中，是谁我摸不准，肯定没走，我刚才的表演好多人在录视频，应该是向主子邀功用。"

这个老何头儿也太让人无语了，不着调、不靠谱儿，这种事情能只凭推测吗？郑道既可怜同情他，又难过痛恨他，不过还是大度地原谅了他的所作所为。有时候，有些看似不着调、不靠谱儿的做法，也许恰恰能收到奇效。

医生治病有一个原则——"急则治其标，缓则治其本"。就是说急病先治表面症状，先减轻疼痛保住命，再讲治本。而慢性病由于不会立刻要命，却可以从缓，慢慢治本。

还有一种病，不管中医还是西医都不知病因，就只能有一个办法：调常！所谓调常是指把基础指标调到正常了，让身体的生机恢复，气机趋常。等人体本来的生命力上来之后，就能把这个病给化解掉。

其实，任何病都是这样的。

眼下孩子突然丢失，只能采用"急则治其标"的手法。何不悟的"一哭二闹三上吊"虽不雅观，也很丢人，却有奇效。至少在人群中除了曾自欢，还有两三人从神态到举止，郑道一眼就能看出他们并不是纯粹的"吃瓜群众"。

真正的"吃瓜群众"会专注于"吃瓜"：神态安详，眼神单纯，脸上带着微笑，不管是假笑、嘲笑，还是幸灾乐祸，只是为了开开心心地"吃"一顿"大瓜"，以弥补生活的无聊和沉闷。而曾自欢这类人，眼神飘忽、神情恍惚，脸上挂着假笑，身体紧绷，做好了随时逃跑的准备。

"我不活啦，你身残志坚长得像车祸现场，干吗偷我孩子不偷我鼻涕……"何不悟手舞足蹈，再次开始了表演，眼泪汹涌如河，表情痛苦得如上厕所不够通畅，"干啥啥不行，偷偷摸摸第一名！你长得那么有创意，活着全凭勇气。你比猪还有气质，比苦瓜还败火。你爹妈要是还有能力，趁早再生一个吧，你这个大号算是练废了，让他们赶紧养小号……"

围观的人群终于忍不住爆发出一阵哄笑。

"呵呵——"曾自欢也笑得没心没肺，还笑得特别响亮，他躲在一个高个子后面，踮着脚举着手机录视频，"叔，你是让我同情你哭呢，还是该配合你笑？"

郑道分开人群，怒气冲冲地转身离去："哭，就知道哭！哭顶个屁用！如果哭能换来成功，你现在早是亿万富翁了！"

余婶愕然，指着郑道的背影对何黄汉说道："他……他不管何老一了？这时候能不能别耍小孩子脾气？"

何黄汉负责维持秩序，不让人群由于过于拥挤而出事。他摇头叹息一声："小郑大夫还是太年轻气盛，遇到这种事儿，就算是何老一的错，也不能怪他，他比谁都难受！现在不是和何老一算账的时候……不行，得叫住他，别让他冲动之下做出傻事！"

余婶在回善良庄的路上，已经打电话告诉了何黄汉，郑道一行人帮助何书安顿了下来，何黄汉由此对郑道的好感再次上升了十个百分点。

何书的事情，让何黄汉既焦头烂额又无比愤怒！因为他才知道，原来和他称兄道弟看似亲密无间的合作伙伴，丝毫不念及和他多年的交情，对何书下手之狠，完全就是一刀致命！

都说女人间的情谊是塑料姐妹花，而男人之间的友情何尝不是纸糊的小船说沉就沉？虽然现在他不敢百分之百肯定冲何书下手的人就是他猜测的人，但除了他还能有谁？

历之用、霍达士和胡非，肯定早就事先知道了什么，却一个个的都在他面前装作若无其事，他们个个都是中老年表演艺术家！

"二狗，快拦住郑道，别让他跑了！"何黄汉喊了一声。

正好何二狗从北门出来，郑道正迎面走来。他摇头晃脑地哼着小曲，显然是刚吃饱饭出来遛食，身后跟着两只体形巨大的狗。

"嗝——"何二狗还不知道发生了什么事情，一个急刹车站住，重重地打了一个嗝儿，一招大鹏展翅，伸开双臂拦住郑道去路，"小郑大夫，哪里去？出什么事情了？"

郑道脚步不停，直接撞开了何二狗，在和他擦肩而过的瞬间，他低低地说了一句话："坏人偷走了孩子，同伙就在人群中。我从后面绕过去，你和李别、何小羽打配合，负责从正面拖住他们！"

"一个都不能少！"

郑道人已经走远了，从牙缝中挤出来的最后一句话还在何二狗的耳边和脑中回荡。

何二狗愣了片刻，感受到了郑道平静语气中的阴冷，冷不防打了个寒战，小郑大夫发起狠来这么吓人吗？像是一头凶猛的野兽。再看他的两只大狗夹着尾巴伏在地上，一动不敢动，显然是吓尿了。何二狗心中更是泛起了酸涩，甚至有一丝畏惧。

望着郑道迅速消失在善良庄的背影，他忽然产生了一种错觉——曾经温和、开朗、时刻以医者父母心自居的郑道，转身变成了身披锁子黄金甲、头戴凤翅紫金冠、脚踏追风筋斗云、手持如意金箍棒的齐天大圣……

不行，想串了，何二狗暗自懊恼都什么时候了，他还有心思想起刚看的电视剧，无衣和同裳被人偷走了。谁这么不是东西，敢动郑大夫的娃，干他全家！

今天，我要真真正正地当一次英雄，谁怕谁！

从今以后，我要让这善良庄，再也没有人敢叫我二狗子！"呸"，何二狗朝手心吐了一口唾沫，攥紧了拳头，大踏步冲向了人群。

/第三十一章/　以战止战

在场众人中，除了何不悟，还有何小羽和李别立刻明白了郑道为什么要开溜。这么多年的相处，郑道一张嘴，他们就知道他要打什么类型的喷嚏。虽然他们不是很清楚郑道具体要做什么，但深信郑道肯定不是逃跑——以他们对郑道的了解，遇到事情时，郑道向来只有两个选择：不是打回去，就是坑回来。

既然没打，肯定是坑。

李别和何小羽迅速交流了一下眼神，二人当即就有了共识。

何不悟倾情一哭，声若雷滚，人群就又躁动了几分。李别和何小羽兵分两路，一左一右冲入人群，多年形成的默契让他们一瞬间只用眼神就完成了分工。何小羽对付人群中拿苹果手机正在录视频的、长得有些阴柔、个子不高、穿一条像床单一样的大裤衩的家伙。

李别则负责控制站在曾自欢身前牛高马大、浓眉大眼、长得像"跑马的汉子"的家伙。他比李别足足高出一头，并且膀阔腰圆，又一脸络腮胡子，一看就是孔武有力。

人群中，至少还有两个人可疑：一个是瘦得像营养不良的男人，三十岁的样子，脸上还长了不少青春痘以及青春痘退去后残留的色素沉淀；另一人是个二十多岁的女孩儿，文静甜美，戴一副大大的白框眼镜，像极了大多数直男心中的初恋。

不过李别和何小羽已经顾不上那么多了，只能先拿下离他们最近的可疑者。

郑道毅然决然离去的背影，落在卢西东眼中，又是另外一番情景。

卢西东站在人群中愣怔了片刻，直到郑道的身影完全消失不见，她才怅然若失地转了一个身，心中像是有什么东西破壳而出。如果说在她的心中，以前的郑道是一条蛰伏在善良庄的地龙——好吧，真名是蚯蚓——软小而无力，只能藏起来才能自保，那么，现在的郑道已经神速长大，由软小而无力的地龙成长为可大可小、能伸能屈的四脚蛟龙！等什么时候郑道头上的角长出，就可以化身为腾云驾雾、行云布雨的真龙了。

不过现在郑道跑回善良庄是怎么一回事儿？拉肚子还是尿急？呸呸呸，一个女孩子怎么总想这些不文明的行为、不雅观的动作，卢西东自责了一番。但郑道肯定不是逃跑，这家伙心眼儿多、心思快、脸皮厚、点子多，遇事从来不会逃避，他不算计别人、坑得别人倾家荡产就算是良心发现了。

郑道如果知道卢西东对他的"崇高敬意"，他肯定会连连否认，他这么善良、体贴大方又拘谨可爱的英俊医生，怎么会坑别人的家产呢？除非别人非要送上门不可，他本着治病救人以及助人为乐的出发点，才会勉为其难地同意。

"曾自欢，你过来。"卢西东回身，发现了在人群中兴高采烈得像个傻子一样傻笑的曾自欢，这个缺心眼儿的家伙怎么也在？

"卢总，何不悟太可乐了，他简直是一个哭戏天才，哭得比唱得还好听，我都快要笑断气了。"曾自欢屁颠儿屁颠儿地跑了过来，脸上的傻笑假得像劣质油画，"您最好离远点儿，人多手杂，等下万一打起来，别说伤着您了，就是碰您一下也是罪过。"

这傻子还会关心人？卢西东蓦然一怔，听出了什么："打起来？谁跟谁？你怎么知道会动手？"

"这不明摆着嘛，以郑道的性格，孩子丢了，他不找人打一顿出出气，他就不是小郑医生了。"曾自欢憨憨地笑着，"卢总不会怀疑是我偷了孩子吧？不会不会，我只对谈恋爱感兴趣，不喜欢养孩子，而且似蕊也不太喜欢小孩子的吵闹。"

说得好像何似蕊已经答应了他的求爱，马上就要和他结婚生孩子一样，现在的男人也有这么多内心戏了吗？卢西东现在没有时间纠正曾自欢的过度意淫，也知道他是有意打岔，脸色一沉："自欢，你说实话，这事儿你有没有参与？"

"我呀？"曾自欢认真地一想，随即又严肃地一笑，"我不配！"

"打起来啦！"人群忽然躁动起来，纷纷让开。

"快闪，别打着你。"

"你打错人了，不是我，没有我！"

"干吗碰我？往哪儿摸呢？流氓！"

瞬间乱成一团。

"回头再跟你算账。"卢西东顾不上许多，扔下曾自欢就冲了过去。

"卢总小心点儿，别伤着您。我们的账不着急算，我才上班没几天，还不到开工资的时候……"曾自欢跟在卢西东身后，也混入了人群中。

人群乱成了一锅粥。

何小羽比李别先出手，不是她动作比李别快，而是李别在面对"跑马的汉子"时，迟疑了一下，犹豫着从哪里下手比较好突破时，何小羽已经一拳打在了"花裤衩"的肚子上。

"老子拼了！"李别不愿意承认自己其实有几分怯场，毕竟和何小羽面对的"花裤衩"相比，他的对手太壮硕、太吓人了，就算对方站着不动被他一脚踢在肚子上，估计也不会受伤。

李别虽然有时崇尚武力，但面对明显比自己强大数倍的对手时，也会琢磨以巧取胜，毕竟谁的身子都是肉长的，打上去很疼。

李别一弯腰，左手在"跑马的汉子"眼前一晃，右手指向他的身后："你！就是你，别跑！你就是偷孩子的人贩子！"

"跑马的汉子"只觉眼前一花，到底是暴露了还是没有呢？在他犹豫时，李别的右手猛然收回，横扫、斜冲，结结实实地打在了他的左脸上。

"啪！"

"啪！"

声音清脆而动人，比鞭炮响亮，比二踢脚干脆，为什么说是二踢脚呢？因为李别正手打了他一个耳光，反抽回来时，又打在了他的右脸上。

"跑马的汉子"被打蒙了，有几分头昏脑涨，他的大脑停转了大约两秒钟，重启后立刻超频运转。他怒吼一声，燃烧了小宇宙，涡轮增压火力全开，扔了手机，伸出双手抓向了李别的双肩。

"娘嘞，敢打老子的绝世容颜，俺弄死你个鳖孙！"

坏了，打错地方了，这家伙居然是个自恋狂，早知道就踹肚子了……李别来不及反省，立马调整了战术，一侧身绕到了"跑马的汉子"的身后，一脚就踢在了他的屁股上。

和李别的偷袭不同，何小羽对付"花裤衩"是正面的、明目张胆的挑衅。她在出拳之前已经事先警告了"花裤衩"——指着他的鼻子说："我要揍你了，甫管扛不扛揍，你都别跑，越跑打得越疼。"

"花裤衩"居然真就听话没跑，不但没跑，还不还手。被何小羽一拳打在肚子上，他还愣了一愣，低头看了看自己的肚子，似乎不相信发生在自己身上的事情。随后他扔了手机，一屁股坐在地上，号啕大哭。

"妈妈，有人打宝宝，你快过来帮宝宝咬她！"

何小羽的右脚悬在半空，在离"花裤衩"的鼻子还有十厘米的距离时停下了，她不敢相信自己的眼睛："娘嘞，弱智！"

/第三十二章/ 战无不可

从善良庄北门进去，在第一个路口右转，沿十四排胡同西行，可以一直走到善良庄的西门。西门正对西二环，平常大门不开，只留一个可供人通行的小门，方便居民进出到西二环的菜市场买菜。

从西门出来，沿西二环一路北行，走大约六百米就可以到达富裕街。如果再右转，沿富裕街东行，差不多也是六百米的距离就会回到善良庄的北门。

此时，北门有人哭，有人喊，有人打人，有人挨打，简直乱成一团。

郑道站在西二环和富裕街的交叉口，往回走，可以重回西门，往前走，可以回到由何不悟领衔主演，何小羽、李别、何二狗、何黄汉、余婶等人联合主演的北门。当然，还有特别友情出演的卢西东、曾自欢等人。

郑道既没有回西门，也没有急于回北门。他所在的位置，距离西门和北门一样远，进可攻退可守，是一处绝佳的命门。

人体的命门穴位于腰部后面的正中线上，第二腰椎棘突下的凹陷处，与肚脐在同一水平线上，相当于肚脐眼的正后方。

命门被称为人的"生命之本"，是人长寿的至宝。命门下通于两肾，上通于心肺，中通于肝脾，上贯于脑部，外连经络，极其重要，是主管一身阳气的出入之门。如果在兵法上，命门穴就是一夫当关、万夫莫开的关卡。

郑道相信在如此短的时间内，对方——不管是谁，杜若也好，杜天冬也罢，甚至是不知身份的人——都不可能悄无声息地将孩子转移走，孩子目前应该还在附近。不是在善良庄内，就是在一处隐蔽的设施里面。

具体实施的人，肯定对善良庄很熟悉，不出所料的话，应该就是之前他让狗哥打听到的陌生新租户。

他有理由相信，孩子没有危险，偷走孩子的人，只是想以孩子为筹码，好在接下来的谈判中掌握更多的主动权。而以他对杜无衣和杜同裳的了解，对方能够抱走他们而不被何不悟察觉，说明孩子并没有大吵大闹。那么毫无疑问，出面带走孩子的人，是杜无衣和杜同裳认识的甚至是熟悉的人。莫非是杜若亲自出面？

郑道此时的心情从焦虑慢慢恢复了平静，只要孩子没事就好说，想怎么玩他都奉陪。但如果伤到了孩子，不管是身体上的还是心理上的，他都会让对方百倍偿还。

做人得有底线，孩子是无辜的，孩子可以当筹码，但不能当支点，更不能当被利用、摆布的工具。

命门穴是人体的关键位置，郑道现在就在整个局势的关键点上，他刚才从善良庄里穿过来时，观察了路过的房子，并没有异常，他基本上可以肯定孩子不在庄里。

善良庄看似只有四个门，东西南北各一个，实际上临街的房子都被打通，要么是小卖部，要么是洗衣店，只要有商铺，就都和内部相通，可以自由出入善良庄。等于说，善良庄实际上可以进出的大门小门不计其数，没有上百个，也有几十个。

几十个出入口，都可以让孩子随时被带进带出，无形中增加了锁定孩子具体位置的难度。郑道可以肯定的是，根据他对事发现场的观察和推测，孩子是被熟人带进了善良庄，也许是通过洗衣店，也许是砂锅店，都不重要。重要的是，孩子被带进去之后，又被带了出来。

现在，孩子多半就在他所在的位置附近，但具体在哪里，他还难以找到。

这里是交叉口的位置，退，可以再次将孩子带进善良庄而不被人察觉，不管是从西门进去，还是从他所在的烟酒店进去；进，可以迅速将孩子转移，沿西二环一路向北，不管是进入市区还是往西进入山区。

郑道没有去沿街商铺逐个询问，一是时间不够，二是不想打草惊蛇。夜色中，路边停了无数辆汽车，黑夜是最好的掩护，让他的观察与搜寻打了折扣。

路边是临时停车带，都是附近居民的车。十年前的小区由于规划，大多没有地下停车场，车位全不够用。即使是新建的有地下停车场的小区，也有不少人嫌车位太贵而不买，也不租，就将车停在小区附近的便道上。

虽然是无序停放，但时间久了，无序中也会有约定俗成的默契。周围小区都是中低端住宅，以十万及以下的汽车为主，二十万以上的车少之又少，百万豪车更是基本不见，而且大多是家用车，SUV 也有，但旅行车、保姆车、商务车基本没有。毕竟差不多都是工薪家庭，住在二环边上，房子才百十万，连车位都买不起，一个月两百元的车位也不舍得租，这样的群体，谁会买一辆上百万的奔驰商务车？

一辆奔驰商务车静静地停在十万元以下的家用车中，夜色也掩盖不了它不同凡响的光芒，如浓墨一般的黑色车身，在路灯下闪耀着迷离而诱人的色泽。过深的贴膜让车内的情形被完全阻挡，车里有没有人，无法判断。

事有反常必有妖。奔驰商务车停在了不该停的地方，就和一位西装革履的富翁来到了乡下集市一样，背后必有隐情。郑道微一弯腰，从左后方慢慢靠近奔驰。

还有十几米远时，郑道猛然站住，心生警惕，第六感袭来，让他感觉身后左后方和右后方有两个人影在迅速逼近。二人身手矫健，快如豹子，同时朝他扑来。

有埋伏！

郑道不进反退，猫下腰，猛然转身，迸发出平生最大的爆发力，快如闪电般从二人的中间一闪而过。

二人扑了一个空，同时站住，面面相觑，似乎不相信居然有人能在他们的联手下逃脱。二人只愣了片刻，立刻一左一右，又朝郑道袭来。

夜太黑，郑道看不清对方的长相，只依稀可以判断对方是两个男人，其中一个是中年人，他身上有一股凌厉的气势，既咄咄逼人，又刚正猛烈。

不对，不对，郑道打了一个激灵，如果他们是坏蛋，身上不会有如此强烈的正气。坏人如邪风，有着和周围环境格格不入的反常感，是天地交响乐的跑调。

"等下，等下，先聊聊，聊好是朋友，聊不好是对手。"郑道后退几步，想要休战，对方却不给他机会，依然一左一右夹击而来。

"我可是先礼后兵了，别觉得你们人多年纪大就能欺负我英俊年少，再不住手我可要还手了……"郑道边说边退，忽然飞起一脚，一团黑色的东西飞向左边一人，接着郑道身子一转，如陀螺一般绕到了另一个黑影的身后，一巴掌拍在了他的后脑勺上。

左边那人闪过郑道的"飞鞋"，惊呼出声："靠，噶嘛是什么玩意儿！你个瓜娃子，我修理你个锤子！"

"齐神，你没嘛事儿吧？"

这怎么又跑调又天津话、四川话混用的？郑道想笑没笑出来。齐神？刚被他一巴掌拍了后脑勺的人是小羽和李别的顶头上司齐全齐队？

这事儿闹不好了，刚才下手有点儿重，估计齐神脑后都红肿了。郑道只眨了一下眼睛，在第二下还没有眨完时就有了对策。

"李别，是你吗，李别？你小子黑灯瞎火的也不吭一声，差点儿打着你知道不？自己人不打自己人，我被你害得几乎破例。"郑道的声音压得很低，只让离他很近的二人听到，相信还有十几米远的奔驰商务车里面的人是听不清楚的。

不料话刚说完，齐神和另外一人还没有来得及回应他善意的补救，奔驰商务的车门突然打开，从里面出来两个人。那两个人一下车就如脱弦之箭，低头朝两个方向拼命逃窜。

"追！付锐，老规矩，你南我北，不是东西。"

齐神沉闷的声音在夜色中透出一股说不出的威势，又带着一丝莫名的喜感。

半路杀出个程咬金，现在又节外生枝……郑道愣在了当场，这都是嘛情况？

/第三十三章/　杀人安之

"你才弱智，你和你爸都是弱智中的战斗机！"

"花裤衩"在何小羽愣神儿的工夫，不但还嘴，还就地打滚儿，并且滚功十分了得，两个就地滚就滚出了四五米远，他一拍屁股站了起来，朝何小羽做了个鬼脸。

"别追我，追我是小狗！""花裤衩"自以为得逞，转身就跑，他相信以他的腿功，离了有四五米远的何小羽肯定追不上。让他意外的是，何小羽没有如他期望中一样狼狈而拼命地追他，反而双手抱肩站在原地，脚尖还不安分而得意地点着地，像极了打了胜仗的幼儿园大班一年级学生。

"放心，我不追你，狗追你。"何小羽冲"花裤衩"摇了摇手指，"跑，加油跑，争取拿下人狗赛跑的冠军。哎呀，不好意思，这么快你就输了！"

"花裤衩"还没有明白过来她是什么意思，就听到身后传来一声沉闷的吼叫。他下意识感觉某个部位一紧，双腿一夹，才堪堪回头一看，一只，不，两只凶猛的大黑狗犹如从天而降，一左一右朝他扑来。

"俺的娘啊！""花裤衩"的惊叫犹如暗夜中的流星，惊艳而灿烂，他扑通一声摔倒在地，两腿之间立时有一股热流汹涌奔流。他紧闭双眼，高举双手："俺投降！俺认输！好男不跟狗斗！输给狗不丢人！"

何二狗的两只黑狗围住"花裤衩"来回走动，还不时低吼，十分尽职。

何二狗得意扬扬地冲何小羽摆了摆手，笑得很贱、很欠揍："小羽，对付这种东西不用动手，动狗就足够了。别怕，有狗哥在，在善良庄的一亩三分地上，除了螃蟹，没人敢横着走……哎呀妈呀，哪个狗东西打我？"

脑后传来剧痛，何二狗火了。

"小心狗哥！"何小羽脚下发力，一颗石子儿疾射而出，正中狗哥身后的偷袭者的脑袋。

"你个鳖孙！""跑马的汉子"被打中，摸着脑袋大怒，"别以为你是个姑娘，俺就不敢打你。"

"跑马的汉子"身后，李别鼻青脸肿地倒在地上，他有气无力地指着"跑马的汉子"："小羽，我快要不行了，你一定要替我报仇……"

"起来，别演了，都什么时候了。"何小羽气笑了，又一脚踢飞一颗石子儿，这次打中了"跑马的汉子"的膝盖，"小李子，你还能再努力一下，再抢救一下，别让郑道觉得你是尿货。"

"尿不丢人，不承认自己尿才丢人。"李别一个翻滚从地上一跃而起，他是打不过"跑马的汉子"，但不代表他就此认输，"我承认自己尿，但就是不服气，就问你怕不怕？"

"怕个尿！"何二狗和李别并肩站在一起，他朝自己手心吐了一口唾沫，"兄弟，现在我和你一起作战，这一刻、这一分、这一秒，我是不是也算是一个警察？"

这个"铁憨憨"也挺有意思的嘛，李别抹了一把脸上的血，苦着脸说："狗哥，咱先别抒发情怀了成不？我上午刚撞了个鼻青脸肿，现在又被打得鼻青脸肿，一天两次毁容，以后怎么相亲呀！"

何二狗一脸鄙夷："庸俗！在除暴安良的大是大非面前，相亲能算事儿吗？不怕，回头我把加加子让给你。"

"一对傻子。""跑马的汉子"双手叉腰，缓步来到了李别和何二狗面前，"还打不打？磨磨蹭蹭的，像一对娘儿们似的。"

"咚！""跑马的汉子"只听脑后传来一声沉闷而有力量的声响，他"啊"的惨叫一声，却只喊了一半，就眼前一黑，身子一挺，直直地摔倒在地，昏死过去。他身后露出手持木棍、气势汹汹、咬牙切齿的卢西东。

卢西东扔了棍子，又踢了像死狗一样的"跑马的汉子"几下："所有看不起女性的渣男都是一样的下场！死，没商量！"

李别后退两步，脚有点儿哆嗦："那……那个卢总，以前我说过喜欢你的话，现在收回还来得及吗？我妈说了，不让我跟打人的姑娘玩。"

何二狗也吓傻了："卢……卢总，刚才那一下，你……你打的？"

一棍子敲昏一个人，还是一个特别漂亮看似文静的姑娘，何二狗感觉他的人生阅历不够丰富了，卢西东的所作所为完全颠覆了他对美女的固有认知。

"怎么啦，不信我有这么大力气？要不你也试试？"卢西东气不顺，逮谁咬谁。

"信，信信信！"何二狗连连后退，躲到了李别身后。他生来胆大，害怕的人到目前为止一个半，郑道算半个，卢西东算一个！

"你好，我是报社的记者，叫张紧，有几个问题想要采访你们一下，请问方便吗？"

说话的是一个二十多岁的女孩儿，文静甜美，戴一副大大的白框眼镜，像极了大多数直男心中初恋。

何小羽和李别在人群中一共发现了四个可疑对象，除了被狗看服的"花裤衩"和被卢西东打晕的"跑马的汉子"，还有一个瘦弱的、长着青春痘的男人以及这个"初恋女孩儿"。

青春痘男人在刚动手时就跑得无影无踪了，现在，"初恋女孩儿"主动现身在了几人面前，而且还是以记者的身份。

"你看我们像是被你的长相迷惑就认为可以为你方便的人吗？"何小羽没好气地推了张紧一把，她记得清楚，在李别被"跑马的汉子"追打时，这个姑娘一直在一旁起劲地拍照，还有几分眉飞色舞。

张紧推了推眼镜，露出了职业加蔑视的笑容："不好意思，我就当你们方便了。请问，你们为什么要打人？你们难道不知道打人是犯法的吗？你们打昏了人，是要承担严重后果的，你们是不是觉得可以逃过惩罚？你们是犯罪性质的黑恶势力团伙吗？你们到底是什么人？"

"你这一顿盘问，是《蓝猫淘气三千问》吗？"卢西东不等何小羽反驳，上前抓住了张紧的胳膊，"妹妹，我叫卢西东，是卢非同的妹妹、卢寻常的女儿，如果你还不知道是什么意思的话，意诚集团是我家的。他叫李别，他爸叫李史者，你当记者的，肯定知道李史者是谁。"

"还有他就更厉害了……"卢西东一指何二狗，"他叫狗哥，这一块儿垃圾都归他管，你是什么垃圾，他就把你归类到哪个垃圾站，想不想去适合你的垃圾站参观、考察加住宿？"

张紧脸色大变，紧张地推了两三次眼镜都没有扶正："对不起，打扰了。"

"不打扰，不打扰，方便留个微信吗？"鼻青脸肿的李别凑了过来，笑得很别扭、很难过，"可能后期还有一些情况需要向你了解一下，我是警察，单身警察。"

"哦，好的，可以的。"张紧紧张的心情因李别的滑稽模样舒缓了几分，"你的造型挺别致，不是，我是说你如果不是脸肿了，其实挺帅的。"

"真的吗？"李别顿时觉得脸不疼了，"我扫你了，快通过一下，记得备注一下——单身帅气警察，还有，再留个电话。"

还行不行了，见个女人就上，李别你也是够了！何小羽正想踢李别一脚，骂他像发春的远志，忽然瞪大了眼睛、张大了嘴巴："哎呀，齐神来了。"

/第三十四章/ 杀之可也

齐全和付锐押着两个人，一胖一瘦，胖的高，瘦的矮，胖的白，瘦的黑，形成鲜明对比。

与之对应的是，齐全垂头丧气，付锐雄赳赳气昂昂，也是对比强烈。

人群在慢慢散去，刚才的一战虽不是特别惊心动魄，但也吓跑了不少人。"吃瓜群众""吃瓜"可以，但都不想吃"霉瓜"。

这主要是何黄汉和余婶的功劳。何黄汉一见动手了，知道事情闹大不好收场，当即拿出善良庄一把手应有的权威，喝令善良庄的居民都赶紧回家，谁不回家他就给谁穿小鞋，立刻人群散了一多半。

剩下的一小半，都不是善良庄的居民，何黄汉的话起不到震慑作用，就只能由余婶出面了。余婶就充分发挥了她的想象力，将卢西东的说辞又大大渲染一番："你们是不是傻呀？小时候妈妈没告诉你不要和傻子玩吗？被打倒的两个人得的是烈性传染病，叫麻瓜病，得了这种病，人就会变得麻木，最后会变成傻瓜。看到没有，抱着树的老头儿就是传染源，他现在已经是由麻木到变傻的阶段了……"

剩下的一小半围观之人，听余婶说了后，顿时又被吓跑了一小部分，但还剩一部分没走。余婶继续卖力忽悠，不能丢了咱庄里第一神医郑道的脸不是："你们不走的不信是吧？来来来，你们过来摸摸他，看看是不是传染？来呀，别怕，就算传染了，顶多变成傻瓜，成天傻呵呵的不知道东西南北多开心。"

何不悟及时配合余婶，他用力跳了几下，死死地抱住梧桐树："嘿嘿，呵呵，哈哈，我叫南北，你是东西。我要是说有人能听懂动物说话，你们信不信？"

何不悟朝前一伸手，周围人群吓得惊叫一声，后退数步。

如果说余婶的话怎么听怎么都像是在忽悠，那么何不悟的话不管怎么听都是在"发病"："我叔就能听懂动物说话……有一次我去他家，他让我杀一只最肥的鸭子招待客人。杀完后我叔问我，你杀的鸭子是不是叫得声音特别大，一直叫个不停，嗓子都喊哑了，我说是。我叔说他听懂了鸭子在说什么……"

"说了什么？"人群中不少人忘记了何不悟患了"麻瓜病"，问道。

"它说，你个傻瓜，你是神经病，我是鹅，不是鸭子，你不要杀我！"何不悟怪笑一声，猛然朝前一扑，"我看你们都像鸭子，我要杀鸭子！"

"啊！疯子！"

"跑呀，犯病了！"

片刻，人就跑光了。

余婶朝何不悟伸出了大拇指："何老一你真行，跟小郑大夫学会了不少东西。"

这话何不悟就不爱听了，他嚷嚷道："他跟我学的好不好？他一个毛孩子会个屁？哪里有我本事大！"

"别吵，老何头儿，一边儿待着去。"何小羽扳着何不悟肩膀，将他移到身后，又一推他的后背，"别在齐神面前丢人现眼。"

"好的，闺女。"何不悟难得没有反抗，乖乖地蹲到了一边。

"这是啥南北？蝨贼还是要犯？"李别还是加了张紧的微信，又笑嘻嘻地凑到齐神跟前，打量了被逮住的二人一眼，热情地打招呼，"齐神、付哥！"

齐全别看破案如神，被人称为齐神，却有一个搞笑的毛病始终改不过来，就是转向。他不管走到哪里都分不清东西南北，和他熟悉的人都知道他习惯以南北代替左右、以东西代表前后。

齐神没好气地斜了李别一眼，又扫了一眼现场："脸怎么了？让狗啃了？李别，你是麻烦制造者、混乱纵火犯，只要有你的地方就一定会出事，对吧？"

李别才不会承认自己有这么优秀，他嘿嘿一笑，扯到了脸上的伤处，疼得倒吸一口凉气："齐神，在您的光辉照耀下，我的成长还有很长的路要走，上面的伟大称号全部属于您，我只是您身后的一个小跟班。您是引领我前进的领路人，我的所作所为，都是在向您致敬、跟您学习。"

"滚蛋。"齐神被逗乐了，"跟谁学得这么油嘴滑舌？别说跟我学的，我不配！"

"哎呀，齐神，您的后脑勺怎么了？像是被人拍扁了……"何小羽发现了新大陆一样绕到齐神身后，饶有兴趣地指指点点。

"别提这事儿，不提还是好朋友……"付锐又使眼色又打手势，可惜还是晚了，何小羽岂是能够理解他的意图、这么有眼力见儿的人？

"反了天了，谁敢拍齐神的脑袋，不想活了是吧？付哥，快告诉我是谁，我去教训他！"何小羽义愤填膺，假装挽袖子，可惜穿的是短袖。

"敢情齐神也被打了，还是后脑勺？这下我心里平衡多了，也舒坦了。"李别笑得很贱，一副欠揍的模样，"让我猜猜，不会是郑道那家伙干的好事吧？"

"就是他！"齐神咬牙，恶狠狠地瞪了李别一眼，"他还假装打错了人，把我当成你，想蒙混过关，被我毫不留情地揭穿了。"

付锐捂住了眼睛，一脸痛苦的表情，太尴尬了。齐神当时要是假装是李别不就应付过去了，接下来的事情也就没那么难堪了。可是齐神偏不，这个犟驴。

"还好还好，他没冒充是我打你就已经是大发善心了。"李别拍了拍胸口，如释重负地长出一口气，忽然想起了什么，又乐了，"哦，哈哈，嘻嘻，上次我给道哥挖坑看来白费了。道哥讲究人，和齐神的第一面就这么别开生面，这巴掌打得我心服口服。"

"不想活了是吧？"齐神轻轻一拍李别的脸，"你这脸肿得像鸡腿套餐，要不要我再给你加个老北京鸡肉卷？"

"饱了饱了，现在不饿，谢谢齐神。"李别连连后退。

"别跑，这里的事情，你不打算解释一下吗？"齐神看见地上昏迷的"跑马的汉子"以及被两只大狗看管的"花裤衩"，还有蹲在地上的何不悟，不用猜就知道肯定发生了一场大战，毕竟李别的脸上写满了"有种你打我呀，我很扛揍"的贱。

"齐神，还是由我来解释可能会更详细、更真实，也更有意思一些。"郑道的声音突然在齐神和付锐的身后响起，人一闪，他一脸笑意地出现在众人面前，怀中一左一右抱着一对粉雕玉琢的孩子。

/第三十五章/　自见者不明，自是者不彰

半个小时前。

从奔驰商务车中蹿出来的两个人，才跑没几步，就被齐神和付锐像老鹰抓小鸡一样捉住了。齐神二人动作之快，郑道还没有来得及帮个忙，战斗就结束了。

抓捕了二人之后，付锐带二人迅速离开，远离了奔驰商务车，完全没有惊动里面的人。郑道暗暗佩服齐神和付锐的专业素养与配合默契。

"你是谁，你认识李别？"齐神逼近郑道，黑夜中，他的一双眼睛闪烁着逼人的光芒，既凌厉又洞悉人心。

郑道挠了挠自己的后脑勺，不好意思地憨厚一笑，努力找补：

"齐……齐神好，我叫郑道，是李别的发小儿……"

"原来是你呀。"齐神打断了郑道的话，不给他太多解释的机会，"身手不错嘛，速度够快，底盘也挺稳，练过？跟李别学的？"

他练是练过，但肯定不是跟李别学的。李别练的是军体拳以及搏击术，讲究的是实战和制敌。郑道是师从老爸，练拳的主要出发点是强身健体和修身养性，而不是为了打人。

"行了，你不用说了，你和李别的身法不是一个路数，你比他稳，出手比他准，也比他狠，还比他阴……"齐神摸了摸后脑，"今天的事情先记账上，回头再算。我还有案子要办，就先不和你扯了。"

听上去不太像是夸他，郑道想再蒙混过关："齐神，刚才的事情您就当是我打了李别……"

"你对你发小儿下手够狠的呀，这得多大的仇。"齐神冷冷一笑，"感情上可以当你打了他，身体上是我在疼。我记住你了，郑道，我们还会再见面的。李别对你也是挺上心的，上次向我推荐你半天，说你是一个特别能说会道的心理中医大夫。"

"心理中医大夫"是个什么鬼？"特别能说会道"也不太像是好话，听齐神话里话外的意思，李别没少编派他是吧？无所谓了，反正他也没少甩锅给李别。

齐神所说的案子难道和奔驰商务车有关？郑道跟在齐神和付锐身后，慢慢地靠近了奔驰商务车。还有两米多远时，奔驰商务车后面的车门自动打开了。一个戴着平光眼镜、留着空气刘海儿、涂了斩男色口红的女孩儿款款下了车。她肤色白皙，长得呆萌可爱，朝郑道展颜一笑："郑医生是吧？我叫左叶禾，是奇峰律师事务所的律师，也是胡非律师的前同事兼搭档。"

"啊，你好，左律师。"郑道热情地和左叶禾握手，还用力握了握，"原来是肘子律师的同事，幸会，幸会。左律师也喜欢吃肘子吗？"

左叶禾稍微有些尴尬地挣脱了郑道的手："郑医生，你误会了，我是素食主义者，不吃肉。"

奔驰商务车是七座，车内昏暗，后座隐约还有人。齐神和付锐交流了一下眼神，二人呈包抄之势，将商务车围了起来。

"不劳齐神费心了，车里没有您想要的人了。"左叶禾一拢头发，温婉一笑，"熊深秋和葛大连不是已经被您抓住了吗？他们正是您想要的人。"

齐神迈出一半的脚步蓦然收回："哟，你认识我？第一次见到你这么漂亮的律师。"

"谢谢夸奖。"

"你谢得太早了，我这个人平生最不喜欢律师。"齐神轻轻推开左叶禾，朝车里望了一眼，"你知道我是谁，又知道我想抓谁，可以呀小姑娘，是设好了圈套等我上钩吗？现在我上钩了，还有什么后招赶紧使出来，我等不及了。"

"您误会了，齐神，我没有设计圈套等您，我是在等郑道。"左叶禾伸手弯腰，"郑医生，请上车。"

"等我？"郑道只震惊了三秒钟，就又想明白了什么，"今天的这一局，是在测试我？如果我能发现你们设局的关键点，你们就这样；如果不能，你们就那样，对吧？"

"郑医生真聪明。"左叶禾掩嘴一笑，笑容中带着几分戏谑。

"孩子在车里？"郑道的思路愈加清晰了。

"郑医生比我想象的还要聪明厉害。"

"答应我，不要再见我还有别的本事就一惊一炸的，好吗？"郑道很认真、很谦虚地说。

左叶禾笑了笑："早就听说郑医生很懂得自我欣赏，一见之下，郑医生比传闻中的还要有趣。"

郑道就当左叶禾是在夸他，又对齐神很客气、很严肃地说："齐神，一直往东走，五百米左右，善良庄北门门口，李别、小羽都在，您过去和他们会合，我等下就过去。"

齐神略微皱眉："你这是在命令我吗？"

付锐忙和稀泥："老齐，你别这样，现在不是和郑道计较高下的时候，以后有的是机会算账。而且如果不是郑道，我们也未必就这么容易抓住熊深秋和葛大连不是？"

郑道对付锐的好感度立刻提升了，就像酒精度提升了百分之三十五，再看他的气色，就哈哈一笑："付哥，下次一起喝酒，我请你喝酒吃海鲜。"

付锐平头，中等个子，肤色微黑，眼睛不大但炯炯有神，他连连摆手："不啦不啦，痛风，嘌呤太高。不过喝白酒吃烧烤可以陪你。"

郑道的目光在被齐神和付锐抓捕的二人身上一扫，嘻嘻一笑："付哥，不用谢我，帮你们抓住熊大、熊二，是我身为一个公民应尽的义务。"

"哈哈哈，什么熊大、熊二，别扯，知道你想打听消息，等下和李别、小羽他们会合了再说。"付锐挤了挤眼睛，将郑道拉到一边，小声说道，"听李别说你是小羽的'童养媳'？你可不要辜负了小羽，这个左律师很妖，你别被她迷了。"

"童养媳？"他长得很像经常受人欺负、时时都委屈的"童养媳"吗？李别，你够了！

"了解！"郑道从付锐的眼神中明白了什么，心领神会地拍了拍胸膛，"妥了，妥妥的，我帮付哥了解一下她的个人信息，包括但不限于爱好、住处，以及是不是单身。"

郑道记得清楚，在李别屈指可数的提及前辈付锐的次数里，每次都会特意强调一句："付锐，三十三岁，性别，单身男，爱好，单身女。"

"要得。"付锐喜滋滋地和郑道告别，拖走了齐神。

郑道等二人走远了，才不慌不忙地上了车，坐下后又冲左叶禾招手："左律师，上来呀，外面热。"

对郑道的反客为主，左叶禾还有几分不适应，她眼中微微闪过一丝不安，上车后，关上了车门。

后座上，杜无衣和杜同裳正睡得香甜，脸色红润，呼吸均匀，既没有受过惊吓，也没有受过伤害。郑道在见到孩子安然无事的一瞬间，所有的伪装都卸了下来，眼中柔情无限，宠溺的目光中流露出一个父亲对儿女的关怀和担忧。他轻轻地擦去杜无衣嘴角的口水，又将杜同裳的手从她的嘴里拿出来，他的脸上始终挂着淡淡的、溺爱的微笑。等他转向左叶禾时，瞬时由春到冬。

"左律师，你有十五分钟的时间解释。"

"十五分钟太长了，五分钟足够！"左叶禾看向了杜无衣和杜同裳，"郑医生放心，孩子没事，就是玩累了，睡一会儿就会恢复精神。"她摘下眼镜，拿出化妆镜补了补妆，“郑医生觉得我是戴眼镜好看，还是不戴眼镜好看？”

“都不如我家小羽好看。”郑道很“直男”很冷漠地回应，“还有四分钟。”

“传说中的郑医生是一个很有情趣、很懂女人心的帅哥。不过现在看郑医生，帅是帅，就是太不解风情了。不过也可以理解，你身边的美女太多了，所以才不知道珍惜。”左叶禾叹息道，“但有什么关系呢，我的身边也从来不缺男人，我高看你一眼，也只是因为受人之托、忠人之事罢了，并不是因为你有多优秀。”

“好男人往往嘴贱，坏男人往往嘴甜……我的嘴不贱又不甜，是苦的。”郑道不为所动，他急于知道左叶禾到底是谁的人，“左律师的委托人是老杜还是小杜？”

“果然和杜总说的一样，你是一个自恋、自大又无比狂妄的人，属于没本事有脾气的第三等人。”左叶禾不知不觉中就带了几分气性。

“谢谢夸奖，说得真好，比我认为的第四等人还靠前一名。”郑道不怒反喜，“这么说，是胡非介绍你为杜若服务的？说吧，如果你说你就是受杜若之托过来看看孩子，再陪孩子玩耍一会儿，我也信。”

“还真让郑医生说对了，我就是过来替委托人看望一下孩子的现状，陪孩子玩了一会儿，还一起吃了饭。孩子和我早就认识，和我玩得也挺开心。”左叶禾微微噘嘴，似乎微有不满，“我是我，肘子律师是肘子律师，不是说过了，我是素食主义者，不吃肉，别把我和胡非硬扯到一起，OK？”

/第三十六章/　莫信直中直，须防仁不仁

“还有两分钟。”郑道看了看时间。

“别以为就你时间宝贵，我是律师，也是计时收费的。”左叶禾终

于被郑道激怒，戴上眼镜，语气漠然而正式，"一分钟就可以说完——表面上，杜若是我的委托人，实际上，杜天冬才是我的委托人。杜若让我带人抢走孩子，杜天冬让我等你半个小时……"

杜天冬这个老狐狸比杜若还狡猾，郑道明白了杜天冬的意思，他让左叶禾将计就计按照杜若的计划抢走孩子，但先不去执行第二步，而是特意等候他半个小时，以考验他能不能及时找到孩子。

如果能，加十分；如果不能，扣十分，并且明天的会面也会因为孩子不见了而被杜天冬当成要挟他的筹码。

杜天冬和杜若这对父子在玩窝里斗？喂，你们的家事，关起门来爱怎么折腾就怎么折腾去，关我屁事！非要牵连我进来不说，还总是考验我的耐心和能力。就算我才貌双全，又英俊又有本事，可也不喜欢当被人耍的猴。

郑道生气了："麻烦你转告杜天冬，辱人者，人恒辱之！"

"什么意思？"左叶禾很满意郑道表现出来的气愤：还以为你不会生气，总能保持冷静淡定，原来你也会失控发火。

郑道更满意左叶禾被他激怒之后不再绕弯、不再磨叽而是直接说出了真相，他可没有时间和左律师明枪暗箭地较量，至少现在不行。

"莫耍猴，耍猴必被耍！"郑道强行解释了一句，"还有一分钟，说说熊深秋和葛大连是怎么一回事儿。"

"具体内情我也不是很清楚，我只是按照委托人的吩咐办事。"左叶禾低头想了想，似乎在犹豫要不要告诉郑道真相，"算了，我知道什么就告诉你什么，只陈述事实，不掺杂个人感情，也不做出对错的判断。"

杜若在胡非离开石门前往京城后，就委托左叶禾帮他出面处理一些法务上的事情。胡非算是杜若的个人法律顾问，左叶禾却是天冬集团的法律顾问。杜若希望左叶禾可以代他前去善良庄看望一下孩子，他不能出面的原因是杜天冬不允许他和孩子见面。左叶禾答应了，她也很喜欢那两个孩子。

工作的原因，她经常来天冬集团，一来二去就和两个孩子熟悉了。无衣和同裳很喜欢她，每次见到她都要缠着她玩耍半天。

杜若不让左叶禾告诉杜天冬看望孩子的事情，他自以为魅力超群，可以让左叶禾言听计从。左叶禾却转身就向杜天冬汇报了此事。杜天冬立刻判断杜若是想借机偷走孩子，就让左叶禾按照杜若所说的去做。但在接上孩子后，先不要离开善良庄，至少要在一个安全的地方等上半个小时再说。

　　"如果郑道能在半个小时内找到你和孩子，说明他还算有资格、有能力，就让他继续当孩子的监护人。"

　　左叶禾牢牢记住了杜天冬的话。

　　果然和杜天冬预计的一样，杜若派了两辆车护送她去看望孩子，一辆奔驰商务车，一辆别克商务车。两辆车，八个人。她所在的奔驰商务车上除了司机，还有熊深秋和葛大连。别克商务车上，司机之外，还有鲍马汉、花库查和张紧。

　　左叶禾并不知道这些人都是什么来路，除了张紧，看上去都不像什么正经人。鲍马汉长得像"跑马的汉子"就不用说了，明显是干力气活的角色；花库查一身流里流气的打扮，说他长得不像小偷就是对扒手行业的侮辱。相比之下，熊深秋和葛大连长得虽然普通了一些，扔到大街上没人注意，但至少像个人。

　　尽管左叶禾也猜到了杜若利用她的意图，但见到阵势后还是有些担心害怕，万一真的是要偷走孩子，她岂不是成了帮凶？杜天冬的话又在她耳边响起："不要担心孩子的安全，也不用怕你会被牵连进去，我都安排好了，不会出岔子，而且郑道也不是吃素的。"

　　接孩子的过程很顺利——熊深秋和葛大连出面挡在何不悟身后，左叶禾招呼两个孩子跟她走。杜无衣和杜同裳一见是熟悉又喜爱的左姐姐，当即就跟她走了。

　　在熊深秋和葛大连的带领下，左叶禾和孩子穿过一家小超市，进入了善良庄，又从西门出来，上了等候在西门的奔驰商务车。随后，先是开车带着孩子转了一圈，吃了东西，就又回到了现在的停车位置，等待郑道上钩……

　　"就这些？"郑道心里有火，心想：我有一句"姥姥"[1]不知道当

---

[1]　"姥姥"在某些方言中会被当作詈辞使用。

讲不当讲？不过想起加加子叫他姥爷，话到嘴边就又咽了回去。

如果他是姥爷，姥姥不就是小羽了？算了，骂谁都不能骂自家媳妇。

"不然呢？你以为呢？"左叶禾愈加得意了几分，郑道开始烦躁了，她很开心郑道被自己成功地激怒了，"杜天冬说了，如果你能在停车后的半个小时内找到我和孩子，孩子就交给你。"

"如果不能呢？"郑道总觉得整个事情有遗漏的地方。

"不能的话，就听从杜若的安排带走孩子。至于他要将孩子带去哪里，我就不清楚了。"左叶禾扭头看了一眼依然熟睡的两个孩子，"这么可爱的孩子，我还是希望他们能留在你的身边。虽然你不是他们的亲生父亲，不过可以看出你对孩子是真心好，孩子也是真心喜欢你这个冒牌老爸。"

"你似乎一点儿也不震惊？杜若又做了一次亲子鉴定，证明你和孩子没有血缘关系。"左叶禾还以为郑道听到她的话会大惊失色，不料他平静得如同一湖死水，让她觉得很失败，"郑医生，这么重要的消息都透露给你了，多少给点儿回应好不好？"

"好。"郑道配合着漫不经心地张了张嘴巴，他伪装的震惊模样毫无诚意，"现在可以肯定的是，熊深秋和葛大连都在善良庄住过一段时间，所以才会对善良庄特别熟悉；不能肯定的是，杜若安排了这么一出大戏，他才是导演，怎么听上去像是你始终主导了一切？你是制片人吗？"

"先别急着怀疑我，我还有话没有说完。"左叶禾基本放弃了对郑道情绪的挑动，作为她律师生涯中最失败的一次对话，让她微有沮丧和失落，"两辆车，我一直都只待在奔驰商务车上，别克商务车到了善良庄后，去了哪里，又做了什么，我一概不知。我的任务只是接孩子上车，带孩子玩耍，让孩子不哭闹，然后等你半个小时……"

"熊深秋和葛大连是杜若的人吧？"郑道还是没有弄清背后的弯弯绕绕，"他们怎么没催你赶紧带孩子离开呢？左律师，你再不说实话，我一碗水就可以让你恢复出厂设置。"

"什么意思？"左叶禾愣了一下才反应过来，不怒反笑，"呵呵，郑医生你太好玩了，我出门向来是素颜，不化妆，洗脸后会更好看。"

"郑大夫，你就别为难左律师了，她一个姑娘家真的不知道太多内情，还是由我补充比较好。自我介绍一下，我叫于繁然，是杜老的徒弟，跟了杜老二十多年，现在是天冬集团的副总裁。"

司机从前面探过身子，朝郑道伸出了右手，露出一张略显沧桑而宽厚的脸。

原来底牌在这里，怪不得杜天冬敢稳坐钓鱼台，不怕事态失控，果然是一棵老葱，不，一块老姜。

郑道和于繁然握手，微微一怔，于繁然手上的老茧与犹如铁棍一样结实有力的手指，不符合他集团副总裁的身份。他敢肯定，如果于繁然用力的话，他撑不过一分钟，这货手劲大得肯定可以徒手打开椰子。

"于总好，我是郑道，叫我小郑就行。"郑道谦虚的时候也确实低调且可爱，"于总您讲，我在听，时间不是很多，孩子快醒了。"

"不会耽误你太久，我就长话短说了……"于繁然微一停顿，又说，"熊深秋和葛大连确实从孩子被送来后就住在善良庄，他们听小杜总的吩咐，不过他们都敬我三分，我说等半个小时再走，他们都表示没意见。至于他们为什么会突然逃走，然后被齐全和付锐抓个正着，就需要你向齐全问个清楚了。"

"没有别的问题的话，郑大夫就请下车，照顾好孩子，拜托了！"于繁然的眼睛中有泪花闪动，真诚无比地说，"我特别喜欢他们，可惜造化弄人，孩子这么小就没了妈妈。还好有你，希望你能弥补他们心中缺失的爱。"

没想到长得像大老粗的于繁然能说出这么一番感人肺腑的话，郑道用力点了点头："于叔放心，从现在到以后，只要他们不嫌弃，我就永远是他们的亲爹。"

"爸爸——"杜无衣醒了，揉了揉眼睛，伸开双臂扑了过来，"爸爸！"

郑道的心都融化了，眼泪差点儿下来。怎么有了孩子后就变得这么脆弱、多愁善感了？都是杜天冬惹的祸、使的坏，在他心里种下了牵挂，让他再也挣脱不了爱的羁绊。

他刚抱住杜无衣，杜同裳也醒了，也伸开小手要抱。郑道将两个孩子抱在怀里，感到温暖而安宁，仿佛整个世界都沉浸在爱的光芒之下。

"爸爸，无衣说让你娶左姐姐，我说不行，我还是喜欢似蕊姐姐……"

"左姐姐好，比似蕊姐姐、小羽姐姐都好，就让爸爸娶她。"杜无衣坚持自己的观点和审美，"你是女孩子，你又不懂男孩子喜欢什么。爸爸，你娶左姐姐，我的钱就都给你……"

"我也有钱……"

真是一对好孩子呀，只要见到一个适龄美女就会关心爸爸的婚姻大事。郑道差点儿热泪盈眶，尴尬地搓了搓手："左律师别误会，不是我教的，他们天生就会，是天才儿童。"

左叶禾的眼睛在黑暗中闪耀着醉人的光芒："郑医生别激动，也不用解释，你不符合我的审美，身高、收入没有一项可以达到我的要求。"

"姥姥！"郑道终于在心里说出了不当讲的话。

第三十七章　君子不妄动，动必有道

当抱着两个孩子、带着满脸笑意的郑道出现在众人面前时，何不悟第一个冲了过来，从郑道手中抢过孩子，上下打量了好几眼，确认孩子毫发无伤后，才哇的一声再次放声大哭起来。

"吓死爷爷了，爷爷只差一点儿就落地成盒了！爷爷还不想死，想看着你们长大成人！"

这一次，没人再笑何不悟。他是真哭，哭得特别伤心又特别开心，是最心爱的东西失而复得的欣慰。

"爷爷不哭，无衣给你糖吃。"杜无衣翻出一块糖放到了何不悟嘴里。

"爷爷，你再哭同裳也要哭了。"杜同裳眼圈一红，眼泪也快要下来了，她替何不悟擦泪，小手在何不悟的脸上划拉几下，"乖，不哭，不哭。越哭鼻子越红！"

结果惹得何不悟又哭又笑。

何黄汉、何二狗和余婶自告奋勇留下来收拾残局、打扫战场，何小羽和李别跟随在齐神、付锐身后，带着熊深秋、葛大连和"跑马的汉子""花裤衩"几人回局里。

张紧早就不见了人影。

何小羽看出郑道想跟他们一起回公安局，就围着齐神转了一圈，脚尖踢着一颗石子儿："齐神，郑道也是目击证人，他和我们一起回局里配合调查，有利于案件的侦破。"

"回头再传唤他。"齐神摸了摸后脑，"现在用不着，让他先回去反思反思。"

李别架不住郑道的眼神示意，也凑了过去："齐神，郑道是破案小能手、忽悠大先锋，今天的事情，他铁定能帮上忙。"

"滚你的。"齐神再次摸了摸后脑。

"好嘞，马上滚。"李别二话不说原地转圈躲到了郑道的身后，"哥，尽力了，帮你帮到无能为力。"

这也叫尽力？郑道恨不得一脚踢飞李别。

没办法，只好使出撒手锏了。郑道上前抱住了付锐的肩膀："付哥，据可靠消息，左律师目前单身，而且没有恋爱计划。"

"妥，妥妥的。"付锐不禁眉飞色舞，又急切地问，"有没有联系方式？"

"哎呀，忘要微信了，不过，想要到她的微信不是难事，渠道很畅通，就是……"郑道停顿时看向了齐神，"今晚的事情，有一些细节需要跟进，然后我再配合付哥找她去核实情况。"

付锐立刻心领神会地连连点头："我来办妥。"

他来到齐神面前，还没开口就被齐神掸了回去。

"付锐，不行！怎么都不行！"齐神的手再次摸向了后脑。

付锐抓住他的手，不让他再次摸被郑道打过的地方："齐神，多大的事儿呀，至于老狗记千年？特斯拉案，可是我让给你的，我随时可以向局里要回主导权哦。"

齐神一愣，双手抓住头发用力一晃："不记不行，心态崩了。"

最后在付锐的"威逼利诱"下，齐神为了特斯拉案，也为了以后再打牌的时候付锐还能替他在媳妇面前打掩护，只好忍了。谁让他努力了大半年，才在媳妇面前成功地塑造了付锐"诚实可靠王老五"的形象呢？再换一个人树立起来当挡箭牌，来不及了呀。

不过他还是摸着后脑对郑道恶狠狠地说了一句："不管是特斯拉案还是何书案，你最好都有对破案有用的见解，否则的话，哼哼，你心态不崩付锐就得崩。"

"崩崩崩，他不崩，你崩了我。"付锐第一次见齐神吃瘪，乐得合不拢嘴。

路上，车上，郑道坐中间，左边李别，右边何小羽。李别不停地碰郑道胳膊，脸上的贱笑就没有消失过："哥，舅舅舅妈都不服，就服你。你是整个石门第一个敢给齐神后脑开瓢儿的神医。来，采访你一下，你是怎么做到让齐神也躲不开你的魔爪的？"

搁以前，郑道必定收拾李别一顿，轻则动拳，重则动脚，不用脚踢至少也是连打三拳，今天却难得连一句反驳都没有。他丝毫不理会李别的胡搅蛮缠，而是在低头想事情。

"不对，还是不对。"郑道猛然抬头，"李别，齐神平常精神状态怎么样？吃饭正常不？"

"我又不是他媳妇，我怎么知道这些事情……"李别话说一半愣住了，因为他被郑道拍了一下后脑勺，忽然就想起了什么，"精神状态挺好的，每天都斗志昂扬的，比打鸣的公鸡起得还早。吃饭也可以，只要不在外面破案，在局里时，总能吃完最大份套餐。"

"局里的套餐量有多大你是不知道，就我这顶两个你的饭量也吃不完，小羽更是顶多吃三分之一就撑。"李别摸了摸后脑，意识到郑道这么严肃肯定是有什么事情，也不敢闹了，"怎么啦，哥？你别吓我，我能承受，是不是齐神得什么绝症了？"

"没事儿，我就随便问问。齐神壮得像非洲大象，没病，能活一百岁。"郑道说完又陷入了沉思。李别却有点儿不适应郑道的沉默："哥，给说说呗，总觉得你藏了事。干吗非要强调非洲大象？泰国不也有大象？不过比起大象，我还是喜欢老虎，主要是老虎比大象好看，还能打过狮子，文身的总能打败烫头的……"

"闭嘴，李别。"何小羽忍不住了。

"好嘞，立刻，马上。"李别顿时闭上了嘴巴，还做了一个拉链的动作，"最后一句，保证最后一句，小羽，你说卢西东真的不会向卢非同告密吗？陷害何书的幕后黑手到底是不是卢非同？"

"不重要。"郑道没再骂李别，而是叹息一声，"今天的事情，表面上是抢孩子，实际上又是一出各大势力之间的较量，是特斯拉案的尾声，也是何书案引发的进一步矛盾激化的开始。"

"哥，没听明白，你再深入浅出地解释一下，有你在，我懒得去做分析推理这样的小事，你就直接告诉我该从哪里入手抓住罪犯就行了。"李别抓住郑道的胳膊摇晃，"哥，赶紧破案，我和小羽等不及要立功了。"

"干啥啥不行，丢人现眼第一名。"郑道推开李别，"到了，下车，赶紧的。有几个疑问我还得向齐神求证一下，线索差不多快要对上了。"

齐神和付锐今天对熊深秋和葛大连的抓捕，并非因为孩子的事情，而是另有原因，背后是一条可以将许多事情串联起来的隐蔽之线。

郑道有一种即将发现"病根"的兴奋与期待。

第三十八章　相识满天下，知心能几人

卢西东直接从现场回了三十五号楼，她累得不行，今天事情太多了，她就决定留在善良庄过夜，不再回家。曾自欢老老实实地跟在她的身后，既表现得像保镖，又好像是做错事的学生跟在老师身后等候处罚。

路过一号楼时，卢西东进去看了孩子几眼，提出她晚上想和何小羽住一起，何不悟一口答应。卢西东刚才的表现太勇猛，一棍子打昏"跑马的汉子"的情形还历历在目，有卢西东在，一号楼也安全些。

按说齐全应该带走卢西东，让她配合调查，卢西东打了个电话后，齐全就接到了一个电话，然后她就被无视了。何不悟见多了人情世故，知道什么该问什么不该问，只要孩子安然无恙，其他事情他都当没有看到。

卢西东又和孩子玩了一会儿，回三十五号楼拿东西时，电话打了进来。接完电话后，她去一号楼跟何不悟说，她有事情必须回家一趟，晚上不能过来住了。

曾自欢充当了司机。车一路向东，曾自欢默默开车，不敢说话。卢西东坐在后座，闭目不语，脸上微显疲惫之态。

"卢总，快到了。"车行驶了半个小时，到了位于城市东北的望天府——一处古朴典雅的徽派仿古建筑群。

粉墙黛瓦、马头墙、观音兜山脊、层楼叠院是望天府的最大特色，局部的勾檐翘角、高脊飞檐、砖雕石刻、题词铭记，处处彰显徽派建筑的基调，是单门独户的中式大院。当年望天府初建时，宣传口号是"待月楼台上，迎风户半开。拂墙花影动，疑是玉人来"，一度成为石门最负盛名的楼盘。

后来由于产权遗留问题，开发商失踪，又陆续出现了一房多卖等纠纷，导致望天府成为烫手山芋。项目搁置了四五年之后，突然有神秘人物接手，不但补清了欠债、厘清了产权，还将一百零八栋别墅全部卖空。

和一般独栋别墅不同的是，望天府别墅虽然宣称是独栋，其实是联排。由于设计巧妙，各家院墙高耸，各户之间隔离得比较到位，很像是改进版的京城四合院，倒也深受喜爱中式住宅的富豪的喜欢。

望天府八排八栋，是整个小区唯一一栋真正意义上的独栋别墅，位于小区的最里面，被几棵大树包围，又有竹子和假山，很有闹中取静的隐居意味。

卢西东的车长驱直入，开到尽头，停在了一棵梧桐树下。

院子很大，比一号楼的院子还要大上几倍，不过院子中的几棵大树，远不如一号楼的两棵大树年深日久，更具岁月沉淀与沧桑。

世界上有许多用钱买不到的东西，比如时间，比如厚重感，比如文化和传承。

曾自欢停稳车，没有熄火："卢总，等下还回西边吗？"

平常卢西东都住在石门西边的敦王府小区自己的房子里，很少来东边的望天府。

153

"回。"卢西东睁开眼睛，看着熟悉的一切，心情莫名烦躁了几分。不知何故，她就是不喜欢望天府，一进来就觉得压抑。当年哥哥说服爸爸接手望天府项目，她就坚决反对。但反对无效，爸爸一向只听哥哥的话，认为哥哥的决策从来都是正确的。

而她，不管是大事小事，都很少能做到公正、客观并且具有远见性地看待问题。

在卢家，她从小到大就是多余的那一个！

哥哥打来电话非让她回家一趟，她不肯，爸爸接过电话又以命令的口气要求她必须回来。卢西东不想惹爸爸生气，也不想吵架，只好回来了。

"等下我自己开车就行了，你先回去吧。"卢西东从背后看向曾自欢，发现他两侧宽大的腮帮子无法被脖子遮挡。她记得郑道说过，可以从后面看到一个人的腮帮子，就是传说中的"反骨"。生有"反骨"的人，容易背叛。

"今天善良庄的事，你也有份儿吧？"卢西东感觉到了前所未有的疲惫，她双手抱肩，冷冷地盯着曾自欢的后脑勺，倒是挺平，不是凸脑勺。

"没，真没有。"曾自欢摸了摸后脑，仿佛被卢西东盯得发热一样，他用力揉了几下，"我就是过去看个热闹，卢总，真不关我的事情。你看我这怂样，像是会偷孩子干坏事的人吗？我平常见人连个屁都不敢放。"

"咬人的狗儿不露齿。"卢西东讥笑一声。

"不是呀，卢总，这句老话是错的。何二狗的那两只大狗多凶，咬人多狠，叫得可吓人了。"曾自欢认真地解释，"卢总，为什么您总是怀疑我和郑大夫过不去呢？他和我没有夺妻之恨、杀父之仇，郑大夫多好的人啊，热心肠、善良、仗义疏财、医术高明、为人纾困解难、不计名利……"

"停，停！"卢西东听不下去了，气笑了。曾自欢装疯卖傻的本事一流，和何不悟有一比，虽然是不同路线，但插科打诨起来就是一只让人无法下口的刺猬。她遂摆了摆手，"滚吧，赶紧的。"

"这就办。"曾自欢下车，一溜烟跑了。

卢西东望着曾自欢远去的背影，笑容渐渐凝固。

大院套着小院，推开小院的门，才算真正进入了卢家的核心地带。

卢家的院子格局就和卢家的人脉格局一样，外面的大院子是普通人脉，里面的小院子才是真正的核心人脉。

小院里面，灯火通明，亮如白昼。卢非同喜欢亮，天不黑就开灯，且是全开——必须保证哪里都没有黑暗，他才能安心。

怕黑是卢非同十岁时落下的毛病，到底是什么原因，没有人能解释清楚，不知道为什么突然就有了。后来还请过心理医生，心理医生给出的病因是由于极度缺乏安全感造成的心理恐慌。

卢西东却不这么认为，卢非同还缺乏安全感？他几乎得到了一切，并且掌控了一切——父母的宠爱和信任、外界的崇拜和荣耀、集团上下的认可和尊敬，他简直就是一个完人，拥有完美的外表、完美的履历及完美的人生。

对了，还包括完美的身材。卢非同特别注重自我锻炼，每天游泳、健身从不间断，身高一米八二的他，身材匀称，并且拥有八块腹肌！

说心里话，卢西东对哥哥的耐心和毅力无比佩服，只是佩服归佩服，却从来不崇拜他。在父母眼中以及外人看来，她是嫉妒哥哥的优秀——尽管说来很少有妹妹会嫉妒哥哥——她也懒得解释，因为她很清楚不管她说什么，父母和外人都不会信她。

她说十句百句，不如哥哥说一句。小时候她曾几次说出哥哥的真实面目，却被父母呵斥为胡说八道，说她是污蔑自己的哥哥、嫉妒自己的哥哥。哥哥不但没有反击，反倒在父母面前竭力维护她并且检讨自己，于是哥哥在父母眼里就成了无可挑剔的优秀孩子。

她就明白了，在与人交往中，赢得别人的认可并且完美地包装自己，她远不是哥哥的对手。自此，她也学会了伪装自己，不再在父母和哥哥面前流露真实想法。现在，也只有在郑道、何小羽以及李别他们面前，她才能做回真实的自己。

没人知道她一个被无数人羡慕、从小就生活在荣华富贵里的大小姐，内心到底有多少苦楚和惶恐！她请郑道当她的心理医生，不是矫情，更不是无病呻吟，她确实需要心理辅导。

院子中没人。

"西西，二楼，露台。"

二楼的露台上，卢非同探出头来，一脸温和喜悦的笑容，冲卢西东招了招手。

没有人知道卢西东之所以租善良庄三十五号楼来安置公司，是因为对面的一号楼在布局上和自家很像。

从一楼的客厅穿过，卢西东忽视了华贵的水晶吊灯以及客厅里摆放的昂贵的真皮沙发、进口家具。来到二楼，进入露台，露台的方亭下，有石桌、石椅、假山、流水、睡莲，颇具风雅。

爸爸、妈妈和哥哥，三人正围坐在一起喝茶。

坐在正中的卢寻常年近六旬，满头黑发，鼻直口方，额头有一颗很明显的痣。他的右首坐着席燕倾，她一袭中式服装，满头银发，保养得极好，肤色白皙而气色红润，眉眼之间，依稀可见年轻时的貌美。别说，她和卢西东还真有几分相像。

坐在卢寻常左首的卢非同，卓尔不群，即使穿着撕掉了品牌标签、样式平平的 T 恤，也能彰显他的英姿不凡之气。不用说他嘴角上翘微显玩味的迷人微笑，也不用说他微显细长、眼角上挑的双眼颇有多情的意味，更不用说他完美的身材、修长的双腿，无一处不展现出一个事业成功、极为优秀的男士咄咄逼人的魅力。

"西西，来，坐我这里。"卢非同忙起身相迎，不想让卢西东最后一个到来又坐在下首而觉得受了冷落。

"一家人，不用让来让去的。西西，你就坐我对面。"卢寻常手指轻点，脸上微有几分不悦之色，"你也是大姑娘了，成天到处乱跑，也不赶紧找个合适的人结婚，想晃荡到什么时候？"

"西西，听你哥说，你喜欢上了一个小医生，叫郑道？不行，妈妈坚决反对！他配不上你，要什么没什么，穷得叮当响，根本就是门不当户不对。听说他还有两个孩子，你愿意当后妈，妈妈还不愿意当后姥姥呢。"

本来卢西东不想和家人谈论郑道的事情，她认为和郑道的来往包括合作都是她的私事，没想到哥哥先给她埋雷了。她逆反心理上来，猛然拉开椅子坐了下来。

"既然你们都知道了，好，我就摊牌了——我怀孕了，孩子是郑道的！龙凤胎！"

/第三十九章/ 恩宜先淡而浓，威宜自严而宽

"阿嚏！"

郑道一连打了三个喷嚏，接过何小羽递来的纸巾，擦了擦，顺手递给李别："你们几个都在，谁会骂我呢？说，谁在心里瞎嘀咕我呢？"

"哥，过了呀，垃圾桶就在旁边。"李别扔了纸巾，拍了拍郑道肩膀，"别逞强，一个喷嚏是有人想，两个喷嚏是有人骂，三个喷嚏是感冒了。来，多喝热水，乖。"

齐神、付锐带人将熊深秋、葛大连等几人带到旁边的房间办理交接手续，郑道、何小羽就先在李别的办公室等候。

其实也不能算是李别的办公室，以李别的资历和级别，还不到拥有独立办公室的时候，准确地讲，是他和何小羽以及另外两个同事共用的办公室。而那两个同事借调到了其他分局，一年半载也回不来，这间办公室基本就成了李别和何小羽的专用办公室。虽然都清楚背后有李史者影响力的影子，但李别和何小羽接连破案立功，别人就算嫉妒李别的待遇，也得佩服他的运气。

对，许多老人都认为李别是靠运气，而不是凭实力。李别也不反驳，甚至故意气人地宣称："如果不是怕被你们扣一顶封建迷信的帽子，我说我是天选之子，你们会不会更不开心？"

还好有何小羽替李别找补，又因为有李史者在，否则李别非得挨揍不可。

"附近有没有撸串的地方？"郑道朝窗外望了望，"等下叫上齐神一起吃消夜，喝点儿啤酒好聊天。"

"有，一日香，不远，走过去五分钟。"李别还是不肯放过郑道，拉住他的胳膊，"哥，你就不解释一下你和齐神之间到底发生了什么不可描述的事情？"

何小羽打了个哈欠："差不多行啦，李别，皮又痒了是吧？真当郑道打了齐神一巴掌就没有翻身之日了？实话告诉你，不出十分钟，他就和齐神称兄道弟了，信不？"

"不信！"李别的脸消肿了不少，他咧着嘴笑，"打赌，谁输了谁就今晚请客。"

"赌就赌。"何小羽听到外面传来的脚步声，"就怕齐神今晚非要请客，我们争不过他。"

"别异想天开了，齐神有多怕媳妇，你又不是不知道，他身上的钱从来不会超过一百块。他如果今晚请客，我学驴叫，还请一个月的客。"李别拍了拍口袋，"豁出去了，这个月的工资加奖金都不要了，不信了我都……"

"走，撸串去，我请客。"齐神推门进来，后脑挨了一巴掌的沮丧不见了，取而代之的是初战告捷的笑容，不过当他的目光落在郑道身上时，倏忽冷了几分，"你也可以一起去，费用自理。"

"好嘞。"郑道笑逐颜开，拿出手机打开收款码，"李别，来，一个月的请客打个八折换现。你省心我省事，还可以继续当好朋友。"

"绝交！"李别的脸当时就黑了。

一日香是一家连锁店，全市共有三十多家，主打各种精品烤串。每家店面都不大，以小而精为主要特色。

刚开店时，许多人都以为一日香和一晚香是一个老板，后来才知道不是，并且两家完全没有关系。不过，一日香很快就借助外界对它和一晚香的猜测而成名，并且因确实有特色和实力而走红。

齐神要了一个包间。

一日香一般只有两个包间，但平时只有一间对外营业，另一间保留，以备不时之需。所谓不时之需，就是如齐神一样的熟客会突然光顾，并且非包间不可。

包间不大，胜在雅致安静。齐神自作主张要了几十个串和一箱啤酒，并且肉疼地说出了豪言壮语："今天我高兴，抓获了重要嫌疑人！你们放开了吃、放开了喝。这一桌子，我已经买过了，不够的话随便加，要多少都可以，反正多要的你们自己买单。"

"对了，不包括你，郑道。"齐神觉得总算扳回一局，让郑道下不了台，哈哈一笑，"想吃什么自己点，记得单独结账就行，哈哈。"

"已经点好了。"郑道老实得像个听话的好学生，他碰了碰李别的胳膊，"我点的比较多，一个人吃不完，等下摆在一起，让大家随便吃。"

李别苦着脸，眼泪都快下来了："哥，咱能不能行了？咱不能里子、面子都要啊，菜是你点的，可单是我买的好不好？"

"喝酒，喝酒，我先敬齐神一杯。"郑道假装没听见李别的抱怨。

几杯酒过后，气氛就热烈了不少。付锐朝郑道使了个眼色，郑道就再次举杯，并且郑重其事地站了起来："齐神，其实我不是打您后脑，是替您诊断。您脖子微冰，后脑发凉，是气血不足的表现。最近是不是经常失眠、多梦，以及夜里起床比较多？"

脖子是人体健康的主干道，从中医角度看，脖子是人体全身经络的贯穿之处，相当于瓶颈，所以脖子的通畅至关重要。人体的督脉、膀胱经、小肠经、胆经以及三焦经五条重要经络，都从后颈及肩部通过。如果经络无法通畅，其所主的功能就会受影响，久之，必定引发疾病。

齐神不举杯，斜眼扫向了李别和付锐，李别连忙摆手："别别别，不是我。我又不知道齐神你是不是尿频，不，是不是半夜三更睡不着。"

"也不是我。我们就白天办案在一起，晚上各回各家各找各媳妇，你身体啥情况，我要是知道这么清楚就不正常了。"付锐和郑道碰了碰杯，避免郑道尴尬，挤了挤眼睛一乐，"郑道，你也别太在意了。齐神不是小心眼儿的人，他早就过去了，你越提他越上劲，小孩儿脾气。"

齐神瞪了付锐一眼，又问郑道："听李别说过你懂点儿中医，说说看，说准了，我不仅不和你计较了，还会有案子让你帮忙。"

请人帮忙还这么拽，也就只有齐神了。郑道点头："还得看看舌头，张嘴，啊——用力吐舌头，再长一些。"

齐神照做，总觉得哪里不对，见何小羽努力克制着笑，李别和付锐几乎笑成一团，他忙收回了舌头，怒了："郑道，你逗我玩是吧？不行，我后脑又疼了，今天得报复你。"

郑道打开一瓶啤酒，一口气喝完："我先自罚一瓶！齐神，您除了经常感觉脖子酸疼之外，是不是还会口苦，早起之后口里发涩发黄？"

"倒蒙对了。"

"您看人体的构造，如果说身体是一条双向八车道的大道，到了脖子的地方就变成了双向两车道，现实生活中这种情况就会形成堵车。所以颈动脉是人体的主要动脉之一，必须保持畅通。齐神肯定也知道，压住颈动脉很容易让人晕厥，原因就是供血不足。"

齐神点头，悄悄地也喝了一瓶酒，算是暗中回应郑道的那一瓶酒。

"有两种人容易造成脖子经络的不畅通：一是不经常运动、过于肥胖的人；二是思虑过重的人。第一种情况好理解，过于肥胖又不运动，容易导致血液流动减缓，再加上血脂黏稠，自然会造成瓶颈之处的拥塞；而思虑过重，会让脑部对能量的需求过大，而营养又跟不上，就会导致身体吸收能量不足，从而让承上启下的桥梁——脖子的经络受损。"

"道理能听明白一点点，但还是不理解。"齐神的态度明显软化了几分，他主动和付锐碰了碰杯，又故意将酒杯在空中停留了片刻，等郑道的酒杯及时碰了上去才收回，"你就直接说我得了什么病、要不要紧、还能活多久就行了。我不怕，活着干死了算。"

"其实齐神根本就没病，是人体由于压力过大、思虑过重而做出的自我调节，是破案心切的反应。只要案件一破，就没事了，哈哈。"郑道先是故作高深一番，随即又切到了正题上，"除了特斯拉案，又来了一个何书案。齐神为了全市人民的安居乐业，付出了全部身心，也该休息休息了，让我们替你分担一下压力……"

"分担什么？就凭你们？"齐神嘴角一挑、眼睛一斜，一脸不屑。

"当然是分担啤酒了。"郑道哈哈一笑，举起酒杯，"敬齐神！"

何小羽、李别和付锐也一起举杯："敬齐神！"

"别搞这一套，你们捧杀不了我。"齐神虽然嘴上这么说，但还是乐呵呵地和几人碰杯，"郑道，别跟我绕弯，我知道你想问什么。你先解释一下今天你们打人的事情，解释好了，不抓你；解释不好，今晚你就住局里吧。"

真行，说翻脸就翻脸，比杜无衣的情绪还没规律，而且是个无赖，不过……郑道才不怕，他基本上摸透了齐神的脾气。

"这事儿，小孩儿没娘——说来话长，要是从头说起，今晚就别睡了。"郑道想了想，"就拣最重要的说，我有两个孩子，孩子他娘没了，他们的舅舅不想让孩子跟着我，想抢走孩子，就派了几个人以看望孩子为由想要带走孩子。还好我和李别、小羽及时赶到，然后经过我们一番和颜悦色、语重心长地劝说，误会解除，他们一部分人走了，另一部分人哭着喊着非要留下来配合调查，就被齐神带到公安局了。"

郑道突然拐弯，由风趣变回了正经和严肃，幅度之大，让几人都一时震惊。

"熊深秋和葛大连，是和特斯案有关的嫌疑人吧？"郑道一本正经的样子还挺有"大师"的风范，尤其当他习惯性抚摩胡子却摸了一个空时。

/第四十章/　难合难分，易亲亦易散

"哗——哗哗——"风吹过，树叶哗哗作响。

"嗡——嗡嗡——"院中的小虫争先恐后地扑在灯上，发出"砰砰"的撞击声。

除了这些，再没有任何声音。卢西东陡然扔出的怀孕这枚"深水炸弹"并没有掀起惊涛骇浪，难道是"炸弹"威力太大了，超出了他们的承受能力被直接炸晕过去了？还是她准备得不够充分，临时起意扔出的"炸弹"没有扔准，偏离了命中点，所以才没有炸出应有的效果？

这就尴尬了，卢西东暗中自责，该多跟郑道学学忽悠、吹牛的本事。

卢非同一脸淡定，淡定中挂着他常见的玩味的笑容。

卢寻常一脸平静，平静中也有一丝不动声色的笑意。

只有席燕倾震惊得张大了嘴巴，圆睁双眼："啥？你说啥？西西，

就算你怀了郑道的孩子，妈妈也不会同意，你赶紧打了去。"

"打什么打，妈，西西逗你玩呢。"卢非同露出惯有的温和、纯净的笑容，一口洁白而整齐的牙齿让人不由得心生好感，"从她认识郑道到现在才多久？即使是认识的第一天就有了关系，又巧不巧地怀上了，到今天也不过刚有反应，根本就不可能知道是男是女。"

"你呀，遇事就爱瞎激动，不知道冷静地分析一下，要多用逻辑思维而不是情绪思维。"卢寻常朝席燕倾呵呵一笑，又朝卢非同赞许地点了点头，"非同，好好给你妹妹上上课，让她知道什么该做什么不该做。"

"爸，不是给西西上课，是和她商量，是征求她的意见。"卢非同每次都能替卢西东化解来自父母的咄咄攻势，他温文尔雅的笑容在外人眼中总是充满了阳光和鼓励的力量。

"西西，爸妈反对你和郑道来往，也是出于好心。他们都认识郑道的爸爸郑见，知道郑见的为人以及他惹下了什么事情。今天我试着说服了爸妈，他们基本同意了你和郑道可以成为朋友，但是不能走得太近，不能深入合作，更不能成为男女朋友……"

事态变化之快超出了卢非同的预料，他只能及时调整策略，由反对卢西东和郑道接近，改为同意但有限的接近。

也许，卢西东和郑道走得近了，还有利于推动他的计划。

"这事儿你管不着。哥，我开公司，没拿家里的钱，也没用你的钱，用的全是自己的积蓄。"卢西东喝了一口茶，皱眉咽了下去，"哎呀，太苦、太浓了，经常这样喝会麻木味觉的。"

"叫我过来什么事儿？有课上课，你装腔作势地讲，我装模作样地听，听完了再忘，还要赶紧回去睡觉呢。"卢西东打了个大大的哈欠，"没课就下课，别影响别人正常的作息和生殖繁衍。"

"啥？你说啥？西西，你是个大姑娘了，能不能认真一点儿？"席燕倾又要发作，被卢寻常制止了。

"闺女长大了，有自己的想法很正常，何况西西又不是不知道自己在做什么！她现在还没有能力管理意诚这样的大集团，但有足够的能力经营好声东击西这样一家小公司。"卢寻常不想卢西东一回家就和妈妈吵骂，再闹得不欢而散，他也有话要交代，唯恐卢西东起身就走。

都是他们从小惯坏了她，太任性，动不动就甩脸摔门，稍有不满意就生气告状，无论是个人修养还是能力，甚至是人品，都远不如儿子。都说女儿和爸爸亲近，小时候西西也确实特别黏他，长大后却和他渐行渐远，有什么事情不和他说也就罢了，也不和她妈妈讲。

也得亏是女儿，以后嫁个好人家也不会出什么岔子；如果是儿子，指不定要惹出多大的祸事，说不定还会败坏卢家名声和基业……卢寻常望着卢西东，半是溺爱，半是不满与气愤，想起以前卢西东的种种——对卢非同的诬告、说谎成性、被识破后还不知悔改，而卢非同一再原谅她，还替她说话，主动承认是自己不好，两相对比之下，两人简直是天差地别。

真是让人头疼啊，他卢寻常一生严于律己，以克己复礼为人生信条，怎么就养出这样一个骄纵无礼、不知廉耻的女儿？简直是家门不幸，他的人生败笔！

卢西东自然听出了父母话里话外对自己的嫌弃和轻视，她不以为意，轻蔑地一笑："爸妈的课下次再上，今天真没时间和心情再去听一些老生常谈的东西，还是哥哥的课有意思，总有新内容、新变化。哥，你调整你的计划，允许我和郑道接触，是因为郑道介入了何书案吗？你不打算向我解释一下为什么要陷害何书，以及为什么要制造特斯拉案吗？"

对于卢西东的一剑穿心，卢非同依然是"泰山崩于前而色不变，麋鹿兴于左而目不瞬"的镇静，他为卢西东倒了一杯茶："西西，在自己家人面前说话随意一些没什么，在外人面前，一定不要张口就来。没有根据的推测，说出来就是伤人害己。"

"不装会死吗？"卢西东今天累了一天，何书案让她心寒加害怕，孩子的事情让她担惊加愤怒，她没有耐心和卢非同演戏，"对台词、飙演技我们以前玩过太多次了。哥，你就直说吧，特斯拉案、何书案，还有杜无衣、杜同裳的事情，背后有没有你的黑手？"

"什么黑手，他是你哥，注意你的态度！"席燕倾呵斥卢西东，"西西，你越来越不像话了，这样怎么能嫁得出去？"

"我能同时嫁三个人，谢谢啊妈，年轻人的世界您不懂。"卢西东回撑了一句，又冲卢非同开火，"我不管曾自欢是你还是杜若的人，也不管他多有心机、多会装孙子，在我这里都不好使！留着他，就是逗你们玩，不是我不知道你们背后的猫儿腻。"

卢非同还是不动声色，笑了笑："西西，你别激动，听我慢慢说。我可以向你保证，特斯拉案、何书案，还有杜无衣和杜同裳的事情，我都没有参与！都是和卢家没有直接利益关系的闲事、杂事，又无利可图，我哪里有这份闲心雅致？有这工夫，我还不如抓紧给你找个嫂子更有意义，不是吗？

"是，杜若也好，历之用也好，都找过我几次，希望我能和他们联手，哪怕只是出谋划策也行，我都拒绝了。生意上的事情，能帮自然是要帮的。但生意之外的事情，尤其是可能涉及违法犯罪的事情，我怎么会明知是火坑还要往里跳？哥有那么傻吗？

"这么晚了叫你回家，是想和你说，不管特斯拉案和何书案发展到哪一步，有什么风声传出来，你都不要管，也不要介入。事情很复杂，背后有太多的利益纠葛。接下来，可能会是更激烈的较量。西西，听哥哥的话，千万不要逞能，既没有好处又容易触雷的事情，碰了就是自寻死路。"卢非同暗中观察卢西东的表情，见她不像以前一样喜怒都明白无误地写在脸上，心中微微一沉，她莫不是跟郑道学会了忽悠和反忽悠？

"我听着呢，继续呀，别停。"卢西东注意到了卢非同探究的眼神，回应了他一个"我就是有料，你自己理会"的眼神，"哥，我就喜欢听你讲大道理，同流合污能说成高山流水，狼狈为奸能形容为志同道合，无利可图的不合作是理念不合，利益至上的合作是为了共同的事业……其实郑道和你比起来，腼腆多了，他就是一个心地善良、不善言辞、正义勇敢、舍己为人的大男孩儿。"

"西西说得都对，我不反对。"卢非同丝毫没有生气，笑得还很开心随意，"郑道确实单纯，所以我才希望你好好劝劝他，不要让他被人骗了，不要去帮何书、何黄汉他们，也不要跟历之用走得过近。历之用虽然是我的合作伙伴，但站在你的朋友、我的同学的立场上，我不希望郑道被历之用坑了。他不是缺钱吗？你让他当你的兼职专职心理医生，一年十二万的年薪，也足够他生活了。不够的话，我补贴一些也没问题。"

"你是怕郑道破坏了你的计划吧？郑道是计划之外的变数，是不受控制的一环，让我猜猜……"卢西东的大眼睛眨了几下，手指在桌子上敲了几下，"你怕郑道！你怕自己不是他的对手，怕你的真面目被他识破，怕你精心设计的一切被他破坏，所以你要先下手为强，让我当你的诱饵，先安抚住郑道，然后你再想方设法除掉郑道，或者让他再也没有机会和能力影响你的计划，对不对？

"哥，我只是不明白，你为什么要布局这一切？苏木、何书，好吧，还有郑道，他们都不过是无足轻重的小人物，没实力，也没什么影响力，和你有遥远的距离，根本就影响不到你的地位和事业，你干吗非要和他们过不去？甚至不惜害人！你肯定不是因为当年杜葳蕤对郑道有好感而拒绝了你的求爱，也不是因为何书没有救你喜欢的女孩儿而让她错失最佳救治时机，你不是一个放不下过去恩怨的人……为什么？到底是为什么？"

卢非同脸上的笑容渐渐消失了，微带凝重和不安，片刻之后，他的笑容又恢复如初，他叹息一声，摇头说："西西，你才认识郑道没多久，就受他的影响天天以阴谋论来看待世界？世界上哪里有这么多阴谋诡计。"

席燕倾摸了摸卢西东的额头，怜惜地说："西西，不行就回家住吧，在外面病得不轻啊，这是吃错了东西，还是吃错了药？"

卢寻常的语气严厉了几分："西西，不要怀疑你哥。他不管做什么事情，都是为了卢家，为了救治更多的病人，也是为了让这个社会和世界更加美好。卢家以做医院起家，到今天发展成为一流的集团公司，始终是以'为天地立心，为生民立命，为往圣继绝学，为万世开太平'为济世情怀……"

"这门课我听得太多了，不好意思，总是学不会，不及格。也可能是爸爸教得不够好。"卢西东知道还是和以前一样不会有什么共识和结果，她站了起来，"我得走了，回去还得喂狗。等有时间介绍你们认识我新养的金毛，它叫唠叨。"

"你怎么越来越讨厌了？"席燕倾怒了，一拍桌子站了起来，"卢西东，你给我坐下，不许走！"

"不好意思，从小到大，你们讨厌的样子，我都有，改不了啦！如果没有，请告诉我，我可以现学。"卢西东冲几人摆了摆手，手指在灯光下如白玉一样晶莹剔透，"走了，爸、妈、哥，多保重。下次再见，说不定我真会带一对外孙给你们，给你们一个大大的惊喜。名字我都想好了，男孩儿叫郑随心，女孩儿叫郑所欲。"

/第四十一章/　少实胜虚，巧不如拙

"喀喀——"齐神咳嗽几声，不是假装，是真被啤酒呛了一口，"你小子长狗鼻子了，闻味儿闻得这么准？这都能让你猜到！娘咧，神了！"

这不是闻味儿好吧，这是逻辑思维的缜密推理，郑道想和齐神好好说道说道，话到嘴边见付锐微微摇头，立刻就转了风向："能惊动齐神的案子，除了何书案就是特斯拉案，其他小案子，入不了齐神的法眼。何书案刚发生，还没有到收网阶段，由此推测，齐神和付哥联手抓捕的人，必定是特斯拉案的关联人员。"

"就是不知道齐神是怎么查到熊深秋和葛大连有犯罪嫌疑的……"郑道抿了一口啤酒，"这样，我先说说他们的来历和社会关系，也许能帮齐神打开思路。"

熊深秋和葛大连被抓之后，还没有来得及审问，能从侧面知道关于二人的更多信息，自然是好事。齐神拿起一串羊肉串递给郑道："当我请你的，要是你提供的信息有用，就再请一串。最多三串，不能再多了。"

真大方，和自己有的一比，郑道立刻有高山流水遇知音之感。

"我有一个条件，齐神，我提供了有用的线索，你得告诉我是怎么查到熊深秋和葛大连的嫌疑的。"郑道对此无比好奇，主要也是他想验证他的猜测。

齐神头刚摇了一半，付锐就将一串烤鸡翅塞到了他的嘴里："这串儿是郑道自个儿买的，你刚才的啤酒也是他的酒，现在是他请你了。"

齐神嘴里塞满了肉串，想说什么却没说出来，手指了付锐半天，又见李别故意东张西望、何小羽在桌子上画圈圈，只好认了："让了让了，

怕你们了，一个个的都向着郑道说话，你们都吃他的迷魂药了？"

论破案，齐神是当之无愧的专家和前辈，这点郑道得认；论心理战术和笼络人心，他才是当仁不让的专家和教授，已经由初级的忽悠迈进了半神的阶段，距离大神只有一步之遥。

按照郑道自己对江湖骗子、民间大师的等级排名，忽悠是第一阶段，也是初级，往上依次是半神、大神、超神和大师，和中医的小医、中医、大医相对应。

小忽忽人，中忽忽群，大忽忽国，忽悠的能力越强、水平越高，影响的范围就越广，信众就越多，层次也就越高。小忽悠顶多忽悠几个人，就像贾能飞一类的所谓医生；中忽悠忽悠一群人，比如霍达士之流；大忽悠忽悠一国人，比如某国的当选总统。

郑道才不会承认他和忽悠群体有关系，他早就脱离了低级趣味，不屑于坑蒙拐骗、靠吓唬人赚钱，就如他长得这么帅也不靠脸吃饭，要不早就屈服在卢西东的美貌和金钱之下了，他凭的是真本事和一颗大医精诚之心。

飘了，飘了，喝得有点儿急、有点儿多，郑道忙喝了口汽水压了压惊，说起了熊深秋和葛大连的事情。

说起来，他还得感谢狗哥。作为善良庄陌生而异常的新租户之二，熊深秋和葛大连早在孩子送来之前就已经入住了善良庄。后来郑道在请狗哥帮忙查清善良庄新租户的详细资料时，其中就有熊深秋和葛大连的名字及信息。

二人均是石门人士，出生在石门附近的县城，初中毕业，都在同一家 4S 店当修理工。4S 店正好位于西二环，距离善良庄不远，步行十分钟就可以到达，因此表面上看二人租住在善良庄也在情理之中。

郑道却从有限的资料中发现了问题。首先，二人在 4S 店上班都已经三年以上，但租住在善良庄只有一个来月，之前住在哪里，不得而知。其次，有一次他和李别说到案件时，李别无意中透露了一句："现在有些 4S 店都为修理工提供住宿。"不用想，他们以前就住在 4S 店里，突然搬进了善良庄，必有深层次原因。最后，熊深秋和葛大连的日常穿着和用品，不像是一个汽车修理工所能承受的消费。

不说他们那一身的名牌，就是人手一部最新款的苹果手机，便是他们数月的工资总和。虽然现在苹果手机已经不再是奢侈品和身份的象征，大街上随便一个人都可能拿出苹果手机来。但那一身的名牌衣服就不是二人的消费水平了。苹果手机可以省吃俭用积攒数月买下，是可以用几年的耐用品，而夏天的名牌衣服再大牌再贵，也只能穿一季，洗上几水一样惨不忍睹，是快消品。这说明，他们除工资外还有其他收入。

　　一开始郑道以为善良庄的新租户都是杜天冬安插的眼线，是为了保护孩子而多加的一重保险。后来熊深秋和葛大连让他意识到了另一种可能——杜若也没闲着，新租户中也有他的人，是为了随时偷走孩子。

　　尤其是曾自欢事件后，郑道更有理由相信，杜若早晚会铤而走险，正面不可能取胜时，会从侧面和背面出手，偷走孩子不失为一条可以逼他让步的计策。

　　只不过就算杜若有阴招，他在小心提防之时，杜天冬也不可能袖手旁观，任由杜若胡作非为。毕竟就算杜天冬不在意他的死活，也会关心孩子的安全。

　　后来郑道就让狗哥重点盯防熊深秋和葛大连二人，结果还真让狗哥又找到了一些蛛丝马迹——二人经常和曾自欢一起跑步，有时大晚上从西门出去，一跑一两个小时才回来。修理工每天累得像死狗一样，工作量之大足够保持身体的强壮，健身个屁。他们哪里是去跑步，肯定是密会。

　　再后来，狗哥又有了新的进展，发现他们是去西二环的升降咖啡馆和一个人见面。不过让郑道失望的是，此人既不是卢非同也不是杜若，而是一个狗哥和他都不认识的人。

　　"初步可以断定，熊深秋和葛大连包括曾自欢，背后有一个势力集团在对他们发号施令。他们除了想要从我手中抢走孩子之外，还另有目的。他们的背后，除了有杜若之外，还有这个人——"郑道拿出手机，打开图片，递给了齐神，"齐神认识他吗？"

　　狗哥偷拍的照片质量一般，又隔着玻璃，而且对焦不准。熊深秋、葛大连和曾自欢拍得十分清晰，他们对面的人却有些模糊。不过也能看清是一个二十多岁的年轻人，个子挺高，长相一般，高鼻梁、深眼窝，五官比较立体，乍一看像是一个混血儿。

齐神和付锐看后都摇了摇头，表示不认识。付锐拿过一部手机，动作熟练地解锁："来，我扫你，加下微信，照片发过来。这可是一条重大线索，有利于接下来的审讯。"

　　郑道加上了微信，发送了照片，冲付锐点头会心地一笑。齐神此时才意识到什么，猛然跳了起来："付锐，你这个老狗怎么知道我的手机密码？说，你知道多久了？偷偷打开过我的手机多少次了？"

　　"老齐，齐神，现在是计较这些小事的时候吗？你这个人什么都好，就是有时太小心眼儿了，分不清轻重缓急。"付锐脸色一沉，故作认真，"是你说还是我说？是该告诉郑道他们我们今天的秘密行动了。"

　　"齐神，嫂子问我你是不是喝酒了？"何小羽扬了扬手机，"我说没有，说在开会聊案子，还说是特别重大的案子，你开完会就会回家。"

　　"这就对了，这就对了！"齐神擦了一把额头上的汗，"这喝了好几瓶啤酒了，回家怎么交代？边开会边喝酒？小羽，你坑死我了。"

　　"没事，不怕，齐神，乖。郑道有方子，喝下去一个小时就可以解酒，到家就完全没有酒味了。所以——"何小羽再次扬了扬手机，"我们在等齐神的案件通报，下次见到嫂子才好对应得上，不会露馅儿。"

　　"这就说。"齐神举起酒杯刚要再喝一口，想了想，"郑道，真有方子可以解酒？"

　　"有，我现在就写方子，让李别去买。"郑道碰了碰李别。

　　"怎么又是我？"李别叫屈，"不去，没好处不去。"

　　"陪你相亲三次。"郑道只好许之以利。

　　"五次。"

　　"成交！"

　　这小子是对自己多没信心，五次相亲还不被人相中，也太可怜了，郑道开心地答应了。

　　"不急不急，夜生活才刚刚开始，既然有解酒的方子，我就再多喝几杯。"齐神酒瘾上来了，又喝了一大杯，"我和老付今天原本是去席可思家里了解情况。席可思是张四瑞的媳妇，她卧病在床好几年了——年纪不大，却一身是病。"

　　"结果还是没有任何收获，席可思什么都不说，只说什么都不知道。"

付锐很自然地就当起了捧哏，"他们家里还有上初中和上幼儿园的两个孩子，真是可怜呀！张四瑞被抓后，大孩子挑起了照顾妈妈的大梁，是个好孩子，又孝顺又能干。"

齐神点头叹息一声："办案多了，每次见到因为父母浑蛋而牵累了无辜的孩子，心里就会不舒服好几天。我和老付每人给孩子留了一点儿钱，刚出门就接到一个举报电话。对方很肯定地说，在富裕街和西二环交叉口东行一百米路南停了一辆奔驰商务车，车上有两个人，叫熊深秋和葛大连，他们是特斯拉案的具体实施人员，负责配合张四瑞，包括打款和接受幕后主使的命令，他们是承上启下的关键一环。"

郑道惊了，这个举报人这么门儿清，压根儿就是内部人士，要的是一刀破解特斯拉案缜密而近乎无懈可击的布局！

/第四十二章/　表证虚，内证实

下了楼，来到车前，卢西东努力平复着心中翻腾的气息。也不知道有没有气着他们，如果没有，下次她还得再准备得更充分一些。今天来得匆忙，有点儿草率了。要不，下次直接借两个孩子抱过来？估计会让他们惊喜加惊吓过度之余，再也不敢对她指指点点了。

不行，借孩子吓人的手法太老套、太没有创意了，太学郑道了。还不如直接带着郑道回家，再在网上淘一个假结婚证，然后她再带着自己养的一狗一猫，郑道带着两个孩子和他们养的一狗一猫，浩浩荡荡地回娘家，保证让他们三天三夜吃不好睡不着！

卢西东上演了不少内心戏，自己逗笑了自己，刚拉开车门，一辆汽车缓缓驶了进来，停在了旁边。车门打开，杜若下来了。

"西西，这就回去了？我刚来你就走，就这么烦我？"杜若笑嘻嘻地伸出了右手，"好久不见，甚是想念。"

"屁咧，别想念我，受不起。你我隔山海，山海不可平。"卢西东才不和杜若握手，开门上车，"特斯拉案、何书案，还有今晚偷孩子的事情，你都参与了吧？你完蛋了我跟你说，杜若，你的最终下场不是被卢非同坑死，就是被郑道玩死。"

"如果我是你……"卢西东见到杜若，心情莫名好了起来，不是因为她喜欢杜若，恰恰相反，她无比讨厌杜若，而杜若在她面前偏偏又是二皮脸，不管她怎么损、怎么欺负他，他都打不还手骂不还口。

既然有人乐意当舔狗，就得使劲踩，别人也不让踩不是？有一只可以任意欺凌的舔狗，也是人生幸事之一。

"还是选择被郑道玩死比较好，他是医生，医者父母心，他会为你留一条生路的。我哥就不一样了，他是开医院和卖医疗设备起家，就是骨头渣子也要榨出二两油才会放过你的风格。"

"我现在也很想知道我最后是怎么死的，可惜在临死之前，我不会相信我会输。"杜若摸了一下稍显油光的头发，"感谢西西对我的关心和提醒，不过我已经有决定了，就算死，也要死在你哥手里。这样至少我可以安慰自己，我被你哥害死，是为了接近你。"

"要吐了，太油腻了。你要是到了中年，估计会变成油瓶子。"卢西东发动了汽车，"快去吧，我哥在等你。这么晚了你们还着急见面，是要商量后事吗？你最近除了上厕所没出过什么远门吧？来一趟卢家，也算是远行见识世界了。"

"对了——"卢西东冲杜若微微一笑，笑容甜美而动人，"曾自欢说他要改邪归正，不再当你的走狗，要为我效劳。"

一踩油门，车扬长而去，卢西东从后视镜中看到杜若一脸愕然和不信的表情，就笑得无比开心。总算找到冤大头出气了，有的没的先卖了曾自欢再说，反正她跟郑道学会了忽悠，能忽悠住当然好，忽悠失败了她也没什么损失不是？

杜若摇了摇头，自嘲地一笑："忽悠我？西西，你还是太嫩了。你别得意，现在当舔狗，将来当主人！你以为你能跑得了？嘿嘿，你还不知道我的厉害！包括你哥！"

杜若上楼，到了二楼的露台，席燕倾已经下楼休息去了，也是因为她被卢西东气得头疼肝疼。

"坐。"卢非同起身相迎，拉开卢西东刚刚坐过的椅子，"西西刚走，你应该在楼下和她遇上了，有没有聊几句？"

"聊了，她说让我提防你，还提醒我早晚会被你害死，我说就算死在你的手里，也算是为了她。"杜若故作夸张地一笑，冲卢寻常欠了欠身，"开个玩笑，卢叔，您别往心里去。"

卢寻常微微一笑："真羡慕你们这些年轻人，敢爱敢恨，喜欢的就努力争取，不喜欢的就直接抛弃，活得真实、活得自我。难得你喜欢了西西这么多年，你还年轻，还有的是机会。"

"谢谢卢叔。"杜若在卢寻常面前稍显拘谨，他喝了一口茶压了压，"今天一天，事情多得眼花缭乱。非同，看你稳坐钓鱼台的样子，是对下一步有了规划？"

卢非同呵呵一笑："一切尽在掌控之中。"

还尽在掌控之中？掌控个屁！如果事情真的在完全按照原计划进行，那还用得着非要大晚上叫我过来一趟吗？如果不是你暗示卢西东也在，我也不会哈巴狗一样来得这么快！杜若心里暗暗冷嘲热讽，表面上却不动声色，还十分恭敬地说："孩子的事情就不说了，虽然失利了，熊深秋和葛大连还折了进去，他们可是特斯拉案的关键环节，不过我能处理好。何书现在下落不明，非同已经有对策了吧？"

"熊深秋和葛大连被抓不要紧，他们又咬不出你，至少没有证据能证明你和特斯拉案有牵连。所有的证据链条，你都能择干净。何书的事情，麻烦一些，不过也不算什么了不起的大事，他的案子别想翻案。"卢非同少年老成的样子虽然稍显不够沉稳，但不慌不忙的神情已经初具强者风范。

卢寻常颇感满意地微微点头，儿子可堪重任、可担大事。

"齐神接手了。"杜若微有忧虑之色，"霍大师说，齐神心肝皆旺，心强肝盛，既有主见又有胆识，是一个油盐不进的四季豆。除非正面刚，不管是侧面还是后面，都拿他没有办法。"

卢寻常轻轻咳嗽一声，笑了："这世上就没有蒸不烂、煮不熟、捶不扁、炒不爆的铜豌豆，呵呵。"

"呵呵——"卢非同接过了卢寻常的"呵呵"，还"呵"得恰到好处，

"正面刚对付齐神的方法已经有了，你不用怕，他越有个性，就越有缺点。更何况，何书案的整个链条严丝合缝，没有漏洞，十个齐神再加上十个郑道，也别想翻案。"

卢寻常连连点头："心肝之火俱旺，这人是有病呀，表证表现为面红目赤、口苦口干、烦躁易怒、头晕胀痛，再发展下去，内证是高血压、心脏病，很容易死于心梗或脑梗。"

打仗亲兄弟，上阵父子兵，卢家父子名不虚传，一个绵里藏针，一个心狠手辣，受教了。在卢家父子面前，他学到的东西比杜天冬教他的有用多了。创始人的基因决定一家集团的风格，确实如此。

杜若心里踏实了不少。

虽然和卢家父子合作是与虎谋皮，但至少可以学到东西并且提升他的能力以及……脸皮。杜天冬就是太要面子、太讲究原则了，有时固执得让人无法理解，有时又变通得让人摸不着头脑。这就不好玩了，人不管干啥都要专注。还是卢家父子好，坏就坏得彻底，从一而终，永不变更。

杜若拿出一张照片，推到了卢非同和卢寻常的眼前，轻轻一笑："我现在严重怀疑他才是孩子的亲生父亲……认识吗？"

认识，何止认识，还因为何书的事情熟得称兄道弟了！卢非同的嘴角浮现出一丝微不可察的笑意。

/第四十三章/　　心不得满，事不得全

"接到一个举报电话就去抓人，齐神，草率了啊。这我得批评您，不是您严谨、三思而后行、谋定而后动的办案风格。"李别喝得有点儿急、有点儿多，喝大了，就有点儿飘，"万一举报电话是恶作剧，是恶意举报，是假举报，抓错了人会毁了齐神的一世英名……"

"你说啥？"齐神打开一瓶啤酒，"自个儿一口气喝干，我就当你没说。"

付锐在一旁偷乐，不去找补。

李别举着酒瓶，瞪着一双红红的眼睛问郑道："哥，你说我喝不喝？喝了，我肚子难受；不喝，齐神脸上难看。"

郑道见李别有几分摇晃，知道他今天受过两次伤，又奔波忙碌，累坏了，就夺过了他的酒瓶，放到了桌子上："先不喝了，最后打扫战场时，都是我的。齐神，举报电话是真人还是假声？"

"假的，用了声音模拟软件。"齐神也没再计较李别的指责，愣了片刻，忽然笑了，"李别这小子明是骂我其实是担心我，我知道他心眼儿不坏。其实当时我也有过犹豫，不过正好是路过，就想碰碰运气。主要是举报电话的内容太真实了，说出了许多案件的机密。如果不是办案人员或涉案人员，不可能知道得这么详细。"

"说来这事儿还得感谢郑道，要不是他当时在奔驰商务车附近鬼鬼祟祟的，我和齐神也不会误以为他就是熊深秋或葛大连。结果刚和郑道……也就是打了个招呼，熊深秋和葛大连就从车里蹿了出来……"付锐继续充当他的捧哏角色，"二人也太厡包了，一出手就被齐神和我拿下了。不过也可能不是他们厡，是齐神和我太强了，谁让他们这么不走运，遇到了全市最强刑警！"

"哎呀，李别醉倒了。"何小羽推了趴在桌子上打呼噜的李别一把，"李小别，小李别，这里不能睡，快起来！等下没人送你回家，你重得像猪。"

齐神见郑道冲他眨眼示意，愣了一下明白了过来："郑道，你不是说有解酒的方子？李别醉了，让他先试验一下，看看管用不。"

郑道双手一摊，故意大声说道："既然李别醉了，那我就亲自跑一趟去买方子。其实也不用特别去买，最解酒的方子是石膏水。小羽，帮个忙，从房顶上刮点儿石膏下来，兑上水，喂李别喝了，马上就能醒。"

"醒了醒了，没事了。"李别立马跳了起来，为了证明自己，还特意摇摆了几下，"看，瞬间回血，生龙活虎，要不要再表演一个倒立给你们看？"

"不要！"众人异口同声，"要你喝石膏水！"

"哥，救命啊。"李别厡了，坐回郑道身边，"你开方子，我立马去买还不行吗？就偷懒一次，你非得往死里整我，我再傻也知道石膏水会喝死人的好不好？"

"坐好了，不闹了。"郑道哄孩子一样安抚李别，"其实并没有什么解酒的好方子，有一个橘皮醒酒散，稍微管点儿用，中药实际上是要忌酒的。最方便最有效的解酒方法就是喝蜂蜜水。"

"明白！"李别重重点头，立马起身，清醒得像是没喝过一口酒，"老板娘，来一壶蜂蜜水。"

三十五岁年纪、风姿绰约、身材傲然的一日香老板娘苏喜欢亲自拎了一壶蜂蜜水款款走了进来。穿短衫短裤的她非但不显老土，反而更有质朴的气息，尤其是那张颇有喜相的圆脸让她平添了三分烟火气、七分旺夫相。

"早就备好了，这小伙子一进门就吩咐下来，我就知道遇到了行家。"苏喜欢拍了拍郑道的肩膀，"你这后生眼生得很，头一次来吧？齐神最近眼光提高得挺快，自从李别和小羽出现后，结交的朋友越来越顺眼、越来越耐看了。"

"苏姐，我就当你是在夸我了，绝对不是在夸郑道。"李别接过水壶，喜滋滋地为几人倒蜂蜜水。

"他叫郑道呀，多大啦？有没有对象？姐有个妹妹叫加加子，长得可漂亮了……"苏喜欢对郑道格外热情与上心，"李别，你就别逞能了。我夸你只会集中在吃得多、喝得多、人勤快、有眼色上面，顺眼耐看什么的，都和你没啥关系。"

"苏姨，来，我着重为你介绍一下，何小羽，我嫂子。"李别立刻改口叫姨了，"你刚才一句话得罪了我和小羽，不送我几串腰子，今晚这事儿过不去了。"

"让了让了，送，必须送，小李别你就是专门让人头疼的，是吧？"苏喜欢一回身，门口就有人递过来一盘烤腰子，一看就是事先早就准备好的，"叫姐，叫姐就让吃。"

这个人是个八面玲珑的人物，郑道的目光在苏喜欢的脸上、身上和腿上扫了一遍，惹得何小羽悄悄拧了他一下，暗中恶狠狠地说："往哪儿看呢？注意你的形象，别给心理医生和中医丢脸。"

这帽子扣得太大了，郑道感觉脖子都要被压断了，他咧嘴吸了一口凉气："疼呢，小点劲儿，不知道自己手劲大到能徒手开核桃吗？"

"这老板娘不简单，脸上动过，身上也动过，身材不是天生的，动刀加锻炼的结果。对自己狠的人，欲望都强，争强好胜，为达目的不择手段，自然对别人也狠。"郑道对苏喜欢有了初步的认识，他压低声音，"你和李别提醒一下齐神和付锐，以后再来吃饭别聊案子。"

又一想，不对，她怎么就是加加子的姐姐了？

"这房间隔音效果特别好，关上门，里面吵破天外面也听不见，你们就放心大胆地吃吃喝喝。"苏喜欢放下腰子，朝众人飞了一眼，"行啦，你们继续，我就不碍眼了。这腰子估计得浪费，看脸色一个个都是好男人，没一个需要的。啧啧，这多年头一回见一桌子能凑齐四个好男人，今儿个是什么日子啊。"

留下惊鸿一瞥的苏喜欢前脚刚走，李别后脚就关上了门，俯身在门上听了听，咧嘴说："隔音效果真不错，听不到外面的声音。"

齐神不以为然地撇嘴："隔音好管个屁用，房间里要是安了什么东西，隔音越好反倒听得越清楚。"

"不能吧？苏喜欢她没这个需求呀？"李别一惊，随即又贱贱地笑了，"她不会是看上我了吧？年纪是大了点儿，好在成熟有风韵，我喜欢年纪大的，会照顾人、心疼人。"

"齐神，你心火肝火都太旺，不加以引导的话，很容易引发心梗和脑梗。"郑道瞪了李别一眼，话题转到了正事上。

/第四十四章/ 有人辞官归故里，有人星夜赴考场

卢非同手指轻敲照片，摇了摇头，假装回忆了一下："不认识，这都多少年前的照片了，主要是清晰度也不够，看不太清。他是谁？为什

么你觉得他是孩子的亲生父亲？"

卢寻常微不可察地点了点头，对卢非同滴水不漏又隐含了以后可以随时找补的回答大感满意。儿子是个人才，顶尖人才，别说郑道了，就是放眼全国，同龄人中有和卢非同一样眼界、见识、格局和智慧的人，也少之又少。

儿子一定可以带领意诚集团攻城略地，让意诚成为国内最顶尖的医疗集团。卢寻常无比欣慰，一群老友中，不管是郑见、杜天冬、苑十八、倪必安，还是印长弃、历之用等人，他们现在都远不如他的布局深远、基础扎实，他们的后代更是无一人可及卢非同。

带着知足和满足，卢寻常打了一个哈欠，先去睡了。

杜若尽量克制住自己的疑问："真的不认识？不会吧，姐姐的朋友圈很小，一共没有几个人。作为最了解她和她走得最近的几个人之一，你应该认识他才对。"

卢非同感受到了杜若的怀疑和不信任，他站了起来。身高一米八二的他浑身上下散发着一个男人应有的全部魅力："杜若，你错了，最了解葳蕤的人只有她自己。我只是她的众多追求者之一，还是最失败的追求者之一。"

杜若翻过照片，让卢非同看到了后面的诗句："人有生老三千疾，唯有相思不可医！"

卢非同轻笑一声，摇了摇头："其实现在纠结谁是孩子的亲生父亲还有意义吗？杜叔明摆着就是要将股份转让给郑道，孩子只是一个由头而已。葳蕤的遗嘱里，也没有限定郑道必须是孩子的亲生父亲的条款……你还不明白自己的处境吗？"

"明白，其实早就想明白了，就是不愿意面对，也不甘心罢了。"杜若苦笑着喝了一大口茶，"以前总觉得茶苦，不好喝，现在忽然喜欢喝茶了。和生活的苦涩相比，茶的苦算得了什么？入口苦，至少回味香甜。

"股份算什么东西？股份是我得不到的东西。在继承家产的这出戏里，我演的都是配角，结局都是悲剧。别人遇到的顶多算是瓶颈，我倒好，碰到的直接就是瓶盖！"

卢非同哈哈大笑："别这么悲观，就算股份已经转让到了郑道名下，你也有足够多的机会再拿回来。郑道除了一张能看的脸加一张骗人的嘴，他还有什么？"

杜若故作垂头丧气状："没机会了，老头子这几天就要和郑道见面，应该会敲定股份转让的事情。本来想今晚抢走孩子，结果还失利了。没想到坏我大事的居然是一个女人，是左叶禾！"

"有时你就是过高估计了自己在女人心中的分量，在西西面前是，在左叶禾面前也是。不是我打击你，杜若，你长得真没郑道好看。"卢非同安慰地拍了拍杜若的肩膀，"除了比郑道有钱，你比他优秀的地方还真不多，不管是忽悠还是真本事。"

"你比郑道长得帅还高，又比他有钱，智商也比他高，不也一样管不住西西去倒贴他？就连我姐不也是宁肯和郑道合影，也从来没给过你一次合影的机会？"杜若有意刺激卢非同。

卢非同眼神跳跃几下，片刻间又平和下来："葳蕤是仙女，我和郑道都是俗人，最后她不是谁也没有选择吗？西西喜欢郑道，愿意帮他，说是倒贴就太性别歧视了。凭什么就一定是'男人负责赚钱养家，女人负责貌美如花'，反过来不也一样？只要两个人和谐就行。"

"你说话能不能别这么拿腔拿调，总感觉你嘴里含着一本中英文字典似的。"杜若冷笑起来，笑过之后又摇头，问，"非同，何书的案子，你到底参与的程度有多深？"

不等卢非同说话，杜若又自嘲地笑了："算了，不问了，问了你也没有真话。从小到大，我习惯了你从来不说真话的风格。"

"错，我不是不说真话，是不说没有百分之百确定的话。"卢非同似乎从来不会生气一样，脸上始终挂着一丝若有若无的笑容，"何书的案子，真的和我无关，你又不是不知道我，我从来不做伤天害理的事情。"

杜若哈哈大笑："每次听你讲大道理，我就会又相信人生了。什么话从你嘴里说出来，总是含义深刻，值得让人反复咀嚼。记得有一次你说一个男人喜欢一个女人的四个阶段，一句话就可以总结——喜欢上一个人——我回去后琢磨了一个月才彻底想明白同样的一句话为什么可以拆分为四种不同的含义。

"还有你教我的追姑娘的正确做法是穷追不舍、得花钱，而不是穷追、不舍得花钱。经你点拨之后，我的泡妞技巧才大幅度提升，不过，白头发也增加了不少。我就纳闷儿了，非同，你教会了别人许多技能，为什么自己从来不实践？"

卢非同一脸认真的样子："我只想一生坦坦荡荡，不想和你一样总是追求一些沟沟坎坎。只是留三分贪财好色，以免和俗世格格不入；再留七分一本正经，以图踏踏实实做些实事、大事。我只想做个表面贪财好色、内在一身正气的正常人。不像郑见一样满腹牢骚、一身酸臭，也不学郑道自作聪明、愤世嫉俗。"

"这你可错了，郑道可没有自作聪明，更没有愤世嫉俗，他应该有和你一样的理想。不对，刚才的一番话应该是郑道的台词，怎么被你抢了？你说出来总觉得没有他说出来那么大义凛然。"杜若不笑了，一本正经地敲了敲茶杯，"非同，熊深秋和葛大连如果招了，特斯拉案的链条还能保持完整吗，不会引发连锁反应？"

"不会，尽管放心。"卢非同依然一脸笃定，"不会影响我们的长远计划。不过你也别急，意诚并购天冬，至少需要三年到五年的时间，所以你还有足够多的机会拿回属于你的股份。郑道的百分之二十如果到了你的名下，你的股份就超过了百分之三十五，就有一票否决权了。"

杜若倒了一杯茶水，一口喝干："我要明确三件事情：一、我们的共同目标不变，等我掌权后，会推动意诚对天冬的并购；二、联手打压所有不利于我们后续推广新型医疗设备和产业链的因素；三、干掉郑道这个变数，争取赢得西西的芳心，成为你的妹夫。"

卢非同温和儒雅地一笑，用力朝椅背一靠，别说，他后仰的姿势还真有点儿像郑道的慵懒模样："完全同意，绝对赞成！"

"中，那就这么说定了。"杜若拿起车钥匙，暧昧地一笑，"我得走了。大师还在十维空间等我，他又想念小米了，想和小米继续深入交流人生。"

"有人辞官归故里，有人星夜赴考场，也许，这就是人生。"卢非同送杜若下楼，"真羡慕你还有这样的精力和热情，依然热衷于沟沟坎坎的事业，我现在已经提不起半点儿兴致了，是不是真的老了？"

"屁咧，你才二十五岁就说老了，是想嘲笑五十岁的大师还喜欢跋山涉水？风流不分男女，色情不在老少。你呀不是人老了，是变心了。"杜若上了车，摆了摆手，"行啦，别送了，太客气就不是一家人了。孩子的事情，我可能会采取更激烈的手段，你有没有别的建议？"

卢非同双手合十："谋事在人，成事在天，但不谋事，永无成功。肯定顺利！"

完全是没有营养和干货的屁话，虽然杜若早就习惯了卢非同在别人的事情上那种事不关己、高高挂起的态度，他还是忍不住讽刺了一句："以后记得多喝点儿营养快线。"

卢非同回到楼上，卢寻常又打着哈欠出现在了露台上。

"熊深秋和葛大连真的不会导致崩盘？"卢寻常揉了揉太阳穴，"睡不着，今天事情太多了，还平白增加了不少变数，不得不让人担忧呀。"

"不会，后面已经有了对应之策。关键不在熊深秋和葛大连身上，而是张四瑞。张四瑞知道的秘密比他们多多了。"卢非同脸上此时也微有忧色，不过依然自信满满，"张四瑞不会冒着牺牲自家媳妇的危险招供的。"

"也没多少变数，除了郑道之外，其他人不足为虑。"卢非同说。

卢寻常点了点头："熊深秋和葛大连被抓，背后的变数难道也是郑道？"

"不是，估计是杜天冬。"

"这么一说倒是通顺了，杜天冬到底唱的是哪一出？"

"不过是不甘心退出历史舞台的老顽固罢了，不值一提，他和他固守的传统理念早就过时了，被扫进历史的垃圾堆只是早晚的问题。"卢非同眼中闪过一丝狠绝之色，"我就当当好人，拿一把大扫帚顺应时代扫扫他，让他快点儿归位。他以为拉郑道下水就可以挽救他于水火之中？做梦！就算是郑见出山，也阻止不了太阳的下山。"

"太阳下山是自然规律，不过人在其中，都不知道自己是中午的太阳还是落山的太阳。"卢寻常又打了一个大大的哈欠，"睡了睡了，太晚了。对了，你为什么不告诉杜若你认识照片上的人？"

"先不能让他知道我认识印远在，何书案……还需要印远在的周旋。而且，我怀疑杜若已经知道他就是印远在，也查到了印远在就是那两个孩子的亲生父亲！"

/第四十五章/　攻其一点，不及其余

"人死鸟朝天，不死万万年，怕个屁！"齐神目光犀利地盯着郑道，"说，你是想忽悠我还是想给我洗脑？告诉你，都不好使，我是榆木脑袋、石头脑子，是铜豌豆，蒸不烂煮不熟……"

管你是什么铜豌豆铁豌豆，哪怕是金刚豌豆也不怕，他有的是办法收拾豌豆，为什么非要蒸、煮、砸、捶呢？浇点儿水盖上布，过段时间长出了豆芽，不是更好吃吗？

想不通！

有些中药材讲究九蒸九晒，而有些中药材则是需要生长，转化了形状才能增加药性，甚至改变属性。当然，郑道并没有打算改变齐神的想法，他只是想往齐神的身上浇一些忽悠之水，再添加一些催化剂，迟早会在他身上生根发芽。

攻克一个人，必须先发现他的软肋，从软肋入手，事半功倍。

"齐神，你有没有发现一个现象——"郑道冲何小羽招了招手，"小羽，我渴了，想喝北冰洋。"

"等着，马上有。"何小羽十分配合郑道的表演，她是当之无愧的女一号，"一瓶够不？冰的？"

郑道点头，一脸不耐烦："这么啰唆？赶紧的。"

"收到！"何小羽被郑道指挥得像孙女一样，却毫不生气，蹦蹦跳跳地出去了。

"李别总说让我多照顾小羽，说这孩子缺心眼儿，我以前还不信……"

齐神还没跟上郑道的思路，毫无防范地就跳坑里了，"现在信了，郑道，你是想证明什么？证明你对小羽的洗脑有多成功？"

"作为英俊的心理医生和帅气的小中医，如何利用心理暗示影响一个人，如何用中医的辩证思维来认知一个人，这不叫洗脑，这叫潜移默化！如何更好地调整两人关系，更融洽、更开心地和别人相处，包括自家媳妇，是一门高深的学问。"郑道朝付锐使了个眼色，感谢付锐一再暗中提醒他齐神在家中的地位和在外面的威风成反比的事实，"这门课，齐神考了满分，希望齐神给我们传授一些经验。"

"滚蛋！"齐神气笑了，"绕这么一个大弯就是为了笑话我在家里地位不高？家不是讲地位高低的地方，是讲谁更爱谁、谁更迁就谁的地方。小屁孩儿都没结过婚，还跟我讲道理，懂个鸡毛掸子！"

"齐神，道哥现有正牌女友一名、备选女友三到五名，个个有钱有貌还倒贴；孩子两个，猫狗各一只。综上所述，我不认为他在爱情、婚姻和家庭的问题上不懂鸡毛掸子，他至少懂得怎样保持平衡，不至于一地鸡毛。"李别不是为郑道开脱，是制造黑锅。

"说这个我倒是信那么一点点，现在是一个看脸的社会，郑道这张脸长得是比我强了那么一点点……"齐神摸了摸脸，"我是眉毛太粗了，眼睛太小了，皮肤也不够白，和郑道的差距差不多有十五分。"

说反了，齐神，郑道也摸了摸自己的脸，应该是五十一分才能证明大家都不眼瞎。

"想说什么赶紧说，趁我现在还清醒。"齐神见他的话没有引起任何反响，尴尬地笑了，"行，你们狠，不给面子是吧？我从小到大就知道，自己吃不了小白脸儿这碗饭。"

何小羽进来了，将汽水递给郑道，递到一半又想起什么，手一翻，瓶口磕在了椅背上，"砰"，瓶盖飞了。

郑道用力喝了一口汽水，笑眯眯的样子像是吃定了绵羊的大灰狼。

"齐神，你混淆了一个概念，一个男人不管吃硬饭、软饭，还是软硬兼吃，都得有真本事，不能说长得丑才能有本事，长得帅就只能靠脸吃饭不是？我就是又帅又有本事的典范。"郑道站在何小羽和李别中间，伸手抱住二人的肩膀，"别人听你的话，是对你的认可。在认可的背后，也是你的魅力逐渐征服他们的过程。"

"意思是我听媳妇的话，是她的魅力征服了我，而我的魅力还不足以征服她？"齐神冷笑道，"忽悠，接着忽悠，我看你能扑腾多久。不早了，十分钟后结束战斗。"

每个人都有自己的个性，就和每种病都有不同的特性一样，对不同个性的人要对症下药，才能有病治病、没病养生。从大的方面来讲，人的性格可以分为四种——快热、慢热、不冷不热和冰冷。用中医对应的词就是阴虚、阳实、阳虚和阴实。

"人体就是一个容器，要么实要么虚，没有第三种状态，有的话就是死人了。阴虚、阳虚、阴实、阳实，你肯定是其中一种。只不过虚得不厉害、实得不上头，就不算生病。不同的体质，会形成不同的性格。举个简单的例子，长在阴暗潮湿环境中的植物，就阴性多一些；喜欢阳光耐干旱的植物，阳性就盛一些。齐神肯定是喜欢行走在阳光下、亮亮堂堂的人……"郑道开始讲大道理了，见齐神皱眉、付锐迷茫、李别不知所措，而何小羽装睡，就知道他们都没听懂。

听不懂就对了，有时就得说一些天花乱坠、高深莫测的理论，才能衬托自己的大师光环。也许有一天他的经历会被人写成一本书，名字就叫"大师是怎么敛成的"，对，敛财的"敛"。

"最后一句听明白了，前面说的是什么乱七八糟的，只懂了一半不到，能不能说点儿小老百姓喜闻乐见的话？别整玄的虚的，没鸟用。"齐神咧嘴一笑，"又或者你整得再高深一些，索性让我只能听明白每个字，组合在一起就不知道是什么意思的，有没有？"

还治不了你了？齐神就算是建造在世界最高峰的堡垒，郑道今天也势必要将他攻克。郑道清了清嗓子，张口就来："《黄帝内经》讲，手之三阴，从脏走手；手之三阳，从手走头；足之三阳，从头走足；足之三阴，从足走腹……明白了吗？"

"明白了，你说的是广播体操吧？"齐神酒醒得差不多了，起身活动了几下筋骨，"什么阴虚、阳虚、阴实、阳实？郑道，你就明确地告诉我，我是哪一种，又病到什么程度不就得了。干我们这一行的，随时做好了牺牲的准备。来吧，面对疾风吧。"

/第四十六章/　阴实阳虚，阴虚阳实

夜色已深，外面的声音渐渐远去，并且慢慢沉寂。窗外，不知名的虫儿在低吟，不知是外出就餐还是在求爱。

天有昼夜，人有起卧。阴气盛则寐，阳气盛则寤……符合天地之道的作息，人体才会健康。虫子就不同了，有另外一套的生物钟。

不过归根到底说起来都是为了生活。

看病和审讯在原理上是相通的，看病是了解一个人性格以及发病机制的过程，了解之后，才能对症下药。审讯也是同理，对付不同的犯人要用不同的心理战术，才能问出真相。

当病人面对医生时，并非全说实话，出于隐私或是某些方面的原因，会有所隐瞒，甚至是欺骗，所以医生会被误导，尤其是面对复杂的病情时。审案也是如此，特斯拉案似乎是因为熊深秋和葛大连的被抓而见到了曙光，实际上如果熊深秋和葛大连有足够强大的心理素质，也很难突破他们的心理防线，问出关键证据。

同时郑道也有理由相信，张四瑞并没有完全交底，肯定有所隐瞒和保留。对方布置了一个如此精妙的局，几乎算无遗策，如果不是热衷广场舞的余婶和柳婶意外"撞鬼"，张四瑞还不会暴露。如果换作他在背后布局，他也会在每个环节都设想到失败之后的补救措施。

每个人都有软肋，原本郑道没有太明显的软肋，现在有了，就是孩子！而张四瑞的软肋就是卧病在床的媳妇和儿子。

原本郑道也以为张四瑞就是一个独立的环节，他真的是完全被利用，只为拿钱办事，对其他事情一无所知。但在齐神说了张四瑞的家庭状况后，他明白了张四瑞铤而走险的动机。再一想，张四瑞目前所得的报酬，

184

不足以让他的家庭现况有所改变，既然迈出了无法回头的第一步，他无路可退时，必然会选择加大赌注，以求拿到更大的报酬，甚至不惜以自己的死来换取媳妇的平安和儿子的未来。

男人有"冲冠一怒为红颜"的豪迈，也有不惜以死保家人的悲壮。如果张四瑞真是这样的人，郑道敬他是个汉子。

虽然郑道没见过张四瑞，但根据李别所描述的性格推断，他应该是阳虚。阳虚的人，冷静而缜密，属于不冷不热、不紧不慢的性格。不管你是咄咄逼人的风格还是热情似火的方式，他都不为所动。哪怕你很幽默，笑话信手拈来，对他来说也不起作用。

老爸为郑道总结的经验是，对阳虚的人，要诱导他敞开心扉，抛出他感兴趣的话题，而不是询问他、质问他。只要找到切入点和共同话题，他会露出他冷幽默的一面，会主动讲冷笑话给你听，当然，前提是你愿意听他冷到生无可恋的笑话才行。

齐神是阴实。阴实的人，表面凶内在弱，是刀子嘴豆腐心的类型。由于身体里有堵塞，他们做事很执着，也容易走极端。表面上看齐神确实很强势，实际上内心缺少安全感。

越是缺少安全感的人控制欲越强，他会将安全感建立在别人的绝对服从上，哪怕只是表面上的客气和尊敬。

阴实的人还不喜欢别人讲太多道理，尤其是大道理，也不够幽默，往往理解不了别人所表现的幽默之处。但对于阴实的人，可以上来就热情就示弱，让他感觉到你的敬重和友好、你对他没有攻击性和威胁，他就会被你的火热熔化。

现在，齐神差不多被他化了一大半，就差最后一锤子了。

"齐神，你的问题已经严重到得每天喝一杯蜂蜜水睡觉的程度。"郑道又为每人倒了一杯蜂蜜水，"早起一杯温开水，晚上一杯蜂蜜水，再加一盆洗脚水，三水保健康。"

"不用死了？"齐神喝了一口水，斜着眼睛笑了，"还三水，一水都做不到，有没有更省事的长寿方法？"

"有，尽快破案。"如果有一天齐神病倒了，肯定是累倒的，不是身累就是心累，身累好治，心累难医。郑道毕竟是石门颜值第一的心理医生，继续他的"忽悠大法"以及"洗脑之术"，"齐神是阴实，张四瑞算阳虚。熊深秋是阴虚，而葛大连是阳实。

"阴虚的人，容易急躁。齐全和他打交道时要注意一点，他急你别急，你要稳住。尤其是你不能比他先急，你越急，他就越和你针锋相对。你不急，他虽然会嫌弃你，但越嫌弃你就越欣赏你，越会想要说服你。这时，你就掌握主动了。"

"这不是贱吗？你理他，他不理你。你不理他，他理你，怎么跟李别以前遇到的相亲对象一个臭样儿？"齐神乐了，对郑道的好感又上升了几分，期待感也上来了，"接着说，葛大连是什么样的人，怎么对付？"

"葛大连是阳实，阳实的人，外实内虚，比较慢热。齐神审问他时，别一上来就单刀直入地问主题，也别很自来熟地和他聊得火热，就对他不冷不热、不紧不慢就行。阳实的人内心火热，却又喜欢装，喜欢别人主动点燃他的热情。

"主动但不积极，热情但不洋溢，循序渐进，只要谈到他感兴趣的话题就立刻打住，几次过后，他就迫不及待地想要和你聊了。"

"这个性格我喜欢，我之前谈的女朋友就是这个样子，说不要就是要，说要就是不要，说随便其实是让我猜，猜对了就开心，猜不对就生气。娘希匹，弄得老子差点儿精神分裂。"付锐一拍大腿站了起来，"得嘞，这个葛大连我来审，先拿他练练手，万一以后再遇到一样性格的姑娘，也许我还能赢上一局。"

齐神若有所思地站了起来，背手原地转了一圈："熊深秋和葛大连，一个阴虚，一个阳实；我和张四瑞，一个阴实，一个阳虚。你说说阴实和阳虚的特点又是什么？"

"肯定都是优点，对吧，郑道？"付锐立刻朝郑道挤眉弄眼，唯恐郑道前面的努力毁于一旦，他很清楚郑道在说服齐神的同时，想和齐神建立友谊关系，让友谊的小船荡起双桨。

"阴实的人，死要面子活受罪；阳虚的人，不要面子得实惠。"

"哈哈哈！"过了半晌，齐神才爆发出足以吵醒一百米之内居民的笑声，"你真的太了解我了，郑道，李别说让你加入特别行动的编外小组，我开始不同意，现在——批准了！"

/第四十七章/　见者易，学者难

和往常一样，郑道在日出时间起床，练功完毕，他带着远志去善良路买早餐。

阳光明媚、空气清新、远志献媚，又是全新的一天，一切都像是重新开始的样子，但一切又都不同了。

远志最近明显感觉受到了郑道的冷落，所以一听郑道要带它一起出去，立刻撒欢儿得忘乎所以，开心讨好的样子，就差挤出几滴眼泪表忠心了。

白长了这么大的个子、吃了这么多的狗粮。远志，你知不知道你的表现拉低了拉布拉多品种的整体评分。你不是宠物犬哈巴狗，你是一只可以保卫主人、看家护院的多功能狗，要颜值与才华并重，而不仅仅只有谄媚一项技能。

不过，郑道一想到远志从小是在杜家长大，很有可能在成长的过程中性格受到了杜若的潜移默化，他就又原谅了远志——成长环境对一个人的影响都是巨大的，何况是一只狗？有其主必有其狗，理解，可以理解。

郑道呼吸着新鲜空气，来到海大娘摊点，买了四根布袋、十根油条、两份咸豆腐脑儿和一份甜豆浆，回了一号楼。院中，何不悟已经支好了桌椅，摆了四张凳子。

"叔，你也太惯远志了，它和我们一起吃饭也没什么，你还给它摆个凳子坐，狗都能上桌，猫还不得上天呀？"在郑道冷落远志的这段时间里，何不悟和远志的关系获得了突飞猛进的发展。敌人的敌人就是朋友，对人适用，对狗也同样实用。

"喵！"不等何不悟有回应，树上的槐米不满地冲郑道叫了一声，似乎对郑道反对它上天很有意见。郑道气笑了："你，槐米，赶紧下来，动不动就上树，你快挨揍了知道不？三天不打，上房揭瓦呀。"

"妈呀我去，吓死我了，你从哪里冒出来的？"郑道絮絮叨叨的工夫，一转身，看到身后站着头发湿漉漉的、裹着头巾正在刷牙的卢西东，他惊叫一声，跳得老高，"你……你……你什么情况？昨晚你干什么了？"

"昨晚我和小羽住在一起，说了你一晚上坏话，你没打喷嚏、耳朵没红吗？"卢西东穿着何小羽的睡衣，她比何小羽稍微高一些，却又瘦了三分，倒是大小正好，由于里面镂空，显得有几分宽松。

"啊！"郑道吓得不轻，接连后退几步，"小羽，过分了啊，昨晚留宿卢西东也不知会我一声，我昨晚睡觉可没锁门，太危险了。"

远志及时地凑了过来，摇头摆尾地对郑道表示理解和安慰，还假模假样地冲卢西东吼了几声，声音软弱无力。

昨晚卢西东从家里出来，本想回敦王府，路经善良庄时，转念一想，索性去一号楼算了。

何不悟表示欢迎，他可是知道卢西东愿意开出十二万的年薪让郑道当她的兼职专职心理医生，虽然不知道具体是什么工作，却是实打实的高薪。让小羽和卢西东成为好朋友，保不齐小羽也可以当卢西东的兼职专职好友，年薪不用高，五六万就行。

杜无衣和杜同裳也都挺喜欢卢西东——当然，他们喜欢任何一个长相漂亮、年龄合适、可以列入妈妈候选人的单身姑娘——卢西东和孩子玩了一会儿，就带两个孩子睡下了。

何小羽和郑道回来后，她回到自己的房间才发现多了一个大活人。由于太晚，再加上卢西东调皮，非不让告诉郑道，说要给他一个惊吓，她就懒得再和郑道说一声。

"以后可别住了，太吓人了。你公司就在对面，走过去都用不了五分钟！"郑道边说边打开手机收款码，"昨晚的住宿费加早餐费，一共三百六十元，小本经营，概不赊账。"

何不悟喜不自禁，从树上抱下槐米："学着点儿，要多向郑道学习，永不吃亏，以占尽天下便宜为己任。以后到了饭点儿你和远志就去串门，东家蹭一口西家叼一口，吃饱了再回家，知道不？"

"喵！"槐米挣脱了何不悟的怀抱，鄙夷地白了他一眼，来到卢西东面前蹭她的小腿。远志似乎也听懂了什么，也巴结讨好地围着卢西东转来转去。

卢西东开心了，郑重承诺："远志、槐米，你们听好了，从现在起，活着，我管你们吃好喝好、住好穿好，给你们看病养老；死了，为你们送终。"

何不悟顿时喜笑颜开，几乎要手舞足蹈了："远志、槐米，还不快谢谢干妈！省了，赚了，又减少了一大笔开支。卢总，以后常来啊，家里房间多，专门为你留一间。把这里当成自己的家，别客气，看哪里坏了旧了该换了，你自己做主就行。"

还行不行了，何不悟在有钱人面前真不把自己当外人！

何小羽简单吃了几口饭就去上班了，局里打来电话让她立刻去报到——齐神要求她和李别参与对熊深秋、葛大连的审讯。

何小羽一走，何不悟也借故送孩子去幼儿园，带着无衣、同裳和远志溜之大吉。为了逃避刷碗，至于吗？郑道对此深恶痛绝，他大方地对卢西东说："卢总，你以后如果想来一号楼住，随时欢迎，都是老朋友了，收费什么的显得见外，只要你负责洗碗就行。"

他以为卢西东会拒绝，毕竟她一个娇生惯养的大小姐怎么可能会洗碗一类的笨活儿，不料卢西东一口应下："成交！今天的三百六十块就不转了，以洗碗代替。"

"别以为我什么都不会干，你错了，郑道，我可是从小就住校、就自力更生的姑娘，后来出国、徒步游，都是自己照顾自己。别说洗碗了，做菜、家务，样样都会。"卢西东在阳光下伸了伸懒腰，优美的身材一览无余地呈现在郑道面前，"忽然很羡慕你，真的，一家人在一起，其乐融融，就算有斗嘴、有置气，也是生活应有的样子。我觉得，如果以后一直是这样的日子，没钱我也愿意。"

郑道心想：可别瞎说，有钱人钱多了就追求平实的生活，怎么知道平实的生活会因没钱而产生多少矛盾或苦难？矛盾还好解决，真有苦难时你才发现，钱是王八蛋，钱也是救命仙丹。你的感慨，不过是饱汉子不知道饿汉子饥的浮夸罢了。想想张四瑞，如果他有钱给他的媳妇看病，他就可能不会走上犯罪的道路。

多少所谓的中等收入家庭，在努力向上的过程中，会因一场疾病而重回贫穷。应该说，大多数家庭不管现在多富裕、多幸福，离赤贫只有一场大病的距离。

"郑大夫，问你一个触及灵魂的问题，男人到底是该先成家还是先立业？"卢西东双眼迷离，沉浸在早晨温煦的阳光之中，心情格外舒畅。

她今天这是怎么了，演技从浮夸变朴实了。郑道可不知道卢西东昨晚经历了什么，他想了想："遇到良人，先成家；遇到贵人，先立业。"

"对头，你现在遇到了我，一个未婚的美丽富婆，娶我，成家立业！"

/第四十八章/ 有所为，有所不为

郑道愣了片刻，起身手忙脚乱地收拾碗筷，紧张的样子好像他真的很害怕一样。

"别……别这样卢……卢总，我还想再努力一下，我还年轻。"郑道手脚麻利地将碗碟摞在一起，"我还是喜欢你浮夸的演技，太朴实的表演，缺少代入感，也不符合你的身份。

"我喜欢的人生就是要少了几分浮夸，只求银行卡的数字在'1'后面多一堆用双手双脚都数不过来的'0'就行了。"

"这就吓着了？好啦好啦，不逗你了，说好我洗碗，必须得我洗，看不起谁呢？"卢西东从郑道手中抢过碗筷，因为动作幅度过大，碗碟失手落地。

"哗啦啦——"一桌子碗碟全部报销了。

"我叫人买新的。"卢西东不好意思地吐了吐舌头,打了一个电话。

"昨晚的事情,是杜若干的?"卢西东没话找话,看了看时间,离上班还有一个小时,她决定赖到最后一刻。

除了杜若,应该还有一个幕后黑手,到底是谁,郑道不好猜测,他点头:"多半是。抓了几个人,齐神他们正在审讯,应该很快会有结果。"

昨晚他传授了齐神与人交往大法,相信可以对齐神有所帮助。

"你有没有怀疑我哥也参与进来了?"卢西东目不转睛地盯着郑道,试图从他的表情变化中了解他内心的真实想法。

卢西东是受到什么刺激了吗?气色不对,状态也不对,郑道观察了卢西东几眼,发现她脸色微微发黑,眼神暗淡无光,气色内敛而回收,多半是情绪出现了巨大波动。

"医生的天性就是怀疑一切,然后再排查一切,最终找到病因。除了你哥,杜若、杜天冬、胡非、历之用,包括你,都是可能中的嫌疑人。"郑道今天有事,杜天冬说好了要上门,他就有点儿烦躁卢西东怎么还赖着不走,"卢总,该上班了,我送你。"

"今天我请假了。"卢西东洞察了郑道的心思,她绕着皂角树转了一圈,"我要当一天的病人,你是我的兼职专职心理医生,要照顾我一天……这个要求合理吧?"

合……理,但不太合适,郑道故意转移话题:"何书安全不?要不要派个可靠的人过去看看他?"

卢西东最喜欢看到郑道被她逼得退无可退的窘迫,笑了:"不用操心,我都安排好了,他只要不乱跑,保证没事。"

这是非要二皮脸了?说什么也不肯走了是吧?还治不了你了?不对,还真治不了她,她现在至少算是他的半个老板,还是朋友,更有共同的秘密。

"如果说……我只是假设,你别当真。有一天你和我哥站在了对立面,到了生死对决的时候,你会因为我而对他手下留情吗?"卢西东背着手仰着脸望着天空,太阳正在升起,阳光逐渐强烈。

这玩笑开大了,以他目前的幼小怎么会是翻云覆雨的卢非同的对手,郑道"诚惶诚恐"地说:"卢总,你是要开除我吗?开除可以,首先,预付的工资不退;其次,根据《劳动法》规定要补偿三个月的工资。"

　　还能不能当个正经人了，钱钱钱，你就这么贪财好色吗？不，只贪财暂时还没有到好色这一步。卢西东恨不得踢郑道一脚，一想踢郑道是何小羽的专利，不由得气馁："合同签了，先预付三个月的工资，没问题吧？郑道，在你眼里，我是不是只是你的提款机？除此之外，再也没有别的用处了？"

　　不会不会，怎么会？卢西东太低估自己的价值了，郑道数着手指："卢总是老板、朋友、哥们儿、兄弟、同伙等，提款机、司机什么的，都是附加价值，不是主要用处。"

　　"签合同！"卢西东有几分生气，用手机转发了一份合同给郑道，"我多加了一条，如果我心情不好需要陪伴时，你也必须随叫随到，除非有不可抗力的情况。"

　　随叫随到？小郑大夫事务繁忙，做不到哇……不，可以做到！郑道正要反驳时，发现多出的"随叫随到"条款后面有括号备注（每次奖励一千元至一万元），立刻就遵从了内心治病救人的指示，本着医者父母心的出发点，毫不犹豫地签上了自己的大名。

　　卢西东开心地笑了："从现在起，你就是我的半个人了。现在我转账给你预付款，今天是附加条款'随叫随到'的第一次使用。我现在心情不美丽，要假扮你的助理医生为别人看病，同意不？"

　　助理医生是很专业的职业，不是什么阿猫阿狗想当就能当的关键岗位……郑道刚要说不，手机传来了振动，打开一看，是卢西东转来的五万块。

　　"三个月的预付工资加今天的奖励！"

　　男子汉大大夫，当有所为有所不为。卢西东是没有专业的医学知识，可他也不是专业的全科大夫，他只是心理医生兼小中医，并不是非得需要一个必须是相关医学专业毕业的助理医生……

　　再说卢西东不懂医学，不是可以教她吗？他什么时候变得这么没有耐心和爱心了？郑道鞭挞了自己的丑恶，升华了自己的灵魂，动作麻利地收了款："卢总，不，卢助理，收拾一下桌椅，再帮我化装，现在就开门坐诊。"

小样儿，还买不服你？卢西东感觉心情又舒畅了几分，很久以前买包买鞋买各种名牌的久违快感又回来了。

原来钱还是可以买来快乐的，只要你买的对象正确，你的心情就会获得超值的愉快。终于又找到了失去数年之久的花钱的快乐，卢西东哼着小曲收拾桌椅，浑然没有察觉她身为老板，其实干的是手下的活儿。

郑道刚化装完，卢西东还没有来得及打扫一遍院子——郑道暗示地上的碎瓷片太多，她就主动打扫了——客人就上门了。

一来，就是一大群，在余婶和柳婶的带领下，足足有近二十个人。

卢西东不禁皱眉，太闹腾了。郑道却乐开了花，发了！

/第四十九章/　宁可正而不足，不可邪而有余

"小郑大夫，小郑大夫！"

余婶出动，鸡犬不宁，她的大嗓门儿穿透力极强，只一声，三分之一的善良庄都听到了。还好远志不在，槐米惊叫一声，四肢发力，沿皂角树迅速爬上去，蹿到了二楼露台，又从露台上了三楼，躲进了何不悟的房间不再出来。

"快出来迎客了，小郑大夫，你大姨、二姨、三舅妈、四姑、六婶都来了，还有你大舅、五叔、七伯、八姑父……"

什么乱七八糟的，什么时候一下子多了这么多八竿子打不着的亲戚？余婶可真是他的亲婶子，对他真好。郑道手抚胡须、老态龙钟却脚步如飞地出来迎接。

余婶的大嗓门儿依然在一号楼的每个角落里回荡："小郑大夫，你可别小看他们，他们都有钱，个个都有贼高的退休金，少的好几千，多的上万，家里不缺房子不缺车，孩子还给钱，出手可大方了。"

这话说的目的太不单纯了，说得他好像没钱就不治病救人似的，余

193

婶还是太不了解他呀。郑道脸色微微一沉："医者仁心，余婶，治病救人乃天职——但愿世间人无病，何惜架上药生尘。"

"啥，你说啥咧？"余婶到底年纪大了，不像二狗可以马上跟上郑道的思路，她被郑道装模作样的架势弄蒙了。她将郑道拉到一边，小声说道，"小郑大夫，你帮了何书，我得帮你，他们是真的有钱……"

"主要是治病救人，钱倒在其次……"郑道见几十双眼睛齐刷刷地朝他射来，阵势有点儿大，他还得装一装。

余婶此时总算领悟了郑道的暗示，嗓门儿一下提高了三十八分贝："啥？可不行！郑大夫说他看在我的面子上不收钱，我们不看了！不能让为我治病救命的大夫赔钱搭时间白忙活。我们是出不起钱的人，还是我们是变坏的老人？都不是！"

"这年头，只有多要钱的医生，还有不要钱的大夫？不要钱就会要命！"柳婶朝余婶使了个眼色，立刻附和。

"不行不行，不要钱是打我们的脸。我们是健康向上的老人，一不碰瓷，二不霸座，三不欺负年轻人。小郑大夫不收钱就是对我们有偏见！"

"对，就是看不起我们！"

"就是嫌弃我们，不愿意帮我们看病，觉得我们要么没钱，要么有钱不给是赖皮。"

群情激愤，声若雷震，气氛被点燃了。

作为善良庄的庄草和第一神医，郑道简直太屈才了，卢西东被迷得眼睛都直了！不对，他不应该当小小的心理医生和中医，他应该举办老年人养生知识讲座，从南到北从东到西不断地忽悠——不，上课，等到火候差不多时，再卖自己的保健药品。不出三年，郑道就能缔造一个保健品商业帝国！

郑道是妥妥的颜值与实力并存的演技派，未来可期的老年人健康养生的精神支柱。

郑道注意到了卢西东过于夸张的表情，轻轻一拉她的胳膊，小声叮嘱："良药苦口利于病，阿谀奉承要你命呀！我清醒着呢。"又大声说，"卢助理，赶紧上茶。"

亏了，血亏，今天这个助理医生当得算是一头栽进坑里了！屁嘞，十几口人要照应，得烧洗澡水那么多才够喝，老娘等下得找郑道要补偿……卢西东勉强挤出笑容，面部表情僵硬得像是三天没吃饭。

她刚要转身进去烧水——自己倒贴的工作，含泪也要被动地、配合地做完——却又被郑道拉住了。郑道前一句话的声音很大："拿最好的茶，对，就是用我独家配方炮制的药茶……"后一句话声音小到只有卢西东听得见，"二楼露台上有茶，随便一种就行。还有，注意观察，有两个老头儿有问题，多留意他们的一举一动。"

谁呀？哪两个？老头儿都长得一样，我哪里知道哪两个有问题？卢西东一堆问题还没有问出口，就被郑道推了进去。

"伯伯婶子们——"郑道有点儿后悔化装了，白胡子老头儿形象固然可以提升可信度，但不利于他倚小卖小，话一出口才想起称呼和打扮不符，只好咳嗽一声，"人多就容易乱，就先约法三章，希望大家听我的安排，保证一上午都能看上病。

"第一，等下进到屋里，分成两队，男左女右；第二，重病先看，轻病后看，没病参观；第三，急病先看，年纪大的先看……大家没有意见吧？"

"没有，没有。"余婶第一个响应，她现在和郑道打配合越来越默契了，大有超越二狗之势，"大家别挤别闹别嚷嚷，小郑大夫虽然年纪小，喀喀，他的这一身打扮是辅助，可以让他接通神仙的信息，看病可以看得更准……"

郑道的脸当时就黑了下来，这事儿过不去了是吧？再这么传下去，他真成忽悠了。他正要纠正余婶时，人群中一个一脸正派、穿着正式、头发浓黑并且一丝不乱的老先生举手问道："小郑大夫，出轨算是心理疾病吗？是重症还是轻症？对了，我姓钱。"

"钱老伯同学，您先不要发言。"郑道促狭地看向了余婶，"婶儿，今儿有多少人是来把脉诊断出轨的？"

"不多不多，"余婶躲闪郑道的目光，伸出了一根手指，"也就是二分之一！"

郑道的脸又黑了一圈，计划被打乱了，今天的日子不好过了。万一杜天冬来了看到眼前的情形，会不会为他如此推广中医而点赞？

多半会大大降低对他的印象分。

算了，管不了那么多了，毕竟目前他只是庄草和村医，可以救治一方百姓，也算是历练，并且对得起自己的一身本事了。郑道只能如此安慰自己，怀揣着"悬壶济世""杏林春满"的理想主义情怀，他迈开方步，走进房间，坐在古典风格一侧的位置上。

郑道刚才在外面扫了一眼人群，从穿衣打扮、神情气色上来看，确信是专业广场舞老年天团的成员，除了"钱出轨"——不好意思，这只是对他暂时的称呼，并无恶意——和一个一脸黑色、进门后一句话不说的精瘦老头儿之外，其余人等并没有异常之处。

至少初步印象都挺健康，没什么明显症状。

"小郑大夫，救救我，求求你救救我，我给你磕头烧香了。"郑道刚坐定，还没有来得及喝口茶说一段云山雾罩的开场白，一个红光满面、体形健硕的大妈"扑通"一声就跪在了他的面前。

第五十章　说长说短，施恩施怨

谁是导演？这是从哪里请来的群演，戏过了，太过了，怎么还行起了跪拜大礼？郑道差点儿蒙了。等回味过来又觉得不对，他还活得好好的，为啥要给他烧香？余婶是非要让他活着封神吗？恩人啊，亲人呀！郑道咬牙切齿地冲余婶一笑，人太多，不好当场发作。

余婶讪讪一笑，赶紧扶起了胖大妈："傅姐，说好了不让跪的，怎么又忘了？"又为郑道介绍，"小郑大夫，这是傅筱彬傅姐，生前是制药厂的车间主任，啊，不，是退休前。"

"傅姐坐，先喝口水。"正好卢西东泡好了茶，拎着暖壶过来了，郑道顺势递了一杯茶过去。

他再一看，卢西东用的是何不悟平常喝水的暖瓶，直接在里面扔了茶叶，有创意，也省事，不过就是不知道何不悟知道后会不会暴跳如雷。

何不悟对自己用了十几年的暖瓶一直爱若珍宝，说什么也不肯换，更不让别人用，他和何小羽都不行。

"傅姐是哪里不舒服？平常除了吃降压药，还有什么药？"郑道瞬间进入了大夫状态。

卢西东一人一杯都递上了茶水，她动作温柔缓慢，轻手轻脚，举止得体，长得又好看，穿插在老头儿老太太们中间，起到了赏心悦目的点睛作用。

得亏有她在，否则他都不知道要手忙脚乱到什么地步。他又见卢西东低眉顺眼的样子真像一个助理，如果她和他一样一身古典打扮，绝对是可人的贴身丫鬟……不行，想远了，堂堂卢总怎么可能当他的丫鬟？封建遗毒思想要不得。

"就只吃降压药，别的毛病没有。小郑大夫，我身体没啥毛病，吃得香睡得足，我是心理有问题。余姐说你会把脉还会看相，又会聊天，是中西医结合的心理大夫，我是想请你帮我心理辅导一下……"

这些话肯定是余婶教她的，谢谢啊，余婶，你没说我会算命已经很科学、很留情面了。郑道已经顾不上和余婶计较了，他笑眯眯地伸出了右手："把脉会，看相什么的，也会那么一点点，不过不科学，不如把脉准。傅婶，你有什么心事就说给我听……"

一旁的卢西东差点儿没笑喷，郑道拿腔拿调的样子像极了哄骗喜羊羊的大灰狼。她本来还后悔自己跳进了坑里，要受累当义工，但现在又想通了，跟在郑道身边不但可以学到许多忽悠的技巧，还有笑话看，好事，赚了。

"我——我——"傅姐忽然扭怩了，脸上飞起一片绯红，就在这时，后背冷不防被柳婶拍了一下。她打了一个激灵，仿佛柳婶附体，顿时充满了柳婶给她的勇气，"也不怕丢人了，其实活了一把年纪也应该活明白了，人这一辈子，总得为自己活一次不是？"

故事来了，郑道目光如炬，早就看出了几人之间的默契，但看破不说破，他继续当观客。

"我和我老伴儿结婚几十年了，也谈不上什么爱情，当时就是相亲，觉得跟了他有吃有穿，他人也不赖，就嫁了。父母一代人总告诉我说，两个人过日子久了，没感情也有感情了。我就信了他们的话，和老伴儿过了大半辈子，觉得父母的话也没错，几十年摩擦下来，也适应了他，不管他有多懒、多脏、多没用。"

十几年处下来，别说人了，连棵树都有感情了。郑道现在就很喜欢院子里的皂角树和梧桐树，感觉像是从小一起长大的小伙伴一样。

"直到有一天我遇到了他……"傅姐的眼中突然迸发出一丝光彩，"他是我的广场舞舞伴，热情开朗、体贴大方，我觉得我爱上了他。现在我很矛盾，这把岁数了，离婚吧，不光彩，他肯定也不同意，说不定还会打死我；不离吧，又不甘心，人这一辈子总得为自己活一次不是？小郑大夫，你帮忙拿拿主意，我是不是得了心理疾病？"

幸福的爱情各有不同的幸福，出轨的婚姻却只有同一个理由——移情别恋！虽然被当成了婚恋专家、广场舞群体心理辅导员，郑道却没有看轻自己，更没有看轻傅姐。谁的一生中还不会遇到那么一两个会让自己动心的人，哪怕是渣男！

"百善孝为先，论心不论迹，论迹贫家无孝子。万恶淫为首，论迹不论心，论心世上少完人。"郑道从来不是道德专家、键盘侠，也不会站在道德的制高点以完人的标准来要求别人。他一向信奉"己所不欲，勿施于人"的理论，自己做不到的事情，别站着说话不腰疼来指责别人也没有做到。

每个人都有一定程度的心理疾病，只是或轻或重而已，移情别恋也算是其中的一种。见异思迁是人类的本能，如同你吃过了排骨肯定还想吃肘子，吃过了肘子又想品尝后座肉，欲望永远在满足之后会寻求新的刺激。

人之所以和动物不同，就在于人会克制自己的欲望，在本能之外，还有理性。理性是人类社会构成的基础，是维系社会正常运转的根本。如果人人都放纵自己的欲望而不加以克制，都见一个爱一个，狗熊掰棒子一样，那该是多么混乱而无序的世界。

郑道除了同情傅姐之外，也可怜她一生的遭遇。但人生不就是在得到之后空虚、得不到又痛苦之间无聊地摇摆吗？他不去评判傅姐的婚姻是不是真的如她所说的那样不幸福，只是从傅姐的气色和健康状态判断，她过得还算不错。

真是痛苦不堪、度日如年的婚姻，会这么心宽体胖？如果说一看人群中瘦得好似风一吹就倒的一位大妈，便知道世界上还存在着饥荒，那么一看傅婶就知道她是世界上正在遭受饥荒的原因之一。

作为心理医生和中医的"双料人才"，郑道从来不会只听信一个人的一面之词，甭管你有了新欢之后如何否认以前的旧爱，你的健康程度和状态都是你过去生活的总结，无法作假。

"正当我要向他提出离婚时，他突然病了，一下病得很重，亲戚都怀疑是我给他下了药，都叫我傅金莲……"傅婶声泪俱下地说，"小郑大夫，你得帮我洗脱冤屈，我真没有说'大郎，该吃药了'。"

/第五十一章/　唢呐一生吹两回

郑道险些忍不住发出笑声，这弯拐得太快了，傅婶摇身一变成了史上年纪最大、体重最重的金莲，他确实从情感和心理上都难以接受。

他还没有开口和傅姐聊几句有关幸福和健康成正比的人生重大命题，手机微信响了。他打开一看，是何小羽的消息。

"最新进展，从你提供的照片上获得了重大突破，熊深秋和葛大连的接头人叫苑将离！他的父亲是和郑叔叔齐名的苑十八！"

苑十八？郑道曾听过这个名字，小时候老爸无意中提过一次和他齐名的四君子——杜天冬、苑十八和倪必安。这次之后，老爸就避而不谈，再也没有提及此事。

除了杜天冬，郑道并没有见过苑十八和倪必安，只隐约知道他们还在从事医疗行业。倪必安的儿子倪达叶和他是高中同学，上了大学后，两人就很少联系了。

郑道的心思回到现场，不去思索为什么苑将离会卷入进来，他现在要先解决傅婶的问题。作为开局第一关，他得认真对待，毕竟后面还有十几个人在等着为他吹唢呐呢。

唢呐一生吹两回，成功时，红衣翩翩，与子永携；失败时，白衣当头，与世隔绝。世间恐怕只有唢呐一种乐曲可以红白通吃了，所以大多数人出门时都带着唢呐，好坏皆可吹。

"傅婶，先说说叔的病情，叔得了什么病，现在又是什么情况？"郑道见卢西东肩膀已经抑制不住的耸动，生怕她失态地大笑起来，就给她使了个眼色，让她去给人续水。

"他得了食管癌，先是在意诚医院看的病，专家说已经到了晚期，手术没有意义了。不过推荐了精诚医院，说精诚医院在治疗食管癌方面有独特的技术。他在精诚医院做了手术后，医生又建议养生食疗，介绍了著名老中医苑十八……"

好一条完整的产业链，环环相扣，链条上的每个环节都有利可图，还做得天衣无缝，郑道忍不住要拍案叫好了！

和人家相比，他单兵作战顶多叫忽悠，人家团队配合、产业链设局，叫商业模式。

人的一生中患癌概率为百分之二十二，凡人皆有一死，或死于癌症，或死于其他，癌症已经是人类的第一杀手。而食管癌是两河和两山地区的高发癌症之一，致病的原因有很多，长期吃得过快、过粗、过烫或饮酒，都可能反复灼伤或损伤食管黏膜，从而诱发癌变。另外，化学因素、遗传原因、生物性病因等，都可以导致癌变的发生。

早期食管癌手术切除后五年生存率达百分之九十，而中晚期患者五年生存率仅百分之六到百分之十五，而由于食管癌早期症状不明显，一经发现多半是中晚期。中国是食管癌高发区之一，全球一年三十万人死于食管癌的患者中，一半在中国。

许多癌症在日常生活习惯中只要多加注意，其实是可以避免的，食管癌就是其中之一。养生之道，重在日常的好习惯和坚持，不要等病变到了不可逆时再养生，就是本末倒置、悔之晚矣了。

傅婶丈夫的病被发现时已经是晚期，卢非同的意诚医院不肯救治，不是不想赚钱，是怕连累了医院的名声影响了救治率。推给不出名的精诚医院，是为了让精诚医院赚钱。

术后，存活期大概只有一两年甚至更短，再请中医调理不过是杯水车薪。病情已经是星火燎原，不烧尽誓不罢休，即便是神仙也无力回天。中医最擅长的是在发现星星之火的苗头时将之扼杀，而不是等到火烧连营时再望洋兴叹。

只可惜，凡人畏果，高人畏因。只有"高人"才可以在事情处于萌芽状态时就预见到未来的趋势，所以会早早趋吉避凶，而大多数人也只有见到棺材时才会想到原来自己也会死。

"后来我才打听出来，精诚医院的院长叫苑将离，是苑十八的儿子。他们赚了我们做手术的钱，还要赚我们吃药的钱，是要榨干我们最后的一滴血，再敲骨吸髓……"傅婶一把鼻涕一把泪，还顺手要将鼻涕甩到地上。幸亏郑道眼疾手快，抢先递了一张纸巾过去，才让地板免受了无妄之灾。

今天当助理医生是当对了，卢西东惊呆了，竟还涉及了她家的医院，事情就意味深长了。她忍不住打断了傅婶："婶儿，你知道为什么意诚医院不收治你们吗？"

"不知道哇。"傅婶连连摇头。

卢西东虽然并不关心自家医院的运营，实际上也轮不到她关心和插手，但对自家医院的理念还是很了解的："你们的病用一句老话说就是准备唢呐吧，收治了你们，病虽然治不好，钱至少可以赚一些。但对于追求治愈率和性价比的意诚医院来说，你们不是优质客户，会降低治愈率。从长远和口碑来看，多赚你们一笔手术费不足以弥补名声上的损失，所以你们会被排除在外。"

"治愈率是可以从拒绝收治绝症病人以及转院一部分轻症转重症的病人的前置条件中，获得提升。"卢西东仰起下巴，脸上是小小的得意，"郑医生，我这个小助理还算专业吧？"

闹呢这是？郑道脸色一沉："医学知识专业，态度不专业，注意你的立场，要以病人的需求为第一位。"

别说，郑道严肃起来还挺像一个真的大夫。卢西东自知不该笑，毕竟傅婶在哭，她吐了吐舌头，朝傅婶弯腰："对不起傅婶，我不该笑的，我错了！"

傅婶却顾不上卢西东的态度，她抹了一把眼泪："小郑大夫，老刘他成这个样子了，我怎么可能离开他？要是这个时候离开他，我不就真成傅金莲了？我就和他断了来往，决定好好伺候老刘，送他最后一程。可是老刘的亲戚都说是我害了他，非说是我给他喂了药才得了癌症，还说是我不让老刘在意诚这家大医院做手术，偏偏去精诚那家小医院，就是想让老刘早点儿死……我冤枉啊，我是新时代的窦娥！"

窦娥的形象在郑道的心中也算是毁了，郑道又看向了余婶，心里忍不住吐槽：谢谢啊，亲婶，你介绍的客人心理疾病都是罕见症，而且病因都特别复杂。我身为心理医生兼中医都应付不了了，还得兼职神探才行。

"现在刘叔的情况怎么样了？"行吧，医生的职责是治病救人，治不了绝症，却能救得了活人，也算是有功。

"不太好，吃什么吐什么。自从拿了苑十八的药后，身体一天不如一天。现在我都不敢喂他吃药，只要一端起碗他就会说他不是大郎。"傅婶又要抹泪，被郑道及时制止了："差不多了，傅婶，再哭房子就淹了。药方有没有带来？"

"带了，给。"

是用毛笔写成的方子，笔力雄健、笔法老到，字迹飘逸而传神，倒是一笔好字，郑道暗赞一声。方子以乌愣散为基础加减而成，用了白芷和三七，以及玄参和夏枯草等，主要是走益气养血、温肾补胃的收敛之法，以平和为主，是温和之方，适用于调养。（注：情节需要，请勿效仿。如需用药，谨遵医嘱！）

从方子来看，也确实是高手，虽有保守之嫌，却对症。按理说病人服下，不会日渐消瘦，应该有所好转才对。

苑十八的为人如何，郑道并不了解，却也相信他当年能够和老爸齐名，断然不是浪得虚名之辈。就算他儿子苑将离开了西医医院，不管是为了赚钱还是救人，绝对没有故意治死病人之理。

要说傅婶有意害死老刘，也不可能，胖人一般心大，心大的人多半善良。傅婶就算情感出轨，也不至于害人。更不用说老刘得了绝症，最乐观估计也活不过三五年。

那么问题出在哪里呢？

当然，也不排除是老刘的自身原因，病人如果没有求生欲，或是病重之时心情沮丧，只求速死，那么再好的神药也救不了想死之人。

郑道想了想，决定直面惨淡的人生，为了治病救人，他也只能如此了："傅婶，这样，你回去后，把房本、户口本、结婚证、存折、银行卡、车钥匙、金首饰，以及家里一切值钱的东西、曾经记录你们过去的照片等资料，都放在刘叔的床头。这样他就会相信你不会离开他，应该会有助于他的恢复。"

"就这样？就这么简单？"傅婶不相信郑道的"药方"，"不需要开个方子拿一些药？"

"不需要。"郑道坚定地摇头，"刘叔得的是心病，心病的根在你身上，只要你让他安心了，他就会好得很快。你才是他最好的灵丹妙药，如果你现在离开他，不出三天，他就会过去了。"

"相信小郑大夫的没错，我就说吧，傅姐，他是被你吓的，没别的毛病。"余婶及时配合了郑道的演出，充当起捧哏角色，"你先和那个人断了，也正好考验他一下。如果他真对你好，他肯定能等你几年。如果连几年都等不了，这样的男人不要也罢，反正广场舞队伍里男人多的是。"

"是，是，你说的都对。"傅婶擦了擦眼泪，露出了一丝讨好的笑容，"小郑大夫，我还有一个外甥女也得了重病，你能不能上门替她看看？费用我另外给。她更可怜，老公被抓了，孩子还小。从小我就说她名字起得不好，叫什么席可思，不就是立刻死的意思嘛……"

|第五十二章| 小人肥口，君子肥身

本来今天上午郑道是要等杜天冬上门的，结果先是卢西东主动要求当他的助理医生，余婶又带人上门，虽是好心为他介绍病人，照顾他治病救人的迫切心情，没想到一来就是近二十口子，乌泱泱一片，而且第

一个出来的傅婶并没有心理和身体疾病，是求他为她排除嫌疑、化解冤屈。

可怜见的，他是医生不是神探好不好？更不是婚恋专家和指导家庭生活幸福的教授！不过郑道也很快转变了观念，适应了角色，从某种意义上讲，帮助别人化解家庭问题、解决难题，不也是心理医生的职责所在吗？他毕竟身兼数职，是个复合型人才……

以后他还会有更多的"忽悠之法"，不，是技能可以解锁。

好心总会有好报，郑道一直信奉"吉人天相，帅哥吉祥"，本来他只是想帮傅婶洗清冤屈，让她回归家庭，没想到傅婶居然是席可思的姨！由此郑道更加笃信一点，大家尽管热情地去帮助陌生人，所有陌生人的关系网中，总有一个你需要或需要你的熟人。

古人说，世间万事万物都有联系，现代人终于用科技证实了古人的理论——万物互联时代即将到来。

"你说你的外甥女叫席可思？"卢西东无比震惊，她不敢相信一个傅婶居然串联起了这么复杂的关系网，不是说胖人心宽体胖、心思简单吗？傅婶也太不幸了，丈夫是意诚踢给精诚的皮球，是苑十八父子左手倒右手的带血利润，外甥女也得了重病不说，还是特斯拉案的主要犯罪成员张四瑞的媳妇。

"她老公是不是叫张四瑞？"

"是，是，你认识他们一家子？"傅婶见郑道沉默不语，以为郑道不肯出诊，余婶也说过小郑大夫轻易不出诊，出诊价格很高，她如同抓住救命稻草一般抓住了卢西东，"这位美女医生，你帮忙求求郑大夫，请他出诊帮我的外甥女看看。她病了好几年了，老公被抓后，没人管，病情又加重了，上吐下泻，快要不行了。"

卢西东心软，见郑道低头似是在琢磨什么，以为郑道还在计算应该收费多少。她不禁急了："郑大夫，都什么时候了，救人要紧，钱就那么重要吗？不行费用就从我的工资里扣！"

工资？你有工资吗？拜托，你才是给我开工资的人！郑道气笑了，他哪里是在计较费用，是在观察十几个人中都是谁有问题。

他一眼扫过去，个个都精神饱满、气色充实，比四十多岁的中年人都健康多了。

科学研究发现，广场舞是所有运动中最能改善体质、提升健康的项目，原因在于广场舞在又跳又唱的过程中，不但有四肢的参与，还增加了肺活量，改善了心脏血管循环，等于是五脏六腑都一起运动，再加上心情愉悦，身心都得到了升华，不健康才怪。

尤其是女性，在绝经之后，身体会有一个由阴到阳的转化，转化之后，会大大地改善以前的隐疾和慢性病，所以广场舞中，大妈多而大爷少，是因为男人到了晚年不如女人气血旺。

从余婶带来的广场舞队伍的男女比例也可见一斑，十几个人中，大爷有三四个，但值得留意的只有两人。除了最先发言的钱老伯之外，另一个是个子不高、穿着普通、坐在人群最后面的黑脸老头儿。

黑脸老头儿从出现到现在，没说过一句话，安静地坐在后面，不管人群多热闹、多嘈杂、多激动，他一动不动，像一块沉默的木炭。

黑脸老头儿黑是黑了一些，乍一看，似乎整个脸上弥漫着一层黑气，从中医的角度来说，是病入膏肓之相，和钱老伯精神饱满、脸色红润的状态正好相反。郑道一开始也以为黑脸老头儿是真正有病并且最严重的一个，不过现在他又否定了这个想法，黑脸老头儿脸上的黑色和他的沉稳不相符。

如果他真是重病之人，不会坐得安稳，会坐立不安，会神不守舍。他能不动声色地坐在人群后面，不被别人注意，说明他气息调理得非常好，很和谐，没有引起别人的关注。

引人关注难，完全隐藏气息在人群中不被人注意也难。重病之人，是天地交响乐的休止符和不和谐音，只要走进人群之中，就会引起别人的注意。从中医的角度来说，重病就是天地交响乐的跑调，跑调的人会引起别人的不适。从科学的出发点来说，重病之人，振荡频率和常人不同，频率不同，会自然而然引发排斥。

黑脸老头儿没病，不但没病，他还很健康！郑道不由得多看了黑脸老头儿几眼，他坐在那里安稳如松，不像是跳久了广场舞、活泼好动的大爷类型。

黑脸老头儿似乎没有发现郑道特别关注的目光，依然坐在最后一排，仿佛神游天外。

"醒醒,喂,郑大夫,你不要偶像包袱太重了,赶紧帮帮傅婶好不好?大不了出诊费也算在附加条款里面。"卢西东一咬牙,这个财迷只知道钱,不让他看到实惠,他不会快乐地接受,然后她又低声威胁,"郑道,气球可以上天,但一根针就能扎破。"

如果说卢西东开始出现在他的面前,一系列的表演是"演员的诞生",现在她则开始变身为"兴风作浪的姐姐",这是要准备作妖了?

郑道轻轻咳嗽一声:"卢助理,我现在开始坐诊。你负责登记每位大妈、大爷的姓名、电话和地址以及病情,争取在一个小时内都过一遍,然后就有时间去傅婶家了。"

卢西东顿时又从"兴风作浪的姐姐"变回了"演员的诞生",朝郑道敬了一个礼:"明白,郑大夫,保证不出一点差错!来吧,请展示你的神技吧!"

正手一巴掌,然后再反手把你捧在手心上?郑道一想到卢西东第二次触发随叫随到条款,并且承诺了额外奖励,也就大度地暂时原谅了她,耐心地为每个"他婶""他叔"认真地把脉起来。

最后经郑道诊断,大多数除了有高血压和轻微的心脑血管问题之外,并没有大事,至于出轨者,更是没有(他当然不会承认把脉不能诊断出轨,要保留足够的神秘才能达到出其不意的效果)。

不过钱老伯和黑脸老头儿都没有让郑道把脉,他们说不用,也不知道是完全相信自己身体健康,还是真怕被号出出轨就不得而知了。

郑道也没勉强,药医不死病,医治有缘人,遇到讳疾忌医的病人,你也不能绑了他给他治疗不是?何况他也清楚,钱老伯和黑脸老头儿恐怕都有事儿,莫不是一个是余婶的"他",另一个是傅婶的"他"?

他除了为人治疗身体和心理的疾病之外,还得义务帮人解决家庭危机,能力太大了也不好,担事儿太多,让他承受了小小年纪不应该面对的爱情婚姻之残酷。

他可是纯情少年,只喜欢青梅竹马的何小羽一个人。

临近中午的善良庄,正准备吃午饭的居民,都看到了令他们目瞪口呆的一幕,即使事隔多年回忆起来,依然觉得不可思议!

第五十三章 尊时守位，知常达变

一列浩浩荡荡的队伍，如长龙出水，惊破了善良庄中午的宁静。

善良庄平常很安静，外人少，人口密度低，居民大多是只靠收房租度日的无业人员，又由于何黄汉治理有方，这里就如一处岁月静好的世外桃源。

庄里不允许跳舞以及组织各种活动，活动都要去北门外面的广场或是自寻场地，所以，当以一个白胡子老头儿和一个年轻貌美的姑娘为首，带领一支以广场舞大妈大爷为主体、排成两列、长约十几米的队伍，穿过善良庄的内部道路时，惊动了无数人，以为出现了何黄汉或何二狗被人举报或打上门的大事件。

得原谅善良庄居民对何黄汉和何二狗的"善良"而"好意"的猜测，毕竟在他们的眼中，善良庄要是发生了了不得的"大事"，肯定只能发生在何黄汉和何二狗身上，因为，别人不配！

当他们看清为首的老神仙和他旁边的玉女时，都情不自禁地揉了几遍眼睛，不由得发出了来自灵魂的拷问：这是谁这么嚣张？敢带领余婶、柳婶和一群"老年天团"在善良庄招摇过市，当何黄汉和何二狗不存在吗？就有好事者当即打电话给何黄汉、何二狗，请他们出面维持善良庄的秩序，不能让无名小卒挑战他们的权威、坏了善良庄约定俗成的规矩。

何黄汉放下电话，没来得及下楼，就从窗户看到了外面的情形。他正要大喝一声以彰显自己身为善良庄一把手的权威时，目光先是落在了余婶身上，气焰顿时消减了一半，再看到为首的白胡子老神仙一脸道貌岸然、满身的仙风道骨时，顿时释然了。他冲郑道挥了挥手，还新潮地打了一个"OK"的手势，关上窗户，继续听他的黄梅戏去了。

和何黄汉的老成相比，何二狗就冒失了。他火冒三丈，带着两只大狗气势汹汹地冲出家门，迎上了队伍，正要双手叉腰、横眉怒目展示一下身为善良庄隐形治安队队长的威风时，一口气已提到了嗓子眼儿，结果硬生生地被郑道笑眯眯的招手和卢西东左手右手互掰响指的姿态吓了回去。

惹不起，惹不起，这一对组合太强大。何二狗当即冲两只大狗怒吼一声："傻狗，还不回家，也不怕晒黑了找不到对象！赶紧滚回去！"

来得快，去得也快。何二狗近乎连滚带爬地原路返回，然后紧闭大门，再也不敢探头出来张望一眼。

于是，许多人都亲眼看见了刚才的一幕，不少人心里嘀咕加犯怵，善良庄这是要变天了吗？两大"镇庄神兽"一个不敢下楼，一个才一露面就立马滚了回去，谁呀，这么大的威力？

当然，也有一些人在心里哼唱一首儿歌："柠檬树上柠檬果，柠檬树下你和我……"

作为搅局者、惹事者和始作俑者的郑道，浑然没有他是善良庄秩序破坏者的认识。他安步当车，正耐心而亲切地和余婶、傅婶交谈。

"有些男人——别在意老少，他们可能就是天生的高情商，从小到老一向如此——说话逗乐、举止得体，每句话都能说到你心坎里面，让你觉得和他在一起，每分钟都快乐开心，为了时刻享受这种感觉，愿意抛弃一切。可是你们想过没有，他们只对一个人这么幽默风趣吗？"此时郑道不管是外在的形象还是言谈举止，都是"世事洞明皆学问，人情练达即文章"的老神仙神态。

他说话的声音有些大，不是因为太吵，而是想让跟在身后的钱老伯和黑脸老头儿能听清楚。这两位大爷从出门起就跟在郑道的身后，而其他大爷都走了。尤其是黑脸老头儿，不再一个人落在最后面。

既然跟紧了，就让他们听听他的高见也无妨，虽然从年龄上他比他们小了太多，但在形象和装腔作势上，他可是十几位大妈心目中的大神。

刚才一番"望闻问切"下来，郑道折服了大多数人。她们的症状、烦恼和情绪，郑道几句话就说得清清楚楚，让她们耳目一新，佩服得不得了。非但如此，郑道还给出了解决之道，都是既省事又省钱的方法。

她们在敬佩老神仙医术高超的同时，又心甘情愿地付了诊金。同时，在她们的称呼中，郑道已经从小郑大夫上升到了郑大夫，甚至有个别人称呼他为郑神仙，被他坚决纠正了。

开玩笑，他一个计较柴米油盐、算计吃饭养孩子费用的凡夫俗子，怎么可能当得了不食人间烟火的神仙？等他实现了十几个"一个亿小目标"后再考虑当神仙也不迟。

郑道算是小小地赚了一笔。虽然在卢西东眼中，他今天的收入微不足道，但对他来说，至少远志和槐米下半年的"生活费"有着落了，如果再精打细算一些，还可以从它们的牙缝里省下一些钱，给何不悟多买几瓶酒喝。

"是吧？"余婶不是很肯定。

"不是，当然不是。"傅婶比余婶清醒得多，"我们认识他的时候，他就很受欢迎了。郑大夫说得对，有人就是情商高，句句说到了我们的心坎上，也会说到别人的心坎上。"

"所以说，这种男人能说会道不叫本事，都是兜里没钱、家里没房憋出来的功能。既然提供不了经济价值和实用价值，就只能提供情绪价值呗。"郑道虽然理解不了余婶和傅婶这个年龄段的经历以及对感情的看法，但他相信千百年来人类坚守的共性不变，他还是希望余婶和傅婶"尊时守位，知常达变"，心思回到家庭之中。

"这话我就不爱听了，小郑大夫，你的意思是说石明运是在骗我呗？我就这么傻，看不透他的心思？婶儿我活了这么多年，什么样的人没见到过？他是不是哄我逗我，我一眼就能看出来。"余婶露出了不悦之色，在她口中，郑道被降低了档次，回到了"小郑大夫"这一档。

郑道回身看了钱老伯和黑脸老头儿一眼，下意识捋了捋胡子："他们谁姓石？"

"都不姓石，他们……他们都不是……"余婶慌忙否认。

傅婶却趁余婶不注意，朝郑道使了个眼色，又向钱老伯努了努嘴。

郑道会心一笑，其实他已猜出钱老伯就是石明运。"钱老伯"的穿衣打扮和举止，别说在广场舞大爷中鹤立鸡群，就算举行一场老年天团选美比赛，至少也可以获得三等奖。

相比之下，何黄汉确实又土又纯朴。

"有件事情我能问问吧，婶儿？可能一问就是命运，但还是得问。"郑道决定在到达傅婶家之前，先解决余婶的问题。何黄汉土是土了一些，又有些大男子汉主义和霸道，但他能为余婶提供安稳的婚姻和幸福的晚年，而石明运除了一张嘴之外，他还能为余婶带来什么？

"石明运有房有车有钱，他不缺钱，也不会要求房本加他的名字，他还有很多时间可以陪我！他不是骗子，更不是坏人。小郑大夫，你不要再说了。"余婶不想再听郑道劝她什么，她也能猜到郑道是站在何黄汉的立场上。

男人，呵，男人，果然以性别决定立场，而不是以治病救人为出发点，小郑大夫也不过如此！

郑道回身又看了精神饱满、气色不错的石明运一眼："婶儿，他没时间了。"

/第五十四章/ 帅气多金有良心，幽默风趣老实人

傅婶家所住的小区是一个老旧小区，少说也有二十多年了。大铁门套小铁门，平常大门不开，小门打开，供行人通行。

门前的街道是一条小路，比较安静，车不多，人也少，从地理位置来说，是一处宜居的小区。只不过因为小区低矮的楼层没有电梯以及到处堆积的垃圾，许多人放弃了来这里住的打算。

此时，小区门口围了一群人，一群老太太围着一个蹲在中间的老头儿。老头儿穿着时尚，只不过此刻他悲伤而无助，白色的皮鞋上沾满了混着眼泪和泥土的秽物，也顾不上擦掉。

"郑大夫，我到底还有多长时间？"石明运再也不扮演钱老伯了，当郑道指出他身患重病、时日不多时，他瞬间崩溃，什么形象、口才都

没有了，只剩下一个念头在脑中轰鸣，为什么？上天不公！我还年轻，才六十来岁，我又有气质又有能力，为什么是我？

"不好说。肝呢，是中医里最难理解的器官。肝在三焦中的位置也特殊，既在中焦也在下焦。肝跨中、下二焦，肾也在下焦，也就是中医所说的'肝肾同源'……"郑道小心翼翼地斟酌词语组织语言，既不能过度刺激石明运，告诉他这就是命运，又不能过于轻描淡写。

夸大其词是忽悠，轻描淡写是不负责。

黑脸老头儿抚摸了一下并不茂密的头发，若有所思地打量了郑道几眼，凑了过来，问了一句："郑大夫，不是常说发是肾之华吗，石老哥头发这么好，你怎么就推断出来他的肾不好，然后由此及彼查到了肝有问题？"

方才在路上，郑道指出石明运时间不多时，余婶不肯相信，以为郑道是在忽悠她，几乎要和郑道翻脸。卢西东很感慨，这些人开心时叫人家小郑大夫，生气时就叫人家郑大忽悠。郑道也不容易，面对的可是久经考验、战斗力惊人的广场舞大妈。

还好郑道对付大妈的经验格外丰富，毕竟有过与何不悟十几年的"斗争"经验，他已经练出了一身钢筋铁骨。何不悟一身集中了超级大妈和顶级大爷的战力，郑道能与他过招十几年还安然无事，足以证明郑道的战力也是超强的。

早在见到石明运第一眼时起，郑道就察觉到了哪里不对。石明运的气色过于饱满，而头发过于旺盛。人上了一定年纪，气色衰退、头发稀疏是正常现象，七八十岁的老人满面红光并非一定就是身体健康，有时过于红润的脸色可能是阳盛之外感发热，体内有实热，心脏功能出了问题所致。

当时在一号楼时他还不敢肯定，出来走了一段路，他就更加笃定了自己的猜测——石明运跟在他的身后，没走几步就气喘吁吁，几分钟后就掉队了。反观黑脸老头儿，脸不改色心不跳，走得很平稳有力。

有钱装没钱，好装；有病装没病，一动就露馅儿。表面上气色甚至比常人还好的石明运，在正常步行的速度下，才走了不到二百米就气虚无力，可见他的身体已经很虚弱了。

211

广场舞大妈大爷的身体，可是比四十来岁的中年人都要好上许多，甚至比一部分熬夜加班的二十多岁的年轻人还要精力充沛。郑道故意放慢了脚步，石明运仍跟不上，不得不说他的身体确实有了大问题。

其实，郑道虽然走得慢，却有意带了节奏，步伐快慢之间有测试之意。不过他的快慢变化幅度不大，一般人察觉不出来，但对病人来说就不一样了，会感觉忽快忽慢，从而引发体内潜藏的病情。

郑道一向认为，病人是与天地共振的不和谐的音符，被天地共振的力量排斥，自然就身体不舒服了。如果只以石明运的外在表现来看，他能跑半个马拉松都不在话下，但走了没几步就乏力掉队了，可见气血已经亏得非常严重了。

身体虚亏却又红光满面、头发茂密，是大为反常之相，如同临死之人的回光返照。不过有些回光返照持续的时间会长一些，就是大病将发之前的山雨欲来风满楼了。

所以，当郑道点出石明运时日不多、大病将发之时，石明运还不信，主动伸出右手让郑道把脉。郑道把脉之后，更加坚定了自己的判断："中医的理论基础是经验论，按照现在的说法就是大数据。这么说吧，石叔，从我的大数据库里提取的数据显示，你患肝病的可能性高达百分之九十以上，而且极有可能是很严重的肝病，建议你去医院做进一步的检查。"

石明运当即就崩溃了，蹲在地上哭了半天。

黑脸老头儿的问题，很专业、很内行，郑道心中的疑虑又加重了几分，显然黑脸老头儿不是傅婶所说的"他"。不管对方是谁，他都不能让人问住，毕竟小郑大夫从来不信口开河，他的口号是"外事问老爸，内事问自己。儿女情长问李别，世态炎凉问滕哲"。

"先说肝肾同源……"郑道见卢西东一脸沉迷之色，双眼放光，他差点儿又要重复他的名言："答应我，不要再见我还有别的本事就一惊一炸的，好吗？"再一想卢西东现在是"演员的诞生"的状态，也就作罢了。

"肝气是疏泄的，五行属木，认不认同这个理念都不要紧，先听下去。因为五行中木的运动方向是向四面八方扩散，所以，肝气是游走于体内各处的。而肾水正好向下运动，所以肾的封藏能力，对于肝气的疏泄就是一个平衡、控制的作用。借助肾的封藏能力，将一部分过于旺盛的肝气给封藏起来，从而达到平衡。人体达到平衡，就不会得病；家庭达到平衡，就会幸福。"郑道意味深长地看了余婶一眼。

余婶已经彻底蒙了，迷乱的样子像是喝多了。她现在才明白郑道说石明运没有时间了是什么意思，石明运不就是命运的意思吗？怪不得人们常说，别问，问就是命运，原来真是如此。

"若是肾虚了、亏了，封藏不住肝气，肝气疏泄得不到有效的控制，就会导致体内精华被肝气向体外推，这样的人头发会很旺盛，或胡子长得很浓密。许多人不知道的是，这种情况可能是因为肾不好了。肝气有个特点，就是越浓郁越要疏发，肝气郁积，又狂疏发，在外体现为头发和胡子都飞快地长，在内，则时间一久，就会郁积成病。"

郑道见黑脸老头儿低头不语，也不知是听明白了，还是被他一番高深的理念折服了，他就又将理念落回到地上："刚才为石叔把脉，脉象呈弦脉，同时还伴有弦细、弦涩、弦数等脉象。脉象越弦，病情越重。初病弦而有力，久病弦而无力，而久病、病重之人若有弦实有力之脉，就有可能是病情加重或发生恶变……"

现在石明运的脉象显示他的肝气已经呈气衰之相，等于是喷薄而出的肝气耗尽，并且他还出现了胸和两肋疼痛的症状，怕是要不好了。

"我要回老家，叶落要归根。"石明运悲伤了一会儿，忽然站了起来，一把抹干眼泪，"人总归得死……人固有一死，或死于天蝎，或死于摩羯，我也没有什么可遗憾的了。小可，你就是我最后的摩羯！我只能对不起你了，我先走了！我要接受命运的安排！"

说完，石明运挥一挥衣袖，转身离开。

原来余婶叫余小可，挺好听且时尚的名字，尤其是以余婶的年龄来看，当年年轻貌美的余小可，身边应该有不少追求者。郑道冲石明运的背影挥了挥手："石叔，放宽心，也许我是误诊。大医院的误诊率有时都达百分之三十，更不用说我一个小朋友了。回家好好休息一段时间，心情一舒展，说不定病就神奇地好了。"

石明运没有回头。

卢西东像是听出了什么，她碰了碰郑道的胳膊，小声问道："说，你是不是忽悠石明运了？他的病并没有那么严重，你为了拆散他和余婶，故意使坏是吧？你真是大忽悠、小神棍！"

"不，我就是个棒槌。"郑道自得地一笑，既不承认也没否认。

"别自恋了，你连棒槌都算不上，你顶多是一个——"卢西东咬着嘴唇扑哧一笑，"帅气多金有良心，幽默风趣老实人。"

我不管，就当你是夸我了，郑道心想。他拉过余婶："婶儿，走啦，去傅婶家里了。石叔有儿有女，他有家人照顾。"

余婶失魂落魄地点了点头："说的也是，他就是病了，也有儿女照顾，我又算什么？命里有时终须有，命里无时莫强求，我想明白了。"

有那么一瞬间，郑道感觉自己的身影高大了起来，超过了大树和高楼，飞到了天空之中。帮两个家庭化解了危机，虽然用了一点儿小手段，出发点却是纯正而善良的。

"气球能上天，一根针就扎破了。"卢西东的话及时在郑道的耳边响起。

郑道就迅速变小回到了现实之中。谢谢呀，卢老板，你真是我戒骄戒躁的道路上的大头针。

到了傅婶家里，见到躺在床上的刘叔第一眼时，郑道差点儿就骂人了——谁再说傅婶不是傅金莲，他就给谁开速效救心丸！

/ 第五十五章 /　治命大于治境，治心大于治命

老式楼房由于年久失修，墙上可见斑驳的痕迹，屋顶上有蜘蛛网，屋顶的一角，有漏水形成的一片水渍，应该是楼上装修没有做好防水导致的漏水。墙角已经发霉发黑，形成了一条长长的黑带。房间中堆了一地的纸箱、药盒、药渣、纸巾以及形形色色的垃圾。给郑道的第一眼印象，

这里就是一个垃圾转送站，是狗哥名下业务的一个分点。

再看打扮得干净整洁的傅姆，郑道第一次发火了。

"傅姆，这是你家？"他脸色阴沉，语气微微颤抖。

卢西东一脸愕然，印象中郑道一直是四平八稳的样子，不管是装老神仙还是本来面目，他脾气好得似乎从来不知道什么叫生气。不得了了，气球要爆炸了，她立刻脑补了瓜子、板凳、矿泉水，还有大头钉——一边看热闹，一边做好随时扎破郑道的准备。

傅姆浑然没有察觉郑道的情绪变化，还在热情洋溢地招呼他和众人："家里地方小，坐不下，大家多担待。郑大夫，老刘在卧室。"

一股浓烈的中药味弥漫整个房间，有敏感体质的人，进门就打了几个喷嚏，还有人实在受不了，借故离开了。转眼间，原本十几人的队伍就只剩下了几个人。

"怎么不坐呀，郑大夫？先坐下喝口水再去房间看老刘，大热天儿还劳烦你过来一趟，受累了。"傅姆拿过水杯为郑道倒水，水壶上满是污垢不说，水杯的杯壁上也是黑乎乎一片，不知道是什么东西。

"不渴，先不喝水了。"郑道不着痕迹地将杯子推到一边，毫不掩饰他对杯子过于脏污的厌恶，"傅姆，你平常是不是不爱在家里待着，喜欢出去？"

"家里太闷了，药味倒没什么，我都适应了，就是又脏又乱让人受不了。外面的空气好，又有人陪着聊天……"

"你想出去，刘叔是不是同样也想出去呢？"

"他是病人，想出去也出不去呀。"

"傅姆，如果是你病了，你天天待在家里，看着扔得到处都是的垃圾，还有堆得乱七八糟的杂物，你会心里舒坦吗？"

"不……舒坦吧？"傅姆不是很肯定的语气，她现在终于发现郑道情绪不对，被郑道忽然迸发的凌厉气势吓住了，"郑，郑大夫，怎么啦？我哪里做得不对吗？我天天照顾老刘，为他熬药，给他做饭，还不够吗？我真没喂他毒药，我真不是潘金莲。"

"你一个正常人待在这样的环境中，都会心情压抑，待久了还会生病，更何况一个病人！"郑道蓦然起身，拿起水杯狠狠地摔在了地上，"这杯子有多久没洗过了？都黏手了！傅婶，你自己知道出去环境好、空气清新，有人跳舞有人聊天，却把刘叔一个人扔在这样一个脏乱差的环境里，他就是吃了灵丹妙药，病也不会好！"

"你是没喂他毒药，你是在他心里种下了一棵毒蘑菇，让他自己毒死自己！"郑道出道以来第一次抑制不住胸中憋闷的怒气，"影响一个人生病的因素有很多，包括环境、命理和心情！中医施治，讲究的是治病治命治心治环境。环境和人的身心健康息息相关。"

"治命大于治境，治心大于治命！

"刘叔本来就是癌症病人，需要一个干净整治舒适的环境来调养，环境好了，心情才会好。心情舒畅了，生命力才会滋长。生命力生发后，才会有利于康复。"

卢西东呆呆地望着慷慨激昂的郑道，一瞬间又想起在善良庄北门时郑道义无反顾的背影，当时她想郑道终有一天会化身为腾云驾雾、行云布雨的真龙。这一刻，她觉得郑道身上的鳞片又长出来几片，金光闪闪，直逼人眼。

她一直以为郑道面对病人时始终会是温和可亲的态度。他虽然经常将"医者父母心"挂在嘴边，毕竟才二十多岁，当杜无衣和杜同裳的爸爸都勉强，还名不正言不顺，但他确实也做到了对病人真心和真诚，并且和声细语，表现出十足的爱心和关心。她没想到，郑道对病人——也不对，傅婶不算是病人——也有雷霆一怒之时，他还真是一个可盐可甜可浪漫、可狼可奶可灿烂的百变郎君。

余婶也吓得不轻，不知道郑道为什么突然发火，她轻轻拉了拉郑道："小郑大夫，你别吓着傅姐了。她胆小、心眼儿小，一受惊就睡不着吃不下……"

"狗屁！"郑道被余婶的正话反说气笑了，"没有一个胖子心眼儿小，胖子都是心胸开阔的人。还睡不着吃不下？家里跟狗窝一样，傅婶不照样在外面跳得欢唱得响？"

傅婶无地自容，脸涨得通红："郑，郑大夫，我不是不收拾家，是太忙了……"

"是忙，忙着跳舞唱歌对吧？"郑道三分凉薄、三分讥笑、四分漫不经心，"我就问你一句，傅婶，如果是你卧病在家，刘叔天天出去放飞自我，你天天住在这样一个鸡窝一样的家里，你会怎么样？"

"刚才不还说是狗窝，怎么又变成鸡窝了？"傅婶一脸委屈和慌张，"我，我，我肯定能瘦回少女。"

郑道刚才将这里形容为狗窝的时候，脑中闪现了远志一脸委屈加不满的表情，立刻想起远志的狗窝在何不悟和何小羽的收拾下，远比傅婶家干净多了，确实比喻不当，对远志不公平。

郑道不气了，其实他也是故意耍耍威风，有时想要解决问题，该装神弄鬼的时候，得装一装；该苦口婆心的时候，得婆婆妈妈一些；该雷厉风行的时候，得演霸道总裁。反正现在他是白胡子神仙形象，批评傅婶几句，也不算拿大。

不同的病症用不同的药，不同的病人得用不同的方法，所谓因材施教、对症下药。傅婶人不坏，就是太粗枝大叶，压根儿就没想那么多，一切由着习惯来。只是可怜了老刘，既遭罪又窝火。

"听我的，傅婶，还有余婶，大家搭把手，把家收拾出来，干干净净、利利索索，才像过日子的样子。哪怕只有明天一天了，今天也得捯饬好自个儿！病不可怕，可怕的是先没了心气。"郑道一挽袖子，抢先干了起来。

郑道一动手，别人怎么还好意思闲着，就连黑脸老头儿也帮助挪动了沙发。他和卢西东打配合，帮了不少忙。

人多力量大，没多久，客厅就焕然一新了。郑道正准备继续充当广场舞队伍的领军人物，带领老年天团去卧室打扫时，忽听哐当一声，傅婶的脸盆失手落地。傅婶的声音中透露着惊恐和难以置信："老，老刘，你怎么出来了？啊，可思，你怎么也来了？"

卧室的门口，站着一个气色衰弱、干瘦无比的老头儿，他旁边有一个同样气色衰败、骨瘦如柴的女人。女人和老头儿互相搀扶，二人都向郑道投来了热切、感激的目光。

老头儿自然就是老刘了，他旁边的女人是席可思？张四瑞的媳妇？郑道不由得感慨再一次中奖了，他坚挺的运气都是他多年来用单身积攒的善良和人品。

/第五十六章/ 福，在心不在物

　　老刘怔怔地望着干净又卫生的客厅，瘦削的脸上慢慢露出一丝笑容。他在席可思的搀扶下，缓慢来到郑道的面前，拒绝了郑道的帮忙，上下打量郑道几眼，"郑大夫，刚才我在屋里都听见了，我……"老刘说不下去了，眼泪哗哗地掉，"我真的谢谢你！太难了，睁开眼看到的就是垃圾站，我把她喂的药全扔了，就想死！"

　　傅婶忙不迭地向众人解释："听到没有？我没有给他下药，是他自己不想吃。"说完才醒过味儿来，"老刘，我是懒了一点儿，可你也不能这么嫌弃我，我以后改还不行吗？"

　　"房间收拾出来，真是舒坦多了。我要在沙发上坐一会儿，呼吸一口新鲜空气。"老刘饱含热泪地坐在了沙发上，望着窗明几净的客厅，脸上挂着欣慰的笑容，幸福的泪水止不住地流下来。

　　黑脸老头儿专业而审视的目光打量老刘和席可思半天，想说什么，见郑道又带领扫荡大军去打扫另外的房间，他只好收起好奇和探讨之心，坐在了老刘和席可思身边，和二人闲聊起来。

　　十几分钟后，房间全部打扫完毕。老刘在席可思的搀扶下依次参观了一遍，回到沙发上后，默默流泪半晌才说："我饿了，想吃东西。"

　　"我的药呢？我要吃药。郑大夫说得对，哪怕只能活一天，也得活得干净、活得利索。"

　　傅婶呆呆地看着自己的丈夫，上前轻轻抚摩老刘的脸庞："老刘，你可算活过来了。乖，咱们好好吃药，别再闹脾气了，好吗？"

　　"我闹脾气了吗？老傅，我闹脾气又有什么用，没人可以发火呀。后来我就跟蟑螂发火、和蚂蚁吵架，不过打不过蚊子，蚊子会飞，我又不会。”

傅婶忸怩地说：“家里哪里有蟑螂和蚂蚁，净瞎说。”

“家里有蟑螂二十二只、蚂蚁一百零八只、蚊子十三只，还有……”

“不说了，不说了，以后都没有了，我保证。”傅婶说着说着哇的一声哭了出来，“郑大夫，我知道错了，我以后改，一定改！谢谢你，太谢谢你了！你帮我打扫的不是房间，是我和老刘心里的垃圾，扫清了我们之间的隔阂。”

傅婶不像是制药厂的车间主任，像是老师，还是语文老师，郑道很欣慰地点了点头。治病手法有很多种，有些病要用药，有些病要谈心，而有些病则需要改变环境。

老刘努力站了起来，紧紧握住郑道的手：“你可真是救命的老神仙，我和老傅过了这么多年，总觉得哪里别扭，就是找不到病根。老神仙一来就治好了我们家的病，我得好好谢谢你。我能活到今天，也真是太不容易了……”

也不知道老刘受了多少委屈才憋屈成这样，郑道很同情老刘的遭遇。娶一个把自个儿养得白白胖胖的媳妇本来挺好，却让他瘦骨嶙峋，确实换了谁都会觉得不是滋味。

余婶碰了碰郑道的胳膊，假装关切实则暗示：“郑大夫，看看老刘还需要拿些什么药不？要是方子不方便让外人知道的话，你帮忙配药，告诉傅婶多少钱就行了。”

此话一出，卢西东和黑脸老头儿立刻朝郑道投来了关注的目光，如果说卢西东的目光是大头针的话，黑脸老头儿的目光就是狼牙棒，似乎随时要给郑道迎头一击。

郑道没让卢西东和黑脸老头儿失望，他张口就谈钱：“确实需要不少钱……窗帘得换，颜色太暗，换成浅色的、暖色调的。墙壁需要保洁，所有污渍都得去除干净，再加上换床单、被罩什么的，少说也得一两千块吧！”

“就这？”余婶以为郑道没听明白她的意思，又使眼色又打手势，“这些钱要花，出诊费和药费得另算，是吧，傅姐？”

“刘叔的病情目前控制得还可以，他现在吃的中药也对症，不用再开新药了。"郑道虽是回答余婶，却冲黑脸老头儿点了点头，"苑十八老先生开的方子，温和补养，也算是十分高明的手法了，对吧？"

黑脸老头儿看了看左右，见郑道还是盯着他不放，知道躲不过去，只好说道："问我？我又不是大夫，不知道。不过你这不用开药光改变环境就能让病人立马有起色的本事，我还是头一回见。"

这不稀罕，换你在狗窝——抱歉了远志，习惯了，不是特指你——生活了很多年，突然换了一间人住的屋子，你也会心情舒畅，以为来到了天堂。心情舒畅，人体就会激发活力，多巴胺一分泌，愉快感上升，身体各机能都会相应地提高工作效率。

"现代医学模式已经逐渐从纯粹的生物医学模式向生物—心理—社会医学模式转变，是一个可喜的变化，也是巨大的跨越和进步。但还没有真正实施，需要时间和过程。古人早就说过，一种疾病的发生和治愈，不但与人的本身有关系，也与其心理状态和所处的社会环境密切相关。心理影响人，环境改变人，快乐治愈人……"郑道转向老刘身边的席可思，笑眯眯地问道，"席姐，你想治好你的病吗？"

"想，当然想啦。"席可思早就被郑道神乎其神的一顿操作震惊了，郑道一问，她迫不及待地回应了，"可是我的病是慢性病，看了很多医生，都说没有法子，只有养……啊，不对，老神仙，您怎么叫我姐？"

哎呀，忘了自己现在是白胡子老头儿打扮，不是帅哥形象。郑道又想起他始终称呼余婶和傅婶为婶儿，不如索性坦白算了。

"郑大夫会根据不同的病人，选择不同的形象。他这样做，首先，是为了让病人在心理上对他产生信任感，信任是谨遵医嘱的前提；其次，郑大夫打扮成老神仙的样子，也是向他的师父致敬。他的师父是一个隐世高人，一个真正的神仙一样的人物。"

不等郑道开口，卢西东先替他圆场了，虽然理由很奇特、很牵强，但还是赢得了一众大妈的认可。

行吧，郑道也没再说什么，这事儿就先翻篇儿了。他凑近了几分，闻了闻席可思身上的药味："姐，在哪里做的手术，又是找谁看的中医？"

席可思被一个看上去年纪大了许多的老神仙叫姐，多少有几分不自在，她惨怛一笑："原本我们先去了意诚医院，结果医院说我的心脏病病情特殊，他们没有太大把握，就推荐了京城的一家医院，还推荐了主刀医生。在京城那家医院，我的手术还算成功，回来后不久我的肠胃方面又出了问题，就去了意诚。意诚还是没收，又向我们推荐了精诚医院。我在精诚医院开刀后，身体就一天不如一天了。后来精诚医院的大夫向我们推荐了老中医苑十八大夫。苑大夫给开了药，药不便宜，我却一直不见好。"

郑道感受到了这个世界的狞笑与满满的恶意，他和卢西东对视一眼，问道："京城那家医院的主刀医生是谁？"

"何书何大夫！"

黑脸老头儿突然呵呵一笑："老苑呀老苑，玩的一手好牌！"

/第五十七章/　命，在人不在天

等下再和你算总账，现在没空，郑道没好气地白了黑脸老头儿一眼："问你了吗？你闭嘴！"

黑脸老头儿当即回了郑道一个更大的白眼，黑脸也更黑了几分，想要发作，又被卢西东摁了回去。

"嘿，老头儿，郑大夫在帮人看病，你一个病人自觉点儿，还没轮到你知道不？你脸这么黑、脾气这么臭，是不是肝气不舒外加更年期综合征呀？"

黑脸老头儿一拍茶几站了起来，怒气冲冲地冲到门口，手放到门把手上时却又呵呵一笑，朝身后一指："走错方向了，卫生间是在那里吧？"

余婶忙递过梯子让他下台阶："我带你去，老木。"

郑道先放过了老木，反正他知道现在不气白不气、气了也白气，而且他还不会离开。

郑道很认真地替席可思把脉。

老爸以前说过，某个利益集团在全国各地先选地址开一家KTV，KTV红火之后，就在隔壁开整容医院，同时在医院边上再开一家小贷公司，就形成了一个完美的闭环产业链。

KTV从业者会互相攀比姿色，然后发现自己长相和身材上的不足，隔壁就有整容医院，方便咨询。而小贷公司招聘员工给予高额提成的工作内容正是让他们诱导客户整容，基本上每个想整容的姑娘至少要花十万元，小贷公司可以帮她们做到零首付！

从意诚到精诚再到苑十八，和KTV、整容、小贷公司的套路有异曲同工之妙，也是形成了一条龙的产业链服务。相比之下，整容和小贷即使骗人，也是有限责任公司，只骗钱不害命。意诚链条就不同了，无责任，谋财害命，杀人于无形。

只是根据席可思的脉象显示，她的心脏问题基本解决了——还是得夸一下何书确实医术高超，不愧为"心脏一把刀"——但她的脾胃和肝肾都有不同程度的损伤。难道是后期吃中药的缘故？

"第二次在精诚医院开刀，是什么病？苑大夫的药方有吗？"精诚医院和苑十八、苑将离这三个名字，算是牢牢刻在了郑道的脑海里。他甚至不用深思就能推测出来，在一个庞大而缜密的链条中，精诚医院、苑将离和苑十八是整个环节中的关键点，但显然不是整个链条的幕后操控者。

"是胃病。"席可思虚弱地咳嗽几声，喝了口水，"心脏手术做完后，我恢复得很快，何大夫说三个月到半年，必定会全好。他是真厉害，刚四个月的时候，就差不多全恢复了。"

"胃病一开始就有，还是后来才得的？"卢西东冲郑道点了点头，"姥爷，你是不是和我想的一样？"

郑道吓了一跳，从郑大夫到郑医生再到姥爷，他到底经历了什么？

"别叫老了，我顶多是你舅舅。"郑道又想起了加加子，"你也和加加子说一下，以后别叫我姥爷了。咱们正常点儿，郑医生、郑大夫、帅哥、老神仙都可以，哪怕叫大师也比姥爷听着正经。好几个被叫姥爷的都进去了！"

"好的，姥爷。"卢西东偏不，她转向几个面面相觑的广场舞大妈，"郑大夫和我是远房亲戚，论辈分，我就得叫他姥爷。不过，出五服了，没事。"

何必多此一举说"没事"，郑道踢了卢西东一脚：捣乱也不看时候，小心开除你！不对，又忘了，她才是给他开工资的老板。

几位大妈对视一眼，都默契地点了点头，露出"懂了，但我们不会说的"心领神会的笑容。

黑脸老头儿回来了，坐在了卢西东的旁边，他冲卢西东点头一笑："谢谢啊，现在可以继续了。"

原来卢西东打断席可思、故意捣乱是为了等黑脸老头儿，郑道送了卢西东一个大白眼，言外之意是用你帮忙，姥爷我自有安排……呸呸呸，真被带偏了，还自称姥爷了。

"你为什么叫他姥爷？"黑脸老头儿好奇又戏谑地说，"是不是被他洗脑了？听说他挺会忽悠的。"

"这事儿以后再说，现在是诊断病情，注意场合，注意态度和立场。"郑道严肃起来，但他转向席可思的时候，又无缝切换为和蔼温煦的笑容，"姐，说说你的胃病。"

"原本我的胃挺好的，做了心脏手术后，四瑞——我老公——非说是因为我生活习惯的问题才导致了心脏病，让我改变观念，还推荐了几个公众号让我学习。我就关注了几个，有精诚医生、十八养生、声东击西、合抱之木……"

卢西东自豪地吐了吐舌头，一指自己的鼻子："我的。"

没人理她。

"我比较喜欢合抱之木上面的文章，四瑞却说合抱之木的说法都是歪理邪说，他更认可精诚医生的医学知识和养生观点。"

"精诚医生是精诚医院的公众号吧？你觉得声东击西做得怎么样？"郑道拿出了姥爷的气势，"你，小卢，记下这几个公众号，回去好好研究学习。"

"是，姥爷。"卢西东乖巧地点头。

"是精诚医院的公众号，我也是后来才知道的。声东击西……一般般吧，我不太喜欢，观点不犀利，立场不鲜明，文章马马虎虎，还有点儿水。"

"你——"卢西东差点儿当场反驳，还好被郑道犀利的眼神制止了，她只能心中还击：你没品位没审美，是小白是……算了，不和一个病人一般见识。可是，声东击西真的有那么差吗？

"四瑞就让我按照精诚医生上面的文章养生，比如不再喝热水，直接喝凉水，不再用热水泡脚，不再喝粥养胃，相信他们说的食物不存在相克、土鸡蛋价值不高、隔夜食物不会致癌……一开始还不觉得有什么，就是喝凉水胃会寒、会不舒服，直到生了第二胎后，四瑞不让我坐月子……"

"你老公是傻×！"黑脸老头儿突然爆粗口，见众人对他大眼瞪小眼，他脸一黑，"不好意思，激动了……如果我见到他，打残他都是轻的。"

"你让他经常扭扭脖子、晃晃脑子，把脑子里多余的水都放一放。长那么大个脑袋就是为了增加身高吗？"

"他是有点儿傻，认死理，不过对我是真好……"席可思没生气，只是叹息一声，"二胎没坐月子，就落下了病根，得了严重的胃病，吃什么吐什么，就去意诚检查，意诚推荐我去精诚做了治胃病的手术。手术后，又去苑十八大夫那里拿了药，就成了现在的样子。"

卢西东气得站了起来，情急之下指手画脚地说："胡说八道最省事最洗脑，谎言重复一千遍就是真理的手法太老套，用在老百姓身上却屡试不爽。姐，你老公傻，你也缺心眼儿吗？外国人不坐月子、不喝热水，身体一样壮，我们就得跟他们学吗？蟑螂吃垃圾、屎壳郎吃屎也能活得好好的，人类怎么不去吃？不同物种有不同的属性，一方水土养一方人，外国的月亮圆、外国的空气甜、外国人的习惯就是标准，这是一种文化跪拜！

"中国人就要有中国人的活法，怎么舒服怎么来，为什么非要学别人？有着五千年文化传承的民族，现在不自信到了还迷信德国下水道的程度，在下水道待久了，腰都直不起来了！"卢西东背着手、抿着嘴，她激愤的样子特别像新闻发言人，等她转过身看向郑道时，又换了一副嬉皮笑脸的面孔，"姥爷，媒体是有国界的，新闻是有立场的，这个世界是被精心设计过的……我是不是一个有见解、有思想、有深度的自媒体？"

郑道没配合卢西东的展示，他在推演整个事件的前因后果。席可思只是无数患者中的一个，她的遭遇代表了一部分病人大病致贫、求医无门、被精心算计，然后被榨干最后一滴血的人生遭遇。

如果最终能够治好病，钱花光了还可以再挣。但又有多少人最终被踢来踢去，在每一个环节都被剥一层皮，到最后还是痛苦地死去，只留给活着的人一大笔欠债。

有些事情凭他一己之力无法改变什么，但他遇上了，就不能见死不救。也许老爸当年也是遇到了同样无能为力的事情才会让他心灰意冷，从此不再治病救人。他不管这些，他也不会走上老爸的老路。

他做不到面对人间疾苦时而无动于衷。

哪怕他帮了一人而得罪了一方势力，他也不会退缩。事情不见得非得改变整个世界才重要，改变一个人或一个家庭，也很有意义。

毕竟如今像他一样颜值与才华并存、知西医又懂中医，并且有医者仁心的神医不多了。

不好意思，一不小心又"自嗨"了。如果"自嗨"是一种病，他也不想治愈。

"苑十八的药方呢？"郑道看向了黑脸老头儿，"老木头，席姐的病，还有救吗？"

"问我干吗？我又不是大夫，不懂。"黑脸老头儿装傻充愣，"你不是自称神医吗？不会是冒牌货吧？还有，别叫我老木头，怪难听的，尊重一下老人家。"

郑道装没听见老木头的不满，现在不是斗智斗勇的时候："老木头，刚才把脉，席姐的脉象是脉弦，再看她的精神和气色，是虚寒之症，是'肝木横逆克脾土'……"

"不懂，你就说她现在吃的桂枝汤是不是对症吧？"黑脸老头儿话一出口自知失言，因为自始至终，郑道和席可思都没有提过药方！

/第五十八章/ 药食同源

医圣张仲景所著的《伤寒杂病论》中，开篇第一方就是桂枝汤。

桂枝汤方子简单，只包括桂枝、芍药、炙甘草、生姜和大枣几味药，调理表虚寒证。患者正气不足、外寒侵袭时，其有辛温解表、解饥发表、调和营卫之功效。

后来有不少名医认为，桂枝汤除了有以上功效之外，还可以补脾胃、疏通营卫之气的通道。张仲景之所以将此方列为第一方，应该是告诉后人正气是关键，"正气存内，邪不可干"。

古时中医开药，方子都比较简单，往往都是几味药的小方，后世大方才慢慢多了起来。四川著名中医学家田八味，生平用药不超过八味，却每每用药如神，一时为人称颂。

八味，取八卦开合之玄机，补泻相得益彰，看似简单却变化无穷。

郑道进门之后，因为傅婶家中原有中药味道，所以一开始他没有闻出席可思身上药味的组成。现在离得近了，大概可以判断一二。等席可思将药方递来时，果然是他所推测的桂枝汤，不由得心中暗自得意几分，他的嗅觉还不错，不逊于远志了。不对，他怎么能拿自己和一只狗比？不过说实话，人的嗅觉功能还是比狗差太远了。

老木头到底人老经历多，光凭味道就闻出了是桂枝汤，看来在各行各业，还是老帮菜厉害，他应该能和远志相比了吧？郑道就当面打脸："老木头，你的鼻子比狗还灵，一闻就知道是桂枝汤，是练的还是天生就会？"

老木头愣了一下，嘿嘿一笑，找补道："苑十八开药方喜欢大方，一般不超过十八味，所以叫苑十八。他最喜欢用桂枝汤，我以前找他看过病，知道他的风格。"

行吧，你怎么说我就先怎么听，不和你老帮菜一般计较，等下再来较量。郑道又替席可思看了看舌象，他起身在客厅中来回走动，还不时捋捋胡子。

"老木头，姥爷思考的时候样子挺帅的，对吧？男人的魅力在于专注时的认真、认真时的深情、深情时的陪伴……"卢西东没大没小地捅了捅老木头的胳膊，"行啦，别装了，我知道你是谁了。"

老木头心中一惊，不过多年养成的涵养还是让他不动声色："帅有什么用，一个不会看病、治不好病人的医生再好看也是废物。

"我是谁？我谁都不是，就是一个退休在家、喜欢跳广场舞的老大爷。小姑娘，你别跟郑道学坏了，他可是有家有娃的人。"

"不啊，只要他好看，哪怕是废物我也喜欢。有家有娃也没什么呀，我们可以互为备胎呀。"

"什么备胎？汽车备胎？"

"科目四中明文规定，备胎不可以作为正常轮胎使用。但是科目一又规定，没有备胎禁止上路……"

老木头被卢西东绕晕了："你们这一代年轻人，天天想些什么乱七八糟的事情，真是让人难以理解。"

郑道开口了："对了，老木头，苑十八的桂枝汤不能说药不对症，但没有抓住病人的根本病因，只调理表虚寒证，没有从根本上滋补脾胃。席姐的病根是正气不足、外邪入侵导致的脾胃虚寒、身体亏空，除了提升正气、祛除邪气之外，必须提升脾胃的功能。

"在桂枝汤基础上，芍药量翻倍，再加上饴糖，就是小建中汤，可以温中补虚、和里缓急，正好对症心中悸动、虚烦不宁、面色无华。

"而且，小建中汤还可以平肝胆之气，疏导肝郁，使脾胃不受肝胆横逆之气的烦扰。"

老木头被卢西东绕得心烦意乱，郑道的方子一出，立刻眼前一亮，多年养成的职业习惯让他产生了本能反应，当即站了起来："思路不错，没想到你这么一个鸡贼又贪财、狡诈又善变的家伙还能想出这样大开大合的方子，有点儿意思。

“先吃一周小建中汤，一周后，再加上牛肉，就是大建中补脾汤，会起到更好的收敛、巩固之效果。

“《黄帝内经》说：‘毒药攻邪，五谷为养，五果为助，五畜为益，五菜为充，气味合而服之，以补精益气……’大建中汤中，炙甘草是药，饴糖为谷，大枣为果，牛肉为畜，生姜为菜，正合药食同源之理。”（注：情节需要，请勿效仿。如需用药，谨遵医嘱！）

“翻脸了啊！”卢西东双手叉腰，气势汹汹地噘起嘴巴，“老木头，再敢这么说姥爷，别怪我不客气哈。”

郑道哈哈一笑，摆了摆手：“卢助理，不许闹！对老人家还是要有适当的尊重。不管他是调皮捣蛋还是老奸巨猾，能活这么久，也是本事，不是吗？”

“对了，席姐，记得熬药的时候，大枣一定要掰开，要不效果会受到影响。”郑道又对席可思说。

黑脸老头儿还想反驳几句，见卢西东维护郑道的样子像老母鸡护小鸡，就哑然一笑，自己不和年轻人一般见识，和后生晚辈争论，赢了不光彩，输了更丢人。

他差点儿又上了郑道的当，这家伙太鸡贼、太有心计了，处处算计他。

气色好了几分的老刘一说到药方就来了几分精神。久病成医，他对很多药方都如数家珍，当即想起家里就有桂枝汤，拿来后，按照郑道所说的加味，然后熬制。

郑道主动帮着熬药，还有意露怯，黑脸老头儿先是忍不住指出郑道的错误，见郑道笨手笨脚就是改不过来，便忍不住直接上手了。他上手之后才意识到不对，见郑道在一旁和卢西东窃窃私语，对他指指点点，笑得很是嘚瑟，才知道又被郑道当猴耍了。这家伙猴儿精猴儿精的，他从小在郑见的熏陶下长大，望闻问切的功夫不知道高出同道同龄人多少倍，会不知道怎么熬药？

他就是在故意捉弄他！

问题是，他是什么时候发现他真实身份的呢？这小子比他想象中更狡猾、更有心机，不过……他喜欢这样的臭小子，虽蔫儿坏却不失大局，虽精明却又不失大体，是个当朋友可得大利、当对手则是劲敌的角色。

小建中汤熬好以后，席可思就服下了。半个小时后，她的气色就恢复了几分，自我感觉身体有了热力。如她一样表虚寒证之人，只要感觉到温暖就是好事。

在傅婶和席可思的千恩万谢中，郑道一行人离开了傅家，回到了善良庄。

"郑大夫，不是婶儿说你，这事儿你办得不对！"余婶忍了一路，到了一号楼时，她实在憋不住了，"你说你每人才收费两百块，婶儿就不说你什么了。去了傅姐家里一趟，替她家老刘看了病，捎带给她外甥女也看了，人家给你诊金你都不收，你不想攒钱娶媳妇了？

"婶儿生气了，白替你张罗了，你就不能开开窍？这么好赚的钱还不赚，活该你又穷又单身！

"什么时候想通了，和婶儿说一声，婶的侄女欢欢可好看了，家里有好几套房子，娶了她，成家又立业。"

敢情余婶也是营销专家，先是制造恐慌贩卖焦虑，再定义美好，为的就是让他上套。

"不用啦，余婶，姥爷他不缺姥姥。"卢西东替郑道回了余婶。

这话怎么听上去这么别扭，郑道皱眉，回身对黑脸老头儿咧了咧嘴："老木头，你怎么还不走？是想留下来过年吗？"

/第五十九章/　脸皮厚，吃不够；脸皮薄，吃不着

"耍猴没够是吧？"黑脸老头儿终于怒了，"郑道，我是杜天冬！"

"装，继续装！演，接着演！"郑道拇指和食指呈八字托着下巴，轻浮而浮夸地一笑，"你是杜天冬，我还是秦始皇呢！来，打钱！"

杜天冬显然理解不了郑道的梗，他气呼呼地将双手负在身后，快步如飞："少废话，我现在要看孩子。孩子认识我！"

"他，他就是杜天冬？不能吧？"卢西东惊讶得都结巴了，"杜天冬长这屌样儿，不对，熊样儿，也不对，这模样儿？我记得他挺气宇轩昂的，脸也不黑，头发也不是这汉奸头。"

"等等我，姥爷。"见郑道去追杜天冬，卢西东快跑几步跟上，"啊，他也化装了？你们这一对活宝，你懂他的图谋不轨，他知你的不怀好意。一个打死不说，一个假装不懂，都是影帝级别的演技。"

误会了，郑道心中暗笑，其实在他识破杜天冬的伪装时，杜天冬也就知道他已经知道了。二人之所以还故作默契，谁也没有先点破对方，不过是想再坚持一下，看谁最先承认。

谁先承认谁就失去了主动权，由耍猴人变成了猴子。

郑道昨晚让左叶禾转告杜天冬"莫耍猴，耍猴必被耍"，可不是说说而已。杜天冬拿他当支点，想牵着他团团转，他不还回来，怎么有资格当杜无衣和杜同裳的爹？

当爹是一门技术活，养孩子得防偷、防丢、防姥爷。

对了，杜天冬才是真正的姥爷。

忙活了一上午，现在已经下午两点多了。郑道回到一号楼时，闻到熟悉的饭香时，才想起还没有吃午饭。

"姥爷，饿了吧？想吃什么，我叫外卖。"卢西东打开手机，"蒸鸡、烤鱼、肘子、乌贼……"

"不用，老何头儿已经摆好了鸿门宴。"郑道猜到了什么，平常这个点儿正是何不悟午睡的时候，今天却一反常态，居然还在做饭，可见老何头儿已经做好了准备。

这些老人，从老爸到何不悟再到杜天冬，一个个都不是省油的灯。

郑道晚了一步，等他推开一号楼的大门时，杜天冬已经站在了院子里，抬头仰望院中的两棵大树。他高深莫测的样子像是在思索人生，却对树下正在摆放碗筷的何不悟视而不见。

这情景落在卢西东眼中，让她想起了当年郑道在山壁下面四十五度角仰望天空沉思的迷人模样。当然，如果她知道郑道当时其实是在采蜜，她的所有美好幻想都会破碎。

"郑道，环境还不错，这两棵树为院子增加了不少气息……这下面的狗窝是怎么一回事儿？啊，你竟然让远志住在外面？远志居然也肯住在外面！"

何不悟当杜天冬不存在一样，抬眼懒洋洋地看向了郑道："还知道回来呀？没见过你这么当坐诊医生的！怎么的，出个诊还捡回来一个老头儿，是当要饭的对待，还是供起来当干爹？"

杜天冬也不接何不悟的话，正好远志从屋里出来，摇头摆尾地冲了过去，围着杜天冬只转了两圈，就又扑向了郑道，一副欢天喜地的样子，谄媚的嘴脸一览无余。

"连远志都跟着某人学得现实势利了，真愁人啊。这么多年没见，一点儿长进也没有，也不容易。怪不得有人说，有些人二十五岁时就已经死了，七十五岁时才被埋葬。"杜天冬回身，"郑道，就这么一直让我站着，不是待客之道呀。"

"哎呀，我的妈呀！"卢西东就如受惊的槐米一样惊跳起来，抓住了郑道的胳膊躲到了他的身后，"老，老木头，你这是什么技能，大变活人呀？"

杜天冬不知何时变了一副样子，不再是黑脸耷眉一脸丧，脸白了，眉立了，连气势都为之一变，多了几分气宇轩昂。

"不过是洗了一把脸，至于这么夸张？"杜天冬嘴上这么说，眼中还是自然而然流露出一丝自得，"当年年轻时，我的人品相貌哪一样都不输给郑见。郑道，到了我这个年纪，你能有我一半的气度，你就算了不起了。"

"谢谢啊老木头，您年轻时都没我一半帅，也没我现在的好身材，等我老了，起码是您五倍的气度打底。您过气了。"郑道丝毫不留情面，主要也是他心里有气，"自从孩子送来后，我是天天上一当，当当不一样，真的得好好给您鞠躬上香。"

"一鞠躬、二鞠躬、三鞠躬……家属答礼！"何不悟补的不是刀，而是千斤重锤，"说你呢远志，家属答礼，你赶紧鞠躬啊！你这只有狗生没狗教的蠢狗，一点儿家教也没有。"

远志懵懂地站在何不悟和杜天冬中间，左右看看，不知道该选哪边。愣了一会儿，它体积小而主频频率不高的大脑终于做出了决定，来到了卢西东身边，蹭来蹭去，一脸讨好的贱样。

"远志以前不这样，跟了你后怎么变得这么狗腿了？"杜天冬对郑道和何不悟联手的夹枪带棒、火力连天不以为意，"你们这么挤对我，不就是想让我骂骂咧咧地走人？我连这点儿胸襟都没有，还怎么和你们玩下去？"

杜天冬是比杜若有胸怀，或者说脸皮够厚，郑道佩服杜天冬的手腕和气量。一个堂堂的天冬集团创始人，化装成广场舞大爷，跟在他屁股后面充当了一上午的看客，还在何不悟的机枪扫射下安然无恙。他不是老木头，是真正的神奇的棍子，简称神棍。

郑道注意到何不悟做了一桌子的菜，还特意摆了四双筷子，就知道何不悟嘴上有气，心里还是想请杜天冬入座："老木头，几年前我去过杜家，记得墙上有一幅您的亲笔书法，是您的座右铭，不知道是不是还挂在原处？"

杜天冬一愣，回忆了一下，确认他没有记错："你记错了吧？我什么时候写过座右铭挂在墙上，人生信条是要记在心里的。"

"哎呀妈呀，是记错了，不是挂在墙上，是写在脸上的，写的是——"郑道一拍脑袋，"脸皮厚，吃不够；脸皮薄，吃不着！"

"你们够了！"杜天冬怒极，一挽袖子，"冷嘲热讽算什么本事，敢不敢和我以男人的方式解决问题？"

要打起来了，卢西东吓得赶紧搬了小板凳坐到一边，还顺手抓了一把瓜子，喜滋滋地嗑起来……

/第六十章/　相逢狭路宜回身，往来俱是暂时人

远志也是第一时间毫不犹豫地跟在卢西东身后，蹲在她的身边看热闹。只不过它没有瓜子吃，只能干看。

"来！谁怕谁就是远志！"何不悟也撸起了袖子。

郑道凑了过来："谁输了谁洗碗加打扫卫生？"

"中！"何不悟和杜天冬异口同声，二人同时怒视对方。

"我当裁判，一、二、三，开始！"郑道唯恐事情不大，声音响亮。

只见何不悟和杜天冬都圆睁双眼，摆出恨不得掐死对方的架势，郑道话音刚落，二人一齐伸出了右手。

"剪子、包袱、锤！"

"噗——就这？我瓜子都剥皮了你们就给我看这？"卢西东嘴里的瓜子喷了远志一身，她哭笑不得，"别告诉我这就是男人之间解决问题的方式，你们是幼儿园的男人吗？"

郑道也惊呆了："不，他们是六十九岁以下的小朋友。"

"赢了，剪子剪你包袱！老木头，这么多年你还是喜欢出包袱，是不是还以为你一伸手就可以遮天？哈哈哈哈。"何不悟开怀大笑，"你服不服？"

"没说是一局定胜负还是三局两胜，再来。"杜天冬耍赖，"这次用左手，左手是我的幸运手。"

"你这是不要脸习惯了，不知道自己是啥实力了吧？"何不悟一指大门，"走好，不送。你的位置我会放上你的照片、摆上筷子，再烧三炷香。放心，活着有态度，死了有仪式。"

"我坐西边好了，你坐东边，你是东家。"杜天冬笑眯眯地坐下了，拿起筷子夹了一口菜，"好吃，还是小时候的味道，符合你何大厨的身份。

"好吃的是食材，不好吃的是药材，不能吃的是建材……老何头儿，你的话我可是一直记在心里，这么多年了，还是没能放下你以前管我的几顿饭。"

郑道和卢西东也上桌，一南一北。远志乖巧地蹲在了郑道身后，只有郑道喜欢在吃饭时顺手丢一块吃食喂它。对于杜天冬的出现，它的热情只持续了半分钟就消退了，现在连讨好杜天冬的样子都懒得表现。

何不悟依然是一副气鼓鼓的样子，不理杜天冬，自顾自倒了一杯酒，朝北边举了举："老郑头儿，一路走好！"

"老郑没了？"杜天冬的筷子吓得都掉在了桌子上，"老何头儿，我心脏不好，你可别吓唬我。"

"你何止心脏不好，你肝还不好。不对，你是心都坏了。"何不悟一口喝干杯中酒，"老郑头儿出远门了，我得为他送行。"

"孩子在睡觉？"杜天冬才又放下心来，抢过何不悟的酒瓶，为自己倒了一杯，"郑道，告诉我你爸去了哪里，怎么才能找到他，两千万的现金马上到账。"

"卖爸求荣的事情干不来……"郑道义正词严地说，又嘻嘻一笑，"主要是我真不知道他人在哪里，要不这样，给你个大概方位，算你五折好了。"

杜天冬笑了："你和你爸完全不是一个路数，他顽固而内敛，你贪财而善变，你真是他亲生的吗？"

"人贵在现实而务实。"郑道伸出右手，"行不行给个痛快话，磨磨蹭蹭的，一千万，干不干？"

杜天冬顾左右而言他："老郑头儿居然躲在这里十几年，真有他的，硬是没有被我发现。这里面也有你的功劳，老何头儿，要不是你替他掩护，我会找不到他？这么多年来，你为什么不和我联系？"

"朋友分两种，经济利益上的、情感需求上的，你哪种都不是，联系你有个屁用！还不如养只狗，至少会看门。"何不悟又喝了一杯酒，放酒瓶时在半空中停顿了一下，还是给杜天冬也倒上了，"咋的，联系你，你就能给我介绍老伴儿了？"

十几年不见面的老伙计，一见就掐，说实话郑道酸了，当年得发生了多么激动人心的往事，才让老伙计耿耿于怀这么多年。

"相逢狭路宜回身，往来俱是暂时人……人间之事，不必太当真，一场大戏而已。"卢西东突然冒出一句感慨，她放下筷子，站了起来，"饱了，累了，我先回去休息了，你们慢慢聊。"

真是一个聪明的姑娘，看出来杜天冬和何不悟"你骂我一句，我回你一句"就是不说正事，是因为她在场。郑道吩咐远志："送客！"

远志屁颠儿屁颠儿地去送卢西东，过了一会儿才回来，嘴里叼着一袋狗粮。

"说得好呀，相逢狭路宜回身，往来俱是暂时人……当年老郑头儿要是能想通人间之事不必太当真，也不会一躲十几年，而且一事无成，穷困潦倒。"杜天冬为何不悟倒酒，又为自己倒了一杯，举杯和何不悟碰杯，"你要是早早明白了这个道理，也不至于打这么多年光棍儿，说不定媳妇早就又有了，孩子也一大堆了，有房有车有事业……"

"别事后诸葛亮就会放马后炮，痛苦和挫折经历得太少，才会觉得鸡毛蒜皮都是烦恼。我现在是没媳妇，但孩子一大堆，也有房有车有事业。"

"房子是这小楼，车是二八自行车？孩子是小羽、郑道、无衣和同裳，事业是收房租？就这？"杜天冬放下筷子，搓了搓手，"别安慰自己了，一张老脸再怎么粉刷也是老帮菜。都这岁数了还不面对现实，承认一辈子就这样了，你还能翻身不成？"

"咋不能？你有一儿一女，儿子不争气，女儿又……我也有一个闺女、一个侄子，侄子也算半个儿子；我还有两个孙子，还有一猫一狗，你有啥可炫耀的？除了有一堆臭钱之外。不对，臭钱可能也快不是你的了，听说天冬集团快破产了？"何不悟喝酒的时候故意哧溜一声，拉长了声调，"等你的房子被抵押还债没地方住时，可以过来租我的房子，看在老伙计的面子上，有优惠，每月少说也得便宜两三块。"

这两个老家伙斗起来没完没了，他们的恩怨要是算起总账，怕是三天三夜也算不完。郑道手伸到饭桌上做了个暂停的手势："你们的私怨接下来再算，等我睡觉的时候，你们想算多久就算多久，现在趁孩子还没醒，我们先算算公账。老木头，我的股份和两千万现金什么时候给？"

杜天冬慢条斯理地抿了一口酒："是老郑头儿泡的药酒吧？好喝，他肯定没有告诉你们配方。这老家伙就是喜欢藏着掖着。"

"股份和现金不是不给你，是怕你有命收钱没命花钱。"杜天冬又夹了一粒花生米放进嘴里，"为什么要把孩子送到你这里，你多少也猜到几分原因了吧？"

杜天冬比历之用难对付不少，如果说历之用是一个自我营销高手，那么杜天冬就是一个布局大师。营销只对陌生人有用，对于熟知自己底细的人，只是笑谈。但布局就不一样，布局是让所有人都心甘情愿跳进火坑的阳谋。

"第一，让孩子和我建立感情，以为孩子治病为由，引老爸现身；

第二，转嫁天冬集团的内部矛盾……第三，你想让我当你女婿。对不起，我只喜欢小羽一个人，只能当叔的女婿。"

郑道露出了天真无邪加自恋的笑容。

/第六十一章/　饶人算知本，输人算知机

"女婿的事先放一放，说正事。"何不悟忙打击郑道的自恋，"不是叔说你，郑道，你当老杜头儿的女婿容易，当卢寻常的女婿也不难，但当我的女婿，至少要过五关斩六将，可你现在连一关还没有过。"

郑道才不会去纠结是哪五关哪六将，在他看来只要过了小羽的一关，何不悟设置任何关卡都是白搭。

"你是不是特想成为有钱人的女婿？"杜天冬不笑了，目光冰凉，"你和卢西东的关系非同一般呀，她一口一个'姥爷'叫得亲热，你和她到底是怎么回事儿？"

"管不着。"郑道仰头，故意用下巴冲着杜天冬，"你又不是我什么人，就算我的孩子叫你亲姥爷，你也管不着我到底在和谁恋爱。"

"行，不管就不管，横竖葳蕤也没有喜欢过你。"提到杜葳蕤，杜天冬微叹一声，"郑道，你说的三个理由中，前两个猜对了，但都没有触及根本。最根本的原因是我当年和你爸打过一个赌，我输了……赌注就是把葳蕤嫁给你，外带集团百分之二十的股份。既然葳蕤不在人世了，她的一对孩子送你，也算是她嫁你了。"

郑道差点儿又以姥爷的身份骂出一句"姥姥"，杜天冬的脑回路当真清新出奇，是百年不遇的奇才。按照他的意思，莫不是说所有和杜葳蕤有关的财产，包括但不限于孩子、股份，因为当年打赌一事，全都要归他？

姑且不管当年是不是真的有过这样一个赌约，如果时间再长一些，

无衣和同裳都长大后，分别成家立业，杜天冬让他们各自拖家带口前来投奔他，他也要全部负责？！因为他们及他们的后代也是杜葳蕤的延续！

"你先别骂人，我话还没说完。"杜天冬见郑道眉毛一挑、嘴角一翘，知道他没好话，他算是被他气怕了，忙说，"这个赌到底有没有，你回头问你爸就清楚了。我今天过来，一是看看孩子，二是落实一下股份的事情。只要你答应我一个条件，股份三天之内就可以完成交接。"

"啥条件呀？你这个老东西弯弯绕绕最多了，要不你的生意做得最大呢。"何不悟伸了一个懒腰，"孩子快醒了，老木头，赶紧的。"

"在你同意接收股份的一刻起，你以后的所作所为就得和杜家挂钩了，包括但不限于你的婚姻大事，你和谁结婚必须先征得我的同意……"杜天冬意味深长地笑了，"到时你不但是天冬集团的大股东，还是我亲外孙法律上的父亲，你叫我一声干爹不算欺负你吧？"

不行，这关系有点儿乱，得捋捋，郑道快被杜天冬绕晕了："老木头，股份我不要了，孩子继续留在这里，孩子的病，我会尽力去治……"

何不悟跳了起来，郑道知道他在急什么，忙示意他坐下："你每月负责孩子的抚养费、生活费、治疗费外加精神损失费一共是……看在你和我爸的面子上，打九五折，和叔老朋友一场的分儿上，再打九九折，算你一个月三十五点七一八万，不算多吧？"

"不用给我面子，不用打折。"何不悟肉疼得快要跳脚了，"面子哪里有钱重要，郑道，加上去，加上去！"

"好，听叔的话，四舍五入，三十六万。"郑道回应杜天冬一个微笑，他笑眯眯的样子和刚才杜天冬的表情如出一辙，"老木头，我可是帅气多金有良心、幽默风趣的老实人，不要天冬集团百分之二十的股份，只要你每个月三十六万的微薄收入，你是不是感动之下还非要再附赠一栋别墅和一辆豪车呢？"

"呵呵！"杜天冬干笑几声，"别费口舌了，要么按照我说的办，要么我今天带走孩子，一拍两散。"

楼上传来杜无衣和杜同裳的声音。何不悟动作迅速地飞奔上楼。

"你真的不怕我带走孩子？"杜天冬见郑道对他的话无动于衷，闭着眼睛似乎快要睡着了，他忍不住打破了沉默，"少来你忽悠骗人的一套，在我面前不管用。"

郑道慢慢地睁开眼睛，招手让远志过来。他抱住远志的脖子，和远志闹了几下："你拥有孩子的决定权，送来或带走，都是你的自由。就有一点，留下远志吧，这只狗挺贱的，每次见到它，我都会想起你们。"

这小子真是个不吃亏的主儿，杜天冬气得想要发作，又忍了下去，莫非当年郑见受过的委屈，都要让郑道加倍讨还回去？

杜无衣和杜同裳下来了，二人见到杜天冬，开心地飞跑过来。

"姥爷！"

郑道差点儿下意识地应答，还好话到了嗓子眼儿又生生地被舌头根儿压住了，都怪卢西东非要叫他姥爷，弄得他现在分不清辈分、记不得单身了。

孩子开心地和杜天冬亲热了一会儿，杜同裳就想跟杜天冬回家，杜无衣却抱住了郑道的胳膊不放。

"姥爷，我不想回家，我要和爸爸在一起，还有爷爷和姐姐。"

"姥爷，爸爸可以再找一个妈妈吗？同裳总是不同意我为爸爸挑选的妈妈，我们都是男人，你可得支持我为爸爸选中的妈妈……"

杜天冬看着两个活泼可爱的外孙，笑得很舒展很安心，他们气色好了几分，甚至胖了一点点。孩子得到了悉心的照料，心理上适应了新的环境，他既欣慰又心酸。

半个小时后，在何不悟连哄带骗并且承诺买烤红薯的诱惑下，杜无衣和杜同裳才跟着他一起出去玩了。远志没去，它敏感地察觉到今天有事，郑道对它的态度异乎寻常的好，似乎还需要它的支持，它就留下来为郑道打气……

"葳蕤是真的不在了？"郑道很清楚何不悟特意带走孩子，是想让他单独面对杜天冬，说到底还是他和杜天冬两人之间的事情。

"这不在我今天找你要讨论的话题之内。"杜天冬站了起来，活动几下筋骨，拍了拍皂角树，"我给你交个底，天冬集团现在遇到了生死危机，已经病入膏肓，只靠内部机制没有办法起死回生，只有借助外力了。你……就是一个很好的药方，给你股份，是想让你为天冬集团把脉，并且为集团开个方子。"

"恐怕要让你失望了。"郑道不为所动,"我的颜值和才华,都不足以撑起你的野心。我只是一个名不见经传的心理医生、一个还没有出道的小中医。老木头,你所托非人呀。"

杜天冬愣住了,没想到郑道拒绝得这么干脆,他绕着皂角树转了一圈:"行,不绕圈了,赶紧的,谈条件吧。你到底想要什么?"

幸好何不悟不在,否则听到他将要说出的条件,非得气得暴跳如雷不可。郑道深吸了一口气:"不要股份,不要抚养费,只要孩子留在我身边一天,我就会尽最大能力为孩子治病。至于天冬集团的事情,如果需要我,我可以义务帮忙,无条件。"

"就这?"杜天冬眯着眼睛,笑得含蓄,"不符合你贪财、狡诈、斤斤计较的人设啊。"

/第六十二章/ 富人思来年,穷人想眼前

郑道不是能力超群、只做好事不求回报的超人,更不是不爱钱,他只是在还没有摸清深浅之前,不会贸然介入天冬集团的内部斗争。而且他也清楚,天冬集团的内部斗争必然有外力插手,不管是谁,都是他没有力量面对的利益集团,他可不想过早地被绑上天冬集团的战车,卷入战场之中。

爱财可以,但更要惜命。

老爸的这些老伙计,个顶个的老于世故,不是藏巧于拙,就是深谋远虑,或是诡计多端,不管是何不悟还是杜天冬,哪怕就是老爸本人,他都没有摸透他们内心真正的想法。也许是因为和他们那一代人有太深的隔阂,所以要说杜天冬的话有几分真几分假,郑道还真不敢下一个结论。

相比之下,还是余婶好打交道,除了过于热心肠神化他、爱推销自家侄女,没别的毛病。

郑道是以退为进，留孩子在身边，是感情需要，也是一个医生的使命感。他和杜葳蕤是没有什么感情交集，但至少他不能辜负她对他的信任和托付。当然，也与他和孩子相处得很好有关，一声"爸爸"足以让他融化。便宜爹不好当，没有从小养育的一把屎一把尿的经历，送来的时候直接就是成品，他更得尽心照顾孩子，不能有负孩子对他的依赖。

"临财毋苟得，临难毋苟免……老木头，我是读书人，懂道理明是非，现在是没你老奸巨猾，但也不是你想象中的傻瓜。"郑道勤快地收拾起桌椅，一指露台，"要不要上去喝杯茶？"

"不用了，我站站就回了。"杜天冬盯着郑道看了半晌，忽然叹息，"可惜了，如果葳蕤真的嫁给了你，倒是她的福气、我的运气。"

"那倒未必，说不定会是灾难。我真成了豪门赘婿，也许会声色犬马、放纵无度，最后身体被掏空，又被你扫地出门，用我一生的悲惨来印证门不当户不对的正确。"郑道话锋一转，"老木头，看在孩子的分儿上，我原谅你拿孩子当支点想引出我爸、拿我当枪使的险恶用心，但有几件事情，我还是得和你好好说道说道。

"第一，你不放心我，要保护孩子，派人住在善良庄，我不怪你，但你为什么没有提醒我杜若也安插了人在善良庄，还和你的人混杂在一起？让我误以为都是杜若的人，差点儿造成误判。"

杜天冬背着手，笑而不语。

"第二，特斯拉案、何书案，背后就算没有你的影子，你肯定也知道一些什么，为什么不帮一帮该帮的人？

"第三，既然向齐神举报了熊深秋和葛大连，为什么不连他们的犯罪证据也一并交上去，好让齐神尽快破案、抓获犯罪嫌疑人？

"第四，你明明知道你的老朋友苑十八以及他的儿子苑将离，在冠冕堂皇之下做的是比杀人放火还要恶劣的坏事，为什么不去制止他们？就算碍于情面不能出面，也可以匿名举报他们，你却只是袖手旁观，只想自己赚钱安乐。

"第五，你如果真爱孩子，真希望他们有一个良好的成长环境，就不应该这么久才过来看望他们，并且到现在还没有打一分钱过来。你压根儿就不是真心关心他们，你只在意自己的计划是不是可以成功，自己的目的能不能实现。

"第六，你才是最自私、最狠心的人！"

"还有吗？"杜天冬等了一会儿，没听到"第七、第八"，笑了，"你这是《蓝猫淘气三千问》，还是《十万个为什么》？说到底，你还是太年轻，许多事情还是太想当然了。有些事情不是不想做，是不能做，而有些事情，是想做又能做，但又无能为力。

"当年我和你爸、倪必安、苑十八，人称四君子，我们怀揣梦想、心系天下，想要悬壶济世、杏林春暖，我们都立下了无比远大的志向……

"乃至众生疾，尚未疗愈前。愿为医与药，并作看护士。

"结果你也看到了，你爸隐姓埋名十几年，不再治病救人。我成了一名商人，虽然还从事和中医有关的行业，却已经只是生意了。苑十八自己还是以老中医自居，却让儿子开了医院。只有倪必安还坚持开他的中医诊所，门可罗雀，他的儿子也没有从事和中医有关的行业。"

杜天冬上前拍了拍郑道的肩膀："小伙子，你还年轻，不知道社会险恶、人心叵测，激愤只能当'吃瓜群众'，清高只能隐姓埋名，冲动只会一败涂地。你有远大的理想是好事……"

"不不不，老木头，你看错人了，我刚才说了半天，关键是第五条，你别打岔，孩子的抚养费、生活费，你什么时候打过来，给个确切日期。"郑道毫不掩饰他对物质的追求，"你以为我追逐梦想，其实我真的爱钱；你以为我只是爱钱，有钱之后，我也喜欢梦想。"

杜天冬气得翻了个白眼："终于知道葳蕤当年为什么不喜欢你了，她说她一直以为你喜欢好看的但不优秀的，后来才知道你喜欢既好看又优秀的。"

"谢谢娃他妈的认可，贪心不是错，不能实现的贪心才是错。"郑道收起笑容，正色道，"我的条件就三条：第一，打钱；第二，孩子我帮你养、帮你治；第三，天冬集团的事情，不参与。"

出乎郑道意料的是，杜天冬只迟疑了片刻就答应了："好，不勉强你，成交！第一，孩子身上带着银行卡，密码是无衣和同裳的生日；第二，你治病救人可以，但不要掺和特斯拉案和何书案，事情背后的事情，比你想象得复杂可怕多了，会要了你的命；第三，不要和卢西东走得过近，她也许不会害你，但她身后的利益集团不会放过你。

"你娶了何小羽，安心当一个心理医生，等着继承何不悟的家产，再帮孩子治好病，我会再送你一大笔钱！然后你再和何小羽生几个孩子，开心快乐地当一个富贵闲人，以后子孙满堂，多好多幸福。"

/第六十三章/ 莫笑他人老，终须还到老

一年后，郑道和何小羽结婚。何不悟虽不情愿，但郑道在关键位置上已经安插了自己人，何不悟不同意也没有办法。

婚后六个月，何小羽也生了一对双胞胎，居然还是龙凤胎，取名郑幻、郑想。

郑幻、郑想三岁时，郑道在老爸的帮助下，终于弄清了无衣和同裳的病因，并且找到了失传已久的秘方。在无衣和同裳十岁时，他们的病情得以控制。十五岁时，彻底治愈。

富贵闲人郑道继续从事他的中西医结合的中道之路，虽然心理医生的名气不那么响亮，中医大师的名头也没有远近皆知，好在还能依靠每月收取的几十万的微薄房租勉强度日。再加上无衣和同裳每年只有一千万的分红也由他代管，相比之下，他每月看病的一百多万收入，在维持日常开支后，只能偷偷攒下五六十万的私房钱。

日子过得真是艰难啊。

就这样，无衣和同裳相继长大。无衣继承了天冬集团，同裳自己创业，打造了一家估值超过几十个亿的公司。郑幻和郑想一个成了中西文化交流学者，一个在金融行业叱咤风云。

四个孩子分别在四个一线城市，每年都要邀请郑道和何小羽去度假。

郑道才懒得去，住不惯他们一千五百平方米的别墅，太小，他就喜欢住在他在西山的庄园，出门就是一百多亩地，种的全是中药和粮食，

看着就心里踏实。

转眼间郑道和何小羽就老了，二人偎依在皂角树下，回忆幸福的一生。虽然没有滔天的权势和无比巨大的影响力，也没有动不动就豪掷几十亿的富贵，但一辈子微信零钱从来没有少过八位数的他们买房、买车、买地，从来付的都是全款。

虽是富人中的穷人，马马虎虎也算是穷人中的富人了吧？

更不用说他们一辈子没操过心、没烦恼过，心情舒畅长命百岁，他和何小羽活到了一百一十八岁才含笑九泉。

郑道感觉自己的灵魂飘出了身体，在他的遗体告别仪式上，有无数的亲朋好友以及被他治愈的病人前来吊唁。更让他感动的是，余婶也来了，率领着一支庞大的广场舞队伍……队伍整齐有序，用手中的扇子摆出了三个大字："全文终！"

等等，哪里不对？郑道飘浮在半空，"全文终"三个大字深深地刺痛了他，就这？这就是他的一生？这么平淡无奇？这不是他想要的一辈子！他要轰轰烈烈，他要爆炸。

余婶？他都死了，余婶怎么还健在？算起来余婶得有一百五十八岁了吧，广场舞这么延年益寿吗？一曲广场舞，胜过十万灵丹妙药，早知道他也跳去了……

"醒醒，郑道，口水都流地上了！"

何小羽的声音从天上传来，郑道猛然惊醒，感觉瞬间归位，睁眼一看，一张大脸离他只有十厘米之遥，清晰可见长长的睫毛、水灵的眼睛、近乎透明的耳朵。几缕头发飘在了郑道的脸上，郑道感到发痒，他推开了何小羽，抹了一把嘴角的口水："离我远点儿，总想占我便宜，偷窥我的绝世容颜……几点了？"

郑道发现阳光又斜又长，才意识到这一觉睡得够长，再看皂角树上爬上爬下的蚂蚁，原来是南柯一梦。一生的荣华富贵、儿孙满堂，在他睡觉的工夫就过完了，就这？这梦也太潦草了吧？

"十七点三十分。"何小羽自从上了警校后，就习惯用二十四小时制，"你睡多久了？老何头儿呢？"

杜天冬走的时候是下午三点多，这么说他在院中的树下睡了两个小时？郑道伸了伸懒腰，从躺椅上起身，远志立马摇头摆尾地过来，冲他叫了几声，意思是在他睡觉时，它兢兢业业、尽忠职守、尽心尽力地保护郑道一个男孩子的安全。

何不悟还没回来？郑道揉了揉脸，老何头儿真能疯玩，也不怕把孩子累坏了。

"审讯有什么进展？"见何小羽气色不错，眼神有光彩，郑道就知道应该有所突破。

"熊深秋和葛大连都招了……"何小羽抱住了郑道的肩膀，用力一勒他的脖子，"你真厉害，没给我丢脸。齐神和付哥用了你的法子，很快就突破了熊深秋和葛大连的心理防线，他们都交代了受苑将离指使、策划并实施了特斯拉案的过程。"

"不过，苑将离还没有认罪，他刚被齐神传唤。"何小羽兴高采烈地挽住了郑道的胳膊，"先不管这些了，案件有了重大进展，齐神很开心，局里上下也很振奋，我和李别又要立功了。李别今晚要请客，安排在了月见饺子馆，走，宰他去。"

"宰个屁！"郑道哭笑不得，"有这么请客的吗？一人一斤饺子，撑死了二十块钱就吃得饱饱的，李别变了。"

案件进展到现在，破案在即，郑道也不再担心后面的事情了，专业的人做专业的事，有齐神在，攻克苑将离只是迟早的事情。而且他也相信杜天冬亲自来见了孩子，短时间内杜若应该不会再出什么幺蛾子了。

他们刚走到门口，何不悟正好带着孩子进来。他一身泥巴，脸也成了大花脸。

"孩子非要玩水，就陪他们玩了一会儿。"

"爷爷摔跤了，无衣好心疼，还哭了。"杜无衣拉住郑道的手告状，"都怪同裳，要不是她要玩水，爷爷也不会摔倒。爸爸，以后无衣不会再让爷爷受伤，无衣会保护爷爷。"

杜同裳眼里含着泪，拉住了何小羽的手："姐姐，同裳以后会乖的，你别骂同裳、别怪爷爷，好吗？"

何不悟眼睛一瞪、眉毛一挑："你们比小羽、郑道小时候乖多了，他们小时候天天泥里滚尿里去，一个个都是泥猴子……"

"老何头儿，闭嘴。"何小羽不让何不悟再说下去，她低头看了看自己修长的大美腿，又努力挺了挺胸，"这么好看的姑娘以前怎么会是泥猴子？狗屁！我从小好看到大。"

"你一边儿去。"何不悟推开何小羽，将郑道拉到一边，"谈妥了？"

"妥了。"郑道将杜天冬所提的条件以及他最后的要求说了一遍，"在亲切、友好的气氛下进行了卓有成效的交谈，最终达成了喜闻乐见的共识。双方确定将继续保持密切接触，进一步坦率交流，在保证不误判、不误导的前提下，进行深入的合作。"

"说人话。"何不悟气笑了，"你就信了杜天冬？他当年可是坑过你爹……说漏了，当我没说。"何不悟忙紧张地捂上了嘴巴。

"信了，就如他信了我一样。"郑道会心一笑，"生活不曾放过我，我何曾放过生活？杜天冬以为他是棋手，但下错了棋子。"

何不悟半天没有说话，摇了摇头，难得一本正经："你比你爸自恋多了，也更自信，是好事也是坏事，看你怎么把握了。别让你爸和你叔失望。"

郑道也严肃了几分："放心，叔，我不会吃亏的，不管是对你还是对杜天冬，我都是一样骗女儿继承家产的想法。"

"滚！"何不悟顿时大怒。

"滚也是带着你女儿一起滚。"郑道大笑，"别忘了转告我爸，我和杜天冬见过了，也交手了，没输。"

"滚了，爸！"何小羽笑嘻嘻地又补了一刀。

第六十四章　你我本无缘，全凭我会演

李别坐下又站起来，紧张得汗都出来了。擦了擦汗，李别又照了照镜子："滕哲，我头发不乱吧？T恤不皱吧？合身吧？好看吧？你说，

相亲对象不会上来就嫌弃我长得不如道哥，扔下我就走吧？你说，我是拦住她说我比道哥有男人味好，还是打歪道哥的鼻子让他比我丑好？"

"好像来了，我出去迎一下。"李别推门出来。

十八点，正是月见饺子馆陆续上客的时候。李别站在门口东张西望，既像是迎宾，又像小偷在伺机下手。

"滕哲，约在你家饺子馆相亲是不是挺丢份儿的？你别误会，不是说你家饺子馆不够档次，是怕人家姑娘嫌我不够重视她……"李别像碎嘴大妈一样唠叨个不停，"不过司姨说了，人家姑娘就爱吃饺子，在什么西餐厅、咖啡馆、五星级酒店相亲相多了，没有了新鲜感。饺子馆相亲还是头一次，接地气，有过日子的感觉。

"怎么越想越不是味儿呢？她相亲次数也太多了吧，是不是被人挑来捡去实在没人要了，才轮到我挑？我这心里怎么这么没底呢？

"滕哲，你小子干吗呢？不陪我等人，连陪聊都不管，你也太不负责了吧？你让小羽几点带道哥过来？别来太早了啊，道哥过来见到相亲姑娘，准坏我的事儿！"

滕哲和苏木站在月见饺子馆门后，隔着玻璃看着门外的李别满头大汗、说个不停的狼狈样子，二人窃笑不已。

"李别平常挺能耐的啊，怎么相个亲紧张成这个样子？他又不是第一次，这就有点儿浮夸了。哎，你怎么不管管他？"苏木碰了碰滕哲的胳膊，白了笑得不可抑制的滕哲一眼，"别人是为兄弟两肋插刀，你倒好，为兄弟笑弯了腰。"

"我是为他好，你说我这么伟岸、英俊，要是和他并排站在一起，人家姑娘上来以为我是他，一眼就相中了我，这可咋整？这就不是两肋插刀的事情，这是挖兄弟墙角！这事儿我干不出来。"滕哲时刻不忘表现自己的忠贞不渝，"更何况我从小就是一个专一的人——像风走几千里，不问归期，像云追九万里，不知所起，我还是只喜欢你。"

"恶心！"苏木踩了滕哲的脚尖一下，"滕总、滕老板，我们只是商业上的合作关系，不谈感情，你答应过我，我才同意合作的。"

滕哲憨厚一笑："不谈，不谈，我是一个说话算话的铁憨憨。"他心里却在嘀咕，只说不谈，没限定时间范围，现在不谈，不代表以后也不谈，对吧？反正他就学习郑道的厚脸皮神功。"日拱一卒无有尽，功不唐捐终入海。"好女怕缠郎，不信他磨不下苏木。

"道哥和小羽到了。"滕哲嘻嘻一笑出门迎接，"李别，道哥提前来了，你不能怪我，他一向迟到，就这次偏偏早到了。可能他就是你的命里克星吧。不对，曹姨不是说让道哥陪你相亲，让道哥把把关看看人家姑娘是不是身体健康……"

"不想理你，滚，烦！"见郑道和何小羽出现，李别反而平静了几分，汗也没了。他回身看了苏木一眼，也是，他紧张个屁呀，滕哲有苏木，郑道有何小羽，只有他一个人是单身，人家姑娘又不瞎。

不过，是从什么时候变成他一个人单身了呢？明明他最优秀，为什么他到现在都没有女朋友？又一想，可能是他太优秀了，一般的姑娘不敢喜欢他。也是，如果不管什么样条件的姑娘都敢向他表白，他得有多普通、多平凡。

心理平衡了许多的李别努力仰起下巴："哥、小羽，你们先进去凉快一下，我等人。"

郑道从滕哲挤眉弄眼的窃笑及苏木的手势中猜到了李别要相亲，其实也不用猜，李别穿衣服从来没有这么正经过，老派的 T 恤，精心梳过的头发，又尖又亮的皮鞋，乍一看像是老一辈人的结婚照，这谁的审美把他打扮成这样？

肯定是曹阿姨帮李别打扮的，完蛋了你，李别，现在的小姑娘不喜欢你这种老干部风。

郑道和李别打了个招呼，就和何小羽一起往里走，身后传来了李别惊喜交加的声音。

"是你！怎么是你？太巧了！有缘！"

一个长得很像直男心中初恋的女孩儿出现在李别面前，她背着手、踮着脚、抿着嘴巴、戴着眼镜，又萌又凶又可爱。

"有必要再认识一遍，你好李别，我叫张紧，紧张的张，紧张的紧。"张紧伸出小巧的右手，眼波流转，看向了李别身后的郑道和何小羽，"亲友团挺强大嘛。"

"你好张紧，我叫不紧张，不，我叫李别。"李别和张紧握了握手，刚刚平复的心情又有了几分紧张，怎么这么巧，老妈帮他安排的相亲对象居然是有过一面之缘的女记者。他在加了张紧的微信后，还故作矜持地试探过几次，有意无意地撩拨了几句。结果竟是相亲对象，这就尴尬了。也不对，索性放开了撩拨，反正他未婚、她单身，正常的男女之间的图谋不轨和故作矜持罢了。

李别忙为张紧介绍郑道等人。

郑道对张紧没有太深的印象，何小羽却有，她拉住张紧的小手："姐，你的四分之三减龄妆化得真好，年轻了至少五六岁，看上去像二十五岁出头。"

滕哲招呼几人进了早就安排好的雅间。

张紧微微羞涩地一笑："我刚二十四岁，你看我身份证，不骗你。"她掏出身份证，有意无意失手，掉在了李别的身上。

李别忙捡起，下意识看了一眼："就是二十四岁，本命年嘛。呀，你以前留长发也挺好看的。"

"那我从现在开始就留长发了。"张紧俏皮地笑了笑，收回了身份证，"我饿，我们一边吃一边聊，好不好？反正也算是半个熟人了。"

不虚伪、不做作、坦诚大方，第一印象感觉这女孩儿是个开朗的好姑娘。郑道本想替李别高兴，这小子如果真能遇到一个深爱的姑娘也是福气，不过，他在暗中观察了张紧几眼后，就发现了哪里不对。

不管是气色还是神情，张紧都在刻意隐瞒什么！

/第六十五章/ 可甜可咸可浪漫，不作不闹不扯淡

张紧一口气吃了两盘饺子，在何小羽嫉妒、苏木羡慕、李别震惊的目光中，她摸了摸肚子，不好意思地一笑："今天跑了一天新闻，实在饿得不行了。是不是吃得有点儿多？别怕，我能养活自己，不会吃

穷你。"

　　李别开心而得意地冲郑道和滕哲挤了挤眼，意思是这妞儿坦率实诚，是他喜欢的类型，就她了。

　　"待慢了，只有主食没有菜，我们家小门小店，炒菜不行……"滕哲收拾碗筷，"喝点儿茶，消消食？"

　　"好呀。"张紧起身帮忙，她动作利索，手脚麻利，"这种感觉真好，就和多年的老朋友一起吃饭一样，朴实无华，温馨可口。滕哥，别这么客气，再这么见外，我都不好意思了。"

　　"你们都别动手，我来收拾。"张紧三两下收拾干净，"我从小就喜欢干活，闲不住。都看我干吗？我就是一普通女孩儿，又不是什么千金小姐，可比不了小羽姐和木姐。"

　　何小羽悄声对苏木说道："这张嘴太会说了，李别得被她玩死。"

　　"人家可不只是说说，人家还会做，又说又做，一看就是情场高手。李别完蛋了。"苏木以手盖住眼睛，"这么大一朵白莲花，李别这个笨蛋就看不出来？我们又不能当面揭穿她。"

　　"等下结束了再说也行。"何小羽还是比苏木单纯一些。

　　"你太年轻、太简单了，等下她肯定要带李别去开房，没见刚才故意露出了身份证。"苏木扫了一眼郑道和滕哲，郑道似乎浑然不觉，滕哲更是只知热情待客，"男人们都一个德行，在白莲花和绿茶婊面前，没有甄别眼光，也没有抵抗力。"

　　"啊，不能吧？才见面就开房，光速啊。我和郑道都认识十几年了还没有……"何小羽不信，"夸张了，不会的，再说李别也不会去，他没这么无耻。"

　　"在美女面前，男人的狗腿和无耻，是不分年龄并且没有下限的。"苏木推了推眼镜，"当然，除了郑道和滕哲。"

　　"为什么他们俩例外？我知道了，肯定是因为他们都专一。"

　　"错。"苏木眼神冷静，语气冷酷，"郑道是眼光太高，一般姑娘入不了他的眼。滕哲是胆子太小，怕被我揍扁。"

　　郑道是什么耳朵，他早就听到了二人的嘀咕，却假装没有听见，笑而不语。

喝茶时，张紧又主动提出由她泡茶。她泡茶的手法娴熟，动作优雅，让李别更是心喜，几乎按捺不住内心的蠢蠢欲动。这么好一姑娘，懂事、不矫情、识大体、会干活，怕是要绝迹了，遇上了，还不赶紧拿下，难道要礼让三先？

　　"见笑了，有点儿笨手笨脚。哪里做得不对，别批评多原谅，我一听好话就会立马改正的。"张紧为每人倒了一杯茶，"上次在善良庄北门的事情，有必要解释一下。我不是他们的同伙，就是出于记者的职业敏感，想采访一下事实真相，也不知道背后到底发生了什么。"

　　"在过来的时候，听我同事说他去采访了齐全，就是业内人称为齐神的齐队，才知道原来他们都是坏人，我冤枉你们了。以茶代酒，向你们表示歉意。"张紧郑重其事地举起酒杯，"如果需要负荆请罪也可以，不过请打轻一些，我怕疼。"

　　李别心疼了。

　　"受不了了，太能演了，我要吐了。"苏木借口上卫生间，离开了。

　　"你女朋友真好看，跟仙女一样。"张紧先是冲滕哲夸了一句苏木，又冲郑道夸何小羽，"小羽就不一样了，她不是仙女，她是神女。

　　"仙女可居家、可旅行、可陪伴、可放飞，神女可甜可咸可浪漫，不作不闹不扯淡。你们上辈子肯定拯救了银河系，女友都是极品。"

　　别的不说，光是这张嘴巴就可以忽悠很多人。郑道忽然动了收徒的想法，人才啊，同属性的男人中，如此水平的都不多见，更不用说女性了。当然，他也只是想想而已，这姑娘可不简单。不是说她多有能力和手腕，而是她太有心机。

　　"其实，男人比女人的青春期更短。二十五岁之前，你长得帅有人喜欢，打球好有人喜欢，学习好有人喜好，有才艺有人喜欢；二十五岁后，只要你没钱，就没人喜欢了。"

　　张紧一边进行泡茶的才艺表演，一边展示口才和魅力。

　　"现在的女生找对象的标准实际上在逐步降低，她们以前只喜欢高富帅，现在她们喜欢的有高富胖、高富丑、高富黑、高富老、矮富胖、矮富丑、矮富黑、矮富老……

　　"我有一个闺密就不一样了，她的爱情观很简单。有一次她遇到了一个男人，告诉我说，她喜欢他，并不是因为他开着兰博基尼，住着海边别墅，而是相遇的那天，他正好穿着一件她喜欢的白衬衫，显得干净又整洁，完全符合她对爱情的幻想。对，爱情就是这么简单。

"过了几天，她和他分手。她告诉我说，她离开他并不是因为他的别墅是租的，兰博基尼是借的，而是他喜欢穿黑色的袜子，那不是她喜欢的颜色，她不能勉强自己。她说，对，爱情就是这么简单！"

李别和滕哲笑得前仰后合，何小羽和透口气回来的苏木配合着温和地笑。郑道没笑。

"道哥是不喜欢我，还是不喜欢我讲的笑话？"张紧向郑道发动了进攻，她注意到郑道是核心人物。

"都不是，我在酝酿笑话，准备等下现眼呢。"

"我准备好了，道哥快讲。"张紧双手托腮凝视郑道，瞬间变得像高中女生一样纯情和天真。

行吧，既然你非要往枪口上撞，就别怪我开枪了。郑道摸出了钱包："对银行真的是无语了，每次去取钱都显示余额不足，没钱开什么银行啊！"

大家都没笑，只有张紧一人笑得花枝乱颤。

"该你了，李别，今天是你的主场，来吧，展示。"郑道踢了踢李别的脚，朝他使了一个眼色。

是他和李别都心领神会的眼神。

李别立刻贱贱地一笑，还没开口，张紧先说话了，她微有紧张之色。

"真不好意思，忘了一件事情，我明天一早正好在附近有一个采访，我又住在东开发区，太远了，不想回去。附近有什么舒适的酒店吗？"

苏木立刻朝何小羽飞了个眼神。何小羽张大了嘴巴。

李别顺势就上，一摸口袋："有，有，附近酒店很多，我帮你订……哎呀，忘了带身份证。对，你带了。"

"我对附近不熟悉，就麻烦你了。"张紧几乎没有犹豫就递上了身份证。

李别接过身份证，笑得开心嗝瑟："这个、那个，我儿子想和你认识一下，他特别可爱帅气，不知道你有没有兴趣？"

"好呀，我最喜欢小孩子啦。啊，你都有孩子了？"张紧的夸张和惊呼恰到好处，既不显得突兀又不过于吓人。

"如果你愿意配合，十个月后，就让你们见面。"李别欠揍地挑了挑眉毛，又冲郑道和滕哲挥舞了一下拳头，言外之意是他后来者居上，马上就要拿下张紧了。

张紧含羞低头："讨厌。"

"十个月太久了，六个多月……应该就差不多了。"郑道似笑非笑，"李别，惊不惊喜，意不意外？"

/第六十六章/ 好人相逢，恶人回避

"啥，啥意思？"李别蒙了片刻才明白过来，"哥，你是说她已经有了，快六个月了？"

"可不能开玩笑，我都没谈过男朋友，怎么会怀孕？"张紧连连摆手，一副受惊的小绵羊形象，"道哥，你如果对我有意见可以提，对我哪里不满意也请你当面批评，但请不要开侮辱我人格的玩笑！

"对不起，我很生气，我真的很生气！"

"你数学是高利贷教的吗？是快四个月了好不好？"苏木站了起来，仰起下巴俯视张紧，"刚才你收拾碗筷的时候，郑道帮你，他不小心碰了你胳膊一下，你手里的盘子差点儿脱手，他就抓住了你的手腕……对，你别用这样的眼神看我，你猜对了，郑道郑大夫是非著名老中医、著名小神医。"

"哥！"李别眼睛瞪得像牛眼，"难道我再一次陷入三大错觉之中，不能呀，为什么受伤的总是我，到底我做错了什么？"

人生三大错觉：股市要涨，楼市要跌，美女喜欢李别……是郑道对李别无数次恋爱失败的经验性总结。

"什么老中医、小神医，八成是骗子吧？"张紧还是一副委屈、受伤的样子，"李别，我不想和他们说话了，我们走好不好？他们都对我不怀好意，他们是嫉妒你！"

"走就走！"李别抱住了张紧的肩膀，"旁边有一家如家，还有一家速8，你选一个。"

张紧绕着手指："不是还有一家希尔顿吗？我对如家和速8过敏。"

"我对希尔顿过敏，怎么办？"李别哈哈一笑，"摊牌了，我就是馋你的身子，但又不想花钱和承担责任，我会采取保护措施的，肯定不会让你怀孕，放心。"

张紧愣住："流氓！无耻！不要脸！王八蛋！"

"彼此，彼此！我配合你演戏，你也得匹配我才对。"李别挤眉弄眼、眉飞色舞，"我接盘我骄傲，但我接盘只是为了用用，而不是买回家来收藏。张紧，你这是被渣男甩了，想找一个老实男人嫁了吧？我替全天下的老实男人谢谢你呀，也要替他们说一句——不好意思，我们不是傻瓜、接盘侠！"

"我没怀孕，你不要血口喷人，我可以告你们诽谤。"张紧脸色大变，不再伪装，破口大骂，"一群垃圾！一窝流氓！怪不得将离说你们都是一群怪人，长个脑袋除了可以增加身高，没别的鸟用。"

苑将离？郑道眯着眼睛微微一笑，真是巧啊，前面刚被熊深秋和葛大连供出来，后面苑将离的女友就被介绍给了李别当相亲对象，简直就是一出舍不得女友钓不到傻瓜的大戏。

"不对不对，我们的脑袋可以增加身高，可以配重，可以保持平衡，用处太多了，就是不体现在智商上面。"李别用力抱紧想要挣脱的张紧，"走，开房去，谁不去谁怀孕。"

"放开我！再不放开我就报警了！"张紧咬了李别一口，挣脱了他的魔爪，她逃到了门口，做出了随时跑路的样子，"郑道，你别觉得自己有多厉害，抓我手腕摸出了我是滑脉就说我怀孕了。滑脉有时是喜脉，有时也是食热和消化不良的脉象。"

哟，居然还是半个行家。郑道乐了："自己也不想想刚才你吃饭时的表现，如狼似虎，胃口好得不得了，你要是还消化不良，我们就都是厌食症晚期患者了。"

滑脉是指脉搏圆滑流利，像珠子滚动一样，按之如盘走珠。主要见于女性怀孕，一般女性出现滑脉大多是喜脉。当然，部分出现痰食积滞、食热等病症的人，也会出现滑脉的现象。

"你不会是被苑将离甩了，连吃饭的钱都没有，相亲就是为了蹭饭吧？"郑道朝滕哲使了个眼色。

滕哲立刻明白了郑道的暗示："等着，别走。刚才我们一共消费了三百元，人均五十元，请付饭费。不付费就报警了。"

"没开玩笑吧？"张紧讥笑加不屑，"连饭都不请还相什么亲，穷得只能吃五十元钱的饺子，活该当一辈子单身狗。要钱没有，有本事过来抢！老娘我相亲几十次，从来没有付过一次饭费！人均五千元的都不掏，五十元就想破了我的金身？哈哈哈，想太多！"

滕哲不干了，开饭店多年，最烦的就是吃霸王餐的。他冲了过去，拦住了张紧的去路："不付钱别想走，你又不是我兄弟的女人，凭什么白吃？除非你说你是要饭的。"

"你才要饭，你全家都要饭！"张紧张牙舞爪地冲向了滕哲，"信不信我抓花你的脸？"

苏木不干了，抄起一块抹布扔了过去，正中张紧的脸，她一把推开张紧："垃圾！渣女！骗吃骗喝骗睡的混账玩意儿！"

张紧大怒，扯下抹布，抓起一杯水泼向了苏木，却正好泼在冲过来的李别身上。

"妈呀，我两千块的 T 恤……"李别立刻心疼地脱下了 T 恤，"老妈花了血本为我新买的，被你弄脏了！张紧，算你一千块好了，你赔我。"

张紧反倒冷静了几分，冷笑连连："敢情你们是一帮诈骗团伙，行，你们等着上新闻吧。"她扬了扬手机，"我已经报警了，等下跟警察说。"

李别摸了摸脸，又看向了何小羽："我长得就这么不像警察？还有你小羽，你好好反思一下，为什么我们总是被坏人当成坏人，难道仅仅是因为我们没有穿警服吗？"

"应该不是吧……"何小羽不是十分肯定，"估计是我太好看而你太丑了，还有你也表现得太色情了，有损形象。"

"来了，来了，他们来了。"张紧兴奋地朝身后的大堂挥了挥手，"这里，这里呢。"

谁来了？郑道几人还没有反应过来，就听到外面传来滕星光和沈兰的惊呼声。

"你们是干什么的？"

"砰"的一声巨响，是什么东西被踢飞了，随后就餐的客人大呼小叫起来。

"出事了！"

"砸东西了！"

"快跑呀！"

郑道和李别、滕哲对视一眼，三人握紧了拳头，同时冲了出去。

第六十七章　一毫之恶，劝人莫作

差不多有三年了，郑道、李别和滕哲三人没有联手御敌过了。说通俗点儿，就是没有再打过群架。

饺子馆的大堂中，站着五个人，除了为首的长得文静秀气、戴眼镜的像是个正常人之外，他身后的四个都是五大三粗、孔武有力的类型，明显是靠一身力气吃饭的人。

如果将他们手中的铁棒换成铁锤、铁锹，肯定会更应景一些。

文静男人摘下眼镜，擦了擦镜片，又戴上，打量了几人一眼，目光落在苏木身上："你就是苏木？"

"你们是谁呀？你们吓跑了客人！都给我出去！"滕星光受到了惊吓，愤怒了，冲了过去。

"甲！"文静男人轻轻吐出了一个字。他身后最左边的男人伸出巨手，抓住了滕星光的衣领。

"放开他，我数到三！"滕哲想要冲过去解救父亲，被郑道拉住了。

郑道见大堂的客人已经跑光了，他和李别一起将桌椅分开，腾出了地方："可以数数了，滕哲。"

"一——"滕哲一瞬间想起以前他和郑道、李别并肩作战的日子，久违的热血沸腾了。

"动手！"滕哲的"一"刚出口，郑道沉闷的声音就响了起来。他一马当先，身影如电，一拳就砸在了文静男的鼻子上，当即文静男就被砸了个满脸开花。

李别虽然不久前刚与壮汉较量过而受了不少的伤，但他从来都不是怯战的主儿。他紧随郑道其后，朝壮汉中最壮的乙飞扑过去——既然抓住滕星光的人叫甲，那么其他人应该就是乙丙丁了。李别一边想，一边铆足了力气，一脚踢向了乙的裤裆——天地良心，他真不是下作，实在是对方个子太高了，他明明是踢向了对方的肚子，踢到一半才发现够不着肚子。

乙被李别激怒了，双目圆睁："流氓！不要脸——"话说到一半，一团黑乎乎的东西飞过来，正中他的面门，"啪"，在他脸上飞溅开来，血红一片。

"啊！啊！辣……辣死了！谁用辣椒酱扔老子！"乙连蹦带跳，双手捂脸，摔倒在地。

"你们还没数完数就动手，"被打中鼻子的文静男满脸是血，捂着鼻子咆哮，"还讲不讲理，有没有规矩了？一个个的都不是玩意儿！"

何小羽得意地哼了一声，仰起了下巴，冲李别笑了笑："论后发先至，还得是小羽女侠。李别，你对付丙，我收拾丁，三分钟结束战斗，有没有把握？"

才一个照面对方就被放倒两个，李别一挥拳头，兴奋地说："一分钟就足够了，我就是一分哥！"

张紧鄙夷地咧嘴讥笑："怪不得单身，原来是能力不行！"

都什么时候了还有空吵架，郑道也是服了这帮人，他见甲还抓着滕星光的衣服，上前一步逼视文静男："苑将离，让他放了滕叔。"

"不放，就不放，你能怎么着吧？"苑将离抹了一把鼻血，弄得满脸都是，他狰狞一笑，"甲，抓走老东西，不用管我。"

"除非苏木跟我走，否则……哦哦！"本来想发出"哼哼"的苑将离被郑道两拳打在了肚子上，发出了"哦哦"的声音，他依然嘴硬，"打，随便打，打死我你也得枪毙，哈哈。"

甲用力一提滕星光的衣领，将他往外拖。滕星光双手乱抓，却挣脱不了，对方足足比他高了二十厘米，是碾压性优势。

郑道抓住了苑将离的双手，反背到他的身后，用力下压："放人！"

"不放，除非用苏木换！"苑将离咬牙大笑，"郑道，打死我也没用，哈哈，哈哈！"

"还是我来吧。"沈兰一脸平静地挽起袖子，抄起擀面杖，冷静地走到甲的面前，"你有三秒钟的时间考虑是不是放人，现在放，你还有机会走出这个门；不放，你就得横着出去了。"

甲先是一愣，和丙、丁对视一眼，三人一起哈哈大笑起来。

沈兰个子不高，顶多一米五八，又瘦弱，不超过五十公斤，又是五十多岁的年纪，别说她手中有一根擀面杖，就是有一把大砍刀也不吓人。更不用说她现在脸上和身上全是面粉，还系了围裙，不管是外表还是气势，毫无杀伤力。

"妈！"滕哲怕老妈出事，要冲过去。

"哲，你别过来碍事。"沈兰制止了滕哲，她活动了一下脖子，"从你五岁后老妈不再打你，算算差不多有快二十年没有打人了，不对，平常闲了还偶尔收拾你爸一两次，不过也算不上真正动手，打他也不算是真打……"

"也不知道这么多年没有打人，现在再动手，还能不能打疼这些小兔崽子……"沈兰淡淡地笑了笑，又拿起一块抹布擦了擦擀面杖，"放人，我数到三……"

又想骗人？苑将离被气笑了，大喊一声："三！动手！"

他快，沈兰更快！

沈兰肯定就没有数数，她向前一冲，身子一弯，手中擀面杖就敲在了甲的脑袋上。手法之快，谁都没有看清她是怎么出手的！

甲只觉头上剧痛、眼前一黑，险些没有昏死过去，手上再也无力抓住滕星光了。

他顿时暴怒，抓起一把椅子就想砸向沈兰。从他出道以来，还从未吃过如此大亏，居然被一个和他妈一样年纪的老年妇女一棒子敲在头上，而他愣是没有看出她怎么就打中了他，这也太邪门儿了吧？

不料椅子刚刚抓在手里，擀面杖第二击就又到了，正打在他的手上，疼痛入骨，感觉手腕都要断了。

"娘呀，真疼！"甲扔下椅子，抱头鼠窜。

郑道几人看得目瞪口呆，这么多年来谁也不知道沈婶竟有这等身手，各自想起小时候在沈婶面前的胡闹，都不由得心头一紧，能活到今天，还要多谢沈婶手下留情。

眨眼工夫，沈婶先是解决了甲，又手起棒落，快速干掉了丙和丁。整个过程干脆利落，不超过一分钟……

| 第六十八章 |　一毫之善，与人方便

"娘咧，比我还快！"李别已经不知道该怎么形容自己的心情了，嘴巴咧到了腮帮子上，"婶儿，亲婶儿，以前如果有惹您生气的地方，您千万别记着。"

郑道也是佩服得不行。沈婶刚才的一连串动作，起落、转身、出棒、落棒，快如流星，准如闪电，无一招无用，也无一个姿势是虚招，全是实打实的杀招，就连李别所学的擒拿术、军体拳都有所不如。天哪，沈婶莫非就是传说中隐藏在民间的技击高手？

技击高手不是武侠小说中的武林高手，武侠小说中的武功多有夸大和演绎，而民间真正的技击都是没有花招、招招致命的实用拳术，重点

击打在人体关节等薄弱环节，讲究快、准、狠，力争在最短时间里让对手失去抵抗力。

沈婶刚才的一番出手，深得民间传说中的技击术的精髓——甲、丙、丁此时都躺在地上翻滚，捂手、捂脚、捂头，虽然都没有受重伤，却没有了一战之力。

如果沈婶刚才手里拿的是刀，现在地上的几人已经可以听到唢呐声了。

就连滕哲也是震惊得不知所以，一脸见鬼的表情："妈、老妈，你是什么妖精附体了，还是变成生化人了？不对，你不是我妈，你是不是外星人？"

"爸，老妈是不是仙女星座人头马星桃花源国走失的公主？她现在失忆了，等她回忆起来，她会有一颗星球的财富等我继承，是不是？"滕哲又问老爸滕星光。

郑道顿时对滕哲的脑回路佩服得无以复加："叔、婶儿，身体还行的话就再生一个吧，这个号已经废了，没啥希望了。"

"喂喂喂，我还在呢，你们行不行呀，当我不存在是吧？"苑将离觉得受到了莫大的屈辱，自己人被打倒倒没什么，被晾到一边没人理，他受不了。

"挨打没够是吧？"郑道不轻不重地揍了苑将离一拳，"收拾你不用我婶出手，作为她的关门弟子，我削你三个都绰绰有余。说吧，你找苏木有什么事情？"

苑将离也是个怪人，虽然落败，却输人不输阵，依然梗着脖子："来请她喝茶，和她商量商量，能不能停止攻击西医。如果不能，就让她知道厉害、尝尝滋味。"

滕哲顿时恼了，揪住了苑将离的脖子："你动她一根头发试试？老子剁了你，绞成肉馅儿包成饺子再喂狗。"

"干吗不直接喂狗，这么折腾不嫌麻烦吗？"苑将离用力挣脱滕哲的手，一甩长发，"这么点儿事情弄得这么复杂，累不累呀？你这性格，注定找不到女朋友，单身一辈子。"

这个转折有点儿大，滕哲惊呆了："你怎么知道的？"

"没有一个姑娘会喜欢你这种磨叽的性格，太面太娘，知道不？"苑将离还想长篇大论，被郑道一拍桌子打断了。

"别胡说八道了，别用你那不健康的思想和污秽的恋爱观，污染了滕哲和李别纯洁的心灵！他们不像你睡了人家姑娘不负责，还让姑娘怀着你的孩子找人当接盘侠，净干断子绝孙的恶心事！"

"我没有！"苑将离一怔，看向了张紧，"张紧，你干的好事？你怀孕了？怀孕了你告诉我呀，为什么不说？你怀着我的孩子去找别人，是想让别人替我养孩子？你给我戴绿帽子？！"

郑道凌乱了，这货长个脑子才只是为了增加身高而没有别的用处，他拉了把椅子坐下。李别和滕哲立刻密切配合，按着苑将离的头让他坐在了郑道对面。

何小羽和苏木及时地一左一右控制住了张紧。张紧也没打算跑，随便找了把椅子坐下，若无其事地跷起二郎腿，摆出了看热闹的样子："分手了，我爱找谁是我的事情，你管不着！你女朋友无数，有孩子的肯定也不少，不差我一个。"

"不是，我没有。你听我解释，我女朋友是不少，但怀孕的就你一个！我天生不育，一直吃药也没好，没想到能让你怀孕！"苑将离激动得有些语无伦次，站了起来，"张紧，我要娶你，你愿意嫁给我吗？"

怎么画风一变又成求婚现场了？郑道惊愕了，刚才他还骂人家断子绝孙，结果竟是真的不育，他的技能什么时候上升到大师层面了？

"你等等——"郑道按住了苑将离的肩膀，让他坐回座位，"先算算我们的账！你的前女友怀孕四个多月你都不知道，是不是你的还不好说，别高兴得太早了。你爸是老中医，还调理不好你的不育，说明你是根儿上的问题，别的女友不怀孕，就她怀孕？"

苑将离的兴奋如泄气的气球迅速瘪了："张紧，是不是我的？"

张紧抿着嘴坏笑，不说话。

"先算清我们的账，我保证问出真相。"郑道拿过纸笔，唰唰地写了一气，"损坏的桌椅、吓走的客人、张紧的饭费再加上精神损失费，共计一万五千七百八十八元。现金还是转账？"

苑将离惊讶地睁大了眼睛："就这？我找苏木是天大的事情，你跟我算一两万的账？郑道，你能不能有点儿出息？"

别急，大头还在后头。郑道温柔地一笑："先从小处着手，你不是连一两万块都拿不出来吧？"

"瞧不起谁呢！"苑将离受刺激了，立马转给了滕哲一万六千块，"多出来的部分，请你们洗脚了。"

为什么是洗脚而不是别的，郑道没兴趣问，只要苑将离弥补了饺子馆的损失就行，他很护短，不能让自己人吃一丁点儿亏。

基本上他也猜到了苑将离是因为什么事情来找苏木的麻烦。近来苏木的合抱之木新出的文章，观点日渐犀利，虽然并非如苑将离所说对西医多有攻击，但也确实对西医滥用抗生素、过度输液以及心脏支架等高价器材、回扣问题提出了批评，并且点名指责了精诚医生公众号误导百姓，故意诋毁中医、摧毁传统的做法过于恶劣并且商业，归根结底是为了兜售价值观和商品。同时，苏木的文章还列举了几个因病致贫的例子，以及心脏支架国产和进口的巨大差价的背后，有着怎样层层剥皮的利益链。

"钱也收了，该算大账了。"苑将离浑然没有被抓的觉悟，混不吝地一笑，"苏木的合抱之木有两个选择，一是被我收购，二是自己清空所有文章，并且向精诚医生道歉！"

"有没有第三个选项？"苏木甜甜一笑，一脸天真，"比如说你先向我道歉，然后关闭精诚医生公众号，并且向所有被你误导的读者诚恳认错。"

"你说梦话呢吧？"苑将离哈哈一笑，"都什么时候了，你还不知道自己是什么处境吗？"

"她什么处境？"郑道接话了，目光冷峻，声音阴冷，"恐吓电话？特斯拉失控？还有你今天的上门打人？说，你还有什么手段？无非杀人放火、伤天害理、丧尽天良，然后断子绝孙……"

"你——"苑将离脸都肿了，"说正事呢，能不能不提这茬儿？我不育跟这事儿没关系。"

"怎么会没关系呢？关系大了！"郑道拍了拍苑将离的肩膀，"你还没有意识到自己除了不育之外，还患了绝症吧？"

/第六十九章/　门内有君子，门外君子至

　　沈兰收拾了几人之后，没事儿人一样收拾起了被撞飞的桌椅。滕星光跟屁虫一样跟在沈兰身后，虽狗腿却恩爱。

　　在滕哲眼中天大的一件事情，在他们看来，跟平常包饺子时肉馅儿里飞来一只苍蝇没什么两样，挥挥手，苍蝇就被赶走了；如果还不走，就上苍蝇拍了。

　　滕哲目瞪口呆了半天，碰了碰苏木的胳膊："嫁到我们家，你不但会得到我的悉心照顾和全部的爱，还有一个女超人婆婆，你会不会做梦都笑醒？"

　　"睡不着，不困。"苏木现在的心思全在苑将离身上，她推开滕哲，坐到了郑道的身边，"郑大夫，他快要死了吗？别呀，活着才好玩，才能斗得死去活来，死了就没意思了。"

　　"别听他扯淡，我身体好得很，长命百岁。"苑将离撇嘴，一脸不屑，"我自己是院长，我爸是老中医。郑道，你才几斤几两就敢在我面前卖弄？还是赶紧回到正事上，苏木得罪我了，这事儿你说怎么解决？"

　　郑道看了何小羽一眼，何小羽会意，扬了扬手中的手机，意思是已经报警了。

　　"我没说你得的是身体上的绝症，是观念上的。"精诚医生公众号郑道认真地看过，几乎每天一篇养生知识，有些知识是常识，有些则似是而非，更有甚者是借着教人养生的名义来推销他们定义的生活习惯，从而达到洗脑、营销、贩卖一系列产业链的运作。

　　贩卖焦虑、制造恐慌再定义美好，是所有营销号惯用的三步套路。对于一些国人常见的生活习惯，如喝热水、吃热食、坐月子、药食同源、

喝茶养生等，营销号没办法做到全盘推翻，只能采取潜移默化、点滴渗透的策略。

比如说土鸡蛋和市面上养鸡场的鸡蛋并没有营养价值上的不同，只有价格上的差别；比如说鸡四十天就可以出笼，是品种、精心设计的饲料和合理优化的养殖条件的综合因素，不是激素的原因；再比如说蜂蜜的主要成分是糖，所以没什么保健作用……几乎从根本上推翻了国人几千年来固有的观念，明显是想让国人完全接受所谓的西方营养学，否定自己坚持的文化传承。

尤其是喜欢动不动就拿外国人喝冷水、不坐月子身体一样强壮来对比说明，却只字不提外国人肥胖率高达百分之六十以上、哮喘高发、艾滋病盛行，更不提人种之间的差异。

不说别的，只说在中国各省份之间，习俗、吃喝等上面，尚有巨大不同，更不用说国内和国外了。何况国外的月亮更圆、空气更甜早就过时了，只是以前井底之蛙的臆想罢了。在今天的互联网时代，所有想象的东西都因为网络的存在而不再有距离和空间感。

年轻一代也早早通过网络认识了世界，并且出国也是常事，"一切唯国外为尊，凡是国外的必是好的"的观点早就过时了。

对于一线、二线以及省会城市的人来说，或许不会被一些公众号、营销号轻易蒙蔽，在他们的忽悠下还能保持冷静和判断力，但对于三、四线以下的一些城市居民来说，他们可能还是会被洗脑，会受到影响。毕竟他们可能连国内一、二线城市的生活方式都不是很了解，对于国外的情形就更是不得而知了。

从郑道的角度来说，他并不反对学习国外正确的生活习惯和做法，也赞成摒弃传统中一些不太健康的东西，去除糟粕。但他坚决反对全盘否定传统并且全面学习西方文化的做法，往小里说，是对自己文化的不自信，是为了营销自己所经营的产品；往大里说，是对其他文化的跪服和盲目追随，是想以融入别人文化为荣的自卑在作祟。

郑道其实早就对这种现象深恶痛绝，只是由于自身的影响力不够，最近又忙于养孩子、对付杜天冬父子，以及保护苏木、破解特斯拉案，等等，而顾不上。他也清楚，表面上他没和对方直接交手，实际上，已经间接地经苏木之手，和对方短兵相接了。

既然苑将离送上门来了，就不能让他全身而退。最近两天，郑道已经听到过太多次他的名字和他的事迹了。

"苏木没有得罪你，是你得罪了全国人民。"郑道对苑将离的迷之自信很好奇，是什么原因支撑着他始终拽得没有人样，"认识刘配奥吗？认识席可思吗？认识所有被你坑过、被你爹害过的患者吗？认识无数被你的所谓知识忽悠过、洗脑过的网友吗？"

"你在说什么呀，莫名其妙。"苑将离摇头晃脑地笑道，"你在教我怎么做人？你一个彻头彻尾的失败者、流浪汉、乡村小医生，你凭什么？就凭你爹教给你的医术？别自欺欺人了，你爹和我爹认识那么多年，他是什么材料我都知道。"

"啪"，何小羽一巴掌拍在苑将离的脑袋上："怎么说话呢？坐正了，晃来晃去没人样。"

苑将离摸了摸后脑，朝何小羽吹了一声口哨："小羽，你还记不记得小时候有一次我们一起玩过家家，我说要你嫁给我，你说等我当了院长就没问题，我现在已经是院长了……"

"有这回事儿吗？"何小羽歪头一想，又点了点头，"是有，我想起来了，是在我认识郑道之前。不过你没领会我的意思，我是说精神病院院长。"

"行，我这就开一家精神病院。"苑将离收敛笑容，一本正经地说，"郑道，别以为抓了熊深秋和葛大连就能破了特斯拉案，早着呢，冰山才露出小小的一角，下面的部分少说还有百分之九十九。我劝你赶紧收手，真的，这不是你这个级别的人能触碰的事情。你爹嗅到了危险，赶紧溜了。你倒好，见到危险不避开还冲上去，你是缺心眼儿呢，还是傻呢？"

"傻人有傻福，我支好了锅，就有禽兽自己跳了进来，等着被煮。"郑道笑眯眯的样子颇显可爱，"中医讲究辩证地看待问题，有些病情看似严重，天下名医都束手无策，也许一个名不见经传的小医生一出手就能治好。"

"说得好呀，郑道，有你爹当年的风范，哈哈。"一个洪亮的声音蓦然在门外响起，"总听杜天冬说起你，今天总算见到你了，来来来，我们爷儿俩好好叙叙。"

/第七十章/ 门内有小人，门外小人至

一个身材又高又瘦、长相威猛、满头黑发的老头儿大步流星地走了进来，他穿一双布鞋，上身是简单的对开汗衫。他热情地握住郑道的手，笑道："郑道，你爹这些年过得还好吧？他有没有跟你提过我？"

"你……谁呀？"郑道甩开老头儿的手，打量老头儿几眼，"注意礼貌，别上来就动手动脚，多大年纪了还耍流氓？"

现在郑道对老头儿有点儿"过敏"，从老爸开始，到何不悟、杜天冬，个个都是人精，甚至连何黄汉、石明运等老头儿，也是挺让人犯头疼的角色。

这些老头儿就像老酒，光是闻着就让人沉醉了，喝一口，肯定会醉得不省人事。

苑十八闹了个大红脸，却丝毫不觉尴尬。他咳嗽一声，嘿嘿一笑："我是你爹的故交、将离的父亲苑十八。"

李别凑了过来："哪个十八？十八相送的十八，还是十八摸的十八？"

"不尊重老人家，该打！"何小羽踢开了李别，"是十八味药的十八。是吧，十八大爷？"

苑十八拉起了苑将离，脸色一沉："向他们道歉！不管你有多正当的理由，也不管你觉得自己多正义，你冲进了别人的地方，打坏了别人的东西，还惊吓了别人，必须要为自己的错误付出代价！"

"我已经付过钱了，该赔偿的都赔偿了，还是加倍！"苑将离被迫起身，颇不情愿地微微弯腰，"对不起，冲撞了！"

丝毫没有诚意的道歉，郑道也没有计较什么，反正他也看出来了，这对父子只不过是在表演罢了。

"滕哲，给十八大爷上香，不，上茶。"郑道反客为主，把饺子馆当成了他的主场，"坐，别站着，喝什么茶，韭菜鸡蛋？猪肉茴香还是牛肉大葱？不对不对，说错了，是茉莉花茶还是……算了，滕哲，店里最好的碎茶叶随便泡一壶端上来就行了。"

苑十八听出了郑道话里话外的嫌弃，也不生气，拉着苑将离坐下，又回头看了张紧一眼："张紧，你也过来坐下。你和将离的事情我已经知道了，等下会有人陪你去精诚医院做个产检。如果一切正常的话，你就和将离结婚，会有一套洋房和一辆价值百万的汽车转到你的名下。"

果不其然又是一块老姜，不，老帮菜。郑道听明白了苑十八的安排，一切都整得明明白白，明是产检，其实是亲子鉴定。反正是自己的医院，想怎么做手脚都可以。

如果确定了是苑将离的孩子，一切都好说；如果不是，那就对不起了。郑道完全可以理解苑十八的心情，有一个不育的儿子，突然让人怀孕了，惊喜之外还得弄明白是不是惊吓。

"爹，你来干什么？"苑将离对苑十八的突然出现有点儿不适应，"这点儿小事我应付得了，你说你出来的工夫，得耽误给多少病人看病，少收多少钱？

"你和我不一样，我是院长，在不在医院都正常运转，是一台高效的赚钱机器。你这个老中医再著名，也是单兵作战，离了你，诊所就歇菜了。"

"所以说郑道——"苑将离转向郑道，冷笑道，"你以后成就再大，还能超过我爹？你看看他的现状，不过就是一个小小的所长，一天顶多看十几个病人，累得不行还赚不了几个钱。除了被人尊称为一声'老神仙'，什么成就都没有，可怜又可悲。"

"看看你爹、我爹还有杜天冬、倪必安这四君子，你觉得中医还有希望吗？"苑将离得意而张狂地大笑，"不如你现在跟我混，我可以安排你在精诚医院心理科当个小医生，保底月薪五千块，加上提成什么的，说不定也能赚万儿八千……"

"说完没有？你可真啰唆，和你爹完全不像。"郑道不耐烦地打断苑将离，"性格不像，长得也不像，都说不是一家人不进一家门，你们是特例。"

"别想忽悠我，我和我爹做过亲子鉴定，我是我爹亲生的。"苑将离倒也实在，立刻就挑明了，"就这点儿本事了？杜若还总拔高你，说你了不得，我看他是被你唬住了。你的伎俩在我这里不好使，我没杜若好吓唬……"

"我可没吓唬你。"郑道笑得很坦然，接过滕哲递过来的茶壶，为苑十八和苑将离各倒了一杯碎末茶叶泡成的茶，"来，小店简陋，没什么好招待的，喝茶，喝茶。"

他却不为自己倒茶，右手朝后一伸，何小羽会意，立刻递上了一瓶汽水。

苑将离嫌弃地推开茶杯："别来这一套，今天我和苏木的恩怨，必须得解决了才能走。"

"不急不急，既然你们上阵父子兵，肯定不会让你们白来一趟。"郑道回头看了一眼李别和滕哲，他也有打仗亲兄弟，"我先和十八大爷聊一个病例。这人呀，有家族遗传病，遗传了十八代不育，这样的病人能治好吗？"

苑十八流露出思索的神情："家族遗传病有很多，遗传十几代的也不少见。我还见到一个家族得了一种奇怪的遗传病，男性每到四十岁时必定死于器官衰竭。从迷信的角度来说，如同被人下了诅咒；从科学层面分析，是基因缺陷。"

"爹，你怎么这么笨呢，郑道分明是在耍你。"苑将离反应要比苑十八快不少，"不育还用遗传？既然不育，一代就断子了，都用不着绝孙，还遗传十八代，骂人呢不是？"

苑十八一愣，随即摇头苦笑："郑道，你没你爹厚道呀。至少我是长辈，你得尊重我。"

"我的道是大道的道，不是厚道的道。"郑道很厚道地笑了笑，"不是我挑拨离间呀，十八大爷，苑将离和你太不像了，任谁都会说你们不是父子，不信你问问他们……"

何小羽、李别、滕哲、苏木都一齐努力点头配合郑道。就连张紧也多了一句嘴："我早就说你和你爸不像了，你非不信我。"

苑十八的脸色终于变了，他深呼吸几口才压下内心的不安和厌恶，清了清嗓子："郑道，开个价吧，我知道你是合抱之木的股东，你能代表苏木。"

"好呀。"郑道开心的样子像极了贪财的家伙，"如果只是想投资合抱之木，欢迎，估值十个亿不算多吧？看在老朋友的面子上，打个折，投资五千万，给你们百分之零点五的股份，还包括不能参与管理和经营。"

"至于其他方面，就算了，立场无价，原则无价！想让我们改变理念，吹捧国外的一些做法、拔高国外的产品、跪拜国外的一切，那么对不起，只能回答三个字——做不到！"郑道掷地有声地说，"钱谁都想赚，但不能赚昧良心钱、丧尽天良钱、卖国钱和出卖人格钱。"

"就知道谈不妥，所以我才带了人来。"苑将离搓了搓手，站了起来，"郑道，从这一刻起，你被我正式列入了实体清单，俗称黑名单。我会不惜一切代价和力量打败你，并且让你臣服我。"

"想法不错，不过如果你进去了，还怎么打败我？"郑道冲门外招了招手，"来都来了，别藏猫猫了，赶紧的，好戏就等你们上场了。"

/第七十一章/　树大必有枯枝，人多必有白痴

付锐和齐神一前一后走了进来。

"你小子就是长了狗鼻子，我刚到就被你闻出来了。"齐神一边说一边冷静地观察了一下现场局势，微微朝郑道挤了挤眼睛，又看向了李别，"你就是个搅屎棍，走到哪里就祸害到哪里。"

"齐神过奖了，不敢当，不敢当。如此重任非我莫属……"李别贱笑道，"不好意思了各位，不是我看不起你们，齐神的意思是，在座的

都是大便。"

"你——"齐神没想到一出口就被李别摆了一道，"滚滚滚，外面等着去。"

"得令。"李别忙屁颠儿屁颠儿地出去了。

郑道知道李别是去外面放风了。

齐神和付锐一左一右坐在了苑将离和苑十八身边，呈包围之势将二人围困。苑十八察觉到了不对劲，想要有所动作，被齐神按住。苑将离不以为意地拉了拉苑十八："爹，别乱动，他们在吓唬你。现在是讲究证据的年代，就算我杀了人，他们没有证据，也不能让我自证清白。"

"你杀人了吧？"付锐当刑警多年，已经很少动怒了，却还是被苑将离嚣张嘚瑟的样子气着了，"要不我们聊聊杀人的过程？反正没有证据我也不能抓你，你可以当成挑衅警察、炫耀智商、蔑视所有人的一种表达优越感的方式……"

"你这诱供手法倒新鲜，很有心理学的影子，是不是郑道教的？"苑将离张狂地大笑，"齐神，久仰你的大名，没想到你有这么草包的搭档，还有这么屄包的手下，真是委屈你了。话又说回来，兵熊熊一个，将熊熊一窝，你这一窝都是熊人。齐神，你得反思一下自身问题了。"苑将离嚣张得近乎放肆，"怎么着，熊深秋和葛大连被你们诱供，说是受我指使，他们也不过是人证而没有物证吧？就算你们有我和他们见面的照片也不能说明什么问题，对吧？

"在没有新的证据之前，齐神，再有什么需要配合调查的地方，对不起，我很忙，暂时没有时间，请联系我的律师或者助理。对了，我的律师叫左叶禾，你们也认识，是一个漂亮、单身、敢爱敢恨的女律师哟。

"别急，她还有五分钟赶到现场。"

苑将离一口气说完，见所有人都哑口无言，以为都被他镇住了，就更得意了："不要见到我有才艺就一惊一炸好吗？我除了是医生，还是一个歌唱家、作家、舞蹈家……"

郑道痛心疾首地摇了摇头："树大必有枯枝……"

何小羽及时补刀："人多必有白痴。"

郑道继续："苑将离，这边建议你麻利点儿立刻自首，争取判个有期。"

何小羽再次补刀："刚才我观看了一出独幕剧——论一个傻子的自我修养。"

齐神拿过茶杯想要喝水，被郑道阻止了。郑道冲滕哲招手："给齐神、付哥再泡一壶新茶，用你抽屉里面的茶叶。"

"得嘞！了解！"滕哲乐滋滋地去了。

齐神立刻猜到了什么，笑道："你小子真行，一个茶叶也分出三六九等。"

"没办法，人心有高低，人品有差距，对应的茶叶也得分出层次才行。怎么着齐神，还等不等左律师？"郑道是想现在就解决了苑将离，省得左叶禾来了事多，直觉告诉他，左叶禾此人颇有几分本事，不好惹。

在所有需要强大理性和逻辑思维的行业里，但凡是女性从业者，必有其过人之处。

"等，必须等，不等不是好朋友。"付锐忙朝郑道挤眉弄眼。

付锐的心思郑道清楚，他一抬头，正好左叶禾已经现身在门口，他起身："来了，我去迎接一下左大美女律师。"

郑道又回身冲滕哲眨了眨眼："茶水要滚三滚，茶叶要泡三泡。"

言外之意是律师来了，戏要做足。

何小羽兴奋了，她最喜欢看郑道设计别人了，当即跟在郑道身后出门相迎。

左叶禾见是郑道，脚步一滞："郑大夫，这么快就又见面了，不是好现象。经常和律师打交道的人，不是原告就是被告。"

"那可不一定，也许是在和律师谈恋爱，是吧，郑道？"何小羽故意捣乱。

"也有可能是在为律师介绍对象。"郑道没和左叶禾客套，凑到她身前小声说了一句，"左律师，你职业生涯的第一次惨败，估计就要落在苑将离身上了。你考虑好后果了吗？"

左叶禾轻轻推开郑道："请保持安全的距离，郑大夫。首先，你不管是长相还是收入，都达不到我的标准；其次，我不给有女友的男性任何接近的机会。"

答非所问，驴唇不对马嘴，不愧是律师，回答满分。郑道笑了："你是以个人的身份来帮苑将离？"

"不然呢？"左叶禾知道郑道想问什么，轻蔑地笑了，"我又不是卖给了天冬集团，我有自己接手案子的自由。"

"这我就放心了。"郑道请左叶禾入内，"等下出手的时候，就不用考虑杜天冬的面子了，毕竟，他是我孩子的姥爷。"

左叶禾推门进来，旁若无人地来到齐神面前："齐队，我是苑将离先生的律师，有什么事情可以和我说。我的当事人有警察恐惧症，不适合和警察近距离接触以及对话。"

"左律师，剩下的事情交给你了，烦！这帮人像苍蝇一样嗡嗡叫个不停！"苑将离起身要走，"苏木，我们之间的事情，接下来我会单独找你聊聊，随时等我电话。"

"打电话多麻烦，现在就可以解决了。"苏木双手抱肩，居高临下地俯视苑将离，她和苑将离差不多高，但穿着高跟鞋，就高了几厘米，"不急，也就是三五分钟的事情。既然你之前铺垫了那么久，从恐吓电话到特斯拉撞人，我也得对你的诚意有所表示才行。今天，就为你准备了一份超级套餐。"

齐神缓缓地站了起来，离左叶禾远了几分，皱眉道："不是说过我最烦律师了，你以后能不能离我远点儿？今天关于苑将离的事情，跟你还真说不着。老付，拿材料。"

付锐先是冲左叶禾嘿嘿一笑，不慌不忙地拿出了一份亲子鉴定书："老苑、小苑，经鉴定，你们没有父子关系！也就是说，老苑不是小苑的亲爹，小苑不是老苑的亲儿子。"

苑十八勃然变色，一拍桌子站了起来："不可能！你们怎么会有亲子鉴定书？你们违法鉴定！"

"交给我来处理。"左叶禾心中暗喜，未经许可的亲子鉴定是违法行为，只凭这一点，她就可以让齐神和付锐丢盔弃甲，再加大力度的话，让他们溃不成军也不是没有可能。

苑将离更是怒不可遏："你们完了我跟你们说！你们彻底完蛋了！"

就连郑道也凌乱了，他只是从长相上判断苑将离和苑十八不太像，

271

完全没有父子的相似不说，连气质、神态都相去甚远。从遗传学来讲，固然有父子差异很大但确实是亲生的案例，不过如老苑和小苑一样从长相到方方面面都不像的还真不多。

这事儿……有的热闹了。

/第七十二章/　内藏精明，外示浑厚

"八大铁帽子王之绿帽子王——"郑道拉长了声调，忽然语气一转，"这部小说不错，挺好看的，你们看过没？"

何小羽摇头又点头："以前没看过，现在正在看，现场直播。"

见苑十八和苑将离着急上火的样子，齐神坏坏地笑了："哎，我说你们都先别急，事情的背后还有事情。还有你，姓左的，你别在我身边杵着，硌硬得慌。"

左叶禾捂着胸口的衣领弯腰坐下，她上衣的开口有点儿大。齐神看都懒得多看一眼，付锐的眼睛却像生根一样拔不出来。

注意到付锐过于专注的目光，左叶禾恼怒地咳嗽一声："长得强颜欢笑对你来说已经不辱使命了，就别再用不要脸和流氓让自己无地自容了。"

苑将离讥笑道："活久见，刷下限；不要脸，到极点！"

付锐叹息一声："饱汉子不知饿汉子饥……旱的旱死，涝的涝死。"

郑道意味深长地看向了苑将离："饿汉子不知饱汉子虚。"

"还能不能行了？一个个的都不正经。"齐神一拍桌子怒了，"老付，说一下事情经过，给他们一个交代。"

齐神和付锐当然不是有意鉴定苑十八和苑将离是不是生理学上的父子，他们正经的案子还忙不完，哪里有空去窥探别人的隐私？警察当久了，对别人的隐私有本能上的拒绝。见多了世间的阴暗面，知道很多人的隐私中有极其隐晦黑暗的部分，他们才不想受到负能量的影响。

他们是在无意中发现苑十八和苑将离不是亲生父子关系的。他们在调查另外一桩案件时，走访了妇幼医院的一名医生。聊天时，她得意地说，现在很出名的精诚医院院长苑将离，当年是她接生的。

她记得很清楚，苑将离快要出生时，天阴沉得快要下雪了。他出生后，突然天就放晴了。她当时就说，这孩子了不得，将来必成大事，又说他脖子后面的胎记便是非同寻常的标志。

抛开接生医生事后诸葛的夸大之言，说者无心听者有意，齐神和付锐想起在审问苑将离时，并没有发现他的脖子后面有胎记。而根据出生记录显示，苑将离是 AB 型血，但他们掌握的证据显示苑将离是 A 型血。

出于职业的敏感，他们怀疑苑将离的身份有问题，就深入调查了一下。不查不知道，一查吓一跳，根据医生留存的记录以及对比了苑十八的生物特征，结果显示二人没有生理学上的父子关系。

"虽然你们没有父子关系，但是应该不是草原的问题……"齐神不好意思地咳嗽一声，涉及正事，他还是足够严肃和认真，"应该是抱错了，你们可以调查当时同一天同一家医院出生的所有婴儿，估计可以查个清楚。"

苑十八蓦然站了起来，张了张嘴巴，又颓然坐了回去："养了这么多年，白养了？是别人的儿子？造孽呀！"

苑将离怔了半天才说："真是这样的话，你们不就找错人了？你们要找的是抱错的苑将离，而不是我！"

这人的脑袋拧下来当球踢都不合格，里面装的都是些什么东西。郑道快要不行了，不知道该笑还是该哭。

苑十八坐下又站起，微有喜色："如果将离不是我的亲生儿子，是抱错了，那我就不会断子绝孙了？哈哈，意外之喜啊。"

好吧，郑道酸了，至少在活宝的道路上，苑十八和苑将离还是很相像的。

"啊啊啊——"张紧惊得嘴巴里可以塞下一个鹅蛋了，"他，他，他不是你的亲生儿子？是不是说他就没有资格继承你的遗产了？还好我没嫁给你，要不非得疯了不可。这年头伪富二代太多了，很容易就赔本了。"

是财产不是遗产好不好？苑十八还活得好好的呢！一个个都是什么人啊，郑道挺了挺胸膛，忽然觉得自己又高大了几分。

齐神敲了敲桌子："都严肃起来！你们的家务事回家关门再解决，现在是在办案。"

齐神点着了导火索，付锐就及时爆炸了："我们接到报案，有人恐吓及暴力威胁受害人苏木。苑将离，你为什么要胁迫苏木跟你走？"

"没有，我没有威胁她，我只是想和她谈一笔生意。"苑将离矢口否认，瞬间回到正常状态，"爹，别被他们打乱了节奏、搅乱了情绪，他们就是想击溃我们的心理防线，然后让我们内斗，他们好坐收渔人之利。不管我们有没有血缘关系，你都是我的亲爹。"

苑十八点了点头，情绪也稳定了几分："事情有点儿突然，让我有些凌乱。给别人看了一辈子的不孕不育，好多是男的没有生育能力而老婆最后生了孩子的，我出于好心也没有告诉他们实情，没想到最后会落到自己头上……"

"时代的一粒灰，落在你们的头上是一座大山，落在我的头上就是一片草原……"苑十八低落地摇了摇头，"张紧，你走吧，我收回刚才的话。"

"我——"张紧快速眨动着眼睛，"我不走！我要看笑话，这么戏剧性的好事平常太难遇到了，不行，我得看完结局。反正孩子也不是苑将离的，你收回就收回吧，我也没打算真的嫁他。"

接连受到双重打击，苑十八脸色灰白，都快要哭了。

"苏木，苑将离有没有威胁你？"付锐一边问苏木，一边朝郑道投去了暗示的眼色。郑道回应他一个一切准备妥当的微笑。

"有！"苏木抬起腿，一拉裙子，露出了细腻光滑的小腿，小腿上青一块紫一块，她又挽起了胳膊，同样，胳膊上也满是青紫，"不但威胁我，还强迫我，这些都是他造成的伤。"

苑将离瞪大了眼睛："你们诬陷好人，我都没有碰你一根手指，想带走你还没有得手……"

滕哲不知道从哪里拿来一个编织袋，里面全是碎瓶子和椅子腿："这是他们打坏的东西，价值在三万块左右。"

"还要不要脸了，就动手了几下，还被你们打得屁滚尿流，也赔了你们钱，怎么还要讹诈我？"苑将离在一系列的打击和欺骗下，情绪也慢慢地失控了，处于崩溃的边缘，"你们，你们串通警察故意坑我、设计我！"

左叶禾想要制止苑将离："苑先生，咯咯，不要争论无关紧要的问题，只要他们没有证据，别在意他们说什么……"

齐神却没有给他机会，火候已到："苑将离，我现在正式通知你，请跟我走一趟，协助调查。"

付锐拿出手铐："配合点儿，大家都能留个面子。别让我非要铐上你！"

"你们是以什么理由请苑先生协助调查？"左叶禾还想挽救一下，作为律师，她不能不刷下存在感，"特斯拉案，你们并没有直接的证据证明苑先生参与。"

"寻衅滋事！"戏做足了，坑挖好了，齐神不会错过眼前的好机会，"左律师可以一起，保证手续齐全，环节透明。"

砰的一声巨响，李别倒在了门口，他挣扎着站了起来："齐神，再加一条——暴力袭警！"

戏做了全套，真行！左叶禾哀怨、愤怒的目光看向了郑道。

/第七十三章/ 富贵如刀兵戈矛，稍放纵便销膏靡骨而不知

左叶禾最终还是没有和苑将离一起去公安局，而是留了下来。

苑将离自信满满，认定他自己可以应付得来，而左叶禾留下来是想再和郑道好好谈谈。她算是看清楚了，今天整个局的设计者和核心人物，正是小郑大夫。

何小羽、李别、苏木以及滕哲等相关人员，都和齐神一起回去协助调查，包括将李别"打伤"的苑将离的几个手下。除郑道留了下来，还有苑十八也没走。

付锐很想留下来继续和左叶禾深入接触一下，可惜任务在身，只能依依不舍地走了。临走时，还特意朝郑道暗示，多替他了解一下左叶禾。

月见饺子馆二楼的雅间，一壶茶，三个人，郑道亲自泡茶。

"谈谈条件吧，郑大夫，别把事情做成死局，到时候都不好受。"左叶禾自认态度足够真诚了，却被郑道一句话撑了回去："都是犯法的人了，还谈条件？左律师，你是知法犯法呀，你的律师证是路边小摊上买的吗？"他寸步不让，"苑将离的结局，和他是不是愿意配合争取宽大处理有直接关系。你看十八大爷都打算换儿子了，你还死守着马上要领盒饭的委托人。"

苑十八情绪低落得如同破产一样，他茫然地抬起头："郑道，你在说我？没想到辛苦了大半辈子，到头来是替别人养孩子，人生怎么总喜欢转折呢？怪不得人们常说，别问，问就是命运。"

问不问都是命运，郑道不知道是不是该安慰苑十八。一想起他所做的事情，以及苑将离的各种劣迹，父子二人沆瀣一气，坑害了多少无辜病人，他就又同情不起来了。

"保护苑将离是我的职责所在。"左叶禾不肯让步，不过气势明显弱了几分，她看了看苑十八，"苑老先生——"

苑十八摆了摆手，"你和他的事情，别问我。"他站了起来又坐下，除了坐立不安之外，还有一丝烦躁，"郑道，收养了不是自己亲生孩子的事情，你虽然年龄小，但经验比我丰富，你说我到底该怎么办？"

郑道送了苑十八一个大大的白眼，他是明知不是自己亲生的还要收养好不好，和苑十八养了二十多年才发现是赝品完全不可同日而语。不过出于一个男人应有的出发点，他还是给出了建议："苑将离既然不是亲生的，他又不育，你的家产不就无人继承了？赶紧查清被错抱走的亲生的孩子是男是女吧。如果是男的，要回来，好好培养；如果是女的，需要介绍一个优秀的可以继承家产的上门女婿，我可以帮忙。"

左叶禾嗤之以鼻："郑大夫是想当专业的孩子收养者，是想成为好几家的女婿，然后当家产收割机？"

郑道故意气左叶禾："犯法吗？"

"不犯法。"

"现在是男女平等的时代，女人可以嫁给富二代然后继承家产，男人同样可以娶白富美，平分家产。不要性别歧视，也不要物化男性。"

"你——"左叶禾被郑道的歪理邪说噎得无话可说。

"对对对，说什么也要找到自己的亲生孩子，没有血缘关系总觉得缺了点儿什么。"苑十八起身便走，走到楼梯处又被郑道叫住了："十八大爷，就算找到了亲生孩子，苑将离不肯让位怎么办？难道你还要让没有血缘关系的苑将离继承家产？而且他还不能生育……"

苑十八呆了半天："怎么办？怎么办呢？"

"左律师正好在，你可以咨询她。"郑道顺势将左叶禾推了出来，心里还有一点点不好意思，他可真不是离间苑十八和苑将离的父子关系，而是真心替老爸的老友苑十八着想，他是一个善良的心理医生。

左叶禾一脸为难，不过沉默片刻，职业操守还是让她不得不如实相告："只要是十八大爷名下的资产，您想给谁都可以更改，就算想给郑大夫，也完全没有问题。您有自由处置自己资产的权利！"

"明白了，知道了。"苑十八失魂落魄地走了。

"你这样好吗？以后让人家父子怎么相处？"左叶禾微微冷笑，"郑大夫，你确实是一个心理营造高手，但出发点不太单纯，目的也不够善良。"

郑道笑道："彼此彼此！左美女作为律师，很清楚苑将离做过什么，又犯了什么罪，却还要为他辩护。说正义点儿，是职责所在，自己的委托人，含泪也要陪他打完官司；说俗一点儿，拿人钱财，与人消灾，对吧？"

左叶禾没再和郑道辩论："我们说一些私下的话题，你觉得齐神到底掌握了多少苑将离的证据？"

郑道敏锐地察觉到了左叶禾的动摇，嘿嘿一笑："我只是一个小中医，又不是警察，真不知道。左律师如果想要打听内幕，可以问胡非律师。"

"别提他好吗？烦！"左叶禾起身就走，"郑大夫，听我一句劝，就算苑将离的罪名坐实了，也不会伤及他背后的庞大利益集团一分，而且你还会被牵连进去。"

郑道假装客气起身要送左叶禾："左律师觉得从孩子送来的一刻起，我还能置身事外吗？或者说，从我爸离开我时，我就无路可退了。"

左叶禾一愣，难得笑了笑："我不知道你的过去，也没兴趣，但对你现在的处境还算有一些了解，你真的很危险，郑大夫。希望还有下次能和你再见，你承受了你这个年纪不该有的……"

"能力和智慧？美貌和身材？"

"自恋和张狂！自大和莽撞！"

等左叶禾走远了，郑道的笑容才慢慢收起："其实你是在嫉妒我对不对？就当你夸我、鼓励我了。"

郑道一个人回到一号楼时，已经晚上九点多了。小羽发了消息说，要再晚一些回来。

一楼和二楼都黑着灯，只有三楼有灯光。何不悟和孩子已经睡下了，周围一片安静。

远志摇头摆尾地凑了过来，大献殷勤。郑道抱着远志，逗它玩了一会儿，准备上楼时，远志突然警惕地望向了墙头，随即狂吼起来。

一个黑影跃上了墙头。

/第七十四章/ 贫贱如针砭药石，一忧勤即砥节砺行而不觉

谁这么大胆，还敢翻墙进来？郑道制止了远志竭尽全力的表现，不让它再叫。他双手抱肩，朝上面张望。

黑影没想到墙下有人，愣了一下，朝郑道招了招手，意思是帮他一下。

嘿，现在的贼都这么明目张胆了，进别人家还要别人扶一把？郑道想了想，索性拿过一架梯子支了过去，顺手抄起一根木棍，用力握了握。

黑影沿着梯子下来，还不当自己是外人地在郑道的衣服上擦了擦手。

也就是郑道好脾气，要不早就一个过背摔把他扔回墙外面了。不过郑道手中的木棍已经举了起来，就要落下时，黑影开口了："别装没有认出我就打我闷棍，我可不会原谅你。"

被识破了……郑道只好嘿嘿一笑，收起木棍："你不好好在村里待着，大半夜的回来，还翻墙头，也不怕被人逮住？就算没人逮你，你干吗不回你家，来我家就不地道了，何叔！"

郑道没开灯，就让何书坐在院子的树下。他泡了茶端上来，和何书对饮。

"都说这一届老人不好带，你们这一代中年人也不好带，就不能消停两天？"郑道还以为回家后可以跟远志玩一会儿，没想到事情又来了。

"我不比你大几岁，正当年好不好？还不是大叔，别叫老了。"何书喝了几杯茶才安定了几分，"我得回京城，还有两个手术在等着我。患者年纪大了，错过了可能会没命。"

"你就不怕你被抓住了会没命？"郑道没好气，心里却对何书的尽职尽责无比敬佩。

"现在是法治社会。"何书压低了声音，"放心，我已经规划好了逃跑路线，他们抓不住我……"

郑道不知道该说什么好，想了想："我觉得你还是应该暂时留在石门，继续躲起来。苑将离刚被齐神抓进去，他一交代，肯定会连带出来你的事情，会水落石出的。"

"不，来不及了。"何书又喝了一杯茶，重重地放下茶杯，"我过来就是跟你道个别，也谢谢你对我的帮助。我现在就回京城，就算被他们抓住，他们也得允许我做完手术吧？法律不外乎人情。"

郑道想劝，又觉得无从开口。这一刻院子中漆黑一片，何书却如暗夜中的萤火虫，虽光芒微弱，却熠熠生辉。

有人光芒万丈，有人一身铁锈。台上的人风光无限，台下的人一片暗淡。谁又知道在风光和暗淡的背后，谁的内心才更有力量？

"我送你！"郑道沉默了一会儿，起身，"我拿件衣服，你等我一下。"

"好。"何书犹豫一下，还是没能说出拒绝的话，他从郑道的身上看出了只有同类才能闪现的刚强。

郑道向何不悟交代了几句，何不悟不想郑道冒险，却没有说服他，只能劝他一路小心。

"别逞能，遇事要想了再想，记住了，你现在是两个孩子、一狗一猫的爹。"何不悟唯恐郑道听不进去，又强调了一句，"你还有叔和小羽。"

"知道了，叔。"郑道没和何不悟斗嘴，他又看了睡熟的两个孩子一眼，"就有劳叔费心照顾孩子了，等我回来，一定会好好陪陪他们。"

"赶紧滚吧，婆婆妈妈的，都让人以为你吃错了药，得了什么失心疯。"何不悟脸一板，推走了郑道。

郑道和何书悄悄出门，此时的善良庄夜深人静，一路上没有遇到几个人。何书低着头，又戴着帽子，有惊无险地出了西门，来到了西二环的辅路上。路边停了一辆没有牌照的SUV，是新车。何书开门上车，驾驶位坐着何黄汉。

"你看你，我就说你别去和郑道道别，你要见了他，他肯定会送你，你不听……"何黄汉见到郑道，先是一喜，随即故作埋怨，"有事情我们兄弟担了就行，干吗又连累郑大夫？"

郑道其实猜到了何书找他的背后有何黄汉的影子，他拍了拍车门："不连累，就走几步路的事情。一路平安！"

跟我玩心眼儿，小样儿，郑道暗笑。

果然，何黄汉愕然："郑大夫，你不打算送何书到京城？"

"我就不了，有人替我。"郑道错后一步，朝一处暗影招了招手，"可以出来了，跟了半天，藏猫猫也藏累了，赶紧的。"

"这都能被你发现，讨厌！你长的不是狗鼻子就是狗耳朵！"人影一闪，卢西东从黑暗的树影里现身，她一身干练打扮，运动衣、运动帽，还背了一个小包。

一出一号楼的大门，郑道就察觉了身后有人跟踪。他开始时还以为是要对付何书的人，走了一段后发现不是，对方脚步轻盈，又是一个人，显然不是团伙作案。

如果何书一出现就被对方抓个正着，对方也太神通广大了。再一想，现在特斯拉案正在紧要关头，估计对方暂时也顾不上何书。

在对方跟踪了五分钟后，郑道就判断出来她是卢西东。步伐、气息还有忽东忽西的身法，首先就让他肯定是一个女性，再加上她对善良庄每个角落的熟悉程度，除了卢西东还能有谁？

除了她，还有谁可以从对面俯视一号楼，把院里的情形看得清清楚楚？

同样除了她，还有谁会对他和何书的事情这么上心？虽然上心的背后是好心还是坏心或者是无心，就不好说了。

"你不去，我才不去。"卢西东背着手装模作样地打量何书几眼，"既然你已经自己跑出来了，我也就算完成任务了，祝你一路顺风。"

何黄汉苦着脸："郑大夫，没你陪同，我这心里不踏实。"

"你们是木头还是石头？"卢西东看不下去了，"郑大夫时间宝贵，陪你们去一趟京城得一天一夜吧？郑大夫给人看病都是按小时计费的。"

汽车划破浓重的夜色，一路向北。一个小时后，放慢了车速，驶入了服务区。

郑道下车，伸了一个懒腰，看了看在后座并肩熟睡的何书和何黄汉一眼，无奈地笑了："心太大了，感觉对他们来说就是一次说走就走的旅行，我们倒成了司机和导游……"

卢西东下车后东张西望，也不知道从哪里翻出一个小型望远镜，警惕地观望四处。

"没发现敌情！没有可疑跟踪车辆！安全！"

这孩子，又犯病了，看间谍剧看多了，一路上郑道开车，早就观察了没有跟踪的车辆。今晚苑将离被抓，必然又会打乱对方的部署，他们不可能这么快就做出反应。所以何书今晚离开石门回京城，是绝佳的机会。

"下一段，我来开。"卢西东收起望远镜，又不放心地左右看看，"我怎么总是有点儿心神不定，感觉周围全是坏人在暗中盯着我们。"

"你这是被害妄想症，是严重的心理疾病，得治……"郑道正要嘲笑卢西东几句，忽然感觉脖子发凉、后背发麻，周围的空气陡然一收，不好，有危险！

顾不上多想，他用力一拉卢西东："闪开！"

一团黑乎乎的东西从灌木丛中猛然扑了过来……

/第七十五章/ 人怕不是福，人欺不是辱

卢西东并没有惊惶失措，相反，她借郑道拉扯之势，纵身一跃，飞起一脚踢中了偷袭的黑乎乎的东西。

"嗷——"黑乎乎的东西被踢中，惨叫连连，落地之后翻了两个滚，一转身又龇牙咧嘴地冲了过来，张开大口朝卢西东秀美的小腿狠狠咬下。

虽然她穿了裤子，但夏天的裤子都薄，被咬上一口肯定会留下难看的伤疤。刚才勇猛无比的卢西东，等看清原来是一只凶恶的大黑狗时，顿时吓得花容失色，惊呼一声就躲到了郑道的身后。

躲就躲吧，女人天生怕一些凶猛动物也可以理解，但她不该死死抓住他的胳膊不放。

算了，不和她一般计较了。郑道大人有大量，主要也是现在他顾不上许多，黑狗已经近在咫尺了。是一只黑背，个头比二狗的黑狗还高了半头，样子十分凶悍，似乎和郑道有不共戴天之仇一样。

车上有家什，可惜没带下来。郑道只能错开身子，闪过黑狗的正面一扑，一拳打在了它的腰上。

和远志待久了，郑道对狗的脾气也算有了了解，要么狗仗人势，要么现实势利、趋炎附势，基本上狗和人没多大区别，都是欺软怕硬的主。

狗的软肋在腰上，郑道一击得手，黑狗被打得摔出几米远。黑狗就地翻滚两下，再次爬起，又朝郑道凶狠地扑了过来。

我吃你的喝你的了，你跟我这么过不去，我们认识吗？郑道大喊一声："别拽着我，去拿棍子！"

车内有一根棒球棍。

"不用，一只狗而已！"卢西东片刻间又恢复了镇静，她摘下帽子裹在手上，朝郑道一点头，"我左你右，左右夹击。"

黑狗已经扑了过来，从它不依不饶的架势来看，背后必定有主人指使，并且主人就在不远处。一只狗，如果没有主人撑腰，不可能做到一再进攻，哪怕是一头狼，两个回合不得手，也会退缩。

这狗是吃错药了吧？

卢西东的做法提醒了郑道，他迅速脱下 T 恤缠在左臂，迎上了黑狗。黑狗一口咬在他缠了 T 恤的手臂上，在它用力扭动脑袋撕咬时，卢西东的飞腿到了，踢在了它的后腿上。

"咔嚓"一声，腿骨断了。

黑狗吃痛，想要逃走，却已经晚了。郑道的右手搭在了它的颈动脉上，微一用力，片刻之后，黑狗失去了知觉。

兼职了一次兽医，郑道还有几分难为情，这事儿可不能说出来，要不影响他的"大师"光环。

郑道扯下 T 恤，手臂上还是留下了几个牙印，幸好没见血。

"怎么啦？怎么啦？"何书和何黄汉揉着眼睛从车上下车，二人一脸紧张地左右看看，"啊，野狗咬人？你们没事吧？"

真是一对好兄弟，这么大动静居然能睡得这么死，郑道打心眼儿里服气。

"得打狂犬疫苗。"何书查看了一下郑道的伤势，又踢了踢地上的黑狗，"如果是我，手术刀一闪，颈动脉一断，一分钟断气。"

战斗都结束了就别吹牛了，吓尿了跑得比谁都快的说不定也是你。郑道让卢西东和何书、何黄汉先回车里，锁上车门，他要四下观察一番，看看能不能找到黑狗的主人。

深夜时分，服务区里的车辆不多，有些小车停在了大车停车区，藏在大车中间，没法儿查看个清楚。郑道绕了一圈，没什么发现，正准备回到车上时，突然，三辆 SUV 同时启动，大灯一起点亮，朝他照来。强光之下，他的眼睛有一瞬间的失明。

三辆 SUV 都是大型车，呼啸着朝郑道冲了过来。郑道吃惊之下，用力一跳，抓住了身边一辆卡车的把手，贴在了卡车门上。

三辆 SUV 贴身驶过，只差十厘米就撞到他了。

先放狗后撞人，对方是下狠手了。郑道很生气，跳下卡车，回到了车上。

"三辆车，车上有几个人不知道，估计至少六个以上。"郑道启动了汽车，"前进，可能会被围堵；后退，说不定也有追兵。"

"必须前进。"何书咬牙，"明天一早我必须手术，病人没时间了。"

何黄汉若有所思地看向了卢西东："是不是有人通风报信，怎么围截得这么准？刚停服务区就放狗，差不多是等我们半天了？"

卢西东不回头，只给何黄汉一个后脑勺："你大爷的！怀疑我是吧？行，就是我通风报信的，现在就扔我下车？怕你！"

何黄汉讪讪一笑，怀疑归怀疑，他还真不敢拿卢西东怎么样："郑大夫，你管管你的助理医生，跟我没大没小倒没什么，可你毕竟是她的老板……"

郑道话到嘴边又赶紧咽了回去，差点儿忘了卢西东才是他的老板，这事儿闹的，他只好嘿嘿一笑："卢老板，今天你跟车，应该算是随叫随到的附加条款吧？"

"算算算！"卢西东很满意郑道的表现，"先欠着，等回石门再给。表现好的话，加倍。"

"你们——"何黄汉有一种被出卖的不祥预感，"你们是不是达成了什么内部交易？"

"坐稳了。"郑道没解释，一脚踩下油门，汽车冲破了黑暗，如一把劈开黑暗的利剑，"追上去，进攻才是最好的防守。"

郑道没有超速，以一百二十公里的时速前进。如果对方也是同样速度的话，提前了十分钟的对方，会始终在他们前方二十公里处。

显然对方不会这么做，因为才开了不到几分钟，郑道就发现了情况——车后多了尾巴。

是三辆 SUV 中的一辆。

三辆 SUV 都是宝马，都没挂牌，又是同一款，没办法分清三辆车。不管了，爱哪辆哪辆，反正不管哪一辆，都不是什么好马。

郑道有意放慢车速，反正现在高速路上车辆也不多，后面跟踪的SUV又这么明目张胆，还故意拿大灯晃他，唯恐他不知道他们存在似的。

天狂有雨，人狂有祸。年轻人，别太嘚瑟了，你郑大爷可是一个治病救人的好医生，尤其擅长诊断不孕不育——不对，念错台词了——擅长根治张狂、轻狂和癫狂症。

/第七十六章/　硬弩弦先断，钢刀刃自伤

审讯到半夜，没有在苑将离身上获得什么突破。齐神、付锐和何小羽、李别筋疲力尽，几人照旧来到了一日香吃消夜。

苏喜欢早早准备好了一壶蜂蜜柚子水，还热情地问为什么不见郑道。何小羽没好气地顶了回去："咋的，你看上他了？看上也白看，他只喜欢比他小三四岁的姑娘，不是比他大十来岁的阿姨。"

苏喜欢也不生气，依然是一副笑眯眯的模样，上了菜就走了。

齐神心情大好，一口气喝了五瓶啤酒，有了几分醉意。虽然苑将离还没有松口，但攻破他指日可待。

喝多了的齐神在李别和付锐的搀扶下去洗手间，解决问题后，齐神非要到门口吹吹风，李别和付锐只好陪着。

今天也是怪了，一向食客如云的一日香早早就过了高峰期，现在店里也没几个人，由于地处幽静，就显得有几分冷清。

齐神、李别和付锐几人蹲在路边，很没形象地吹风打屁。几个人都有了五六分醉意，近来破案压力太大，都绷得过紧，今天算是难得地轻松一次。

付锐舌头都大了："李别，你说郑道能不能帮我搞定左叶禾？我怎么总觉得心里没底呢？左叶禾太冷静、太有逻辑了，和我不管是职业还

是性格，都是对立面。"

"能，放一万个心，道哥出面，手到擒来。付哥，越是高冷、冷静、看上去不好接近的女人，内心越火热。"李别假装老手，"我相亲无数，总结的规律绝对都是实战经验，左叶禾只要你找到了她的点，她就会对你俯首称臣……"

"别自我安慰了，同是天涯失恋人，相逢何必吹牛×？"齐神伸开双臂抱住李别和付锐，"感情这种事情，别勉强。结婚这种事情，别凑合，谁结谁知道。"

李别和付锐少不了又嘲笑了齐神的家庭地位一番，让他讲讲在家中受气的感受，被齐神骂了。

三人蹲够了，起身要回去时，几个人迎面走了过来。从穿衣打扮到言谈举止，一切都很正常，包括长相也是大众脸，多看几眼都不会有什么印象。齐神和付锐都未在意，当警察久了固然会敏感，但也不会对大街上随便走来的行人有提防，世界上也没有那么多坏人不是？人的一生，遇到坏人的概率其实不比中彩票高多少。李别却留心了，他是喝了不少酒，不过他的特点是越醉越清醒。别人大醉后大睡，他大醉后反而更加兴奋。

迎面过来的有四五个人，乍一看没有奇怪之处，李别却第一眼就察觉出了哪里不对。哪里不对呢？他只是下意识觉得不对，但具体是哪里有问题，一下又无法明确。

郑道经常说："诸痛痒疮，皆属于心。"心强之人，可以敏锐地感受到身体的每一处变化，以痛、痒、过敏等感受来告诉大脑身体出现了问题。更进一步说，心灵更强大者，可以捕捉到周围气息的微小变化。

不行不行，受郑道这个大忽悠影响太深了，怎么就信了他的玄学？李别摇头想要驱散脑中不断闪现的郑道的理念，比如人体是有磁场的，周围的磁场如果平和而有序，人体就会感到舒适。相反，如果出现了异常磁场，人体就会有本能的反应。

但大多数人由于麻木而忽略了人体对环境的感知，导致现在人类还不如老鼠、蜻蜓、蛇对环境的感知敏锐。民谚说"燕子低飞蛇过道，大雨不久就来到"，准确率往往比天气预报还高。

让李别对这几人突然心生警惕的还是他的直觉，当这几个人看似只是巧合地朝他们走来，甚至这几人的目光还散漫地到处看看，注意力也不在他们身上，他却有一种脖子发凉、后背发麻的感觉——郑道说，该死的郑道总是在说——后背和脖子是人体对外界感应最灵敏的地方，可以感受到外界微小的温度波动以及环境变化，包括气压的降低和升高、气氛的缓和与凝重。

李别下意识地多看了那几人几眼，蓦然发现，他们的目光似乎是留意四周，在随意瞄来瞄去，其实目光的焦点始终不离他和齐神左右，尤其是齐神，明显是几人的焦点。

不好，有情况！

李别当机立断，猛然一拉齐神："齐神小心！快跑！"

却为时已晚！

那几人此时已经近在咫尺，本来并肩而走的几人迅速分散开来，从四个方向朝齐神、李别和付锐包围过来。不等付锐有所反应，其中一人突然抽出一把刀子，捅向了付锐。

目标不是齐神吗？李别蒙了，居然不按规矩出牌，早知道他就拉付锐了。

此时他也顾不上付锐了，有两个人各持一把刀朝他袭来，一左一后。两把长不过三寸的小刀，寒光闪闪，分别刺向了他的左右肋。

为朋友两肋插刀？李别还有心思胡思乱想，他大吼一声："付哥小心！我先溜，你们保重！"

他这一声犹如雷震，吓得周围人群惊呼一片，再一看这情形，立刻作鸟兽散。

齐神不愧为齐神，被打了一个措手不及、大失先机的前提下，还能不慌不忙，确实有大将之风。五人之中，一人对付付锐，两人围攻李别，剩下两人就朝他包抄过来。

付锐大怒，瞧不起谁呢，他哪里比齐神和李别差了？好吧，就算比齐神差了半分，至少也要强过李别十分好不好？他侧身闪过对方的袭击，弯腰、脱鞋、拿鞋、回身、出手，整个动作一气呵成，如行云流水，一鞋就扇在了对方的脸上。

"啪"，声音清脆响亮，对方的右脸顿时肿得老高。

付锐手下不停，回身的瞬间，手中皮鞋脱手飞出，击中了袭击李别的二人中的一个，又飞起一脚，踢中自己的对手，将他生生踢出几米开外。

从开始到结束，十秒钟都不到，干净利索到无可挑剔。

相比之下，李别就险象环生了。虽然两个人中，一人被付锐的飞鞋神功击中，但并没有失去战斗力，相反，他只是微微停顿片刻，就又张牙舞爪地冲他杀来。

帮倒忙呀付哥，怎么不扔一块砖头，真是的！李别仓皇间躲过左肋一刀，右肋一刀却没能完全躲过，从上到下，肚子上被斜斜划了一刀，刀深半寸，足有十多厘米长。

齐神还好，躲过了正面一击，又打倒了后面的袭击者。不过李别的痛呼分散了他的注意力，正面一击的人转身再次杀来，眼见一刀就要刺入他的后背之时，付锐赶到了。

付锐先救齐神是因为他离齐神最近。

不过付锐还是稍晚了一步，主要也是齐神见付锐赶到，就没有理会身后的偷袭，本着完全相信付锐的发出点——他要救李别！

等付锐拿下齐神身后的偷袭者时，对方还是在齐神后背划了一刀，虽不重，却也留下了一条长长的伤口，顿时血流如注。

齐神既没有哼一声，也没有回头，任凭背后鲜血直流。他一拳打出，狠狠地打在了划伤李别的家伙的脸上。

/第七十七章/　地不生无名之辈，天不生无路之人

"为什么要放慢车速？"卢西东回头看了看紧跟在身后的 SUV 一眼，"开到两百公里，甩掉他们。"

虽然现在车不多，但毕竟是在高速路上，玩飙车的戏码不是郑道的

风格，郑道喜欢以理服人。他继续放慢车速："何书要回京城手术，他一个人关系到好几个病人、好几个家庭的幸福，不能冒险。

"急症由他救，像后面跟踪我们的慢性病加心理疾病患者，我来开方子就好了，保证药到病除。"

郑道车一慢，后面的车也慢了下来，想要超车，被郑道别了回去。几分钟后，郑道降到了四十公里的时速，并且停靠在了停车带上。后车也紧追不舍，似乎是吃定了郑道。

停下车后，郑道拍了拍何书的肩膀："手术刀借我一下。"他又看向了卢西东，"你跟我下车，拿着棒球棍，对了，戴上帽子！"

何书一边递手术刀一边说个不停："你要干吗？千万别做傻事！颈动脉是人体主动脉，一旦划破几分钟就会休克、死亡。大腿内侧的动脉也是大动脉，不能碰。还有，手腕上有动脉也有静脉……"

"你闭嘴吧！"郑道受不了何书的婆婆妈妈，"中医对人体结构的研究比西医早了至少两千年，你跟我普及人体生理卫生知识不觉得是在班门弄斧吗？"

何书急了："我不赞成你认为中医比西医研究人体构造还要早的说法——"

"好呀，不赞成你就下车，我在车上等着。"郑道双手抱肩，一脸轻松自若。

"你的说法就是不对，我就是不下车！"何书的表现很西方很赖皮，"反对你是我的权利，不下车是我的自由。"

回头再和你好好算账，现在先不和你一般计较，反正欠下的人情跑不了。郑道和卢西东同时下车，来到对方的车前。车窗降下，露出一张干净文气的脸庞，甚至戴了眼镜，文质彬彬的样子完全不像坏人。

"这年头，开好车的不一定是好人，长得像好人的也不一定是好人。"郑道笑得很温和，"跟了一路，一定很辛苦吧？问杜总、历总、卢总——随便什么总——好。"

车里除了眼镜男之外，还坐了三个人，都是一团和气、很有气质的类型，穿着也很整齐，没有文身和耳环，看着比郑道还像好人。

"你在说什么？听不懂。"眼镜男看起来也不难看，露出一口洁白的牙齿，"不记得这条高速路是私人修的，如果是你家的路不让走，我就下高速。"

行啊，挺会来事儿。郑道绕着汽车转了一圈，又回到了眼镜男面前："不好意思，打扰了。大路朝天，各走一边，我随便开，你尽管跟。"

卢西东愕然地扬了扬手中的棒球棍，意思是就这？她还以为要砸车呢。

"文明人做文明事，砸车什么的太低级了，不符合我们的人设。"郑道拉着卢西东上车，快速发动了汽车。

后面的车还是继续跟了上来，卢西东埋怨："不是白下去一趟吗？刚才让我砸了他们的挡风玻璃多好……哎哎哎，他们怎么停下了？哎呀，轮胎瘪了，没气了，你干的吧？"

郑道将手术刀还给何书："这玩意儿划轮胎一绝，悄无声息，锋利无比。"

卢西东才明白过来："敢情你让我拿着棍子站在车头前，就是为了吸引他们的注意力，好让你偷偷摸摸下手？你也太阴险狡诈了吧？什么时候我被你卖了，也许还以为你在治病救人呢。"

郑道对卢西东的"夸奖"装作没听见，见后面的车轮胎彻底报废，再也跟不上来了："还有两辆，应该还在前面等着我们。别急，卢老板，会有你大显身手的时候。"说话间，视线中出现了两辆同样款式、没上牌照的 SUV，对方慢悠悠的样子显然是等他们多时了。

卢西东一脸跃跃欲试的表情，兴奋得就差手舞足蹈了："该我了，等下划轮胎该我了。何叔，你还有手术刀吗？"

这傻丫头只要办坏事就很开心，也不知道跟谁学的。郑道将手术刀还给何书："笨！划轮胎的手法只能用一次，他们之间肯定已经沟通过了。"

"有些手法用一次就老了。"何黄汉幽幽地来了一句，"但对郑大夫来说，手法层出不穷，有几万个，不怕用。"

您抬举了，郑道默默地向何黄汉行了注目礼，您老人家啥都不管，上车后就知道睡觉，我倒成了大包大揽的大拿，何苦来哉？

夜色越来越深，车辆愈加见少。前面的两辆车晃悠悠地并排压着郑道。郑道也不超车，连大灯都不晃，他们多快他就多快，挺配合的样子。卢西东不耐烦了："要不冲过来，要不停车，这是干啥？"

"不急不急，按照现在的时速，天亮的时候也能赶到京城。"郑道回头一看，何黄汉和何书又双双睡着了，气笑了，"这哥儿俩严格遵守'上车睡觉，下车撒尿，到了景点拍照'的旅游守则，不管出了什么事情都不知道。"

卢西东紧握手中棒球棍："冲上去，撞开他们，我下去就是一顿揍，保证让他们求饶。"

这孩子的暴力倾向越来越严重了，是由于心里极度缺爱造成的。郑道对卢西东深表同情，但他并没有撞上去，开玩笑，这种杀敌八百、自损一千的傻事，他才不会干。

前面有一个出口，两辆车将郑道的车夹在中间，缓缓朝出口驶去。郑道没有反抗，反而十分配合地跟随两辆车下了高速，过了收费站后，停在了路边。

卢西东极度兴奋："等下怎么打？"

"你以后如果嫁不出去，别抱怨男人都眼瞎，也别怪世界对你不温柔，实在是你太残酷。"郑道安抚了卢西东躁动的心情，招呼何黄汉和何书下车，"别睡了，走不了了，先下车。"

郑道小声吩咐了一番，又强调说道："你们记住了，千万不要恋战，明白没有？"

几人一起点头，惊慌中有一种期待事情闹大的兴奋："明白。"

/第七十八章/　但知江湖者，都是薄命人

齐神那一拳，不但打掉了对方五六颗牙齿，还打得对方半张脸肿得像膨大的面包。

一拳就让对方失去了战斗力！

两个回合三个照面，对方倒了三个人，剩下的两人见势不妙想要逃走，李别哪里肯放过他们？也不知道他从哪里弄来两块板砖，一手一块，在付锐的围堵配合下，他两板砖拍晕了那两个人。

战斗结束，历时两分多钟。三人中，齐神和李别受了轻伤，付锐没事。

一切都风平浪静后，何小羽才从包间里出来。她嫌几人抽烟呛，就留在了包间里。等她觉得哪里不对冲到外面时，那五个人已经被收拾掉了。何小羽气得不行，趁人不注意连踢了五脚，每人一脚，绝对不放过一个。

付锐拿出手铐铐了三个，剩下两个用他们的皮带绑了。在他替齐神、李别包扎的工夫，警车和救护车都到了。

苏喜欢惊惶失措地跑来跑去，想替付锐打下手，被他赶到了一边；想向齐神道歉，被齐神拒绝了；无奈之下，她只好求助李别，希望李别替她说说好话，李别劝她别往枪口上撞。

"你说你是无辜的，这事儿和你没关系，我信不信你不重要，重要的是事情太巧了。疑罪从无，我们不会让你自证清白。如果真查出了你和今天的事情有关系，对不起了，苏姨，你长得再好看，咱们也得翻脸。"

"怎么会这样？到底是谁敢动你们？反了天了他们！"苏喜欢一脸的关切不像是假装，她急得团团转，不过直到齐神等人上车离开，也没有人再和她说一句话。

车上，李别小心翼翼地问："齐神，真是苏喜欢干的？"

"一半一半，要不不会这么巧，有人算计着我们的时间偷袭我们。"齐神一动牵扯了后背的伤口，一咧嘴，"就算她不是主谋，她也有通风报信的份儿。"

要是郑道在就好了，这家伙眼睛毒辣，像是能识破人心一样，第一次见苏喜欢就让我们提防她一些。李别不由得又想起了郑道，摸了摸肚子上的血，咧嘴一笑："以后要跟郑道这家伙多学学识人的法子，省得再被人算计。"

"如果算上冬营、熊深秋、葛大连、张紧的事情，这家伙不知不觉中帮了我们这么多忙，难道他真的已经神功大成？"李别越想越觉得神奇，不行，等郑道回来一定和他好好唠唠，他到底是不是外星人。

"今晚不睡了，连夜奋战，务必攻克这几个蟊贼。"齐神一拍大腿，"今天这么多事情，说明有人急眼了。"

"哎呀妈呀，齐神、哥、齐队，您拍我肚子上了，疼死宝宝了！"李别被不幸波及，他抱着肚子痛呼，"您得赔我一个对象，不，两个。"

齐神和付锐一起摇头，这孩子，相亲相魔怔了，他难道不知道真正的爱情不是相来的，是直接到民政局门口捡来的吗？

齐神和李别只是简单包扎了一下，也没去医院。几人直接回了公安局，连夜提审几个袭击者。

那几个人开始时还一口咬定是认错人了，以为是欠他们钱的包工头，后来被付锐套出了话——他们是受苑将离指使。

苑将离是带人去月见饺子馆时，又安排了他们去围堵齐神和付锐，没想到，他自己先进去了。随后，他安排的五个人也全部进来了。

好嘛，齐神这下完全肯定了他的猜测，苑将离狗急跳墙了，由此可见，事情已经到了关键时刻。

不过苑将离也是嘴硬，即使在这五个人被抓后，也矢口否认是受他指使。只有五人的口供还不行，证据链不充分，还需要补充物证。齐神一点儿也不困，但估计还是得等到明天才能攻破苑将离最后的防线。

让所有人都没有想到的是，张四瑞招了！

张四瑞主动说有重大线索要提供，齐神、付锐、何小羽和李别一听就都不困了，立刻连夜围审张四瑞。

张四瑞是在和家里通话后突然改变主意的，决定彻底坦白。席可思告诉他，郑道郑大夫不但调理好了姨夫的病，还让傅姨改变了许多，并且帮她开了新的药方，她吃下后，感觉好了许多。

更让她感动的是，郑大夫是免费开的药方，分文不取。她的病花了那么多钱、耽误了那么多时间都没有治好，在郑大夫的妙手回春下，一服药见效，几服药见好。现在她的气色好多了，感觉也有了力气。

相信不用多久，快则一周慢则半个月，她就能恢复到以前的七八成。席可思让张四瑞不用挂念家里，好好配合警察，彻底交代清楚问题，争取早日出来。她身体好了，可以照顾家里，可以带好孩子。

张四瑞放下电话，埋头痛哭了足足半个多小时。他哭过之后，又傻笑半天，发愣三分钟，然后提出要见齐神。

张四瑞交代了他受苑将离指使、密谋策划特斯拉撞人案的全部经过，并且提供了他们的通话记录和部分录音证据。他跟在胡非身边久了，耳濡目染之下也学会了保护自己，在和苑将离打交道的过程中，自然而然地保留了证据。

根据张四瑞的证词，彻底坐实了苑将离是操纵特斯拉案的幕后主使，证据链已经完整，就算苑将离再抵赖也是无用了。

遗憾的是，根据张四瑞的证词，整个事件到苑将离为止，并没有牵涉进来历之用、杜若，更不用说卢非同了。仿佛整个事件历之用依然是无辜的受害者，杜若是旁观者，而卢非同压根儿就是完全置身事外的角色。

尽管没有达到预期效果，至少特斯拉案可以部分结案，也算是值得庆贺的一件大事。

何小羽和李别也挺开心，特斯拉案破案，苏木的安全得到了保障，他们也再次立功。

趁热打铁，宜将胜勇追穷寇，齐神决定再次提审苑将离。

在完整的证据链面前，尤其是张四瑞提供的证据，苑将离放弃了抵抗，全招了。不过他还是充满自信："不是蓄谋杀人，只是恐吓，我可没有杀人的意图。还有，事情都是我一手策划的，和别人都没有关系，你们别想让我咬别人……"

"差不多判个缓刑就可以了吧？"苑将离还没有弄清自己的处境。

"再加上今天的雇凶杀人，二十年差不多了。"齐神都不知道是该冷笑还是嘲笑了，亏得苑将离还有左叶禾当他的律师，也太法盲了。

"别吓我，我不是法盲，顶多是三年刑期，缓刑三年执行。"苑将离依然是一副满不在乎的神情，"赶紧的，告我吧，我都等不及了。宣判了我好回家。"

"你应该回不去了。"何小羽开心地扬了扬手机，在苑将离面前晃了一晃，不等他看清就又收了回来，"左律师说了，她不再代理你的案子，辞职了。十八大爷也说了，因为你不是他的亲生儿子，他要和你断绝父子关系，剥夺你的继承权……”

“骗人会单身一辈子，会不孕不育！”苑将离故作轻松，脸色却渐渐变了，终于崩溃，“不，我不要！我要检举揭发，我要立功。”

/第七十九章/　英雄行险道，富贵似花枝

这一次对方学乖了，不等郑道靠近，两辆车上呼啦啦下来六个人。其中三人冲到郑道几人的身后，挡住了他们回车的路，三人来到了郑道几人的面前。

前后包抄。

郑道不慌不忙，一脸笑意：“何伯，有烟没？每人点一支。”

何黄汉不明就里，眼见剑拔弩张，就要大打出手了，还上烟？万一上错了指不定就变成上坟了。不过他见郑道胸有成竹的样子，想起郑道忽悠得见多识广的广场舞大爷大妈都跟他随风起舞，也就硬着头皮拿出一盒烟。

“抽烟，抽烟。”

“来根华子！”

却没人接烟。

为首者一脸横肉，长得既凶悍又不正经。他不但戴了耳环，还有文身，可以说坏人该有的长相、造型和配饰，他全活了。

“全活老大，”他身后一个小个子凑到了他的耳边，“大师说了，只要何书，别人不用管。”

敢情他还真叫全活，郑道有点儿想笑：“全活，我耳朵好使，听到你们说什么了，想要何书是吧？行，没问题。何书，你上车，跟他们走。”

何书下意识地迈开脚步：“啊！不对，我跟他们回去不是自投罗

295

网吗？"

"上车，别敬酒不吃吃罚酒。"郑道脸色一沉，又笑了，"全活老大，何书一个人回去，不太安全，万一他半路上不要命地跳下去，你们不在乎他的死活，但完不成任务不是也要受罚？这样，让何老头儿跟他一起，他们是兄弟，有哥哥守着弟弟，一条绳子上俩蚂蚱，谁也跑不了谁。"

全活斜着眼睛打量郑道片刻："你到底是哪头的？"

"识时务者为俊杰，我是现实一头的。"郑道笑眯眯地拍了拍全活的肩膀，"全活老大的名字真有意思，全活……肯定是一个面面俱到的老大，有范儿有面儿。"

全活被夸得有点儿头晕："少拍马屁！我不吃你这一套……"

"可不是拍马屁，一点儿也没有夸大，是实事求是。"

卢西东在一旁咧嘴，感觉她又要重新认识郑道了，不但会忽悠会拍马，胡说八道的水平也见长，以前还真是小瞧他了，他的技能太多了，会的"本事"估计也是数不胜数。

"不过全活老大最近睡眠不太好，黑眼圈、有眼袋，而且鼻子上面有黑头。哟，还长痘了，内分泌失调，是不是睡得特别浅，一有点儿动静就醒？"郑道悄然朝卢西东使了一个眼色，言外之意是别光傻愣着，赶紧安排。

卢西东推了一把何书和何黄汉："上车，听郑大夫的话准没错。你们跑什么跑，都是身患绝症的人，还折腾个什么劲？"

本来全活没把郑道的话放在心上，听卢西东嘀咕了一番，顿时心里一紧："啥意思？怎么的？我也得绝症了？"

卢助理的角色扮演越来越娴熟了，郑道暗暗赞叹："不不不，全活老大你得的是小毛病，适当吃一些醒脑开窍丹就可以了。他们才严重，一个是狂犬病，一个是肺结核，都是高度传染病……"

呼的一声，周围几人立刻退到了何书和何黄汉几米开外。

二人疑惑地看了郑道一眼，想说什么又咽回去了，肺结核也就忍了，明明是你被狗咬了，凭什么说我们是狂犬病？不过想到郑道是在陪他们打通关，只好认了。

何书、何黄汉上了车，卢西东站在车边。

郑道后退一步："人交给你们了，你们带走，没我什么事了吧？"

全活想了想："不行，他们有传染病，你得负责开车。还有你，跟我们一车。"他一指卢西东。

想得倒是不错，让他开车跟在后面，他们拿卢西东当人质，不怕他开车逃走。郑道听话地点了点头："妥妥的，听全活老大的。"

郑道顺从地上车，关上车门还冲卢西东摆了摆手："差不多就行了，别太疯了。"

卢西东乖巧而温顺地点了点头："那我开始了？"

"你有一分钟时间。"郑道发动了汽车，猛然起步，一头撞在了全活的另一辆车上。与此同时，卢西东突然发作，手中棒子挥动，狠狠地砸在了挡风玻璃上。众人大惊，纷纷躲避。

卢西东身轻如燕，轻巧而迅捷，下手又狠又准，几个人想要围堵她都没有成功，当然也有郑道开车疯狂打转的掩护作用。

卢西东先是砸碎了挡风玻璃，又砸碎了后视镜，还划破了轮胎，心满意足后才跳上了郑道的车，在全活一群人的怒吼和大呼小叫中，郑道开车绝尘而去。

全活几人手忙脚乱地纷纷上了郑道他们原来的车，才发现没有汽车钥匙，而且也没油了。而他们的车不但玻璃被砸碎，门被砸烂，轮胎也被刺破了，完全没有了上路的可能。

望着那逐渐消失在远处的尾灯，全活一屁股坐在地上，号啕大哭："这下真的全活了，我全完了。不是说郑道是个正经人吗？怎么会有这么不正经的做派？"

正经和正派其实是两回事儿，郑道就算听到全活的哀号也懒得给他解释。他过关斩将，总算突破重围，在天快要亮的时候，赶到了京城。

送何书到了医院，他才感觉到困意袭来，乏到极致，眼皮都无法抬起。卢西东开车带他到了一处小区，草草吃了口东西，他倒头便睡。

一觉醒来，天已大亮，已经是上午十点多的光景。其实中间日出时郑道醒来过一次，但只是起床上了个厕所，就又回去睡下了。

他才发现自己是在一处新房子里面，墙壁、家具都是全新的。房子不小，足有二百多平方米。向窗外望去，可以看到远处熟悉的几个标志性建筑。郑道顿时心惊，原来卢西东的房子是在三环内。

真是一个货真价实的富婆呀，郑道羡慕的目光望向刚刚起床正在客厅发蒙的卢西东。

"你怎么在我家？我怎么在我家？我们昨晚做什么了？"卢西东昨晚兴奋过度，累得虚脱，醒来后又因为起床过猛，有些失忆了。

啥也没做好不好，他昨晚可是记得锁好了门，现在出门在外，男人一定要保护好自己。郑道发现手机没电了，充上电，一开机就跳出了何小羽的消息。

"郑道，出大事儿了！杜葳蕤回来了！"

/ 第八十章 /　黄河尚有澄清日，岂能人无得运时

不管夜晚多黑多漫长，黎明终将到来。杜若独自坐在院中的椅子上，等到阳光打在脸上时才蓦然惊醒，他竟是一夜未睡！

他倒也不是真的一夜没有合眼，坐到半夜时应该是睡了一小会儿，但很快醒来，然后就始终以半睡半醒的状态坐到了天亮。

也不知道被多少蚊子袭击，他也懒得还手，任凭蚊子喝足了他的血。

怎么会这么快就一败涂地了呢？杜若想不明白。

昨晚先是接到消息，说是苑将离带人砸饺子馆被抓。杜若气得大骂苑将离是猪脑子，怎么能干出这种明目张胆、落人把柄的事情？

接下来的消息更让杜若胆战心惊——先是传来齐神等人在一日香门前遇到袭击的事情，随后又传来张四瑞招供、苑将离心理崩溃也和盘托出的消息。

这下全完了，苑将离比猪还笨、比驴还蠢，为什么冲动之下非要去杀人？而且针对的还是齐神！他脑子里面到底长的是什么？是豆腐脑儿吗？

还好卢非同的电话及时打了进来，告诉他苑将离承担了所有的责任，没有供出他们。杜若才长出了一口气，连夸苑将离仗义。

　　卢非同却冷静地说，苑将离还不算太傻，就算供出他们，也没有充足的证据证明他们参与了特斯拉案，雇凶杀人案更是和他们全然没关系，还会彻底得罪他们。

　　苑将离其实是为自己留了条后路。

　　随即卢非同的一句话让杜若如遭雷击："葳蕤没死，已经从欧洲回国了。孩子的亲生父亲是印远在！对，就是你的照片上和她合影的人。"

　　印远在？刚刚死在何书手术台上的印长弃之子？隐隐中有一条线将所有的事情都串联起来了，但杜若又找不到关键的主线。他头脑欲裂，几乎要发疯。

　　一连串的打击让杜若所坚持的一切都崩塌了，姐姐没死，孩子的亲生父亲是印远在，苑将离的一条线彻底断裂。老爸、郑见、苑十八还有卢寻常这帮老头子，到底在下一盘什么样的棋？

　　对，还有印长弃！

　　可惜印长弃才当了几天棋手就出局了，如果他不入局，也许还不会有事……那么他呢？杜若忽然出了一身冷汗，会不会到时候他也会像印长弃一样成为弃子，突然就死在了车祸中，手术台、百姓河或床上？

　　床上还好一些，要是身边再有一个姑娘的话……胡思乱想什么，他好好的怎么会死？

　　杜若一夜未睡，天亮的时候，他洗了个澡，然后给杜天冬打了一个电话。

　　"爸，我现在回家一趟，姐姐远道归来，当弟弟的得为她接风。"

　　杜天冬的语气出奇地冷静："回来吧，也是时候了。"

　　十点半，杜若回到家中。和往常一样，小区十分安静。偏偏杜若喜欢热闹。

　　杜若进门后，没有见到姐姐，只有爸妈坐在客厅里。杜若坐到了杜天冬对面："是不是你们早就知道是印远在了？"

　　杜天冬不动声色地点了点头："是的，不过他并不知道孩子的事情。"

"印远在活得好好的，为什么要把孩子推给郑道？"杜若很生气，"我这个舅舅也还没死呢。"

杜天冬没回答杜若的问题，他站了起来，走到门口："葳蕤为了天冬集团，吃了很多苦，受了很多累，她觉得这一切都值得。"

杜葳蕤推门进来，她步履轻柔，脚步轻快，一身长裙，让她飘然若柳，只不过由于脸色过于苍白而脚步虚浮，有不济之相。

"姐！"杜若虽然痛恨老爸对他的欺瞒，但他和杜葳蕤姐弟情深，惊喜之下连忙迎了过去，"姐，你还活着？没事就好，吓死我了。"

杜葳蕤凄惨一笑，拉住了杜若的手："让你担心了，是姐姐的不对。有些事情明知不对还必须去做，有些事情明知不可为而偏要去为，生而为人，有太多身不由己的选择，不是吗？"

是，也不是，杜若不想和姐姐谈论人生话题，他拉着杜葳蕤坐下："姐，到底是怎么一回事儿，赶紧跟我说说。"

杜葳蕤微微叹息一声，说起了以前的种种。

确实如郑见所说，杜葳蕤从小就有暗疾，以现在的医学手段无法治愈。她成年后，越加感觉身体乏力。杜天冬为她遍寻名医无果，最后只能寄希望于郑见身上，却无从找到郑见的下落，甚至连他是生是死都不得而知。

后来杜葳蕤意外怀孕，生下一对儿女，身体机能意外恢复了几分，但还是没有大好，需要奇药才能防止病情加重。

休养生息或许会对缓解杜葳蕤的病情有帮助，在杜葳蕤的病情又一次加重时，杜天冬和杜葳蕤商定，让她远赴欧洲隐居。希望欧洲怡情的山水和安静的环境，可以让她的心沉静下来，忘记孩子，忘记病情，忘记一切，以及……忘记印远在！

印远在是个文青，只在乎自己的感受，从不顾及杜葳蕤的情绪。杜葳蕤偏偏又爱他爱得不能自拔，为他生了一双儿女，他却不但不收心，也不在意一双儿女的成长，不履行身为父亲和丈夫的责任。

杜葳蕤在欧洲期间，印远在也在，却从不去看望杜葳蕤。杜葳蕤才知道爱错了人，伤心欲绝，几近垂危，在杜天冬的一再劝导下，才慢慢走出了情伤。

在消失的这段时间里，杜葳蕤其实既是在休养身体，也是在自我情感疗伤。现在，她走出了感情低谷，身体也恢复了一些，如同重获了新生……

好吧，杜若也能理解姐姐隐瞒一切假死的做法，是想真正地做到与世隔绝，是在心态上置之死地而后生，但他想不通的是，为什么是郑道？

郑见既然也治不好姐姐的病，孩子就算真送给郑道也是没用。杜若气呼呼地问道："爸，你当年真的答应要给郑见百分之二十的股份？"

"那还有假。"

"口头一说，不用当真吧？"

"说出去的话，泼出去的水，怎么能反悔？"杜天冬神色一凛，"我们老一辈人，还恪守'君子一言，驷马难追'的传统。

"而且，杜若，你不知道的是，郑见除了是个天才医生，还是一个经商天才！他名下其实有一个庞大的产业，市值远超天冬集团几十倍，甚至上百倍！"

第八十一章 芝兰生于深林，不以无人而不芳

"回来就回来呗，别那么大惊小怪，以为出了什么惊天动地的大事。"出乎何小羽意料的是，郑道既不震惊，也没有什么反应，平静的样子像是他早就知道杜葳蕤一定会回来似的，"挫折和磨难经历得少，才会觉得鸡毛蒜皮都是烦恼。"

还真是没死，没死就好，郑道心里莫名平静了许多。他早就推测杜葳蕤应该没事，只是诈死。

"别学何老头儿说话！"何小羽被气笑了，耍赖道，"说，你和杜

蕨蕤是不是一直有联系，她回来之前就事先告诉了你，然后你们就会在一起，从此过上幸福的二人生活……"

小羽吃醋了、担心了，郑道就逗她说："想什么呢你？胡思乱想！怎么会是二人生活，分明是四人生活加一狗一猫。"

"你！"何小羽怒极，"郑道，你要敢和杜蕨蕤在一起，我杀了你。"

"然后呢？"

"然后不自首，伪造你们殉情自杀的现场，让你们成为现代版的梁山伯与祝英台。"何小羽笑了一半又不笑了，"说，你现在在哪里？不会是和杜蕨蕤在一起吧？"

女人的想象力真丰富，不管是大女人还是小女人都一样。郑道告诉了何小羽实情，连他和卢西东在一起也没有隐瞒。

"和卢西东在一起呀……还可以原谅，她没威胁。"何小羽放了一半的心。

"你就这么相信卢西东？"郑道不理解何小羽为什么对杜蕨蕤充满敌意，而对经常和他在一起的卢西东没有多少芥蒂。

"这你就不懂了吧？别忘了我和卢姐姐一起睡过，我们说过许多悄悄话，她对你的想法不在感情上……嘻嘻！"

行吧，只要何小羽信他就行，他才不关心卢西东打他的什么主意，反正他什么都没有，怕个屁！

"说吧，除了杜蕨蕤回来这件大事，肯定还有别的事情发生，赶紧说，我今天很忙，得去看望一个故人。"郑道拉长了声调，"既然来京城了，不去看看他老人家说不过去。哎呀，忘了带全套的化装工具。"

"等下我发个定装照过去，让卢姐姐帮你化，保证完美复原。"何小羽切换成了视频模式，"你先让我看看卢姐姐，然后我才告诉你还发生了什么大事。"

小样儿，跟我耍心眼儿，还不知道你是在查岗？郑道最不怕的事情就是查岗，他调整角度，让卢西东进入了画面中。

卢西东现在才神思归位，想起了昨晚发生的一切，愣了一下才惊叫出声："杜蕨蕤回来了？她没死？太好了！"

"还有更好的消息，卢姐姐，苑将离都招了，特斯拉案破了！"何小羽兴奋地喊了起来，"我和李别又立功了，要发财了。"

郑道想起了什么："得记我一功吧？"

"你想到了特殊经费的奖励，对吧？有，肯定有，李别没忘。这小子还行，对你是真爱，受伤了还不忘这事儿。"

"李别受伤了？严重吗？"郑道一惊，无比关切。

"不严重，皮外伤，他不让我和你说，怕你笑话他。"何小羽笑了一气，又问郑道什么时候回来，就挂断了电话。

郑道回身，见卢西东木头一样呆呆地望向窗外，眼睛都直了，用手在她眼前晃动了几下："怎么又魂归故里了？揪揪耳垂，不掉魂。"

"去你的。"卢西东推开郑道的手，笑了，"我在想杜葳蕤回来后，你该怎么办？孩子到时叫她妈妈叫你爸爸，你和她又没有半点儿关系，这得多尴尬！"

"只要我们不尴尬，尴尬的就是别人。"郑道心理素质无比强大，他推了卢西东一把，"别愣着了，赶紧张罗早饭，饭后还要出发去办一件大事。"

最后他们还是在外面找了一个早饭摊点解决了早饭，卢西东虽然自诩什么都会，但京城的家里既无食材又没有炊具。

饭后，郑道还没有来得及主动打出电话，历老爷子的电话就打了进来。

"老伙计，来京城了也不和我说一声，是怕麻烦我，还是嫌弃我？啥都别说了，告诉我你在哪里，我让历之用过去接你。"

"看到没有？人要是长得帅受欢迎，走到哪里都有人惦记。"郑道一脸嘚瑟。

卢西东嗤之以鼻，打开手机在郑道面前晃了一晃："瞧瞧，至少有三五十人要请我吃饭，我别说回绝了，理都懒得理。"

"嗷，一看就全是群发的，你只是他们群发的三十五分之一。"郑道总觉得卢西东的得意有几分可恶。

"不信是吧？我现在就随便联系一个……"卢西东点开手机，想要联系时，又停止了动作，"又上你当了，我为什么非要和你一般见识？车来了，历之用真够快的。"

出乎郑道意料的是，车上除了历之用，还有胡非和霍达士。

历之用开车，他殷勤地下车，见到卢西东一愣："失误，草率了，还以为只有郑大夫一个人，没想到还有卢总。"

郑道已经化装成了白胡子老头儿形象，虽然没有何小羽的帮助不够仙风道骨，至少观感上比原来的样子更让人信服。

胡非和霍达士主动下车，将座位让给了郑道和卢西东，二人打车回去。

卢西东坐在车上，回头张望站在路边的胡非和霍达士："不对呀，他们是故意的吧？明知道我们是两个人，还非要坐车过来，是想看笑话还是八卦？"

"都不是。"郑道拍了拍历之用的肩膀，"历老板，霍大师和胡非是心急，特意赶过来确定我和卢西东是不是还健在，对吧？不好意思，让你们失望了，不但健在，也没有缺胳膊少腿，倍儿精神。"

历之用不动声色地笑笑："郑大夫又开玩笑，他们就是听说你来京城了，想见见你，热情而真诚。"

"我信。"郑道也没点破，"听说了吗？杜葳蕤回来了。"

历之用专心地开车："回来或不回来，都正常。生老病死是人生常态，活到我这个岁数，见多了生死，还有什么事情是新鲜的呢？"

第八十二章　君子修其道德，不为穷困而改节

"等下历总马上就要看到新鲜而奇怪的事情了，保证让你大开眼界。"郑道抛出了话题之后，就闭目养神，不再多说一句。

历之用心里好奇，却又不好意思多问，就有一句没一句地和卢西东说话。卢西东倒是有兴趣，有问必答，甚至多答。

汽车一路朝东北挺进，一个多小时后，到了历老爷子所住的关唐别

墅区。

历老爷子的别墅位于别墅区中心湖的湖边，从后院望去，湖面波光粼粼，有几只天鹅在游来游去，还有不知名的水鸟在湖边栖息，阳光普照之下，宁静、安详，颇有世外桃源之意境。

后院已经摆好了茶水，郑道和卢西东入座。历老爷子漫不经心地看了历之用一眼，历之用会意，转身出去："我去接人。"

"你太冒失了，郑道。"历老爷子第一句话就让郑道大吃一惊，"你爸正在赶回来的路上，你也不用再假装他了。等下到湖里洗洗脸，露出你的真面目来。"

郑道不慌不忙地笑了："老爷子早就看出我是赝品了吧？不要紧，我原本模仿的也不是老爸，是我自己心目中的神仙模样。"

"卢西东，你总是跟着郑道和自己家里作对，你是站在哪一边的？"历老爷子一副笑眯眯的样子。

"从小的方面来说，我站在帅哥和勇气这一边；从大的方面来说，我站在正义和良知这一边。"卢西东吐了吐舌头，"老爷子，现在信我了吧？"

"我信不信你不重要，郑道信你就行了。"历老爷子意味深长地笑了，"我不管你打郑道什么主意，但有一个底线你不能过——郑道是何小羽的，他必须并且只能和何小羽在一起，听明白了吧？"

"明白。"卢西东毫不犹豫地连连点头，"我对他除了没有男女的想法，别的想法都有。"

郑道感觉自己的魅力受到了莫大伤害，摸了摸鼻子叹息一声："老爷子，您这么偏爱小羽，是不是还给她准备了嫁妆？"

"你小子猜对了。"历老爷子从身上拿出一份资料，扔到了桌子上，"遗嘱！睁大你的狗眼看清楚了，我名下所有的产业都归何小羽所有。"

郑道和卢西东无比震惊！

"何小羽是您什么人？"卢西东拿过资料简单地翻看了一眼，发现历老爷子名下的资产规模之大，少说也得是卢家的几十倍之多，"是您走失多年的孙女还是外孙女？我现在叫姥爷还来得及吗？"

历老爷子却没有笑，而是重重地叹息一声："小羽确实是我的亲孙女！"

"啊？"郑道吃惊地站了起来，"何不悟是您亲儿子？"

"他不是！他跟我没关系！"历老爷子似乎很怕别人把他和何不悟联系到一起似的，"他不过是在替我养孙女罢了。"

郑道彻底迷瞪了："何老头儿他知道真相吗？"

"他是蠢是笨了一些，但他不是傻子，怎么会不知道？"

"知道真相为什么还要替别人养孙女？"

"你也不在替别人养孩子？"

郑道张了张嘴巴："别打岔，老同志，说正事呢。"

"因为他拿了我的好处，而且我还答应帮他找到他失散的亲生儿子。"

事情越来越复杂并且好玩了。郑道觉得这一趟没白来，他喝了一口茶，跷起二郎腿，摆出了洗耳恭听的姿态。

"先别高兴，听完事情的真相后，你要是还不哭，算你有种。"历老爷子也做出了长谈的样子，"事情还得从许多年前你爸和杜天冬、苑十八、倪必安这四君子的一个打赌说起……"

原本四君子在取得了一定的中医成就后，商定一起开一家中医院，但在确定中医院的方向时，发生了分歧，最后谁也没有说服谁，不欢而散。

后来这四人就分道扬镳了。郑见决定继续走他的苍生大医之路；杜天冬经商，并且以中医医药为主；苑十八自己还是坐诊诊所，却让儿子苑将离开了西医医院；倪必安更纯粹一些，在开了一段时间中医诊所后，索性关了店，退隐江湖。

一开始郑见并没有金盆洗手，而是继续治病救人。他不但坐诊，还出诊，差不多有求必应。由于他医术高超，名声在达官贵人中流传甚广，请他治病的多是权贵。

后来郑道的妈妈意外生病，久治不愈，最后不治身亡，郑见对自己的医术产生了动摇。再后来，郑见为一人诊治，认为他在冬季时却脉象如洪，像是夏季的脉象，那么到夏季阳气充足时，必然会引发心脑血管疾病，就为他开了药。结果他和他的家人不信，不让他吃药。进入夏季后，此人有一天突发脑溢血而死。本来是验证郑见医术高明的大事，却被死

306

者家属宣扬为死者是吃了郑见的药后才导致了死亡。

一时间郑见声名狼藉，无数指责和漫骂蜂拥而至，甚至有对中医的攻击。郑见心灰意冷之下，既没有反驳也没有辩解，而是选择了逃避和隐居。

在隐居之前，他召集杜天冬、苑十八、倪必安，四君子最后一次坐在了一起。

其实大家都不知道的是，不管是杜天冬的天冬集团，还是精诚医院以及倪必安的诊所，在创业初期都是由郑见出资作为联合创始人，郑见分别持有各家百分之二十的股份。除此之外，郑见名下还有遍布全国各地的产业，所有股份加在一起，规模是意诚集团的数十倍，天冬集团更是渺小得不值一提。

几乎没有几人知道郑见除了医术高明，还是一个经商天才。他积攒下来的财富，随意所做的投资，不管是房产还是股票，或者是天使轮投资，几乎无一失败，累积下来，财富之庞大，几乎无法估量。

偏偏他又是一个视财富如无物的人，从来不管自己赚了多少钱，也不清楚自己名下到底有多少钱，只是委托了历老爷子帮他打理。

"明白了，明白了。"卢西东听得目瞪口呆，"一是郑见很厉害、很有钱，钱多得不知道是我们家的多少倍；二是郑见很随性，钱不钱的无所谓，自己开心就好。但这些事情和何小羽是您的亲孙女似乎没关系吧？"

郑道的关注点显然不一样："害得我爸名声扫地的是谁？"

第八十三章　素位而行，不尤不怨

历老爷子指了指卢西东："她爷爷。"

"我爷爷？"卢西东跳了起来，想了想，"想起来了，是有这么一

307

回事儿。记得小时候总听爸爸说，爷爷是被庸医害死的，所以他们要立志开一家不会误诊、不会有庸医的标准化医院……"

"呵呵——"郑道冷笑道，"原来我们是仇人，怪不得你刻意接近我，是不是也想害我？"

"呵呵——"卢西东也笑了，"就我这脑容量，被你坑了还得替你宣传你的光辉业绩，坑你？倒贴你还差不多。"

"你们都闭嘴，我话还没说完呢。"历老爷子被二人气笑了，"其实我给小羽的财产，都是老郑头儿的。"

"明白了，明白了。"卢西东又明白了什么，"敢情是郑叔认定了小羽是他的儿媳妇，才托您将财产都转移给小羽。这么说来，你和郑叔是亲家了？郑道就是您的亲孙女婿了？"

历老爷子点了点头。

何小羽一生下来就被交到了何不悟手中，由他负责抚养长大，并非历老爷子的本意，而是因为何小羽是儿子的私生女，不被家族认可。他倒没什么，看得开，只要是历家人就行。可是家族的其他人不同意，最浑蛋的是，儿子对女友和何小羽也没有什么感情。

知道儿子性格的历老爷子为了安全起见，决定送走何小羽，于是就在郑见的推荐下找到了何不悟。在得到丰厚的许诺以及帮他找到失散的儿子后，何不悟答应抚养何小羽。

何不悟是在和前妻离婚后才得知她已经怀孕，并且不久生下一子的消息。前妻去了哪里嫁给了谁，他不关心，他只想知道儿子的下落，要回儿子。

"本来大家各自安好，安静地过了这么多年，也算是好事。谁知杜天冬非要惹事，发现了郑见的藏身之处，又让郑见提前知道了消息，跑掉了。然后卢寻常和卢非同也插手进来，事情就演变成了现在的样子。"历老爷子叹息一声，"不过还好，郑道，你比我们几个老家伙想象中的还要厉害，不但过关了，任务还完成得非常漂亮。

"原以为最少也要两三年才能完成的布局，却在不到半年的时间就差不多可以收网了，也多亏了卢西东的帮忙。"

"我？关我什么事？从头到尾我就是一个傻乎乎的姑娘，完全被蒙在鼓里了。"卢西东又气又笑，"你们一帮老人家玩得又高明又不着痕迹，我连个棋子都算不上，太可怕了。"

郑道有些蒙，事情太有意思了，何不悟居然不是何小羽的亲爹，信息量有点儿大。他愣了愣："这么多年，还没有帮何不悟找到他的前妻和儿子？"

"早找到了，不过没有告诉他而已。"历老爷子得意地一笑，"告诉他只会让他徒增烦恼，还不如让他一直活在希望之中。也没亏待他，他现在正跟他的亲孙子、孙女在一起。"

"啊？"郑道和卢西东同时目瞪口呆。

"杜无衣和杜同裳的亲生父亲是印长弃的儿子印远在！印远在的母亲也就是何不悟的前妻邱涚，在嫁给印长弃时已经有孕在身。这么多年来，印长弃一直在为何不悟养儿子，而且他到死都不知情，可怜的人哪。"历老爷子长叹一声，"他还因为邱涚想要图谋他的财产而死在手术台上，背后到底发生了什么，用不了多久就会水落石出。"

这么多年和这么多的恩怨，都集中在了一起。郑道久久无语，忽然摸了一把胡子又想起了什么："老爷子，这么说，这些事情背后都发生了什么，您一直门儿清？"

历老爷子呵呵一笑："人老了，认识的人多了，知道的秘密也就多一些，不是正常的事情吗？"

"来了，你爸来了。"历老爷子说。

郑道还没有反应过来："没听到动静呀？"随即恍然大悟，"是来了，闻到香气了。"

郑见大步流星地走了进来，见到卢西东先是一愣："你天天跟在郑道身边，是图他有钱，还是馋他的身子？"

"我是这么庸俗的人吗，大叔？"卢西东嘻嘻一笑，"我是想要拜师，以后要追随郑大夫的脚步，成为中医传人。"

"扯！"郑见没再理会卢西东，上下打量郑道几眼，"郑道，你通过考核了，现在可以继承我的庞大家业了。惊不惊喜？意不意外？知道自己是一个富二代的瞬间，你的真实想法是什么？"

"想听真话？"郑道眨了眨眼睛。

郑见和历老爷子一起点头。

郑道很认真、很诚恳地答道："本想自己打江山，却变成了继承江山，失去了攻城略地的乐趣，却多了守城的艰难。人生啊，真是寂寞如雪。"

"嘁！"

包括卢西东在内，三人一起鄙视郑道的无耻行为。

在郑见的叙述中，郑道知道了更多关于事件背后的真相。

卢非同想要吞并杜天冬的天冬集团，杜天冬不同意，虽然天冬集团的净利润逐年下降，版图越来越小，但他还是想借助郑见的力量重新崛起。不过，郑见既不肯助他一臂之力，也不愿意出手相救杜无衣和杜同裳。无奈之下，杜天冬只好出此下策，将无衣和同裳送给了郑道，让他们叫他爸爸。反正两个孩子也是何不悟的亲孙子、孙女。

事与愿违，后来事情的发展超出了杜天冬的预测，也脱离了他的控制，逐渐被郑道掌控了节奏。与此同时，卢非同不断在背后出手搅局，除了想要打击郑道，还想收购了印长弃的集团。印长弃只有一个儿子印远在，偏偏印远在无心于事业，只想一个人游山玩水，追求生命独处的乐趣。

而邱涗又和印长弃并非一心，为了谋取印家的产业，卢非同联合了邱涗，借何书之手除掉了印长弃，并且和邱涗达成了私下协议，以极低的价格控股印家的所有产业，而邱涗套现之后，会和儿子一起远走高飞。

邱涗是一个短视、不会经营又野心极大的女人，爱钱如命，而印长弃一向节俭，只想做事，二人就渐行渐远。

郑道基本上厘清了所有事情的来龙去脉，不过还有一事不明："老爸，你觉得历之用是历老爷子派出去的搅局者吗？"

历老爷子脸色一沉，语气有几分不善："怎么说话呢？你不如明说历之用是我放出去的狗？你猜对了，历之用是我的一枚棋子，不过目的不是为了搅局，是为了锤炼你。"

郑道傻乐："万一锤炼不成功，把我打扁了、打烂了，怎么办？"

"简单。"历老爷子轻轻一笑，"成立一家信托公司，负责管理你爸的产业，你按月领工资就行了。不会太低，保证你衣食无忧，也不会太高，你不会有挥霍的机会。"

行吧，这么虐待儿子的老爸还从来没有见过，郑道都不想说什么了，只希望老爸自己主动反思一下。

郑见显然没有这方面的觉悟，说起他的这一番游历，不但寻访到了几本孤本医书，还找到了可以治疗杜葳蕤和两个孩子的药材。

郑道开心地伸了伸懒腰："好事呀好事，这么说，你们两位老人家把所有事情都摆平了、解决了，我只管坐享其成就可以了？真好，从现在开始，我要做一个热爱生活的人，每天睡觉、数钱、开心、快乐……"

"想多了，小伙子。"历老爷子拍了拍郑道的肩膀，"虽然以目前的证据，抓住卢非同和卢寻常没有问题，但他们只是冰山一角，诋毁中医、有意毁灭中国传统文化的势力集团还有很多。这是一项艰苦卓绝的工作，就交给你了。"

"你们呢？"郑道有点儿急了，"你们不能袖手旁观，当甩手掌柜呀！"

"未来是你们年轻人的天下了，我们这些老家伙，该退休了。"郑见扶起历老爷子就往外走，"看，天气多好，景色多好，湖水多蓝。老伙计，我们去划船好不好？"

"好哇。"

郑道无奈地倒在沙发上，卢西东目瞪口呆。

等郑道和卢西东回到石门，形势已然大变。卢非同、邱浣被抓，何不悟知道了真相后，又哭又笑。何小羽反倒无比镇静，只看了一眼财产列表就扔给了郑道。

"以后家里的事情，你管钱，我管花就行。"何小羽抱住了郑道的胳膊，"不过在你可以管钱之前，你得先娶我。"

何不悟现在不再阻拦郑道和何小羽的婚事了，二人很快结婚。

不久，在郑见的精心调理下，杜葳蕤和无衣、同裳的病情得以控制。印远在也接手了家族生意，和杜葳蕤一起继承了印长弃的遗志。

郑道没有离开善良庄，继续住在一号楼。不过他已经不再是以前的郑道了，他未来的人生理想是苍生大医，并且，他还要做一件历老爷子和老爸都没有做成的事情。

郑道坚信自己有才有貌、有钱有人，会踏平坎坷成大道，纠正弯路成正道。